青春火花

● 孙绍佩　著

陕西出版传媒集团

太白文艺出版社

图书在版编目（CIP）数据

青春火花 / 孙绍佩著. — 2版. — 西安：太白文
艺出版社，2017.9（2022.3重印）
ISBN 978-7-5513-1222-6

Ⅰ．①青… Ⅱ．①孙… Ⅲ．①长篇小说—中国—当代
Ⅳ．①I247.5

中国版本图书馆CIP数据核字（2017）第180121号

青春火花
QINGCHUN HUOHUA

作　　者	孙绍佩
责任编辑	李　玫
书名题字	牧　歌
封面设计	汇丰印务
出版发行	陕西新华出版传媒集团 太 白 文 艺 出 版 社
经　　销	新华书店
印　　刷	三河市腾飞印务有限公司
开　　本	787mm×1092mm　1/16
字　　数	460千字
印　　张	27.125
版　　次	2015年1月第1版 2017年9月第2版
印　　次	2022年3月第2次印刷
书　　号	ISBN 978-7-5513-1222-6
定　　价	83.00元

目 录

青春火花

《春青火花》序

常智奇

在山清水秀、人杰地灵的洛南县的一次文学作品创作研讨会上，经商南县文联主席姚家明介绍，我认识了孙绍佩先生。姚家明主席介绍说，他是一位教师，正在写一部长篇。高挑、清癯的孙绍佩先生在一脸书生气中，流露出掩饰不住的满面沧桑的神态。他在饭桌上给我敬酒时显得拘谨而又谦卑。我回西安后没过多久，他先给我写信，后又打电话，说他写了部长篇小说，想让我给他这部辛辛苦苦创作的作品写序。又忐忑不安，语言不畅地说：没有能力支付我的稿酬费用，但又非常希望我能为他写序。出于对文学的虔敬和对同道的认同，对身在山区基层作者生存艰难的理解，我欣然应诺。没有多久，他风尘仆仆地来到西安，送来了这部四十多万字的长篇小说《青春火花》的书稿。他坐在我的办公室，南窗斜阳照进房间，桌上一片灿烂。我给他沏上茶，静静地听他讲述自己创作的故事。他很穷，生活很拮据，但他酷爱文学，一个山区的退休教师，在文化氛围相对寂寥，经济条件并不宽裕，书籍资料并不丰富，生活条件并不优越，教学压力又那么大的情况下，能克服重重困难，潜心创作出这样一部长篇小说，实在不容易。

孙绍佩是一个在"新中国十七年文学"提倡的"革命的现实主义与浪漫主义相结合的创作方法"的文学观念和思想熏陶下成长起来的作者。他创作的长篇小说《青春火花》走的是一条"歌颂新时代，歌颂新生活"的中国传统小说、通俗文学的路子。他在传统通俗文学的创作中，强调通俗文学的大众化、民间性。他继承了中国古代小说中传统的章回体，话本式。他在通俗易懂中追求趣味性、娱乐性和可读性，但又不失"寓教于乐"的道德教化，抑或宗教布道之效应。通俗文学重视人物及情节的丰富和复杂，重视世俗的情感和传统的道德规范。《青春火花》的审美判断更多地锁定在道德的判断上。作品中主要人物的性格塑造和情感世界的展示都是在惩恶扬善、因果报应的审美范式中完成的。作者努力在神话和现实的融合处寻找当代小说表达的自我途径；在人性与神性的统一中寻觅前世今生的情感机缘，友谊珍贵；在天人感应的宗教形式中寻觅人创造精神财富与物质财富的宏阔志向和远大理想；在天上地下，山水河流的重新安排和改造中寻觅青春、爱情、生命在推动人类社会前进中的价值和意义。作者在修辞和叙述方式，以及人物关系的安排、故事情节的设置等方面，都受到《搜神记》《世说新语》《李娃传》《红楼梦》等古典小说的一些影响。在这里，神话、传奇色彩是通向理想主义的浪漫坦途，这里的现实生活中矛盾的揭示和人物形象的塑造是表现普通劳动者生存境遇和生活状况的基础。

作者以主观抒情的笔调写清潼公路拓宽改线工程建设中一群年轻人艰苦创业，顽强拼搏，团结向上的斗志；写徐宫、徐建、刘志、刘仁等人面对社会上的不正之风、邪恶势力敢碰硬，勇敢斗争的精神；写他们在为民立命，为民造福工作中的勤劳务实、一丝不苟和公平正义的高尚品德；写他们在重整梧桐村凉水沟河山，把山、水、田、地、池、路、房统一规划的新农村建设中的酸甜苦辣；写他们在建厂、建窑、建鱼塘、建养殖场、建电站、修水渠中的喜怒哀乐；写华再兴专员、柳河清市长等领导干部的清正廉洁，与民同乐的作风；写柳莲英、董自珍、黄山、华子昭、逸远、慕容芳等一群年轻人，在人生路上的谋职、求学、上进、拼搏、友谊、爱情……这些人物命运的设置和精神情感的揭示都是在作者主观思想的支配下进行的，有时候，有些地方不符合生活的逻辑，他就借助于"神力"，"神力"是作者主观抒情的"诺亚方舟"。

作者在严肃文学创作观念的指导下，很注意向通俗文学审美范式方面倾斜，强调大众审美情趣的阅读性、传奇性、民间故事性。例如：主要人物身份的神话色彩的涂抹；刘志为陈家烧锅陈国政被害一案的申冤；徐建、黄山、李正茂他们进山打猎情景的描写；市长的女儿柳莲英死而复生；刘志等人神合一，夜间飞行，前往送礼；他在第十五回与梁上君子王老三见面的情节设置等等，都具有鲜明的通俗文学的色彩。

文学的判断和区分标准总是随着时代的政治、经济、文化、意识形态的变化而变化。一定社会历史发展的总趋势必然规约着时代的经典化的操作机制，同样也影响着文学的"雅"与"俗"的判断标准。因此，"通俗文学"与"严肃文学"也总是在社会历史发展的过程中相互之间游走和转化的。例如，《诗经》中的《关雎》是民间歌谣"风"的俗篇，到了汉代董仲舒时代，却把它当成"后妃之德"的经典"雅"作来注解。《青春火花》是在"通俗文学"与"严肃文学"之间游走的作品。作者用新思想、新观念对神话故事中的大仙形象进行改造，赋予其时代的、美好的、新的感情。例如：王母娘娘在"牛郎织女故事"中是一个要神性而不要人性的、冷酷无情的、"护法神"的形象。而在这部作品的第五回作者却把她变成了和蔼可亲、慈祥善良、富有仁爱之心的"月下老人"的慈母形象。

作者成功地继承和借鉴了中国古典小说的一些写作技巧和表现方法。《青春火花》是在"才子配佳人""英雄救美女""仙女配牛郎"的传统模式中装进现代人新生活的新内容。作品在情节的设置和结构上更多的趋向于"言情"与"武侠"的融合。例如，刘志、刘仁孪生兄弟的情节设置，杜勒谎言逸远也有一般无二，同年同月同日生的妹妹的尴尬；《刘志夜梦芙蓉女　海岛枪战杀戮狂》《特警队子昭骂男友　裤裆沟刘志困二秦》《子昭任命查疑犯　刘志率师灭毒枭》等章节，都是典型的例证。这里的武侠已演变成"枪战"。你读第三十一回《刘志人前夸女友　子昭三审未婚夫》与唐宋传奇中的《苏小妹三难新郎》相比，不难发现在情节的设置与人物关系上有着借鉴、模拟、对位、相似、相通、相叠加的关系。

作者很会编故事，作品故事情节曲折动人，跌宕起伏；悬念伏笔，明暗照应中步步推进，不温不火，徐徐道来。人物形象、性格在具体事件的叙述中展开。作品是以人说事，以事写人，在塑造人物形象方面，有《水浒传》《三国演义》式的粗犷和放达。例如，作品在第二十五回《刘志大洋觅珠宝，保姆家里起祸殃》一章，表现内维尔和逸远喝酒时的场景和言行时，用的就是中国古典小说的叙述方式和语言情调，寥寥几笔，把内维尔的丑陋嘴脸描写得入木三分，淋漓尽致。

作品形象地描写了刘志的足智多谋，英勇善战，遇事冷静；华子昭巾帼不让须眉，剑胆琴心，柔肠侠骨；黄山的统揽全局，睿智多才，慎密干练；慕容芳的才貌双全，正义善良，敏慧机智；钟自祥、柳河清的深入实地，调查研究，为民排忧解难……

　　这是一部描写人在改变自然的生存环境中，审视人性，塑造美好精神形象的现实主义作品。作者的文学观是一种"寓教于乐"的审美观。他在坚持真、善、美的前提下，突出小说"流浪者的感情""游戏中的消遣"的审美特征。像求学路上风波起；华子昭收义子；刘志、逸远、徐宫、安斯、吉亚他们去游双瀑布旅游景点，安斯因嫉妒，上树捉太阳鸟而跌落惊昏；深山狩猎；梦中情人现实女等等，都是怡悦性情，美化心灵的生动描写。正是由于作者在这种小说创作思想支配下，整个作品写得从容、朴素、自然、流畅，率性。时空跨度大，乡土风情、异国情调、人性写真、神界幻想；生活面宽，白领阶层、贫民穷巷、山林狩猎、别墅品茶等，无不表现出作者在写作时的一种想象、幻化、自由、舒展、通脱的自由心态。

　　作者对农村的生产方式和生活方式、农民的生存境遇、思想情感，以及风俗习惯是非常熟悉且有自己的思考的。例如：欧阳一仙先生编写的《农村杂字》总则部分和八章中各章的统领文字；章守财家的《梧桐村规章制度》；黄山的《布政九章》；作品中开路造田的工程操作，养殖、栽树过程中的秘籍要方及婚丧嫁娶中的礼仪风俗等内容，都是很熟悉也很有见地。

　　孙绍佩的语言文字受中国古典小说影响比较大，他是在中国古典小说的语言和生活中民间俗语的结合中寻找自己的语境、语序、语式、语调。他喜欢写古体诗，他的古体诗写得很通达、平顺、流畅、自然。他在作品中不断插入一些古体诗词，给作品也增添了些许文言气。

　　《青春火花》是一部把通俗性、言情性、励志性、可读性融为一体的小说。我希望作者能在今后的创作中，紧紧围绕塑造人物性格来塑造结构故事情节，"立主脑，减头绪"，在凝神聚意、"形散神不散"方面再下功夫，百尺竿头再进一步，创作出更新更美的好作品。

2014 年冬于古城长安大明宫遗址公园

阳春三月的一天，煦风习习，蛱蝶翩翩，温湿的空气里，糅杂着浓郁的桃李花香。常言道：春风醉人。欧阳一仙伏案劳作已久，渐见肢体倦怠，他伸了伸懒腰，接连打了几个哈欠，伏在案上昏昏睡去。

青
春
火
花

第一回　灵霄殿土地说政
　　　　凤鸣岗五圣降生

　　一仙精灵，随着御使公差，缥缥缈缈来至南天门前，那御使公差趋步上前，和守门神将搭过话语，又领着一仙先生至那灵霄宝殿。御使公差领着一仙叩拜已毕，便在右首书记小案前坐定。这时只见黄门官上前奏道："启禀我皇万岁！东胜神州黄河之滨有一当方土地求见。"玉帝传旨："宣他进来！"那黄门官复至黄门外，轻动拂尘宣道："东胜神州黄河之滨当方土地上殿！"当方土地参拜已毕，玉帝喝道："汝本地仙之数，不在当方司职，确保风调雨顺、林茂粮丰，为何擅离职守，私闯天宫，此话何说？"土地忙叩首道："圣皇息怒。只因当方黄土儿生性愚顽，卑职所辖地域，林木砍伐罄尽，草坡毁垦，捕杀无度，河湖难见鱼鳖，獐鹿无栖身之所。臣民贪钱轻德，明抢暗盗时有发生，当方官吏又不懂治理，像此以往，即使风调雨顺，何有林茂粮丰？"玉帝道："以爱卿之见，当以何为？"这时站班中闪出太白金星奏道："黄河之滨土地，司当方土地之职已三万三千九百载。三三得九，九九逢生。又在这三万三千九百载中，上自天文，下至地理，古至混沌初分，今到此时此刻，远至天涯海角，近至眉眼之间，诸般知识，都潜心温习，早已胸有大志。但上不能报效圣主，下不能普救众生，若让他转生阳世，治理一方，或许能有成效。"玉帝道："黄河土地爱卿，你意下如何？"土地道："若圣主信得过我，小臣愿往。但常言道，'一个篱笆三个桩，一个好汉三人帮'，臣无左右手,也难成大事。"玉帝环顾左右，言道："哪位愿往？"黄河土地道："也不必劳动御前神将，只需请宫廷营造司鬼斧子徐宫，巡天金甲神小刀手刘志同往即可。"玉帝又对欧阳一仙先生言道："汝本三曹书记之职。现已在尘世供职，你回去可速速安排，一旦黄河土地身临阳间，你即到他身边司职，各种事体，详尽铭记，待汝等升天之日，论功再做

2

升迁，不可懈怠。"欧阳一仙出班跪奏道："小民谨遵圣命。"玉帝道："黄门官！"黄门官道："微臣在。""宣巡天金甲神小刀手刘志、营造司鬼斧子徐宫上殿。"黄门官诺诺而去。片刻，那黄门官领着金甲神刘志、鬼斧子徐宫上殿。刘志，何许人也？有诗为证：

> 细皮嫩肉书生貌，莲步纤腰丽人态。
> 不见黄金锁子甲，谁信此公是将才。

那徐宫也有诗为证：

> 虎眉凤眼老龙头，爱眨眼睛点子稠。
> 鬼斧造就天仙阁，神工落成王侯楼。

刘志、徐宫参拜已毕，玉帝道："现派二位爱卿跟随黄河当方土地黄山到东胜神州成就一番事业，不知二位爱卿意下如何？"刘志道："请允许微臣带所养金猫前往。"徐宫道："微臣也请求带所豢养黑熊前往。"玉帝一一准奏。玉帝又唤过黄山道："爱卿还有何话？"黄山道："尘世沧桑，沉浮无常，农事有风、雹、旱、涝、虫、病之患；工商有滞销、假冒之忧；仕途有谗贬、攻杀之灾；公案有冤假、错误之失。微臣至那尘世之间，本意是教化众生，拯救愚顽，以期创建一个文明开化之世界，如有这患、忧、灾、失，岂不玷辱了我主圣明？"玉帝沉吟半晌，唤过天庭库廪掌管，取过拇指盖般大小的三个小葫芦，吩咐道："这第一葫芦，盛天宫御粮三合，第二葫芦装天宫御水三滴，第三葫芦藏九转起死还阳丹三粒，遇有灾厄可逢凶化吉。其他不测可焚香朝天礼拜奏禀，自有神明照应，不必多忧。"黄山接过三个宝葫芦，再拜而退。黄山、刘志、徐宫带着金猫、天熊缥缥缈缈，出了天庭，直向那东胜神州而去。

再说那黄梁省南柯县临河镇梧桐村凤鸣岗住着黄、刘、徐三家。一年五月初五，五点五十五分五秒同时生了五个孩子，其中徐、刘两家，生的是一胞二子。黄家孩子生下来，两腮鼓胀，其母陈英从口中抠出花生米粒大的三个药葫芦。刘家孩子白白胖胖四肢蜷抱着一个尖耳猫脸的孩子，其母从口中抠出绿豆粒般大小二十四个水泡，每个水泡破裂后，里面有一个二毫米长短的小刀。腹部有一个红肚兜，肚兜口袋内有一副折叠得很齐整的大拇指盖般大小的黄金锁子甲。徐家孩子也是收腹缩肢，怀抱着一个狗脸圆耳的黑小子，黑小子怀抱一个指头般大小的盒子，盒内锯、锉、斧、凿等齐全。这五个孩子见光而动，遇风而长，并都向人形、齐整转化，眉眼惺忪地拜罢四方、高堂，就搬个小板凳坐下，吵着要各自的东西，其母一一付予，已是惊吓得十分了得。只是那半晌光阴，已是长成了半大的孩子，衣服已是换了三五次，只是刹那间也就不行了，最后只好将父亲的衣服胡乱地裹缠在身上，口中嘟囔道："似这般衣着怎的见得了人的。"其母好言宽慰道："似这般，买也不行，做也不行，况我们农家小户，哪来这么多钱，只好先将就着，等身材长定规了，再买方才合算。"且喜几个孩子对穿着并不十分讲究，只此三言两语，也便支吾过去了。其父母又说："总得有个名讳，方好呼唤。"只见那不满一朝孩儿，匍匐在地，口中应道："孩儿已是有名讳的了。"遂折枝为笔，书写于地，各家分别是黄山、刘志、刘仁、徐宫、徐建。字体娟秀飘逸，父母已是唬得战战兢兢，不敢再作言语。

第二回　凤鸣岗刘志鞭打告状客
鹰愁涧徐宫初动改河工

那黄山每日读书著文，言行有素，巍巍如山稳健，倒也相安无事。徐宫、徐建每每往架桥筑路工地跑，帮大人干些活计，身勤口甜，倒也十分招人喜爱。只是那刘志虽是眉清目秀、齿白唇红、花菁葵般水灵，却爱惹是生非，舞拳弄脚，且有刘仁帮着，一唱一和，三五个人，奈何不得。那般苦主，多半是地方上霸道惯了的有头有脸的人物，怎能咽下这小孩子家的窝囊气，不久便都寻着了他们的窝儿，车水马龙般地寻上门来，吆三喝四，害得那年轻二老敬茶奉烟，净将那好听的话儿端出口来。才将这个支吾走，还末呷口茶儿，那另一个又踏着脚跟赶将来，说五道六，夫妇二人叫苦不迭。翁爹翁婆，心疼儿子媳妇，也就掺和进来，帮着说和，就这样将一个静谧的农家小院，闹得沸沸扬扬。两个小猴儿，不到吃饭不回来，吃饭光景，又总想让娃们吃点儿东西，故而只有待到那夜间人静之时，扒光了衣服，按定那溜滑的小屁股。但二小子并不惧怕，刘志龇开一口小白牙，牵动红红脸腮，犹如带露的两片花瓣，花瓣上又现出两个小酒窝儿，举起的手凝滞在半空，就是难以落下。刘仁将个小屁股撅得老高，差点儿要够着爹爹的鼻子尖了，嗲声嗲气地说："不关哥哥的事，是我闯的祸，要揍就揍我吧！"刘公无可奈何地摇了摇头，将手缩了回来，夫妻俩一人搂住一个，在那娇柔的脸蛋上美美地亲了一口。

刘志、刘仁嘀咕了一通，刘志坐镇，刘仁盯梢。凡是到刘家诉苦的，返回村口时，他二人截住，折几根树枝，轮番抽打，打得嗷嗷直叫，边打边问："还敢告爷的黑状不？"被打者磕头如捣蒜："小爷公息怒，在下不敢！在下不敢！""再告，打折你的脚骨拐。"这样几次三番，便也就不再有人上刘家纠缠，刘公悬着的心便也就安了下来。说也奇怪，村子里那鸡摸狗盗，赌博斗殴之事，反而销声匿迹了。

有话则长，无话则短。转眼间夏尽秋来，水瘦山寒。忽一日，天气晴和，秋风不起，徐宫同徐建商议："须得生个方子弄些钱币使用。"徐建说："哥哥有甚话讲，只管吩咐。"徐宫说："今区委调动五乡民工，筹集百万之资。要拓宽改建清潼一线，现有鹰愁涧一段，因其早先摔死数人。民工惧有鬼魅作祟，伤残人命，至今无人承揽，工价一加再加，我与兄弟不如前去揽了此活，挣得几个纸钱，一则供家中日用之需，二则落几个零钱耍子，不知兄弟意下如何？"说话间刘志、刘仁前来串门儿，刘仁道："徐二哥！委屈一下，借你的掌子换几个钱花，你的臭掌子怎么恁般值起钱来了？"徐建道："休要贫嘴。我哥哥正和我商议，准备承揽鹰愁涧一段工程，今日正好风和日暖，我兄弟等又正好无事，不如就去走一遭再做理会。"

已是"无边落木萧萧下"的季节了，但满目却不见一丝肃杀的气氛，蔚蓝的天空中飘浮着几朵轻盈的白云，柔和的阳光洒照在绚烂多姿的原野上，人群的嘈杂声，矿钻机低沉的吼声，铁锤敲打钢钎子的叮当声，共同奏出了大地母亲的心声。徐宫站在八十八号桩的山脊上对徐建说："人们把这座山叫老鹰岩，其实是不妥的，老鹰的脖颈比这粗，头没有这么大，我们站的这个地方，其实不能叫岭而应该叫垭。因为它高不过六七十米，宽不过四五十米，垭顶仅此一米左右，薄到叫人难以置信，河水流到这里，已经进入低山地带，河滩比较宽阔，但这座山硬是像一个楔子，将大河拱成了尺蠖形的一个大湾套，我们站的这个地方虽然不高，但由于极薄，就显得十分陡峭，上山的时候，前面人的脚跟几乎要踩到后面人的脑壳上。河水直向这山崖脚下撞来，这山垭，多像皮包着几根筋骨，突兀嶙峋，因此这座山，应该说是一只凤凰，一只落水的凤凰。主峰两侧那伸出的两座小山，就是它淋湿了的翅膀，无力地低垂着。从这边山脚到那边山脚，这尺蠖形的大湾套，大约有两千余米长，估计有三四十个桩号，二十余万元的工价，爆破器材，约计一万余元，这个险峻的悬空切割工程四万元，这几项加起来，约计二十五六万元。如果我们从这里切下四十米左右的一个缺口，三十米的河道，十米的路面，若平均每切下十米需一万元，估计有十万元可完成改道工程；用五六万做一个拦河大坝，因石头方便，估计也不成多大问题；再用十余万元整理河滩，这样不增加钱，或只增加少部分钱，即可多得三百余亩滩地。因此现在这种绕山转的公路设计，实际上是一种决策上的失误。"徐建道："如果我们用山岩切割机，定向爆破，尚可节余四千余个民工日，一个工日以十元计又是三四万元嘛。"徐宫说："何尝不是。我怎么就没想到这一点。"徐建道："这叫智者千虑，必有一失嘛。"徐宫反诘说："你怎么就想到了这一点？"徐建道："我这叫愚者千虑，必有一得呀！""你这叫形拙而神不拙呀！现在我们兵分两路，你去找这湾套地带所在村组干部联系，将他们的活计全部承揽过来，不愿意干的，清手续走人。我到指挥部去签订承包合同。"言罢，徐建从南坡下山，徐宫从北坡下山。

花开两树，只表一枝。且不说徐建去揽活计，单说徐宫下得山来，自个儿寻思，如果指挥部不肯将活计包揽给我，将怎个处置？好徐宫，念动真言，只见平地里起了一缕青烟。青烟过后，当方土地手拄龙头拐杖现身，口中言道："小官人，唤老身有何吩咐？""现今闲来无事，想揽老鹰岩一段活计耍子，只怕指挥部不肯将活计承包给我，特请老官儿随我走上一遭，掺和掺和。你可扮作县公证处老王，王志远。就说我是省工程总局第一工程队的徐队长。"二人商议已定，一路上说说笑笑，直向工程指挥部而来。"五金魁首，六六顺呐！"指挥部设在一个养路段处，五间正房，两头两间是包间，包间房门向走廊开，墙上挂着"抗劳不上""乱放炮""倒卖公路"等的木牌子，还张贴着几张"刁民"写的公开检讨，给人一种肃杀的气氛。正房的左上方有两间小屋，那显然是厨房，厨房的烟囱上正冒着缕缕炊烟。小屋的山墙脚，一堆堆的鸡毛兽骨，散发出一阵阵令人作呕的腥臭味，正是那狐狸洞口、野狼窝边的光景，道场上临公路的一侧五面彩旗慵懒地翻卷着。"三星照哇！四季发呀！"徐宫二人刚踏上养路道班的道场，划拳行令的吆喝声便传入耳鼓，一踏上指挥部的正门，浓烈的酒精味便扑鼻而来。这时，耳门的门扇正开着，比较清醒的胡副区长眼尖地看见了王志远，忙起座，跟跟跄跄地来拉老王："王！王！王公正请！请上座，请上上座，你可是顶顶公正！顶顶公正的司令啊！""我胃口不好，消化不了。这位是省工程队的徐队长，想承揽一点儿活。""承揽活，人要活干，活要人干，好说，好说。只有三条：一是交见面礼挂钩，二是付款回扣，三是嘛……也得按要求干活，按标准验收！"这个胡副区长，倒也干脆，只是酒后吐真言，三句话中只有一句是人话。"二十余万元的过脚，恐空口无凭，也得写个

7

条条款款的方才稳妥。""你也是个假正经！我说行，不行也行！我说不行，行也不行。哦，也要有个差不离啦！"毕竟是良知还没有完全泯灭，再蛮横得不行也行，行也不行的后面，还有个差不离坚守在最后的一个阵地上。土地神见徐宫脸露了不悦之色，立即反守为攻，不无揶揄地说："胡副区长，看来你今日太忙，我们改日再来拜会！"胡副区长也听出了弦外之音，其他酒客貌似也看出端倪，也有认识王志远的，知道他是个犟脖子。况且好歹是县上的人，那个省工程队的小伙子，又不知底细，看来也不是个好捏的软枣，弄不好，惹出麻烦，怕也不好收拾。于是，便又有几个离座前来搭话，说什么："不喝酒，现在开饭，请入席用饭。"徐宫、王志远言说："刚才才在饭店吃过饭。"胡副区长见这二位酒不喝，饭不吃，心内发怵，但又转念一想，有什么大不了的，省上的，县上的，还不是来我手下干活的。到时候，还得听我的炮响，围着我的指挥棒转。这样一想，神气又来了："咳！你们要是吃过饭了，我也就不勉强了，你们先去找假斋公聊聊。"假斋公姓王名龙，原先在县委组织部任部长，因几个人事安排与李副书记过不去，被贬到北山区任副书记。刚一到任，又遇到公路施工，于是又被派到公路指挥部来，自己带个煤气灶，自炊自食。别人邀他喝酒，他说不会；别人邀他吃肉，他说吃斋。但却有人见他吃肉喝酒，因而落下个假斋公的雅号。假斋公四十多岁，马脸剑眉，虎眼鹰鼻，铁青脸色，络腮胡须，使人一见便有三分畏。假斋公对人也是半阴半阳的，说是假，却是真；你说真，他却是假，常常弄得人哭笑不得。徐宫、王志远刚进入办公室，假斋公便抬起手腕，指了指表说："十二点了，下班了，喂脑壳。门外等着，下午两点半再来！"今天一上午整个指挥部只有这个假斋公正经八百地坐在办公桌前办公。外加一个到路段检查施工的技术员刘刚，也算是在工作。

徐宫、王志远无奈，只好退出办公室。一边是半死酒鬼，一边是闭门谢客，真格地使徐宫没了主意，只好迈着闲步，在指挥部的那五间正房间尴尬地转悠。几间卧室的耳门敞开着，床底下，床头前，到处都是红西凤、二锅头等酒瓶、红塔山、茶花等烟盒。条桌、茶几上散乱地堆放着麻将、扑克，这些属物显示着它们的主人时髦的醉生梦死的生活。收工的时刻到了，民工们扛着铁锨、大锤、钢钎疲惫地成群结队通过指挥部门前。五面彩旗迎着微风在和煦阳光的照耀下轻盈地舒卷。民工队伍刚刚过完，尖厉的警戒哨音和着粗犷的放炮员的吼叫声，便在山谷间回荡。顷刻间万炮齐鸣，山摇地动，火药的硝烟掺杂着尘土弥漫了广袤的原野。

假斋公做了一盘油炸花生米，一盘醋熘白菜，一盘麻辣豆腐，炒了一盘兔子肉。这个假斋公还是一个好枪手。他五点半准时下班，肩上扛着从张中发张大个子那里拎来的火铳，在哪个岗头地边一溜，当残阳落尽余晖的时候，枪筒上挑一只野兔，二郎神似的晃晃悠悠地归来，脸上刀削般的条纹，便弯曲起来，胡须一根根地跳动，显示着他内心的欢乐。归巢之后，美美地抽上一支烟，将野兔剥皮剖肚，下锅煮熟，这便是他第二天的下酒菜了。他喝酒也有严格的规定：酒是低度果酒，每次只一小杯，不过一二两光景。也不呼朋引伴，独斟独酌，吃一口兔子肉，呷一口酒，二两下肚，然后吃一个馒头，喝一碗汤，掏出手绢抹一抹嘴，再在小茶壶内放一撮茶叶，灌上开水泡一会儿，倒出一小盅，习惯地抬起手腕看一下表。如果时间还允许，他便优哉游哉地向茶盅吹一口气，喝一小口，如果是时间到了，他便一手提着小茶壶，一手端着小茶盅，慢腾腾地向办公室走来，算是开始了他生活的另一面。

假斋公炒好了四盘菜，在铝锅内添了两瓢水，再取几个馒头，放在馍笆子上，在锅内馏着，等水开以后，下一点儿面条做汤，这便是他午餐的全过程。

假斋公做好了这一切，便来喊王志远吃饭，原来他认识王志远，而土地神并不认识王龙。土地神并不怎么饥饿，因为神仙原则上不食人间烟火，而徐宫却早已饥肠辘辘了。王龙在王志远、徐宫面前放上两个酒杯，斟上烈性白酒，在自己的酒杯内倒满果酒，用筷子敲一下酒杯，点一下兔肉，算是一个开场白，然后自顾自地重复起他机械的套路。徐宫白一眼这个古怪的动物，对他又是嗔怒，又是感激，大口大口地嚼起兔肉，将自己面前的白酒，一仰脖儿灌了下去，站起身，走到那炉灶前，掀开锅盖，将那半冷不热的馒头抓了两个，来就吃兔肉。王龙纹丝不动，好像对徐宫的举动惘然而无所知，直到徐宫大吃起来，才起身将馒头装在盘子里，放到桌子上。再在锅里下些面条，煮熟之后，一人面前盛上一碗，饭后一个人递上一支烟，沏上一杯茶，抬腕看一下表，暗示着正戏就要开台了。

签订合同其实进行得很简单，工日、工价、器材、规格、要求一目了然，算算誊誊，一式三份。徐宫只是强调了两头接通，路面符合规定即为合格这一点，王龙听后眼睛闪出一瞬即逝的异光，也没说什么。幸好王龙也不管什么见面挂钩、付款回扣的事，干脆利索地代表指挥部一方签字画押，王志远代表公证处，徐宫代表承包方签字，然后各执一份，也便了事。其实事情的本身也就是这样的简单，有时是人为地使其复杂化罢了。

再说徐建自南坡下得山来，寻得尺蠖形湾套任务承担者南庄村，说明来意，南庄村村主任罗荣光说："任务已下达到了组，必须一组一组地商量，每组还得一人一人地征求意见，因为现在农家绝大多数还是比较贫穷，一家要立刻拿出几百元钱来，也确实不易。况且大多数组已将人带来。""噢，我没有完全说清楚，人我们也要哇，愿意干的留下，不愿干的付款，各取自便，这还不好办吗？""哎！难，难呐！众口难调，我们还得研究研究，待研究好了你再来！"

徐建自个儿寻思，难！难什么呢？将组长召集来，开个会，组长下去征求个意见，不就完事了吗？这不分明是认为我又不是他的上级，我说的话，他听也行，不听也行，我奈何他不得。这不分明是认为，我得向他意思意思，有利则行，无利则不行。有道是"花向阳处开，人向利边行"，我不妨顺水行舟，如此这般……哎！人哪，为什么这样的卑俗，常常为金钱所俘虏。好徐建，将那几分的真诚敛在了丹田，让那几分的狡黠融解在笑中，拍一拍罗主任的肩头："哎，老哥哥！你是明白人，怎的还跟我绕花花肠子，我来找你商量事，这不明摆着的嘛，到时候，还少了你那一份子？"罗主任内心踏实了，脸上堆起了大大小小的括号，他笑得那样的甜，其间并不乏几分真诚。"你老弟小小年纪，出脱得这样干练，将来定是个难得的人才。"说话间已是晌午时分，村主任给徐建打了份饭，并一再抱歉。临别时，徐建嘱咐罗主任："八小时工作制，一般民工，每日十五元。石工、摆匠、木工、泥水匠、厨师和其他有专长的人，另外造册登记。现场考核录用，你村优先，每日二十元。膳食统一安排，费用自付。明日我来取名单，再会。"

南庄村，共征得民工二百八十人，其中石工十二名，泥水匠十四名，摆匠二十名，木工五名，厨师十名，焊工五名，电工三名。

徐宫和徐建合计，全工程预计三个月完成，工价约计八万，材料费得六七万（其中水泥五万，钢筋两万），机械费九万，机动费用只有两万余元了。只要工程进展顺利，估计问题没多大。他俩合计由徐宫考核石工、厨师，徐建去租赁两台推土机、三台风钻。农历九月十三日，徐宫贴出招收石工、厨师广告，召开了民工大会，他将民工编成十二队，每队二十人，设队长一名。分四班施工，每班六十人，二十人做河滩蓄水池摆，四十人在改河大坝上构筑大堤。每班干十天，没轮到上班的民工，可先回家，民工们皆大欢喜。

截至九月十六日，共有一百零六名石工、十九名厨师登记应招。九月十七日，石工、厨师考核开始。石工考核是每人打一块二尺见方的料石、原石，个人自选，定时开始，打好验收。厨师是有证书的免试，没证书的是自备原料，每人做一盘菜。八点整，一百余名石工，各自站定在自己的料石旁，一手握钎一手握锤，随着一阵清脆的号声，百余把铁锤几乎同时落在了钢钎子上，叮咣！叮咣！粗犷的打料料石的声音在空旷的河谷回荡，四周的山崖也相应的响起叮咣叮咣的回声，余音袅袅，经久不息，以至于整个河谷都泛起了嗡嗡声。这百余名石工，参加这样的临时招工考核，难道完全是为生计所迫吗？我看也不一定。困窘是有，更重要的是想在人前一展自己的风采，提高自己在同行内的声誉。他们认定这是一次难得的机会。随着午休号声的吹响，喧嚣的河滩慢慢地平静下来，石工们才得以伸一伸酸痛的腰，抹一把满脸的汗水，这时人们才意识到肚中饥饿。厨房饭菜的香味，顺着微风飘送了过来，对这些多半剽悍的石工，具有很大的诱惑力。

午餐为十桌，每桌十余个菜，其间也有不少重样菜，徐宫所在一桌，每个盘子上都编有号码，徐宫叮嘱石工师傅们每个菜都尝一尝，然后每人发七粒麦子，将它们放在个人认为比较好的菜盘旁边，根据各盘得麦粒多少，评定优劣。通过考核，共录用石工五十名，厨师十名，录用者当日计工，没录用上的付予相应工价。

翌日，石工从南北二坡，在开凿河道的山垭除山石、清表土，为山崖切割做准备工作。两台大型履带式推土机，各配备三十名民工，分别在为河滩横摆和改河大堤清河底。推土机先沿河道一侧推一条沟，让河水从中流过。推土机发出沉闷的吼声，沙土砾石便松动起来，慢慢地向前翻卷，不时从两旁落下，民工们紧张地将铲松的土石铲出沟槽，一直到连山石底为止。好在是山间河道，沙石淤积并不深，有些部位的石底尚裸露在外面。大堤基部宽二丈五尺，与河流横截面呈五十度夹角，两端连接两个小石山河底连山石。全部取出之后，石工们便在近水面一侧打一宽深各一尺的石槽，然后矿钻机在石槽基部每隔一米钻一孔，孔内上钢筋，钢筋上再焊接几根横钢筋，构成宽一尺高三尺的钢筋网圈，两边上夹板，将水泥、砾石、沙子搅拌均匀，浇筑其间，基部中间和背水面另各起一道石摆，用水泥浆砌高二尺左右，这便是大堤基部，这种堤基不渗水、极牢固。堤基完成之后，停了下来，等待水泥凝固，施工重点集中在做河滩横摆，横摆基部也和堤基相似，只是没上钢筋基圈，摆基呈梯形，下底宽一丈左右，基部以高出该塘平整后最高地方一米为准，基部上面是宽一米五，高两米的长方体石摆。塘的两边也在预设蓄水线处凿出山石，造一米五高的小石摆，水泥搪抹，作为防渗水设施。每塘设一水闸，闸底与塘底齐，能将塘水放净，塘与塘之间根据地势，摆基逐次不等升高，水塘面积依据河滩陡缓大小不等。

石工们清土除石，只用了两三天时间，为了等待河堤水泥凝固，又打了十来天料石。这时大堤靠北坡小石山下的小型放水闸也已经修好，民工们将河水拦得从闸口流过，其他部位的积水也已清除，堤基已基本凝固。于是徐宫在二十八日派出四名民工，沿公路新线两头贴出告示，晓喻民工、百姓和过往行人：二十九、三十日两天禁止通行，除施工人员外，其余人员不得向施工工地张望。

二十九日，天还没亮，徐宫、徐建早早起来，徐建拿出他的神铲，迎风晃了一晃，便有那丈余长短，说是铲，其实是一台机器，前端似铲状，徐建将各部调试了一下，按一下按钮，从铲内便放出了一束奇异的光，异光所到之处，石山就像棉花遇到烈火顷刻化为乌有，成为一条极窄的缝。徐建先在山垭靠河上游一侧切割三次，成为一个底为一丈左右，顶点约在山垭中心点的楔形，然后他又走到山垭顶部，取出一个形似手钻的玩意儿，在切割线交会点，钻一直径约为二点五厘米的孔，深至预测新路路面，钻成后在里面装填上特制爆破垫片，埋入定向引爆装置，狭缝和孔口用胶泥封合。封合后，徐建退至山顶较高处，将遥控器上号码拨到相应数字，只听轰隆隆一声闷雷似的响声，山巅也剧烈地震颤起来，徐建像醉汉似的踉跄了几步，方才站定。待那硝烟漫过，只见切割处岩石，不规则地呈一字形散落在河堤旁边，徐宫走到徐建面前向他投以赞许的一笑，相继走下山来。

爆炸声刚过，悦耳的号声，便在山谷间回响起来，民工们也都三五成群地从防爆设施中走出来，清晨的工地便充满了生命的活力。早餐已毕，石工们有的清理爆破山垭上的残渣，为下一步切割做准备，有的则将散落在河滩上的石块打成料石，其他民工仍在塘坝上劳作。

　　翌日，天刚破晓，徐宫、徐建又来到山垭工地，徐建开动切割铲，将余下改河工程内的山石，上下、左右切割成一立方米的石块，然后在正中裂缝内装填上炸药，一切置办停当，步至对面山坡，观看爆破壮观景象，一拨通号码，只觉得脚下地面地震似的震颤起来，被切割的石块像积木似的坍塌下去，哗哗啦啦，你拥我挤，特别是靠北坡一面，由于事先切割了楔形豁口，故石块像门轴转动一样呈扇形散落在改河大堤上方，蔚为壮观。小垭中开，空气对流，光线相映，民工们哪见过这等气派，欢呼雀跃，纷纷拥向爆破现场，一览这神力塑造的风光。

　　十一点光景《中华日报》记者慕容芳挎着一架小型照相机，风尘仆仆地来到了工地，她是来采访的。她身材颀长，白皙肤色，长长的睫毛下，一双明亮的眸子，楚楚动人，一见到这别开生面的改河和修池工地，顿时认为是绝妙的题材。虽然已是秋冬季节，由于一路跋涉，还汗涔涔的。她一边掏出一方小巧的丝绢手帕，在脸上抹一把汗，一边踮起脚尖，仰起脸，向正在指挥起重机向大堤上运切割料石的徐宫喊："谁是工地指挥员？"徐宫转过头，弯下腰，看见了一个可爱的小动物，她仰起的小脸就像是初霁之天一片初绽的芙蓉花瓣。徐宫说："小姑娘，你找谁呀？"她一见这个大脑袋、宽额头、缩嘴腮的人，立即想起传说中的老龙来，不觉一阵发怵，忽而又在心里暗骂自己，怎么恁般没出息，一搭话，就在气质上矮人一截。不行，我得在精神上先压倒他。于是提高嗓门说："嘿，小伙子！我是《中华日报》的记者，到这里实地采访，想找你们领导联系一下。"她尽量装出漫不经心的样子。一边说一边掏出记者证，让他看。徐宫直起身向正在指挥石工撬料石的徐建一挥手："建弟，你过来一下！"徐建走过来。徐宫说："这是《中华日报》的记者，你先到伙上报一份饭，然后引她到各处转一圈，她问啥，你答啥，一是一，二是二。"慕容芳顺手掏出五元钱，徐建说："你先拿上，我也不知道上午一份饭多少钱，到炊管处，你自己去办。"徐建领着慕容芳来到炊管处，晌午是米饭，一份肉三元，半斤米饭五角。慕容芳掏出五元钱说："吃半份行吗？""少啰唆，吃不完你不兴给他吃。"

13

炊管室老罗还以为慕容芳是徐建的那个，慕容芳对这个倒显得十分超脱，反而将个铁塔似的徐建窘得满脸紫涨，像是一副猪肝子。

徐建、慕容芳前脚走，胡副区长带着书记龙珠、乡长王忠几个干部来检查施工情况，徐宫一面指挥老吊抓石料，一面和胡副区长搭讪。龙珠说："喂，小伙子，晌午给区长报个伙！""你们去炊管室看看，徐建在那儿。"说完就只顾干自己的活去了。龙珠有点儿扫兴，但又转念一想，也或许徐宫是故意做给众人看的。于是三人就向炊管室走来。胡副区长心想：徐宫揽活，没交见面礼儿，今儿晌午还不香茶醇酒招待一顿？龙珠来到炊管室说："唉，老罗！晌午给区长报个伙。"罗荣光心里清楚，但他不敢。只得说："这里是份饭，每份三元五角，三份是十元零五角，先交钱买票。"区长在心里发恨，龙珠在肚内骂娘。龙珠只得厚着脸皮说："哎！老罗！咱们随便下来看看，谁还把钱装在身上，先欠着。""不行，这里不赊账！"一个吃馆子都不交钱的恶棍，哪里受得了这个窝囊气，顿时便将那平时的凶蛮显露了出来，一双大眼珠子剧烈地向外暴突，气咻咻地说："你小子不要太损了，咱们骑驴看唱本——走着瞧！"罗荣光急忙走出来说："哎，龙书记不要生气，我是人用之人，有心不能照月呀！"他恨不得把自己的心扒出来，让这三位领导看一看。胡副区长内心憋气极了，非常抱怨这个土包子的唐突和无知，为了十来元钱搞得丢人现眼。他又感到了几分悲凉，浑身打了一个寒噤，好像时令的秋风也吹破了他阔绰的外衣和丰腴的肌肤，穿入了他的胸膛。他默默无言，兀自转身走了。龙珠愣怔了好一阵子，见胡副区长走远了，才回过神来，匆匆地向胡副区长赶去，活像一条打折了腿的狗。

胡副区长回到指挥部，只见假斋公的门虚掩着，他偷眼一瞧，只见假斋公一仰脖儿吞下一口酒，又夹起一块兔肉，放在口内，于是他的喉结便就一上一下地蠕动。胡副区长内心一阵阵发毛，心想，莫非有一天，他也要将我这躯体连着那酒一同吞下去？

午饭时候，徐宫、徐建、慕容芳几人围成一圈，慕容芳见其他人用的碗碟，而徐宫、徐建用的是盆钵，便一边向徐建盆钵内拨饭菜，一边试探性地说："这里的特权是不是仅仅存在于盆钵之内？"徐建偷眼看了一下众人，大家都抿着嘴笑，他暗暗埋怨这个大胆的女子竟敢当着众人面向自己的钵内拨菜，他真恨不得找个地缝钻进去。心想，等她走后，岂不成了那些嚼舌根的绝妙材料，自己又不知道要蔫几天。猛听得慕容芳问话，忙支吾着说："唔，你问我哥。"徐宫道："我们是大肚子，每顿双份饭还吃不饱，我们吃双份就掏双份的钱，这里没有丝毫的特权。要说嘛，就是我弟弟沾了你这半份饭的光。"

记者的话语本已够刻薄，没想到反被徐宫奚落。她的脸上泛起了一阵潮红，显示着一种女性本能的羞涩。

工地上，民工们紧张地用沙子拌着水泥，拌匀以后铲到大堤上，泥水匠用泥镘子抹平，然后老吊将切割料石一块块地吊放上去，放完一层，又从头砌放第二层，老吊不停地变换着位置，大坝便一层层地增高。山垭工地上，石匠们在平整着新公路面，切割机在切割着新河床，整个改河工程已接近尾声。

公路拓宽改线工程也进入了紧张的拉线验收阶段，施工员刘刚可成了"红人"。东请西接，左拉右扯，在这请、接、拉、扯中，他的口袋便一天天地肥胖起来，胡副区长和刘刚也格外地套近乎，不停地给他下着指示。一批批的民工、一队队的包工队在弹冠相庆的灯红酒绿中离开了工地，一条被扭曲了的公路在夕阳的余晖中显得光怪陆离。

在太阳从西山隐没下去的时候，胡副区长特意派施工员刘刚来邀请徐宫、徐建到指挥部赴全线公路竣工庆贺宴会，徐宫、徐建要和各队结算账目，不想去，恰巧这时刘志、刘仁前来耍子，徐宫便借故推脱，让刘志、刘仁代表，刘刚不允。刘志、刘仁正好乐意赶场子、凑热闹，便欣然应允，只是那刘刚脸上露出了不悦之色。

指挥部内灯火通明，正堂两桌、厢房三桌，一共五桌酒席，壶、盅、盏、盘已摆放整齐，正堂首席是胡副区长和区上几个干事，刘志、刘仁也在下首落座，其他各桌依次按乡为单位落座，人多人少相互插补，人一坐定后，便开始上菜，根据胡副区长先吃后喝的原则，先上热菜。菜做得十分丰盛，牛、羊、猪、鸡、鸭、鱼，更有那地方出的狸、獾、鳖、鲵。真可谓是：盘盘珍馐，盏盏美味。首先，胡副区长端起酒杯："清潼公路拓宽改线工程，在诸位同心同力，精诚合作下，已基本全线竣工。工程质量符合要求。为此请大家干下这一杯！"于是全体起立频频碰杯。酒过三巡，菜品五味，区委一位干事站起来，拱了拱手："胡副区长！各位乡长、书记，村、组干部，不是修清潼公路，大家难得聚集一堂，敝人诌了一首《筑路》拙诗为各位助兴，诚望赐教，于是高声吟道：

> 驻地旌旗动，律约自严明。
> 五更为膳食，晨出戴月星。
> 人拂袖如云，炮响漫天昏。
> 线拉边沟直，仪测路线平。
> 路宽河觉小，桥高溪见深。
> 少闻伤残事，多看回归人。
> 棋盘多一格，山运日日新。

龙珠书记站起来说："好诗！好诗！特别是'路宽河觉小，桥高溪见深'，形象生动，堪称佳句。"胡副书记听到"律约自严明"一句心里乐滋滋的，听到龙珠说"堪称佳句"，忙说："既是佳句，赏酒。"干事说："恭敬不如从命，既是领导赐酒，我就干了这杯。"于是端起胡副区长递过的酒杯一饮而尽。这时刘志站起来道："敝人也有拙诗一首，为诸位领导助兴，不知领导允也不允？"胡副区长道："有诗只管吟来！"

刘志吟道：

> 长靴裘袍岸然貌，一副皮囊裹糠糟。
> 整日里吆五喝六，半夜间金花白条。
> 烟盒酒瓶充梁栋，鸡毛兽骨半米高。
> 蚊嘴蝇舌吸人血，虎牙狼齿咥民膏。

龙珠当即喝道："反了，反了，反动至极，乡警还不快给我抓起来！"

刘仁接口道："怎么个反动法，哪一句不是事实？有种我们对簿公堂。实话对你们讲，你们私自改线，收受贿赂，克扣爆破器材，又低价卖给民工，借修路之机，大发横财，公款吃喝，挥霍浪费。现后房里还有十二条火腿，烂得生蛆。这桩桩件件，天地共愤，你们彻底坦白交代，或许免得一死，还在我们

16

面前耍什么威风!"

　　这些一贯欺压百姓,贪赃枉法,假公济私,中饱私囊的虫豸,平时听得都是恭维的话,哪里受得了这等审判般言辞。龙珠、王忠顿时气得脸如猪肝,摆了一副拼命的架势,胡副区长、刘刚感到东窗事发,不觉浑身发毛,豆大的冷汗顺着脊梁往下淌,这时龙珠、王忠已扑到刘志身边,乡警也忙掏手铐,准备擒拿刘家兄弟,他们哪知厉害,只见刘仁连连接住龙珠、王忠攻击的手,只用力一拽便脱臼了,疼得他俩杀猪般号叫。乡警愣怔在那里,不敢动弹。胡副区长悻悻地对一干事说:"小李子,麻烦你给记一个账,各人吃的各人掏。夜深了,明天还有事,大家都休息吧。事情等待组织处理。"于是各人也都想着各人的心事,走各人的路去了。

第三回　华专员视察临汾路
指挥部公议两首诗

天刚蒙蒙亮，东边天际有一层很重很厚的云，但那里毕竟白亮起来了，人们知道，太阳就要从那里升起来。

一辆老式吉普，载着一位两鬓斑白的老干部，风尘仆仆地奔驰在新修的清潼线上。道路坑坑洼洼，车子颠簸着，摇晃着，吼叫着，艰难地行进。他不时地让司机将车子停下来，这里瞅瞅，那里瞧瞧。有时点点头，赞许几句；有时又不停地摇头叹息，甚至骂几句。他不是别人，是地委副书记、专员华再兴，他的身旁坐着他的秘书江书礼。深秋的清晨透着一丝寒意，华专员却感到有些燥热，他敞开大衣，让寒风透过胸膛，打一个寒噤，身子猛地一紧，他感到舒服多了。太阳像负着什么重担似的艰难地透出彤云，露出小半个身子，深红深红，却不太亮。

公路在延伸，车子在行进。忽然机器的轰鸣声，伴随着铁锤敲打钢钎子的声音，在这幽静的山谷中清晰地传入耳鼓，循声望去，只见前面山垭洞开，粗糙的公路正延伸到那里，被切断的山岭成了一座小孤山，显得更加别致有趣。隐约可见几级水池，荡着粼粼的波光，横亘在那里，华专员顿时来了兴致，他让司机加快车速。这是一辆老式吉普，虽然样子不合时世，但却很有力气，爬这样的公路正当时。车子很快来到山垭工地，石匠们不卑不亢地让出一条通道，然而车子却一直响着喇叭向边靠，石匠师傅们又只得让到路中，车子像一匹跑累了的老马，喷一口闷气，在路边停了下来。

华再兴和秘书、司机步出车门，专员和蔼地问："石匠师傅，这里是不是公路工程?""是的。""你们这里谁指挥?""徐宫。""怎没听说过这名字?""他是个娃娃。""他在哪里?""那不是! 抱切割机的那个就是，弟兄俩。"

"麻烦师傅去给喊一下！""这可不行，这是我们的劳动纪律所不允许的。不光我们，你再不将车子开走，他来了，是要批评你的。""嗬！真这么厉害吗？那我倒真要见识见识。"于是华再兴一行三人，磕磕绊绊地走下石坎，来到河槽内切割机旁。小心翼翼地问："敢问哪位是徐宫师傅？""我就是，往边站点儿，有话到早饭时咱们再谈。哦，要不要在这里吃早饭？要吃，到炊管室去报个伙。请你谅解，不要再和我说话。"于是专员便让秘书去报三个人的伙，自己信步登上小孤山。只见群山环抱，林木翁郁，池水潋滟。画眉亮开歌喉，唱着婉转的歌。这秀丽的景色，一扫一路奔波的疲惫，顿觉神清气爽。他暗自思忖：这一段工程将河、路、池、坝综合规划，从小处着眼，沉稳雄浑，从大处看，奇巧隽永，浑然而成一体，是沿途所见之佼佼者。原先施工线路我也曾见过，似乎没有凿山改河之处，这其中缘由，还得细细探究才是。东边的彤云已经慢慢地散开，太阳已经将它们染成了殷红的云霞，太阳本身也是一个血红的火球。

收工的号音久久地在山谷中回荡，民工们三三两两地聚集到饭场上来了，大家在厨房的场院内围成了一个个的圆圈，早饭照例是一馍、一菜、一汤。

徐宫、徐建在工地上等着华专员，专员兴致勃勃地从山顶上走下来，徐氏兄弟便陪伴着向饭场走去，一边走，一边唠叨着工地上的事情。专员对激光切割、定向爆破极感兴趣，对这个虎眉凤眼的小伙子也特别有好感，说话间也便来到了饭场，徐宫要伙房师傅另给专员做点吃的，专员一把拦住道："馒头好吃，我爱吃馒头。"于是便让秘书付了款，端出三份饭，和刘志、刘仁、徐宫、徐建几人围成一圈。专员见刘志仪表非凡，便说："这位姑娘一身男装，假小子现在时兴嘛。"徐宫说："他是男的，惹祸精。昨晚在指挥部捅了娄子，到这里避难的。""哦，看上去细皮嫩肉的，还惹祸？不过惹祸也要具体问题具体分析。比如说《西游记》里面有个孙悟空，他有七十二般变化，专门降妖除怪，找妖魔的事，这也不能说是坏事嘛！如果侵害百姓，扰乱治安，进而触犯国法，那可成了坏蛋啰！来！说给爷爷听听。""你听徐大头胡说，我是故意找那贪赃枉法之流的碴儿。捅了就不怕，怕了就不捅。""那我们共同来把问题解决行吗？""只要你具备管得了加公正的条件，咋不行！"

指挥部的正屋内，两张方桌并在一起，桌子上摆着几个茶壶茶杯。华再兴坐在正中，左边依次是胡副区长、王龙、刘刚、龙珠、王忠等，右首坐着刘志、刘仁、秘书。

华再兴扫视了大家一下，说："现在就开始，首先就两首诗进行辩论。"龙珠说："刘志写的是一首反诗，把党和政府的领导比作虎、狼、苍蝇、蚊子，吸人血、咂民膏，对领导怀有刻骨仇恨。我认为应该按反党反政府定罪。""他那首诗很露骨很明显。我同意龙书记的意见。"王忠附和着。"那么第一首诗呢？""又没谁说第一首诗有问题。""也不见得。"王龙说，"比如'律约自严明'一句，就与事实有所不符，如若律约严明，酗酒、赌博、回扣、行贿受赂、工程把不住质量等，就不当发生。""你有何证据？""纸里包不住火，假里藏不住真，何况你们经常整日酗酒，整夜赌博，谁人不知，哪个不晓！"说着将几张相片几张条据递给华再兴。华再兴一张张地翻看着，脸色铁青，鼻尖上沁出了细微的汗珠，手阵阵抽搐，但他抑制住了自己。满含着悲愤，将这几张条据、相片推到了胡副区长面前。胡副区长脸上泛起捉摸不定的奇怪表情，或许是狰狞或许是愧疚，他抓起一张条据，"哧"的撕作两半。当他抬起头来，看到专员、王龙等投来的冷漠的目光时，他的思维好像凝滞了，木然地呆坐在那里。

专员脱下外衣，递交给秘书，转向王龙。王龙立即站起来，向专员行了一个军礼，向专员请求道："请允许刘志、刘仁留指挥部协助工作！"专员点了点头，旋即宣布："胡副区长、龙书记、王乡长、乡民警、技术员刘刚从即日起停职检查，如属误查，一切后果暂由我个人负责。"

一辆老式吉普又风尘仆仆地奔驰在山间公路上，公路上腾起一阵阵尘烟。专员坐在座位上，思绪翩跹：一项工程组织拨款，群众集资，特别是在群众刚解决温饱问题的贫困山区，有些群众甚至将口粮卖掉了，而我们的某些干部却整日花天酒地，恣意挥霍民众的血汗钱。大小有点儿职权，都可以利用手中的权力，为自己捞到好处，搞权钱交易。他们是蠹虫，正在蛀噬着祖国的肌体，不消灭这些蠹虫，国家将会毁于一旦；当然，也必须看到，也有一部分好干部，廉洁自律、秉公执法，他们是国家的中坚、人民的希望，但他们有些人不同程度地受到排挤和压制。他知道这些人哪怕是组织予以一丁点儿的支持，他们都会以身报国的。

王龙目送着专员的小车在坎坷不平的山间公路上，颠簸着，行进着，一直到看不见为止，他的眼里噙着晶莹的泪花。

龙珠睡在床上，翻来覆去睡不着，他的心里像打翻了的五味瓶——酸甜苦辣不是个滋味。他思忖着：自从花得五千大洋，买通县委副书记后，捞得个乡第一把交椅坐下，虽地处深山老林，七沟八岔，但也随心所欲，不枉一生，也算得是一个人物。记得盖乡政府大楼，他一声令下，每人五十根木耳、香菇棒，全乡三千余口不出五天，十五万余根，又以每根一元多出售，得十六七万余。自己净得二万余元，摩托、彩电、高档家具，钱去物来。在修青龙岭板栗林的时候，自己将一千余亩松林，全部砍伐，又以一车一百出售，得八万余元，又捞得三四万元，调皮骡子王小三，给自己编了一个顺口溜：

> 王忠是个二杆子，
> 龙珠是个夹板子，
> 一个拿锯子，
> 一个拿斧子，
> 锯掉了祖先老根子，
> 砸碎了儿孙饭碗子……

自己给王小三挂上黑牌子，站会场。白玉蛟说是挖板栗坑是给自己娘掘墓，说上级发给奖状是灵牌。自己让他将板栗窝挖成墓基那样大，并买了十斤火纸，披麻戴孝，何等威风。以后村、组四十余人联名上告，也没告倒他，反而越告越旺，越告越发。今晚气象似有不对，莫非大福将至，先以小祸试之？嗯，不错，县委书记年老多病，即将退休，现在李副书记主持工作，前不久还将青龙岭板栗坑录像。说不定祸过福至，还会捞得个区委副书记，或是区长、部长什么的干干，在这甜蜜的想象中，我们可爱的龙书记进入梦乡。

蒙眬中，王忠乡长气喘吁吁地走进来，他说："龙书记！大事不好，今天晌午我趴在办公桌上小寐，忽然间门外来了一个道士打扮的测字先生，言称能预卜吉凶，我因心神不宁，厌烦地赶他出去，他却冷笑着说，'我看你印堂青紫，鼻尖有一红点，血红血红，三日之内不是牢狱之灾，就有暴死之祸，还在我跟前要什么威风。'我见他言辞蹊跷，就叫他回来，报了我的'忠'字，你的

‘珠’字，他说，‘忠’‘终’谐音，‘珠’‘诛’同音，测‘忠’字者或寿命将‘终’，或公职将尽，即或死或狱。而报‘珠’字者，则必死无疑。珠者，弹丸之属，则必死于枪杀。他的一席话真吓得我直冒冷汗，他又问你我姓名，又说，‘遇王而终，逢龙而诛，你们这里可有一个叫王龙的人？’这不是正应着今天之事吗？”

龙珠感到十分玄乎，眼珠暴突，大嘴傻愣愣地张着。"龙书记得想个办法呀！"慢慢地，慢慢地，他从木然中回过神来，面部表情由冷漠而变得狰狞。"怕个屁，鱼死网破，临死也得捞个垫背的！"龙珠在心里骂着。

龙珠和王忠穿了夜行衣，戴着面罩，各人都带了把牛耳尖刀，利用夜色的掩护，潜入到王龙的卧室门前，利用身份证打开了门锁，蹑手蹑足地摸到王龙床前，一摸床上没人，心知大事不好，正要退出，王龙忽然从外面回来了。王龙拉开了门边的电灯开关，他和王忠疯狂地向王龙扑去，王龙闪到一边，说时迟，那时快，手中的枪"啪啪"的响了几下，王忠的腿上中了一弹，倒在地上直呻唤，自己的头上中了一弹，用手一摸，湿乎乎的一大片，心想，这下完了。正在这踌躇的一瞬间，王龙一脚将自己踹倒，夺下自己手中的尖刀，恶狠狠地向自己胸膛刺来。龙珠一惊，干号一声，从梦中惊醒过来。浑身汗涔涔，连盖着的被子都湿了。睡在隔壁的胡副区长辗转尚未入睡，便喊道："龙书记！你魇住了吧？"龙珠道："啊，做了一个噩梦。"梦中情景犹历历在目，他害怕极了。朝窗外望去，路灯下，刘仁正踱着方步，来回走着，几片树叶从树上飘落了下来。

第四回　梧桐村黄山当选
凉水沟徐建整地

　　深秋的太阳，慵懒地照耀着苍黄的大地，一队队民工疲惫地背负着沉甸甸的石块，艰难地向山顶走去，由于这些"蚂蚁"的来来去去，在一面坡度为五十五度左右的山坡上，便开始现出宽度为一米左右的石坎坎。在对面不高的小山垭上，临时搭起的指挥部广播室的大喇叭里，传出了广播员沙哑的声音："梧桐村四组村民吴秀凤，抗劳不上，罚款五十！揪上来！"于是乎，便有几个人将吴秀凤揪住，无奈吴秀凤正背着一块六七十斤的石头，一撒手，石头正砸在一个人的脚上，杀猪似的号叫起来，旁边的民工便是一阵哄笑。这个被砸者便干吼起来，并恼羞成怒地给了吴秀凤一个耳光，不巧正打在鼻子上，一股殷红的鲜血便从鼻孔中流了出来，顿时胸前的衣襟洇湿了一大片。"梧桐村五组村民江虎妖言惑众，罚款一百，揪上来！"于是乎又有一个村民被揪了上去。在寒风呼啸的山口，吴秀凤挂着"抗劳不上"的牌子，她的鼻孔中的血已经止住，脸上有几块黑紫的血痂。江虎带着"妖言惑众"的牌子，身子挺得笔直，细绳已经深深地勒进他的肉里，两眼死死地盯着眼前那一面五十五度的山坡，他的血液好像停止了流动，他的大脑好像停止了思索，只有山风吹拂着他的衣摆，才显示出这不是一尊石雕。其实他的脑海在急剧地翻腾：二十年前这里原是一片松林，虽是老式马尾松，也能出产些檩檩椽椽，大批松枝、松针、松果，给附近村民许多柴薪之便。由于这里地处路边又加之坡矮显眼，所以成为历年整坡育林的重点，但每次都是一阵风，风过无人问津。牛羊啃踏，扒叶拾柴，故而是春栽夏死秋不见，来年又是从头干。记得1957年，当时时兴种核桃树，管区在这里兴修百亩核桃林，由于死硬猪肝土，加之鹅卵石很多，成活率很低。当时在村小任教的憨厚老实的父亲，在县教师会上，向党表忠心提意见，左思右

23

想没啥说的，但不提是不忠诚。没有多的，有少的；没有大的，有小的。他提到这百亩核桃林，结果被定为右派言论，开除回家。以后又栽过漆树，点过桐籽，种过茶叶，栽过葡萄，兴过板栗。今天，又在这里修石坎坎，这能成吗？二十多年过去了，父亲早已做了南山土，自己却又接了他的班，在这里站台子，这可能是祖传的，难改的秉性在作祟吧！活该！想到这里他心里坦荡多了。只是吴秀凤，她家男人不在家，红薯没挖，耽误了半天，挨罚站台子有点儿亏。他的喉结上下蠕动了几下，想说出那心底的话来，但他的理智第一次取得了成功，他将那些惹事的话语连同唾沫咽到了肚里。

从那五十五度的山坡上，走下来一个小伙子，只见他黄白皮肤，方正脸膛，微微上挑的剑眉，中等偏上的个儿，由于跑得急，即使在这深秋的季节，他也显得有些热。敞开了外衣，脸上现出一片绯红。他下了山坡，又爬上山垭，来到广播室旁边，从吴秀凤和江虎的脖子上取下木牌，从上衣口袋内掏出二百元钱，交给一个乡干事说："这两家的工，我全包了，一切责任由我负。这是他两家的罚款，余下的五十元是我送给你的小费。"干事见有利可图，也情知惹不过黄山，便顺水推舟地说："我给领导请示一下。"其实站在不远处正和一位村干部说话的乡长已听得清清楚楚。这位乡长可能也知道事情做得有些过激，又见罚款顺顺当当地到了手，便不耐烦地挥挥手，示意放人。

秋雨淅淅沥沥地下着。"蚂蚁"们在手拿雨伞、脚穿长筒雨靴的干部的监督下，在踩得稀烂的泥路上，肩负着几十斤重的石块，一步三滑地行进。干部的伞和鞋是从"蚂蚁"交的修地费中购买的。"蚂蚁"看到这些，眼中不同程度地流露出异样的光。"蚂蚁"晌午一下工，下午就有溜道的。毕竟"蚂蚁"多，干部少，眼见得"蚂蚁"大幅度减少，指挥部不得不下令停工。其实干部们也愿意停工，因为在临时设在民房的指挥部里，在这秋雨绵绵的时节，吃着丰盛的菜肴，饮着上乘好酒，又不要自己掏腰包，也不能说不是一件乐事。

雨后初晴的十月，虽然带有初秋的寒意，但也不乏阳春三月的暖融。在村级小学校的操场上，梧桐村换届选举正热闹地进行。作为候选人的，依旧是村上的几名油条人物，油条们自以为稳操胜券，坐在前排显赫的位置上，架着二郎腿，悠闲地抽着烟，喷云吐雾。在履行自己神圣权利的村民们似乎认为自己是局外人，只是来应付一下差事。一家来一个代表，每个人手上都拿着数字不等的委托书。姑娘、媳妇们手里拿着针线活，嘻嘻哈哈。小伙子们不安分地走来走去，打打闹闹。扩音器内播放出乡长威严的声音："马上就要画票了，人都坐好，不要吵吵。大家听清，在你同意的人姓名前面画圈，不同意的在前面画叉。不要画错了。"可是他与民众的距离已经拉得太远了，虽然声音大，喊得有点儿沙哑，仍然没有产生多大的效应，会场依旧是乱糟糟的。这时江虎站起来问："要是票上的人都不同意呢？"乡长投来愤怒的鄙夷不屑的一瞥，但他不得不在众目睽睽之下，作如下的回答："要是票上的候选人你都不同意，可以在下面空格写上你同意的人的姓名，并在前面画圈。注意，这次是选村主任，只准许画一个圈。"这时会场静了下来，大家都在进行着重新的思索，预想着会议可能出现的新变化。这时江虎在选票上前面几个候选人名字前面重重地画了叉，在下面空格上慎重地写下了黄山的名字，并小心翼翼地在前面画个圆圈。邻近的几个人便凑过来看，江虎也并不遮掩，看的人点点头，然后照章办理。这样的目光像水波一样，向四周辐射开去。

投票即将开始，工作人员将投票箱底朝上，口朝下拍打了几下，以示没有舞弊行为。投票开始了，各村民小组按照坐的次序从前往后依次投票，倒也井然。投票结束后，每组一个唱票的，一个监票的，一个画票的。随着唱票的声音逐渐增大，几个油条的脸渐渐地变成了猪肝色，嘴里大口大口地抽着烟，坐得也不那么安稳了。他们心里知道，他们将不仅是离开了村委会的办公室。

投票结束，黄山得票百分之九十五以上。本来乡长还想重新审议，但他看到欢呼雀跃的村民，心里知道那只能是不明智的徒劳，于是不得不违心地宣布黄山当选，会场上顿时响起了雷鸣般的掌声。

会议进行到最后一项是新任村主任做就职讲话。黄山不卑不亢地走上主席台，环视了会场一周后，他说："各位父老乡亲，大家不嫌我不才，推举我为大家服务，我一定尽子弟之心，当好公仆。常言说得好，'一个篱笆三个桩，一个好汉三人帮'，更何况我还算不得好汉。因此更需要各位鼎力相助。我没多大能耐，不过有一点，请大家相信，我的心扉之门，始终是向大家开着的。'三个臭皮匠，凑成一个诸葛亮。'只要我们群策群力，我相信明天的梧桐村将是人们向往的地方。"在热烈的掌声中，黄山落落大方地走下了主席台。

俗话说"新官上任三把火"，但黄山当选村主任已半个多月了，上面来人，找不着他，下面反映情况，他不做解答，每天只是像个二郎神似的到处转悠。遇着闲老头子下棋，他凑过去杀两盘。逢到几个闲汉打扑克，他也挤进去摸几把，看到放牛牧羊的，他主动掏支烟，过去和人家呱嗒呱嗒。奇怪的是，他每次出现都在饭后，一到吃饭的时间就不见他人影儿啦。有人看见过，他在小溪旁大树下吃方便面，啃干馍馍。

有一天黄昏，他拎了两斤牛肉、两条鲤鱼和两瓶烧酒来到老支书江守信家里。江守信是江虎的堂叔，六十来岁年纪，为人正直，办事公正。膝下只有一女，县职中烹饪班毕业。招了一个上门女婿，老实巴交的庄稼汉。翁婿三人，土里刨食，吃的是不愁，就是个经济有些拮据。黄山一进门就向江守信呵呵笑道："老伯身子骨还结实？今天我过生日，烦老伯令爱给做几个小菜，我和老伯喝几盅。"那江守信虽已年过花甲，但耳聪目明，很有心计，他心内琢磨道：这黄山小子，迟不到早不到，单在才当选村主任的当儿到。莫不是与我老汉绕什么花花肠子，唔！是了。心内想着，口里应付说："恭敬不如从命，老朽吩咐小女做来便是。"于是江守信从黄山手中接过所携之物，对正在做晚饭的女儿如此这般交代一番。

那江守信女儿名唤淑贞，生得身材适中，不胖不瘦，虽不算俊美，但也长得端庄，她听了父亲吩咐，心领神会，启朱唇，吐莺声，甜甜地应道："孩儿知道了。"她到房内换了件干净衣服，稍事梳洗，就搬来小桌，沏上香茶。将棋盘、棋子摆在黄山与父亲面前，黄山起身将棋子装入棋盒，将棋纸也折叠起来道："晚辈不敢，同道不相争。""什么？同道不相争？"江守信眉毛一扬，旋即悟得，忙道，"哦，同道不相争。"于是向淑贞伸出一个食指。淑贞抓了核桃、花生、瓜子、柿饼拼成四个小盘子端出，就又到厨房忙活去了。这时淑贞的女婿田家发已经回来，淑贞吩咐他去称一斤黄豆芽，两斤莲菜。家发洗过手，蹬上自行车去了。一会儿，江守信拍了两下巴掌，淑贞来收起小碟，抹过桌子，而后给每人端来一碗米酒荷包蛋，米酒过后，淑贞再来抹一次桌子，在黄山和父亲面前各放一个酒盅，一双筷子，又拿来一个小酒壶，一瓶酒。这时江虎来串门子，淑贞嗔怪道："你倒嘴头福不浅。"江虎嘻嘻笑道："伯伯年事已高，不胜酒量。哥哥来陪陪客，当仁不让嘛。"于是讨来筷子、酒盅，端个凳子前来就座。是时淑贞端来一盘糖醋鲤鱼，黄山用筷子指指，江守信道："小伙子，你可看准鱼头对着谁?""鱼头对谁做何分晓?"黄山不解地问。"吃吧!吃吧!鱼吃热的,冷了便有腥味。"江虎劝着黄山。江守信用筷子顺鱼脊一划,再顺鱼肋一分,便夹起一小块放在嘴里慢慢地嚼着,黄山也夹一小块细细地品味:"嗯,味道不错,手艺不赖嘛!""主任,喝酒,一块鱼肉,一杯烧酒。"江虎端起酒盅,一仰脖子吞下去,将酒盅翻了个过,照一下盅。"应该请伯伯先饮。""请!请!"黄山将酒也一口吞下去,也向江虎照了一下盅。酒过三巡,江虎道:"主任打通关!""怎的便是我打通关?""因为刚才鱼头对着你。""哦,原来如此,这么说,又长了一宗见识。我先给伯伯敬两杯。""免了吧!""那怎么使得!"江守信也就不再推诿,接过两盅酒一递一盅地喝了下去,这时淑贞端来另一条鱼,可是没有头,黄山指着鱼对江虎说:"这个咋说?""这叫红烧鱼肚,我是鱼肚,我伯是鱼尾巴,他老了不中用了,我随你动,他随我摆。""瞎诌,瞎诌,家有老,是个宝嘛。哎!咋不见家发哥?叫他也来坐坐,劳累一天,喝两盅酒解解乏。"这时听得推自行车的声音,家发回来了。"看!就有这怪,说曹操,曹操就到。"江虎不无揶揄地说。于是乎又添盅加筷,四个人一人一方坐定。黄山道:"淑贞姐姐也来坐嘛!"说着淑贞端来麻辣牛肉、精挑牛筋。"我还有一味菜没做好,做好了就来。"俄顷,淑贞端来一盘黄豆芽拌莲菜,奇怪的是:黄豆芽的芽尖都套在莲藕的空眼里。江虎指着说:"猜呀,这叫猜菜谜。""怎的个猜菜谜?""也就是让你说出这道菜的名字。""我要猜不出咋说?""猜不出喝个满堂红,也就是十盅酒。""我要是猜出了咋说?""猜出了你就不喝了呗!"江虎狡黠地咧嘴一笑。"那不行,不公道,条件不对等。""好吧,我们也喝个满堂红。"江虎以为黄山输定了。"黄者为金,白者为银,白者中的空眼为环形山。环形山,只有月亮上才有,这道菜叫作'金钩挂月亮'。""好,好个'金钩挂月亮',那可挂住了哦!"黄山只是笑笑,并不作答。江守信可大吃一惊,心内叹道:后生可畏,后生可畏呀!说话间大家划拳行令,其情也切切,其景也融融。酒至半酣,淑贞端来清炖鱼头,别有一番风味。黄山暗自思忖:两样肉做了个四菜一汤,花钱不多,吃得香甜,真个是"深山也出灵芝草"啊!猛然,他抬起头来,对江虎和江守信说:"我也有一个谜语,请你们猜猜,你们说,我脑子里现在想的是什么?"淑贞说:"我来猜!"江虎说:"我喊一、二、三,大家一块儿猜。""办餐馆!""餐馆的名字我已经起好了，就叫作'灵芝餐馆'吧。好啦，夜深了，大家歇息吧！莫嫌挤，我和伯伯通个腿。"

转悠了这十天半月，一个治理梧桐村的蓝图在黄山心中已经形成。他认为梧桐村人杰地灵，在这里是可以干一番事业的。

在村小学校的会议室内，梧桐村正在召开村组干部扩大会，除了组长、会计之外，还有群众推选的三位代表。与黄山同时当选的徐宫正好因为改河工程暂时停工，回家探亲而刚好赶上，共计四十余人。黄山这时正在讲话，他说："我想，要办成一件事情，首先要有一个长远的、正确的决策，也就是说蓝图。这个蓝图绘出来以后，干部就是决定的因素。事因人而成败。我们用人，要用什么样的人？我想，其一，品德要高尚。也就是说要用高尚的人，纯粹的人，脱离了低级趣味的人，有益于人民的人。要不怕困难，有牺牲精神。现在有那么一些人，事事替个人打算，见钱往怀里扒，见了棘手的事就推诿溜道，争权夺利，钩心斗角。这种人叫什么人？叫佞人。我们的权力一定不要落在这些人的手里。即使是一个小小的组长，也管着百把口人，万儿八千的经济过脚。有些生产组，谁抓到钱谁用，甚至连账也没有。这种人能给大家办事吗？其二，就是要有才干，要有独当一面的能力。其三，还要有度量，能够团结大多数人一道工作。其四，要谦虚谨慎，注意小节。小节这个东西，有些人往往不注意，认为是生活作风问题，无关紧要。其实不然，千里之堤，毁于蚁穴，'绳锯木断，水滴石穿'。一个小节不保的人，大节也好不到哪里去。再说社会上就有那么些'蚂蚁'准备在我们干部身上挖'穴'，你贪求钱财，就有人给你送礼；你贪杯，就有人请你赴宴；你贪色，就有人在你跟前施'美人计'。诸如此类，不胜枚举。因此我们的干部一定要在小事上严格把关守口。当然，我讲这些是有目的的。我是说，今后组长、会计必须按以上四条严格挑选，文化程度至少在高中以上，不符合条件的坚决筛掉。当然有些组长、会计是有一定的成绩的，但那是昨天。我们不是去捞油水，我们是去战斗！不挑精兵，我们就不能打胜仗。还有一些组长、会计财务不清，有贪污挪用公款、侵占集体财物的现象，你怎么样吞进去的，你还怎么样地吐出来，让人民的血汗钱回到人民的事业中来。从今天开始，各生产组，对以前问题，进行全面检举揭发。当然要实事求是，以事实为依据，以法律为准绳，不冤枉一个好人，也不放过一个坏人。有些事情，我已经掌握一些，当然，存在腐败现象不仅仅是我们村，但我希望我们村变成一方净土。只有这样，凤凰才会落到我们的梧桐树上。"

会场静得出奇，可以清晰地听到一些人粗重的呼吸声。但寂静只是片刻，片刻过后，会场响起经久不息的掌声。

忽一日，天气晴和，黄山携徐宫、江虎和凉水沟几名老农来到凉水沟小学，找到欧阳老师，这欧阳老师名一仙，县委原办公室副主任，主掌秘书班子。因厌腻官场灯红酒绿，主动提出下乡挂职，被分配到梧桐村。他吃住在这所小学，因无所事事，便提出给孩子们带些课，因他精深的造诣，课带得很好，人缘也好，很受师生拥戴。这欧阳一仙，四十开外年纪，白净脸膛，架着一副度数很深的金边近视眼镜。黄山来访，寒暄毕，说明来意，一仙嗫嚅着说："今天有课呢！""让焦校长给调配一下吧？""那，那我去和校长商量一下。"说话间那焦校长也便走了过来："黄主任有什么事吩咐吧？""也没甚要紧事，只是约你们欧阳老师出去走走，他说今天有课，不方便。""不碍事，不碍事，课我先上。""那我以后再补。"于是黄山、徐宫、欧阳一仙一行缘凉水沟小溪而上。黄山说："今日咱们几位来当当医生，给这凉水沟四个组瞧瞧病，为什么老百姓至今还不能解决温饱问题？"随行的一位老农信口应道："咱这地方山是直梁岗，沟是直筒筒沟，不像人家村，山环水复。没有风水，生就的喝凉水的嘴。"其内有一个五十开外，曾当过民办教师的老农，姓田名延富的道："咱们这山是沙质土，一挖，到夏季山洪暴发，坡上的起了蛟，或拉成大大小小的水沟，没有多少收成。沟底地被山洪冲得七零八落，沟心，青石累累，残存的零星地像老和尚的百衲衣，破破烂烂的，东一小块，西一小块……"他说得不错，黄山一行人就在河心走着，路完全由人脚自然踩踏而成，很少人工修整的痕迹，路到小溪边，便在溪水内排几块石头，那便是桥。路和小溪好像是两根互相缠绕的藤条，只不过路是由人走出来的，相应的显得直些罢了。山、水、房屋随着人们脚步的移动，便被慢慢地抛到脑后。沿途也明显地有前人改河的痕迹，岩石上残留着炮眼，河道内野蓟的断茎在迎风抖着，山坡上的石坎坎大段大段地坍塌下来，大大小小的石块滚得到处都是。时不时地也有片片松林出现在眼前，几亩、几十亩、上百亩大小不等，郁郁葱葱，显露出无限的生机。江虎说："我看这其中和干部的领导有很大关系，每次修地整坡一阵风，命令式，不让老百姓说话，愿意也得干，不愿意也得干，干部只图当下成绩，过后谁负责任？修沟台地说什么小河靠边站，大河一条线。结果一到雨季，小河也没靠边站，大河也没一条线，眼见得一冬一冬的汗水泡了汤。造林整坡也是东风来了东风紧，西风来了西风紧，一个道士一道法，一个和尚一路经，缺少长远规划，整体安排。老百姓力没少出，钱没少花，其结果，还是大家看到的这些。""你都说说，这凉水沟传统的都出产些啥？俗话说'一方水土养一方人'，这地方也总有这地方的优势嘛！"黄山问江虎。"这地方沙质土，气候温和，松树、杉树长势好。原先，人家稀，每家都有一小片竹园。总的来说这地方长松树、杉树、竹子。"田延富接过话茬说："这地方也产王八，听爷爷说，原先这里人烟稀少，王八很少人逮，却很多。听说一次外地来了一个叉王八的，一下午就弄了一麻袋呢！""现在还能弄得到吗？"欧阳一仙来了兴趣。"现在几乎是绝迹了，即使残留个把，也是在大石洞里，深居简出，很难抓住。"一干人说说笑笑，不觉已到沟垴，那一尺多宽的山路顺着一个二茬荒地中的山脊蜿蜒地向一个山垭爬去，翻过山垭便到了富裕沟的地界，说是富裕沟，其实是比凉水沟更穷的穷山沟，叫富裕只不过是一个美好的愿望。山垭中有一棵白皮老松，虬枝盘曲，虽不能言枝繁叶茂，但也不是十分老态龙钟，它那些枝枝叶叶，还是足以遮挡晴空的阳光。古松下，一块青石板，大小有如三屉桌面光景。这可想而知，是哪一位好心人颇费周折弄来的。在它的旁边凌乱地散落着大小不等的几块石头，就是这些石板、石块和这棵老松给过往爬坡辛劳的行人带来了诸多方便。他们坐在石板或石块上，喘一口气，抽一支烟，浏览一下两沟风光，饱吸几口散发着浓烈草木气息的山间空气，顿觉神清气爽，然后又继续走自己的路。

　　黄山一干人，步入山垭，也像其他过往行客一样，围着青石板，在那几块石头上坐下。黄山给每人散了一支烟，自己将手伸进旅行袋里，摸出两瓶老白干，一个精致的小酒壶和一个熟铜酒盅，放在青石板上，少顷又将几包糕点添在上面。江虎道："黄主任快成酒仙了，酒壶酒盅随身带，随时随地喝起来。"黄山说："'相逢不饮空归去，洞口桃花也笑人。'今天大家陪我游山玩水，没有工钱哪能无饭钱呐！些许东西，不成敬意。不过，咱今儿个也学学古人，来个吟诗作对行令。不知诸位意下如何？""只要哥哥乐意，兄弟奉陪便是。"徐宫表示同意。"那就凑合着来吧！"欧阳一仙也没多大意见。"原先学得几个毛毛字，现今都回娘家看妈妈去了。"田延富没有多大把握。"我们几个不会，轮到了就喝酒呗！"江虎能喝酒，他不怕罚。于是黄山将酒盅斟满，饮下门盅道：

> 岭头石板酒宴奇，
> 梧桐山下村舍低。

徐宫流利地接吟：

> 举杯放眼天际处。

欧阳将酒盅递到田延富面前：

> 多少山峦起涟漪！

"咦，还行嘛！不喝罚酒，每人喝一门盅。"于是酒盅依次传下去，每人喝一小盅。"现在来快一点儿，前人语一落板，下一个人就要接住，打绊了罚酒。"黄山说。"也要稍微有个喘息机会，让人把上句听明白嘛！"

> 有山无果谷神罪。
> 有水无鱼河伯非。
> 只要春风吹不住。
> 姹紫嫣红满柴扉。
> 和风也携三月雪。
> 春雨也击枝上蕾。
> 春雪没有杀生意。
> 雨后桃李更芳菲！
> …………

酒也喝完了，糕点也吃光了，在这野岭上、古松下，别开生面的野宴，或许要给这古老贫瘠的山沟掀开新的一页。

经过充分的酝酿讨论，凉水沟四个村组，一百多户一致同意毁掉一百多亩已种的小麦，全沟统一改河造地。改河工程中，山、水、田、池、路、房统一规划，河走阴坡，房建阳坡。河槽按老农口述，以最大降水年份计算，宽一丈五尺，深一丈。按地势呈台阶式跌降，每阶沿呈燕尾式向上翘起，阶下修一凹坑起缓冲作用。每阶是水平的，下端有一米多高的拦水闸。蓄水一米深浅，可放养鱼鳖，每阶有暗道和池塘相通。洪水季节，鱼鳖通过暗道进入池塘。河堤宽一丈一尺左右，为能通行小型车辆的山间公路，靠阳坡每户住宅面积三分左右，一律设计三间二层半瓦顶小楼房，全部傍山修建。二层后门和傍山后院平，后院花园、竹林不乏田园风光；前庭有一小院，有小伙房，有自来水装置，颇具城市风貌；小院外修六尺宽窄小行道。以核桃、柿子为行道树，哪家门前为哪家管有。改河成功后，每户可得旱地四亩左右。这四亩又统一设计为一亩塘，三亩田，塘泥肥田，田草喂鱼，形成良性循环。水塘在这三亩地的上边，水塘最高蓄水面，高出地面一尺，泄一尺塘水，可保三亩田有三寸以上墒情。一律以改河新道为基准。边坡封山育林。第一步：见树留苗。第二步存良去莠，渐成气候。高山栽松，矮坡植杉，沟台果粮间杂。要求每户千松百杉一亩塘。

歇息了几日。徐宫来向黄山辞行，黄山说："指望你修地呢，你却要走？"徐宫说："这一般性的改河道，我去叫徐建回来。将我们那里的几台笨家伙也弄过来，你们再租几台也好。让刘志回来给你维持治安，我和刘仁还有些尾欠工程和其他事要办。你放心，没问题。我有空回来看看。"徐宫和黄山拱手作别，黄山一直目送着他消失在公路拐弯处。

凉水沟确实是一个直筒筒沟。除了陈家堡组有一个占地二十余亩的平缓黄泥包，对面有一个象鼻山包抄过来外，其他各处弯度都不大，且软麻石较多，容易开凿。有些地段，各组也间断地开挖的有一些旧河道，现在只需将其拓宽、加固、清淤、串通即可。

一天，黄山和欧阳一仙盘算，通过经济清查，各组共查出赃款一万两千余元，连同修路集资剩余款及原村干部中贪污挪用款共两万三千多元。村上需留取一万元备用，所以尚缺资金六万余元。改河主体工程必须在上大冻前基本完成。浆砌配套工程就算放在来春，目前机械工价和爆破器材，至少得四万元筹措。正在这时，刘志、徐建回来了，黄山、欧阳急忙起身迎接。寒暄毕，徐建道："我哥哥知你经费不足，先在指挥部支得两万元工钱，让你先用，以后再想办法。"黄山说："那太好了，太好了，真乃知我者徐宫也。""有钱就是爷，那没钱的就该当孙子!"刘志冷不丁向黄山开了一炮。"唔，我言语有失，还望贤弟海涵。""谁跟你一般见识，我不过是跟你闹着玩儿的。告诉你，不要多长时间，我也有一笔可观的钱。""那好，那好!那也借给我用用。"谈笑已过，言归正传。黄山、刘志、徐建、欧阳兵分两路。刘志和徐建进行工地标测，黄山、欧阳带各组长去买爆破器材及锤、铲、镐、锨一应物品。

花开两树，且表一枝。暂不说黄山一干人购买器材，只说刘志、徐建带领三五人，次日利用小平板仪测量河道比降，小溪最大洪流量横截面、各阶级土地划块水平准高点。这凉水沟原是按姓氏家族分成四组，依次是江家村、陈家堡、田家湾、李家沟。先从江家村开始，会计江衡根据每户人口多少，相处友善关系，大小户搭配，一次性将地块、任务，分解到户，用木桩、油漆钉标出每阶准高点，邻队地块交叉的，量清分亩，直线分割，进展倒也顺利，至午饭时分，已基本结束。下午到陈家堡，这陈家堡又名陈家烧锅。顾名思义，是在新中国成立前有一乡间土法制酒人家，生活比较殷实，土地改革时，定为富农，在全沟也算得是数一数二人家，这是旧话，不再赘述。当刘志、徐建测标到象鼻山时，会计陈国华才姗姗来迟。当徐建问他，你组是否也将任务分解到户时，他支支吾吾，含糊地说："村上看咋好咋办。"刘志说："到拉弓上弦的时候，你怎么下软蛋?""也不是下软蛋，俗话说'一层领导一重天'，组长走时又没具体交代。""哪有那么多重天，两户一合，照顾一下邻里关系就行，赶快办，马上要用。"刘志说完，白了他一眼，忙活自己的事去了。说话间，只见河道小路上两位老人蹒跚走来，其中一个面容清癯，颇具风雅。另一个面孔粗黑，额间广布皱纹，似是一个饱经忧患的憨厚人。那清癯者走到刘志、徐建一干人面前，抱拳先施一礼，咳嗽一声道："敢问哪位是村主任同志?""主任不在，有话就向我们说吧!"徐建说。"噢!是这样，在下有句话，也不知该说不该说。我也知道干部们不信阴阳风水这一套，说错了大神不见小人过。这凉水沟，素无风水龙脉，仅这象鼻山、金鸡垭二处，且金鸡垭小而矮，为鸡雏之形，若坏了二处地脉，怕是连凉水也喝不上，百姓更要遭穷了。""毁掉了小鸡（吉）大鸡（吉）至，伤了小象大象来，此乃大富大贵之举，先生不必多虑。"刘志微微一笑，那清癯老头一时语塞。"只是可怜我那兄弟在生吃苦受累，死得不明不白，埋在九泉之下，也不得安稳，真正好苦的命哪！"粗黑老人不无伤感地说。"既然要斩伤小象之鼻，还望网开一面，让过几尺，也不碍大局。不要动这位老弟兄弟之坟，不要让这年迈之人，再受精神上的折磨。"这时刘志才注意到，在标线下有一荒冢，坟包几乎不显，只是蓬蒿下几块石头，垒成拜台模样，才使人看出，这里还有冥国的一个住户。话言至此，刘志颇感蹊跷，莫不是这坟还有什么蹊跷。他灵机一动，沉下脸来道："凡事都得有个原则，这一路上去，坟也不知有多少座，这个讨几尺人情。那个让丈把好处，那这新河曲曲扭扭还像个什么样子？不光坟，房子还得扒呢，恕不能奉陪，我们还忙着呢。哦，也不能让你二位白跑一趟，这座坟，村上负责取过好啦。"清癯老头悻悻地走了，他已隐隐知道事情的严重了。粗黑老者懵懵懂懂地跟着走了去。

　　河道测过之后，便测阳坡房屋。这陈家烧锅，住着陈国华、陈国忠、陈国政，还有一个六十年代从河南上来的窑匠，名唤王志伟，原先住在生产队道场，也就是麦场旁生产队的一间保管屋里。陈国政吊死后，他便和陈国政的老婆田秀琴凑合在一块儿。以后又将旧屋升高，在旁边新续两间，共是三间土木结构的农家房舍，膝下一儿一女，日子过得比上不足，比下有余。那陈国忠，就是前面提到的面孔粗黑的老人、陈国政的亲哥哥，那陈家开烧锅的指的就是陈国忠的祖上。也许是俗语说的"一代精灵二代痴"，那陈国忠老实巴交，和他的父亲判若两人。他父亲下世后，家境日见败落。里里外外全靠年过六旬的老母王秀英撑持，俗话说："瘪锅遇个瘪锅盖，弯刀遇个瓢切菜。"陈国忠娶了个老实巴交的媳妇，倒也便利，但陈国政长到二十七八岁，还是光棍一条，你道那陈国政何许人也，是五百钱做个褡裢子，前面二百五，后面半吊子，俊的人家看不上他，丑的他看不上人家，过夫嫂他还不屑一顾，哪有那么合适的？故而东不成，西不就。那个时期，偏僻山村，十七八岁，顶多二十岁，也都结婚了，他这个年纪，已算是老大不小了，所以将个老母王秀英急得像个热锅上的蚂蚁，东托媒人西托保，给陈国政提亲。媒人将他家的门槛都踢矮了一截，鸡、鸭、猪腿、水果、糕点、烟酒也不知道给人家送了多少，但每次都是满怀希望而去，竹篮打水而归，眼见得是寡妇死了儿——没指望了。但也许是精诚所至，金石为开吧，爱之神，忽然将爱矢射入陈国政的心。一天，一个远房亲戚漫不经心地说他们那里有一个二十来岁的姑娘，新近辞了婚，你们不妨去撞一撞。那王秀英何等精灵之人，忙应道："哎哟哟，我还去求谁哟！你老嫂子给你侄子办这事，最最合适，我最最放心的啰！"经不住软缠硬磨，这位亲戚也便答应下来，但一再声明，不敢打包票。因为那姑娘长得也俊，又有文化。但谁知一说便说响了，真是"踏破铁鞋无觅处，得来全不费功夫"。定亲不久，女方又催结婚，陈家更是瘫子上树——巴也巴不得。那王秀英虽已知就里，但又不便挑明。但结婚不足三个月，就出现了我们前面提到的那件事，这对于王秀英可真是黑了天，她疑心是那窑匠串通媳妇害死儿子，让大儿子用车子拉着到县里告状，县里来了两个人，带着一个法医，将陈国政的肚子剖开，没有发现什么，就让入殓埋了，以后王秀英眼都哭瞎了，还让儿女拉着到地区告状，终因没有确凿的证据而不了了之，那王秀英年迈之人，哪里经受得住这等打击和折腾，终于含恨死在告状的路上。当刘志、徐建一干人测绘到陈国华等三家房场时，三家主妇出来干预。陈国华的媳妇汪秀珍因其夫是会计，故不敢十分放肆，陈国忠的媳妇是个老实人，也不过是附和着骂。刘志、徐建遵循男不跟女斗，鸡不跟狗斗的古训，并不理睬。然而越骂越凶，徐建让陈国华出面劝阻，汪秀珍、陈国忠媳妇回去了，但那田秀琴并不见好就收，反而变本加厉地扑将上来，夺旗拔桩，好刘志，念动真言，便在那田秀琴拔桩的一刹那，用手一指，那田秀琴便身不能动，口不能言。刘志、徐建一干人等继续标测，等到标测过陈家烧锅，徐建折回头，走到田秀琴跟前，对佝偻着的这位泼妇说："地是集体的，你无权阻止集体修地，集体规划新农村，本是好事，你为何反对？如你一时想不通，可以保留你的房屋，但只限宅基地以内，你房附近的地可以建议就近分给你，不然你将来土往哪里出？新房址给你留着，你什么时间想通了，什么时间扒屋，那工可是你自己的，到时候不要后悔，去吧。"其实田秀琴听着这些话，也认为句句在理，只是她心里装着个鬼，醉翁之意不在酒。

　　夜幕徐徐地拉开，大地慢慢地安静下来，劳累了一天的刘志，晚饭过后躺在床上小憩。忽然台灯昏暗无光，一个二十多岁的青年男子吊睛吐舌走进门来，煞是吓人。刘志正待坐起，那青年男子道："恩公不必惊慌，我乃是陈家烧锅陈国政是也。被贱妇勾结奸夫谋害二十余年了，今晨阎君命我返回阳世，协助恩公，破获二十余年冤案。那时正值夏播初了之时，公家催着交公粮，我们那里离收粮点有三十余里，当时田秀琴和王志伟约好点子，王在我邻居陈国华家，田秀琴哄骗我说，'你明天要赶路，晚上早点儿歇息，我给你做干粮。'我想说的也是，等我睡熟，田即到陈国华家借梯子，这实际是传递信号。田秀琴回来后，王志伟即到，他们先用手巾捂住我嘴，用绳子勒我脖子，我当时血气方刚，他们一时整不死我，可恶的王志伟将绳子一头拴在床腿上，另一头让田秀琴死死拉住，他骑到我身上，用双手掐我脖子，我被弄得气息奄奄，王又吩咐取两枚缝纫机针来，我当时身犹未死，他摸到我心跳处用针深刺。针刺到心脏，疼痛难禁。我做死前挣扎，捂嘴的手巾有些松动，王怕我发出声来，忙来捂嘴，那枚大针便没入腔内。之后他们又用另一枚大针朝心脏部猛刺数下，我即气绝身死。我死后，他们将我挂在楼檩上，王志伟溜走，田秀琴大哭，说我上吊了。""现时隔数十年，要为你昭雪沉冤，总得说住人家，这人证、物证何处去寻，还望哥哥明示。""那枚缝纫机针，虽已锈迹斑斑，但还依稀可辨，它现在还附着在我的肋骨上，你们掘坟时，要让众人都看见。一旦发现，即严密保护现场，待公安人员到来取证，此事即告成大半。另外，今夜三更时分，王、田要来掘坟盗骨，如他们盗骨成功，这件事就完了，还望恩公不辞劳顿，今夜三更即时护坟。我隔世之人，无以为报，请受我三拜，聊表寸心。"说罢陈国政即俯身行了三个大礼。这时门外有脚步声起，那个冤魂飘然而去，台灯复明。

刘志恹恹坐起，揉揉惺忪睡眼，口中喃喃道："竟有这等怪事！"这时徐建拎了一瓶烧酒，切了两斤肉回来，见刘志念叨怪事便说："啥子怪事？"刘志便如此这般说与徐建听。"日有所思，夜有所梦。日间看见个坟，又遇见田秀琴折腾，便演绎出这等事来。""可那音容举止，真真切切，莫非，莫非……哦！他还一再叮嘱，三更护坟呢！""也罢！也罢！咱们吃饱喝足，耍子去。"

深秋的午夜，草木上附着了一层霜，颇带寒意，下弦月已经升起，给大地洒下一层朦胧的银辉。徐建跺着脚，搓着有些麻木的手，一边打着哈欠，一边絮絮叨叨地骂着刘志，这时忽见前面有亮光闪了一下，刘志拉了一下徐建衣角，戴上面具和铁爪，警惕起来。

王志伟和田秀琴借着清冷的月光，深一脚、浅一脚地向陈国政的坟地走来，在那沟坎阴暗处，便轻轻地亮一下手电，低语两句，等来到陈国政坟前，用电

36

灯晃着照了一照，认定没错时，王志伟便从上衣袋里掏出一支烟，用衣襟遮着，用打火机点燃，田秀琴抱怨道："啥时间，你还抽烟！万一招来麻烦咋办？""这荒郊野外，深更半夜，怕啥子事啰！"一根烟抽毕，王志伟拿起砍刀，将坟上草刈掉，然后抡起板镢挖土，挖了一阵，又拿起铲锨铲一阵。从王志伟抽烟时开始，徐建已将刘志的微型摄像机打开，这种摄像机带有消声器，加之机子又小，所以几乎没有声音。坟包差不多铲平了，还不见刘志行动，徐建要打哈欠，几乎忍不住，正想张嘴，只见刘志猛地从地上跃起，"还我命来！还我命来！"地狂喊着，扑向王志伟，两只铁爪嵌入两肩皮肉，热烘烘的舌头，直抵脸上，可怜那王志伟哪里受得了这等惊吓，大脑根本还没来得及思索，本能使他挣命，双肩连皮带肉带衣服，被生生地扯下了两大片，跑出一箭之地，便扑通一声栽倒于地，殷红的鲜血染红地面。鼻子里的气出得多进得少。田秀琴一边"打鬼呀！打鬼呀！"地狂喊，一边没命地奔跑，两只鞋都跑掉了，田秀琴的儿子王正祥已二十余岁，在这沉寂的夜听到这杀猪般的号叫，已是毛骨悚然，忙划着火柴点着灯，喊醒了妹妹，见堂屋门没闩，又拿灯到父母房照照，见没有人，心知有变，兄妹两人，忙磕磕绊绊地赶到呼喊处，见母亲只知狂喊傻笑，父亲鲜血淋漓不省人事，根本问不出所以然，幸好离家并不太远，便半背半拖地弄回家。刚放到床上，便嗅得阵阵奇臭，原来那稀的稠的已顺着两人的裤管流了出来。

翌日，一轮红日冲破淡淡的云霞，从东方冉冉升起，将万道金光洒向大地，刘志、徐建、陈国华、陈国忠、王正祥，外加两个土工带着锄锨和盛殓尸骨的木匣子来起坟了，刘志、徐建已给王正祥放了片子，王正祥思想上疑云重重，爸妈为什么半夜三更挖这坟呢？他问刘志原委，刘志道："我也不太清楚，咱们到时候看仔细点儿。"到了坟地，歇息片刻，刘志打开摄像机，土工便开始掘坟，由于昨晚王志伟已将坟包挖平了，故没费多大工夫，便隐约发现头骨的痕迹，于是土工便拿出小铲，一点一点地剔土，取出头骨、颈骨，等到取胸肋骨时，刘志、徐建、王正祥、陈国忠等都瞪大了眼睛盯着，并叮嘱土工仔细点儿，土工也早风闻此事，便心领神会地点了点头，等到取左胸第四根肋骨时，果然发现了铁锈痕迹，刘志忙喊："注意！"旋即递过一根竹片，土工便小心翼翼地像刻图章一样的挑土，果然是一枚缝纫针，虽已锈迹斑斑，但针鼻子、针身尚清晰可鉴。刘志忙令停掘，让徐建立即给公安局打电话。那陈国忠此时忽然大悟：

"好狗日的呀！原来我兄弟真的是那对狗男女害死的呀！你死得好惨哪！我娘也是死在这对杂种手上啊！"他捶胸顿足地哭号着，王正祥此时也已知事情的分晓，见自己的妈妈干出这等丑恶事来，作为儿子脸上便也青一阵，白一阵，不是气象。

当刘志、徐建测绘到李家村时，黄山也加入进来，这李家村组组长名唤李正茂，会计是李有财，大家一人一方围着小方桌坐定。正茂沏上茶，对黄山说："主任！我们凉水沟下面三个组你都给设计得不错，我们这个组，山大石头多，出门就爬坡，家家穷得叮当响，翻过来是个肚子，翻过去是个背，你说，怎么个富法？"黄山说："你报个字，我测测。""人家跟你说真格的！"正茂有些不耐烦。"你就报个字嘛，测准啦，你去找两杆枪，我们上山玩玩儿，测不准了，分文不取。""那就报个'富'字。""测字拆字，富字上面是个宝盖，下是一条路，一口塘，一块田。宝盖的撇点和横钩变成竖向下伸长，就是河道和住宅区，下面三个组，就是这样设计的，你们是个宝盖，是个富字头，横杠下面两沟，横杠那边有一点，我看了地形，确实是这样，你们还要先富起来，你们是头呢，咋样？测得错也不错？""组长叫李正茂。"刘志说，"组长娘子叫陶（桃）正鲜。桃红李白在人间。"徐建说。正茂女人白了徐建一眼，心里想道："啥子干部！一群调皮蛋子。"不过她还正好姓陶。"会计叫李有财，'财''材'同音，他们要盖房子，你们瞅准机会发一笔好财。"正茂搔搔脑壳说："是这个理。"李家村拢共十四户人家，岭这边九户，岭那边五户，其中单身汉三户，无子女老夫妇一户。为了打猎保田，几乎家家都有一杆质量不一的猎枪，李正茂出去转一匝，拎来了两三杆。秋末冬初，天高云淡，草枯林朗，正是打猎的黄金时节。刘志、徐建一组，黄山、李正茂一组，从两条岔沟，顺沟而上，约定在沟垴山梁上会面。刘志拎的是小口径步枪，徐建拿的是个火铳。进入林区，各种雀鸟啁啾鸣叫，野菊花散放着浓烈的芳香，略带寒意的潮湿林间空气，沁人心脾。"豹子扳尖猪过垭，荒坟草窠兔子家。"刘志、徐建一边走，一边拉话，谈论着打猎的窍道。"咱们手里的这家伙，不能对付大东西，只能打些下酒的玩意儿。""太阳出山和落山的时候，野鸡兔子出来糟蹋庄稼，现在时间尚早，它们正在草窠内，必须赶它们出来。"刘志压上子弹，一手持枪，一手向水沟对面的深草丛中扔石头，第一块石头下去，不见动静，第二块石头下去，扑棱棱，扑棱棱，有四五只野鸡吃力地扇动着翅膀，肥胖的躯体使它们飞得不快也不高，"啪！"刘志的枪响了，领头的雄鸡一头栽了下来。"啪！"第二声枪响了，又一只母鸡耷拉着翅膀，翻卷着跌落下来。徐建连蹦带跳赶到沟底抓在手里。翻过一个小山包，又越过一片野竹林，来到一块黄豆地边，只见几棵豆子在微微晃动，刘志端起了枪，摸了块石头掷过去。"啪！"徐建开了枪，兔子顺着山脊没命逃窜，刘志赶紧补了一枪，兔子倒了下来，在一棵树蔸子旁踢蹬着。刘志坐下来，像没事一样将枪靠在身上歇息，徐建也坐下来对刘志说："那边怎么一声枪响也没有，看来又是白吃饭。""你到现在也没打着。""你已经有两只野鸡了，就说这兔子是我打的吧！保密啊！""看你可怜兮兮的，就按你说的吧，周仓无智，一辈子扛大刀，现在咱再打几只斑鸠，我打你捡，这鸡兔等你还得背上。""唉呀！等你栽在我手上，看我咋样整治你。"

刘志打了几只斑鸠后，看着离会合的山梁还远，他懒得上去，就爬上附近的小山梁，打几声呼哨，就和徐建折回正茂家来。再说黄山和李正茂从南岔沟进沟，他们带了一只狗，这狗的眉毛上面和眼对称，有指头蛋大的两个小黑点，活像两只眼，故给这狗起了个雅号叫四眼子。四眼子身材细长，个头不大，是个地道的掏洞的坏子。进沟二里许，四眼子东闻闻，西嗅嗅，随即爬上一座小山梁，李正茂知道它踏上了茬子，就紧走几步跟上，这时听得北岔沟啪啪啪啪枪声不断，李正茂说："那二位先生怕是把枪子儿当鞭炮响着玩哩！"黄山道："老兄有所不知，徐建本事虽稍有逊色，可那刘志是打飞鸡跑兔的把式，弹不虚发，他们可能到手六七件货了。"李正茂则大不以为然，这时听得几声呼哨，黄山说："这是告诉我们，今晚下酒菜够了，招呼我们回去。""咱们岂可这样空手回去，说不定咱弄个上乘货，也让他们开开眼界。"说话间四眼子已蹿出一箭之地，在一石坎下扒掻，正茂赶紧找到出口，让黄山守着，自己则过来帮助四眼子撬洞口，这边闹得紧，洞内之物便欲从洞口逃走。才见一个毛茸茸的头，黄山乐不可支，急呼："哟！有个东西呢！"这一喊不打紧，那畜生便赶紧缩了头，任你百般赶抄，就是不出来，这时正茂便采来杂草松枝，从口袋内取出一把辣椒角，燃起浓烟，往洞内灌，约莫半个时辰，听得洞内喷嚏声响，李正茂和黄山调换了个位置，渐渐地又听到洞内有爬动之声，李正茂全神贯注，左手挖开，做个捕捉姿势，右手捏紧开山斧，准备砸击，待那畜生半出，李正茂张开的大手，死死卡住那物的脖颈，那物倒也机灵，折转头来就咬，说时迟，那时快，他右手的斧头已不偏不倚地砸在那物的脑盖上，那物踢蹬了几下，便软瘫下去。拎起一看是个三纹黑狸，约八九斤光景。李正茂乐呵呵地说："黄主任口福不浅，'天上的鹅肉，地下的狸肉'，我这几年还没弄到过哩。"黄山伸了伸腰，看着满山的松、杉、榛、桦，嶙峋的奇峰、怪石，想到飞禽走兽，他咧开嘴笑了，带着一丝苦涩。住在金窝窝，反倒落了个穷字，岂非咄咄怪事。夕阳落在了山头，晚霞布满了天空，黄山和李正茂在落日的余晖中一步步走下山来。

来到正茂家，刘志、徐建正在烫鸡剥兔，吃饭尚早，黄山想乘这个机会开个村民会，好在岭这边几家隔不多远，喊叫几声就到了，难就难在岭那边五户送信怕来不及，正茂说："那两个光棍，还不是在这边混。那另三家就算啦，我这就去喊叫。"

会议室就设在正茂家，堂屋两边各摆一溜长凳，小方桌上沏一壶茶，扔一包烟，一切便准备就绪。小组开会，也没个什么章法，人到得八九不离十，组长就开始说话，想到哪里，说到哪里。村民也不太惧怕组长，叽叽喳喳、吵吵骂骂也是常事。

约莫一支烟工夫，人差不多到齐了，黄山也不客套："请大家静一静，现在开会。第一，南北二沟沟口筑坝库水，主要是为下沟提供水源，防止洪蛟，对下沟的田塘起保护作用。当然对我们自己也有好处，也可以放鱼养藕，不说卖，自己吃总方便些，省下的也就是挣下的。正茂负责南沟，有财负责北沟，安排好外队人食宿。库边立起护林碑，制定规约封山育林，库成之后承包到人。第二，选址建窑，先在南北二沟各建石灰窑一孔。这里石灰石很多，柴草又方便，又不要投放多少资金，就可以见到收益。岭那边几户以后搬过来安置，由村委投放资金，也可以私人投股，兴办牧场、核桃林，形成高果低牧格局，还可以配玉米种，养果子狸、养鸡等等。总之门路很多，钱就在我们的鼻子底下，我们不能老是住在金窝窝，穿的百衲衣，吃的窝窝头。"就这几句话将山里人的窗户纸捅破了，大家静悄悄地听着，憧憬着美好的未来，在他们心中这个世界美好多了。"大家划算划算瞅准项目，想好了和我或组长谈都可以，散会。"大家都还愣愣怔怔地待着。人们不知道这个年轻人身上怎么有这么大的魅力。

第五回　西王母瑶池设宴
五花仙含羞受命

　　仙宫瑶池今天装扮一新，琉璃屏风，闪闪烁烁，珊瑚玉树熠熠生辉，香雾缭绕，钟磬齐鸣，仙鹤在地面跳舞，凤凰在空中飞翔，八仙桌上仙桃素果，醇香扑鼻。昨天，玉皇大帝御驾王母仙宫，言道："黄山、徐宫等投胎凡界，现已长大成人。黄山理政，徐宫改河，徐建整地，已初见端倪。在人间男大当婚，女大当嫁，生儿育女，繁衍后代。他们既已降临尘世，当以普通一员出现，单身只影，恐有不便。常言道：'一个成功的男人背后，站着一个好女人。'他们现在在基层，又没甚职务，恐难找到如意匹配，所以必须从花仙中挑选几个才女，下界匹配。"王母受大帝委托，所以特在瑶池设宴，物色人选。爱之神在暗中窥探，准备将爱之矢及时射入她们的心中。

　　花王牡丹仙子带着众花仙在白云童子的引领下，叽叽喳喳，步入仙宫，王母特意至宫门迎接。众花仙见王母亲自出宫迎接，慌忙俯身下拜，说："哎哟哟，折煞人了，我等小女子，怎敢劳母后大驾。"王母笑而不答。众仙女，围着八仙桌，在金装银裹的高脚椅上坐下。王母亲自将仙桃果点一个个分发在她们的食盘内，慈祥地劝她们尽可轻松随便，不必拘谨。王母在首席坐定，和蔼地说："今天请诸位仙子前来，是陪老身拉拉家常，谈谈我们女人的事情，畅所欲言，说错了也不要紧，当然也不能野火烧山，漫无边际，总得有个中心议题，这就是，在人间作为一个女人，怎样挑选自己的丈夫？换句话说就是，怎样的男人才是最理想的男人？每个人都向我口头交一份答卷。"

　　玫瑰仙子说："俗话说，'男才女貌'，男子汉就要有才干，但才又有邪、正之分，这就牵连到德，如果要我说还要加上一个'貌'，要看着赏心悦目也。我的看法归纳起来就是德能兼备，才貌双全。"

王母点了点头，将她和刘志对上了号。牡丹仙子说："'士为知己者用，女为悦己者容'。他再好，不喜欢你总不行吧。"众仙子道："这是最起码的条件嘛！""最起码的条件，难道就可忽略不算条件吗？""不愧为花中之王，看问题总高人一筹。"王母插了一句。"'嫁汉嫁汉，为吃为穿'这话虽然俗了点儿，但经济条件也不能忽略，'开门七件事，柴米油盐酱醋茶'，要我说，得找一个好官儿，自己生活舒适，又能为民众办事，'夫荣妻贵'嘛！"牡丹仙子继续说。"生就是富贵之身，耐不得贫穷啊！"不知是褒扬，还是贬斥，王母不无感慨地说了一句。她心里想到了黄山。"人生最贵莫过于知音，即使是家徒四壁，我也是不在乎！""嗯！不乏君子之气。"王母对菊花仙子的简短言辞颇为欣赏。"我看兴趣爱好还必须相同，遇事能想到一块儿，说到一块儿，还要有一个好身体，无灾无病也是福啊！""我看爱情尚需专一。拈花惹草，朝秦暮楚，也不好吧。"海棠、荷花仙子补充了几点。王母闭起双目，头向后扭过去，看似闭目养神，实在是听取爱之神的汇报。少顷，王母正襟危坐，一本正经地说："今天召诸位仙子来，实有一事相托，现黄山土地、巡天金甲神小刀手刘志、营造司鬼斧子徐宫以及天猫、天熊，已在凡界成就一番事业，一个成功的男人后面总是站着一个好女人……"话犹未了，转出黄门官："请牡丹仙子、玫瑰仙子、菊花仙子、荷花仙子、海棠仙子接旨！"五位仙子齐齐跪下。"现令牡丹、玫瑰、菊花、荷花、海棠五位仙子下界辅助黄山、刘志、徐宫等成就一番事业，具体事宜由王母安排。不得有误，钦此。"

五位仙子叽叽喳喳，围住王母："我等弱女子，能干啥子来着，换换人吧。""非汝等莫属。去吧！去吧！天机不可泄露。花开花落也不过几十个春秋，很快就会回来的。"爱之神遂将刻有黄山、刘志、徐宫、刘仁、徐建字样的爱之矢射入五花仙心中。你道那五花仙真个不知？她们虽为花草，但早已修炼成仙，是有灵性的。遂道："王母捉弄我等。""这是王命，不得违抗！"王母遂端杯送客，五花仙羞答答，步出瑶台，飘飘荡荡向下界而去。

五花仙站在云端里鸟瞰大地，只见城市里楼台馆榭，鳞次栉比；乡村中阡陌交通，公路如带，车辆来往如梭；洋面上舰船星星点点，任意驰骋；街道内各行各业，井然有序；田野上，男男女女耕前耘后。好个人间，不是天堂胜似天堂。想那天上，孤守清宫，白云为伴，年年岁岁，孤孤单单。众花仙越看越觉心旷神怡，想到来人间走一遭，也未必不是一件乐事。边行边看，不觉已离下界不远。牡丹仙子说："姐妹们现离人间不远，我们还是暂时分开吧。望各位施展才华，数十年后再见面，多自珍重。"众花仙相抱一团，难舍难分。正待分开，忽见黄门官轻摆拂尘，手托托盘，盘内五杯清茶。"众花仙一路辛苦，下官受王母之命，特来送茶。"众花仙折腰施礼，口中应道："谢王母！"原来五花仙离开瑶台，王母忽然想起：五花仙如此下去，如若不投胎换骨，天庭之事记得清清楚楚，便少了诸多情趣，故而让黄门官送混沌清茶一盏，饮茶后以前之事，便懵懵懂懂了。饮茶毕，花仙送走黄门官，便互施一礼，隐去原形，按落云头，各奔东西了。

其他四位花仙暂且不表，单说那牡丹花仙来到一处地面，掐一个唵字诀，说道："土地何在？"少顷，当方土地来至面前，躬身施礼道："花王唤老身有何吩咐？"牡丹道："小仙初来此地，诸事生疏，当务之急是要有一个栖身之所。""不知花仙怎的个栖身之法，老身不敢造次，还望明示。""你看我个年轻女子，最好是那正派官宦之家，通过移花接木之术，给人家当个女儿何如？你可将此地这等人选一一说来，待小仙定夺。""哎呀呀，花王真乃大富大贵之身，此地有一大官，为本市市长，姓柳名河清。为官清廉，膝下只有一女，今年二十有一，名唤莲英，现在本市名牌大学攻读硕士学位。但此女有才无寿，阎府判官要在今夜子时催命，花仙可借尸还魂，不知花仙意下如何？""如此说来，前面带路，待我实地探察以后，再做定论。"土地带着牡丹花仙，过街穿巷，不多时，来到一处地面，此处既非天上神仙府，又非人间帝王家。院内停放着各式各样的车辆，过道内行人摩肩接踵，工作人员白帽白口罩白衣衫，原来是市中心医院。他们穿过门诊部，经过值班人员盘查，来至住院部，步上楼梯，到二楼八号病房前，土地神努努嘴悄声道："老身告辞。"花仙道："隔两天到家中看我。"遂颔首作别。

再说那地府催命判官摊开生死簿，查得南槐市柳河清膝下之女柳莲英，当于今夜子时命终，即从签筒中抽出令签一支，交予催命小鬼，那小鬼得了令签，不敢怠慢，紧走慢赶于亥时时分赶到市中心医院，此时柳莲英正插着氧气管，输液针管内的液体有一滴没一滴地滴着，她长长的睫毛安详地遮掩着半睁的杏眼，弯弯的蛾眉在她那嶙峋的眉骨上划下一抹青黛的弧线，暖融融的丝绒被下显露出一个人体的轮廓。此时的柳莲英正是生不如死，她也清楚地知道，她与这个世界作别的时间不长了。想到父母的养育之恩，想到她去后双亲的孤苦伶仃，想到十余年的寒窗之苦，将随同她的躯体化作南山之土，想到她的良师挚友，几颗晶莹的泪珠，从她几近干涸的眼角流淌出来。此时的柳河清夫妇，正全神贯注地注视着柳莲英的面部变化，他们也清楚地知道眼前即将发生什么事情。当他们见到爱女眼角沁出的眼泪，知道最后的诀别就在眼前，这时又见莲英龟裂的嘴唇艰难地蠕动了几下，知道女儿是要说临终之言，忙将耳朵凑近她的嘴边，莲英极其低沉地断断续续地说："我——怕是——不行了，二老的——养育之恩——只有来世——再作图报——你们要多自珍……"这时，时针正指向十二点，催命鬼套上柳莲英魂魄就走，莲英话犹未了，头一偏，倒在妈妈的臂弯里，眼睛睁得大大的，瞳孔已经散开，化作两个永恒的光点。这时柳河清夫妇，肝胆皆裂，五脏俱焚，欲哭无泪，欲悲无声。真是破屋偏逢连阴雨，漏船又遇顶头风。这时大夫已吩咐护士推来了平板车。大夫握住柳河清的手说："市长！人死不能复生，您老要想开些。"柳河清痴呆呆地说："不，不能！你们要再想想办法，我给你们——"这时隐形的牡丹仙子，一看是时候了，忙轻拂衣袖，对准那柳莲英吹一口仙气，那柳莲英的眼睛便眨了一下，嘴唇上下翕动了一下，说道："渴——渴死我了。"柳市长夫妇惊喜地连声呼喊着："英儿！英儿！"可把个大夫惊诧得大张着嘴，半天合不拢。心内想道：岂不是天大怪事。由于死引起的极度悲伤和由活带来的非常欢乐，使柳氏夫妇神魂颠倒，直到柳莲英用手指了指口，并不断地说着水，才缓过神来，以致忙乱得撞倒了杯子碰歪了壶。

第六回　凤鸣岗徐宫绘蓝图
青石岗黄山办工厂

　　再说黄山在李家村开会，会后野味宴就开始了。黄山道："徐宫、刘仁他们估计快回来了，我忘了交代可曾给他们留点儿？"刘志道："这还用你费心，徐建的哥哥，我的弟弟，还不比你心疼！"黄山道："那就好。开宴前咱先来个约法三章。"李正茂说："哪个三章？""第一章，老人、娃娃、嫂子都上桌，咱们来个合家欢。""娃娃们不懂事，老人咳嗽吐痰，女人还要上菜。""你这成什么话，一人嘴动，十人嘴酸嘛！老人上桌，娃娃们坐下桌，我们三弟兄一方，你夫妇二人和会计一方。""第二章，我们三人每人五元伙食费，你必须收下，不收不动筷子。这要成为一个规矩。你是组长先带个头。""这是什么话，我这里又不卖饭，开食堂！""第三章，喝酒不划拳，每人一小杯，谁喝酒，谁掏钱。慢慢地要做到干部下乡不在老百姓家喝酒。""这第三章不划拳可以，但你三位都是海量，一小杯怎么行？今晚喝我自己烧的纯苞谷头酒。我又没掏钱，我咋能收你们的钱？你也不要搞一言堂，你一人说了算！"刘志说："算啦！黄山占前两条，组长占第三条，我去请老人叫娃娃。"正茂女人说："你也叫不来，还是他爹去叫吧！"深秋的夜晚，山风呼呼地刮着，树林里发出沙沙的响声，颇带几分寒意，但正茂家的餐桌上，却融融乐乐。

　　根据村民的反复酝酿讨论，凤鸣岗的杨家滩、章家岗、白家岗、黄土堡分别和凉水沟的江家村、陈家烧锅、田家湾、李家村结成对子，劳力采取工换工的办法，不搞凭白抽调，劳作又分为集体工和入户工两种，集体工是炸石开沟、平场、修堤等。入户工是指到户的修塘整地等。集体工集体组织偿还，入户工由私人偿还。黄山等从李家沟归来后，十几台风钻机便吼了起来，在规划线上的房屋业已扒掉，在安全处临时搭了寮棚，暂时不扒的房屋已用树枝、玉米秆遮护，采取了一定的安全防范措施，非施工人员都已迁到凤鸣岗结对子户暂住。每天三次爆破，由号声统一指挥。引爆时千炮齐发，飞沙走石，硝烟弥漫了整个凉水沟，一个沉睡了数千年的穷山沟在这隆隆的炮声中震颤了。

在爆破后的第二天，徐宫、刘仁带着两台推土机、两台挖掘机、八台翻斗车回来了，黄山、刘志在简朴的灵芝餐馆接待了他们。餐馆门前的路边，立了一个水泥牌，牌上写着：这里没有公款吃喝，谁吃饭，谁掏钱。另有一块木牌上写着：施工重地，闲人止步。饮宴毕，推土机、挖掘机、翻斗车，还有从各组征集来的大小拖拉机便进入工地，整个工地上热火朝天，村民们依稀看到了那美好的明天。

机械进入工地以后，挖掘机、推土机先清理塘池底子，翻斗车、拖拉机将垒砌摆的硬坚石运到指定地点。没轮到拉石的户，也有用架子车拉，人抬肩扛的。工地上充满了生机，但又有些凌乱和拥挤，这期间也发生了几起群众争抢石头的纠纷，黄山及时召开村组会议，要求各组划定车道和人行道，各户限定一定数额石方量，不足的后补。徐宫、徐建具体负责施工。刘志、刘仁具体负责安全、治安。施工组干部全权负责本组工作。协助组干部也要像干自己的事一样，协助搞好工作。哪个组出现问题，哪个组自己负责。黄山又说："乡上一再催促劳力上乡会战工地修石坎坎田，大家不去，在家好好干，有徐宫、刘志等人在，我放心。咱们兵分两路，我去泡会战。天塌下来，我顶着，顶多将我撤。再换人，还是如法炮制，村民一个不能去，谁去不给谁分田，划庄基。你的前程，你自己不去奔，还指靠谁？"这时田家湾组的田延富汇报说："田吉祥、田吉斌兄弟俩和姐姐田淑芳争吵几天了，不出工，将来田塘咋分？""咋回事？"黄山问。"他们的母亲得了胆结石，兄弟俩相互推诿，老人眼见得气息奄奄，在县城教书的田淑芳将母亲送到医院花了上万元钱，动了手术，取出了胆结石。吉祥、吉斌听信别人谗言，说那胆结石像牛黄、狗宝一样是无价之宝，不能让姐姐独吞，应拿出来，姐弟三人均分。淑芳说，医生就没给。后来找医生去要，医生说那是无用之物，早扔了。吉祥、吉斌又说淑芳和医生通通作弊，真是闹得不可开交。听了田延富的叙说，大家都为淑芳愤愤不平，大骂吉祥、吉斌忤逆不孝，于理不通。黄山问刘志："这事咋办？"刘志说："哥哥放心去吧，这事好办。"刘志向刘仁、江虎招招手，分别附在他们耳边嘀咕了一阵，二人咧开嘴笑了，众人也不知他葫芦里装的什么药。

村组会的第二天，工地上仍在清塘底，整庄基，这时只见一行四五人皆白衣白褂，肩扛手提地携带着各种医疗器械，径直走到田吉祥、田吉斌的门前场院里，麻利地扎起简陋的帐篷，在帐篷内支起一张床，拦门口一张桌子，再摆几条长凳，把一个用硬纸壳做的医疗室的牌子挂在门口，帐篷门口设一个地摊，摆放着各种各样的儿童玩具。地摊刚摆好，吉祥的儿子路路，吉斌的女儿娟娟就吵着要人结石，把吉祥、吉斌撑前撑后，他二人心内窝火，孩子吵得烦不过，就打了他们几下，谁知两个娃娃哭闹得更凶了。这时刘志走过来说："孩子是未来的希望，娃娃们要人结石，你们就牺牲点儿，现在技术先进牛能种牛黄，人也能种人结石。这在我们村是首次，医药手术费村上报销，你们就种吧，否则孩子向你要人结石，你们哪里去找？"这时几个穿白大褂的人走过来，架起吉祥就走，吉祥慌了神说："放开我，放开我，我不种，种也要人家自愿嘛！"几个人不容分说，把吉祥摁倒在大床上，一个戴口罩架墨镜的高个子医生解开吉祥的衣扣，搂起紧身内衣，在腹部按按压压，似乎是在选取手术部位，一面吩咐准备麻醉。这时吉祥媳妇从菜园回来听说了，吓得变颜失色，磕磕绊绊地向医疗室奔来："天哪！指望他爸干活呢！那牛种了牛黄瘦得皮包骨头，人还不一样，他奶取结石就花了一万多块，那种又不知要多少钱，咋划得来嘛！再说那折腾来折腾去，人还有用吗？哎哟！我的天哪！你们咋蛮来，不采取人家自愿哟！"这时医疗室内穿白大褂的刘仁正将吉祥翻过身来，将装有少许汽水的兽用注射针头，重重地刺进了吉祥的屁股，疼得他杀猪般号叫，他媳妇扑通一声跪在了刘志面前，刘志并不理睬，只是用手死死拉住吉斌说："快了，快了，你哥哥做完了，就给你做。"吉斌吓得面如土色，吉斌媳妇也慌忙跪在刘志面前说："好兄弟，你抬抬手，饶了我们当家的吧！"这时，休息的号声响了，村民都向场院内拥来，当人们得知就里后，便七嘴八舌地骂开了："老娘病成那样，当儿子的不管。姑娘接去做手术。早知这样，就该放在尿罐内溺死。""亏得姑娘不错，送娘去医院，要不然怕都入土了。""两个儿子还有什么脸闹得要胆结石。""真不要脸，亏得说出口。""……"这些声音飘入吉祥、吉斌夫妇的耳朵，羞得他们恨不得有个地缝钻进去。这时，戴墨镜的医生一面吩咐准备手术刀、剪子、钳子等，一面在吉祥身上掐掐捏捏，一边问："疼不疼？""疼！

疼!"那个医生说:"麻醉药怎的不起作用啦?手术怕是做不成啦。改日再做吧!"听到这话,吉祥的魂魄才得入体,忙整理好衣服,跌跌撞撞地奔将出来,刘志也将吉斌的手放了。这时他们仿佛悟出了什么?忙爬将起来,奔回家去。

少时,刘志笑嘻嘻地走到田家,将两把玩具手枪递到路路和娟娟手里,路路和娟娟一面兴致勃勃地玩着手枪,一边说:"人结石真好玩,真好玩。"临走时,刘志抛下两句话:"将老娘接回来好生奉养;明天上工干活,不然以后话不好说。"吉祥、吉斌带着一丝苦笑,将他送出了门。

婉转悠扬的号声又吹响了,人们又都回到了各自的劳动地点,各种机械又都发出隆隆的吼声,场地上渐渐恢复了平静。

时隔不久,在布满石块、土屑的坑洼不平的工地小路上,一行五人,踽踽前来,所到之处,车辆停驶,民工驻足。刘志、徐宫等觉得有些蹊跷,只见那一干人等渐行渐近,那来的原来是三女二男。男的一位是副乡长,另一位便是黄山,他俩走在后面,中间两位女的,一位是乡妇女主任,一位是乡财政出纳。走在最前面的是一位陌生女子。只见那女子二十来岁年纪,身体微胖,衣着服饰超凡脱俗,显得雍容华贵,那女子越走越近,远观朦胧,近看分明,容貌美丽,不卑不亢,优雅的言谈举止,迫使人们不得不多看上几眼,有诗为证:

> 蛾眉修长睫毛深,粉面朱唇黑眼睛。
> 闭月羞花几曾见,燕语莺声哪得闻。
> 庄重举止锋不露,只将冷眼看红尘。
> 贵妃不能同日语,昭君巾帼逊三分。

刘志举起望远镜,瞭望各组工地情况。只见江家村组路边,人都痴痴迷迷地站着,忙让司号员用号声调江虎。江虎听到一长一短的催工号,忙钻进人群,低身发出咕咕——咕咕——鸽子的叫声,瞬时,咕咕——咕咕——的叫声此起彼伏,于是机器又吼叫了起来,人们又吆三喝四地开始劳动,这些声音汇集起来,淹没了几个乡干部的呵斥声。副乡长一行沿路上来,随着两长一短,三长一短,四长一短的号声。咕咕——咕咕——的鸽子声也便像水波一样从沟口向沟垴荡去,这声音是那样的雄浑而具有威慑力量。沿途上来,乡干部们气色很不好,只有那陌

48

生女子兴致勃勃，不时地停下来和老乡们交谈几句。当她走到刘志身边时愣怔了一下，似曾相识，但又无从记起，她嗫嚅着，但终于没有说出一句话来。她侧过脸看了看刘志身边的一个小青年说："你的号吹得不错嘛！"小青年忙辩解说："不！不！你弄错了，我不会吹号！""嘴上还挂着幌子呢。"她冲他们莞尔一笑，便离开了。刘志心里咯噔一下，心里骂道："妈的！好眼力。"过后的一两天，刘志一直快快不乐。徐宫见了打趣说："老弟，这几天怎么啦，莫不是让那小娘们儿勾去了魂儿。"刘志骂道："少扯淡！我是想那天她认出了司号员，如果她顺藤摸瓜，岂不坏事。""不会的，我看她不像是那种人，你不见这两天，很太平的嘛，说不定她还能帮我们一点儿。"

　　工程在按照预期计划顺利进展，乡干部也不见再来骚扰。一日，刘志、徐宫察看工程进展情况，来到田吉祥家门口，吉祥、吉斌见了忙让家里坐，刘志见屋内椅子上坐着一位中年女干部，沙发上一位年过花甲的老奶奶正和路路说笑，见有客人进来，老人忙起身让座。刘志说："老人家！不必客气。快坐下，咱们聊聊。"说罢又将老人按在沙发上。众人落座后，吉祥说："这位是我姐姐。"刘志说："啊，你就是田老师，这次我是来向吉祥、吉斌道歉的，前次我捉弄了你的两位弟弟。"田淑芳说："现在吉祥、吉斌都想通了，弟妹变化也很大，我们感谢还来不及呢。"吃茶毕，吉祥、吉斌媳妇忙活着做饭。徐宫、刘志起身告辞道："时间还早，我们到陈家烧锅去看看，你们好好聊聊，母子恩重，手足情深嘛！"

　　徐宫、刘志来到陈家烧锅，陈国忠、陈国华看见了，老远就迎过来了，热情地邀他们到家用茶。徐宫说："一会儿来，先到王正祥家去看看，他继父病死啦，他母亲被捕啦，我们去聊聊。"到了正祥家，他妹妹正英正在做饭，正祥在灶前烧火，见徐宫、刘志到来，忙搓搓手，让到堂屋坐。刘志说："不麻烦，就在这里说几句话，你妹妹也听着。本来你们家，也算是平安幸福，但你生父二十年沉冤，你奶奶抱恨而死，这两条人命就这样白白算了，怕也不公道吧！"王正祥抽泣着说："刘志哥，你们是对的。""你母亲害死前夫，触犯刑律，自有国家王法处置，这是一回事；你母亲、继父将你兄妹二人抚养长大，这其中包含了多少心血，常言道，谁言寸草心，报得三春晖。这二十来年，也不容易啊！所以你们兄妹应该去探望你们身在牢狱的母亲，以尽人子之孝；你们的继父，他已经死了，一切恩恩怨怨也就一笔勾销，你们逢时过节，也应该按照当地习俗，按时祭扫，以报养育之恩，这是另一回事。作为正祥，你生父、奶奶，你更应该焚香祭奠以告慰他们于九泉之下。再者，我认为你应该归宗陈姓，当然，人的名字只不过是一个代号，我是认为，这样逢事好有个照应，也合乎情理，顺应人心，这要你个人自愿。"

正祥抽泣道："哥哥替我想得如此周全，我还能有什么说呢？恭敬不如从命。"刘志和徐宫商量了一下，征得陈国忠、陈国华同意，正祥给他们分别磕了三个头，他们也按照当地习俗馈赠了礼品，这样就算是认了伯父叔父，又与众堂兄妹一一见面，大家诸般欢喜，也就不再赘述。徐宫、刘志又到别处转转，有十几家，准备盖楼的，想动用推土机等机械，刘志、徐宫笑道："好事，好事，价格大大优惠，司机工资，机械的吃油，再加上适量的机械损耗，就可以了，只不过要排好秩序，不要争吵，免得众乡亲伤了和气。"大家笑逐颜开，齐声回答说："这个自然，这个自然。"他们在往回走的时候，正遇到黄山从下面上来找他们，徐宫说："怎的不在会战工地泡蘑菇，竟是这般地回来了？"黄山道："就是那次来的那个俏妮儿在省报上发表了一篇报道，把我们的事'捅'出去了，不想还帮了我们的大忙。乡领导一反常态，对我们又是煽风，又是吹火，叫我们加快进程呢。还说，说不定有大头头要来看呢！"徐宫道："咱们该咋办，还是咋办，又不是画画，让人家看的。""哎，黄山哥哥，你就没打听打听，那个妞儿姓甚名谁，何方人氏？"刘志插话说。"怎么你这个假女子，要拜干姊妹呀！告诉你，少起不轨之心。"兄弟三人说说笑笑，不觉来到凉水沟小学门前，黄山说："凉水沟的事情，大体也告一个段落了，伙计们也该歇歇脚，散散心了，咱们把欧阳老师约上，再把你俩的兄弟也叫上，到王龙那里去玩一遭，顺便把那三百亩鱼塘的事也安置一下。"

翌日，天气晴和，微风不起，湛蓝的天空中，几片白云，安闲地飘浮着。黄山一干人，带着一架打鱼机，扛了两杆鸟铳，兵分两路，刘志兄弟俩和欧阳先生一路，穿沟过垄，猎兔追鸡；黄山、徐宫兄弟俩一路，寻河向溪，打鱼电鳖。约离改河工地半里许，两路会合，共猎得山鸡两只，野兔三只，王八一个，各色杂鱼三五斤，眼见已至近午时分，也就沿着大道，一路说说笑笑，一直向王龙住处走来。王龙正在重复着他自斟自酌的老故事，见刘志等走来，白了他们一眼，并不理睬，夹起一块鸡肉，放到嘴里嚼着。刘志夺过酒杯，抓过筷子骂道：

几只凤凰，展翅来翔；驴骡无知，伏食槽床。

王龙接口道：

何处鹌鸠，自称凤凰；何不弹击，使回故乡。

徐宫说："不要斗嘴了，你不看都饭时了，还是大家快动手吧。""把几口锅都烧着也快。保温瓶还有水先用。"王龙说道。少顷，大家一齐动手剥皮剖肚，烫鸡拔毛。"王副书记，咱们这次来，一来是拜访大哥，二来是想将改河处鱼塘事处理一下，你看是不是把组上组长找来商量一下。"黄山说："这个事，上午也定不了，把组上组长找来，村民会说我们把组长买通了，会产生逆反心理。今后鱼塘和村组是邻居，关系不融洽有诸多不便。不如晚上开个村民会，咱们带上烟酒，当众拍板好。"黄山略一思忖道："嗯，还是这样办好。"说话间，鸡、兔、鱼、鳖俱已剖洗停当，于是拿来油、盐、酱、醋，经过一阵煎炒烹炸，一盘盘油炸河鱼，一碗碗清炖鸡汤，一盆盆红烧兔肉，端上桌来。于是按年龄大小，王龙、欧阳一仙坐首席，徐宫、徐建一方，刘志、刘仁一方，黄山一方，入席坐定。刘志将酒壶朝王龙摇摇，王龙拉开厨桌页扇，从中拿出茅台老窑一瓶，竹叶青一瓶，衡水老白干一瓶说："这里的事也办完了，我正准备邀大家来聚一聚，只是很抱歉，酒只剩下这几瓶杂色的啦。咱来行个酒令，就以咱这酒席和相关事情为题，作诗一首，要嵌入汤、好，落韵在香。作得好的喝上乘酒，中等的喝中等酒，差的喝下乘酒，采取打分制，最高分为十分，诵诗完毕，各位报分，这叫按货付酬，各位以为如何？"大家都白了他一眼，并不吭声。王龙又将七个小茶碗放在每个人的面前，这时刘仁抓起一条小河鱼放在嘴里嚼着，吃完了还将手上沾的油一抿，嘴里说道："嗯，真香呢！"欧阳一仙见状忙说："嗯，有了，我先作。"

朋友相聚分四方，红烧兔肉甲鱼汤。
大抵是他肠胃好，手抓河鱼指染香。

51

黄山起身道："好诗！好诗！特别是'手抓河鱼指染香'一句形象生动，淋漓尽致。"大家一阵哈哈大笑。王龙说："好，报分！"轮到刘志报分时，他说："零分！""哎！我说兄弟，你怎么挟私报复？好！去掉一个最高分，去掉一个最低分，好！得九点六分。"王龙朝刘志瞅瞅，随即吟道：

男人女儿貌，肉嫩调羹汤，头簪钗钿凤，脸抹脂粉香。

大家又一阵哄笑，刘仁说："不符合规则，少一个好字，扣分！""扣你扣去，顶大不喝上乘酒。"

马脸无娇姿，皮粗难为汤。下酒心肝好，肉是肥的香。

"怎么样？也不赖吧！"吟罢白了黄山一眼，撇了一下嘴。刘志看着王龙的长脸和那高大的身躯，粗厚的皮肉，旋即吟诗一首。

桃花树下柳荫旁，品茗抚壶手探汤。鲤鱼戏水景观好，风吹荷花自然香。

徐宫用诗巧妙地平息了王龙、刘志的唇枪舌剑。"嗯！徐大头还真有两下子。"刘志说。"我看怕不止两下子，怕有好几下子，头大嘛！"刘仁补充说。"少啰唆，轮到你啦。"黄山对他说。"别熬煎，我这里也有了。"

兔做火锅鸡做汤，碗盘不多也风光，菜蔬都是新鲜好，出水河鱼自然香。

"也还行吧。徐老二，你就喝那老白干算啦。"刘仁说。"别人比不过，看我还落在你的后面啦。你拉长耳朵听着。"

衣衫带腥气，鞋袜渍茶汤。肚饱菜不好，过量酒不香。

"呃，难道叫我黄某人喝老白干不成？献丑了。"

为友刀插肋，图业赴火汤。人是故交好，酒是陈的香。

"哎！问题出来了，分数拉不开档次。"欧阳先生说。"哎！闹着耍子呢！谁还在乎酒的好孬。来，一瓶一瓶地喝干。"黄山抓过茅台老窖，拧开瓶盖，从王龙起在每个人的茶碗里倒一两多酒，倒得也还均匀，只是到他自己跟前稍少了一点儿，他将酒瓶往墙角一扔，端起茶碗说："来，干！"大家都端了起来，一仰脖，吞下肚去。照章办理，酒也喝光了，菜也吃好了。王龙就再给每人端一小碗甲鱼汤，一小碗米饭。饭后黄山对徐宫说："我和刘志、徐建先回去，你和欧阳先生、刘仁、王副书记去把鱼塘事情办一下，要讲清利害，旧公路是我们的，余下的地要买下来，哪怕是价钱高一点儿，可以让他们承包二十亩水塘，作为交换条件。但茄子一行，辣子一行，不要掺杂不清。达成协议，写成合同。"徐宫说："这个我明白。""后几天，你们再将小发电站勘察设计一下，有水白流太可惜。地买下来以后，还要设计冷冻厂、加工间、工人宿舍等，将来塘里放养甲鱼后，每年可望有几百万收益，这是我等兄弟衣食之本。即使我们将来有个一官半职，但宦海浮沉，难以预料，狡兔三窟嘛！这里山清水秀，风光旖旎，也是我等退身之地，你需仔细在意才是。"徐宫额首道："兄弟知道。""好，我们走了。王副书记，下次和徐宫他们一同下来玩。""好的，我一定去。"黄山和王龙等一一拱手作别。

黄山、刘志、徐建、欧阳回来以后，就从各组抽调了几名老农，对凤鸣岗的地形、地势进行勘察，制订远景规划。凤鸣岗是一个依山临水的旱塬。黑龙河从黑龙湾一个急弯转过来，直撞到黄土堡的一个象鼻岩的黑黝黝的岩石上，然后又折转头向南流去，再折向东，在白家岗、章家岗一段还算是比较平缓，河水懒洋洋的，鸭、鹅在其间追逐嬉戏。每当天气变暖的时候，孩子们便呼朋引伴，拎着鞋子，握着鱼叉，奔跑着、呼叫着捕杀河间的各色小鱼，这便是黑龙河最喧闹、最快活的时节。只是河岸由于历年河水冲刷、剥蚀得像狗牙齿一样参差不齐。到了杨家滩，地形突然开阔，河水便也就随心所欲地流淌，以至于在河间形成了几处高低不平的沙滩，一直到杨家屋场下方，受到伸延的一道青石平岗的阻拦才折向东南。黄山、刘志、徐建一行人站在狮子山上，听老农讲述着历年最高水位以及水势流向，听取他们治理凤鸣岗的意见。章家岗代表章守财说："我们这一带以黄胶土为主，下雨时，股股黄水向河里流去，旱塬被冲得沟沟壑壑；天旱时，地里干得像铁板一样，又无水浇灌，眼睁睁地看着庄稼被旱坏。"白家岗的代表白福民说："其实，我们这里雨水说来也不算少，只是不均匀，天旱时，要紧的也只是那十几天。旱得很了，河里、井里全无水，太阳又像火一样炙烤着，庄稼几天就塌架了。要是能在最旱时有水救一下那就太好了，但这又怎么办得到呢？""其实这塬也并不太高，只可惜被这象鼻头拦住，水不得上来。"另一个老农补充说。"你估计这河沙下面有多深能见到硬石底？"徐建问白福民，站在一旁的黄土堡农民黄天祥指着河床中的几条石埂说："你看那不是有几条石埂吗？我看也不会有多深。"徐建仔细地察看象鼻山，确实有点儿像，脚下站的就是象鼻头。象是折身弯曲，好像是被黑龙抓痛了，正扭头向着它咆哮。象山的西北方就是狮子湾，狮子湾后又有一条小溪流过来，形成了一个偌大的滩湾，小溪旁有几座土木结构的民房和那东一块西一块的河滩地，稀稀拉拉的杨柳随遇而安地生长在这瘠薄的土地上。象山的西南方，又有一黑乎乎的山头伸过来，这怕就是狮头了，两山对峙，就是象狮斗了，两个山头之间形成一个峡谷，河水就从那狭处流过。据老农说，洪水季节，呼啸奔腾，还确实有几分让人胆寒。那象山，其实是一座孤山，和主山相连处，其实还算低矮，徐建指着那峡谷处对黄山、刘志说："从那里筑一滚水拦溪大坝，将小溪水位升高到那象山后小垭部位，再在那山垭处凿一深槽，安上放水闸，从那放水闸处，修一北干渠，直至杨家滩，这凤鸣岗有一半左右土地将会被灌溉。"刘志说："你看这凤鸣岗，从总体看比较平缓，但真正要灌溉还确实不易。这里一个包，那里一个洼，水从上面流一遭，低处的水积成凼，高处的下面还是干的。""沿河修起十里长堤，顺河堤向里四十丈左右为第一阶梯，以村民小组为单位，修成两千亩左右小平原，这为水地；从水地向北，再以三十丈为限，又修一千五百亩左右小平原，这为旱地。水地和旱地之间修主干渠，主干渠宽两丈左右，八尺露天，一丈二为暗洞，暗洞既为住户前庭一部分。每一住户的后庭二分五厘左右，后庭外为一丈二尺左右宽的东、西向村级公路。公路旁栽核桃、柿子等果树。所有住户沿主干渠一字摆开，旱地喷灌。再往北为坡地、山林。土地实行份地制，即从水地到旱地，到坡地，基本以每户住宅东、西界为限，从南到北呈直线，不相互交叉。山林由于地形、地势不同可以适当变动，但不能相隔太远。各队交叉地也予以交换调整。邻组交界处修一泄洪水沟，沟边有南北走向一条路。这样土地旱时能浇，涝时能排，机械可以入地，大大减轻农民劳动强度。"徐建补充说。"目前的当务之急是水泥，要办这些事情，需要很多水泥，我看现在要想办法办一个水泥厂。"刘志说。"徐宫马上绘制出规划图。我看杨家滩、章家岗两组合伙，采取投资入股的办法，办水泥厂。白家岗、黄土堡两组合伙投资入股办机砖厂。资金不够，也可以吸收本村外组人入股，再不足部分，可以由村上贷款入股。这样就基本可以保证每户有一从事企业的人。不过这些东西要向村民讲清利害，经过充分酝酿讨论，不能强迫命令，要把我们的想法变成群众的自觉行动，群众现在不愿办的事情，不要强行。"

在黄山等人凤鸣岗实地勘察后的第五天，徐建绘制的凤鸣岗规划蓝图在各组显眼处都有张贴，欧阳一仙并为其写了解说词。老人拄着拐杖，媳妇抱着孩子，男子汉们有的指指点点，有的窃窃私语，山村小院像赶集过会般热闹。老百姓辛辛苦苦地干了几十年，力没少出，汗没少流，但或许是因为大锅饭，或许是因为形式主义、命令风，或许是因为……老百姓手头现有多少钱呢？入股、办厂、盖楼房……这些或许是遥远的事情，或许是永远和黄泥腿子无缘。但是哪个不想黄金屋，哪个不想谷满仓，每个人的心里都似有个小鹿在撞动，女人向男人投以希冀的目光，男人又不由自主地将手伸进空瘪的口袋，下意识地抠捏着，梦幻着那大叠大叠的钞票。

这时有一位妙龄女郎，肩挎玲珑革质小包，妩媚妖娆地走了过来，人们立刻将目光集中到了她的身上。她大大方方地走进人群，人们本能地为她让出了一个位置，好像在很认真地看着，审视着究竟是何等女子，有诗为证：

> 粉面朱唇蛾眉长，乌发黄结淡淡装，
> 也在村头妇姑内，颔首颦眉非寻常，
> 好似图中品头足，莫非腹内有文章，
> 未识庐山真面目，初见哪知海棠香。

　　你道她是谁？原来她就是五花仙之一的海棠仙子。自从姐妹分手之后，她来到一处地面，只见楼房鳞次栉比，屋舍、场院错落有致，铃声哨声时时入耳。原来是一处高等学府，那海棠仙子低首思忖：在这人世间，讲究的就是文凭学历，不妨自己也弄一个。好花仙！只见她掐了一个"唵"字诀，呼来当方土地，叫他去弄一个转学证来。当方土地诺诺连声，土地虽小，但毕竟是一方神仙，不一会儿便弄来介绍信、转学证以及户粮关系一应齐备。其内容无非是随父迁转，就近安排就读云云。那海棠仙子也耐不得那寒窗之苦，于是便插班于毕业班，仅半年光景，便捞得了铁道工程学院毕业证书，事情就是这样的荒唐。仙子在校期间，一无家长来探，二无亲朋造访，更没见回家探亲，只是日日住在集体宿舍，偏却无人疑猜，个个习以为常。海棠仙子毕业后，分配于西北地区铁路建筑工程局当一名技术员。因修一座大桥，遇到了疑难问题，华再兴专员想起了徐宫兄弟，于是便差海棠仙子持公函前来借人。那仙子在学校里并非就是这般称呼，她为自己起了一个并不起眼的名字：董自珍。董自珍在那图文前品味了一会儿，便向人打听黄山、徐宫。村人说："徐宫不在这里，这图是他弟弟徐建绘的，黄山、刘志等在杨家滩青石岗察看水泥厂厂址。"董自珍向黄山交了公文，说明来由。黄山本想推辞，见是华专员的签名，犹豫了片刻，便递给了刘志。刘志看了看文，将自珍仔细打量了一番，似有所悟，狡黠地对黄山说："叫徐老二去吧。晌午饭就派到徐建家里。老二，还不快快回去准备，一会儿，我们也过来陪客。""徐二兄弟，你先陪董姑娘到你家喝茶，我和刘志还有一些事情要办，一会儿过来。"徐建有些不好意思，董自珍却大大方方地来招呼徐建："那咱们先走吧。"徐母见儿子引回了个如花似玉的青年女子，自是喜得眉开眼笑，心里暗自说道：没看出个二小子，虽是皮厚肉粗，心却细哩！徐母忙为姑娘沏了茶，又麻利地生着了火，将两口锅都烧着。一个锅炒花生、瓜子，一个锅煮了几个荷包蛋。又赶忙吆喝着徐建抓鸡杀鸡，以至于手脚都有些慌乱。见徐母这般殷勤，自珍忙起身拦阻说："伯母不必麻烦，随便吃点儿就可以。""哎，难得到咱家来一趟，咱这农村买东西不方便，这自家产的一些东西，还不知道姑娘吃得惯不？"说话间，已是将荷包蛋盛在了碗里，用瓷勺舀了两勺糖，笑盈盈端到姑娘面前，自珍忙起身接着道："叫伯母这样侍候，让侄女如何消受得了，折煞人了，还是伯母用吧！""哎，我说老二呀，你是怎么搞的，鸡还没杀好吗？""呃！不知怎么搞的，刚才整死了，它现在又活了。"徐母出了厨房，来到廊下，见徐建正在抓那抹了脖子的鸡，那鸡一蹦一蹿地，溅得徐建脸上身上都是血。徐母三步两步抓住那鸡，将头往后一拧，又在颈项补了一刀，往地上一扔。将那徐建像牵羔羊一样牵到厨房，像给小孩子洗脸一样，洗擦着溅在他脸上身上的鸡血。一面洗一面唠叨："看你什么时候才能长大，自己不能料理自己，看我把你侍候到几时？什么时候把你交给你媳妇，我就放心了。"徐建脸憋得通红，他抱怨地瞅了一眼娘，又偷偷地向自珍瞥了一眼，低声叫了一声娘，并拽了一下她的衣角。这时自珍正用汤匙盛鸡蛋，抿着嘴笑，她看到弱小的徐母将比她高一头多的徐建驯化得跟骆驼一样，不由得崇敬起母性的伟大。

　　少顷，黄山、刘志便来了，大家抹桌洗盘，涮壶净盏，不时便将鸡肉火锅端上桌来。徐母说要做菜，黄山硬将他拉到桌上，自珍让徐母坐在自己身旁。徐母便给自珍夹肥鸡肉。刘志将鸡爪子夹起放在自珍的小碟内说："这是凤爪，快吃吧。"自珍夹起一块鸡翅放在刘志的小碟内说："祝你腾飞，快吃吧！"随后又上了几盘凉菜，大家喝了一阵米酒，便上热菜吃饭。饭后，自珍提出："可不可以让徐建先到工地看看，把设计重新审查一下？"黄山说："忙是忙，既是华专员亲自手谕，那就让徐建去跑一趟吧，好在徐宫不几天就回来。"饭后黄山、刘志送徐建、董自珍上路，刘志说："猪八戒回来背个媳妇啊！"黄山说："可能抱得丽人归？"董自珍听着有些不是滋味，正要反击，徐建拦住道："光棍不吃眼前亏，走吧！走吧！""咦！怪恩爱的嘛！""再贫嘴，揍你！""别理他，你不知道底细，你别看他生得单薄，细皮嫩肉的，十个八个人奈何他不得，你哪里是他的对手！"

第七回　办厂场成立理事会
买机械三英闹省城

　　凤鸣岗各组都在紧急地召开筹集办厂资金的会议。由于村上出示了责任合同书，大家又看到黄山、刘志等是实实在在的办事人，大家信得过。有点儿储蓄的都从银行里取出来，没有存钱的户，通过向亲友借，向银行贷，变卖可动资产等等办法筹集股份资金。每一千元为一股，最低为半股。每十股可以通过考核，招收一名工人，每一百股可以派遣一名理事股东，由理事股东组成股东理事会。厂内在半股以上的开支，工人的招、辞、奖、惩，厂内干部的任、免、升、降及其他经济事项，都由股东理事会裁定。通过筹集：杨家滩一百零六股，章家岗一百零三股，白家岗一百一十股，黄土堡八十二股，田家湾二十四股，江家村二十股，陈家烧锅十股，李家村六股半，总计四百六十一股半。

　　这时，徐宫、刘仁等从改河工地回来了，水塘承包很顺利，来签订合同的人很多，共得款三十余万元，买地付两万余元，修电站、盖房子，留了十八万，下余十万余元。黄山说："这十万元投在水泥厂，我们五人每人二十股，我们正好派一个理事股东。下来通知各股户，积极推选理事股东，推举初选工人名单。

　　水泥厂第一次理事会在杨家滩杨文斌家举行。理事会推举黄山为常务理事长。委派黄山、徐宫、刘仁到省里去购买器械。刘志在家负责在杨家滩、章家岗平整厂、窑地基。

　　省城的夜晚灯火辉煌，高楼大厦鳞次栉比。商场、店铺门前的彩灯变幻出各色迷人的光亮，经过人工修剪的行道树，在笔直平坦的街道上投下光怪陆离的树影。各种车辆往来匆匆，它们都在各自忙着各自的事情。街上行人并不多，相应的显得有些静谧。黄山、徐宫一行三人，难得到省城来一趟，又遇到这样

58

新月初升之夜，当他们在一家饭店吃过晚餐之后，便约定去逛逛大街。刘仁恋着鸡、鱼的残渣剩骸。黄山催他走，他说："掏钱买的，倒掉那不可惜！"黄山说："你见了鱼就没命啦。"他说："你们先去吧，我能找到你们。"黄山、徐宫趁着皎洁的月光、五彩的灯光，在离火车站不远的环城东路溜溜达达，在拐过体育广场走向环城北路的黄梁省日报社的时候，忽听到人声嘈杂，忙闻声赶了过去。只见一辆小轿车和一辆摩托车停在路边，两个壮汉扭住了一个妙龄女郎，两个青年男子站在旁边，另一个三十岁左右的男子正伸手去捏那女子娇嫩的脸蛋，那女子头发蓬乱，上衣已经撕破，酥胸祖露，脸颊上有明显的汗污，显然是刚经过一场殊死格斗。那女子见黄山、徐宫走来忙喊："大哥救命！"黄山紧赶几步，走过去说："清平世界，朗朗乾坤，这是为何？"那背面男子转过身来，嘿嘿两声："她是我老婆，我们两口子打架，关你屁事。""既是两口子打架，那这四位，又作何说？难道像你这样一个壮汉还对付不了一个弱女子？好小子，你不要袖子里装个鬼来糊弄我！"这时站着的两个汉子向黄山逼过来道："识相点儿，别虎口拔牙——找死！"这边徐宫也迎上来说："怎么要打架？大爷也不是省油的灯！"只见那两个汉子从筒靴里各拔出一把寒光闪闪的短刀，直向黄山、徐宫逼近，徐宫哈哈笑道："就这破玩意儿，嫩了点，告诉你们，下有黄土，上有天，国法难容！""国法，国法，你们是外来的吧！告诉你，你面前站的就是公安厅长的三公子。三公子看上了这妮子，别坏了公子的好事。""既如此，这出戏还有个唱头，咱们就到公安厅走一趟吧。"黄山说。"没那么多闲工夫。"那两个汉子口里说着就用刀向徐宫、黄山捅来，那姑娘一声惊叫："大哥小心！"徐宫飞起两脚踢飞了两把短刀，转身一个连环腿，扫倒了那两个汉子。"黄山——徐宫——""徐宫——黄山——"不远处传来刘仁有一声没一声的喊叫，声音也不太大，可原先捏姑娘脸蛋、被称作三公子的汉子顿时浑身瑟瑟发抖，如一摊稀泥，瘫倒在地下，你道为何？原来这汉子是天庭芙蓉国库房的一只黑鼠，早对牡丹的天姿国色垂涎欲滴，因屡犯天庭戒律，被西王母贬向下界，不期在此遭遇。那刘仁原本金猫转世，老鼠听到猫叫，故有这般光景。那扭住姑娘的两个汉子见势不妙，放开姑娘，忙奔向轿车，欲夺车逃走。那被称作三公子的忙叫："兄弟救我！"这时刘仁正好走来，拦住了那欲夺车逃走的两个汉子，嘻嘻笑道："还没散戏呢。就这样走了，哪儿那么便宜。"说着上前抓住二人胳膊一拽，便脱臼了，二人疼得杀猪般号叫。"就在这站着，别再惹麻烦，添痛处。"刘仁说着向其他三人走来，三公子已是吓得浑身如筛糠，那另两条汉子忙磕头如捣蒜，口内连连胡乱地呼叫着："大爷饶命！大爷饶命！"这时楼房上的窗户几乎全都打开了，窗口的人头挤挤挨挨。再一看，人行道上也站满了人，出事地点的车道上，车辆也都停驶，车前车后、车与车的缝隙间也都站满了人，人似魔鬼用咒语呼唤出来。啊！人哪，怎么说呢！其实正义又何曾在人们的心灵泯灭，邪恶在正义的面前又是何等的渺小。

刘仁将那磕头的两个汉子拎起来，一边拎一边说："人心隔肚皮，鸟心隔毛羽，谁知道你会不会在背地里算计我，也暂时委屈一下吧。"随即在他们肘部、膝盖部磕打了几下，二人便像一摊泥，瘫软在地上，刘仁一手一个像抓小鸡似的扔在轿车后座上，然后向三公子走来。三公子已颤作一团，口内哼哼着，慢慢地向前爬动，刘仁像拎一只软绵绵的羔羊，从背部抓起，三公子的头、脚低垂着，像死了一般，也被扔在车后座上。这时黄山脱下大衣，披在那姑娘的身上说："姑娘受惊了！"那姑娘躬身施礼道："谢谢恩兄搭救之恩！""区区小事，何足挂齿。"那姑娘满脸忧戚道："只怕事情不会就此了结，连累了恩兄，于心实在不忍。""不碍事！不碍事！我们还怕没人来惹呢，惹了才好耍子，才不显得寂寞。""你那个兄弟真真好手段，现在天已经晚了，一同到寒舍一叙，略备薄酒，聊表寸心，不知恩兄意下如何？""我们已在饭庄登记了住宿，后会有期，就不相扰。我们总是闲逛，这就送你回去吧。""我家住处宽敞，花那冤枉钱干啥，再说，你不让我表一下心意，我这心里如何过得去。"黄山向徐宫、刘仁投去一瞥，徐宫说："总是要送她回去的，到时候再说吧。"刘仁上了轿车，徐宫也上了车关上车门。黄山说："这摩托是谁的？"姑娘说："是我的。轿车是他们的。""好吧，你可能是受了惊吓，魂不守舍，我来开，你坐后面。"摩托前导，黄山在姑娘的指点下，穿街过巷，向她家驰去。

你道那姑娘是谁？原来她就是柳莲英，牡丹仙子的再现，也可能是前世与黑鼠冤孽未尽，偏偏在此时此地又遇着他。

莲英自病愈之后，身体渐渐复原，加之她天生丽质，越发出脱得花菁葵一般，有着闭月羞花之貌，沉鱼落雁之姿，招惹得那满城公子哥儿骨软筋麻，整天围着她嗡嗡嘤嘤，缠磨得最厉害的，就是那省公安厅厅长黄正善的三儿子黄堂贵，那黄正善为官尚算清廉，长子、次子虽学无所成，但一个在供电局，一个在邮电局供职，人也本分，并无事端。只是那三子，绰号荒唐鬼，过着花天酒地、纸醉金迷的生活，整天和那浪荡子鬼混在一起，寻花问柳，给那黄正善招惹了不少麻烦，加之其母泼辣凶悍，更使得黄堂贵有恃无恐，黄正善常常奈何他们不得。那黄堂贵也曾娶过几房妻室，但他喜新厌旧，时间不长，也就分道扬镳了，至今尚是光棍一条。自从看中了柳莲英，便三天两头缠着其母派媒人来磨，开始柳家尚能以礼相待，敷衍应酬。接着那柳河清夫妇就以工作忙为借口，恕不奉陪，端茶送客。后来就干脆不耐烦地说："免开尊口！"万般无奈，黄氏母子就出了此下下策。柳河清夫妇也为女儿的婚事大伤脑筋，一颗心迟早悬在嗓子眼，眼见得十点已过，不见女儿归来，莲英之母田凤仙便不停地打电话查询。十点一刻，柳河清开常委会回来，见女儿尚未归家，心急如焚，正好送他回来的司机还没走，二人忙又掉转车头到街上去找，偌大的一个城市，要找一个长腿的人谈何容易，转了十几分钟，忽听家中呼叫说女儿出事了，已经归家，忙又扭过头向家中赶来，又不知道女儿现在怎样。当他赶到家中院内，见院内停着一辆小车，一辆摩托，忙又向客厅奔来，见客厅内站着黄堂贵三人，这几个人他是认识的，顿时怒火中烧。又见有三个陌生人在坐着喝茶，猜想便是搭救女儿的恩人，又不便发作。这时柳莲英已沐浴更衣，忙迎着父亲说："是这三位恩兄搭救了孩儿。爸爸！他们要走，你说呢？""呃！这成什么话，她妈，还愣着干什么？还不快去弄几个菜来！""哎，哎！看我都搞糊涂了。""老伯伯，我们已用过饭啦，我们就等着向伯伯告辞。这就走，我们还带着几个人，在此多有不便。"

"怕什么，天塌下来，地接着。怎么，一定不肯给伯伯赏脸，等着我发脾气？"黄山向徐宫、刘仁投去一瞥，算是默许了。

"伯伯不忙，先请去找几张纸笔，我有用场。"柳河清犹豫了片刻，即从抽屉中取出，刘仁到那三个人跟前，拉了一张桌子说："给我站在这里，把事情经过写清楚。老老实实写，后面写出保证，如有重犯，打断你们脚骨拐！""小兄弟，还是送公安局吧！"柳河清说。"废话！犯在我手上，我管。他们要管，先咋不管？我们要走，你偏要留，留又怕连累你。哦！你们几个，再写上这一切与伯伯无关，要告，告我去！""哎，刘仁兄弟！你咋对伯伯这样说话？"人就是这样怪，黄山一说，刘仁就不吭声了，刘仁一顶，柳河清就不吭声了。这可能是一物降一物吧！刘仁又对柳莲英说："有录音机吗？""有。""拿来用一下。"约莫过了半个钟头，那几个都写好了。刘仁打开录音机说："对着这念！"念完，刘仁又将他们每人训斥了一顿。这时几盘下酒菜端上来，刘仁说："滚！爷们儿要喝酒啦，少在这里扫爷的兴！"那几个人磕磕绊绊，狼狈不堪地走了，后面送来一阵哈哈大笑！

酒席间，柳莲英向黄山、徐宫、刘仁频频斟酒。黄山见到那弯弯的蛾眉，深深的睫毛，雍容华贵的装扮，心内暗想：莫非是她。柳莲英看到眉清目秀，黄白脸皮的黄山，心想，莫非是他。于是便拐弯抹角，用言语打探："三位恩兄，这次前来是旅游观光哪，还是有所公干？""我们庄稼人，哪那么多闲工夫，是想办个水泥厂、机砖厂，来此置办机械的。""钱都带足了吗？"

"我们农民，手头哪来那么多现钱，是来看看行情，现跟厂家商量，大部分款项是准备赊欠的。""带了多少？""四十来万。""啊，我也不知道行情，嗯！爸，你该知道吧？""哎呀，吃饭就吃饭嘛，有事明天再说嘛！明早他们上班啦，打个电话问问，不就得啦。难得来一趟，在这住几天，你带他们到几个好玩的地方去逛逛。这事交给你妈妈去办吧。走带机械上路就是啦。你们明天到虎园去玩吧。哦！到虎园去，得给虎捎个礼物，明天起早点儿，到牲口市上去买只羊吧。"

虎园坐落在市东北郊的一个小丘上，占地约一平方公里，四周高墙圈围。园内古木参天流水淙淙。只是由于时令不同，见不到那萋萋芳草，翩翩蛱蝶，树上的残叶不时地飘落下来，给人带来了几分凄凉。只是天气尚好，太阳照在身上暖融融的，怪舒服。虎园内栖息着几只斑斓猛虎。在这里人畜倒置，与别的动物园迥然不同。别处的动物园是畜生关在笼子里，供人们赏玩，而在虎园内则是将人装在特制的铁栅栏车内，进入园内看老虎。老虎在园内则完全是自由的，奔腾跳跃，追逐嬉戏。这大抵是出于要还老虎的野性，放虎于自然的设想吧。黄山一行买了门票，进入栅栏车，游览车缓缓驶入园内。园内并没见什么猛虎，只有一只雌虎在地上打滚吼叫。导游说那是一只正在发情期的母虎，它正在召唤它的情人，并说母虎对于配偶，都要进行严格筛选，凡不中意的强行扒跨，都将导致一场残酷的撕咬，即使怀孕，幼虎出生后也会被母虎咬死。

说话间，果见东南方一只雄虎，在扒土咆哮。这时有一只白额吊睛大虎向游览车走来，黄山连忙将山羊放出，羊瑟缩着发出绝望的哀鸣。大虎发出低吼，一步步向山羊逼近，这时冷不防从斜刺里蹿出一只幼虎，叼起山羊，只三蹿两跳，便隐没在树丛里了。大虎也不去追赶，只是抬起前爪，扒在游览车的铁栅栏上，沉闷地低吼，连地皮都有些震颤了，虎牙碰着铁条，血盆似的口内呼出暖烘烘的热气。碰巧柳莲英的座位正挨着大虎，吓得她"妈呀!"一声跌倒在黄山身上，黄山连忙起身和她调换了一下位置。这时又进来了一辆游览车，车上放出一头小牛。大虎即向小牛扑去，也可能是俗话说的初生牛犊不畏虎吧，小牛并不知道逃遁，大虎一爪抓破了小牛的肚子，肠子从那腹腔中流了出来。小牛这时才知道来者不善，忙用犄角向大虎抵去，大虎腾空跳起，一个反扑，将小牛掀倒，咬断了小牛的喉管，鲜血汩汩地流了出来。大虎吞咽着这淋漓的鲜血，鲜血染红了虎须和虎嘴边的绒毛，大虎吸足了血即扒开小牛的肚子，吞吃内脏。吃足了，舔舔嘴唇，长啸几声，于是便又有几只虎走来。导游说："老虎扑食，也有规矩，谁扑的谁享用，别的虎不来争抢，吃不完，也招呼和它亲近的虎来吃。"徐宫说："那来的大概就是大虎的情妇、孩子、朋友吧。"导游笑笑说："大抵是这样。"说话间，那来的几只虎扒皮食肉，咬筋断骨，嘴里不时发出咬碎脆骨的咯巴咯巴的声音。一个无辜的牛犊，顷刻间化作乌有，只剩下一张血迹斑斑的牛皮，使目击者无不毛发倒竖。柳莲英无不叹息道："弱肉强食，虎是凶残的。"黄山说："其实，虎有三个面孔。""哪三个面孔?""在弱小的动物和人面前，它霸道蛮横。有个词语叫为虎作伥，老虎把人吃了，还要逼迫魂魄为奴，这样食其肉，役其魂，可谓蛮横之至了；在狡猾的狐狸面前，它是笨蛋，这就是狐假虎威，尽人皆知了。""那么还有一个面孔呢?""在麒麟面前，它是奴才，有一个不雅的器具，就是以'虎子'命名的。"柳莲英一听，脸上飞起一排绯红。她想起麒麟直其背，便虎口的传说。

以后，柳莲英又留黄山一行住了两天，带他们滨海泛舟，名山朝圣。第四天，黄山一行要走了，机械办了托运。柳河清一家到车站为他们送行，随着机车的开动，黄山、徐宫、刘仁从车窗内伸出头挥手向他们作别，柳莲英木然地挥动着绢帕，心里升起一种莫名的惆怅：这帮人，他们身份是个农民，论职务是个村官，可他们的气度，所表现出来的知识涵养，不得不让人刮目相看。他

63

们的厂，肯定会红红火火地办起来，他们的欠款肯定会如期归还。列车早已出站，奔驰得无影无踪，柳莲英还在那儿机械地挥动着手帕。望着她木然的样子，柳河清似乎明白了什么，发出了几声无可奈何的叹息。

第八回　老白母小丹婷死得悽惨
凤鸣岗凉水沟公祭亡魂

　　黄山一行所乘之车，徐徐进入凤鸣岗，所到之处村民们都来嘘寒问暖，并围观机械。到了白家岗，隐隐约约听到争吵之声，问该组人，才知道是白梦文、白梦武、白梦贤、白梦臣弟兄们。原来兄弟四人，白梦文负责奶奶的生养死葬，白梦武赡养父亲，白梦贤赡养母亲，他们的媳妇都是父母负责娶的。轮到白梦臣娶媳妇的时候，父亲早已去世，母亲已双目失明，自己都要靠人养活，哪里有能力给梦臣娶媳妇。好在梦臣也算成才，跟木匠师傅学得了一手好手艺，在给一家做木活时，被这家女孩儿钟情，自己带回了一个媳妇儿。好在那媳妇儿倒也勤谨，梦臣收入也颇丰厚，人丁又不多，所以小日子过得有滋有味儿。但那梦贤人却憨厚，媳妇也老实巴交，膝下一塔尖三个儿女，日子过得紧紧巴巴。老三媳妇一天做饭喂猪，侍弄三个孩子，还要侍候瞎子娘，一天弄得邋里邋遢，地里活一点儿帮不上手，所以梦贤每每见到两个哥哥，总是絮絮叨叨诉说自己的苦楚。

　　梦文是个小学教员，自己思量奶奶死得早，供养的时间短，就和媳妇商量，媳妇也算贤淑，将娘接来住了一个月。梦武是乡上副乡长，媳妇仗恃男人权势，经常出言不逊，撒泼乡里。白母是个饱经风霜的老人，深知人情冷暖，世态炎凉。她在梦文家住了一个月，吃过晚饭，便主动提出到梦武家住几天，其实她把事情看错了。她以为自己风烛残年将不久于人世，儿女们要尽尽孝心，她哪里知道，梦武家豪华的家具、高雅的居室哪里容得下她这个衣衫褴褛的瞎老婆子，尊贵的乡长夫人，哪里会屈驾侍候她这个丢人现眼的名誉婆母。当白母在老大家孩子的牵引下来到梦武家门口，才开口说："老二家的，我想……在你家……""住几天"几个字还没出口，一阵不堪入耳的臭骂便兜头泼了过来，白母头嗡地一响，踉跄两步，幸亏孙儿扶住，才没有跌倒，也是那个白母命中该绝，她竟存着一丝侥幸心理来到了老小家门口，老小媳妇虽然外表单薄乖巧，但却心地狠毒。当时门正虚掩着，正和本组一个青年打情骂俏，白母喊了几声，见没人答应，便推门进去，那老小媳妇忙起身来看，见是瞎子婆婆，一来可能是觉得扫了自己的兴，二来心头上哪里想到过侍候这个邋遢婆婆，于是便恶从心头起，恨向胆边生，忙用力将婆婆向外推，可怜那年迈之人脚下不稳，于是便一个后仰，跌倒在廊沿边，尾骨正撞在水泥坎儿上，头胸被孙儿接住，才没有翻倒到道场上，梦臣媳妇一边"老不死……活在世上丢人现眼……害人精……"地乱骂，一边忙着关门，极端的羞辱和极端的愤慨使白母以想象不到的敏捷从地下弹跳起来，撕心裂肺地发一声"我活够了!"的吼叫，一头向梦臣媳妇撞去，那白母是个瞎子，只能听到声音，见不到眼前情景，她没有撞住媳妇，却撞在了正在关掩的门扇上，门扇被撞开，又扑倒在那堂屋的水泥地板上，顿时前额鲜血直流。你想那白母老朽不堪，正如那瓦上之霜，风前残灯，哪里经得起这般折腾，只见她后腿踢蹬了几下，便不再动弹。那孙儿自知不好，忙上前用手试探鼻息，心里自是吃了一惊，又急急地去掐人中，只见白母如木头一般，就慌了魂魄，匆匆去告知父母。那梦臣媳妇也是那二十几岁的女子，哪里经过这等场合，心里自是吓得战战兢兢，忙去向那青年讨主意，那汉子思忖良久，认为还是应该以攻为守，他说："你婆婆不归你赡养，不是你家人，是她到你家寻衅滋事。"梦臣媳妇定了一会儿神，缓过气来，略一想，认为是这般主意。不但没有责任，还应该让梦贤给扯红挂匾，这是规矩。这老娘撞在自家门上，血污门庭，不这样，岂不魇了自己。这般一想，理也壮了，胆也大了。这时梦文一家大大小小来了，梦文一见老母满头是血，大张着口，似在呐喊呼叫，早已气绝身亡，便抱在怀里，放声大哭。哭了一阵，气不打一处来，这个以教书为业，一贯胆小怕事的人，爬将起来，揪住梦臣媳妇的衣领，劈脸甩了两个耳光，梦臣媳妇便和他厮打起来。口里骂道："你个狗娘养的，不问青红皂白，凭什么打人? 白梦贤不养活老娘，往我家塞，我是你们什么人哪! 到我家闹事，给我扯红挂匾，保我三年无事……"梦文举手又要打，被闻声赶来的乡邻们挡住了，这时梦贤夫妻俩赶来了。梦武媳妇自知理亏，也趴在婆母身上干号起来。家族中的当事人分头派人去给梦武、梦臣送信，一面张罗着亡人的丧事；一面商议是否报官。就这样一夜在吵吵停停，停停吵吵中度过了。第二天梦武、梦臣都回来了，但梦臣和梦贤又因丧服和棺木而争吵不休，以致到黄山一行带着一路风尘回到村子的时候，老人还直挺挺地躺在水泥地上。黄山听了村民的述说，对徐宫说："你去招呼人卸机械，将李师傅他们安置到灵芝餐馆歇息，我和刘仁去看看。"黄山、刘仁不声不响来到梦臣家院，人多乱哄哄的，大家又各自忙着事，发现的人不甚多。黄山、刘仁听了一会儿，又和组长白福民聊了一会儿，基本上掌握了兄弟四人的心态，就向刘仁交代了几句，刘仁去了。黄山对白福民说："这事怕还得报案，现场你先维持。到村上先拿两千块钱，准备棺木、寿衣，具体事情以后再说。我出门几天了，先回去一下。"白福民点点头，将黄山送出门外。

黄山回到家，坐下喝茶，约十余分钟，只见刘志押着一人来到门前。那人背上背着一个约莫七八岁光景的小女孩，小孩儿满脸是血、头发蓬乱。黄山忙起身来看，只见那小孩儿瘦骨嶙峋，脑袋耷拉着，双眼紧闭，长长的睫毛遮掩在上面。黄山用手试试鼻息，知道她已经死了。她是那样地无辜、无求。她来到这个世界是那样的短暂，她离开这个世界又是那样的匆匆。联想起白母之死，一股无名火从心头升起，而且越燃越旺，胸口一阵阵燥热，以至于在秋末冬初，还要敞开胸襟。他嘴角的肌肉，急剧地抽动了几下，足足站立有两分钟，才想起招呼刘志到家喝茶。这时，那人说手已酸麻，实在背不动了。黄山说："打蛤蟆肩背上。"刘志将那孩子架在那人的肩头上，拍拍那人的脑袋，到黄山家喝茶去了。刘志一边喝，一边向黄山述说事情的原委：原来那人姓李名唤李三拐子，是外地的一个流浪汉，当李家村岭那边李正源死后，便入赘其家。为了自己能生一个亲生孩子，便对继女李丹婷百般虐待，经常打骂，不给吃饭。一个七八岁的孩子，柴火、水全包在她身上，一有差错，便拳脚相加，丹婷经常身上后伤摞前伤。李三拐子的用意是用这种办法，丹婷必死无疑，一可圆自己的生子梦，又可逃脱法律责任。前几天的一个早晨，丹婷用小桶到沟底提水，由于两顿没有吃饭，两眼直冒金星，勉强上到半坡，一阵眩晕，连人带桶滚落沟底。当小丹婷带着遍体鳞伤回到家中的时候，李三拐子正趿拉着鞋出来，当得知丹婷摔破了水桶时，便抄起一根柴棒来打，那小丹婷原是被打怕了的，便丢魂落魄地向沟下跑去，李拐子在后边追打，一边打一边骂："看我不打断你的

67

腿，叫你跑不成!"一棒打去，正着丹婷腿胯，丹婷一声惨叫，便又一次滚落沟底。当李拐子提着棍棒赶到沟底时，丹婷已经昏死过去，他向她踢了几脚，见无反应，便拎起丹婷小腿倒拖回来，可怜那丹婷脊背上的肉都已拖烂，脊骨有几处白生生地露在外面。听至此，黄山又起身到外面察看丹婷的脊背。他的眼内喷射出仇恨的火焰。他对刘志说："白家岗梦文四兄弟的娘，也因被虐待碰门身亡，我决定对这一老一小在白家麦场进行公祭，不知兄弟意下如何?"刘志点点头。两人又就具体事宜做了商讨。

公祭如期在白家场院进行。白母仰卧在铺有白布的临时支起的床榻上，李丹婷侧身放在床榻上，她们都穿着原身衣服。面前摆放着黄山、刘志、刘仁、徐宫、欧阳一仙敬献的花圈，挽联上分别书写着："哺育四子，含辛茹苦，老无所养，谁人该诛?""残杀弱女，心狠手辣，天网恢恢，国法难容。"白富民叫四个青年将梦武媳妇、梦臣媳妇拉着跪在灵前。梦文夫妇、梦贤夫妇、梦臣，自己走出来跪下。梦武站在那里，脸红一阵，白一阵，一动不动。白福民走上前去，劈脸两个耳光，一脚踢倒，又揪住衣领，拎到灵前。李拐子跪在丹婷灵前。有几个老汉，又弄来一些石子，搂起梦武、梦臣媳妇的裤管，让她们跪在石子上。李拐子也跪了石子。

在一片哀乐声中，各组鸣着鞭炮，按照黄土堡、白家岗、章家岗、杨家滩、江家村、田家湾、陈家烧锅、李家村的秩序，进行公祭。还有外村的一些村民也闻讯赶来，他们排在最后。每组村民先集体施三个大礼，再由代表献上花篮、花环，然后排成单行向亡人告别。整个公祭庄严肃穆，秩序井然，连小孩也不敢大声说话。

小组祭奠之后，由欧阳一仙宣读祭文：

白母：

　　我们并不知道你的姓名，不过，这并不重要，就像我们并不知道每一粒沙子的名字一样，但这些沙子矗起了高楼大厦。你和千千万万普普通通的母亲一样，在自己的黄土地上劳作生息。不错，你是平凡的，但正是这无数的平凡，塑造了一个伟大的母亲形象。你像千千万万的母亲一样，敦厚、质朴、勤劳、善良，贤淑能干，任劳任怨。这些古朴的品质，共同构成了我们民族的精神。你养育了六个儿女，其中有三个是国家干部。你将他们送学供书，养育成人，这期间花费了多少心血，经历了多少磨难。你六子十三孙，八十高龄，按旧的伦理说是福寿双全，可你老无所养，鹑衣褴褛，以致血溅子门，这一切对你是不公平的，你没有得到应有的回报！现在我们在这里对你进行公祭，发出公正的呼声，就是要为你讨回公道，通过对你的公祭，使活着的母亲可以乐享天年，我想你或许可以笑慰于九泉了！

白母安息吧！

平凡而伟大的母亲精神永垂不朽！

小丹婷：

你一出生就被亲生父母抛弃，养母愚顽，养父凶残，在你短短的生命中，身上没有离开过伤痕，眼里是流不尽的泪水。你没有母爱，没有父爱，没有幸福与欢乐，你来到世间，如同影子一现，你来也匆匆，去也匆匆。你在人世间的时间只有八年，鲜花还没有开放就被摧残。这种现象虽属罕见，但足以使我们感到极大的愤慨与震惊。我们将严惩凶手，为你报仇！今天，爷爷、奶奶、伯伯、叔叔、婶婶、阿姨们还有许许多多的小朋友都来为你送葬，表明你并不孤独，你受到这许许多多人的爱，你永远活在我们的心中，你的名字将永远鞭策我们做好弃婴工作。让春光更加明媚，让鲜花更加鲜艳。

青春永在，丹婷不朽！

无数的啜泣声终于变成了号啕大哭，这哭声惊天地，泣鬼神，大哭继而变成了呐喊，凶手和逆子被这呐喊吓呆了。

黄山步履沉重地来到灵前，挥了挥手，激愤的人们渐渐平静下来。他说："我不想多讲，我曾听说野马、野牛与猛兽斗阵的时候，雄的健壮的总是将老的、小的、母的、弱的圈在圈内，用血肉之躯，保护着它们。作为万物之灵长的人，哺育、养育时间更长，父母的恩德，上可比天之高远，下可比地之深厚，再说俗点儿，中国有句话叫作：'养儿防老，种谷防饥。'人到老年，百病缠身，就是要靠儿女赡养。人老了，难免口吐黏痰，窝里窝囊，有的还要端屎端尿，有的儿女就嫌弃，那你小的时候，就干净？还不是父母一把屎一把尿地拉扯大的。就是还账，也要还哪，不能赖账不还吧。再说父母的账，我们能还得完吗？人老了，像小孩子一样，吃的、喝的、穿的、用的，全凭我们照应，老人鹤发童颜，衣冠楚楚，也是做儿女的风光。有的儿女也不偏吃也不偏喝，就是嘴里唠唠叨叨，甚至不干不净，孝敬孝敬，贵在敬重，如不然和喂养禽兽有什么区别？不能让老人带气受用。女孩儿变成了大姑娘，大姑娘变成了小媳妇，到丈夫家侍候公婆，媳妇不能因为公婆不是亲生父母而不用心奉养，这是换手抓背的事情。或许有人会说老的不好，农村有句话叫作'不忌童言'，我看还可以演绎出不忌老言。人老了，有时说话也没有分寸，做儿女的不要计较。待小的不好，还有补偿的时候，老的一口气上不来，我们会后悔一辈子的。孝敬老人是一种美德，你孝敬，给子女做出好样子，子女也会照样子来，我们何乐而不为呢？小丹婷事件，虽属特殊，但也带社会性，弃婴问题，养女问题。做母亲的十月怀胎，你就忍心将亲生骨肉抛弃？丢给别人，你就放心？养父母既然收养了孩子，就要像亲生一样对待，不能歧视，更不能虐待。做不到这一点，你就不要收养。白母和丹婷事件，作为一村之长，我有不可推卸的责任，我对不起乡亲父老，更对不起死者，有负众望，我希望类似事件，在我村不能再度出现。趁着今天人来得齐，我给大家打个招呼，村上设想办托养院，收养六十岁以上的鳏寡孤独老人，这部分人，费用采取组上承担一部分，村上补贴一部分的办法，由集体养起来。同时还收养六十岁以上，但子女因工作或劳动照料不便，或是父母和子女不和的老人，这谓之托养，其费用由子女承担，采取自愿加入的原则，这两部分人组成老人部。在幼儿方面，收养弃婴、孤儿，这部分人由村上养起来。同时，招收父母因工作、劳动照料不便的儿童，这部分儿童的费用由父母承担。同时招收热爱托养事业的管理服务人员，招收名额视托养人数的多少而定。"

黄山讲话后，法医、法官对丹婷、白母的尸体进行了验查取证，治丧人员为她们沐浴更衣，化妆人员为她们美容，摄影师为她们拍照，然后八仙将她们装棺殡殓，本来公祭到此就算结束了，且日已西斜，大家又都没吃午饭，但人们都坚持要将亡者送上墓地。在刑警将罪犯逆子带走后，几声炮仗响，在一片哀乐声中，送葬的人们排成一二里路的长队，护送灵柩进入墓地，墓碑因时间紧促没能及时运回，丹婷墓碑正面正中刻写着亡女李丹婷之墓。左面写着生死时日，遇害经过，右下款写着梧桐村全体村民立，背面刻写着删减后的祭文，墓碑和坟茔相隔约三米有余，以便后人祭奠时观看。白母墓碑的格局大体雷同。花圈、花环、花篮在墓前挤挤挨挨不下二十米。送葬的人在欧阳先生的口令下，三鞠躬后，才渐渐散去。

墓地渐渐地恢复了平静，两座新坟冷冷清清地相依相偎，太阳斜斜地照着。一缕缕的炊烟袅袅地从各家各户的烟囱内升起，村落里鸡鸣犬叫，一切又都像往常一样的平常，好像一切都没有发生似的。黄山默默地走在徐宫等人的后面，他看着哗哗东去的黑龙河，心想：世事不也像这东去的流水吗？过去的就永远地过去了。过去的东西虽然不能挽回，但过去的东西应该留给人们冷静地思索，然后未雨绸缪，防患于未然。将可能发生的不幸和痛苦，限制在最可能小的范围内。

第九回　刘志熔崖造飞桥
徐建抱得丽人归

　　黄山在家中坐着喝茶，一边和刘志、徐宫闲话。这时邮递员送来一份电报，黄山在收到卡上签了字，只见电报上写着："请刘志兄带他的冷热二器火速前来相助。"刘志说："这个徐老二，借我的宝贝去讨好那妮子，我的宝贝岂是轻易借人的？"黄山说："他岂不知就里，不到急困时，不来求你，你还是去走一遭的好。"刘志口中咕哝着，起身回去收拾。

　　再说那徐建、董自珍二人晓行夜宿，饥餐渴饮，不一二日便来到州城地面，在专员办公室内找到了华专员，专员向徐建伸过手来说："年轻的大师傅，一路辛苦了！"

　　徐建说："我们小伙子赶点儿路，并不辛苦。专员早做夜思，费力劳心才辛苦呢！"华专员转身对秘书说："徐小师傅是贵宾，快到集上去买些鸡鸭鱼什么的，晌午我请客，你也来。""不敢劳动专员破费，我们还是到街上去吃吧！"徐建说。"怎么，嫌爷爷做的菜不好？告诉你，爷爷做菜，还有两手呢。"专员笑呵呵地说。"那倒不是。只是前次你到我们那里去时，你自己买份饭吃，现在怎好打扰你呢！""哦！原来如此。那下次你带女朋友回家时，莫忘了请我，你挂个账，该行了吧？"专员说。说的人无意，听的人有心，自珍脸自是飞起一片绯红，她想起了刘志的"猪八戒背个媳妇回来"和黄山的"可能抱得丽人归"的话语。

　　在专员公署歇息一晚，第二天，徐建、自珍又乘车赶赴施工工地，当天乘车劳顿，茶饭已毕，自珍安排徐建在指挥部歇息，一夜无话。次日天明，自珍陪徐建到大桥工地实地勘察，自珍介绍了山情水势。徐建看到，所建之桥并不算太大，但河水凶猛流沙走石，难以下桩建墩。两边山崖虽不算高，但坡度较大且由乱山石构成，下面一动上面哗哗啦啦垮下一堆，这等桥梁，建柱立墩不行，架大跨度单洞桥不行，架空中吊桥也不行。真是个刺猬，抓不得，咬不得，无处下手，徐建看着看着不由得皱起了眉头，那自珍也非等闲女子，她仔细察看着徐建的面部表情，见他皱起了眉头，不由得心里一凉，暗想：难道请来的是个脓包？难道专员的眼力也不行？伫立良久，徐建问董自珍："钻探过吗？""钻探过了。五十米以内全是砾石、沙子。"徐建一天都沉郁寡言，晚饭后，自珍看徐建心情不好，便来约他出去散散心。但到处找不到他人，问来问去，大家都不知道。莫非他遇难而退，脚板底下抹油——溜了。看起来他又不像那号人。转来转去，已夜深人静。忽听得大桥工地方面轰隆隆一阵巨响，自珍忙朝大桥方向奔去。只见大桥上紫气缭绕，有一头奇大无比的棕熊正一掌掌向桥头山崖拍去，那山崖便一截一截倒塌。忽然那棕熊像是受到什么惊动，一晃便不见了。董自珍想到了大禹治水中，大禹性急化熊的传说，忙抬头看看天，只见天熊星座主星离位，不由得大吃一惊，心想莫非他是……正在胡乱猜想，只见对面模模糊糊走过一个人来，自珍凑上去，那人又不见了，自是心怵发毛，忙转回宿舍来。

早饭铃响过了有一会儿，还不见徐建来吃饭，自珍忙到宿舍来找。听到喊声徐建才睡眼惺忪地爬起来，胡乱地将衣裤穿上，开门让自珍进来。自珍告诉他，昨夜桥头山突然崩塌一大截，山体滑坡的危险没有了。只是山那边毁坏了房屋，砸死了人。徐建一听，惊得啊的一声。随即，自珍又将昨晚所见告诉徐建，徐建忙说："那你是幻觉，你受到惊吓，神经错乱出现了幻觉。不过得去看看，是否真的山崩，如是这样，那真是天助我等。"自珍只是笑，并不言语。徐建胡乱地扒了几口饭，抓起一个馒头，便朝桥头工地走去，自珍也放下饭碗，不远不近地跟定他。那徐建到离桥头一百多米处，即折下公路，到河边高处，朝桥头崖背面观看，只见那背面也不过是一些乱石岗，才轻松地舒出一口气，忽然他好像想起了什么，一时又理不出头绪，他毕竟是投了胎的，以前的事情哪里记得，就是昨晚掌击山崖，也是如在梦中。董自珍在后面已是看得分明，见他不看桥头崖正面，而观其背面，心中已是有了数目。在以后的时日里，她对徐建更加温柔体贴。她要紧紧地将他抓住，她不能错过这个机会。于是每有闲暇，她总是陪他聊聊，从侧面了解他的身世。但徐建心中很烦，他对架桥工

73

程如此棘手而焦躁不安，这次专员出面借人，本是很风光体面，如办得窝窝囊囊，咋有颜面见人？电报已发出去了，计算时日，那刘志也该来了。但那刁头惜宝如命，他要是不借，为之奈何？

一日，董自珍请了半天假，陪徐建在花园游玩，虽是秋末冬初，万木叶落，百草不发，但菊花正当时，梅花也含苞欲放。加之秋冬时节干旱少雨，午后天气尚暖，故而前来游玩的人不少，少男少女成双成对，亲朋故友，缓步叙旧。徐建和自珍转了一阵，在一向阳处坐下，天气晴和，微风不起，鸳鸯鸟悠闲地梳理着羽毛，自珍用手肘碰了碰徐建："你看那湖中鸟成双成对。"徐建正为架桥事焦烦，未解其意，瞥见岸边情人搂搂抱抱，随口应道："岸上人相依相偎。"自珍以为是说给她听的，便向徐建跟前靠靠，徐建本能地向外让让，自珍暗自叹口气，不敢造次。但又想：徐建架桥，肯定不费时日，如果错过机会那便是铸成人间一件憾事。于是又进一步用言语打探："前次来时，你家兄弟，希望你抱得丽人归。虽是戏谑之言，但关怀之情溢于言表，不知小徐师傅可有此意？"徐建看看自珍，并不言语。自珍接着说道："不知小徐师傅可曾在脑海中勾勒出意中人的轮廓？"徐建叹道："实不相瞒，夫妻乃终身伴侣，此等初来乍到，哪里就会有中意人选？不过请恕小弟造次，似姐姐这般才学人品，小弟便高攀不得。"那自珍也正是豆蔻年华，情窦初开，不免胸脯内似那小鹿撞突，怦怦直跳，忙低下头，佯做整理鞋袜，以掩盖一时之慌乱。片刻她便镇定下来，心中已是有了底细，又言道："我有一小妹，也是建筑工程学院，人品模样儿与我不相上下，我这里有海棠籽儿两枚，我回家给她说说，你们见一次面，你若中意，便将这籽儿中的一枚送给她，她若在三日内不归还与你，那就是有意与你了。"徐建又笑笑，看自珍一眼，并不言语，看看时间已晚，双双向指挥部走去。

随着时间的推移，徐建盼望刘志到来的心情日趋殷切，一日午饭，主食是馒头，副食是肚片汤，自珍从炊事员那里讨来一小碟辣椒，徐建将馒头掰开去蘸那辣子，竟将馒头蘸到汤里，自珍看着他魂不守舍的样子，说道："你有什么想不开的事情说出来，咱们商量，不要老是怄在心里。"徐建说："我在想一个人，想来他也该来了。""他是谁？""看看！我这一卦算得准准的，找你徐老二，只要是饭时，不消到别处去，在饭场一找准着。猪八戒变的，总是吃不够。哎！我说老二，媳妇儿的事情咋样啦？"徐建抬头一看，见刘志风风火火地走来，肩上挎一个小小的旅行包。"啊，刘大哥哥，您可来啦。一路风尘，辛苦您啦！""少扯淡！直接回答我的问题。""董姑娘说她有一个妹妹，回去啦，她给说说。""何必舍近求远，依我看远在天边，近在眼前。"自珍见话不是味儿，起身便走，她怕那刘志有更难听的话说出来，走不几步，只听得耳边送来几句话："去弄些好的来吃。为了你们的事儿，又费工夫，又折本，我可不像你们，像那牛卷草，啃饱了事。"自珍心里有股说不出来的味儿，刘志身上有一种开朗豪放的气质，他那并不魁梧的身体，给人一种俨然似一座高山的可依可靠的感觉，然而这座高山，挺拔陡峭，须仰视方见，又给人一种威逼、压抑的感觉，又令人不解。他个头比徐建矮半个脑袋，腰身细一围，徐建为啥对他点头哈腰？自珍又好像替徐建鸣不平，心里酸溜溜的。但这些都不容她过分细想，她得立即再去给刘志买几个像样的小菜，外加一瓶好酒。她的一点儿工资，哪里供得起两个大汉的吃喝？买完今晚的东西，她已是囊空如洗了。吃饱喝足之后，刘志又去洗了个澡，回来又美美睡了一觉，当他睡眼惺忪地走出指挥部时，已是红日西沉时分。回到卧室，他将徐建召到眼前："哎，我说老二，那媳妇儿的事情咋样啦？""哎，你这人，咱们是来架桥的，你怎么光打人家姑娘的主意？""哎！徐老二，我这可是为你好，你可别狗咬吕洞宾，你可曾知道女孩儿虽是无穷数，但中意者又曾有几人，这妮子挺不错的，如果让她溜掉，岂不可惜。"徐建被他缠得无奈，便将送海棠籽儿之事告诉了刘志，刘志一拍巴掌，便附在徐建耳边，如此这般交代一番。

晚上，刘志、徐建、自珍到食堂吃夜宵，徐建对自珍说："带手绢了吗？"自珍将手绢递给他，徐建擦擦手，顺手装在她的上衣口袋里。就寝时，自珍用手绢时，发现手绢已不是自己的，展开时，见里面有一层箔纸，箔纸内又有一层白皱纹纸，小心翼翼地包裹着一颗海棠籽。自珍眼睛一亮，再看那手绢，是洁白的真丝织品，上面精细地刺绣着一对戏水鸳鸯，上方是"百年好合"几个行书字，自珍小心翼翼地将那方手绢捧起，紧紧地贴在自己的脸蛋上，脸上泛起一股幸福的潮热。

在工程指挥部里，刘志软缠硬磨，以两百万元的工价，将大桥承包下来，刘志先让预付一百万，阮总指挥不批，僵持到最后，给了十万元，刘志到集市上花了一千多元，买了牛羊肉、鸡、鸭、鱼等，抬了一箱子好酒，又给司膳人员一百元小费，晚间将架桥工地电焊、水泥、石料、供水、供电、耐火、消防等师傅请来，摆了几桌子。刘志向大家拱拱手，说道："在下远道而来，承揽了一点儿活干，劳驾各位相助，略备薄酒，以表寸心，还望各位赏脸，开怀畅饮。"诸师傅也向刘志拱拱手："承蒙厚爱，我等愿听刘大师傅差遣。"刘志笑道："说来惭愧，工程建造我是外行，一切事宜，由小徐师傅和董技术员调拨。"徐建和自珍忙起身向各位点头致意。酒宴散时，刘志特别向徐建、自珍交代要调拨四十八根跨度为两百米的弧形钢梁，长度为十五米，宽度为七米的耐火砖圈备用，吊车等重机械都要到位备用。当耐火砖圈大吊车到位，一天早饭后，刘志、徐建、自珍以及施工人员戴上防高温帽，刘志从那旅行包一个精致小盒内取出一个指甲盖般大小的玩意儿，迎风晃一晃，口中念念有词，竟变成一辆重型坦克般的东西。刘志走进里面，随即信号灯发出不同的信号，徐建用黄旗打着旗语，忽然从那怪物体内喷射出一股耀眼的白光，白光喷射在桥头崖的乱石上，乱石即嗞嗞作响，冒出灼灼火焰，徐建调两辆大吊车，吊起一层耐火砖圈，放在那烧化了的砾石上，又用挖土车的铁爪将砖圈弄平，挖土车又不断地将垮下的砾石一斗斗向那圈内添加，待平后又上一层砖圈，约莫一两个时辰，那一端的桥墩已烧熔完毕，最后一道圈，即完成桥墩四十五度的斜面，并带有上钢梁的圆孔。工序完成后，刘志又取出另一个指甲盖般大小的玩意儿，亦变成坦克般大小的一个怪物，刘志钻进去，数分钟后，那怪物喷出一股股冷气，撤离慢点儿的人，即感到冷风飕飕，穿髓透骨，约计两三刻钟，即河水淤塞，土石冰冻，那耐火砖圈熔液急剧降温凝固。完成一个桥墩任务后，即撤离休息吃饭。下午又完成了另一个桥墩的烧熔、冷却任务。然后刘志将那两件宝物托起，迎风晃一晃，口中念念有词，于是又变成指甲盖般大小，仍旧放在那精致小盒内。由于桥墩较深，下层冷凝尚待时日，于是小拱圈建制、焊接便进入繁忙阶段，两三日后测得桥墩已完全凝固，即用大吊车两头协作架那跨度为两百米的弧形钢圈，架设完毕，每八根一组，上横铁杆焊接，再在上面网细钢梁钢圈，再浇注搅拌过的水泥沙石，构成厚度为一米五左右的第一层大拱圈。然后又在上面造两端小桥洞，小桥洞上面又架拱形小钢圈，小钢圈上构成桥面，再造桥栏杆、桥头堡。大桥交接时，华专员、阮总等都参加了，只见大桥洞上有洞，拱上加拱，整个大桥，中间没有桥墩，造型与周围景物浑然一体，形成一种自然美。桥头堡是四个飞檐斗角的阁楼，桥栏柱及中间的栏板上雕塑着农工商贾、集市贸易的各种图案，行人车马，栩栩如生，人到桥上，如在街中。专员、阮总不断颔首赞许，大桥交接非常顺利，除去机械、工人工资等一应费用外，刘志净得工价一百万元，给徐建、自珍各二十万元，他自己得六十万元，他说他也没占便宜，两个宝物各占二十万元。那徐建嘴里絮絮叨叨嫌给自己分的钱少，自珍已是怵得心惊肉跳，这么多的钱她十年都不能挣到，她不敢要。徐建白了她一眼，嫌她是个傻大姐。自珍要将钱给徐建，徐建说："这是刘大哥哥给你的，我怎好要。"

大桥交割以后，歇息一两日，刘志、徐建便收拾归程，自珍暗地里请了一个月假，备办了一些礼品。临行时，刘志、徐建向阮总话别，徐建心里很想自珍陪伴回去一趟，又碍于难以启口，每每有个话头，自珍就用话岔开。上路时，自珍送了一程又一程，一直送到地区行署。恰巧华专员不在，秘书招待。刘志等在街上买了些东西，在招待所歇息一晚，第二天，他们给专员留了个条子，上书：

信去人未归，书斋无文章，
二儿分高矮，人言并肩郎。

落款题刘志、徐建、自珍拜辞。次日上车，徐建嗫嚅着，自珍冲他一笑，上了车。

刘志、徐建、自珍回来，把个徐家二老、二太老、徐宫、黄山、刘仁等喜欢得不得了。这家请，那家接，自珍也都带上礼物一一拜谒。一日，黄山召集各组干部会，要求各组结合白母、丹婷事件，对村民进行道德、理想、情操教育，会议规定每组都成立农民夜校，每月初一、十五各授课一次，主要是道德、法规教育。由黄山、徐宫、刘志、欧阳等轮流授课，由欧阳一仙编写农村杂志，由刘志主持编写乡规民约，由刘仁主持制定好媳妇、好婆婆、好小姑、好孩子、好青年、好家庭、好邻居等先进模范的评选细则，由徐建负责组建村民理事会，安排完毕，黄山叹了一口气，徐宫说道："莫非哥哥还有什么事要办？"黄山说："枯燥的说教，虽然能起一定的作用，但终不及寓教于乐，寓教于戏吸引人，效果好，只是我们现在缺乏这方面的人才。"徐宫道："听说自珍能歌善舞，让徐建回去说说。"

有话则长，无话则短。转眼间，冬尽春来，新春在即，梧桐村家家户户张灯结彩，村民们都穿上了节日的盛装。从初二开始，黄山带着江虎的狮子队，徐宫带着田延福的船、灯就登门演出，其实民间并不乏艺人，像那江虎就是耍狮子的好手，狮子队来到徐建门前，黄山附在江虎耳边嘀咕了几句。黄山让徐建准备了一张老式柴桌子，七条栎树板凳，把老人小孩按两个梯次安排在廊沿上。按照当地习俗，狮子先打场子，打狮子门的喝彩，然后再演节目。那打狮子门的江虎身穿黄绸马褂，腰系大红腰带，头系黄绸头巾，把个绣球玩得颤盈盈。他的几个耍狮子弟子江中豹、江中蛟、江俊、江横，把两只狮子耍得摇头摆尾，抖鬃甩须，栩栩如生。在紧锣密鼓声中，江虎引狮子绕场一周，徐父鸣鞭炮迎接。江虎喝彩：

喜盈盈来笑盈盈，王子来到徐公门，今年迎来天仙女，他年又添胖孙孙。待到日后科及第，荣华富贵万年春！

他每喊一声，狮子队就喝一声堂威，先玩板凳，两只狮子先依次从七条板凳上跳过，然后两只狮子又分别从一条板凳一头上凳，然后前肢立起，只有后脚站在凳上，越玩得紧张，锣鼓打得越密，玩过板凳玩桌子，玩桌子时打狮子门的在前面引，两只狮子先跳四个桌子角，然后双双上到桌子上，再双双前爪腾空，狮身竖立。这狮子直身，可是一个硬功，那玩狮子尾的汉子，右手抓住顶狮子头的宽皮带，凌空擎起，左手还要摇动狮尾，手上没一二百斤的气力，难当此任。直身以后，四脚攒在一点，双双从桌上跳下，然后又慢慢上到一个大木球上，四只脚推动木球转动，看得人张口瞠目，只有那锣鼓一阵紧似一阵地敲响。玩过木球以后，节奏变慢，顶狮子皮的换人，据说这样剧烈活动之后，不能马上停下来，由服务人员搀着慢步，然后按摩调养，在场的狮子则在慢锣慢鼓声中，卧在徐公门前，轻轻地摇动头尾。接狮子的人都知道，这是狮子讨小费。正月间玩热闹，其实并不是为了挣钱，而是弄点儿烟酒，徐父将两条烟、四瓶酒分别送到两只狮子嘴里，两只狮子从地上爬起来，绕场一周。按理，这时狮子就该另换门庭了，但那两只狮子车转身，烟酒又一一从狮口中飞出，江虎接住，归还徐父。徐父又急忙包了两百元红包塞在狮子口中，狮子转一圈又吐了出来，紧接着飞出一条黄绢，徐父接住，只见上面写道："敬请董姑娘舞，以饱眼福。"徐父面有难色，将黄绢交给徐建，徐建又交给自珍，自珍淡淡一笑，略微折腰："请诸位稍候。"想那自珍，天生丽质，稍事装扮，即出场歌舞，徐建一管短笛伴奏，在婉转悠扬的笛声中，自珍轻歌曼舞。如果说刚才的狮子舞是轰轰烈烈，那么现在的单人舞则是闲情逸致，徐建沉稳雄浑的笛声，自珍如莺如燕的歌喉，引得在场人跷足引颈。正是：此曲只应天上有，世间哪得几回闻。一曲罢了，人们才得松一口气，停歇少许，自珍手托一两丈长，宽六七寸的红绫，她将红绫缠在腰间，只将末尾一头挽在手上，随着手臂的舞动，身体的旋转，那红绫一层层从腰间绽开，越转越快，最后自珍握住红绫一端，那红绫从左臂转向右臂，从头上转向胯下，然后又围绕腰间。那自珍越转越快，最后看不清人影，只见眼前有无数红绫飞转，正在兴头处，笛声戛然而止，那红绫也离身飞出，居然在徐建怀里一层层叠起。自珍慢走几步，透过一口气来，挥挥手向乡亲们致意。徐建忙端上一杯温茶，自珍呷了一口，徐建、自珍又双双向众人挥手，徐父忙将果点端出，狮队稍事休息，就又有人来接。后面徐宫带着田延富的船队就又到了，不须多言，那徐宫何等手段，那旱船木马自是造得惟妙惟肖，唱词也是新编的宣传政策法规、伦理道德的新词。村民在这些娱乐活动中，振作起来，文明起来，团结起来。黄山看到了一个微妙的变化，以前有个什么活动，小孩子总是在人群中哭哭叫叫，甚至有被踩、挤伤的。体弱多病的老人，根本不敢出场。而这次小孩、老人都被安排在廊沿上，有的还把瘫痪的老人背了出来。而青壮年汉子则都站着，高个子自动地给矮个子让出了位置。这个变化小吗？是很微小的。但什么东西不是从小开始的呢？想到此，他的脸上浮起一丝欣慰的笑。但在这载歌载舞的节日气氛里，他的心里也有一股莫名的酸楚。他看到徐建、自珍双双对对，心里当然为他们高兴，但他的人呢？她又在何方？这样的思绪不由自主地使他想到了柳莲英。但她出身官宦之家，身份显贵，即使莲英有意，这其中又有多少坎坷，真可谓：美人如画隔云端，上有长天之高远，下有绿水之波澜……

第十回　象鼻山黄山信步
梧桐村莲英观灯

　　正月初七、初八，天下了一点儿小雪，虽然仍很寒冷，但却尘土不扬，空气湿润，黄山携刘志、徐宫、刘仁等人在野外游玩，当信步来到黄土堡象鼻山山垭时，只见一年轻女子，肩扛着鼓鼓囊囊几包东西，气喘吁吁地向这边走来。黄山心里一惊，看那举步投足、娇柔体态，不像本地人，难道是她？她这时到这里来干什么？他心里想着，脚下不由自主地加快了步子，渐渐地和刘志他们拉开了距离。刘志正和徐宫闲话，忽见黄山疾步向前面一个女子走去，就对徐宫说："看看，看那人多没出息。见了年轻女子，就被勾去了魂儿。"说话间，已是来到了近前，正是那远观朦胧，近看分明，那女子不是别人，正是柳莲英。黄山忙招呼大家："弟兄们，你们看谁来了。"徐宫、刘仁也认了出来，忙近前道："柳姐姐，真是稀客！"这时刘志摆出一副不与为伍的架势，大大咧咧地走来，他心里已是知道她是谁了，可这时的莲英已是有了三分狼狈，脸上淌着香汗，头发也有些蓬乱。刘志心想：我道你有多高贵，原来也有邋遢的时候。不过他本人也被少女所散发的特有的青春气息感染了。莲英看到刘志那做作的姿态，感到他又可爱，又可笑，遂递过一句话来："刘志兄弟，别来无恙？"这时黄山、徐宫已帮莲英提着兜，扛着包往回走了，刘志见状，顺口说道："很好，很好，在此新春佳节，晴天丽日，替俏妮儿提着兜，扛着包，又何尝不是一件乐事。"刘仁哈哈大笑。徐宫白了他一眼。黄山心里暗暗感激他。莲英也并不嗔怪，她感到这些年轻人无拘无束，敢说敢做，聪敏机警，身上有一种世俗青年所不具有的英雄气概。

　　大抵女孩儿都喜欢热闹，莲英听自珍说这里耍狮子时，便要去看。黄山说："你日间坐车劳顿，还是休息一两日，体力恢复过来再说吧。"刘仁说："去把狮子队调来，就在门口演吧。"莲英说："不要打乱原有秩序，还是咱们赶着看吧，这样别有情致。""什么时间动身?"刘仁问。"月上柳梢头。"莲英回答。黄山心里咯噔一下。"花灯已经做好，调几对宫灯来。"徐宫说，"一则可以照明，二则可以助兴。""那样最好。"黄山说。晚饭时，莲英说："正月间，鸡、鸭、鱼、肉都吃腻了，最好弄点儿简简单单的清素饭食。""那就做点儿醪糟元宵，白菜面行不?"黄山娘丁香说。说话间已是柿饼、花生、板栗、馓子等果点端上桌来。大家说说笑笑，又吃了些素食。这时宫灯已经调来，东方山头显出一抹光亮，月亮出山了。于是前面三盏，中间两盏，末尾两盏，依次是黄山、莲英、刘志、徐宫、徐建、自珍、刘仁。这时狮子队已玩到陈家烧锅。从凤鸣岗过黑龙河，再沿凉水沟上去，尚有几里路程，月光照在山头上，将山峦划成明显的明暗两部分，沟底尚很晦暗，偶尔巢鸟有几声鸣叫，一只野兔从脚下蹿过，各住户门前的红灯，随着峰回路转，时隐时现。小孩儿们的灯笼队像一条火龙随着那雀鸟般的童语穿堂入户。这时依稀能听到锣鼓的声音，不一时也便到了，当时正在陈国忠家演狮子踩木球。刘仁说："先到陈国华家喝点儿茶，等会儿从头看。"莲英说："不要惊动老百姓，咱就站在外面悄悄看吧。"当时锣鼓声紧，他们又从后面走来，所以没几个人看清他们。这耍狮子，到各家门前都是老一套，所以徐宫、刘志他们就在外面闲话，只有莲英看得如痴如醉。以前她只在电视屏幕上看到玩狮子，像这般现场目睹还是第一次。在以后的几天，他们又游玩了黑龙湾、鹰愁涧，就这样过了三四天，莲英向黄母、黄山辞行，黄山说："自珍他们排演的节目，徐建的花灯都已准备好了，节目马上出演，元宵节也不远，过了十五再走吧，自珍也是过了十五，十六走。"

　　节目由于乐器、服饰的限制且演员又都是农民，所以显得粗俗了点儿。但相邻几村的亲戚，还是赶回来了，没亲戚的，有的带了干粮赶来看。节目很接近农村实际，很受群众喜爱。传统的《四郎探母》《穆桂英战洪州》《安安送米》《黄香暖被》也颇受观众青睐。特别重要的是，农民看到了自身的价值，别人能办到的，自己也能办到。登台演出的演员在群众中、在亲属中的威望也大大提高。

　　如果节目有些美中不足，那么花灯则是天衣无缝。正月十五，月亮还没出山，家家户户就都点亮了灯笼。黄山、莲英吃过元宵，就有徐宫、刘志等来约，这时已经出灯了，花灯由于有龙灯，按照古老的习俗，得先到河边祭灯饮水，祭灯以后，花灯过黑龙河，向杨家滩方面走去。花灯除过龙灯在大场子上从头至尾做盘旋式舞动外，其他灯一般都不舞动，只供人观赏。灯又分为满架灯和半架灯，满架灯一共四十八盏，半架灯只有二十四盏。看灯要迎着灯的来势，站在路边依次观赏。黄山一行一边谈论着一边迎着走去，在杨家滩麦场边站定。开头是几盏宫灯，做工也确实考究。宫灯后边是龙灯，龙灯除龙头龙尾外，中间有十二盏近似圆柱形的灯，上面披着龙皮，龙皮上的鳞片不知做了怎样的技术处理，金光闪闪十分招人喜爱。龙灯后面是走马灯，走马灯是转动的六棱灯，灯笼纸上画着唐僧取经、三英战吕布等图案，随着灯的转动，看的人便以为是在行进，在厮杀。鱼灯的头、眼、鱼鳍是活动的，随着灯的行走，那眼珠一突一突的，嘴一张一翕，鳍前后划，似在水中游动。过了黑龙河来到游艺室，它是借凉水沟小学的一间大教室办的。顺长拉着四根铁丝，铁丝用彩纸裱糊过。上面依次是红、黄、绿、紫色的小彩灯，铁丝上悬挂着四十余盏花灯，花灯的灯穗上写着各种谜语，每一条谜语上又有签号。你猜中了哪个谜语就把那个签号取下来，拿到设在另一间的服务台前，真正猜中了，能得到几枚糖果，重换签号；没有猜中，把签号拿回去，还挂在那里。黄山、莲英边走边看，只见一个灯穗上写着："街上买个猴，鼻子大过头，头在前面走，鼻子在后头。"莲英说："这是个什么东西呢？"黄山说："你不知道，我就更不知道，因为这个谜语跟女人有缘。"又见一个灯穗上写着："两国交战，兵强马壮，马不吃草，兵不吃粮。"黄山把号数摘下了，莲英也摘下了"高山上面落高山，高山里面卵石滩，卵石滩下清泉水，清泉水下火烧山"的号数。他们兑了几枚糖果，给了两个鼻涕龙。在往回走的路上，莲英告诉黄山："感谢你们对我的盛情款待，我在这里也玩得很开心，过了一个在城市里所没有的好春节。我明天确实要走了。很留恋你们，不知什么时候才能见面。""那黄堂贵母子以后没再纠葛了吧？""城市里面治安很不好，即使黄堂贵不来，哪里就敢保证不再出个白堂贵、洪堂贵。""恕我冒昧，你也到了结发年龄，有那中意人儿，物色一个，岂不是多了一把保护伞？""哎，说来也真伤脑筋，我现在在攻读硕士学位，二老受正统观念的熏陶年深日久，他们说：'你是硕士生，得找个博士生。'你想想，叫我到哪个天涯海角去找那风华正茂的博士生？""啊，伯伯、伯母还真有点儿罗曼蒂克。""此话怎讲?""当年柴郡主以状元为媒,得嫁天波府杨延昭,今日莲英姑娘以博士为媒,天下才子自当慕名而来。""生活哪里就是戏剧?""但生活中具有戏剧性的还少吗?""你可真会说话。"说话间已是回到了黄山家,安排就寝,一夜无话。

十六日黄母丁香早早备了饭食,将那花生、板栗、柿饼、核桃等农村干果收拾了几大包,莲英还特意带了些蒸熟晒干的小红薯片子。这时自珍来约,黄山、徐建等将她俩送到公路上,班车开动了,莲英、自珍还从车窗内伸出头来,频频向他们招手。

第十一回　刘志恭请工程人员
　　　　　欧阳编写农村杂志

　　莲英走后，黄山将刘志、徐宫、刘仁、徐建召来，"这次将兄弟们召来，有两件事情相商：一是我们大家都得有个'皮'，在这个相应注重学历，忽略能力的国度里，没有学历这张'皮'，对我们是十分不利的。现在我们办一个村的事情，人才相对过剩。我想将我们分成两班子，一班子出国捞取学历，一班子在家主持工作。现在我知道刘志、徐建手头有点儿钱，你俩先走，参加今年的博士考试，明年工作可能顺一点儿，我们三人再走。第二是莲英是个好姑娘，虽然娇贵了点儿，但也实属难得，难得的人就得付出高昂的代价。要打开莲英姑娘的心扉，就得博士这个敲门砖，这也就是我让刘志、徐建先出去的用意。莲英相貌倾城倾国，必然招蜂惹蝶，我们要尽快给她提供保护。"刘志说："黄哥哥的好意我心领了，但我是个武人，我的眷属不能是文弱女子，她必须是精通军事，玩枪弄炮之人，起码也必须具有武力自保能力。玩刀枪之人，难免有些冤家对头，这些人惹不过你时，有些小人，有时难免会起伤害眷属的邪念。莲英是个好姑娘，正因为如此，我不愿意累及她。我看黄山哥哥和她还是蛮般配的，似乎她对你也有点儿意思，她提出博士媒，这不是此地无银三百两吗？我知道你没钱，我手头现有六十余万，给你三十万，叫我弟弟也去，他也拿三十万。徐二兄弟手头上有二十万，再问自珍借点儿，你们三人走吧。不够了，我再想办法给你们兑去。村上的事情，今年主要是建厂建窑，有徐宫哥哥在，我看完全可以胜任。至于莲英姑娘的保护问题，我自有道理，哥哥不必多虑。""我身为哥哥，怎能遇事先替个人打算，凭刘大兄弟功底，保护眷属当属易如反掌，让我先走，岂不陷我于不仁不义？""二位哥哥不必争执，我看还是我哥哥意见比较周正，就此定夺吧。"刘仁如是说。于是黄山、徐建、刘仁就四处活动，打通关节，办理护照等一应事宜，准备前往英国剑桥大学考取学位。

权且不说黄山一行出国就学，只说那冬尽春来，百草竞发，诸事待办。由于人手不足，欧阳一仙也就不再在小学兼课，而直接从事村组工作。徐宫、刘志就急办事情做了安排。由徐宫负责和县工程队签订窑、厂建修合同，尽快施工；由欧阳一仙负责凉水沟下面三个组鱼塘、水渠的搪抹，以及鱼、鳖的放养工作；刘志督导改河工地鱼鳖放养，电站、厂房的修建以及全村山林修剪和栎树、油桐子的点播、山坡排水沟的凿挖工作。

一天，欧阳一仙、刘志从凉水沟小学出发，沿新修公路检查督导。江家村、田家湾、陈家烧锅三组男劳力基本在搪抹鱼塘，只有一些剩余劳力星星点点地在栽松树、杉树苗。山林也都多在去冬修剪完毕，他俩见没多大问题，就顺便和组上干部、村民聊聊，掌握一下村民购买鱼苗、幼鳖的资金准备情况。没多停留，直接来到李家沟。李家沟口两个岔沟口的蓄水大坝已经修成，承包户正在勾缝。两孔石灰窑已经生火，小沟内散发出浓浓的窑烟味，砍刈下来的松枝、杂草顺沟边排成长长的一行，李正茂正在往窑口搬柴草，刘志叮嘱他们注意防火。顺着山脊盘曲小路向山垭走来，远远就能看见那山垭枝干盘旋的古松，这时依稀听见几声零落的枪声，刘志疾步向山顶奔去，在对面不远处的山梁上有一个人倒下了，一头畜牲向这边奔来，那颈脊上深深的鬃毛似乎根根都竖立起来，像一面小小的战旗，刘志认出那是一头特大的野猪。打猎的人都知道"一猪二熊，三虎四豹"的歌诀，所谓猪指的就是这种野猪，它的皮像盔甲，它的獠牙像两把弯刀，跑得快，力气大，特别可怕的是它的皮肉三刀两刀，即使是中了一两粒子弹，只要不在要害部位，都无济于事，而且更加凶残，不避不退，专朝有人处攻来，一旦被撞倒，非死即伤。刘志不敢怠慢，忙闪在古松后面，取两把飞刀，捏在手里。说时迟，那时快，那畜生带着一股旋风，已到眼前，刘志忙将两把飞刀放出，不偏不倚，正中脑门，那畜生闷吼一声，一头向岭下撞去。在放飞刀的同时，刘志围着古松，绕到了背后，这时几只猎犬，吐着红舌喘着粗气攻了上来，围着那野猪狂吠。刘志惦记着对面山梁倒下的那个人，忙朝对面走去。这时只见几个猎人架着一个人蹒跚地向这边走来，好不容易来到面前，只见那人从左嘴角到左颧骨的皮肉全被扯下来，牙骨白生生地露在外面，煞是怕人。原来那人不是别人，也是一个枪手。因火炮子没响，那猪便窜

85

到面前，一口咬住猎人手中的枪，头一摆将枪甩出两三丈远，一只獠牙从嘴角插入，从颧骨穿出，便撕扯成这般光景。"还不赶紧包扎，得了破伤风可不是耍子的。""只是一时没得干净东西。"刘志没再言语，从袋内掏出丝手绢，哧的一声从自己身上扯下一片前襟，麻利地给猎人包扎起来，那猎人嘴角抽动了几下，终因疼痛难禁，没有说出话来。另一个猎人说："这不毁了兄弟一件衣衫……""还顾得了这些，他失血过多，哪能这样走，快绑一副担架。"见没刀子，刘志赶回去，从那猪头上拔下两把飞刀，削断两棵小栎树，猎人们又拽来葛藤，七手八脚地捆扎起来，用松枝茅草垫铺停当，将受伤猎人放在上面。于是一行人抬着担架，拖着野猪，狼狈不堪地挨下山来。到了李正茂家，一行人稍事休息，刘志掏出一千元钱交给猎户头王贵说："这头猪，我买下，这点儿钱，你拿去给他治病。"王贵说："钱我们不缺，猪是你扎死的，还是按山规办事，你得一条后腿、猪脖子，余下的肉在场人按人按狗分，头、下水喂狗。这人是我堂弟王兴国，感谢你的帮助，日后定当回报。"刘志脸一沉："特殊问题，特殊处理，别再啰唆了。"刘志呼哨一声，猎狗都围拢来，刘志指指人，指指野猪，晃晃手中钱，拍拍狗头子的头，狗头子叫两声，猎狗就都卧下休息，其他猎户也都表示：都出事了，还分什么肉。刘志硬将一千元钱塞给王贵，猎人抬着王兴国引着猎狗走了。

刘志雇了四个人将猪抬回家，刘父说："志儿，你买这猪没用，肉老得像桦树皮，没点儿吃头。""不见得，城里饭馆，野菜走俏，野猪肉也肯定走俏，我还不卖呢，说不定还能派上大用场。"于是将猪剥皮、剖肚，给黄母、徐娘送了些过去，灵芝餐馆以及乡邻们都买了些去，刘志忽然想起了一宗事情，挂起一条猪后腿，余下的让娘洗净腌渍。

黄昏人定时，刘志从他的精致小盒内取一指盖般大小玩意儿，迎风晃一晃，原来是一个飞行器。他穿上夜行衣，拎上猪腿，拿几把飞刀，钻入飞行器中，开始了他的夜间飞行。不时便来到地区行署，收了飞行器，装入紧身衬衣小袋内。因时间已晚，他便直接到华专员寝室，那是一个别致清幽的小院，花岗石子砌抹的围墙，一条缓缓流淌的斗渠，穿院而过。左手边一间砖木结构的小伙房，小伙房旁有几根镰把粗细的墨竹，将小院点缀得淡雅清新。正屋两大间，一进门是客厅，一组皮沙发，一张烟雨图案的大理石条儿，条桌上一盆文竹，一盆君子兰散发出缕缕清香。金鱼缸内，十几尾金鱼追逐嬉戏。这时华专员正和秘书江书礼坐着闲话，夫人张英正在厨下做菜。刘志叩开院门，寒暄后在条桌前的椅子上坐下，专员递过一盅茶，拍拍刘志的脑袋："你小子是登门谢罪的吧？""在下何罪之有？只是最近猎得一点儿野物，不敢独享，特地来孝敬老爷子的。""哼！你小子不要袖笼里装个鬼来糊弄我，你前次为啥留条子骂我？为啥把我们姑娘给拐走了？这次又有什么事难住了，又用小恩小惠收买我。""没说，还真让您给说中了，我们想办个水泥厂、机砖厂，想找个技术好效率高的建筑队，但人家活多，一时轮不上，还想借您的面子给写个条子，早点儿动工。""准备办多大的？""年产十万吨吧。""资金够吗？""哪里够哟，走一步看一步吧，大多数是准备赊欠的。""好吧，给画个条子打发他走。"刘志接过条子，看一下，龇出一口白牙，点点头。"谢谢老爷子，老爷子晚安！""还准备哪儿去？""我还有事要办，就此告辞。"是夜，莲英、自珍都被枕下一硬物硌醒，拉亮电灯见是一方黄绢，包裹着一把小小飞刀，上书：

　　　　黄绢为发结，飞刀做簪钗，
　　　　天机莫泄露，谨行勿蹉跎。

当下心内惶恐，不敢大意，以后自是天天在意，月月照办，避祸消灾，诸事如意，此是后话，在此不表。

却说刘志回到家里，一觉睡到日上三竿，其母丁香催促道："志儿快起来吧，徐哥哥来了。"刘志洗漱完毕，邀徐宫吃饭，徐宫说已用过了。刘志自到厨屋用饭，饭后到客厅和徐宫说话。徐宫说："办厂的事你说咋办呢？""首先要有技术过硬的工程队，这样干起活来又放心，又少拌嘴。他没本事，你说破嘴皮也没用，你写合同，你写牛皮榜也不行。咱们到县上几家水泥厂去看看，了解一下施工队的技术状况，再搞一个时下最先进的图纸，办一个几百万上千万过脚的厂子，总要管他几十年上百年吧。图纸拿出来以后再和施工队商量一下，听取一下他们的意见，然后就可备料动工了。"刘志、徐宫到县城几家水泥厂参观了解了一下，又到几个施工队施工现场看了看，总体来看，工程一队技术比较过硬，施工机械比较多。于是刘志、徐宫来到县委，找到主持工作的李副书记，亮出华专员的条子。只见上面写着：李副书记，行署将于国庆节前对你县乡镇企业检查，据我所知，你县没几处像样的企业，现有梧桐村兴建年产十万吨左右的水泥厂，望你立即协助抽调业务能力强、效率高的施工队，尽快动工。并从乡镇企业扶助款中拨出五十万元，从建行低息贷款两百万元，务使工程国庆节前竣工，我将亲往剪彩。落款是专员的签名。见是专员亲笔，李副书记不敢怠慢，立即批转到负责城建的黄副县长，黄副县长即打电话召来城建一队队长范勇、建行行长郭莉。范勇说先看看谈谈，能干了就干，按合同办事，时间可以考虑尽早。行长郭莉面有难色说："我们有我们的困难，有些存款都取了出来。""我不是叫你来叫苦叫难的，建行建行，搞建设不投资，要你干吗？告诉你，这可是专员督办的事，误了事我拿你是问。"行长悻悻地去了，刘志便招呼范勇一同回去看。"我一个人也不行，我们去找副队长田鹏、技术员程刚商量一下。"范勇说。大家来到工地，范勇、田鹏、程刚围成一圈商量了一会儿，"我们三人一同去看看，这是个大宗货，窝进去可不得了。"技术员程刚说。于是一行五人搭车来到梧桐村凤鸣岗，刘志对妈妈说："上午有客人。"范勇说："一会儿回来再说，现在不忙。"大家来到杨家滩青石岗，范勇、田鹏见厂基已基本炸好，且底子多是青石，没多大问题。"现在就是工价嘛，看看图纸，价钱讲好就成交。"程刚说。"请师傅为主嘛，农民办厂，又想好，又想马儿不吃草。这事儿你们就当成自己的事办，厂子要建成一流，价钱要最优惠，当然建得我们如意，多掏几个钱，也没什么，我们也不是吝啬鬼。"徐宫说。"最关键的还是质量，有了一流的质量，我也不怕抠不出你腰包的钱，没有质量，怕是有钱也难要。"田鹏笑笑。"料子谁备？要一流质量，就得一流料子。"看过厂址后，大家一路说着来到刘志家，沏上茶，扔了副扑克，刘志说："你们玩着，我去弄几个菜来。""不玩扑克啦，把图纸拿来，看看。能成啦，将合同写写，下午一同到县公证处去公证。不成啦，我们还有别的事，下午也得走。"徐宫拿出图纸，范勇说："确实不同一般，只是这般设计工价要略高一点儿。""得多少？""往常是一吨八元，十万吨，就是八十万元吧，似你们这般设计得加万儿八千的吧。""往常根基你们也起吧！""是这样的，你们这起根基可少点儿工。""这样吧，工价八十万元，活要干好，干得好啦，工价上浮百分之五，干得不好，下跌百分之十。""是五都是五，是十都是十嘛，条件要均等。""那好，

88

都写成五至十，行吧？" "料子我们有验收权。" "施工我们有监督权。" "不能如期付款咋办？" "不能按时交贷呢？"徐宫、刘志和范勇、田鹏等经过反复磋商终于写成合同，最后写上不能按时交付使用每迟一月扣工价百分之五，不足一月按天计。每迟付工价一月加工价百分之五，不足一月按天计。饭时刘志将翁爹翁婆父母都请了出来，大家分宾主坐定。范勇、田鹏齐口称赞刘志孝顺，其母丁香说："我们也不喝酒。每次吃饭，志儿总把我们都请出来，也不知道客人喜欢不喜欢，闹得我们怪别扭的。" "不喝酒吃菜嘛，像这样的孩子现在社会上不多呢，真真是伯伯伯母的福气呢。" "人们都说上行下效，我们家是下行上效，他爸妈在我们跟前也比以前孝顺多了。"老爷子高兴地捋了一下银须。"爸，那你对我们不是明扬暗贬吗？意思是说以前对你们不孝顺？" "不！不是那个意思。是说现在比以前更孝顺。"大家哈哈大笑。徐宫端起酒杯："来，为我们的友好合作，为了家庭幸福干杯!"大家都端起酒杯，喝了一盅。午饭后，徐宫随同范勇一行到县公证处对合同进行了公证，徐宫说："来了就将窑场一点儿活也做了。"范勇说："可以考虑。"

刘志到杨家滩杨文斌家，就工程队来后，住房柴草以及村民纪律做了交代，随后过了黑龙河。欧阳一仙先生由于房屋和吃饭不便还住在凉水沟小学。刘志来到学校欧阳先生住处，欧阳刚吃过早饭，桌上放杯茶水，正在伏案写东西。见到刘志到来，忙起身让座。卧室非常简陋，仅一床一桌一椅而已，把刘志让到椅子上，他自己坐到床上。刘志落座后，随手拿过案桌上的稿纸说道："最近又有什么大作？" "也没写什么东西，就是上次布置的农村杂志，正好完稿，请大兄弟过目，多做指点。" "你的大作，我哪能评说？" "一共是八章，第一章，总则；第二章，修身；第三章，和家；第四章，理财；第五章，睦邻；第六章，亲友；第七章，工事；第八章，全节。" "章法大体就包括这些吧，让我做你的第一位读者。"只见稿纸正中写着"农村杂志"，总则部分是：

人生天地间，精神最为先。世事虽卷舒，心境定如磐。物物察秋末，事事辩证观。第一莫欺心，不义财勿贪。贫穷当守志，富贵莫骄淫。强炎勿趋势，弱微莫欺凌。规法常谙记，天天谨慎行。事前多思忖，终生少悔恨。

修身部分是：

人不与我重，我看己不轻。七十二行中，粮菜皆先行。开门七件事，件件連桑梓。雖為稿稼事，仍得覽古今。書為家中寶，一本抵萬金。在生勤勉讀，死后傳兒孫。修身與養性，鍛煉品德純。雖在暗室處，無愧屋漏心。勿生無名火，勿起害人心。事事與人周，處處濟弱貧。未語先悅色，說話柔己聲。人前不揭短，背后常勸人。夜深莫入戶，瓜李有疑情。軍強營嚴整，人賢度超群。學得張百忍，免卻口舌爭。小事要糊涂，大事要分明。見義須勇為，敢做敢擔承。知錯莫強辯，道歉親上門。遇事要冷靜，詳細陳衷情。退避君三舍，反擊有分寸。有利又有節，有屈才有伸。吃喝與嫖賭，最為人不齒。社會渣滓類，不可同日語。貪污與受賄，屬于鼠字輩。那些吸毒者，更是狗屎堆。衣冠雖楚楚，實是下流坏。我雖躬垄畝，衣裤有尘灰。品行皓日月，晶瑩如翡翠。

第三章，和家：

良母家中寶，賢妻室內珍。凶悍潑辣女，萬莫迎進門。乱世見臣節，識女訪幽貞。情是愛的本，柔是情的根。有情成眷屬，白發到百春。夫婦相隨和，齊眉禮如賓。媳婦與婆婆，關系感蹉跎。婆婆愛媳婦，媳婦敬婆婆。烹調共廚房，育雛笑灯前。人前莫揭短，遇事相撫安。婆媳相和好，父子自心寬。家和人尊貴，經濟自騰翻。子女莫強管，強管必生反。又不能不管，不管則异變。父母莫違拗，違拗必生厭。又不可苟同，苟同失机緣。兄弟終生伴，情在手足間。家產莫相爭，能值几個錢？若听莺聲語，宿鳥各飛散。妯娌如姊妹，哪不共油盐？螚語說短長，自我形象殘。上下都和諧，左右逢机緣。各自嚴要求，贏得合家歡。

第四章，理財：

農民有古訓，耕讀相傳家。院搭瓜豆架，紫藤爬篱笆。圈內飼猪羊，柵中養雞鴨。待到出手時，集市換錢花。南坡務板栗，北坡摘二花。東坡点油桐，西坡栽松杉。地頭栽果樹，樹下秧南瓜。名貴中草藥，三七與天麻。發展食用菌，香菇木耳架。小錢作零用，大錢攢疙瘩。店鋪與机械，有錢便買下。努力做生意，由小變成大。磨面與軋油，粉碎和拖拉。打麥并犁田，服務要到家。縫紉加烹調，補鞋與理發。閑時去打工，忙時做庄稼。只要能挣錢，不怕人笑話。錢財來不易，不要胡乱花。余款便儲蓄，利己利國家。

第五章，睦鄰：

農村有古訓，遠親不如鄰。遇有急難事，一聲喊得應。更有農具類，哪能不求人。彼此相周济，农风讲敦淳。禽兽相混杂，房地界相近。还有树木类，长在界中心。小孩鬓厮磨，常有吵打声。这些杂务事，有些说不清。各自相忍让，免得伤感情。若要辩曲直，也要让三分。遇事不留线，日后仇恨深。开门就相见，看你咋启唇？小事铸大错，实为糊涂人。农家多忙月，收捡常失时。自己看见了，收拿到家庭。邻居回家时，送物亲上门。借钱与借物，归还要及时。拖欠时日久，便是是非根。婚丧与嫁娶，建筑和搬运。家家都会有，相助要勤谨。邻里相和睦，户户少讼争。

第六章，亲友：

亲戚婚恋定，朋友志趣成。亲友条条路，家境有富贫。贵在多交往，不在礼重轻。相交要长远，不要小殷勤。相待不失礼，失陪要声明。走时要辞送，来时洗风尘。亲友有所求，尽力去办成。不在危难时，不来求亲邻。好戚三回慢，好友能知音。人生有红黑，河东转河西。今日落魄汉，明日又承恩。事情有成败，祸福转回轮。亲成要诚勉，朋败要抚恤。多施戚之爱，少爱友之珍。莫贪宴中酒，勿恋楼台亭。相见易得好，久处难为人。给予重且厚，索要简而轻。少攀高贵枝，多顾孤寡贫。人各有个性，柔刚躁直犟。交往分层次，往表浅中深。心中有定数，应酬莫分明。待客有窍道，亲友盈门庭。

第七章，工事：

谋事在于人，成事原因多。初始总有败，成功在终末。察探要仔细，筹划要精确。多方听意见，反复费琢磨。决心下定后，百折不能回。中途若彷徨，一枕梦南柯。管理要精细，利益取所宜。声色以化人，日久必失和。周边诸关系，心平相切磋。都要过得去，万勿用挟讹。质量求生存，流通销货物。信誉揽顾客，科技图开拓。事人要忠诚，佞主早辞却。任务要清楚，完事要交割。毋在薪多少，贵在无漏错。大小有点权，勿图吃与喝。办事要公正，吕瑞和诸葛。事事都办好，机遇露头角。扪心自问时，不唱悔恨歌。

第八章，全节：

人生数十春，世事卷风云。读书能谙变，明哲方保身。民强国本固，身正道德兴。彪炳非史册，只在活人心。

刘志看完稿纸后，直起身，呷了一小口欧阳递过来的茶。欧阳说："请多做指点。""好话连篇嘛！很中肯，很实际。今天通知下去，明晚就可讲了嘛，一天晚上上一堂政治课，一堂唱歌子。走，咱到焦校长那里去聊聊，向他赁两个音乐教师。"说话间来到校长办公室，焦校长正和老师在商讨开学典礼的事情。焦校长、李老师忙起身让座。"今日咋有闲空到学校转转？"焦校长说。"有一点儿小事麻烦。村上准备办夜校，想请两位音乐教师给教教歌子。""搞社会教育学校也有责任嘛！咱们的这位李大老师就是拉手风琴的好手。""一个好像不够，烦请再物色一个。""那就叫聂老师也去。""烦请你给叫一下，我们谈谈工价。""尽义务嘛！哪里还要什么钱？"不时聂老师也就来了。"也就不客套啦，一节课两块，一晚上得跑两个组，两盒烟钱。村上也没钱，一点儿小意思。""那多不好意思。""多劳多得嘛！老师也很清贫。等以后有啦可以考虑多给一点儿。有一句话也不知该说不该说，那就是歌子由欧阳点。"李老师和聂老师脸上掠过一丝不快，不过那是极不容易察觉的，很快便恢复了自然。"那是自然，那是自然。""李老师和聂老师可不要误会，恕我直言，我们教歌子，是为道德情操服务的，现在有些东西并不那么健康，也称不上艺术，比如：九妹九妹，可爱的妹妹，九妹九妹，漂亮的妹妹……我看不出一点儿思想性和艺术性，性这个东西不能超过限度地加以渲染，我们的意图是将村民上升到比较高的境界，是为这个宗旨服务的。""嗯，不错，学校教歌子，也不能用'拿来主义'，也要'点'一下。"焦校长不无感慨地说。李老师和聂老师脸上抹过一丝绯红，其灵魂深处，已受其感染了。

从焦校长办公室出来，回到欧阳卧室。刘志说："你笔头很利，村规民约还麻烦你代笔起草吧。""江家村、田家湾、陈家烧锅三组鱼塘已完工，要马上催促他们清塘消毒，要尽快联系鱼种鳖苗。""已经联系好了，地区鱼种场提供。要大规格的，咱们这是鱼鳖混养，基本属于活清水养鱼，要多放养草鱼，要当年受益。村民们去冬基本没有什么收入，如果今年再没收益，手头可就要吃紧了。""这个我清楚。""今年有能力盖房的，木材没采足的，要尽快采足，否则发青了就不好了。""基本都采足了。只剩下夹板一类的了，采早了走形。""徐宫有两个厂子就把他拴住了，这凉水沟四个组的事，你就多操心点儿，我要到改河工地将电站、泄洪坝以及鱼鳖苗放养事安排一下。""你放心去吧，我会尽力把事情办好的。"

鹰愁涧改河工程处三百余亩鱼塘波光潋滟，刘志站在孤山高处，见水面有

92

几只翠鸟，猛地扎入水中，叼起几只小鱼，贴着水面飞走了。不时还有些小鱼跃出水面，塘面上留下了几圈小小的波纹。刘志叫声不好。翠鸟碧绿的羽毛，尖尖的长嘴，殷红的小爪子，灵活乖巧，十分招人喜爱，但招人喜爱的东西，并不一定就对人有利，这翠鸟、小鱼往往使养鱼人一年一年没有多少收成。不对！得放水清塘，虽然鱼塘已承包下去，到时候完全可以按合同办事，但承包户无利可图，对以后承包也有影响。看着承包户蒙受损失，而不予劝告，也是不道德的。他又看到了承包户都在自己的承包塘边盖房子，看样子准备长期承包。不行！得让他们把房址迁到安全处，塘边只能搭临时看棚或亭子，刘志的眼光又投向公路一侧山垭，对，应该把那边山垭再削掉一部分，让在特大洪水期间，洪水能从山垭上翻过，以绝对保证鱼塘的安全。接着他的目光投向东南，构想了电站蓄水池以及抽水站等，最后把目光落在脚下，他想在这孤山高处构造一个相应豪华的别墅，以作为这三百亩鱼塘以及以后其他厂子的管理中心。当然路要一步一步地走，事要一件一件地办。刘志信步走下山来，几个承包户便迎上来亲切地问候。刘志将清塘消毒、上迁房址的意见告诉了他们，他们很感激并告诉刘志，前几天野生动物保护局查处几个捉娃娃鱼的，由于走漏了风声，夜间那几个被查户将鱼放到了鱼塘内。"娃娃鱼？什么娃娃鱼？""就是大鲵呀，几百块钱一斤呢，原先这里比较多，由于乱扑滥杀，现在已经不多了。""这大鲵是生活在气候寒凉的小河溪里的吗？""是这样的。""它吃什么呢？""不知道，听说是吃鱼。我想大体总是和鳖、鲇鱼差不多。""清塘时注意点儿，尽量找到，我按市价收买。""要什么钱哪，要是找着了，你拿去好啦，我们卖了钱也守不住，还得挨罚。""这里一共也近三十余户，相当于农村的一个生产小组，你们每家派一个代表召开一次民主会。推选一名正直的人做头儿，有事也好商量。""那你不参加咋行？""你们先物色候选人嘛，提名多提几个。你们先放水清塘，我到电力局去联系电站的事，再买几瓶药来把杂鱼药死。""这怕不敢，听说上面几个水潭内还有娃娃鱼，药死了上面又要找麻烦了。""那就用打鱼机来打。"

刘志来到电力局，找到局长窦海斌，窦局长说县上没有两千瓦/时的发电机组，要刘志自己去买，电力局可以协助安装，刘志说："我租两个技术人员，月薪八百元，替我全盘负责电站一应事宜，干得好了有奖。""哪里有租人的？"

"咋不行。谁去了，就把他俩工资扣掉，作为大家福利。其他人挤一挤就替他们干了嘛!"副总工程师江浩极力怂恿，窦局长想了想说："看样子，你想去，那你就和郭刚两人去。"其实江副总工程师有他的小九九，他现在月薪五百多点儿，出去每月多拿三百来元，搞得好了还能多得奖金，又有名气。和电力局说好以后，刘志又到第二工程队，与他们签订了电站、办公楼等一应工程合同，第二工程队派出以李强为队长、王刚为技术员的一个三十余人的作业队前往。刘志对李强说："工地上啥都没有，就在县上包几桌子，就算请大家了。电站一应事宜，请服从江副总工程师的，办公楼等房屋你看着办。"

第十二回　黄山剑桥书信告急
徐宫清塘喜得珍鱼

刘志在县城宴请了江副总工程师及李强队长一行，回到家里徐宫来见。"范勇一行在施工方面及工程队纪律咋样？""工程一队的思想素质和技术素质还都是比较过硬的。人家一来就定了十条纪律，对百姓可以说是秋毫无犯。""这就好，毕竟是出门了，在生活上尽量多照顾点儿。""人家毕竟是久出门的，一切都准备得很齐全的。现在就是一件事比较棘手，黄山他们来信啦。""要钱吧。""你看呗！"刘志接过书信，只见上面写着：

刘志、徐宫贤弟如晤：

　　近来可好，家中一切都好吧！远在异国他乡，非常想念二位贤弟，昔日咱们在一块儿，一切都感到非常的平常，现在离开了，才知道兄弟情长，故土难舍。每每想念极了，常常将你们的相片、家乡地图拿出来看，甚至连家乡的小路都时时萦绕在脑海，夜夜出现在梦中。我们现在置身于曾经是日不落帝国的本土大不列颠岛，就学于该岛国的高级学府——剑桥大学。我的导师是约翰·菲勒，他曾在政坛风云一时，六十年代后弃政从教，在学校里声望很好。他没有民族偏见，通过一段时间的交往，他对我们的成绩很满意。他真正称得上是尊重知识、尊重人才的人。通过他的帮助，允许我和徐建提前参加硕士和博士考试，刘仁经过他的举荐已转学入伦敦警官学院。提前参加硕士考试的事宜亦在周旋中。一个周末，他约我们到他家做客，曾很惋惜地说："依照你们的天赋，完全可以攻读博士后，你们费了那么多周折，才得以进到这所学校，可又急于回去，真令人费解。"我说我们的家庭都在农村，父兄都是农民，上学的几个钱还是弟兄们揽活挣来的。我们的家乡还很穷，有很多事还等着我们回去办。他说中国是一个好地方，中国贫穷理由不充分。我看着他苦笑着，没敢提起鸦片战争来，怕引起他的不快。他又说："中国有一个伟大的人，他的名字叫林则徐，如果朝廷在京津一带加强防范，鸦片战争鹿死谁手，还很难说。"我很吃惊他对这次战争持这样看法。他对岳飞、郑成功、郑和都了解得比较多。他对抗日战争中有那么多的伪军感到愤懑。他对唐诗宋词颇感兴趣，在席间还即兴吟诵了几首。他基本能用汉语和我们谈话。导师很富有，但在生活上却非常俭朴。他听说中国人吃饭很讲究，他很率直地说："听说你们中国人一见面就问，吃了没有，可有这等事？"我说是这样的，那实际是一种习惯的套话。他接着说："吃饭过分讲究既浪费钱财，又耽误时间，醉醺醺地也不文明。"是的，是这样的，在英国有妓院，有赌场，有酒吧等乌七八糟的东西，但有头有脸的人是绝不染指的，在公众场合也很少见到醉汉。有一些东西在西方已经没落，而在东方某些角落却正时兴。导师还问："中国有一个词语叫指鹿为马，作何解释？鹿就是鹿，马就是马，为什么指着鹿说成是马？"我苦笑着无言以答。话说至此，我已经意识到导师所说中国贫穷理由不充分的真正含义了，我真得感谢他对我的教诲。

不错，英国是一个高度发达的国家，学校里除了几个工友外，是没有集体宿舍、食堂的。小轿车多得几乎一人不止一辆。好在旧车并不贵，我们也买了一辆。我们住在离校较远的一个相应价格便宜的公寓内。每天晚间还打两个小时左右的零工，以维持一天的生计。即使是这样，我们还是相形见绌。不得已还得请二位贤弟速寄三十余万来，以应付以后一应事宜。实难启齿，不得已而为之。莲英、自珍那里经常去看看，多关照点。现在是当地时间零点了，我已疲惫不堪，就写到这里，顺祝二位贤弟诸事如意并代徐建、刘仁向二位哥哥祝安。

黄山于二月二十日

书于剑桥

"你看这事咋办?""人在外,要吃,要住,要办事,没钱咋行?头冷先顾头,脚冷先顾脚呗!扶贫资金和低息贷款到位了多少?""已经全部到位。""给他们寄四十万去。不要打零工了,时间长了,咱们供不起。读书就读书嘛!好好地读一点儿书。再说那样干,身体哪儿吃得消?水泥厂和砖厂的事你抓紧安排一下,最近抽空到改河养殖场去把那里的工程设计一下,尽快把图纸搞出来。我要去看着他们清塘。听说里面还有人扔了娃娃鱼呢,清塘之后我还要去买发电机组,联系苗种。""有娃娃鱼,可靠吗?""没有亲见,听说而已,我想是比较可靠的。""我们一同去抓。""我先走,你把家里安排一下后面来,把钱寄出,写封信。"

在改河养殖场,刘志挨家挨户察看了住房,叮嘱他们每户在各自塘边开垦一两分地的菜园,解决吃菜的问题,还要养些鸡鸭,基本做到蛋类自给,过好日子。然后用背负式打鱼机打了一些小杂鱼。晚间主持召开了养殖户会议,会议推举何清为常任理事长,华龙、李林为常任理事,负责养殖场一应事宜。

次日,春风徐徐地吹着,和煦的阳光普照着大地,柳树的枝条已经毛茸茸的,迎春花已经绽开了嫩黄的小花。小鸟从暖和的巢里飞出来,站在那向阳的枝头,一阵徘徊过后,亮开嗓子唱起了欢乐的歌。刘志和何清、华龙、李林站在第一闸门前。承包户侯吉林正在开闸放水,塘坝内水面被春风吹皱成鱼鳞般的波纹,闸外塘水像脱缰的野马,争相向前哗哗地流淌。在这充满春天气息的早晨里,侯吉林却显得有些阴沉。这侯吉林,五十来岁,是个干巴的老头,为人忠厚老实。膝下三个儿女,头上父母双全,日子过得紧紧巴巴。生活的风霜,使花白的头发过早地爬上了他的双鬓。他的老伴夏彩花,四十来岁,年轻时也有几分姿色,和那老侯显得有些不相宜。真个是一朵鲜花插在了牛粪上,故而有些招蜂引蝶,背后里受人风言风语,得了个野菜花的浑号。然而这夏彩花确实比侯老汉精明,家里家外,事无巨细,全凭她一人定夺。她瞅准鱼塘承包这个项目,东挪西借,终于凑足了这一万元的数目。但毕竟钱来得有些艰难,所以落在了后面,差点儿没了她的份儿。但那侯吉林想法却和她大相径庭,他认为自己是个庄稼汉泥腿子,生就的土里刨食,你不见上帝造人时就有那坐轿的,抬轿的。生就的舅子命,要当姐夫万不能。庄稼人肚内不饿,身上不冷,平平

97

安安过日子就是万福。想熬什么员外、财主，到头来还不是人家发，自己塌，讨饭都没门儿。千怪万怪，就怪你刘志弄什么鱼塘让人来包！你有鱼塘，你自己养鱼好了，偏偏让人来包，这不是明摆着糊弄人吗？越想越气，越气越想，于是气就不打一处来。庄稼人发气，也无非是摔摔盆子，踢踢坛子。偏偏这时，由于时势的不同，既不能摔盆子，又不能踢坛子，还要检点自己的表情。那侯吉林生性忠厚木讷，心里这么想着，脸面上便不好看。那刘志见老汉脸色不好，便开口说："老伯伯，你塘内杂鱼，归你所有，我们不要，我们是帮助你彻底清塘的，清塘不彻底，会影响当年收成的。"侯老汉见问，方才从胡思乱想中回过神来，情知失态，忙将那恼怒压下心底，将那笑容堆上脸来。且那侯吉林如前所述又是惧内的，忽然间想起当家的吩咐：务必将刘志等叫到家内吃顿饭。想起刚才刘志所问，心知脸上颜色必被察觉，不免心内有些诚惶诚恐。他嗫嚅着，但最终没有说出口来，那居室人家能蹲得下去吗？那饭食，人家能吞咽吗？"哎呀呀！我说当家的，让你叫刘兄弟他们喝杯薄酒，你怎么还没叫来，你都没看看天色，饭时早过了呀！"随着声音送入耳鼓，人也就飘到了跟前，刘志定眼看时，见是个半老徐娘，高挑身材白皙脸膛，虽衣衫不入时髦，但头脸却梳理得齐整，依稀可见当年风韵，和那侯老头的粗黑皮肤佝偻身躯，真正不相般配。但农民夫妻，日出而作，日落而息，主要的是为了生活，且都有了一些年纪，哪里还顾及了那许多。"刘大兄弟，咱们走吧！看我只顾了放水，把吃饭的事都给忘了，我们家里早晨特意交代的。"侯老汉很尴尬地说，眼睛里流露着乞求的目光。"不啦！刘大兄弟上午到我家吃饭，早晨特意叫家里炖了只鸡呢。"何清说。"我还是到婶婶家去吃吧。""那我们回去啦。""哎！一同吃点儿便饭嘛，见什么外？"

刘志来到侯老汉临时搭的木板棚中，房屋很小，一张双人床，一张方桌，一张条桌和几个凳子就显得很拥挤。不过房屋收拾得却很别致，洁净的蚊帐，雪白的床单，折叠得见棱见角的棉被上披盖着做工精细的纱巾。小窗的四角贴着雕剪得非常形象的窗花。厨屋在木板屋的下方，是土坯垒砌而成。几盘清素的小菜，一瓶二两装的茅台，主妇招呼侯老头在厨下用饭，刘志一人自斟自饮，倒也别有一番情趣。

一塘一塘的水放光了，承包户和小孩子们在忙碌地抓捕各色小鱼。刘志显得很气馁，因为一直到现在还没有发现那神秘的娃娃鱼。太阳将半个笑脸隐没在西山丛林中，晚霞将鱼塘变幻得光怪陆离，刘志穿着高靿水靴，将背负式打鱼机上的带电线头向一个相应积水深点儿的石坎下捅去，红翅和白条在水中盘旋，小孩子们嬉笑着扑抓，弄得水花溅得人满身满脸。忽然一条一两尺长黑乎乎的鱼呆头呆脑地向刘志游来。"娃娃鱼！娃娃鱼！"何清惊喜地呼叫，忙用手去抓。可那东西黏糊糊的，抓在手上又掉了。华龙忙用网兜捞起，急忙放在清水中抢救。这时，徐宫风风火火地跑来了，大家围在小清水塘边观赏这娃娃鱼。原来这娃娃鱼眼睛不大，视力可能也差，在水中游动并不灵便，好似盲目地乱撞，头像两个扁平的葫芦瓢，生有蟾蜍似的四只脚，拖着鲇鱼般的长尾巴，背部生有墨绿色的斑纹，腹部灰白。初战告捷，刘志信心大增，他用水桶盛了娃娃鱼，在落日的余晖中和徐宫一道，说说笑笑地向何清家走去。

　　刘志和徐宫后来又在塘池内抓到了四条娃娃鱼，个头都差不多。刘志根据承包户的汇报和娃娃鱼大小一致的实际，分析可能是一窝子的。上面潭内可能还有，并且还有大的。他自己在这里继续督导清塘，让徐宫去赁几台大口径抽水泵来。

　　第二天黄昏，徐宫用拖拉机载来了四台柴油机牵引的大口径的水泵。晚饭后，刘志、徐宫、何清、华龙头戴矿灯，安装好了水泵，发动了柴油机。柴油机沉闷地吼了几声，喷出了几股浓浓的黑烟，随着声音就变得平稳而有节奏，水管内喷射出粗大的水柱。刘志等忙乱地用石块、泥沙堵截着倒溢的水流。灯光在昏暗中摇曳，潭水在不断地下落，石洞内不时有什么东西游动的声音。华龙在潭边生起了篝火，火舌吞舔着拾来的枯枝朽木，火光在夜色中跳动，徐宫等围坐在篝火旁闲话。突突的柴油机声，哗哗的喷水声，在寂静的夜晚，显得格外清晰。"塘内的娃娃鱼，你说是清塘，那这深潭中的娃娃鱼你也要抓？娃娃鱼是国家保护动物，你抓来咋说？"徐宫冲刘志说。"那娃娃鱼是两栖动物，它要是爬到鱼塘来，不是将鱼苗吃光了嘛，所以要抓。"何清插嘴说。"野生动物保护局来没收，来罚款，咱们岂不是偷鸡不成蚀把米。"华龙满腹狐疑地说。"怕什么，我明天大摇大摆地拿着这些东西走，有人问了，你们就说刘志拿到州里去啦。你们都是我请来的帮工，与你们不相干。这样应付一段时日，到时候我自有分晓。来！一人喝一点儿酒，该行动了。"刘志等一边喝酒，一边依次关停柴油机，最后留下一台，水位基本保持不升不降。最深处也不过才过膝盖，大家穿上下水衣，揿亮矿灯，只见那水中各色鱼在蹩跳、挣扎，有些石洞内还有积水，刘志拧开打鱼机开关，将线头依次向一个个石坎、石洞下伸去。何清、华龙拿着探叉，在泥沙中拉网式地刺探。徐宫拿着网兜忙碌地捞起着各色杂鱼。忙碌了一阵，大家上得岸来，将火侍弄旺，初春的夜晚，毕竟还是寒冷的，大家一边烘烤着手脚，一边察看着捕获的鱼鳖，最感兴趣的是何清和华龙。何清叉到一只一斤多重的大鳖，华龙的小一点，大约在七八两左右。刘志和徐宫也都拿在手上掂量掂量，爱不释手。突然听到有什么东西爬动的声音，接着又是一阵哗哗的水响，刘志爬起来看时，只见一条三尺多长的娃娃鱼正慢腾腾地向火堆爬来，据有经验的人说，这是由于水生动物具有趋光性的缘故，它见有人，才又折转头去。这娃娃鱼浑身布满黏液，溜溜滑，在后面抓不住它，从前面抓，它还咬人，那张开的水瓢似的大口，确实还有几分怕人。幸好带有几个袋子，大家张开袋口，四面围堵，好一阵忙活，才将它兜进袋里，头胸装在里面，腹尾还露在外头，幸好头大尾细，用绳将袋口束紧，它也就跑不了啦。"天上双飞鸟，地下连理枝，水中娃娃鱼，岂不双双栖。这是个公的，可能还有个母的，这是个母的，可能还有个公的。"徐宫一边说着，一边拎着网兜向石穴中寻找。灯光扫到处，似有蜥蜴般的一个小东西在湿沙上爬，忙呼刘志等来看。"这也是娃娃鱼，怎么这般小？"华龙叹息着说。"废话！有了大的，就有小的，没有小的，哪来的大的？"说话间，只见石坎下浅水处一处沙在拱动，定睛看时，只见草帽般大小的一只老鳖爬了出来，它还处在半休眠状态，那爪子伸出时有些僵硬，步子也显得很不协调，徐宫惊喜地叫了一声，忙丢下网兜扑了上去。可惜他没有经验，一只手正伸在鳖头上，被一口咬住，疼得他哇哇直叫，何清忙赶过来，将那老鳖掀翻，原来鳖翻身全靠头，大鳖一心想着翻身，也便松了口。仔细看时，竟咬出一排血汪汪的牙印，刘志忙拿酒来浇了浇，掏出一个白手绢替他扎束起来。

"不要用打鱼机打啦！再加一台水泵，将水抽干，找小娃娃鱼。"何清说。残水慢慢地被抽完了，潭底有一个两三尺长的木棒似的东西，一动不动，仔细一照，啊！原来又是一条大娃娃鱼。可它为什么不动呢？将它装进袋内，才发现它的肚子下面的腐叶中，有许许多多的娃娃鱼，两三寸长，一两寸长不等，在其他的石坎下面，不时也会发现一两条，各处归到一块，居然有大半桶呢。啊！原来这东西的繁殖能力很强，只是由于肉味鲜美、黑市价钱看好，捕杀严重，越来越稀少了。黎明时分，刘志他们又抽干了一个水潭，但只是捕到一只两三斤的大鳖和几条鲇鱼，再没有发现娃娃鱼的踪迹。由于劳累了一夜，大家打着哈欠，疲惫地将柴油机、水泵装上车，迎着晨曦回到了何清的住处。

　　早饭后，刘志让徐宫到集市上去卖各色杂鱼。自己倒头便睡，到晚上夜深人静，刘志和徐宫挑着娃娃鱼和鲇鱼、老鳖，向凉水沟垴李正茂家走去。相互寒暄毕，刘志向其说明来意，李正茂召来两个小塘的承包户，讲明利弊，立了保本对半分红的契约文据，叮嘱他们小心秘密喂养，对外只说是放养鱼鳖。当晚徐、刘二人又离开了李正茂家。

第十三回　刘志地区买苗种
　　　　专员做客梧桐村

　　早春的太阳，暖洋洋地照在身上，很舒服。刘志挎着个鱼篓，漫不经心地在集市上叫卖："卖鱼啰！卖鱼啰！新抓来的娃娃鱼，多新鲜哪！""卖鱼啰！卖鱼啰，快来买呀！"他手上拎了条鲇鱼，鲇鱼在挣扎着弹跳。听说是卖娃娃鱼，众多的眼光都投向他。有一个好事者，向他走来："喂！小伙子，多少钱一斤？""二百五呗！""真是个二百五，竟敢在集市上卖娃娃鱼！""哪里是什么娃娃鱼，是鲇鱼。""是个骗子，蒙人呢。"

　　刘志在集市上转了两圈，来到旅客候车点，在无人处拆开鱼篓底层，拎出一只一两尺长的娃娃鱼，原来他那鱼篓是双层的。刘志提着娃娃鱼在路旁各处小店转了一圈，大家争相观看，然后上了车，车上的人也觉新奇，有人便问："是卖的吗？""哪里敢卖呀，上面人指派叫抓的呀！听说那蓝眼睛红头发的人的头儿来啦，用这招待人家呀。费了好大的劲才弄到，虽是千金也不敢卖呀！"说完将娃娃鱼丢进鱼篓，车上旅客陌路相逢，都是逢场作戏，聊慰寂寞，因而并不需要核实真伪。房屋、田野、山峦都在客车的奔驰中，急剧地退向后边，在飞鸟归巢的时候，来到了州城郊外。刘志下了车，在山溪旁洗了把脸，将那条鲇鱼撕了皮，用小刀切成块儿，装在食品袋内。此时，蛤蟆正抱对儿，他抓了几只扯住上下颌，撕掉皮，洗去血污，也装进那食品袋内，用手拌了拌。这才大步流星地向华专员家走去。碰巧这天正是星期天，夫人张英正在厨下包水饺。"奶奶别来无恙，老爷子呢？"张夫人老眼昏花，定睛看了一会儿才认出是刘志。"啊，你就是前次送野猪腿子的刘家孩子吧，老头子出去买菜去啦，一会儿就回来。我去给你泡茶。""你忙我自己来。奶奶，你看我这里有几斤山鸡肉，你去侍弄侍弄，我吃了还有事情。"专员膝下只有一子，娶妻田氏，生得一女。祖孙三代，性格各异，不大合得来，儿孙又长年不在身边，因而颇有些孤独之感，且大鱼大肉吃腻了，对野味儿颇感兴趣。人老了，在儿女面前常常要摆摆架子，但又常常爱受孙子辈支使。她对这个很带野性，容貌俊美，睿智潇洒，性格刁钻的外地小子有一种莫名的好感。甚至对他的直率也颇喜爱。听到刘志叫唤，就不假思索地丢下手中活计，净了手。刘志将食品袋交给她，她张开袋口看了看，见那白腻的野味上还有丝丝缕缕的血迹，就嘴里絮絮叨叨地仔细冲洗，然后放在锅内煎炒，再加入各种调料。不一时，小屋里便弥漫了肉的醇香。"啊，做什么好吃的？真香啊！"华专员手里拎着鱼、蛋、青菜、豆芽走了进来。"老头子，你看谁来了。""啊，是小刘啊！""近来猎得几只山鸡，不敢独享，特地来孝敬你老爷子的。"

　　"啊，是吗？只怕言行不一吧。""哎呀，什么言行不一，这肉马上就端上桌子啦，还能有假吗？"于是刘志帮着将鱼剖肚去鳞，老夫人又在灶上好一阵忙活，三素二荤的菜便端上桌来。那山鸡肉香气四溢，撩人胃口，专员用筷子夹了一小块，放在嘴里嚼着，"嗯，不错呢！"他夹了一块放在夫人的小碟内。"呃，咋又像鸡肉，又不像鸡肉。"专员犯了狐疑。"有些像鱼肉，又不像鱼肉。"夫人补充说，忽然专员发现了蟾蜍腿。"呃，小伙子，这是山鸡，山鸡的腿是这样的吗？这倒像是青蛙腿。""这是青蛙？青蛙有这么多肉吗？"刘志将一块白嫩的胖墩墩的肉块放在专员的小碟内。"是呀，这哪里是青蛙肉呢？"专员一时找不出答案。"酒肉，酒肉，老头子，你怎么不拿酒来。""哦，我还真忘了呢！"专员拎了一瓶西凤酒，在每人面前放了一个高脚杯。"小家子气，看我的。"刘志从旅行包内摸出三瓶精致二两装茅台。酒饭已毕，刘志从鱼篓里拎出一条二尺来长的黏糊糊的鱼来，专员微带醉意："喔，这是什么鱼呀？还长着青蛙似的四只脚，一条蜥蜴似的长尾巴。""我知道它是什么东西。""什么东西？""娃娃鱼，你没听说《打渔杀家》中有那么一段道白：鱼就是鱼，还有什么娃娃鱼。""不错，是娃娃鱼，咱们刚才吃的就是这娃娃鱼的肉。""啥！娃娃鱼的肉，这娃娃鱼的肉岂是随便吃的吗？它是国家的二级保护动物，吃了是要犯王法的呀！""那你呕出来。因此咱们现在是一根绳上拴的蚂蚱，你得替咱们想想办法。""说吧，你想怎么的？""其实也不怎么的，只是请你上报下达罢了。""怎么个上报下达？""就是向省上递个办特种动物养殖场的报告，下面给县上打个电话，允许我捕收几种珍稀动物。""准备养殖哪几种？""也无非是就地取材，像这娃娃鱼、黄腰狸、锦鸡一类吧。""准备办多大规模的？""哪里谈得上规模呀，白手起家，又没有经验，摸着石头过河，走一步看一步呗！""哈哈哈，哈哈……""你笑什么呢？""我笑你被一个乳臭未干的小子玩得溜溜转。""不是溜溜转，而是只要他说得对，我就照他的办，你想这些珍稀动物，又不在保护区内，有些见钱眼开的人乱捕滥杀，越来越少，不如让他将这些零星珍稀收养起来，进行繁殖，可能比在野外还安全些。形成规模后，又可扩大养殖范围，说不定还是发家致富的一条好路子呢。""你说的也是。"专员想到刘志办事，既有胆魄，又比较稳妥。于是脸一沉，厉色说："呃，你小子一向刁钻，老实讲，你手头有多少成货？""哪里有什么成货哇，别人抓的，被人追查，扔在改河工地鱼塘内，我们清塘时抓住，又没有经验，有两只被电死啦，就剩这一只活的，死的吃啦，活的就这一只，也是想送给你，供你赏玩的。我想既然一处有，别处肯定也有，回去现收呗！""要是那，我不办啦！""专员息怒。虽然手头没有现货，但知道一个水潭内有两只大的，三尺来长，一个洞内有三五只黄腰狸，锦鸡有一大群呢，二三十只吧。锦鸡我的兴趣不大，主要的是前两项，几百元一斤呢。""我给你办成以后，你也要给我办成，每年以百分之三十比例递增，只许成功，不许失败。""谢过老爷子。""你先别谢我，我还没给省局挂电话呢，还不知道人家啥口气。"刘志一边坐着喝茶，一边听专员打电话，听着听着他脸上露出了满意的微笑。

　　"另外，还有鱼苗、鳖种的事，我前次给鱼种场说啦，你再给催催。你把公事安排一下，留几天时间给我押苗种。""混账！那我不变成你的佣人啦？""莫咋叫公仆呢。"

　　刘志辞别了专员，去探望董自珍，董姑娘正踌躇满志，人也出脱得更加妖媚娇柔，刘志也就放下心来，说了一些宽慰的话，便又乘车往柳姑娘那里去。

　　在华灯初上的时候，刘志到了市里，街市里依然车辆如梭，人流如潮，各色的灯光，将行道树的影子胡乱地投在地上，显得斑斑驳驳。楼房里的灯光或明或灭，就像那天上的星星在闪烁。刘志来到柳市长家里，在客厅里落座，寒暄毕，正巧市长和夫人都在家，刘志便向市长说明来意，市长说："咦！这种小型机组还不知有没有呢。哎，她妈打个电话问问吧。"莲英妈，市乡镇企业局党委书记，原百货公司经理田禾之女，乳名凤仙，毕业于省机械学院，四十多岁，干练精明，她听市长叫她，即拨通了电力局的电话，值班人说幸好还有存货，但不多了，属于货底子，价格可以优惠。"让他们找个行家挑一组，就说是我们乡间亲戚要买。""咋不见莲英姑娘？""病啦，整天郁郁寡欢的，人也渐渐变得消瘦。""没去看医生？""看啦，药吃下去也不见效，越发药也懒得吃了，病却一天沉似一天。""怕是药不对方吧，我能见见她吗？""咋不能。你是她的恩人嘛。"于是，柳夫人引着刘志来到莲英房外，门开着，莲英面窗而立，嘴里絮絮叨叨，刘志止住夫人，只听得她诵的是：

伤高怀远几时穷？无物似情浓。离愁正引千丝乱，更东陌，飞絮蒙蒙。嘶骑渐遥，征尘不断，何处认郎踪？双鸳池沼水溶溶，南北小桡通。梯横画阁黄昏后，又不是，斜月帘栊。沉恨细丝，不如桃杏，犹解嫁东风。

原来她诵的是张天影的《一丛花》，夫人有些窘迫，忙咳嗽一声："莲英，你看谁来啦？"莲英扶着桌子转过身来。"啊，刘大兄弟，快请坐，别来无恙？""姐姐近来可好，奈何人比黄花瘦？"莲英黄白的脸上飞起一丝潮红，口中应着："一点儿小疾，不碍大事。你是个大忙人，怎么今日有得闲空来看我？""我们农村人家，土里刨食，还望姐姐见谅。""只怕是言不符实，这次前来，又有什么事要办？"刘志便将购买机组、苗种，办特种动物养殖场等事告诉了她。柳夫人见他们谈得很投缘，便起身说："你俩先唠着，我去弄几个菜来。"夫人走后，刘志忙将写有一首《蝶恋花》词的黄绢手帕递给莲英，只见上面写着：

百花竞发春光暖，宠柳娇杨，蛱蝶舞其间。丽人闺中多少怨，千般愁绪理还乱。有人就读不列颠，工学参半。夜读青灯伴。良辰高楼独倚栏，万里能不忆婵娟。

莲英脸上现出少女特有的羞涩，低头沉思了一会儿。刘志便将黄山、刘仁、徐建在剑桥攻读之事告诉了她，说话间夫人喊叫用饭。刘志、莲英来到餐厅，莲英竟然喝了点儿米酒，脸上气色眼见得好多了。市长和夫人也知就里，脸上隐隐有些不快。刘志胡乱地扒了点儿饭，掏出蛟绡手帕，抹了抹嘴，就起身告辞。市长和夫人忙起身挽留，刘志客气了一番，便又坐了下来，闲话间，夫人问到刘志身世，刘志便简略地告诉了她。又问："今年多大岁数啦？""二十有五。""可有妻室？""都两个孩子啦，大孩子都上一年级啦！""那不十几岁就结婚啦。""哎！农村嘛，也无非罚几个钱，一掏就完事了呗。""哎，我看你细皮嫩肉的，还只当是个十几岁的嫩娃呢。"莲英抿着嘴笑，刘志偷偷地瞪了她一眼，虽然是戏谑之言，但市长和夫人也便释然了，说话也就和谐自然多了。

第二天，买好机组，办了托运，刘志来向市长和夫人辞行。顺便邀请莲英到乡下散散心。莲英也说论文尚无着落到乡下摸些素材。市长夫妇勉勉强强地同意了。在路上莲英如鸟出樊笼，顿觉神清气爽，话语也就多了起来："刘大兄弟原来是个白话篓子，竟然将市长夫人给蒙住了。""不瞒天过海，怎能将你勾出来。"莲英白了他一眼。说说笑笑，便到了州城，车开到专员院内。一行三人到专员客厅就座，专员已按和刘志约定时间将鱼苗鳖种装箱待运。喝了点儿茶，刘志邀专员同行，专员去叫司机。刘志说："这次委屈一下，以鱼苗种场工人身份，微服私访。"专员想了想，也便同意了，但要求秘书同行，刘志点了点头。从专员屋里出来，莲英瞅了瞅刘志，她相信自己的眼睛没有看错人。

下午五点多光景，装车完毕。每辆车上都配有一架充氧机、寻呼机，四十辆车，依次启动，刘志和莲英坐在前导车上，专员和秘书殿后。开出十分钟后，刘志便用寻呼机联系。"四十号，四十号，是否已经上路？是否已经上路？""我是四十号，我是四十号，在正常行驶，在正常行驶。"通过呼叫，证明各号车联系性能良好。七点多光景，车灯全部打开，远远看去，像一条长长的银龙，在公路上蜿蜒爬动。这时刘志又拿起寻呼机，叫通了何清，告诉他载苗车在两小时后即可到达，让各户准备卸车、放苗。每户准备一个司机的饭。接着又叫通了徐宫，告诉他，专员、莲英同车到达，要灵芝餐馆准备一席酒菜。通知凉水沟三组各户准备卸车，并要他到公路边接车。"刘大兄俨然是个指挥三军的将军嘛！""哪里是什么将军，在你爸妈眼里，我们是不值一哂的山野匹夫！""你这嘴就会损人，难道就不会说点儿甜的？""甜的留着洞房花烛夜再说，说完啦，到时候说啥。"

"没羞，没羞，亏你说得出口。"惹得司机也扑哧扑哧地笑了起来。十点差一刻，车到岔路口，徐宫、江虎、田延富、陈国华已在路边等候。"这九车苗种，江家村、陈家烧锅、田家湾每组三车，江主任、田主任、陈会计来一组先领三车，每十户伙一车。凑不足十户的和邻组搭配，回去马上分拨到户，防止死苗。徐老大，你负责这三组。放苗时要一勺一勺地舀，不能整桶倒。这三个人也交给你，我到鹰愁涧去。"刘志和专员、莲英说了几句话就分开走了。

且不说凉水沟三组放养情况，改河工地养殖户，户户塘边红灯高悬，矿灯摇曳，由于塘边没通公路，户户都邀了些亲朋好友来卸车，各户来到自己分拨的车前，先放一串鞭炮，给装载车披红挂彩，其隆重程度，不亚于迎接新娘。顿时鞭炮声此起彼落，塘边房前灯火辉煌。放养按照刘志的吩咐，鱼苗各户都一勺一勺地放，鳖种是一把一把地抓。刘志和养殖场人当面复查了几车，由于是大规格的苗种，基本能够数得清，其数目都略大于标定只数。"放心了吧！"养殖场人说。"专员办的，还能没点儿情面。"大家相视而笑。其他客户心中也有小九九。放养结果大家都很满意。价格也比较便宜。

忙碌了一夜，刘志一觉睡到日上三竿。迷迷糊糊地听到有人喊："快起来，专员上来啦。"刘志揉了揉眼睛，睁眼看时，专员已站在床前。"有你这样招待客人的吗？把人叫来，你扔下不管了。只顾个人在这里睡大觉。""徐大头不是在屋里吗？不是叫他给你们摆席吗？""那是公款吃喝。""我们这里就没有公款，哪里来的公款吃喝？别着急，等我给你们弄好的吃。"他拿出一个小收录机侍弄着，装上唱片，顿时，就有一阵阵羊叫声传出来。他从墙上取下猎枪，装上火药，安上火炮子，关掉收录机。问华龙最近哪一块有羊叫。"对面山包上就有，天快亮的时候好像还叫了几声。"专员、秘书和莲英也要去。"你们去，你们去，你们去我就不去了。俗话说：'打枪没有巧，全凭躲得好。'这么多人，目标太大，咋能猎到东西。""你小子少在我跟前卖关子，我玩枪的时候你还在穿开裆裤子。不对，还没有你呢。""带我们去耍耍嘛！我们保证躲好。"莲英乞求着："哎呀，这是玩枪呢，又不是去看戏。真拿你们没办法。好吧！好吧！就算是去游山玩水。"于是大家换了鞋，一行人说说笑笑地上得山来。在一个怪石嶙峋的小山包上，刘志发现了新鲜的羊粪，且这个石多土少的山崖上长满了冬青。刘志就安排大家在冬青树下躲好。把收录机挂在五十多米远的一个小树上打开开关，自己在一个有利的地形上支好猎枪。羊的叫声沙哑、单调，这沙哑、单调在这空旷的山岭上向四周飘逸。专员还大不咧咧地坐着抽烟，秘书、莲英则非常拘谨，大气不出，睁大眼睛注视着前方。一遍放完了，刘志又放第二遍。"哎唷，我的腿都蹲麻了，这叫活遭罪嘛。"莲英小声嘟哝着。"坚持一下，可能希望就在眼前。"秘书安慰着她。秘书和莲英侧耳细听，在山梁那边隐隐地传来羊的叫声，莲英紧张极了，悄悄地问秘书："羊咬人吗？""羊哪里会咬人呢？不过螳螂捕蝉，可能黄雀在后，它的后面是否有猛兽跟踪，就不得而知了。"秘书内行地说。莲英害怕极了，想走到刘志身边去。"战斗可能就要打响了，千万别动。"羊的叫声越来越近了，前面的冬青树枝有一处摇晃了起来。是的，一个三四十斤的羊兜面走了过来。它走一阵停一会儿，侧耳听听，似乎有一点儿声响不对，就要拔腿逃跑。渐渐地连它那灰白的嘴唇都看得清清楚楚了。羊并没有发现什么异常，开始围着收录机转圈子，侧耳听了一会儿，径直朝莲英他们面前走来。"啊！"莲英吓得惊叫起来，秘书忙去捂她的嘴，羊一愣怔。"砰！"枪声几乎是紧接着莲英的叫声传入耳鼓，羊趔趄了两步，一头扑倒在地，一缕鲜血从嘴里流出。定睛看时，天灵盖被穿了个窟窿，有两粒霰子击破了脸皮。

一行人下得山来，徐宫迎着，于是将羊剥皮剖肚，生着炉火烤羊肉串，用羊肝做汤。刘志让徐宫给江总和李强他们送去了一点儿，饭后，专员一行在塘边散步。一群一群的鱼在水中追逐嬉戏，红鲤似朵朵红霞，草鱼似片片乌云，水天相映，浑然一体。鳖苗可能还怯水的寒凉，潜入泥沙，没有发现踪迹。来到山顶，徐宫说一会儿对面山垭搞信息爆破，可以请客人观赏。大家在隐蔽所坐定，李强将遥控器递给刘志，刘志又递给专员。今天一共有二十五眼炮共编有二十五号。李强叮嘱先按两头号键。专员问警戒是不是都放好了？李强说万事俱备。专员先按二十五号键，对面山岭上腾起一股烟雾，石块土块哗哗啦啦地坠落。接着连按了三个键，三声闷雷似的声响一个接着一个。莲英从专员手上夺过遥控器，她的十个纤纤玉指，同时按了十个键。只听得"轰隆"一声巨响，脚底下都震颤了。对面山岭的六七丈宽的一段顿时削下去四五米。"哎，慢慢来，慢慢来。"于是莲英就按三四的节拍，按完了剩下的号键。

刘志、徐宫就防洪坝、蓄水坝、电站、抽水站、桥梁等具体事宜做了商讨。

并和江副总工程师、郭技术员、李强队长具体地交换了意见。黄昏时分，回到了凤鸣岗。

次日，专员、秘书、莲英在凤鸣岗游玩，信步走到章守财家，闲话了一会儿，见桌上放着村规民约，就拿在手上看。只见上面写着：《梧桐村规章制度》。

为了确保梧桐村的长治久安，村民们的安居乐业，使中华美德得以弘扬光大，经全体村民充分酝酿讨论，特制定如下规章制度：

1. 全体村民必须努力学习，加强自身修养，有比较成熟的人生观、世界观、价值观。

2. 举止文明，谈吐风雅，不说脏话、粗语，不蓄怪发，不穿奇装异服。

3. 勤劳善良，依靠劳动和智慧发家致富，在金钱交往中诚实、守信，勇于承担自身应该承担的一切责任。

4. 在商品交易中，货真价实，秤足，尺足，老不哄，少不欺，违者货物白送，并付等于原价两倍的谢罪费。

5. 不酗酒，不滋事，酗酒滋事者，自动负荆请罪，取得谅解，否则赔偿造成的一切损失，并处以两至三倍的罚款，没钱的折成工罚无偿出劳。

6. 不赌博，不绺窃，不抢劫，违者没收一切赌资、赃物，并处以等价罚款，没钱的折成工价，罚做无偿出劳。

7. 不得流氓滋事，违者在村民会上做公开检讨，并写出保证。

8. 积极交纳应该交纳的一切税款，积极完成应该完成的一切公益劳动任务，违者按有关规定交纳滞纳金。

9. 廉洁自律，不行贿受贿，不贪赃枉法。

10. 富有牺牲精神，在家庭、在集体，先人后己，扶弱助贫，抑暴安良，在国家需要的时候，能够挺身而出。

11. 尊老爱幼，忠于爱情，维护家庭和睦。

12. 搞好邻里关系，彼此和睦相处，严于律己，宽厚待人。

13. 积极献计献策，勇于自我检查和指出别人错误。

14. 干部要虚心听取群众意见，自觉接受群众的批评，在没有要求解释的时候，不解释，不申辩，有不同看法时，由组织处理，不得斥责或以其他形式报复。

15. 干部必须能够独当一面，具有独立的工作能力，遇事有自己独到的见解。磨子式干部、政令不通的干部必须引咎辞职。

此规约自公布之日起执行。

专员看罢，又聊了一会儿，一行人又向杨家滩走去。只见水泥厂的工地上，工人们正在紧张地劳作，砖墙上有人在用小旗指挥，搅拌机发出轰轰隆隆的声音，卷扬机将水泥浆和水泥板吊上楼台。运沙车、运石车来来往往，川流不息。专员想找个人闲话几句，竟然没有瞅到对象，反倒是显得碍手碍脚，得不断地给人让道，便知趣地向凉水沟方向走去，不时地和秘书唠叨几句，回头看看，伫立指画。

如果说杨家滩是轰轰烈烈，凉水沟则显得空寂幽静，几只山鹰在空中盘旋，黄莺、画眉在林中鸣啭。斑鸠扑棱棱地从路边树上沉甸甸地飞过，远处传来几声野鸡的鸣叫。松林修剪得清清爽爽。杂枝一铺一铺的整齐地摆放其间，除了几家修整屋基的外，其余的人家都门上挂了锁。山坡上随处可见栽树的村民。受了惊吓的鱼群哗的一摆尾巴，从路边河溪里向塘内涌去。约近中午时分，只见前面有几股浓浓的烟雾在翻卷弥散，两个塘坝边有两个人在压栽柳笆条，旁边有几间房舍透过疏林显现出来，在一株杏树下，有两个人正在水泥浇制的棋盘上下棋，旁边的方凳上摆放着茶具，神情极其悠闲。杏花有点儿残，偶尔有几片残瓣飘落下来。专员问压柳笆条的半大老汉塘内放养的是什么鱼种，老汉说没养什么。老汉似乎有些口讷，神情也显得呆滞，看看水面，也确实没有鱼儿的影子。来到杏树下，见是欧阳和刘志在对弈。见专员到来，刘志和欧阳忙站起身来。"别人都在忙忙碌碌，你倒在这里玩得自在。""我们晌午当炊事员。""有啥子好吃的？""顷刻便知分晓。"喝了一盅茶，李正茂喊叫吃饭，桌上摆着糖炖毛栗米、盐渍螺丝纽、油炸杏仁、油炸柿饼、拳菜黄花，专员和莲英依次尝了尝："嗯，盘盘可口，碟碟香甜。"专员说。"嗯，不错，刘大兄弟手艺不赖呢。""我哪里会做这些活儿，你们看谁来了。"说话间灵芝笑盈盈地端着盘凉拌豆腐上来。"其实做菜也没甚别的诀窍，就是吊人胃口，听刘兄弟说几位客人是坐机关的，肯定大酒大肉吃腻了，特做了这几盘山间小菜，哪里谈得上什么好呢？"说话间，李组长给每人面前放了一个玻璃杯，端出一个大玻璃瓶，给每人杯内满满斟上。"嗯！你那瓶底泡的什么玩意儿？""这是早先猎得的金钱豹骨，风干乌蛇，这酒是自己烧制的纯苞谷酒。""除风祛湿，解闷消愁，不是贵客，还舍不得嘞。"刘志插了一句，专员白了他一眼，端起杯呷了一小口。刘志端起玻璃杯一仰脖儿，将酒吞下肚去，对专员抿抿嘴，点点头。又从莲英杯内倒出半杯。"要喝这里有嘛，怎么倒人家的哪？""她用不了这些。"刘志又端起半杯酒，莲英又往刘志杯内倒了些，大家举起杯一饮而尽。这时灵芝端来包子，其实比水饺大不了多少，做着很讲究的花边，馅子的配料也很考究，刘志抓起一个就往嘴里送，专员、欧阳也连忙拿起来吃，秘书和莲英动作慢了些，灵芝催他们快吃，说不吃就要挨骂了，原来这包子的名字叫狗不理。

　　饭后，李正茂领专员一行，看了他养的几只黄腰狸。这东西样子有点儿像猫，尾巴肥大，肉味极其鲜美，俗话中的"天上鹅肉，地下狸肉"指的就是这东西。而黄腰狸在果子狸中又是佼佼者，其价格要比一般品种高好多倍。看过果子狸又看了李有财养的獐子，李正善喂的草鹿。太阳快落山的时候，专员一行潜伏在凉水沟西沟垴的灌木丛中，约莫一碗饭的工夫，只见一只红锦鸡从一个小山梁上滑飞下来，落在一块沟台地上啄麦苗，人们所说的红锦鸡，实际上指的是雄锦鸡，它长而好看的尾羽，蓬蓬松松的头翎，略带黑纹的双翅，红鲤鳞般的绒毛，血红的喙和爪子通体像一团火焰，至于雌锦鸡，全身灰麻，尾巴也秃，实际上和家鸡差不多，并没有什么好看之处。继第一只雄锦鸡后，依次又有几只雌鸡，再下来又是雄的雌的，好似是一个官儿带着它的三妻四妾似的，总计大约有二三十只，其中有五只雄鸡。有一只很好看的雄锦鸡只有一只脚，一蹦一蹦的。"那次瞄低了点儿，留下了它的一条性命，想不到它还活得很康健。""独脚也还有它的追随者呢。""前情难忘嘛。"刘志和李正茂叽叽咕咕的。"你们咕咕叽叽的说什么？那只雄锦鸡为什么只有一只脚，是不是你们这伙泼皮干得好事？""没根没据的，为什么凭空污人清白？"可能是发现了什么异常，锦鸡群轰的一声，钻进了丛林。李保民老汉撒了一些秕谷，大家在落日的金黄中踏上了归途。

第十四回　入魔掌少女受蹂躏
冒生死店主寄书信

夜已经深沉，村民们都已进入了梦乡，田野里偶尔传来几声夜游鸟的鸣叫。专员带着一丝醉意，走进了刘志的寝室，言谈中带着几分伤感。刘志预料到专员可能有话要说，便沏了一壶茶，递上一支烟，开口说："老爷子有什么话尽管吩咐，只要是晚辈能够办到的。"于是专员从内衣口袋内取出一封信，递到刘志手上，刘志展开来看，只见上面写着：

尊敬的华爷爷：

　　我们虽然和您老人家并没见过面，但我们知道您是一个勤政为民的好官，所以我们冒着生命的危险给您写这封信，我们几个异姓的姊妹，抱着对外面世界的憧憬，在本村一个叫樊莉的女青年的引荐下出外打工，在Ａ城火车站，樊莉带着一个被称为杜老板的三十多岁汉子和一个二十多岁的青年来接我们，事后知道他们一个叫杜龙，一个叫杜虎，是弟兄俩。在旅馆内，他们告诉我们公司的活儿轻，工资也丰厚，我们姊妹几个也很高兴，在他们的极力怂恿下多喝了点儿酒。晚上我和梅秀娥同樊莉睡在一个房间内。在我们熟睡之机，樊莉开门，引进杜家兄弟，在樊的协助下，杜家兄弟将我俩强行奸污，事后，又对我们百般威胁哄骗，说要娶我二人为妻。由于秀娥妹妹生得有些姿色，到达刺绣公司后，杜家兄弟和他们手下两个兄弟对她不分昼夜轮番奸淫，我和其他几个姊妹也难逃厄运，这样过了六七天便逼迫我们接客，每天"上班"，都有他们"兄弟"监护，只许"工作"，不许动真情。他们现在有十几个"兄弟"控制着十几个少女，白天为他们挣

112

钱，晚上供他们淫乐，有一个叫李娜的女孩子逃跑被他们打折了小腿。我们白天要接待六七个人，甚至更多的嫖客，就连月经期也不能幸免。我们已经有好几个得了淋病，秀娥妹妹大出血，几乎死掉……总之我们是求生不得，求死不能。幸好嫖客中有一个熟人。这封信是我口述，托他转寄的，如被发现，我的命运可想而知。他们有多处窝点，行踪不定，杜家兄弟心狠手辣，也有点儿功夫，我们如能有幸逃出魔掌，将来也是要嫁人的，因为我们也还都是十八九岁的女孩子，如果您老人家能接到这封信，万望早派人来，救我等出火海，生当结草，死当衔环。

第十五回　华子昭出师不利
　　　　老专员梧桐借兵

　　"嘘！有这等事，朗朗世界，荡荡乾坤，岂能容这些虫豸肆虐！""我家三代单传，膝下只有一个孙女，刚从警官学校毕业，刚愎自用，自告奋勇随特警小队前往。这个初生牛犊，哪知警途凶险，他们已走半月，未见佳音，我夜夜做噩梦，总见她血淋淋的，所以与公安商量准备再增派一个特别行动小队，想请你出任队长，前面小队也归你指挥。这等事情必须速战速决，迟延不得，不知你意下如何？""专员相邀，自当效命，只是名不正，言不顺，只怕众人不服。""这个不必多虑，现暂时委任你为中队长，统辖两个小队，倘有不听调令者，军法处置。""这等事情，也不必兴师动众，人多了，反而不好，不知您老人家身边可有贴心能干之人？"

　　"那就是我当年警卫金彪，现任公安处刑侦科科长，很有些手段，虽已五十多岁，但身子骨还算硬朗。""年轻的呢？""那就是我的司机燕飞，其实他也兼有警卫的作用。""那你身边还有人吗？""秘书也还可以。""好，就这两人吧，你可给他们叮嘱好。以什么为交换条件？""在能办的情况下，为你办三件事。"

　　次日，刘志和徐宫、欧阳就当前工作做了安排，同专员一道来到行署，歇息半日，金彪、燕飞便来报到。刘志看燕飞，倒也虎背熊腰，蛮彪悍的，可那金彪个头小，左眼角明显一道刀痕，瘸着一条腿，看上去颇有些老态龙钟了。他们匆匆地做了准备，傍晚时分，扮作客商便上路了。一日来到 A 城地面，投宿在北新路杏花酒家，这便是少女来信启邮的地点，刘志他们将书信上残留的信息输入侦探器，想通过邮信人打破缺口。由于一夜路途劳顿，刘志叫了几个菜，要了点酒，金彪提醒他，说少喝点儿，酒至半酣，刘志将两把飞刀唰唰地向屋檩上扎去，口中叫道："梁上君子，也下来用点儿酒菜。"原来这酒家是一座两层楼的私人客栈。二层楼顶上有檩椽，抬头看时两把飞刀正夹住一个壮年汉子的脖颈，那汉子浑身瑟缩着。"拔下刀子，自己下来，不要找打。"那汉子用手摸时，才知刀背向内，刀刃向外，方才放下心来，用力摇动，取将下来，落在地面。只见那人穿着夜行衣，戴着面罩，取下面罩，见是个三四十岁的壮年汉子，生得倒也端正，刘志努努嘴，示意他在一条空凳上坐下，斟了两杯酒，递到面前："君子受惊了。"此时，那汉子已定下神来，并不客套，抓过酒壶，一连喝了几个满盅："说吧，是公了，还是私了？""不是公了，私了就算了，你首先应谢我不杀之恩，我若有心害你，这一刀下去，不死即伤。像你干这种勾当，怕替你说话的人也不多。""这个自然，小爷有什么用到小人的地方，只管吩咐。""我先问你，你姓甚名谁，家住哪里，干这种梁上的活有多长时间？老老实实地讲，不要撒刁。""回小爷的话，小人姓王名进排行三，人称王老三，就住在本城老西街八十六号，从小就干这活儿，不过出手不大，够花而已。""你先且在这里住上一夜半日，待我们查证了你的身份再说好吗？""谨听尊便，谨听尊便。"于是金彪为他照了相，简记了一些情况，用过饭后，径自去了。金彪走后，刘志就呼叫猎豹1073，一直到金彪带着一个三十多岁的妇人进来，尚未调出，心里不免一沉，燕飞脸上气色也很不好。刘志看那妇人，猜想就是王进的堂客了。那妇人进得屋来，倒头便拜："我们家的虽然手脚有些不干净，但他取的都是不义之财，所得钱物，并不敢独享。我们家虽然不宽裕，但他还时常周济别人，望同志抬抬手，方便方便。我们家有老有小的，你们将他带走，我们家里咋办哪！""按你说的，做贼还蛮有理呢？谁是你的同志，跟你是同志，我们不也是贼了？你说他取的是不义之财，我们不成了不义之人？"燕飞插言说："小爷也不必和她妇人一般见识，有甚话，只管说吧。""实不相瞒，我们并非客商，只因有个亲戚姑娘出外打工，被人挟持，落入风尘，我们是前来寻人的。君子干梁上活计，肯定了解一些情况，特别是一些路边饭店、理发店、私人旅社等，由于初次相识，不摸底细，害怕你哄骗我们，委屈你交三五千元押金，我们这位兄弟这几天就住在这里，我们也不会白拿你的钱，有店主作保，走了人你向店主要钱，店家你答个话吧。"酒店老板诺诺连声。"哎呀，你们也太小家子气啦，真个地门缝内看人。他娘，带钱了吗？""哪来的钱哪，东凑西借的，才这四千多元。"王进白了他女人一眼。"你给我们提供了有价值的信息，我们不会亏待你的。""这个我明白，我不会像你们小肚鸡肠。"刘志并不介意，龇牙冲他一笑，把樊莉的一张相片交给了他。王进走后，刘志又呼叫猎豹1031，那是第一小分队副队长凌震的代号，调了很长时间，似乎听到一点咕咕哝哝的声音。"怎么不回答？我是新派的队长，快告诉我你们的确切地址，马上向我汇报情况。我们在A城北新路杏花酒家。""我是三十一号！我是三十一号！七十三号被野兽咬伤。七十三号被野兽咬伤。火速赶往B城环城东路六十八号！火速赶往B城环城东路六十八号！"刘志知道情况紧急，向燕飞交代了几句，连夜乘车，赶往B城。

在B城环城东路六十八号，刘志见到了凌震。凌震是个细高个儿，白皙脸膛，二十七八岁光景，不善言辞，见了生人腼腆地像个大姑娘。见了刘志和金彪忙立正报告。刘志让他不要这样，坐下谈，把大家都召来，并把门哨也撤了。凌震一一向刘志、金彪介绍了他们，依次是沃土、利达、田禾、师霞、蔚成风。"你们一共不是八个人吗？""还有敖云在第三陆军医院陪华子昭。""走，咱们都去看看队长。"凌震面有难色，刘志白了他一眼，于是一行八人来到街市，刘志买了一束粉莹莹的玫瑰花拿在手上，又在果摊买了些水果，就向医院走去。子昭住在三楼六室二十一号，此时子昭正在熟睡，洁白的被单映衬着她苍白的脸庞，长长的睫毛车辐般地散开，遮掩着她紧闭的双眼。见有人来，敖云忙起身招呼，刘志示意不要声张，将花和水果放在案头，房间内比较拥挤，刘志等就到楼下散步闲话。

约莫过了三刻钟左右，子昭醒来了，见床头放着一束粉玫瑰，不觉心内一震，你道为何，原来她就是玫瑰仙子附身。华由文夫妇，膝下本应有一男孩，只因其父为官，口口声声说："生男生女都一样。"冥府阎君便和他开了个小小的玩笑。不料那冥府录事，笔下有误，将七十九岁中的七字丢掉一笔，写成一十九岁，故计该十九岁命终。恰逢警校毕业，便如前所述领了这般差事，正是天不拂人意，不久他们便访到了杜家兄弟的一个窝点，便带了敖云、沃土前往捕获，谁知他们太小看了这伙罪犯。杜虎见子昭貌美，不觉淫心荡漾，一心想生擒，子昭仗着一身武艺，便要活捉。敖云、沃土也和四个歹徒斗得难分难解，约莫斗了半个时辰，杜虎渐渐不支，这时那杜虎恶从心头起，恨向胆边生，右手持刀，左手一个蝴蝶镖，正中子昭太阳穴，子昭一个踉跄，扑倒在地，杜虎恶狠狠地持刀来刺，沃土叫声不好，忙开枪击中杜虎手腕，敖云也连开两枪，击伤两个歹徒，沃土背着子昭，敖云掩护退出窝点。那杜虎手腕骨被击断，又有两个弟兄受伤，自身难保，哪里还顾得上追赶。

再说那玫瑰仙子自和众姊妹分手，投胎找不到合适人家，借尸又嫌死者相貌不如愿，故而蹉跎至今，待得知子昭一十九岁命终，又见她生得娇媚，出身显贵，便不胜欢喜。其实，子昭被击中时已经命终，一缕魂魄缥缥缈缈，向冥府投去。沃土当时背着的是已经附身的玫瑰仙子。此时敖云领着刘志一干人进得室来，刘志和子昭相见，都是一愣，似曾相识，但又无从记起，仔细想来，县地干警都无此人。这时医师走来询问，刘志说："我是子昭的哥哥，他是伯父，前来接子昭出院的。"子昭嗫嚅着，但不知他葫芦内卖的什么药，便将要说的话又咽了下去。医生告诉刘志："子昭外伤不甚要紧，主要是镖中有毒，现已没多大问题，也可以出院。"子昭问他下来咋办，他笑笑说："六室，溜之，三十六计，走为上计呗！"子昭微微皱了皱眉，刘志向她投去一瞥，只见她生得：

鹅蛋形脸蚕蛾眉，樱桃小口双眼皮。

指弹害怕香腮破，气吹犹恐伤玉肌。

不在妆台弄粉脂，偏爱校场玩刀戟。

只晓娇容看不够，哪知枝干有刺棘。

刘志一行人办完出院手续，回到六十八号旅馆，稍事休息，刘志便邀大家湖边泛舟。在一条游艇上，他召开了第一次小队会议，他说："现在罪犯在暗处，我们在明处，对抓获罪犯、解救少女极为不利，下来我们公开撤回，分散下车，于明天晚各自换上便装，重新返回，在火车站集结，待约定联络点后，分散行动，摸清罪犯情况，变罪犯在暗处我在明处为罪犯在明处我在暗处。先盯住，后聚歼，务求一网打尽。所用武器，由手枪改为麻醉枪、无声枪，广泛使用迷魂散、迷魂香，尽量少开枪或不开枪。小窝点可以破获的，干活要干脆利索，不留痕迹，不使罪犯生疑惊逃。另外杜虎等受伤，有两种可能，一是伪装成公安干警，开具假证明，公开住院治疗；二是到隐蔽的私人诊所或请游医到窝点治疗，如是伤势较重住院治疗有很大可能不在本城，而在有内线联系的外省外县医院。对于主犯、骨干分子，在开始行动时，故意不动他们，以防犯罪团伙失去轴心各自逃散。下来行动，分成若干组，其一，分为蹲点组，主要任务是看押捕获的罪犯和照料解救出来的少女。子昭受伤初愈，金彪伯岁数大，你俩蹲点行吗？""你看我老了没用是吗？我才不蹲点呢，憋死人啦。""那总得有人蹲点哪！那我就分派啦！华子昭伤势初愈，敖云才战斗不久，另外罪犯们有可能认得你们，至少会起疑心，由蔚成风协助，你们先蹲点，待过一段时间，华子昭单独行动。下来单独行动的有金彪、凌震。单独行动组由金彪为组长。搭档行动组有沃土、田禾、利达、师霞，由沃土任组长，师霞任副组长，各组依蹲点组为轴心，依次按华子昭、沃土、田禾、金彪、利达、师霞、凌震呈波浪状向外辐射扩展搜索。湖边泛舟回来，凌震向旅馆结清了账目，一行八人，在集市上购置了一些东西，便乘车返回。刘志、金彪由于才来，又是便装便留了下来。

刘志嫌城里太嘈杂，便和金彪在近郊一个有三层楼的叫迎宾酒楼的私人旅馆内把第三层楼房包下。这时的刘志是一个耍刀玩枪的江湖艺人，金彪是一个身着布袍的测字先生。上了街后，刘志和金彪便分开按照 B 城地图一条街一条街地进行搜索，当天没有发现什么情况。

第二天，金彪在火车站附近摆了个卦摊，竖了个"五元知祸福　一字问乾坤"的幌子，一面"测字啦，测字啦，交五元钱，报一个字，便能知吉凶祸福，卜明前程。先测字，后收钱，不准不要钱啰！"卦摊边渐渐有人围拢来，只见一个三十多岁，衣着时髦的中年女人也围了过来，她站了片刻，便掏出五元钱来，放在卦摊上："先生！给我测一个字。""钱，你先拿上，测准了收费，测不准分文不取。大嫂，那你就随便报一个字，不要想，想了就不准啦。""好，就报个'化'字，文化的化。"金彪于是就打开墨盒，铺开一个一尺见方的白纸，蘸饱了笔，在正中写了个"化"字。"好，大嫂你听仔细了。这个化字加个草头是个花字，一个文化人，遇到了一朵花，有道是：'见到野花起外心，回到家里闹离婚。'你家官人是干什么的？是不是现在和你闹着？""没……没有的事！"女人涨红了脸，嘴里支支吾吾的。金彪笑笑，接下去又将化字写开。"测字，拆字。这个化字拆开，半边是个人，半边是个匕首的匕。怎么？你把他杀了?""没……没有……只是失手割了个小口儿。"女人已是非常的恐慌，忙忙地分开众人落荒而逃。"钱！钱哪?"人群里便发出一阵嘘声。"嗯！没说还怪神的呢。""先生！请你也给我测一个字。""好的，请报吧！""好字，相好的好字。""好，小兄弟，你看着，这个好字，半边是个女，半边是个子。一个女子和一个汉子。有道是：一个女子不害羞，和一个男子睡一头，头又是点，脚也是钩，中间还有个棍棍抽……""哈！"青年把头勾得很低。"莫非你和风尘女子有染?""可我心内，确实非常地喜欢她呀！""兄弟你再看，去掉女字，只剩下个子字，再往下拆，只剩下个了字，三日之内，你命休矣！""先生既能测得出，必定也有破解之法，还望先生指点迷津。""抬起头来！"金彪定睛看时，只见那小伙左眼青了很大一块，便说："唔！我看你脸上凶气太重。好吧，救人一命，胜造七级浮屠。不过得麻烦你跟我走一趟，得查查书呢。"

再说刘志和金彪分手后，只身在街上转悠，一直到下午五点左右侦探器里有了一点儿微弱信号，刘志便不断地调整，按照侦探器指示的方向搜索前进，信号越来越显，刘志便注意着身边的人。突然侦探器发出了嘟嘟的叫声，指示针也剧烈地摆动起来。刘志见来到和平路十字口，前面有一个饺子馆，便围着走了一圈，确定要找的人就在馆内。店主是一个四十来岁的中年汉子，餐桌上有两三个人在就餐，刘志便来到店主面前，指针便定位不动了。"是吃素的，还是吃荤的?""请你出来一下，我有话对你说。""就在这里说嘛。"一个中年女人搭话，她看到是一个陌生的青年，不让店主出来。"放心好了，是你们的一个乡党让我给你捎信的，你出来一下便知分晓。"店主走了出来，刘志拿出一个少女的照片："你可认识她?"店主一愣："不认识。""你可认得这封信?"店主接过来看了一看，把信放在嘴里嚼碎吞了。"你再看看这个。"刘志递过了自己的名片。"在你不知我身份的情况下，你刚才的举动在某种程度上是可以理解的，咱们就以现在为界限，你再不和我们配合，那可就是另外一回事。你虽染指风尘，但你冒险邮信，也算是做了一件好事，希望你能从这个始点走下去。""可我的妻子不久前已经来店！""我们会考虑你们夫妻关系的。""你要我怎么办?""这里不是说话的地方，跟我走一趟。"

店主叫徐华堂，在他的帮助下和那个写信少女取得了联系。她的名字叫罗英。金彪也在那个叫测字的青年帮助下找到了另一个少女张丽。罗英、张丽提供了另外七个少女被挟持的窝点，但悦容饭庄发生枪战以后，她们已被转移，具体地址已无法知道。

于晚饭前，华子昭、凌震、沃土、田禾、利达、师霞、蔚成风、敖云都已乔装改扮，来到迎宾酒楼，刘志召华子昭、金彪、凌震、沃土、师霞开了简单的情况通报会，并对下一步行动做了探讨。金彪说："根据以上情况，罪犯可能有如下行动，他们可能要进行内部整肃，对他们认为有叛逆行为，或不可靠的可能要处理掉。""怎么个处理法？"子昭问，"那就是卖给人贩子，或是秘密害死这两种方法吧。他们可能仍然挟持一部分他们认为还'听话'的，继续干下去。如果风声紧，他们可能转移，如果他们认为无事，可能就会像以前一样再干一时，在杜虎伤愈后再做打算。现在还有几个窝点没动，可能给人的是一种假象。如果现在公司主事的不是他们的亲信，那可能就要全部丢卒保车了。""那你是说他们尚举棋不定？"刘志插话说："对，营造一个窝也不容易啊！""现在的任务是进一步掌握罪犯情况，尽早将罗英、张丽解救出来，让他们认人，智捕一两个歹徒，让他们提供证据或情况。对已掌握的另七个少女提供保护，由华子昭、蔚成风、敖云完成。利达、师霞、凌震注意掌握人贩子情况，并注重于外城、外省搜索。沃土、田禾、金彪负责根据已掌握情况，跟踪搜索。我掌握全盘，并负责各路机动增援。近两三天务必不分昼夜，连续作战，尽量争取提前收网。"刘志确定了联络呼号，外线人员就分途出发了。

外线人员出发后，刘志在已掌握挟持少女的春风理发店、如意茶馆、桂花书斋、为民药店等窝点及刺绣公司秘密安装了摄影转播器，在迎宾酒楼安装了接收观察机，由华子昭、蔚成风、敖云换班，昼夜监视。当晚金彪给罗英下了柔媚挟持她的巩海涛，怂恿私奔的指示，给张丽下了和钟情于她的晁梦龙私奔的指示。并让她们千方百计搜罗另外七个姐妹及挟持人的贴身之物。当巩海涛迷迷糊糊醒来的时候，罗英说："涛哥哥，你我都是天涯沦落人，咱们又都是单身，像这样担惊受怕地活着终不是长久之计，不如跑了吧，也好做个长久夫妻。"那巩海涛在犯罪团伙中并不受重用，又受不了那罗英百般纠缠，便勉强答应。罗英说："事不宜迟，夜长梦多，不如乘杜老板、樊莉他们不在趁早溜了吧！"次日，夜静人深，巩海涛、罗英带着杜龙的打人鞭，樊莉的脂粉盒等物从如意茶楼逃了出来。巩海涛问："我们这到哪里安身？"罗英说："我有一个朋友，在迎宾酒楼干事，不如暂时投在他处躲避一时，再做打算。"走不多远，就见金彪在等着他们。与此同时，张丽麻翻了乔金池，给他留了个条子，在沃土、田禾的接应下，也来到了迎宾酒楼。当晚刘志等对巩海涛进行了突击审讯，又掌握了樊莉、杜龙的一些线索。当朝阳的光线透过窗帘的缝隙射进乔金池卧室的时候，他醒来了，身边早已不见了张丽，他叫声不好，忙在药店前后寻找，也不见踪影，猛见卧室条桌上有一张字条，忙拿起来看，只见上面写着："你姑奶奶走了，留下你一条狗命，也算对得起了。快去给你的杜老子燕娘报信去吧！"乔金池看完条子，如五雷轰顶，一屁股坐在地上，半天缓不过气来，他反复思忖：那杜老板，心狠手辣，栽在他手里，不死也得脱层皮。但反过来又一想，自己身无一技，苦力活又怕干，现在能吃香的喝辣的，玩女人，还不是靠的老板，思来想去他还是硬着头皮离开为民药店，到刺绣公司去见临时掌事齐光。谁知齐光正在气头上，因为他刚刚知道如意茶馆的巩海涛和罗英私奔了，听说张丽逃走了，头上火星直冒，手心里又沁出冷汗，气便不打一处来，因为杜大老板这次回来，就要卖罗、张二人，这可怎么向老板交代？于是他便恶从心头起，恨向胆边生，劈手给了乔金池两个耳光，又忙去拿鞭子，谁知鞭子又不见了，便抄起椅子兜头盖脑地向乔金池砸去，乔金池嘴上流着血，手肘上被砸开一条血口子，鲜血便从那肘上流落在地上……

"那张丽生性怯懦，哪里有那么大的胆子？分明背后有人操纵。""啊！一时兄弟给闹糊涂了，肯定是那东三路米行老板的儿子晁梦龙，一定没错。""还不去给我抓回来，不然连我都没法交代！""是！是!"乔金池像得到皇帝大赦似的连滚带爬地逃出来。"他实意要人，给钱也行。老价钱，不要掮着打杵不换肩。"齐光追出来补了一句。乔金池走后，齐光马上向杜龙做了汇报，声称自己不才，要求杜龙快回来坐镇。

刘志、金彪热情地招待了二位姑娘。"罗姑娘，张姑娘，本应让你们调养一些时日，但事出紧急，还烦请二位协助我们办一些事情。那就是跟我们几位同志一道核实一些材料，认人照片毕竟不太准。""恩公救我等出火海，如同父母再造。万死不敢推辞，哪里还能说到烦请协助。""救姐妹出火海，这本也是我们分内的事。"

"1010！1010！我是1017，我是1017！王进在这里城关医院，发现了三个

121

枪伤住院病人，家属态度也比较冷漠、勉强，十分可疑。特此报告。""知道了，知道了！我马上就来，马上就来！""可能是杜虎一行三人，罗姑娘和杜虎比较熟悉，和我一道去认人。蔚成风将张丽送到凌震、师霞处配合行动。"刘志和罗英来到杏花酒家，稍事休息，燕飞便和刘志商量认人。刘志说："如果真是他们，那可能是伤势较重，迫不得已来医院，也很是担惊受怕。所以认人一定要机密，不留痕迹。我看还是请王进弄一套护士服装，让罗英穿戴整齐，在病房走一遭也就可以了。"事情进展得非常顺利，前半夜，王进就把东西弄到了手，后半夜趁护士交班之际，罗英戴着白帽子、白口罩，穿着白大褂，跟在后面。杜虎在三楼骨科，梅秀娥陪伴。隆钟、江夏在二楼内科，王敏、季小兰陪伴着。罗英一眼就认了出来，回到酒楼后，刘志说："可能不光这几个女的，肯定还有个主事儿人，这个人一定要查找出来。"罗英立即改作男装，架宽边眼镜，戴医师软帽，穿宽大衣裤。果然在第二天午后，罗英看到了罪犯团伙的老七巴山弓。在他和医师的交谈中得知杜虎右手腕骨粉碎性骨折，隆钟右肝被击中生命垂危，江夏做了截肠手术。刘志对燕飞说："杜虎尚有战斗力，巴山弓也需要监控，你一人力量太单薄，我马上让蔚成风来增援你。""1077，1077！你将张丽送到1031处后马上到A城杏花酒家协助。""1077知道了，1077知道了。"

杏花酒家的事情安排妥当后，刘志带着罗英，通过呼号找到了金彪、沃土、田禾，将罗英交给了他们，便返回了迎宾酒楼。

再说那凌震、利达、师霞自离开了迎宾酒楼，一路上饥餐渴饮，晓行夜宿，一日来到D城地面，这里地处三省交界，市面繁华，商贩云集。中午凌震在火车站盯住一个黑矮汉子，那汉子带着个四十来岁的妇人，这对男女在候车室停留了一段时间，又在车站附近逡巡了很久，南来北往，东驰西奔的车辆都不乘坐，似是要在这里等人。一直到夜间十一点一刻，他俩接住了从列车上下来的一行三人，那为首汉子，大约三十多岁，蓄着长发，架着墨镜，一抹短髭，西装革履，一妙龄小姐挽着他的手臂，身后跟着一个壮汉。他们说了一会儿话，一行五人便离开火车站，来到东大街中心的一家夜总会，那中年妇人便和那壮汉跳舞，那黑矮汉子便和那戴墨镜人、妙龄小姐进了一间包厢，凌震便利用灯光昏暗的一刻用有良好消声装置的电钻在墙壁上钻了个洞，把一个带拉线的微型窃听器送了进去。过了四十多分钟，那三人便从包厢内出来了，凌震忙过去取出了窃听器，不远不近地盯住那一行五人。那一干人用过夜饭后，便投宿在一个叫野味饭馆的旅店内。凌震也在间壁要了一个房间，他侍弄好了枕被，向店主交代了一声，便离开了饭馆，找到了师霞、利达、张丽。在利达的住室内，大家凑在一起拧动了窃听器的螺钮，"手头有几个货？""这个数。""几对牙齿？""九对。""几成色？""最低八成吧。""大的几个仔，小的几个？""大的四个，小的五个。""那得了，还是老价钱，大三，小二吧。""那不行，这可是上乘货，要不是闹槽，我还舍不得出手呢。"下面的声音便极端污浊，凌震便关掉了。凌震这才将目光投向张丽，"可有点儿眉目？""可……可能……""可能什么？""就……就是的。"原来那张丽浑身直哆嗦，脸上气色也非常不好，你道为何？原来这期间被卖少女要受到罪犯、拐子多少作践啊！"我……我怕！""哎！你怕什么嘛！"利达有些不耐烦，师霞白了他一眼，将张丽紧紧地搂在怀里，几颗晶莹的泪珠从她眼角滚落下来。

当又一天的太阳将它的万道金光洒向大地的时候，金彪一行也昼夜兼程地赶到了这里，他告诉凌震，一号目标可能就在这里。凌震告诉他，已经盯上了，还有些搭头。几个战友依依惜别，金彪一行又踏上了新的征途。

花开两树，各表一枝。暂且不提那杜龙一伙贩卖少女，只说那樊莉带着犯罪团伙老三常安、流氓乐正傅以及被挟持少女屈春玲、谷小凤在 F 城建立新的窝点。她看中了两处私人宅院，分别以十万、八万元现钞购买了下来，一日又故技重演，在火车站边寻觅打工少女，偏偏又让她盯上了两个，偏偏又无巧不成书，金彪、沃土、田禾、罗英也跟踪到了这里，真个是螳螂捕蝉，安知黄雀在后。虽然樊莉乔装改扮，但罗英一眼就认出了她，随后又发现了常安。金彪预料到樊莉得手后，可能要用出租车，于是便和田禾各开了一辆车，不紧不慢地尾随着。金彪又叮嘱罗英，现在还有罪犯乐正傅，被挟持少女屈春玲、谷小凤、李娜情况不明，注意搜寻。可怜的鱼儿，贪吃一点儿香饵，又上钩了，前面的被烹饪了，后面的又跟上来，这种可悲的故事，不知在人世间还要重演多久。其实，樊莉的算盘又打错了，她看金彪又瘸又老，便小觑了他。樊莉让他把自己、常安及两个被蒙在鼓里的少女送到一所宅院。金彪见是一所有三间小楼房，还有两间小平房的客栈，房子虽然显得有些破旧，但交通比较方便，价格也比较合适，不由得暗暗佩服樊莉的眼力和精明，只是她把精明使用在犯罪上，在她的身后留下了串串罪恶的脚印。

金彪为没有发现乐正傅、屈春玲、谷小凤、李娜的踪迹而显得焦灼不安，但他又深深地知道，如果把这种情绪传染给同伴，将会出现什么样的后果；如果不将罪犯全部缉拿归案，不将被挟持少女全部解救出来，那将怎样向组织交代，怎样向家属交代。他忙将沃土、田禾、罗英召集在一块商量："樊莉鬼得很，可能这附近还有一个地方。"罗英说。大家商量了一下，决定蹲窝，所谓蹲窝，就是潜伏在猎物洞穴的四周，待猎物出洞后再踏茬跟踪。也许是没有对出租车发生怀疑，也许是罪犯来到陌生地带而具有的一种安全感，常安在两名少女熟睡后的十点一刻便出了小客栈。金彪留下沃土，盯住樊莉，带着田禾、罗英不远不近地跟着常安，约莫走了四十来分钟，常安叩开了西郊一个路边饭馆的门，进了一个房间，过了一会儿从里面领出了屈春玲，进了另一个房间。金彪和罗英来到常安第一次进的那个房间中，叩开了房门，"请问先生，乐正傅先生是住在这里吗？""深更半夜的，找人也不看个时辰，哪里有什么副先生、正先生，滚吧！滚吧！""黑灯瞎火的，连灯也不拉一个。"金彪将电筒光照向答话人。"真他娘的没得个规矩，将电筒光照到人脸上，找死呀！"退出来，罗英说："那人就是乐正傅，床上的另一个人可能就是谷小凤了。""一会儿再看，不能是可能，一定要肯定是。""1010，1010！这里发现了樊莉、常安、乐正傅、屈春玲、谷小凤，下面如何行动？""收网！收网！十二点整行动，利用技术手段，避免强攻，不要伤亡，不要惊动百姓，务必全捕，不要让一个罪犯漏网！"下来刘志依次给燕飞、凌震、华子昭等下了同样的命令。"请问先生，有一个叫谷小凤的是住在这里吗？她家里来人找了半夜了。""什么小凤、大凤的，你这人是咋的，活不过今晚上了？""可能是家里真的来人啦，求求你，让我见他们一面。""娘的！老实点儿，小心老子捅死你！"就在金彪和乐正傅纠缠的时候，迷魂香的烟雾在斗室内飘散开来，不一会儿，乐正傅只觉得一阵阵昏眩，在迷迷糊糊中，一双冰冷的手铐铐住了他罪恶的双手。

在 B 城刺绣公司，乔金池去向东郊米行晁梦龙要人，晁梦龙矢口否认。晁老板责怪儿子不该卧柳眠花，招惹事端。第二天晁家父子忧心忡忡，严阵以待，谁知这一天却平平安安地度过了。原来杜龙害怕把事情闹大，要齐光暂时息事宁人。

各处的情况汇总到了迎宾酒楼，十八名罪犯全部落网，少女们得到解救，另外缉捕人贩子两名，其他嫌疑人八人，只是各路都没有发现李娜的踪迹。刘志命令各路突击审问杜龙、杜虎、樊莉、常安、齐光等主要人犯，查找李娜下落，生要见人，死要见尸。还要顺藤摸瓜，扩大战果，对人犯不能打，不能骂，要杜绝人犯自杀；对少女要做好耐心细致的思想工作，让她们振作起来，重新开始生活，谨防她们因自卑而轻生。及时和有关部门联系准备起解人犯，如有问题，及时汇报请求上级协调。对犯罪团伙的动产、不动产进行清查登记。关于李娜的有关情况不断地反馈到迎宾酒楼，初步掌握的情况表明：李娜可能已不在人世，具体情况只有杜龙、邬自明清楚。原来那李娜年轻貌美，杜龙准备自己姘占，但那李娜虽然孱弱纤小，却生性刚烈，至死不从，被杜、邬强暴后不吃不喝披头散发，大喊大叫，没命挣扎逃跑。杜、邬便在一晚将其再次轮奸后，活活地打死。杜龙、邬自明偏偏又都是个刺猬头，凌震、沃土、师霞反复做工作，他俩竹筒内倒核桃，把李娜被害的前前后后和盘端了出来。

刘志、金彪、华子昭、凌震押着邬自明来到刺绣公司的一个地下室，土工刨开水泥板面，又起了一层土，便发现了头骨，顺着头骨，依次又取出了躯干骨和四肢骨，来到场院，刘志铺开一方白绫，将骨骸上的泥土擦拭干净，摆放在上面，可以清晰地看到后脑骨塌陷，左眉骨破裂，这些和邬自明的口供是吻合的。从这两点可以看到罪犯对死者是何等凶残。又检测了身高，做了简单的相貌复原描摹，初步认定就是李娜的骸骨，再就是通过法医对骸骨进行年龄验证。由于在地下室的土层内再没有发现其他证据，当时能够做到的就是这些。

一个少女的倩影在这个世界上消失了，一具白森森的骨骸躺卧在洁白的绡绫上。这留下的和留不下的给人留下多少冷峻的思索。刘志让土工用洁白的皱纹纸，将遗骨分部位包裹，将脊椎骨用白丝绳穿束起来，形成一个人的轮廓，然后全体脱帽向这具白骨静默致哀。而后刘志用白绫将遗骨扎束好，背在背上，他要把她带回她的故乡。

除燕飞、蔚成风将杜虎、巴山弓、江夏鞨押在 A 城（隆钟已死）外，其他人员都聚集在 B 城迎宾酒楼（除店主外，再无其他旅客）。刘志让大家休息一两日，他在忙碌地审阅着各组汇集来的材料卷宗，书写着情况汇报和请功意见书。

"你一直忙忙碌碌的，总不见你休息一下。"华子昭吃过早饭来到了刘志的临时办公室。"咋不休息，不休息人咋撑得住？前几天，箭在弦上，工作的时间多一点儿，休息的时间少一点儿罢了。现在好了，总算是能提得起，放得下了。""那么现在咱们出去走走行吗？""请稍候，我将这一小段写起，我也正准备将工作向你交代一下，同时也准备向你辞行呢。""怎么，你要走？""是的，我是雇佣军嘛，事情办完了，我的差事也就解了，不走干吗？""你不会再干别的事吗？""我们庄稼人，事情也稠，家里也还有许多事情需要我去办呢。""怎么你是农民？""农民有什么不好吗？""啊！不！中华本神农嘛。"子昭连忙改口。她看着面前这位像女子般风姿绰约的青年军官，本想他是从哪个单位借调来的，特别是这几天解救少女，擒拿罪犯，他的运筹帷幄，取胜于谈笑之间，不禁使她想到了苏轼《赤壁怀古》中的"雄姿英发，羽扇纶巾，谈笑间，樯橹灰飞烟灭"的句子，每当想到"遥想公瑾当年，小乔初嫁了"而心内突突直跳，脸上发烧。难道自己爱上了这个陌生青年吗？她不敢回答自己。农村的农民这可能吗？其实蓬蒿之下，或有兰香；茅茨之屋，或有公王。农民，农民又怎么的？他没能耐，能将他从农村借调来干这事吗？人生的道路虽然漫长，但关键的地方只有几步，这几步如果不踩稳，将会构成终生的悔恨。唐突，太唐突了！自己对人家了解得太少了，这难道不是一见钟情吗？一见钟情又怎么啦？多少美满的夫妻，不就是从这一见钟情开始的吗？这或许就是缘分吧！从科学的角度讲，这或许是某些素质的一致吧！也或许是自己潜意识中寻求的人儿，突然在面前的闪现吧。起码，有一点她不得不承认，那就是刘志的才貌她是非常满意的。茫茫人海，无穷男儿，但中意者又有几人，再加上各种各样条件的制约，要寻一个如意人儿谈何容易，现在机会就在眼前，她岂能错过。啊！糊涂！农村人多早恋，像他这样才貌双全的人，还不被人早给盯上，这是一个必须首先搞清楚的问题，可她一个女孩儿家，怎好启齿。"好啦，这一段写完了，现在可以松弛一下了，咱们现在出去走走。""啊！好的。"子昭从遐想中回过神来，她觉出自己有些失态，幸好刘志在低头写东西，没有发现这一点。

他俩走下楼梯，步出庭院，来到大街，游了菜市，逛了商场，进了兴庆公园后，在一株婆娑的古柳下坐定。"客观地讲，是由于时间紧迫，有很多事情没能和你商量，我自己就决定了。从主观上讲，是我个人办事比较独断，我每

126

每想到这一点，也想改，可就是成效不明显，这是我的老毛病了，还望你能够谅解。""其实能够独当一面，本身就是一件好事，怎么能谈到独断毛病呢？""哈哈！此言差矣！夫子云：'三人行，必有我师焉。'咱们这一干人也有十多个，即使再精明的人，遇事岂会无商榷之处？"子昭有些着急，她感到刘志这短短的答话对她有一种高屋建瓴的压力，但她又感到很高兴，她似乎看到了刘志的自省和谦和。"哎！你说你是雇佣军，是被借调来的，谁雇的你？谁借的你？""是华专员哪，他不是你的爷爷吗？我也曾到他家去过一两次，怎没见到过你？""我经常住在爸爸那里，爸爸怕我被官场上的灯红酒绿溺坏了，总是限制我到爷爷那里去。""那你怎么又分配到你爷爷身边呢？""哎！说来话长，其实我们家里也是矛盾重重，爸爸是个作家，在省作协工作，他总是说什么十官九贪，和尚嘴偏。爷爷总是骂他'诽谤朝政，制造事端'。爷爷希望爸爸做一个好官，造福一方，爸爸违背了爷爷的意愿，而醉心于写作。爸爸希望我接过他手中的笔，我又违背了他的意愿而做了警察。""哈哈！三辈鼎立，还蛮有意思的嘛！其实你们这三方，本来就是和谐统一的嘛，只是……""只是什么？""对于你爷爷和爸爸，我是晚辈，不敢妄加穿凿。""其实你不说我也知道。哎！咱们也得吃点儿东西吧。""回去就有饭嘛！""少吃一点儿。""你请客？""咱们来石头剪子布，谁输了谁掏票子。""这样最好，名正言顺。"

刘志一行来到A城会同了燕飞、蔚成风，带了王进，押解着一干人犯，不一日来到专员公署，早有华专员带着一些机关干部在门口迎接。"欢迎，欢迎，欢迎我们凯旋的勇士们！""什么勇士，弹未出膛，刀没出鞘！"凌震咕噜着，他嫌不过瘾。"那好哇！那才是上上策。整伍为上，破伍次之嘛！"专员让金彪把罪犯交给来接的刑警大队带走。让华子昭把少女带去交给地区招待所经理胥双双特别照料。刘志、金彪、燕飞、王进和特警队人员，被专员招呼到会客厅用茶。稍事休息后，地委夏书记、侯副专员也来和大家一块儿合影留念。午饭后，刘志从皮箱内取出材料卷宗、情况反映、请功报告等，交给专员。"一切手续交割清楚了，给我开工钱吧！""怎么你要走？歇息一两天，开过庆功会，吃了庆功宴再说吧！有些事情还要你一手办到底呢！"饭后，夏书记、华专员接见了被解救出来的少女，并和她们合影。书记、专员还鼓励她们要自珍、自重、自爱、自强。华专员说："虽然我们尽量把事情做严密，但没有不透风的墙，

127

你们要面对现实，要能经得起闲言碎语的考验！"书记、专员还征求了她们的意见，告诉她们家属约定明天到来，愿意回家的跟家属一块儿回去，不愿意回家的再想办法安置。

庆功大会在地区大会堂举行，横额正中书写着"庆功大会"几个醒目大字，左右分别书写着"功章虽小，足现今朝荣耀；长缨万丈，再创他日辉煌"的对联，大会开始，夏书记宣读了战报：

以中尉刘志为中队长，以华子昭、金彪为小队长的刑警分队，长途跋涉数千里，连续工作二十天，共抓获罪犯二十名，其中毙伤后死亡一名，无一人漏网。捕获其他嫌疑人八人，解救少女十九名，另外查找被残害少女遗骨一具。查封窝点楼房三座，价值三十八万多元，小窝点五处，价值十万余元，冻结罪犯银行存款八十三万六千余元，查抄现金二十余万元。"

华专员宣读了嘉奖令：经行署第七十九次会议研究决定，对下列人员进行通令嘉奖：

一等功：一名。

刘志。

金质奖章一枚，奖金两万元。

二等功：四名。

金彪、华子昭、燕飞、凌震。

各奖银质功章一枚，奖金一万元。

凌震查找李娜遗骨有功，另奖三千元。

三等功：九名。

沃土、师霞、利达、田禾、蔚成风、敖云、王进、罗英、张丽。

各奖铜质功章一枚，奖金五千元。

地区人事科长宣读了对刘志、金彪等晋职的通知。

华子昭由少尉晋升为中尉。

金彪由刑侦科长晋升为副处长。

根据局务第八十次会议决定，对金彪、凌震、燕飞、华子昭各晋升一级工资。拨给刘志雇佣工资一万元。

"散会后休息二十分钟，不要远离，马上到招待所二楼赴宴。"华专员招呼了一句。

宴会已毕，华灯初上，在地区招待所的小会议室，华专员、刘志、华子昭分组接待了少女家属。一组是：王敏、季小兰等五人，她们五人，年龄不大，也没订婚，她们准备回家，由华子昭给家属做好工作，各付给一万五千元由家属带回。樊莉才拐来的两个少女，各领两千元随家属回家。第二组，是已经订婚的罗英、张丽、谷小凤、屈春玲等八人，她们的未婚夫来了。刘志说："咱们把话说穿了吧，她们不幸被罪犯挟持，一度被迫卖身，这不能怪她们，她们是无辜的受害者。在心灵上、身体上都受到了很大的摧残，作为男方这时应该用真正的爱去抚平她们心灵上的伤痕，珍惜她们的身体，将新的光明的生活带给她们，她们在这时也特别需要你们，真正的爱是心连在一起的，她们在以泪洗面的时候，每时每刻无不在心里念着你们的名字。当然，她们失身了，这对你们在感情上也是一个沉重的打击，我们一个一个征求了她们的意见，她们对你们依然不忘旧情，但又不想勉强，你们也可以解除婚约，不愿解除婚约的要给我交保证书，我送佛送到西天，这事我要一直管到底。愿意解除婚约的按农村约定俗成规矩办，不吵不闹，更不得恶语伤人，也可能有些少女从魔掌中解救了出来，而被人言杀死了。何去何从，你们自己拿主意吧！""这怎么能怪她们呢？我们男的在人身上不能保护她们，在经济上不能资助她们，只因让她们打工才有此不测，这本身就是我们自身的罪孽。只要罗英不嫌我家境贫寒，我决不嫌弃她，愿意和她好好过日子。"罗英的未婚夫肖克明首先站起来说。罗英一头扑在肖克明的怀里，呜呜咽咽地哭了起来。继肖克明之后，又有五个人表了态，这六对年轻人，带着无限的感伤与期望留下地址、交了保证，各领了一万五千元，向刘志深深鞠了一躬离开了。张丽、谷小凤解除了婚约，当张丽、谷小凤准备参加梅秀娥、和琴一组时，晁梦龙千里迢迢来找张丽，张丽出去了。

梅秀娥、和琴一组属于冷漠情缘，也不回家，准备独身生活一段时间再说的一类，其中梅秀娥等四人还有病，这就需要安置。和琴提议说："樊莉在F城新买的两座小楼，我们想先借来居住，我们其中也有人有点儿小手艺，再做点儿小买卖，凑合着能过就算啦。"对于如何安置这些少女，行署也有考虑，华专员和刘志交换了一下意见，刘志说："那这样吧，那两座楼一共一十八万，折半卖给你们，你们先交一半钱，你们每人也发一万五，另外梅秀娥等有病四人，每人再发五千医疗费，你们看如何？" "那还有啥说的，恩公对待我们，真是如同父母再造哇！" "我一个人哪有那么大能耐，要感谢国家，感谢组织！" "那是，那是！要不是组织解救，我们死无葬身之地。"梅秀娥、和琴等深深地向专员鞠了三个躬。

"老伯伯，实在抱歉，我们去晚了，能交给你的只能是这一具白骨。"刘志把李娜的遗骨交给他的父亲李盛花。李盛花见别人领到的是活蹦乱跳的大活人，而他接过的却是死骨，早已老泪纵横。但他毕竟是一个有教养的人，他呜咽着说："哪能那么说哇！要不是你们，我怕连小女的骸骨也见不着啦，小女生性刚烈，落在他们手里必死无疑呀！" "老人家！李娜死得很悲壮，也是您老教育得好哇！这两万块钱你带回去将李娜好好安葬！" "钱我就不收啦。只要求组织严惩凶手，为我女报仇哇！" "这是组织的决定。老伯伯你放心，他们欠的债是要让他们加倍偿还的！"

"对于那一干罪犯，你的意见是做怎样的处置？"专员问刘志。"这些人是社会渣滓。有不少是惯犯，改也难，留在世上终是祸患。这是我个人意见，究竟如何处置，那还是要让他们接受法律的审判！"

"你行哪！几天挣了我们两年多的工资。"华子昭边走边对刘志说。"我这是饱一顿饿一餐的。哪像你们吃皇粮的，虽是涓涓小溪可不断流哇！" "你是哪个学校毕业的？怎不找份工作？" "我还没入学呢！" "你可真会开玩笑，似你这般才学。" "哎！也没钱，等他们回来了再说。" "他们是谁？" "我哥哥黄山，我兄弟刘仁、徐建哪！" "怎么你家里这么多姓？" "哦！我没说清楚，黄山不是我的亲哥哥，徐建也不是我的亲弟弟，我的亲弟弟只有刘仁一个。" "哦！你们是刘、关、张哪！拜把儿的？" "也没拜什么把儿，只是心里想着是这么样的。" "你心里都想着些什么乌七八糟的东西，正经事儿你不想。"啊！天哪！我怎么能这样说话，子昭脸上不禁飞起一阵红晕。"那什么才是正经事儿呢？" "读书！读书！万般皆下品，唯有读书高嘛！" "对！读书。是要认认真真地读一点儿书。我也是这么想的，只是没钱，到处都要钱哪！"妈的！呆子，怎么也引不到正路上来。"华小姐！我吃过午饭确实要走了，能够和你共事一场，心里确实万分高兴。只是就此一别也不知什么时候才能见上一面？我这里有点儿薄礼，还望小姐笑纳！"说着从怀里取出一样东西，交给子昭，子昭看原来是一把折扇，扇面是黄绢制就，上绣一对相依相伴的企鹅，子昭皓齿微露，似嗔非嗔地看了刘志一眼。再看那个扇骨，竟是上好的象牙，不禁大为惊愕。小扇做工之精细，造型之奇巧，也属世间少见。再看背面上有篆体题诗一首，忙将折扇合上："那我就不客气了。"

"爷爷真是傻子，那刘志才干几天，你就给他一万，他是你什么人哪！""你这妮子，真不知好歹！要不是看在我的面子上，人家哪里把这一万元看在眼里？""啥？你说啥？一万元都看不在眼里呀！"于是专员便向孙女讲述了他所知道的刘志的一些故事。

华子昭基本不认得篆体字，她又不敢让别人认，只是对着篆体字帖，慢慢对照，费了好大工夫，才知那诗是：

天上人间并冥中，三界就有两界空。

水秀山清可曾好？斗胆冒昧问玑珩。

第十六回　自费生学成归来
华子昭微服私访

　　有话则长，无语则短。转眼间夏尽秋来，又是那丹桂飘香、秋风送爽的季节。在约翰导师的周旋下，黄山一行三人提前参加了硕士、博士考试，笔试、论文、答辩都独占鳌头。导师在私人宅邸，接见了黄山一行三人，导师显得非常高兴，他说："我恭贺你们学业有成，你们中国人的黑眼睛里面充满了智慧的光芒，你们的前途是不可限量的！我为能有你们这样的学生，感到非常的荣幸。说中国人愚昧，纯属胡说八道！""谢谢先生的褒扬，先生对我的教诲，我将时时铭记在心，终生不忘。先生！谢谢你在考试方面给我们提供的方便。如前所说，我们的钱都是弟兄们揽活挣来的，我们是自费，拿到证书以后，我们就将动身回国。先生很忙，我们也就借此机会向先生告辞。""不忙！不忙！再住一些时间，没有钱，我这里有，尽可以拿去花，不要客气。""其实也不光是为了钱，我们还有我们的事业。单是生活方面，我们打工是能应付过去的。先生，就此一别，也不知什么时候再能相见，这里有点儿字画，送给先生，略表寸心，聊以为念。这是徐悲鸿的《奔马图》，这是齐白石的《龙虾》，这是王羲之的《兰亭序》，望先生笑纳。"约翰·菲勒接过字画，黄山一一指给他看，"太好了！太好了！这都是你们中国名家之作，稀世之宝吧？""不！先生，这都是仿作，并非真迹。""很好！我很感激你的诚实。其实真迹是你们的国宝，我也并不希望你弄来送我，这种仿本，其实也并不亚于真迹嘛！甚至在真迹基础上还有所完美也未可知。"黄山抬头再次看了看导师那光滑的前额，清癯而端庄的面容，金褐色的头发和胡须，导师遇事总是那样一丝不苟，并且有自己的真知灼见。"先生，请麻烦你给我写几句话，作为纪念。""这个我早想好了，黄山，你看我都写在这上面了。你们中国是礼仪之邦，很讲究礼节，送礼人回去，还要回礼，我这点小小的东西，值不了几个钱，就算是回礼吧!"黄山、徐建、刘仁都对导师知识的渊博感到震惊，这些中国的细微礼数，他居然都知晓。黄山接过来看，只见是一个精致的相夹，在扉页上，有几个楷体汉字，那几个汉字写的是:"兼听广采，惟才惟德。澹泊简约，博览精思。"下面端端正正地书写着约翰·菲勒，左书角贴着导师的头像彩照，导师安详、冷静，多少带点学术气，嘴唇闭得紧紧的，生怕有一个不妥的字从那齿缝里冒出来。"谢谢导师的厚爱，晚生这就告辞。""不要急，不要急，吃过午饭，咱们休息一会儿，再照一张相。""导师事情多，怎好这样相扰?""不碍事的，这一些都在我的计划之内。"导师即使是在日常生活中，一举一动都是不轻不重，不偏不倚，恰如其分，生活按部就班，行动精密准确。午餐本来只有四菜一汤，上午导师特意叫佣人多加了两个菜，一个是龙虾，一个是珍贵的梭子鱼。开筵时，餐桌铺上了洁白的餐布，每人面前一块餐巾，一个小碟，一个高脚酒杯，小碟上放着刀、叉、勺等餐具，吃了一会儿，导师亲自在每人杯内斟上果酒。黄山首先站起来:"为先生的健康、长寿干杯!"碰杯以后，导师又斟上一杯，自己首先端起来:"为黄山等学业有成，一路平安干杯!"两杯过后，便让佣人收拾酒具，上主食。主食是一小碗米饭。饭后，又在每人面前放上一个苹果。在大家离开餐桌的时候，导师习惯地看一看时钟和一天程序表。午饭后，导师照例要午休两个钟点。黄山、徐建、刘仁和导师的佣人在玩纸牌。当太阳变得柔和一些的时候，大家便准备照相，先每人照了一张单人全身照，下来，导师和黄山合影，黄山、徐建、刘仁的合影，最后是全体合影。照相后，大家又喝了十分钟的茶，黄山一行三人就告辞了。晚间，黄山一行又拜谒了徐建的导师格里那凡夫人，刘仁的导师巴加内尔将军。

在等待博士证的日子里，黄山一行又游览了伦敦的大不列颠图书馆等名迹胜地，购置了一些物品，准备起程。在伦敦国际机场，黄山、徐建、刘仁背上背包，手里提着大包小包，准备乘机回国。飞机的引擎已经发动，广播里传出了空中小姐字正腔圆催促乘客登机的甜甜的声音。黄山眺望着这座曾经是日不落帝国的都城，再见了，伦敦! 再见了，剑桥! 再见了导师约翰·菲勒! 同时他在心里也暗暗地下定了决心，我还要来的! 一定要来，并且不止一次。同时他又企盼着再见上导师一面，再看一眼他那清癯而端庄的面容，光滑的前额。不可能啦！不可能啦！导师对我已是破例的厚爱，应该心满意足了，不必再有什么奢望！忽然一溜三辆高级小轿车中速驶进了机场，在机场值班服务小姐的引导下，他们很快地找到了黄山、徐建、刘仁。导师约翰·菲勒、格里那凡夫人、巴加内尔将军都带着他们的助手来了，他们和他们的学生热烈地拥抱，亲吻他们的前额，为他们祝福，以致飞机开始滑动，黄山等还看到三位导师在向他们频频挥手。人民，世界的人民，本来就是一家人。

黄山、徐建、刘仁回来啦，刘志、徐宫忙从厂里回来，他俩先回到自己家里，各自把自己的弟弟拎起来，在房内旋转了两圈，再把那烫金字的证书看了又看，爷爷、奶奶、爸妈们也都爱不释手地欣赏着给自己买的东西。"我的呢？给我什么都没买呀！"刘志、徐宫就在那兜里袋里乱翻，也有几样值钱的东西，但他俩知道那不是给自己买的。弟弟笑了笑，领着哥哥来到黄山家里，黄山给他们看了博士证书以后，刘志、徐宫拳头把黄山擂得咚咚响。"别闹，别闹！来，看给你们捎的东西满意不？事情是这样的，钱也有限，乘飞机，行李重量也有限制，我们三人没有一人送你们一份，而是总共你俩一人一份，你看这是多功能挂钟，这是带夜光表的军用望远镜，这是罗马表，这是金项链，这是钻石戒指。""啊呀呀！这值多少钱哪！""其实也不太贵，比国内便宜多了。因为少了商人的多少手脚，又没掏关税。""呃！让我戴这项链哪！"刘志拿起项链和戒指，戒指上镶嵌着蓝宝石。"不值钱！不值钱！鬼知道值多少钱哪！""我的呆子，未雨绸缪嘛，给你的那一口子准备的。"刘志本来脸皮儿就薄，且给一下子说中隐私，顿时脸颊腺得通红，就像那贵妃醉酒，徐宫也不由自主地拿起来看，扭捏得像个大姑娘。

水泥厂已经修建起来，机器也基本安装就绪，机砖厂正在紧张地修造中，刘志分别给华专员、田夫人挂了电话。

阴历八月十四，华专员和司机燕飞、田夫人、机械师殷荣赶到了凤鸣岗。机械师当天就同徐宫、程刚一道就机械安装配料、供料方面做了再次复查，确认无误后，便决定于八月十五日剪彩开机。八点整，司机、司炉、电工以及其他工人都站在自己的岗位上，电闸的闸刀上系着红绸做的彩花，华专员、田夫人、燕飞、范勇、田鹏、黄山、刘志、徐宫、徐建、刘仁、欧阳一仙以及水泥厂常任理事坐在观礼台上。八点一刻华专员剪彩，电工将闸刀推上去，机器发出沉稳而均匀的呼吸声，仪表上的指针稳定地指在预定的刻度上，传送带将配料不紧不慢地送到煅烧炉内，高大的烟囱内冒出浓黑的烟柱，那烟柱渐渐地由浓变淡，翻卷着在那广袤的蓝天上弥散，最后变成了丝丝缕缕的云烟，以至消失得无影无踪。经过一个小时的观察，机器工作一切正常。当长方体的情况显示器里亮出"一切正常"几个大字时，观礼台上的观看人群中爆发出了雷鸣般的欢呼声，一串串鞭炮噼啪噼啪地炸响，一支支焰火飞上天空，人们沉溺在无法比拟的欢乐中，在这片瘠薄的土地上，几千年来何曾办过一个工厂，栖息在这片土地上的人儿，几千年来，也是日出而作，日落而息，世世代代为了填饱肚皮而劳碌奔波，而现在，那样大而漂亮的工厂居然有自己的一份。过去求爷爷，告奶奶从老远才能弄来的水泥，竟然像变魔法弄出来的一样，无穷无尽，无休无止地往外运。

水泥厂机械运行非常正常，主体工程已经竣工，只剩下少许配套工程。承包、发包双方都很满意，徐宫、刘志按合同将工价上浮百分之八。大部分工人在建造砖厂，工人们由于过节都回去了，范勇、田鹏、程刚、欧阳在试机以后也都走了。由于要陪家人过节，黄、刘、徐三家将客人分了。专员、燕飞到刘志家。田夫人被徐宫叫去了。机械师殷荣到黄山家。按照当地习俗，当月亮从东山升起来的时候，要在当院见到月亮的地方摆上清水（供月仙洗脸净手）、茶以及各种干果、鲜果供月仙受用。刘志在外面为月仙摆上茶果，又在屋内为专员、燕飞安排好桌子。专员说："不必再麻烦，等月仙受用过了，咱们去吃，一边赏月，岂不更好。""说的也是，先敬神后敬人嘛。"约莫过了一两刻钟，刘志搬了几把椅子来到当院，沏上茶，敬上烟，斟满酒。专员看那一轮明月向大地洒下淡淡的清辉，便想起了一副对联，随口吟道："天上月圆，人间月半，月月月圆逢月半。呃，你三个，可能对出下联？对不出了喝酒！""喝几杯？""一个字一杯。""真的呀！""哪里还有假的。""今年年尾，明年年头，年年年尾接年头。对不对？喝十五杯！""我是唬你们的，根本就没想到我会喝嘛！""那不行，您当专员的都赖账，难怪社会上账那么难要，还是跟您学的，不喝不行！"专员拗不过，喝了九杯，燕飞替喝了六杯。"现在轮到我啦，听清：'望江楼，望江流。望江楼上望江流。望江楼千古，望江流千古。望江楼上望江流千古。'""某子东西疙里疙瘩，啰里啰唆。你们仨来，我不参加。""你想溜，想得美！""志儿，没耍白痴！爷爷岁数大了，小心把爷爷弄醉啦！"刘母一边叮嘱着刘志，一边端来月饼，岔开了话题。

送走了专员、田夫人后，每天又有些亲朋好友来访，这样过了几天，黄山、徐建便收拾行装，去看望董自珍和柳莲英。董姑娘随着工程的进展，指挥部驻扎在一个山区小县的深山老林里，住的帐篷。装载车、轧路机、大吊车、铺轨机吼叫着，打破了这山林亘古的静谧。施工人员丛丛簇簇，你喊我叫，施工材料这里一堆，那里一摞，乍看起来有些凌乱。黄山、徐建在指挥部一位技术员的引导下，找到了自珍，她正和阮总几位从装载车旁走过来。由于野外作业的缘故吧，人稍显黑了点儿，但却变得更加精神了。寒暄毕，阮总对自珍说："来客人啦，你先回去吧。下午就别来啦，陪陪客人。""阮总也去坐坐？""不客气啦，这深山老林的也没啥好吃的，在食堂上个伙吧。"自珍和技术员贝菁同住在一个帐篷内。徐建将花生、板栗、核桃、苹果、香蕉等干鲜果品交给自珍，自珍忙生炉子。"有熟的呢。"于是自珍就将花生、栗子、核桃、苹果等装上盘子，挤挤地放在一个小小的桌子上。时间不久，也便下工了。"啊，来客人啦！"贝菁抛下这句话，算是和黄山、徐建打过招呼。"快吃吧，他们捎来的。""那就不客气啦！"房子小，坐不下太多的人，自珍给邻近几个帐篷的人家送了些过去。吃了一会儿，黄山又从包内掏出烧鸡、牛肉，徐建去生炉子。"我来吧！""你吃吧，我来将这烧鸡热一热。""啊！我去买点儿馒头，再做点儿面条汤就可以啦。""我去买！""何必呢，上午我做东。"自珍将贝菁摁在小椅子上。

自珍将馒头买回来，徐建已将烧鸡热好，贝菁也将牛肉切碎调妥，一同端到桌子上来，在这深山野岭，这也算是一次难得的午餐。

下午，贝菁照常去上班，黄山借故到工地走走，帐篷内只剩下自珍、徐建二人。"我从国外回来，你难道一点儿都不知道？""知道。""那你为啥不去看我？""那其实很简单，因为只有蜜蜂飞向花儿，哪有花儿飞向蜜蜂！""换句话说就是：'世上只有藤缠树，哪有几多树缠藤'。""你真坏！""来，看我给你带回来了什么东西？"徐建从一个精致的旅行包内取出金项链、钻石戒指，无限深情地给自珍戴上，自珍含情脉脉地偎进徐建的怀里，徐建轻轻地抚摸着她那丝一般柔顺的秀发。

次日，黄山、徐建、自珍离开建设工地，驱车来到南槐市柳市长家，柳莲英攻读硕士的学业也已完成，正好在家，莲英见到黄山、徐建、自珍非常高兴。柳市长、田夫人也以上宾招待了黄山一行。夜间自珍和莲英同榻，自珍扳着莲英的肩膀说："英姐！你知道我们这次来的宗旨吗？""大概也能猜出个八九不离十。""说说看。""我的爸妈，在我的婚事上提出一个条件，就是要我能嫁一个博士，为了能满足这样的条件，黄山东挪西借凑来钱，自费出国攻读博士学位，凭着他的才能，取得博士证书，当属没有问题，你们此次前来，定是带着博士证书这个敲门砖敲门来了。我爸妈都身居政府要职，虽然口里不便说出，但心里总想着黄山是个农民，没有官职，脸面上有些过不去。我和黄山之间的暧昧关系，他们岂能看不出来，只是佯装不知而已。""那你个人的意见呢？""当然，我的想法是和父母有区别的。讲博士、讲官位，把这些东西牵扯到婚姻上，本身就是不对的。但他们长期生活实践形成的观念，要在短期内强求改变也是不可能的。换一句话讲，他们主观上也是为我好，我也不愿太伤他们的心，父母将我拉扯这么大也不容易，儿女的婚姻也应该取得父母的同意。一时想不通，可以慢慢做工作，也可以创造条件，使差距逐步缩小，最终达成和谐。不过，请你转告黄山，他这个人我是选定了，不管多长时间，我都等他，请他勤勉工作，创造业绩，不要以儿女私情为念。""黄山已经是博士啦，你让你爸给通融通融，安排一份工作嘛！""当然，这不是办不到，就是我爸不出头办，组织上也不会让一个博士闲着，只怕是黄山本人宁做鸡头，不做凤尾，即使是给一个局长、科长什么的，我想黄山也不肯离开他的事业而屈就。""唔！我知道了。英姐真是慧眼识真才！呃！那你爸妈的工作咋样做呢？""其实，我爸妈对此事也有彷徨之处，我给我妈说，让我妈给我爸说，慢慢来，不要着急。""黄山此次回来，给你带来了一些礼物，你是否可以接受？""咋不可以接受，我接受他的礼物又不是第一次，况且这样也可以起一定的促进作用。"时间老人不紧不慢地悄悄走过，天空中有几颗星星在闪烁，渐渐地莲英和自珍便沉沉睡去。

八月十九日，天气格外晴和，黄山、莲英、徐建、自珍双双到滨海公园游玩，在那婆娑的柳树下，黄山、莲英、徐建、自珍双双对对，相依相偎。黄山取出钻石戒指、金项链，莲英温柔地勾着头，伸出手，黄山非常拘谨地将项链戴在莲英的脖子上，当他拉起莲英的纤纤玉指时，他自己的手竟不由自主地有些颤抖，心也跳得厉害，连自己都明显地听得出来。莲英皓齿微露，一双杏眼深情地看着黄山。戴好戒指后，黄山、莲英的手紧紧地握在一起，顿时一股暖流传遍了他与她的全身。良久，当他俩抬起头来时，徐建、自珍已经站在他俩面前。莲英忙拉过自珍手指和她比戒指，她发现二人戒指仅是颜色不同，其余很难分出伯仲。

"妈！你看我这戒指。""啊！这是钻石的，几万吧，你哪儿弄来这昂贵的戒指？""朋友送的。""啊！还有这项链，看这成色，怕也上万吧！""妈！你看这，博士证书。""啊！你和哪位好上啦，是个什么样的人哪！""博士呗！就是年龄大点儿。""多大啦？""才四十多岁呗！""你咋不说才六十多岁，才七十多岁呢？我说英子，我和你爸就你一个宝贝女儿，指望着你养老送终呢！你找那四五十岁的汉子，我们老啦，他也老啦，我们身上这病那病，他身上这痛那痛，眉毛短点儿的说不定还死到我们前面呢！""我说妈呀！你也不算算，从小学读到博士，要多少年？再熬个什么官儿，头儿的，又得多少年。这四十多岁还是青云直上呢，没准还真的熬到五六十岁呢。""不兴不找那博士，官儿头儿的，只要人好就行。""这可是你说的，那我爸那一半呢？""只要你把这东西退了，你爸那一半我去说。""说话当真？""妈什么时候骗过你。""妈！我逗你耍子的。""啥？逗我耍子的，那他到底多大？""比我还小呢。""啥！比你还小？比你还小，能拿到这博士证书？""你仔细看看，这是真的。""唔！就是凤鸣岗那个黄白脸皮的小伙子，人倒是不错，挺精神的。只怕是这证书之下，其实难副。""妈！外国的鬼其实很难弄的。""这是大事，不得不防。""你不兴考考他？""你当我不敢！""嘿嘿！""你笑啥？啊！你是笑我考不了他，我考不了，我不兴请人考。""嘿嘿！丈母娘请人考女婿，挺有意思的。"柳莲英边说边跑了出去，身后留下一串银铃般的笑声。

过了中秋节以后，田间的庄稼便开始老枯，俗话说：过了"白露"庄稼便一天死一条根了，况且中秋节时"白露"已过去好几天了，"秋分"便在眼前。秋分一过，"寒露"时，气候寒凉的沟垴、阴坡便要下种了。梧桐村秋收秋播，特别是三秋工作以后的十里大堤和人造两千亩平原的工作安排会于八月二十一日在黄山家场院召开，各组除组长会计外，还另外通知三至五个骨干分子参加，检查人数后，黄山宣布开会。他说："今冬明春，我们要打一个大仗。从杨家滩到黄土堡要修两千亩人造小平原，要砌十里河边大堤。主干渠以及各家楼房基座，按徐宫绘制的蓝图办，水池边主干渠外也要修五分多地小池，为稻田养鱼的救命池，即在稻田种麦或空水期间鱼可进入池内保命。这些工作都要一并进行。待到水田修好，渣子、硬土块就不好处理了。开工时，先把活土堆积到第二块份地。下层填碎石、硬土块，上层活土，依次类推。此项工作先由徐建负责，各组组长、会计协助定出准高点。坡度较大的可以分成若干级。但每个级面积不得小于五十亩，要结合分田，不要到时不好分地，不好建房。房址的分配各组充分发扬民主，协商决定，有异议的由刘仁协调解决，不要闹出矛盾。大多数队房址占不完，可以先拣好地方占嘛。分地也要先划好，编成号，尽量协商，协商不成的可以抓阄，抓到几号是几号。地是份地，水田、旱地、山林，若要，就要一份，不要分得零零碎碎的。大抵到几号，主儿是谁，他自己会照应一些。这样既能把住质量，又能减轻干部负担。河堤分做石堤和土堤。石堤是外堤，土堤是内堤。石堤一定要起到河底。咱们这里河边淤沙不深，即使是深一点儿，也不要怕费工，不要给以后留些隐患。土层以下，一律用四牛子石头，土面上两层，也要用四牛子石头。石堤土面上不得低于一丈五尺。底基八尺宽，上底四尺，砌三道筋滚龙摆。石堤一律水泥坐浆。堤成后，外面插上柳枝。土堤为堆状堤，紧挨石堤，土堤堆成后，栽上柳笆条，并形成一丈来宽土路，农用机械能够运行。坚决按照规定尺寸办，不能偷工减料。偷工减料是自害自。架桥处，就修好桥墩，免得以后费事。各组间的泄洪沟要夯实底基，铺上石块，搪抹上水泥。沟壁也要用水泥坐浆修牢实。以沟中心为界，一组一半。沙子各组用各组的。先满足石堤用沙，先集体后私人。私人用沙也是以地号为界。这是大抵划分，不是说就是你的。有的地号沙可能不够，有的可能多得用不完，要互相周济，但要打招呼，不能哄抢，有争议的由干部协调。秋播，凤鸣岗四个组可能每户有三至五亩地不能种，余下的一定要种足种好。不说卖啦，吃的一定要弄足。在修十里长堤和造千亩平原期间，一切协调思想教育、宣传鼓动工作由刘志负责，欧阳一仙协助。徐宫抓好水泥厂和机砖厂两个厂子。现在刘志就这方面工作加以安排。"首先补充几点：凉水沟、江家村、田家湾、陈家烧锅、李家村四组仍然和杨家滩、章家岗、白家岗、黄土堡结成对子，集体工集体还，入户工私人还，凤鸣岗的工，将来按份地摊平，多工少工以钱扯平，不会白干。两个厂要保证正常运转，凉水沟四个组鱼塘、鱼鳖长势良好，也要加强喂养和管理，事情稠，要忙而不乱。人力不足，要合理搭配，要充分发挥辅助劳力作用，枯木朽株齐努力。本次修造人工平原，修建十里长堤仍然要坚持政治挂帅、思想领先的原则，要充分发挥人的主观能动性。本次思想工作主要抓好五讲五反。即讲艰苦创业，反对二流子；讲牺牲、讲奉献，反对斤斤计较；讲团结、讲谅解，反对无事生非，招惹事端；讲质量，讲认真，反对敷衍塞责；讲安全，讲文明，反事故，反粗野。这主要是指这次施工。另外该讲该反的还有，工程设宣传站，抽一播音员。欧阳一仙负责板报出版和稿件收集，凤鸣岗每组制作一幅镂空大幅标语，内容由宣传站供给。本次思想工作采用多表扬少批评，不挂牌子，不打棍子，不点名的办法，主要以自我教育为主，也不设临时指挥部什么的。村组干部各司其职，负起责任就行了。做思想工作的办法是干部只给你说一次，改了就算啦，不改让七老八十岁的老汉、老奶奶去给你做工作，满八小时算一个工，以钱支付，当场兑现。老汉、老奶奶晚上睡不着，有的是时间跟你泡蘑菇，一个人说不转，多派几个人去。人都有个脸，树都有个皮嘛！凉水沟来的人，路远的要安排好食宿。另外，秋粮的收储，冬小麦的播种要抓紧进行，不要到时工地上动工了，你田里活还没干完。现在村组干部、积极分子，要就修大堤修水田等事，多和乡亲们唠唠，将思想工作做在前面。"刘志讲完后，有些组长、会计就一些具体问题做了询问或是发表了自己的意见，也就散会了。

　　"今早你走后，有一个挺漂亮的小伙子来我们家问了一些你的情况。"刘母对刘志说。"他没说他是哪里的？没准是个女的吧？""他说他是从很远的地方来的。我也看他细皮嫩肉的。呃！他那脸皮儿薄得呀，弹一指头都会渗出水儿来。""呃！没准是她，你咋不留她在这玩儿呢？""哎！你这孩子，他一个过路人，口渴了，来讨一杯茶喝，人家顺便问一问就走啦。你知道他要来，早晨咋不给妈说呢？""我咋知道她要来嘛，我也是估摸的。""就是嘛，你咋能怪我呢？""哥！上午咱们开会的时候，有一个人跟妈说得差不多，跟黄山打过招呼，说是一个什么记者的，开会时勾着头，一直记东西，一散会又勾着头，匆匆地走啦。""嗨！咋搞这事，哦！要是她，她肯定还要到另外几个地方去。"刘志没头没脑地说完这些，自顾自地匆匆走了。刘志来到砖厂，厂长白福民说是有那么一个人早饭后来的，问了一些情况后走了；刘志来到水泥厂，杨文斌告诉他，是有那么一个人，大约九点光景来过，还特别询问了你的股份；刘志来到灵芝餐馆，江虎告诉他，是有那么一个人，到这附近转了转。还和几位村民谈了些什么，晌午在这里吃了顿饭就走了。天色渐渐暗下来，刘志垂头丧气地回到家里，胡乱地扒了点儿饭吃，就和衣躺下了，一整夜他辗转反侧，难以成寐。东方刚刚现出鱼肚白，刘志就急忙翻身起来，洗了把脸，驱车往鹰愁涧渔场奔去。天气尚早，何清还在酣睡，刘志费了好大的劲，才将他喊醒，他披衣趿鞋，嘴里絮絮叨叨地开了门，将刘志让进了小棚房里。刘志问他昨天是否有一个外地小伙子来过，他尚睡意蒙眬地说："好像是有那么一个来过，打扮的是男的，说话像女的，到工地看了看，到塘边转了转，问了一些鱼塘、电站房屋的所有权问题。天色晚了的时候，就不见啦。""你最后见到他的时候，能记得是什么时间吗？""已经暮色朦胧啦。他不可能走，可能就在哪一家歇。"养鱼户，早晨并不需要起得太早，那刘志便像那啼晨的鸡，一家家地将人吵醒，最后在夏彩花处得知，有一个年轻女子昨夜在此歇息，不过天一亮就走啦，说是要去赶什么车。刘志搔搔头，自认晦气。他知道，是他来时，她走的。刘志没再说什么，伴着东方的一抹猩红，急急地向国道赶去。在离国道一百来米远的时候，他看见一辆大轿车停在那里，一个熟悉的身影，闪进了车里，不一会儿，那辆大轿车便开走了。

第十七回　办企业初见成效
　　　　造平原首战告捷

　　过了霜降，天气变得寒凉起来，草木开始黄枯，清早起来，草木和庄稼的秸秆上附着一层薄薄的霜，地里的活计渐渐地稀少起来，一日吃过夜饭，刘志到白福民家串门儿。"地里的活都咋样啦？""越冬作物基本清啦，就是红薯，有些家还有些尾。""柿子旋了没有？花生晒了没有？桐籽是不是都捡拾干净了？最近几天，天气很好，该晒的抓紧晒，该收的赶紧收，挨家挨户的分头催催。白青强家里孩子有病，收种咱是咋安排的？""一家最少帮一个工，多者自愿，他家清啦。找了个亲戚招呼门儿，夫妻俩带着孩子又去住院啦。""没听听修河堤，造水田等事，大家伙儿都有些啥看法？""大伙儿兴致蛮高哩！都说照这样干，干一样成一样，谁不愿意干。这是领着我们奔富路嘛！早要这样干就好啦！""份地分配，你心里可有个底？""大多数人家都来唠了唠，一家基本是要一份，地也够种啦，庄基场面也宽敞，大家都说，该想的村上都替我们想到啦。甚至比我们想得还周全呢。有的人还说，做梦都没想到还能这样呢。""那可是要出大力，流大汗，掉身膘，蜕层皮呀！""不怕！只要干得有盼头，苦点儿累点儿没什么。""矛盾总是存在的，只看是大是小，要及时掌握，解决在萌芽状态。"从白富民家出来，刘志又到白梦文家，"你家梦文没说今冬明春修地、修河堤他是咋安排的？""哦！娃他爸说啦。平时我去做，他星期天回来帮忙，到弄石头的时候，他雇一个人干一个月。""啊！如是更好。""啊！刘家兄弟，到里屋坐喝茶。""不啦！我到别处转转。"

　　从九月二十三开始，徐建就和黄土堡组长黄天祥，会计黄天应，章家岗组长章守财，会计章守国就交叉地块问题，进行协调，定出泄洪沟址，然后根据黄土堡相应地势起伏较大的特点划分成四大块地，头两块各七十亩（第一块留二十亩，村上修，备用），其余两块各五十亩，合计二百四十余亩，再定出各块地的准高点，各条摆基深度。四块地的最大落差为五尺左右。章家岗、白家岗地势比较平缓，每组修成两大块。章家岗一块二百亩，一块二百四十亩；白家岗两块各为二百四十亩；杨家滩修成三大块，分别为一百六十亩、一百二十亩、八十亩；总共为两千一百来亩。

也是在九月二十三日，刘志、欧阳从杨家滩开始就标语牌和劳力问题进行落实，杨家滩的活动单字标语牌是：千年基业，马虎不得。白家岗的标语牌是：幸福的生活要靠我们的辛勤劳动来创造。章家岗的标语牌是：山水林田路综合治理，农林牧副渔五业俱兴。黄土堡的标语牌是：干部带了头，村民有劲头。看了黄土堡的标语牌，刘志说："好！好！很有启发。我也想了两条，我没拿笔，欧阳你给记下。全村老少总动员，枯木朽株齐努力，干不了重的干轻的。干部要干在前头，不要转在田头，嘴上说的就是实际做的。榜样应该就是干部自己。"当徐建测标到章家岗、白家岗时，刘志、欧阳也参加进来，就桥墩、接桥的南北走向的公路占地、用工情况做了协调，协调结果是公路占地由章家岗、白家岗均摊。不扯黄土堡和杨家滩，因为他们两组土地相应少点。桥墩、修路工四组均摊，除去河堤本份工，多出工，章家岗、白家岗各占三分之一，黄土堡、杨家滩各占六分之一，因为公路在哪里，哪里毕竟方便些。公路沿两组泄洪渠铺设。白家岗制作一副板制活动板报专栏架，章家岗修造一间棚式广播宣传室。在农历九月三十日前，黄山、刘仁也将河堤标测工作进行完毕。各组抽来的民工也将河水都撇到了南边，每组一个的大喇叭都已架设起来。当雄鸡叫过三遍的时候，嘹亮的号声便在各组的喇叭里响起，各家的主妇便起来做饭，在淡淡的晨曦中，家家的烟囱里便升起了丝丝缕缕的炊烟。"今天各组起河堤的根基。每个村民都带上叉锄、铁锨，各户先起各户份地的。并要准备好水泵，河床里的石头一个也不准动，不许哄抢石头。现在播放劳动时间，早晨七点上工，中午十一点半收工。下午两点上工，六点收工。现在播放劳动纪律，一、一切行动听指挥，按质按量完成劳动任务。二、按时作息，不迟到不早退。三、动用机械、电器要得到值班干部许可。四、注意安全，防止一切不安全事故发生。五、举止稳重，语言文明。六、不吸烟，不饮酒。"

六点半上工的号音响了起来，各家各户便响起了关门、上锁，铁器农具碰

143

撞的声音，田间小路上便出现了三三两两的村民，这三三两两的人从四面八方汇集拢来，便在河岸边形成了一条长蛇阵。这胖瘦不一、高矮不齐、年龄各异的队伍，在各自的份地边坐下，站着，或是察看走动，烟瘾大点儿的便朝四周瞟一眼，蹴在那不起眼处，点燃卷得粗粗的旱烟卷，贪婪地一阵猛吸，美美地咳嗽几声，好像浑身上下都攒足了劲，狠狠地向掌心吐几口唾沫，便开始挖河堤的底基。这时各组组长、会计在清点人数，村上由黄山值班，每班七天。所谓值班，也是在自家份地上干活，哪里有问题啦，哪里人来找。刘志、刘仁、徐建都在各自的份地上干活，整个工地上除了欧阳一仙和播音员章士莲在办板报外，看不到一个指挥人员。这时章家岗会计章守国匆匆地赶来。"有么子事啦？""章自保家里今天没一个人来上工。"会计说完就匆匆地走了。"我就来。"黄山用粉笔在小黑板上写上"有事到章家岗来找"几个字，将小黑板挂在栽在沙滩上的木桩上后去找刘志。"你家劳力多，你爸也年轻。""说得怪话，爸年轻就该做？""志儿，你就去走走，我们做得过来。""不要着急，做做歇歇，我去去就来。"黄山和刘志径直来到章自保家的份地边。这时只见章自保的老婆江淑英扛着铁锹叉锄，领着女儿桂花哭哭啼啼地走来。"章大嫂有何想不开？"黄山说。"两颗珍珠挂香腮。"刘志接住下句。江淑英跺了一下脚，强忍着没有哭出声来，扭过脸去，放下铁锹，抡起镢头怄气地向那个沙石挖去，黄山向刘志努努嘴挤挤眼，刘志会意地走了，他便抄起铁锹铲那挖松了的土沙，这样干了约莫十几分钟，江淑英终于回过头来说："咋好意思叫你做，自己家里也忙得啥样的，我慢慢做。""自保哥咋没来，是不是病啦？""风吹不着，雨淋不着，咋会病呢！""那是不是你们吵架啦？""要是能吵得起来才好呢。他就是那杀无血、刮无皮的货，一辈子解不了二寸板。""男的不干就不干，干起来总比女的强些嘛！""你去问问组上男的女的，老的少的，地里的活，家里的活，他都干了多少？""他除了懒，其他的还有些啥缺点？""好吃跟懒做是孪生姊妹嘛，懒人一般都好吃。""那还不是你娇惯的，你不做他拿啥吃？""我娇惯的？说了你也不信，转过背，灶里就冒烟。""桂花今天咋没去上学？""学校里面要勤工俭学钱，家里没有，她就不去。""那能要多少钱，给！这几个钱，你先拿去用。"黄山从裤子口袋内摸出几张拾元的票子递过去。"咋能要你的钱，我们家里你也知道，也不知道啥时间能还上。""啥时间有啦，啥时间还嘛，还不还都没啥，这几个小钱。""给，拿去，把人都吵熟了。""啊！有钱啰！可以上学啰！"桂花蹦蹦跳跳地朝小学校跑去。这时白福民跑来道："白青强份地上一个人也没有。""他那个卖出去。""咋卖法？""三个方量一个工，照账算。""钱谁掏？""钱不熬煎。谁念了经，少不了经钱。"白福民讨了个主意，自顾去了。"你们家里这样下去，也不是个事儿，得生个法子。""我有啥法子？打也不怕，骂也不怕。""你还挺凶呢，还敢打男人。""谁叫他懒呢。"说着江淑英扑哧笑出声来。"我们跟他演演戏。""演啥戏？"黄山如是这般地说出一番话来。

刘志带着微型摄像机来到章自保家。章自保正将几个煮熟的鸡蛋敲去壳儿，切成瓣儿，盛在碟子里，又在罐内掏出些腌菜，凑成两个盘儿，一边做一边嘴里胡乱地说着："哎！没有好的，孬的也将就。"侍弄好了菜，他又从橱柜内掏弄出半瓶酒，拿来酒壶、酒盅、筷子，便自斟自饮起来。他架起二郎腿，一盅酒下肚，咂一咂嘴："花间一壶酒，独酌无相亲。"章自保喝了一二两酒，碟子也空了，脸上泛起一阵红晕，他便半躺在床上，嘴里胡乱地唱道："一呀爱子姐，好呀人才，十人那个见了九人呀爱。二呀爱子姐，好呀头发，一把那个辫子屁股上搭……"唱着唱着酒劲儿涌了上来，便迷迷糊糊地睡去了。即使是在梦中，他也不会想到，他的这些做态已被人装进了镜头。

一天劳动下来，江淑英拖着疲惫不堪的身子回来，口中焦渴，肚内饥饿。摇摇壶，壶是空的；看看锅，锅是冷的。便气不打一处来，一边吩咐桂花去扯菜，一边拿着弯刀来砍柴，嘴里不三不四地骂着。章自保听着不是滋味，便悻悻地踱出门来，不期正与黄山、刘仁、余医生等人相遇，便急忙将黄山一行迎进屋来。"淑英，上茶！"江淑英嘴里仍在絮絮叨叨，但还是将茶沏了上来，但只有三个杯子。"哎！嫂子，给自保哥也拿个杯子来，他有病嘛！"黄山故意向着厨屋喊，自保感到很尴尬，自我解嘲地说："你不给我拿，我自己该不会拿，有道是好男不跟孬女斗，我岂能跟你戴巾帼的一般见识。""自保哥，你看工程日见紧迫，活计也渐见繁重，工地上怕是嫂子一人去也不行，将来缺工尚要掏钱，不掏钱分地分宅基也不好说。就说是掏钱吧，钱还不是要出力去挣。再说工程上活计忙，也没时间去挣钱，你出了工也算是挣钱了嘛。""我有病嘛，没病蹲在屋里受这窝囊气！""我们也知道你有病，所以让余医生来给你看看，病

145

在身上总不是件好事。"黄山说了这一段话后，余医生递过温度计给自保："来，量量体温。"自保接过温度计夹在腋窝里。过了一会儿取了出来，余医生拿在手上甩一甩："啊，不冷也不烧嘛。""不冷、不烧就没病呀！""我知道，我知道。你的病在心里，来！我再给你检查检查内脏。啊，病得深呢，我给你开服单子，先吃吃看。"刘仁、江淑英凑过来看余医生开方子：

腌菜五叶，鸡蛋四瓣，老酒三两，筷子两只，酒盅一个，懒虫一条。

"哈哈哈！哈哈哈！好方剂，吃了保准奏效。"众人一边大笑着，一边走出屋来，以至于走出很远了，还能听到朗朗的笑声。"我跟你离婚，我跟你图个啥？没吃没穿，挣死累活还这样丢人现眼！"哇的一声淑英大哭起来，一头向自保撞去，将章自保撞了个趔趄，折转身，到厨房内弄熄了火，拉着桂花，一路哭哭啼啼地过了黑龙河回娘家去了。

"我说保子呀，咋又跟媳妇闹仗啦，哎！你看人家淑英，江家村内数一数二的姑娘，原以为你是个高中生，一定能熬出个人模狗样来，谁知你一懒二馋，一点儿也不争气，人家跟你图个啥哟。万一人家较起劲来，跟你蹬了，害怕你哭都没眼泪吧！"江淑英前脚走，堂伯章义芳便拄着拐杖走了进来。啰啰唆唆地说个没完。"够了！够了！烦死人啦！"

"保子哥不好啦！那刘志不知什么时候，摄了你的片子，正在那里试映呢。"章义芳骂骂咧咧地刚出门，自保的堂弟自立又匆匆忙忙地奔了进来。"啊！你说啥？"自立便拉了自保磕磕绊绊地奔刘志处来，好在人并不多，只有平时懒懒散散的几个汉子，看了一会儿，那些懒散人员似乎悟出了点儿什么，便不时一个地溜道了。"嗨！差不多，明天休息时，可以在工地上放映了！""啊！他说啥！这叫他臊的，我还能活下去吗？""自保哥！光棍不吃眼前亏，你还是到黄山那里求个情，让他给刘志说说，要是片子真的放了，我看你脸往哪儿搁！""嗨！咋搞成这事！""你太麻痹了，太麻痹了呀！"

自保哭丧着脸，给黄山好话说了半箩筐。"人家的机子，片子放映了，人家能挣文艺费。你叫人家不放映，钱咋办？你出多少？""黄山兄弟，你知道，我哪里有什么钱哪！孩子上学都没钱。""那拿脸白搪怕是不行吧？再一个，我家里也有任务也要做，去给你说那没油没盐的事那不要时间？""好兄弟，你给我办事，我给你干活。""你不管我耽误多长时间，你给我干一天。行啦，就这样做，不行了拉倒！""行呀！行呀！只要兄弟能帮这个忙，干一天就干一天呗！""明天早晨来早点儿。"

第二天，自保早早地起来做饭，鸡鸭在圈内吵闹，猪在槽头催食，他手忙脚乱地干着这些平时不沾边的活计，显得有些狼狈不堪。他焦头烂额地干完这些，催工号已是吹了三遍了，他赶忙拿了叉锄铲锹，给门上了锁，磕磕绊绊地向工地奔来。

"哎呀，我说自保哥呀！今天的活你就别给我干啦！刘志那里藤藤蔓蔓的，事情难办哪！""咋样难办？""那片子是刘仁的，那机子是徐宫、徐建的，我给刘志说了，刘志的口气倒是有些松动，把刘仁、徐宫、徐建召来，他仨硬是不买账，这不是明摆着的事嘛，他们是想敲你的竹杠。不过也难怪人家，人家弄了那劳什子，不弄三个两个子儿的，人家图个啥呀！"自保搔搔后脑勺，他并不笨，只好自认晦气。"好兄弟，你再去给说说，我也让让步，他们也让让步，都是乡里乡亲的，大家抬抬手，我就过去了。""那我晚上再去给说说，还不知道人家咋想的。"

自保处于无奈，硬着头皮，又分别给刘志、徐宫家各干了两天活，俗话说："三天扁担，四天脚。"开始两天自保身上很不舒服，胳膊肿胀，腿脚疼痛，可三天下来只是感到身上僵僵的，晚上睡得也很沉稳，也不择食啦，以前失眠的毛病，竟奇迹般地消失了，身体上似乎比以前多了一些力气，他猛然想到义芳伯骂他的话：睡不着，没累得，吃不下，没饿得。他尴尬地笑一笑，自己感到一阵羞涩。

"下午你就不来啦，饶你半天活，去把你媳妇叫回来。"徐宫说。"哎呀！我也不在乎你那半天活的人情！""咋！给我干了半天活，心怀不满，我这可是你托人来商量的。""我倒不是那个意思，我承你那半个工的人情划不着。倒不如我给你做够，图个硬正，省得给人留个话把儿。"

下午，自保到底在徐宫的催促下，早早地离开了工地。回家洗个澡，换了身干净衣服，乘天还没有黑定，过了黑龙河向老丈人家走去。老丈人家正在吃饭，见自保来，淑英马上拉下脸来，拉着桂花，离开饭桌，回到小房间里去了。老丈人也不搭理。丈母娘看不过眼，加了一双筷子，去厨屋里盛了碗饭，招呼自保坐下吃。饭后闲话了一会儿，自保就蹭到丈人跟前来，毕恭毕敬地递了支烟，掏出打火机给丈人点着，说明他想接淑英回去的来意。"你们的事情你们做主。这话让我咋说呢？我说让淑英回去，她个女孩儿家，里里外外她一人撑着，也不是个法子。我说不让她回去，还说我挑唆女儿离婚。你来得正好，你们当面鼓对面锣，将话说清楚。过，也要说个怎样过法。散，也不要闹得满乡风雨。孩子也都那么大了，要给孩子留个好样儿。"自保耷拉着脑袋，从袋内掏了支烟，只顾点着闷抽，一支烟抽完，他只好磨磨蹭蹭地来到淑英卧室："哎！我说桂花娘，生气是生气，事情还要当事情办，现在工地上正拉弓上弦，家里那一摊子没个人料理也不行，我以前有什么不对，你只管批评……""批评！批评什么？打都不行，像你那没脸没皮的，熬膏药都不黏。反正你好也好，孬也好，我跟你不染。"那自保又没辙啦。又掏一支烟抽着，他坐在那里，心里好像有无数的蚂蚁在爬动，耳边好像有无数蜜蜂在嗡嘤，他的一切思维好像都凝滞了，在这凝滞中，他的自尊心在慢慢复苏，不知过了多久，他的人格又使他回到现实中来，他愤懑地站起身，冷漠地看了江淑英一眼，就像是看一个从来没见过面的陌生人一样。"好吧！我章自保不拖累你，你去找你的意中人吧，什么时候需要办离婚手续，我签字就是啦！"说完头也不回地向门槛跨去。他还没有走出大门，这边淑英便捶胸顿足地大哭起来。

且不说那淑英号啕大哭，只说那章自保跨出门槛，与刘志正撞个满怀，刘志连推带搡地又将自保弄到淑英跟前，"一日夫妻百日恩，百日夫妻不离分，已经很晚啦，把桂花引着一块回去，明天还要上工地干活。我给你们弄了个一千元的小额贷款，最近几天去买台豆浆机，一天做两块豆腐，赚个一二十块钱，我想不成问题。咱们淑英嫂子，当个豆腐西施不用打扮，保证生意红红火火。至于自保哥，不是我当面说你，就是有些懒。你正值盛年，正是建家立业的时候，确实应该将毛病改掉。"说完对自保做个鬼脸径自去了。人也跟其他动物一样，一物降一物。刘志这短短几句话便化干戈为玉帛。

又是一个日出的时候，黄山、刘志、徐宫、徐建、刘仁一行五人早早地来到自保的号地边，他那工程已是落下了一大截，不一会儿，自保也扛着家什来了，见黄山几人已在自己的号地上干得风风火火，大为惊讶。"你们都忙的啥样的，哪能让你们给我干活？""还你的工嘛，不然还说我们敲你的竹杠呢！"自保似乎悟出了点儿什么，他嗫嚅着，但终于没有说出什么话来，愣怔了片刻，忙丢下手中活计，撒丫子向家里跑去。

中午下工的时候，自保左遮右拦，一定要让黄山五人到他家吃顿便饭，刘志四人不去。"去看看也好嘛！"黄山说，于是一行人说说笑笑来到了自保家，淑英正在厨下忙活，砂锅内炖着鸡，锅台上摆满了碟子碗，刘志一个一个揭开看看，用筷子夹了点儿尝尝，虽都是青菜豆腐什么的，但却做得有色有味。他再看看淑英，虽已徐娘半老，但却不减当年风韵，心里想道：真正是一朵鲜花插在了牛粪上，这花偏在粪堆上开得姹紫嫣红，粪肥嘛，特别是牛粪。心里这样想着，便禁不住地想笑，偏偏嘴里嚼着口菜，忙扭过脸，吐在地上。从厨屋出来，黄山一行便往外走，淑英忙出来拦挡。"鸡鸭鱼肉我们吃得多了，你们家难得吃上一回，特别是自保哥这几天很劳累。心意我们领了，饭我们还是回去吃。"黄山将淑英往回挡。"桂花娘将唯一的一只生蛋鸡杀了，又去赊了两瓶酒，你们就这样的不肯赏脸……"自保说着竟眼泪汪汪的。"饭还是要吃的。等你将豆浆机买回来，我第一个来吃开锅豆腐。"刘志说着向自保摆摆手。

　　中午吃饭的时候，杨家滩、白家岗几组来请示：大多数户挖到预定深度，基本已见石底，有的还不见痕迹，下来活咋干。黄山和刘志商量了一下说："余下的活，三方沙计一个工，再深者下水泥钢筋墩柱，上架水泥板，工在最后决算时扯平。"临走，白福民说："白梦武家份地上至今还没有动一寸土，咋办？""给他家通知到了没有？""咋没通知到？开会他家不来人。每次会后我都亲自去说，刘志兄弟也去做了几次工作，去年到凉水沟协助，他家也是一个工没出，都还欠账着哩！还是想用大乡长的面子往过搪塞。""话要三令五申，事要做到仁至义尽。万一他家不出工，就不给分水地，不给分宅基地，工也不让他补。将来修旱地，他再不出工，就只给分坡地。""那以次类推，最后不是被开除村籍了。""乡长走哪，把家属带哪呗！""给他发最后通牒。要啦，马上上劳，不要影响工程进展；不要啦，要他给写个字据，日后不要反悔。"白福民回去后，马上把这话告诉给梦武媳妇。梦武媳妇想到事关重大，马上收拾了一下，就到乡上去找白梦武。正好梦武这天没下乡。"我说梦武哇！修河堤的事，你要早拿个主意呀，不然人家不给分水地，不给宅基呢！""你回去时捎个条子，让他们把工免了嘛！我哪儿有时间回去做那活？""不要再做那丢人现眼的事啦。你没看咱们村上，谁买你的账？个个对咱们脸红脖子粗的。"梦武不言语，半晌又说："那就不要那地算啦。""那宅基呢，宅基不要总不行吧？再说这人咱也丢不起呀!""干脆咱不要农村户口算啦!""多的不要,一份地也不要,我看怕是不行吧,自己地里产的,吃着不算账,要拿钱一点儿一点儿去买,我怕你也养活不起。再说将来孩子成器还好说,万一没有工作那喝西北风去呀!"梦武掏出一支烟,在桌子上蹾一蹾,叼在嘴里。他在恼火,他在思索,他要想出一个既不出工,又能挽回面子的万全之策,但他的脑子乱成一团麻,理不出一点儿头绪来。

十月七日,梦武想来想去,还是决定亲自会一会黄山。华灯初上的时候,他来到黄山处,寒暄毕,梦武说:"修筑十里长堤,光本村劳力我怕不够用,是否可以组织全乡动工?"黄山已是知道他葫芦里装的什么药,笑一笑说道:"劳力多过分拥挤,质量也难保障,你不见多少大会战工程,一年修,二年垮,三年组织劳力又上马。我们自己给自己干,修一点儿,成一点儿,即使少一点儿,慢一些,但我们心里踏实,我想我们奋战一冬春,是可以拿下来的。当然,我们不拒绝支援,也不是一点儿都不援助外村,我们的观点是自己能啃动的,还是自己啃为好。"梦武见话不投机,知道再说也是徒劳。便知趣地改变了话题:"我家的情况,你是知道的,我回来修,那是不现实的,我们家里又是个病秧子,你给我参谋参谋。""你家的情况和梦文家差不多,人家梦文家里就安排得很好。你没算算账,十几亩水地和宅基五六万块钱,有人要吧,你就是请一个人给你干,也不过两三千块钱,顶多五六千块工钱吧,即使达到这个数,也是十分之一嘛。"说完黄山冲梦武笑笑。梦武搔搔后脑勺,低头想了一会儿才说:"那下来咋办呢?""我们干八天,休息两天,今天是第七天,后三天内,你找几个人,把工程赶上就行啦,这事刘志具体负责,你找他办。"梦武从黄山家出来去找刘志,黄山把他送出门。

石堤底基起成之后,黄山、刘志商议后,又召集凤鸣岗各组长会议,对第二期工程进行了安排,将劳力分成两部分,一部分以户为单位备料。准备小石头和淘沙子,在淘沙子和小石头的过程中,拣出大石头,由刘仁负责。每组租赁一台推土机,配备两名男劳力协助放炮,炸松坚硬土层和石埂为第二部分,由徐建具体联系负责。各组筹集四万元资金,购买四台自动卸料的农用车,由刘志负责资金筹集和车辆的购买。散会后,黄山对刘志说:"这里将你安排得松一点儿,让你腾出手来,鹰愁涧那里,你还要去关照关照。"刘志点点头,冲黄山一笑。

第十八回　慕容芳核实新闻稿
钟省长开刀腐败官

　　省政府办公大楼省长办公室内，省长钟自祥正在批阅文件，当他看到南柯县因大桥坍塌死亡四十多人，伤数十人时，忧心忡忡地在室内踱步。这时秘书进来，说南柯县双庙乡村民集体上访，主要内容是：全乡年年修地不见地，每次借修地之名，乱罚款乱摊派，村组干部带人免工，乡村干部借机大吃大喝等。"人家都说'报喜不报忧'，你们怎么报忧不报喜？""这里有梧桐村修十里长堤，人造两千亩双千小平原的报道，请省长过目。"省长从秘书手中接过本省日报，只见《十里大堤基深堤固，双千平原名副其实》的醒目标题映入眼帘，省长看了十几分钟，往上抬抬眼镜的时候，猛然看见秘书还站在那里，"啊！你还没走，没走坐嘛，站着干吗？""省长都没坐，我哪能先坐？""那就都坐吧，站客难打发呀！你还有什么事吗？""那上访群众还等着你的答复呢！""这个你把大体情况记一下，告诉他们情况组织知道啦，回去好好营生，不要再跑啦。像这种情况，也不是一乡一村，请你转告他们，组织相信他们，他们也应相信组织会纠正这些不正之风。啊！这篇文章的作者是……""那上面不是写着的嘛，《中华日报》慕容芳。""啊！可不是，想起来啦，想起来啦，就是那个身材颀长，戴金丝眼镜的，麻烦你给挂个电话，看她在不在？如果在，让她马上来。"

　　半个钟头后，一声清脆的报告，把省长从沉思中惊醒。"啊！丫头片子来得还怪快的嘛！""省长大人传呼，岂敢怠慢！""啊！嘴还怪损人的嘛！在你们小孩子面前当然是大人，快喊爷爷。"慕容芳冲省长笑笑："不知省长传呼，有何见教？""这篇文章是你写的吗？""那不是明知故问吗？""你这篇文章中可有言辞不实之处？""我该说的都写在纸上啦，你既然不信，何不下去，亲自看看?""只怕是下去看看,你就露馅啦。""只怕是显贵人惜命,不敢接触群众!""好!叫你来,还有另一个任务。南柯县双河乡群众集体上访,你带几个人下去查一下,我也下去把你的报道核一下。"慕容芳扑哧一笑。"你笑什么?""我笑黄雀之后岂无人乎?""我若贪赃枉法自有国法惩处。""我若言辞不实,随你发落!""看样子,你还是个铁匠,有空啦,来打几锤,给爷爷解闷儿。"拌嘴终归拌嘴,省长对这个初生牛犊还颇喜爱,特别是她的那个冲劲,另有一番风味。其实职务的高低,只是社会分工的不同,人与人本应是平等的,有些人当了官,偏要凌驾于普通人之上,而偏偏有些普通人又以逢迎达显以逞其能,往往使得多少事,事倍功半,这往往使多少真正想办点事的人,陷于麻团。哎!什么时候人与人的关系,才能归于自然呢。

俗话说:十月有个小阳春。一天,天气晴和,钟省长轻装便服带着司机、秘书、警卫各一名到凤鸣岗去,离开国道,省长一行四人便徒步行走,一路上,他们见到有几处农民在修梯田。妇女、老人从河里背起碗大的石头,有一步没一步地向山腰走去,省长带着秘书,来到这行列里,秘书从一位老人肩上接过石头,放在自己肩上:"老人家,你今年多大岁数了?""六十八啦。""那么大岁数啦,还来修地?你家里就没有强壮劳力了吗?""儿子出外打工,也挣不了几个钱。媳妇有吃奶孩子,老伴有病躺在床上,我不来谁来?""修地也是好事嘛!""修地本身当然是好事,可这就不是修地的地方,这碗口大的石头能砌摆?那三尺宽的一窑,能种几行庄稼?那石缝土坎内尽钻老鼠,遍生杂草,即使摆不垮,哪来的收成……"后面跟上来一个青年汉子,瞪了老汉一眼。老汉停了一下,接着又说:"这些话不能说,犯忌着哩……"省长和秘书在山上看了一会儿便走下山来,沿途也有几处,做得相对好一点儿,但都不尽如人意。到了黄土堡,只见一台推土机,四辆农用车,许多带斗架子车,都在往已经大体平整的一块约莫四五十亩的地块上推熟土,工地上机械吼叫着,人们呼喊着,干得热火朝天。推架子车的小媳妇大姑娘,有的甚至穿着短袖,省长被这劳动的场面感动了:"走!我们也去干一阵子,我们两人一辆车子,正好两班。""省长,你年纪大了,身体又不好,要干,我们仁去。"秘书连忙拦挡。"怎么了?你小觑我,咱俩比赛。"说话时,省长已从一个姑娘手上接过一辆架子车。"还是我来推,你当副手。"省长没再争执,他和那个姑娘在两边扶住车斗推。

"怎么没见小伙子，小伙子呢，也都去打工了吗？""不！我们这里没有什么打工的，打工的都回来啦。"姑娘指了指厂、场和河滩。自离开机关以来，省长一直阴沉着脸，现在他笑了，并且笑得很开心。从黄土堡下来，到白家岗、章家岗、杨家滩。省长还看了砖厂和水泥厂。在黑龙河边，省长看一个履带式吊车吊石头。那是一个小铁杠上有五六个铁钩，铁杠两头用铁链拴着，吊车的大钩下来时，先钩住铁链，再调整高低，然后再把套着石头的铁丝落子，挂在铁杠上的小钩上，这样五六块大石头便被滴里嘟噜地吊上石堤。混凝土搅拌机正呼呼噜噜地搅拌，运载泥浆手推车，正将泥浆一车车运到堤边。小伙子们吆吆喝喝地在抬大石头。一抬到就放在堤边，连忙抓起从摆上扔下的铁丝落子走了。"一共四个组，每组一台推土机，一台大吊车，两台混凝土搅拌机，四辆农用车。""不愧是侦察兵出身，看过的东西过目不忘。""走！咱们找那个小伙子聊聊。"省长来到黄山跟前："小伙子！干得不错嘛！"黄山正在套石头，见有人说话，忙扭过头来，见是一个双鬓斑白的老头，觉着有些面熟，又想不起来在哪里见过："有什么事吗？""歇口气嘛，我们是报社的，想问你几件事情。""好嘛！请问。""这些机械一天得多少开销？""那些小家伙是我们自己的，每天只消耗些油钱，那大家伙中几台旧的，是我们买的废品，回来重新修理、装配的，那些比较新的是我们租赁的，每天得三四千块钱往出掏吧！""钱从哪里来？""地造成以后，实行份地制，每份地收一千元，这样就能应付三四十天，修不起啦，只好再借点儿、贷点儿嘛，走一步看一步。"黄山说完笑了一笑。"总还有些没劳力的，或者有些意外事故的，咋办？""蛇有蛇路，鳖有鳖路，各家有各家的难处，但各家也有各家的办法。至于意外事故，超越了正常的承载能力，水泥厂有上面给的五十万，作为公益股份，其按股分得的红利可以用来救助这些人。掏腰包式的个人救助，其精神当然可嘉，但不具备规模，资金也不稳定，效果也不理想。""嗯！你说得很对，有眼光，好好干，小伙子，打扰了，再见！"省长拍了拍黄山的肩膀，笑嘻嘻地离开了。"你怎么知道那小伙子是头儿？"秘书问省长。"在那工程邋里邋遢的地方，干鞋净袜，转来转去的是头儿。在工程漂漂亮亮的地方，工程最紧张的场所，不时有人和他说话的就是干部。""那小伙子从说话上看有一定的水平。""能没水平吗？英国剑桥大学的博士生。""唔，原来是这样。""他手下还有两个硕士生呢。""啊！还真

153

没看出，这还是个藏龙卧虎之地。""要都像他们这样干就好了。看来我要输在一个黄毛丫头的手里。""看来，咱们这里又要被登在报纸上了。"章义才对黄山说。"我看不是这样，你看他像记者吗？我看他似乎有点儿像省长。""唔！你是说省长微服私访来了？"一句无意说出的话，说的人说过后，便忘得一干二净，但听的人却铭记在心，这又引出另一个故事来。

省长还想到双河乡石门村去看一下，他这次下来，很有感触，真是百闻不如一见。干部光坐在机关听汇报不行，大车小车一溜串提前打招呼做准备的调查了解也不行。战争年代每布置一次战斗，一个山头，一条壕沟，一座碉堡，他都要反复核查清楚。稍有疏漏就要付出血的代价。现在虽然是和平年代，但情况掌握得不准，数字不实，决策层的决策就有可能偏离正确的轨道，造成决策的失误，在群众中造成不良的影响。这些失误这些影响虽从一时一事来看，似乎并不妨碍大局，但是它正像堤上蚁穴，正在一点儿一点儿地危及大堤的安全。

"省长为我做主！省长为我做主！"省长正在遐想，猛见一个中午妇女拦路喊冤，将头磕得山响。"大妹子！不要这样，有话起来慢慢说。"省长说，"你已知道我是省长，不错！我就是钟自祥，我这次下来就是了解问题的，你真有冤屈，尽管对我说。""大娘！你看这样行不行，省长年纪大了，又负过伤，野外天气寒凉，我们在国道边登记的有旅社，咱们到那里生着炉子，你跟省长细细谈。"秘书说。"啊！我这里有状纸。""好啊！一边看状纸，一边听你说，有些地方还可以问问你嘛。"回到旅社，中年妇女向省长讲了下面的话："我叫章爱华，家住双河乡石门村，我的丈夫叫宋国才，原县职业中学总务主任，在普及六年义务教育时，临时抽调到县教育局，参与接待检查验收团的工作，验收合格后，他写信向省政府反映，说这次验收是'三转验收'，即早晨坐着轮子转，中午围着盘子转，晚上围着裙子转。省政府派出了调查组进行了复查，证明我丈夫反映情况属实，收回了合格证，对直接责任人进行了处理，县上政府和教育局某些领导事后对我丈夫进行打击报复，免去他总务主任职务，并将他调到离家一百多里的初小，这个初小本来是一个教师的单人初小。他去后说是照顾他，又增派了一个人，明的说是照顾他，减轻他的课业负担，实际是对他进行暗中监视。他心中有事，容易醉酒，一次他又喝多了，那位教师又在他的笔记本中，发现了他写的一首诗，那首诗还是写那一次验收的。就是这上面写的这一首。""是这样的，问题不在于言辞是否尖刻，而在于是否与事实有出入，当然那次检查验收，验收团和你们县上都有严重错误，至于错误到什么程度，有待于进一步调查。至于对你丈夫的打击报复，免职、调动以及后来发展到隔离审查，殴打摧残，如果真是这样，那问题就闹得更大了。我们现在听到的只是你说的一面，还没有听到另一面，请你相信组织一定能公正、严肃地处理这件事情，为了把事情早日弄明白，你还要尽可能多地提供有力的证据。你丈夫现在情况怎么样？""他的左小腿肌肉被打裂了，身上到处都是青一块紫一块的，这是一个星期以前的事情，以后我再没见到他。""精神上呢？他的精神状况怎么样？""他坚持着，等待着，他认为他没有错，说真话没有错，他相信组织一定会还他一个清白，所以他托我再向省上告状。""那情况就是这吧，你先回去，有情况我们通知你。"章爱华深深地向省长鞠了一躬，方才离去。

省长一行来到南柯县教育局局长办公室。"你就是局长？""唔！你有什么事吗？""我问你是不是局长！""是的！我就是局长！""你们这里可有个宋国才，在县职中任总务主任的？""人事问题是人事科长和主管人事的副局长管着，我不太清楚。""把录音机打开，你说话可要负法律责任。""不！不要这样！情况是这样的：普及六年义务教育，下面忙忙碌碌搞了一年，县上花了不少钱，谁都盼着早一天拿到合格证，了结一宗事情，要达到上面规定标准，不做些手脚哪行？因此各级都是千叮咛万嘱咐，任何人都不能捅娄子，要确保验收顺利进行。因此就千方百计搞好招待，以盼望检查验收团能打个马虎眼，不想让宋国才那个吃了豹子胆的给捅了娄子，你想县上能不生气吗？""依你说的罪责全在宋国才一人身上！""不！不是这样，其实宋国才说的也是真话。为了从年轻女教师中挑选舞女，已经闹了一场风波，最后还是出高价请来的舞女。""检查团的人是否都吃酒，都跳舞了？""也有没有喝酒，没有跳舞的。""难道还有更过分的？""这个我实在不敢说，只是……""够了！听说你们还对宋老师隔离审查刑讯逼供？""他写了那首诗歌后，我们派人调查过，批评训斥是有的，以后人让方主任叫去了，去了那里的情况，我也只是听说，你们还是直接去问问方主任为好。"

县政府办公室内，一个女干事在织毛衣，方主任正和她说着闲话，另外两个男干事在漫不经心地翻阅着报纸。钟省长进来，方主任连忙起身让座，恭敬地敬上一支烟，用打火机点着，又熟练地给省长沏上茶。"你服侍人的本事还不赖嘛！听说有一个叫宋国才的老师让你们给叫来啦！听说你们还殴打了他？""这……""这什么？""这是邹县长让干的。""那你呢，你的脑子呢，你是直接责任人！""这个老书记已经批评过了，我心里也很后怕，邹县长说他出面为我周旋。""事到如今，不要再心存侥幸啦，还是老老实实地交代问题才是上策。"

在省政府办公室内，空气凝滞得几乎要爆炸，那次到南柯县搞六年义务教育的检查验收团成员大都勾着头，站在那里，省长踱着方步，像一头发怒的狮子咆哮着："你们代表组织，到一个县去验收普及六年义务教育的工作，这本来是严肃的神圣的，结果你们呢，你们中间有的人喝得醉醺醺的，不务正事，这种人不严处他几个，这种风就煞不住！有些人就是给不得权，大小有点儿权，就把权当作为自己捞取好处的筹码，哪怕是多捞一点儿都是好的，这种人还配当干部吗！还有一点儿干部的气味吗！这种人干部队伍里应该没有他的地位。可能有少数人相对的好一点，也可能看出了问题，那为什么不站出来说话呢？你的原则跑到哪里去了，你的党性跑到哪里去了……"

省长对秘书说："给华专员打传呼，南柯县的政府可能也烂了，让他派人调查，他要不行动，省上就行动啦，可别说没经过他。"

当又一个黎明到来的时候，秘书给省长送来了一份信件，省长拆开时，见是一封控告信，题目是：南柯县的奇耻大辱。副标题是：贪污犯当反贪局局长。署名是：王凤、金平。信件是家人托熟人辗转送到的。王凤、金平系南柯县反贪局的两名干事，深知反贪局局长熊仁辉在任煤炭公司推销科长时，因贪污两万七千元现金被判刑三年，后因患有乙肝保外就医，刑满后托熟人买通关节，在煤炭公司当一名推销员。熊这个人，脑袋瓜子比较好使，人际关系玩得比较活，也懂得一点儿屈伸之术，在煤炭公司招标中又爬上经理的宝座，偏巧张副县长的夫人在他公司当会计，通过送点儿什么节日礼啦，发点儿福利啦，一来二去便和张副县长熟悉起来，成了酒肉的朋友。星期天、节假日便垒垒方城。熊仁辉很懂得谄媚之道，送礼之法，即使遇到难得的好牌，也暗中让副县长瞧瞧，或故意输掉。张副县长也懂得了一些生财的门道，时不时在熊经理跟前唠叨一些家中困难，这样便有一些三千五千的进项。猫对鱼腥味是最敏感的，王副县长、赵副书记、邹县长便慢慢地进入了搬砖头的劳动中来，在这些劳动中，感情得到了交融，在这些交融中，王副县长的女儿要出嫁，赵副书记的儿子要结婚，邹县长的乔迁新居的情报就汇集在熊经理的备忘录里，熊经理总是准时正点地出现在他本不应该出现的地方，并都被尊为上上宾。香饵抛出以后，垂钓人当然知道在什么时候提竿。熊经理又经过一番精心谋划，筹集了五万元现金，给邹县长一万五千元，李副书记、张副书记、王副县长各一万，人事局邢局长五千元，首先熊经理向邢局长直接提出申请，要到计划生育委员会当主任。邢局长也是个精明之人，他知道这事后面肯定有背景，既然有背景，自己何不顺水推舟，于是就冲熊经理苦笑一下，"熊经理！你也知道，这事哪里是我能做了主的事。不过，就说我知道了。"以后的张副县长、王副县长、李副书记都说："这事我知道了，我一个人哪里做得了主。"推到最后推到邹县长跟前，邹县长也不是等闲之辈，他心里非常清楚，这种人当计生委主任非给你捅娄子不可，然而这事总得有个交代，但他却做了一个错误的判断。就让他当个反贪局长吧，想到此，就提笔批道："到计生委似有不妥，可否安排到反贪局任职。"于是申请报告上就又有了李副书记、张副县长、王副县长的"我同意"的批语。于是熊经理便跳出了亏损的煤炭公司，戴上了反贪局局长的乌纱帽。本想这下可以抖一抖威风了，谁料想，偏又遇上了王凤、金平这两个刺猬头，不屈不挠事事处处和他过不去。一个堂堂的局长，哪里甘心栽在自己部下的手里。领导整部下，那还不容易吗？你跟我过不去，我给你穿小鞋，但这些早在王凤、金平的预料之中，他俩处处小心，事事谨慎，竟使得熊局长难以下手，再加上他俩参加工作时间不长，又无什么把柄可抓，两个初生牛犊无私无畏，精力充沛，一份份的检举揭发材料，似一发发重型炮弹，竟使得熊仁辉有些招架不住，于是熊局长便变了脸孔，主动地和两位年轻人套近乎，什么家庭问题，住房问题，又说什么反贪局需配备副局长，但王凤、金平他俩说："咱是秃子头上的毛，也不长，也不想。"有一天，王凤、金平因写一份材料回来得晚一点，猛不防王凤的头上重重地挨了一棒，金平的后胸被刺了一刀。在慌乱中，几名歹徒夺路逃走，王凤、金平被送进了县医院急救室……

省长给刑警总队挂了电话，少顷，刑警总队队长少将狄克带着中队长赵正刚，刑警罗亮、朱文彬来了，省长说："派一个行动小组，去南柯县反贪局把

157

局长熊仁辉抓起来，要让邹县长出面，在他当面擒住带走，以起到杀鸡儆猴的作用。南柯县政府的盖子先不要去揭，还要利用他们办一些事情。你看派谁去最好？""我亲自去一趟吧！""如是最好！""下去和华专员一同去。在那些烂了的单位，受气的、挨整的有很多恰恰是很好的同志，去跟华专员商议一下，我看以王龙为首，宋国才、王凤、金平为成员协助，组成新的反贪局，采取揭开乡村的，摸清部局的，掌握县政府的策略，为全面揭开南柯县政府的盖子做准备。"

这时记者慕容芳来见："一路辛苦了，下面的情况怎样？是否和上访群众说得相符？""村级情况，首先应该肯定有些村是干得不错，但也有少数村情况确实不好。""主要表现在哪些方面？""主要的无外乎是两个方面：一是干部素质差，有些干部是小学水平，有些名义上是初中水平，实际水平也跟小学差不多，加之不学习，凭着想当然和一点点实际经验在那里指导工作。修地时，用手一指，在这里修一道摆。在那里画一条线，用绳子一拉，分出长短，采取抓阄的办法，抓住好阄，该你走运，抓住瞎阄，该你倒霉。有时群众提出：这个包咋办？回答是：只管填塘，不要管包。有时群众提出：这个塘咋办？回答是：只管挖包，不要管塘。以致闹出种种笑话。"省长想笑，但没能笑得出来，"第二种情况是用人不当。有些领导错误地认为：现时农村工作，主要的是收钱，搞计划生育，冬季修地。把行政工作简单地总结成老三套，认为干这些工作文质彬彬不行，吆三喝四的二毛子、三愣子是好的。有的村干部真的是这号人，行为很是恶劣，在群众中造成了很不好的影响。"省长在办公室内踱步，一根接一根地抽着香烟，丝丝缕缕的烟雾，在室内弥漫飘散。

章自保家的豆腐做出来啦，不愧淑英心灵手巧，豆腐做得细腻白嫩。刘志不食前言，果然和黄山、刘仁、徐建来吃开锅豆腐。刘志称了四斤豆腐，自保横竖不肯收钱。"呃！我第一个称豆腐，祝你生意兴隆，四季发财！生意买卖嘛！钱！该收的就收，不要客气。不过秤要足，服务态度要好。辣子调料你就白搭啦！"吃完以后，自保又要来加，刘志挡住啦，说要开一个好头。说话间，买豆腐的、换豆腐的便三三两两地来了，吃豆腐的吃过了豆腐，并没有立即就走，乡间人集在一块儿，便谈一些听来的小道消息："听说反贪局的局长是个贪污犯。""不是贪污犯咋叫省上给抓起来啦。""听说抓的时候在邹县长当面。""那是给县长敲个警钟。贪污犯还能当反贪局局长，自己屁股底下不干净还能正人。""那后面肯定有人嘛，没人咋行。""听说是省长派人干的，省长还挺厉害的。""废话！不厉害能当省长，呃，听说还到咱们这里来过，听说就是跟主任说话的那个老头，看面相很和善的嘛！""唔！那是个清官，听说有人拦路喊冤呢！""可不是，包龙图在石头棺材内睡了这么多年，想来也该出世啦！"黄山、刘志几人听着大家闲话，并没有插言。这时，白福民来找黄山，说是省电视台摄影组来有事情商量。黄山、刘志等和自保夫妇打过招呼便回来了，在黄山家里摄影组的四个人正在坐着吃茶。"这位就是村主任吧。"组长董光耀首先站起来打招呼。"我就是，这几位是省电视台的吧，辛苦啦！""分内的事，辛苦啥哩。啊！我来介绍一下，这位是摄影师燕山，这位是节目主持人何亚，这位是司机兼机械师韩光。我们这次来主要是想拍摄一个农田基本建设节目，你们这里，干部作风好，机械化程度高，工程质量过得硬，工程设计科学合理，造田起点高，面积大，我想就从这几个方面来拍摄。""工程正在进展中，我们也不需要做什么准备，是什么样的，就是什么样，要拍就将本来面目展现给大家。我们只给提供情况和服务，这是我们的想法，看摄影组的师傅们还有啥要求。""很好嘛，实话实说。老老实实地办事，是你们的作风，工程进展是现场直拍，就是主持人要问群众和村组干部一些话，是否提前打个招呼？""让大家收拾干净些，穿戴整齐，到时候，你们想问谁问谁，他想咋说咋说，如果真的拍砸了，那就耽误你们一点儿工夫，耗费一点儿材料。""也好！这样自然些。"

青春火花

第十九回　莲英走马临河镇
黄山敬献九章书

　　在临河镇的政府大院内，一个二十来岁的姑娘，背上背着背包，背包上搭着一件大衣，手上拎着几个提兜，虽然是在寒冷的冬季，可她的前额上仍然冒着热气，几绺头发贴在上面。她来到政府办公室门前，将提兜放在地上，就着台阶搁下背包。从提兜内取出一个文件夹，从里面取出自己的身份证件，交给办公室的一位工作人员。这位办公人员是一个三十来岁的汉子，五短身材，小眼睛。当他看过证件后，脸上立即堆起了笑容。嘴角不易察觉地抽动了几下："啊，是新来的镇长，老镇长的钥匙没交，东西先放在我那里。"说着就要帮着提东西。"不！东西先放在这里，马上给原镇长打电话，让他六点钟以前将钥匙送来，不送来就把锁给撬啦。发工资时，从他的工资内扣一把锁钱。"那位工作人员乜了她一眼，没有吱声。"给各村支部、村委会挂电话，明早九点准时到镇会议室开会，下乡干部一并回乡。迟到者当场说明原因。"那位工作人员答应了一声，抓起电话听筒，开始拨号。原镇长张孝通在六点整亲自将钥匙送来了，他在二楼占着六号、七号两个房间，七号是卧室，六号是办公室。卧室内有一副床板一副床头，两把高背椅子和一张办公桌，上面积满了灰尘。新镇长看过之后，又让原镇长将门锁上，说是等会计明天回来，按财产登记簿清查。原镇长嗫嚅着，但终于没有说出什么。新镇长笑了笑低声对他说："我知道你被免除了职务，但你还是一个国家的干部。在人生的过程中，犯错误有时也在所难免，关键是我们对待错误的态度，是怨天尤人呢，还是严格地检查自己。你才三四十岁，以后路还长，争取自己再站起来。"原镇长的眼里放射出一股异样的光，他将新镇长从头到脚细细地审视了一遍。然后轻松地走出了政府大院。

第二天九点整，阳光透过窗棂，斜斜地照在会议室内，前排有几张桌子并排摆在一起，上面铺着台布，那便是主席台。下面一二十条长凳，有的靠墙摆着，有的凌乱地摆在中间，村干部们三三两两地凑在一起闲话，烟雾在会议室内飘散。"现在以村为单位，都坐到前边来，按照临河村、洋桥村、梧桐村这样的顺序排。镇上的干部坐在最后面，快点，快点！"五短身材的汉子，拿起话筒，用沙哑的声音吼叫着。新镇长现在知道他是镇上的文书朱健生，人们懒懒散散地挪动着凳子，一明一灭的光亮在他们的嘴上闪烁。"静下来，静下来！现在请新镇长给大家训话！""首先纠正一个字，那就是训字，现在我和大家说几句话：我叫柳莲英，中山大学学生……"黄山每次开会都不大感兴趣，镇上的人事变迁，他更是充耳不闻，今天他正拿着一个怎样养银狐的小册子，在几个村干部的掩护下，勾着头看。当他听到"柳莲英"三个字时，他的身体像触了电一样，猛一激灵，不由自主地抬起头来，焦灼的目光在主席台上巡视，柳莲英一边在讲话一边也在人群中捕捉黄山的影子，她本想给黄山一个惊喜。为没能见到黄山而心里失落落的，当两人的目光碰到一起时，便放射出炽烈的青春火花，但此时此刻他们都遏制住了自己，只是那短暂的一瞥，便都移开了目光。"我是出了学校门，进了机关门，是地道的书生，我来到这里既没有三姑四姨，又没有哥儿兄弟，既没有小车送，也没有大车接……"坐在柳莲英身边的副镇长张仁愿立即抓过话筒："我插一句话，柳镇长这次到我镇工作，我本人并以镇政府的名义表示热烈欢迎，柳镇长是硕士生，是历届镇政府领导中学历最高的，这次屈驾到我镇工作，真乃我镇之荣幸，我和朱文书已经商量好，派人去接的，柳镇长也不打个电话联系一下，真是太谦虚！太谦虚啦！今天上午就为柳镇长接风洗尘。""其实张副镇长曲解了我的意思，我是说我是清清白白地来的，我在这里要清正廉洁地工作，我作为一个初出学校的学生，领导就将一个拥有三万人之众的大镇交到我手里，我一方面诚惶诚恐，害怕辜负了组织的重托；另一方面我又充满了信心，我认为我有两大优势：其一就是我的清白，其二就是我的不向邪恶妥协。国家的律约条文，公认的道德规范在我心中，我相信，我是会得到民众的支持和上级领导的信赖的！"会场上有几个人鼓掌，紧接着便是一阵急促的掌声。"至于能力，我想用一句话来概括，那就是：凭借清风上青云。大小一个领导，能就应该能在瞅准人，用好人。上面的几句话就算是我的就职演说词吧！"会场上爆发出一阵热烈的掌声。

　　"我初来乍到，不能下车伊始，哇里哇啦，我想建议大家考虑几件事，第一，大家看见政府办公楼一层判给了临河酒家，我想将它赎回来。一幢楼，既是政府办公楼，又是商场，这样搅和在一起，总不是回事，钱从哪儿来？我想各村各组先把账目清查一下，下来镇上还要派人下去查，村支部、村委会中有人不干净的，先自己洗手洗脸，自己洗比别人按住头洗强得多；再一方面，在临河酒家近三年白吃白喝的，自己吐出来，自己吐出来比别人捏住脖子捋出来要强得多！"会场上有几声笑声，不过笑得很生涩。会场上的空气开始凝重起来。"一个人被石头绊倒了，坐在地上不起来，我想那他一定是个笨蛋；如果倒在地上，背上还背着包袱，并不想把它放下来，那么他一定是笨蛋中之笨蛋。以前吃了的、拿了的，只要数字不大，自己退出来，也就算啦，不再追究。即使触犯了国家法规，只要是积极清退，积极检举揭发，也可以宽大处理，甚至还可以立功。人生在世，由于各种原因，难免犯错误，犯了错误并不可怕，像原镇长张孝通走时带走了卧室的一组沙发、一只条几、一台落地扇，昨天晚上送了回来。他任职时在临河酒家，他个人共吃了七千六百三十八元也如数退了出来。应该感谢这位镇长，他也算是个有心人，他签名报销的条子，他都记得有备忘录，一目了然，为我们的清算提供了很大的方便，也算是他立了一功，如果没有新的问题出现，他的问题就可以下结论了。他很能干，工作也有政绩，卸掉包袱，从地上爬起来，轻轻松松地上阵，这不是很好嘛。第二，我想我们首先应该管住自己的嘴，刚才张副镇长说要为我接风洗尘，我说就从我做起，从现在做起，禁止公款吃喝。得罪人吗？我看也不见得！梧桐村没有公款吃喝，我看不也怪好的嘛，上了电视，登了报纸，省长、专员不也是经常夸他们嘛。有一句话叫作'官清府吏瘦，神灵庙祝肥'，我们当干部，就不是为了发财、捞好处，要是为了个人发财、捞好处，你就去经商。我想：我们应该正正派派做人，清清白白做官。要耐得住清苦。当然，我这样讲，并不是要我们每个人都去当苦行僧，我们也要改善职工生活，提高工资待遇，但要量力而行，留有余地。要讲的还很多。今天就讲这些，不妥之处，请大家批评指正。"

　　会议开了两个钟头，十一点就散会了，村干部三个一群、两个一伙嘀嘀咕咕地离开了镇政府大院。

黄山准备去见莲英，想了想，到底还是没去，和临河村、洋桥村的几个村干部一起，走在回村的路上。当黄山一人走到凤鸣岗路上时，柳莲英从后面追了上来："黄山，黄山！等一等！"黄山正在想着心事，忽听得后面有人喊，忙扭过头来，见莲英跑得上气不接下气，便停住了脚步。莲英拢一拢披散在前额的头发，"你走啦也不告诉我一声，让我一阵好找。""莲英！不要这样，我怕会影响你的工作。""不！不是这样，我还要你们做我的坚强后盾呢，我之所以到这个镇来，一方面，这个镇有你们村，撑起半边天，工作就顺利得多；再一方面，我背靠你们，有一个稳固的后方，有一个足智多谋的智囊团，我想我将无往而不胜。所以我想公开我们之间的关系。""你爹妈的工作做好了吗？""前次省电视台放了你们的片子，爹妈看了都很高兴，还夸了你们几句呢！""他们怎么说的？""你们村不是有个叫章自保的懒汉嘛，电视台记者正好采访了他，那章自保也算爽快，他把事情的前前后后和盘地托了出来，于是荧光屏上便出现了那一幕，在场的人都笑得流出了眼泪，我说：那伙瞎种又在捉弄人。我爸说瞎得可爱，能把一个懒汉教育过来，把一个濒临崩溃的家庭变成和谐幸福的家庭，这就叫能耐。你给他买的狐皮大衣，他最近也披在身上，我看这就是默认。"

　　黄山和莲英一路谈笑，不知不觉便过了黑龙河，上了黄土堡，不时便到了黄山家，全家人莫大欢喜。刘志、徐宫、刘仁、徐建都来探望，皆问柳姐姐好！莲英也和他们一一寒暄。酒过三巡，菜品五味，莲英说："黄山！诸位兄弟！我这次到临河镇来出任一镇之长，对于如何治理一个镇，如何当好镇长，不知诸位兄弟有何高见？""俗话说：'一个篱笆三个桩，一个好汉三人帮'，你这次来单身一人，只怕是力量有些单薄，我看不如写个报告，让欧阳老师就任副镇长，兼任办公室主任，主持日常工作，这样遇事也好有个商量。"黄山说。"我一来，就抽你们的人，这样合适吗？""其实欧阳老师是下村挂职的，也这么长时间了，只要他本人愿意，我看完全可以的。"刘志补充了一句。"我还想在施政方略上听听兄弟们的意见。""我最近写了《布政九章》的文章，比较粗俗，正想听听你的意见。"黄山说着从抽屉中取出了誊写好的文稿。"如是正好，我自当认真拜读！""主要是多多赐教。""你的大作，我哪敢妄自穿凿。"莲英一边嘴里说着，一边展开来看，只见写的是：

布政九章

一、身正

大凡领导，总要有一群部属，少则几十几百，多则成千上万，乃至千千万万，自任职之日，领导便成了千目所视、万夫所指的人物。名字在传扬，消息在传播。各种品性、嗜好，即使是以前很不起眼的东西，也不管你有意无意显现的，也不管是代表本质的和非本质的，都有人在研究，在分析，这样作为一个领导就不能乱说乱动。古人说"皇上金口玉言"。其实皇上也是人，哪里有什么金口玉言。有文字记载的和民间口头流传的，皇帝上臣民当的事还少见吗？话说出口，为了显现"金口玉言"，不得不违心地去执行罢了。还有一句话叫"无官一身轻，万岁老百姓"，老百姓为什么最好？就是因为相对的说话做事比较随便，比起当官的处处小心，事事谨慎来要快活得多。从上面两句话中，我们也不难看出，领导的言和行，都是要负责任的。领导是权力的象征，领导的言行要负责任，这就要求领导必须身正。领导清正廉洁，秉公执法，他就竖起了一杆大旗，一切仁人志士便投奔过来听令于旗帜之下；领导腐败昏庸，他也会成为一杆大旗，一切蝇营狗苟之人便投奔过来，集于旗帜之下……正直善良，聪明颖慧的人集合在一起，那就会轰轰烈烈地为国为民干一番事业，奸诈邪恶、心怀叵测的人集合在一起，那就会生出蛆虫，酿成灾难。当然一个群体中绝对的纯的现象，几乎是不存在的。关键在于领导身正，心术不正的人或者离去或者将本来面目掩盖起来，换出一副新面孔，这就是人们常说的"一正压百邪"；领导身不正，正直坦诚的人或者"另择明主"或者隐匿起来，一切沉渣便会泛起，一切罪恶便会繁衍，这样便会出现"上梁不正下梁歪，中梁不正倒下来"的一塌糊涂的局面。还有第三种情况，那就是领导的面目比较朦胧，正直坦诚的人和心术不正的人，便会各展解数对领导进行争取，这样就演绎出许许多多的故事来。当然，大千世界，无奇不包，无怪不见，上面讲的只是主要的方面。领导要保持身正，还有一点要说及的，就是要对自己言行不断反思，对自己的形象予以矫正。综上所述，领导身正就可使事业兴旺发达，人民安居乐业，后人千秋拥戴。这样，于国于民于己都有好处，反之，社会在发展，历史在前进，光明总是要战胜黑暗，正义总是要战胜邪恶，你身子站不正，最终总是要被人民拉下台，于国于民于己都不好。

二、心净

刘备三顾茅庐时，曾发现诸葛亮的门联上写着"淡泊明志，宁静致远"八个字，淡泊，恬静寡欲。静，其实我想讲的就是一个净字。茅舍柴榻，粗茶淡饭，草鞋布衣，躬耕垄亩，这些足以砥砺自己的意志；幽林清泉，鸟语花香，风和日丽，吟诗作对，这些足以陶冶自己的性情，在这些砥励与陶冶中，内心世界必定会产生一个巨大的飞跃，达到一个很高的境界，以至于把自己锤炼到炉火纯青的地步。这时作为一个局外人，以冷峻的目光来观察世界，指点江山，自然精辟。由于内心洁净，不存在任何杂念，这时金钱、美女、官禄以至其他种种诱惑都不能动其心，蒙冤不恐，受宠不惊，在逆境与顺境中，都能进退自如，他的喜、笑、怒、骂皆成文章。他的所作所为皆会惊天地，泣鬼神。之所以能达到这种地步，其源皆出自一个净字。反过来讲，一切罪恶，它的渊源在哪里呢？也无非是心存杂念：或贪图钱财，或爱慕虚荣，或迷恋女色，或贪杯嗜赌，或沉湎游玩嬉乐，以至于日久成习，积重难返，终至不可救药。

诸葛亮在他的《出师表》中提到"贞良死节"之臣，何谓贞良死节，就是心地洁净，在以身殉职时，亦能镇定自若，脸不变色。他们才是真正的中流砥柱，才是真正的可以信赖的人。作为一个领导者，他自己首先应该成为这样的人。

三、博识

以上讲的身正、心净，概括起来，就是讲的领导所必须具备的思想素质。但仅有以上两点，只能说是一个难得的人，不能说是难得的人才。要成为一个难得的人才，那还必须博览群书。书总是截至现在以前的人写的。人的一生和漫漫的历史长河比起来，那毕竟是短暂的一瞬，不能事事躬亲。我们通过读书就可以通晓古今中外。读名著读经典，那就是和伟大的人物谈话。伟大的人物无疑是当时的佼佼者。

165

读了许许多多的伟大人物的作品，实际上就是聚这许许多多伟大人物的聪明才智于一身。

在近一百多年，科学技术是发生了翻天覆地的变化。人的脑容量是否也在不断地增加？据说是这样的。但它是以几千年几万年，甚至更长时间才显现其微量变化的。那么几年，几十年，甚至一千多年，两千多年以前的人，特别是那些杰出的人，仅就大脑本身的构成来讲，就不见得比现在人笨多少；现在人就不见得都能写出像《红楼梦》那样的精品来，就不见得都比牛顿、瓦特、爱迪生聪明多少，不少先哲的哲理，至今仍是引领我们前进的旗帜。如果把人生比作是在夜晚行路，那么过去的人是过来人，特别是能著书立说的人，他们为我们照明了前进的路。危险路段为我们设置了警语、路标。这样我们走起来就要快捷得多，安全得多。过去的人，由于自然法则的缘故，他们走到一定的路段总要停下来，但后人不能停。后人要挑起前人的挑子，接过前人手中没有燃尽的火炬，不断地摸索前进，并为未来的人准备好新的火炬和路标。这便是历史的责任。

前人毕竟是前人，他们只能对未来做出预言，但不能对未来做出准确的判断。这是因为他们不可能获得未来的信息。作为当代的人，他们在读了许多前人的书以后，还必须认识当时事物，分析当时的问题，在实践中对前人的东西进行验证。这样读了许许多多的书，了解了许许多多的事物，并且再仔仔细细地去想一想，便形成了对世界、对人生的见解，形成自己处理问题、解决问题的独特方法。未来虽然他们现在也不能亲躬，但他们可以洞见了，这样一个比较完善的自我就形成了。

四、谋人

事因人而成败，要想事业成功，用人是非常重要的问题。首先要解决的是挑人的标准。现在时兴的一个标准是年轻。其实，年轻怎么能成为挑人的标准呢？翻开史卷，李信兵败项燕，赵括血染长平尚历历在目。相反，王翦、赵奢、廉颇、白起、李牧等老将，才可委以重任。《三国演义》中英雄辈出，但我认为，真正的英雄当属司马懿。年龄跟事情的成败，并无内在关系。同样性别和事情的成败也无内在关系。还有一个是以出勤作为提干的标准，这也是很荒谬的。再一个标准是政绩。其实完全以政绩作为提干标准，也是不科学的，那样会漏掉韩信、管仲、百里奚等类型的贤才。政绩还要看是怎样取得的，还要看才智是否用尽。那么挑人的标准是什么呢？那就是前面讲到的身正、心净、博识、精思，以致由此而产生的准确的预见性以及在这预见的基础上产生的未雨绸缪、运筹帷幄的能力，这才是选拔人才的真正标准。现在时兴的用人标准，实际上还是受着终身制的影响，还是受着"培养接班人"的桎梏束缚。总认为培养一个人不容易，多用几年才划算。其实即使写进了《宪法》怕也不保险。皇帝应该是享有至高无上的权力吧！他立的太子能平稳地接班吗？那争夺皇位的斗争，不是血淋淋，让人触目惊心地写在纸上吗？人才是客观存在，是不以人们的意志为转移的。特别是那些杰出人才，他们众星捧月般受人拥戴，所以人才不是靠一个人或几个领导培养出来的，他成于自然，成于社会。领导的责任主要是发现人才，当然对人才的培训提高不能说不是必要的。领导对人才的信任与教育，对人才作用的发挥也起着非常重要的作用。这就是有千里马还必须有伯乐，没有伯乐便没有千里马。

人才的分布与处境无外乎下面四种情况：一、屈职其下。由于其的真知灼见而受嫉妒，由于其的刚正不阿而遭白眼。二、投在"明主"下。领导精明能干，慧眼识才，有真才实学的人如鱼得水，才能得以极大的发挥。三、功高盖"主"。还有一种人才，其领导能力一般，但却能用才。使其才能倒也得以很好发挥，但功高盖"主"，致使领导心中不快。还有一种人才，城府极深，他审时度势，设身处地都极得体，给人一种山水不露的感觉。以"闲云野鹤"散居民间。

事因人而成败。小则要办成一件事，大则要成就一番事业，贵在谋人。得人则事成，失人则事败。要得人，首先自己要有识别人才的能力，要有礼贤下士的态度，要有三顾茅庐的决心，要有蒙受羞辱的思想准备。是人才，他自己也知道。你在探"人"，他在探"主"。特别是现在这种社会环境，总有施展才能的机会，关键是在于他认为同什么样的人、在什么样的环境下对他最合适。即使在他认为基本合适的情况下，也还要进行试探、侦察，甚至会提出一些苛刻的条件，如王翦伐楚前那样。

在挑人时，要对被挑之人进行了解、洞察，特别是通过交谈、问策等方式。是人才，总有他高人一筹的地方。有的有著名的论文，或书籍出版，也可以通过拜读这些著述对人有所了解。

挑选处于顺势的人才比较容易。他们可能已经取得了某些成绩，才华已经不同程度地显露出来；处于逆境的人才，他们如璞玉，并不好看的外壳，遮蔽了他们的光华。这就要挑选的人有胆有识，敢于承担风险；有的人才，由于处在逆境中的时间比较长，身体孱弱，羽翼未丰，还需要一段时间的调养。真正的人才，只要他选准了目标，他是会忍辱负重的，他进不图名，退不避罪，把事业看得比自己的生命还要宝贵，这样的人是多么难得啊！虽说人无完人，金无足赤，但不足部分还有个比例问题。就有那么一小部分人，他们的思想修养、知识造诣几乎达到了出神入化的地步。有些事情，离了他，你就办不成，只有他行。像当时的狄仁杰那样。

大智若愚，大奸若忠，我们不能漏掉大智之人，我们也不能误选大奸之人，稗似稻，狗尾草似谷，但瞒不过老农的眼睛；狼似狗，狸似猫，但瞒不过猎人的眼睛。只要我们认真观察仔细分析，就不难发现伪装者的疏漏。人才选好委任以后还要实行有效监督，监督无外乎群众监督、同级监督、上级监督。这里讲的监督，主要还是查出稗子，堡垒最容易从内部攻破，选准一个人了不得，选错一个人不得了。

五、兼听

选拔人才的目的是构成决策层。一个好的决策是怎样产生出来的呢？是通过反复的酝酿、辩论。是经过去粗取精、去伪存真的反复筛选，如果条件许可，还要先通过试点，最后才能确定下来，即使在初步确定实行后，也还要有不断的信息反馈，在这些过程中，都要有一个认真的兼听。决策层开会，每个决策成员都要有一个深思熟虑的发言提纲，每个人都发言完毕后，看看哪些地方是相同的，相同的地方就可以草拟成条文。哪些地方是不相同的，不相同的地方可以编成辫子，再通过提问答辩，被驳倒的可以暂时不议，争执不下的，可以下次再议。辩论是为辩明事理，而不是为了争强斗胜，别人发言的时候要仔细听，认真想，特别要注意那些高人一筹的地方和有疏漏的地方，必要时还可以将会议扩大，吸收一些有头脑有主见的参加辩论，最后再召开核心小组会决定。除了组织开会以外，决策成员还可以到群众中去听取意见，观察问题，有时有些在会议上难以决定的东西，在实践中一目了然。有些领导解决不了的问题，而老百姓却一语中的。

在争辩中有不同意见是正常现象，只要是在会议上讲的，一律不予追究，不形成感情隔膜。这样才能广开言路，形成民主和谐的政治氛围。

一个决策层如果成了一言堂，那实际上就宣告了这个决策层成员主观能动性的终结。其战斗力将大大缩小乃至消失。

每一个决策层成员，都能够诚心诚意地听取各方面的意见，采纳这些意见中有所裨益的东西，这样，一方面能大大减少决策中的失误；一方面又形成了民主和谐的政治氛围，密切了干部与群众之间的关系，使其永远显现出青春的活力和智慧的光辉。

六、绘图

听取了各个方面的意见之后，决策者就知道了群众心里想的什么，拥护什么，反对什么，迫切需要干什么。再把这些意见分门别类，看看哪些属于长远的，哪些属于次长远的，哪些是三年五年要办的，哪些是目前迫切要办的，这样就可以绘制出一个蓝图。确定出各个阶段的目标，当然蓝图的绘制过程中，必须融汇决策者的真知灼见。这也是不可忽略的一个重要部分，否则就会失去轴心。

蓝图不能仅仅为空洞的指标，而要有具体的项目和切实可行的措施，没有这些项目和措施，指标就是一句空话。

蓝图不能有繁文缛节，而应当精明简约，便于记忆，以期达到老幼妇孺，有口能诵，这样，一则可以使人人知道各个时间的目标，二则可以形成有效的群众监督。

蓝图要有它的阶段性，每一个阶段有具体的项目，这样随着时间的流逝，项目的完成，次长远和长远的蓝图目标的完成就有了坚实的基础，就不会悲叹逝者，空感蹉跎。

蓝图的项目具有稳定性和可变性。蓝图项目的稳定性，是确保蓝图目标实现的重要因素。蓝图中的有些项目可能因特殊情况的出现，而不相适宜，或有更新更好的项目来替代；或因项目的提前或推迟，可以进行部分变化，但要极其慎重，万莫轻率。实现蓝图目标，初始一定要瞅准项目，漂漂亮亮地干几件事情，这样可以激励斗志，树立信心，增加凝聚力。

七、制规

没有绳墨，木不能取其直；没有规矩，不能成方圆。要从事几万、几十万乃至千千万万人参加的事业，就必须要有人人必须遵守的基本规则，还要有部分人必须遵守的特别规则。没有基本规则，就会使大部分人失去制约，没有特别规则就形不成骨干先锋。有了基本规则和特别规则后，因行业或地域的不同，还要匹配相应的律约条文，小到各个实施单位还有各自的管理细则。这些律约条文切忌空泛，必须具有明显的现实性、可行性以及操作性。这些律约条文的主要作用是为了昭示，而不是为了惩罚，它告诉人们哪些东西该做，做好了有哪些奖励；哪些不该做，违反了要受到什么样的惩处，使人人心中明了，绝大多数人能自觉遵守，从而对目标的实现起到基本的保障作用。

八、政通

政通，我们可以从"生龙活虎""活蹦乱跳"两个词语谈起，从这两个词语中我们不难看出勃勃生机。为政就要上情下达，下情上报，脉通四肢，反应敏捷，从躯干到爪牙，从内脏到毛发，都要浑然成为一体，这样静则不可侵犯，动则所向披靡。否则尾大不掉，即使庞然大物，也难免受虾戏犬欺。要办一件事情，事先要充分调查，反复酝酿，一旦形成决议，就要坚决执行，即使持有不同意见，在行动中也不能有丝毫延迟，在言语上不得有任何反对的表示。当然这里讲的不是不要不同意见，而是说不要乱说乱动，反而强调下级要把变化了的情况，不同的看法快速而准确地反映上来，上级要快速而准确地下达指令，这样即使有些决议暂时是错误的，也会有惊无险。反之即使决议正确，由于政令不通，而坐失良机。

九、奖罚

一项工作经研究确定之后，就交由各个具体负责人去办，在办的过程中不能事无巨细都由上面下指令，这样一方面办不到，二方面也不好。在不脱离大的原则的前提下，应该充分发挥各个干部乃至群众的主观能动性，鼓励他们创造性地工作。干部群众中大有能人在，他们中有些人会干得很好以至于超越了领导者的想象力，取得了很好的成绩。事物都是一分为二的，肯定还有一些人，或由于执行不力，或主观能动的不妥当，或困难的严重程度超越了原先的想象，或因其他种种原因没有把事情办好，以至于犯了过错或铸成罪恶。当然功劳和过失不能全都是对等的。成功的工作，成绩大于过失，失败的工作过失大于成绩。成功的工作中也有人懒惰，失败的工作中也有人干得不错，每一项过去之后，都要按照事先拟订的奖惩条例进行奖罚。奖，不要漏掉失败工作中那些苦谏且预见正确的人。罚，不要放过成功工作中那些畏葸不前，制造事端的人。并作为以后擢升、贬降的依据。设功授奖，可以振奋精神，鼓舞斗志，彰明方向。记过受罚可以鞭笞怠惰，抑制狂妄，纠正错弊。如果铸成罪恶，触犯刑律，那当另做他论。奖不遗仇，罚不避亲，公正严明，按章办事。该奖者不奖，智勇者不前；该罚者不罚，愚懦者相庆。在奖惩中最不好的现象是因人设奖，这样往往造成分歧，或掺杂个人感情。对于事先没有预计到的功过要开会合议，尽量做到公正合理。奖金对于生活并不宽裕的有功之人，无疑是必要的，但全发奖金未免显得俗气，还要有一定数量的功章，以作为纪念或昭示功绩。除了发奖金和功章以外，还可以晋升工资，提升职务（不能提升职务的，可以提高职位或职称），使有功人员，在待遇方面优越于一般人员。处罚一定要谨慎，对于重犯和初犯，或偶犯要有区别。对于初犯和偶犯，且过错不碍大局，态度诚恳，确有悔过表现的要给予悔过和赎罪的机会，但要安排妥当，谨防用人不慎而坏了事情，对于情节轻微的过错可以不予追究，或在内部批评教育。

总之，奖惩是一个非常敏感的事情，一定要做到公正合理，让人心悦诚服。

社会是极其复杂的，人与人之间的关系也是奇形怪状的，但社会总是发展的，人民总是在前进的。在这些发展与前进中，总有那么一部分人，呼啸着，号叫着，不屈不挠，前仆后继去推动历史的车轮前进，这部分人便是社会的中坚、人类的脊梁。所谓为政，就是发现他们，任用他们，使他们更大效率地服务于社会。

柳莲英看完了稿子，见黄山趴在旁边的桌子上睡着了，她摸了摸他蓬松的头发，将自己的大衣披在他的身上。人才，人才，她于朦胧中意识到这凤鸣岗有一窝子人才，这黄山便是他们的头儿。想到她和黄山的关系，她充满了对未来的憧憬，脸上泛起少女的羞涩，心中荡漾着青春的涟漪。

莲英从铝壶中倒了些凉水，洗了把脸，她还有许多问题要和黄山商谈，这时黄山也醒来了，他揉了揉惺忪的睡眼："真对不起，怎么就迷迷糊糊地睡着了。"黄山歉疚地说。"你太劳累了，应该适当增加休息的时间。"莲英关切地说。"其实也谈不上什么累，还是太贪睡了。""本来还有几个问题想请教你，只是时间已晚，你还是去休息吧！""我已经睡醒了，只要你愿意咱们再坐一会儿也可以。""那咱们就开门见山，直接进入正题，我想听听你对我今天讲话的看法。""恕我直言，你初来乍到，干部的情况基本还没掌握，没有形成领导核心，显得势孤力单，再加上有些地头蛇，横行乡里，老百姓受他们欺压的时间长了，心存恐惧。在这种情况下，你今天的讲话，显得有些锋芒毕露，措辞也显得有些激烈……""我既然出任镇长，我想我就不能苟且，当缩头乌龟，即使前面有千难万险我也在所不辞！"黄山冲她笑笑，他知道她的心情，他不愿在此时此刻给她泼冷水，他话锋一转："其实我话只说了一半。总体来讲，你的讲话大义凛然，旗帜鲜明，是一篇难得的就职演说，在干部中反响很强烈。你的几点提议也是广大干部群众的心声，我只是提醒你注意策略和工作的方法，再一方面，我还害怕一些意外事故的发生。"话说至此，黄山瞟了莲英一眼，莲英也隐隐地意识到了点儿什么，她不再言语，只是用眼神提醒黄山说下去。"前面我已经讲到让欧阳当副镇长，这个很容易办到，再一方面你公开出一个招聘广告，说自己才疏学浅，愿意自己出钱雇用一名镇长助理，我们让刘仁去，其实，他哪里会要你的钱呢。这样你有了一文一武，就可以打开局面了，究竟怎么办，他们的点子多的是，到时候和他们商量。"

第二十回　特警队子昭骂男友
裤裆沟刘志困二秦

　　刘志这几天忙得焦头烂额，他接到梅秀娥的电报后，匆匆赶到 F 城，梅秀娥、谷小凤等把那三间小楼房收拾得清清爽爽，办起了个毛线店，生意闹得红红火火，日子也过得有滋有味。只是最近从关外来了个三四十岁的汉子，寄住在楼下那两间兼做厨房的平房内，日子长了，便对谷小凤有了非分之想，谷小凤见此人颇有钱，人也很有些头脑，多少也有些心动，梅秀娥见不知根不知底，又哪来那么多钱财？便心生疑惑，一时没了主见，让刘志前来定夺。刘志稍做盘查，便窥见了其中的一些纰漏，遂和梅秀娥说动谷小凤，让谷小凤如此这般，将计就计。关东汉子和谷小凤订了婚，拍了订婚照，那关东汉子虽心有芥蒂，但禁不住谷小凤的柔情蜜意，让小凤将其上衣下裤，内衬外套，从头换到脚下，那关东汉子见事已至此，不得不顺水行舟，告诉谷小凤，他的贴身马褂中有七八十万现钞，那小凤也会卖乖，甜甜地应道："你的东西，还是你自己保管的好。"那汉子本来心中发毛，见小凤这样回答，方才定下心来，为了掩盖一时的窘态，便和小凤拉拉扯扯起来，小凤推开他："你要怎么样，还得等到那一天。"说完一个飞吻，撒丫子上了二楼。本来就是萍水相逢，临场做戏，那汉子哪里是真想娶小凤，不过是外地孤单，聊慰一时之寂寞。他看重的还是身上的钱财。现在钱财让小凤知晓，他自知凶多吉少，便乘那夜深人静之时，嘿嘿一个冷笑，收拾好包裹行囊便准备溜走，但他哪里知道：上有天罗，下有地网，他已是在劫难逃。

　　你道为何，原来那汉子是关东某集团公司的总裁，把公司搞得一塌糊涂，携巨款外逃，公安厅悬赏五十万缉拿，刘志在报纸上看到过通缉令，在与那关东汉子的谈话中，依稀发现他的关外口音，且相貌有些相仿，便暗中让和琴携订婚照前往关东；刘志又在那汉子要溜时将他堵了回来，公安厅派人随和琴来将那汉子带走了。

刘志刚从 F 城回来，家里就告诉刘志，地区特警小队华子昭多次打传呼说有要事相商，一杯茶还没下肚，子昭的传呼又打来了，声音有些嘶哑，说话毛毛乍乍，刘志一个劲地说："喂！喂！你听我说！你听我说！"但对方根本不买他的账，劈头盖脸地只管哇里哇啦。刘志只好不说啦，静静地听，刘志本不是个省油的灯，偏让子昭给嚷得抓耳挠腮。黄山、徐宫等在旁抿着嘴笑。刘志费了好大的劲才听清是公安部悬赏百万通缉捉拿的两名要犯，要通过这个地区，要刘志到地区特警队协助缉捕。刘志只好把办理护照等一应事宜交付给黄山。由于事出紧急，自己又连夜乘着飞行器赶到子昭处。

二犯中的首犯秦朗原是某特种部队的一名副连长，颇有些手段，一路伤害无辜平民袭击公安干警，多次制造血案。二犯生性狡诈，行动诡谲，消息时隐时现，最近在隐匿十多天后，又凶残地杀害了举报他们的一家四口，租得一辆面包型出租车，途中又将司机打死，驾车逃窜。现在得到的情报是二犯正驾车朝这边奔来，省上指示让地区特警火速组织拦截，子昭见到刘志后，就急切地将这些情况告诉给了刘志，焦灼的目光似乎要从刘志的脸部表情上找到答案。但刘志神情非常悠闲，他漫不经心地吹吹茶杯里的茶沫，呷一小口茶，然后再呷一小口，细细地品味，也不去看子昭一眼。子昭本想刘志见到她会多么的热情，会有滔滔的话语，没想到刘志竟会这般冷漠，以至于有些刺痛了她的心，她不能忍受这般感情上的窒息。"卖牛不卖牛，倒吭个牛气呀！"子昭有些嗔怪，直通通地冲刘志吼了一句。其实刘志的脑子哪会闲着，他表面平静得像一池秋水，内心里却在激烈地翻腾着，听到子昭一吼，把他从冥思苦想中震醒过来，刘志龇口白牙，冲子昭甜甜一笑，腮边便凹出两个浅浅的酒窝。子昭的不快，便都消融在这浅浅的酒窝里。刘志杯里的茶在不知不觉中已经喝干，他倒过茶杯，在桌上滴了一滴茶水，用食指蘸了水，在桌上写了一个大大的"困"字，子昭撇一撇嘴，显出不屑的神气，不冷不热地递过一句话来："啥意思？"刘志附在她的耳边如此这般地说出一番话来，子昭微笑着点了点头。

次日沿途堵截的军民都各自返回，车辆恢复行驶，商场集市正常贸易，一切都显得非常的平静。不过如果你注意到了的话，你会发现有一辆车子很不正常，它在行驶中，车门一直是打开着的，驾驶车的人一只手握着方向盘，另一只手提着一把二十响匣枪，另一个半跪在车尾，手里握着一杆德国造冲锋枪，前后的玻璃上都留着射击孔，似乎随时随地都会有一场殊死拼杀。不过什么都没有发生，只是在这辆面包车的后面，有一辆性能很好的装着防弹玻璃的流线型吉普，不远不近地跟着它。那前面驾车的人就是秦朗，车尾半跪着的人是他的同伙——堂弟秦奎。后面的吉普车上共有三个人，他们分别是金彪、燕飞和华子昭，他们将车距保持在有效射程以外，双方的神情都不算过分紧张，因为他们都是颇富战斗经验的。他们都深深地知道决斗并没有到来，并且认为这是一场暴风雨到来之前的平静，恰恰可以利用这种平静，松弛一下自己的神经，甚至可以利用这个时间喝一点儿水或吃一点儿东西什么的。秦朗也不愿意自己陷在城市和集镇，虽然城市和集镇有混乱可以利用，但他俩毕竟势单力孤，掉在人的汪洋里，对他们来讲无疑凶多吉少。但他也清楚地知道，前面肯定有一口准备好的陷阱在等待着他们。他们的最佳选择是离开城镇，而又不落入陷阱，在这中间选择有利的地形，钻入深山，进行隐匿和逃遁。

汽车翻过了甘沟岭，沿着甘沟北坡向沟口开来，坡度大约在四十度左右，开始还左旋右盘，等到了半沟，便有一段几乎呈成直线斜伸下来，秦朗加大了油门，汽车似脱缰的野马，向沟口直撞下来，燕飞也加快了车速紧紧追赶。突然秦朗的车一个急刹车，猛地全速向后倒退。秦奎在急刹车时的一刹那，跳下车，蹿上了一个小山包，秦朗也在定好方向，让车向燕飞开的车倒撞过去的同时，跃出车门，秦朗和秦奎相互替换着掩护，隐没在道旁的丛林中。

燕飞见秦朗加快车速，怕丢失目标，也提高车速，紧紧追赶。忽见前车猛地倒撞过来，便急拉制动杆，车轮在地下跳了一丈多远方才停住，这时离倒撞车只有一米多远，燕飞惊出一身冷汗，急忙将车往后倒。幸好坡度较大，车速不高，金彪立即跳下车，敏捷地跃上敞开着的车门，拉动制动闸，那辆面包车才像头跑累了的老牛，喘着粗气吱地停下来。这时再看那秦朗、秦奎，早已跑得无影无踪。

秦朗、秦奎跑得上气不接下气，刚坐在一个山垭的松树下，准备喝一点儿水，忽然几只灰瓶打了过来，石灰和草木灰的粉末，眯了秦奎的右眼，颧骨也

175

被玻璃碎片击伤，鲜血混着灰土从脸颊上流下来。秦朗正要拔枪反击，又一批灰瓶打了过来，似乎又有无数人呐喊的声音，秦朗心慌，领着秦奎，跌跌撞撞地又逃下山来。

路上的行人渐渐稀少起来，车辆也几乎停止了行驶，在一个十字路口有两个骑摩托车的人在议论着什么，见有两个带枪的人奔过来，其中一个慌忙发动车子逃走了，另一个似乎车子一时发动不起来，秦朗一个点发打过去，那人头稍一低，打翻了帽子，那汉子哪敢怠慢，就地来个十八滚，滚到路旁的壕沟里，不见了。秦朗也不去追赶，忙将那摩托发动着，猛见前面的大路上，用沙袋设了障碍，似有人隐在后面，忙打过几颗子弹掉转车头，秦奎倒坐在后座上，子弹雨点般泼了出去。这时燕飞的车子也跟了上来，子弹呼啸着，紧擦着头皮飞过。秦朗便带着秦奎惶惶如丧家之犬，急急似漏网之鱼，没命地朝岔路上窜去。

秦朗也已知道自己进入了绝地，但他仍要做困兽之斗，他从北至南流窜作案多起，凭着他的一身武艺，也确实几次死里逃生。他这次闯入的这条沟，进沟不到二里地，便有一座山，从中将沟劈成两半，分岔处隆起成一较大的山包，山包两侧形成一个不大不小的弯套，整个地形地貌颇似人的一条裤子，虽其取了个不俗不雅的名字——双岔，但外地人都管它叫裤裆沟，并常常予以戏谑，本地人一点儿办法也没有。然而裤裆处土地肥美，当地人因而缸内不缺米面，山坡上又有那木竹之利，因而袋内时时都有零花钱，这裤裆沟反成了山山岭岭中姑娘们眼热的地方。秦朗行到山包处，便不再往岔沟闯，他丢下车，便和秦奎一前一后攻入山包下村庄，但庄户内空无一人，连鸡鸭猪狗都未曾见到，便不敢停留。他们又一个仰攻，一个俯射，向山包攻来，但山包上没有一点儿反应，以前他们被困时，常常是人声鼎沸，枪声大作，而今天秦朗明明知道落入陷阱，但四周却非常寂静，这不正常的寂静，使秦朗心中发毛，他握着枪的手沁出了汗珠，他招呼秦奎隐蔽下来，自己也隐在一棵大树后，密切地注视着四周的动静。这时空中似乎有飞机马达的声音传来，秦朗的目光在空中搜寻，但没有发现飞机的踪影，原来那是刘志的飞行器，那玩意儿声音极小，又有隐形装置，所以秦朗没有发现它。刘志一边盘旋着一边降低着高度。他见各伏击点都竖起了到位标记，才盘旋着向沟口飞去。

其实在秦朗所在的山包上，就潜伏着刘仁和猎人李裕，并且还有一只叫四脚白的猎狗，他们隐藏在石坎下的一个石洞内，猎狗嘴内发出沉闷的嗌嗌声，猎人从袋内取出熟肉给它吃，它一边吃，一边还发出低沉的吼声。在中间那条山梁的第三个山包上，潜伏着凌震和师霞，同样也有一个猎人和一条狗，在两边的山梁上依次是沃土、敖云、利达、蔚成风、田禾。他们每人身边同时配备有一名猎人和一只猎狗。约莫过了半个时辰，刘志肩上扛着一门六〇小炮，金彪背了一杆三八大盖枪赶来了。这时华子昭、燕飞也已将沟口退路堵死。那三八大盖枪虽是一种老式步枪，但枪管长，射程远，准头好。刘志在沟口支好六〇小炮，校好了射程，就和公安部通话，原来刘志见到华子昭后，就把缉捕二个要犯的任务揽了过来，并订了限期，现在他和公安部通话，是说要死的呢，还是要活的？并要公安部来人验明正身，以防误捕、误杀。公安部长听说围住了秦朗、秦奎，非常高兴，并指示已在省上督捕的杜副司长带上新闻摄影记者，立即起程，赶赴裤裆沟并指示：为了避免二犯再次逃逸为害，在验明无误后，可以就地正法。

隆冬的太阳在西山的林梢上慢慢地沉下去，晚霞将山岭涂上了一抹猩红。在这猩红散尽之后，夜幕便笼罩了大地，村落中的点点灯火，也逐渐熄灭，大地沉睡了，只是从远处传来了几声犬吠，夜鸣鸟的叫声，在寂静的山谷里显得格外的单调而凄凉。一个人来自父母，受艺于师，二十多年，风风雨雨，才长大成人，但如果他走错了方向，把自己的聪明才智用在邪恶上，那么即使他个人再有能耐，又怎么能敌得过奔腾直下的洪流，转眼间便会淹没在咆哮的泡沫中。

秦朗深知自己现在的处境，他们必须乘夜幕的掩护，悄悄地摸出去。子弹暂时没问题，但秦奎的干粮在甘沟北岭上丢掉了，特别是水已经喝干，这些都需要补充，参加过战斗的人都知道，在那硝烟弥漫、殊死拼杀的战场上，脸炙烤得要炸裂，喉咙干渴得要冒烟，如果没有水，没有食品，就是铁打的汉子又能支撑多长时间？一更天秦朗没有行动，二更天，秦朗也没有行动，一天的高度紧张，使他感到非常的疲劳，他需要积蓄精力。一直到三更左右，秦朗将他壶里的一点儿水和秦奎分喝了，又吃了一点儿东西，他们便开始从第一个小山包上往下摸。秦朗知道，山脊可能是被注视的重点，他俩决定从半山腰上横摸过去，他们小心翼翼地，一脚踩稳再挪第二脚，尽量不弄出一点儿声响，他们顺利地下了第一个山包，又摸到了第二个山包的山腰。秦朗轻松地舒了一口气，坐下来，一方面稍微休息一会儿，一方面也好听一听四周的动静。天黑得伸手不见五指，现在什么日子了呢？是二十一二了吧，如果是这样，那现在还不到半夜吧，他抬腕看看表，表已经停了，是忙乱中忘了上吧。夜很黑，天空却显得格外的蓝，天上的星星像一颗颗珍珠，在蔚蓝的天空中一眨一眨的。这一眨一眨使他想起了他才满周岁的女儿娟娟，和他那抱着娟娟的清秀的妻子。这一想不打紧，许多熟悉的脸庞都浮现在眼前，不觉鼻子一酸，几颗苦涩的泪珠从脸颊上流淌下来。这时秦奎碰了碰秦朗的胳膊肘，秦朗从回忆中醒悟过来，他知道此时此地是不应该想这些的。这时猫头鹰的叫声又清晰地传入耳鼓，四周还是那样的寂静，这正是他们所需要的。或许现在已经接近了包围圈，或者已经在包围圈线上，也或许已经突出了包围圈。他依稀地感觉到，这次包围圈不像往常那样厚实，但他也依稀感觉到，这次他遇上的是一个从未遇到过的强手。强手多半有刚愎自用的毛病，但也不乏思维缜密之人。如果是往常，凭着他过硬的夜战本领，他现在就可以明火执仗地将网撕破，但是现在他怕黏上，总有一种不祥之感在他的心头萦绕。摸出去，摸出去，离得越远越好。现在他们已经摸过了第二个山包，又小心翼翼地向第三个山包上摸来，秦朗正在心里暗自庆幸，忽然几只灰瓶打了过来，秦奎刚一愣怔，随着"咚！"的一声响，猎人"夜猫子"刘峰火铳里射出的几粒霰子咬住了他的腰部、胸部的几片肉。殷红的鲜血便浸湿了他的衣衫。随着灰瓶和火铳发射出的气浪，秦朗甩过几粒子弹。猎人的左手腕竟然被击断，凌震急忙仰倒，一颗子弹呼啸着擦着他的鼻尖飞过。凌震惊出一身冷汗，那凌震倒也乖巧，就地一个滚翻，又有几只灰瓶打了出去。猎人也松开了猎狗"三只眼"，那猎狗像离弦的箭，猛蹿出去，摁住秦奎没头没脸地撕咬。石灰的粉末蜇得秦朗的眼睛火辣辣地痛，忽然眼前猛地一片红晕。他知道这是探照灯光，顾不得眼睛的疼痛，听着声音，几枪托砸下去，再摸住猎狗的腿，顺势扔出去，就在这一刹那，那猎狗回过头来，虽没实实地咬住秦朗的手腕，但那两颗长长的犬牙，像两把尖刀，在秦朗的手腕上刺下了两条长长的口子。秦朗不敢恋战，左臂挟住秦奎，右手握枪，那秦朗从来都是十分吝啬子弹的，但现在他顾不得这许多了。他二拇指紧紧地扣下去，子弹疯狂地向四周飞射。

退下来不到十分钟，秦朗和秦奎又向三号山包摸来，他这一招确实有些厉害，按照一般惯例，第二次攻击不会来得这样快，这时的三号山包上确实势力单薄，师霞扶着猎人刚刚离开，猎狗也被秦朗击伤。但秦朗想借着夜幕掩护逃跑的想法，其实也是不现实的。因为黄山、刘仁、徐建送给刘志的那架望远镜有红外线装置，秦朗的一举一动他都看得一清二楚，见秦朗这么快地又开始了第二次反扑，立即给凌震通知了秦朗的准确方位，并让师霞和猎人立即返回组织堵击，同时通知南岭上一个绰号"三步响"的猎人田虎带上"哑巴蚊子"猎狗前去增援。这三步响是猎人的一句行话，当地猎人一般都习惯用土枪，土枪用的是自制火药和铁沙子，发火装置是火泡子，一方面这些东西成本低，自己制造方便，再一方面那铁沙子打出去多大一片，杀伤面大，击中率极高，但缺点是光装霰子杀伤力并不强，要打大东西，还得装上条。另一方面，打一枪以后，还得重装第二枪，往往装第二枪时，负伤的猎物就跑远了，所以第二枪与第一枪间隔的时间长短，是获取猎物的关键。因此猎人一般一边跑一边装药，而跑三步就能开枪，当属上上乘，三步响就是这远近能打飞鸡跑兔的有名猎手。这三步响成年累月在山上跑，翻山越岭如履平地，那"哑巴蚊子"是他心爱的一条猎狗，它出猎时，不像一般狗那样的狂吠，而是悄悄地出其不意地突然发起攻击，所以山民们也都害怕它，生怕它冷不丁地从后面给你一口。你也可以想象，不要多长时间，那三步响就摸到中梁岗的半山上，这时凌震的灰瓶在不远处炸响，这灰瓶是刘志即兴制造的一种小型炸弹，它用啤酒瓶做外壳，基部装上石灰、草木灰等，接近上部有从手榴弹内拆卸下来的炸药和发火拉绳，啤酒瓶又用破布、麻绳捆扎妥当。灰瓶炸响过后，紧接着是一排枪响。忽然三步响见前面有个黑影晃动，忙"叭"一枪，只听得"哎哟"一声，那黑影便翻滚下来，那"哑巴蚊子"只当是有猎物被打中，便蹿上去，生辣辣地扯下一片肉来，掉头就跑。这次凌震打过的灰瓶，正在秦朗身边炸裂，他的右眼鱼尾纹处被玻璃碎片击中，鲜血便迷糊了他的右眼，右腿大腿部和胸腹部几处也火辣辣地痛。幸好这次他半闭着左眼。东方有一抹朦胧的光，大概月亮要从那儿升起，山坡林子里比原先亮了一点儿，他磕磕绊绊地找到秦奎，秦奎的腰已经直不起来，猎人的一根条子，正卡在他脊梁骨上，左腿肚子上的一片肉又被猎狗活活地扯了去。秦朗知道一时突不出去，他得趁着第二个山头上还没动静，赶快退回去守住它，以便天大明后再做计较。

　　带着早晨的露水，杜副司长带着一个电视新闻摄制组到来了，刘志在临时指挥所里接见他们。"你们一路辛苦了，怕是一夜没睡吧，是不是适当休息一会儿？""我们一夜没睡，赶到这里，又为的是什么呢，要睡在家里睡不是很舒服吗？"司长揶揄着说。"那其实也不费事，你就在这里用望远镜辨认一下，在认定书上签个字，就可以了。""这个当然要办，但我们大老远地赶来，难道就仅仅是为了辨认一下人吗？再说摄制组的董组长他们来，并不是为了这个。""请恕我直言，这里是战场，这次围住的又是一个刀刀见血，弹弹咬肉的刺猬头，万一将哪个放平了，这责任谁负，我咋样向人家家属交代？况且这种牺牲我认为是不必要的。战斗人员我已经调拨停当。""哎！我说队长先生！你让董组长几位空虚此行，怕也不妥吧！"华子昭冷不丁地抛出这一句。刘志白了她一眼，倒背着手不吱声。"是嘛！是嘛！得想个两全其美的法子。"司长顺势补充了一句，"哎！真拿你们没办法，金副处长，那就委屈你调两挺重机枪上来，一挺你亲自负责，到中梁三号山包凌震处，再一挺华子昭负责到中梁一号山包刘仁处，摄制组在重机的防弹钢板后面拍照，一定要确保摄制组人员的安全。"组长冲华子昭笑笑。"你笑什么？"华子昭杏眼含嗔。"我笑英雄难过美人关！"这时摄制组的燕山拉了董组长一把，因为他们还不知道刘志和华子昭的关系。董组长也自知话语有点儿唐突，忙朝子昭扮个鬼脸，半是歉意，半是解嘲。"我说你这人，可真有点儿那个，我帮你说话，你反倒猪八戒倒打一耙。"其实她心里美滋滋的，她也希望借众人之口将她和这位风流倜傥的男子联系在一起。司长朝刘志瞅瞅，又朝子昭瞅瞅："没准还真是天生的一对，地配的一双呢！"这下可臊得子昭满脸通红，那皮下的血液好像就要从那薄皮儿里喷涌出来。大凡玩笑，只能开到六成七成上，说到九成十成上，有时难免有些让人尴尬，何况华子昭和刘志的关系尚处于暧昧阶段。

　　此时秦奎发着高烧，嘴唇龟裂出几道血口子，他头倚在一棵黄栎树的突根上，嘴一张一翕地对秦朗说："朗哥，我怕是出不去了，趁我现在还有一口气，我掩护你突出去。你有一身武艺，到哪里能没碗饭吃，我这里还有一两千元钱，你拿上，日后见着我的家人，交给他们，就说我对不起他们。"秦朗也深深地知道，他们是出不去了，这里可能就是他们的葬身之地，也或许要曝尸荒野，也或许……他不敢想下去，但在此时此刻，他不能对秦奎说这些，提到钱，他的心里如同刀绞，不就是为了钱，才闯下弥天大祸，闹得身败名裂，落到今天这般境地。求生是人的本能，面对死亡，他何尝不想摆脱它，哪怕只有一线希望。"要出去，咱们还是一同突出去……""这不可能……我现在立不起来……你背着我突围是极不现实的。"其实秦朗哪里真想背他出去，他自己也是又累又饿，身上的几处伤口也一阵阵火烧火燎地作痛，腿也像灌了铅似的难以挪动。他也知道，要行动现在正是时候，虽然现在北方还在隆冬，但在南国连续的干旱使气温骤然升高，在中午以后拼杀，会更加使人干渴难耐。这时他不再说话，把头伏在地上，闭住眼睛，使自己尽可能多地积蓄一点儿力气。

这时刘志和副司长已上到中梁一号山包，副司长举起望远镜，向二号山包望去，只见秦朗、秦奎正在几棵大树根部的中间，掩蔽得很好，秦朗的脸正朝着地面，秦奎倒是面部朝上，但他脸部高度肿胀，伤口以及黑紫的血痂，已使他面目全非，胸腹部的衣服也都被血浸透，又沾满了灰土，形成了一块一块黑紫的壳。"是不是他们？是不是他们哪？"刘志在一旁催促。"你别着急嘛，模模糊糊看不清。""什么，你说什么？"刘志也举起望远镜，可不是，这样的人怎么认呢。"火力侦察，让秦朗抬起头来！"副司长说。其实秦朗哪里是怕让人辨认，这时他已抬起头来，三角眼内喷射出凶狠的光，这种罪恶的眼光在向四周山梁上扫描，他一边在搜寻目标，一边将身上的几把短枪，一把把地擦拭，并压上子弹，他要利用现在占据的有利地形，尽可能多地杀伤对方，然后寻找缺口，再行突围。在刘志的一再叮嘱下，各处伏兵都隐蔽得较好，因为刘志的策略是要把秦朗、秦奎困死在二号山头上，因为他知道从昨天夜里，秦朗、秦奎已经彻底断粮、断水了。这时副司长从望远镜里清晰地看到了秦朗的面孔，他的右脸有伤，右眼肿胀。眼神内充满了垂死和绝望，他放下望远镜对刘志说："就是秦朗。"说完他在认定书上签了字。

"朗哥！你还是走吧！我看这不声不响的势头，他们怕是要困死我们，万一我一口气上不来，你就更孤单了。"秦朗默默无声地从身上解下几梭子弹，一把短枪，放在秦奎跟前，秦奎又艰难地把它们递还给秦朗："我……不需要这么多了……你带着比我更有用。""贤弟多加保重！"说完就着地势，小心翼翼地爬下山梁，他爬下第二个山包后，沿着中梁南侧，继续向前匍匐前进，这样一号山包的火力有秦奎牵制，北坡的火力发挥不了作用，他只受到三号山包和南坡火力的威胁。当秦朗开始向三号山包爬去时，南坡上的沃土、敖云，开始射击，子弹呼啸着在秦朗身边飞溅，枯黄的树叶被一片片地打落下来，秦朗时而卧倒，时而跳跃，巧妙地利用地形地物避开射来的枪弹。这时秦奎也已开始向一号小山包进行阻击，猎狗的吠声此起彼伏，凌震、师霞的灰瓶也接二连三地打来，野鸡和山雀在树林中惊飞。"干掉秦奎！"刘志向刘仁、华子昭发出了指令。但秦奎伏在靠近三号山包一侧，又有黄栎树干的遮护，射杀效果很不好。但南坡上的敖云，北坡上的蔚成风、田禾却从树干的空隙内看到了秦奎躯体的几个部位，随着几粒子弹钻进秦奎的皮肉，秦奎的躯体扭动了几下，头朝左一偏，短枪从他的右手滑落下来。敖云一声呼哨，华子昭、刘仁还有猎人李裕带着猎狗四脚白扑上二号山包，这时秦奎还没有完全死去，他在弥留中又颤抖着用右手去摸枪，被刘仁一脚踩住，猎人李裕一枪托击在头上，秦奎惨叫一声，双腿僵硬地踢蹬了几下，瞳孔便散开来，眼睛也变得灰暗起来。这时四脚白扑上来撕咬，李裕吼住了它。就在这时秦朗泼过来几粒子弹，华子昭、刘仁急忙闪到树后，李裕的右臂被擦破一块皮，四脚白的后胯子上中了一弹，它可怜地号叫着，顿时后腿便立不起来。华子昭、刘仁、李裕借着树干的掩护，一步步向秦朗逼近。同时，猎人三步响带着"哑巴蚊子"与金彪一起绕到秦朗的前面进行拦截，三号山包上凌震留下师霞守山头，自己跳跃着向秦朗弹射，这时子弹在秦朗四周乱飞，树叶簌簌落下，岩石上火星飞溅。这时秦朗的身上又被子弹咬破了几块皮肉，只是没伤着要害，他仍在左闪右避，跳跃前进。那秦朗也真够刁钻，在快接近三步响的有效射程范围时，突然折向东北，两把短枪的子弹雨点般向凌震袭来，凌震被压在一块岩石后面，抬不起头来。但秦朗的后背却暴露给了三步响和金彪，三步响带着猎狗，快步偷袭上来，忽然单腿跪地"叭"的一枪，击中秦朗后背，秦朗身子一个趔趄，金彪又"叭"的一枪正中秦朗后脑。秦朗便软绵绵地向后栽倒，这时三步响已蹿到跟前，一脚踏住胸口，一把开山刀稳稳实实地刺穿了秦朗胸膛，一股殷红的鲜血，便从放血槽内喷涌出来。这时，华子昭、刘仁、李裕也跑到了跟前。三步响将右手二拇指放在嘴里，连打了几声口哨，南北山头上的人和刘志他们便朝这边拢来。大家对秦朗的遗物进行了清点，在他身上搜到了两万元钱，一封信，一个年轻女人和一个

182

周岁左右女孩的相片，信已被血浸湿，但女人和孩子的相片却被烟盒中的防潮纸包裹着，还是那样的干净和清新。刘志将那信摊在地上看，大家便也凑过来，只见那上面写的是：我知道我和秦奎犯下了弥天大罪，死亡对我们来讲只是迟早的事。我们也都知道围歼我们的人绝大多数都是好人，所以我写下这封信，把我死后的几件事拜托给你们。一、我们的犯罪仅限于我们本人，不牵连我们的家人。我是独子，我的妻子还年轻，她改嫁后，我的父母年迈后，还望组织上吸收到幸福院。二、我身上的钱是我多年的积蓄，是干净钱，请从这钱中拿出一部分给我和秦奎各买一副棺木，请几个土工掩埋，并打一个小小的石碑。以备日后家人万一寻找。三、余下的钱请转交给我的父母，另外一个小包中的两千多元是秦奎的。也请按照上面的地址转交给他的家人，请转告我们的家人，请他们一定接受，我们实实对不住他们……"人之将死，其言也善；鸟之将死，其鸣也哀嘛。"摄制组的董组长说。"善啥哩！临死还跟我们真枪实弹地干！干脆让狗吃了省事。""逃生是人的本能嘛！""这王八，死了都让人不得宽松！"大家七嘴八舌地议论了一阵，最后将目光集中到司长和刘志身上。"这次对秦朗的围歼是你承包的，你说咋办？"司长冲刘志说。"人死啦，跟活着要有所区别。况且，他现在变成了一具死尸，又不能跟他商量，并且，这是他最后的一点儿愿望。刘仁！你就按这上面说的去办吧。"

捷报传到公安部，公安部授权杜副司长评功并颁发奖金。

庆功大会二十四日在双岔打麦场举行。

地区华专员、人事科长在早晨七点左右赶到了。隆冬天气，又没下雪，干冷干冷。打麦场上早早生了几堆篝火，篝火的火苗在欢快地跳动，青烟袅袅上升。火堆的旁边围坐着特警官兵和猎人、猎狗。见到专员和科长到来，大家都站了起来，专员示意大家坐下。华子昭像一只快乐的小鸟，飞到爷爷身边。自然司长、刘志、摄影组的人员以及金彪、燕飞也都围到专员身边。"刘志！你小子让大伙儿在这里风凉风凉。""不风凉风凉，一会儿上岭爬坡热不过。""刘志！你小子一下子就捞了个一百万，我几辈子都挣不了那么多，该请客了吧！今天拿什么好吃的招待大家？""今天哪！凭本事吃饭。没本事的，人家吃，他站在旁边看。喂！我说伙计们哪！咱们手上都操的有家伙，今天上午的饭就在二拇指上，拎回来啦，自己炮制，一人一道菜，油盐酱醋调料我包了。

补充一句：只许捕猎害禽害兽。""我们抗议！我们抗议！我们是文职人员。"摄制组的董组长首先站出来反对。"别理他。文官一张嘴，武官跑断腿。到时候咱们吃现成的。"专员揶揄着说。"怕没那便宜！"刘志没想到专员这样说，噎得半晌才回过神来。子昭则乐得咯咯笑出声来。

八点光景，燕飞和村干部文同，带着两个屠户，装着两头牛，四只羊乘着一辆东风牌大汽车开来了。打麦场的坎垄上，早已支好了大锅、小锅、鏊子。大帆布棚内，一溜儿摆着几副案板。案板上砧板、笊篱、刀、勺、瓢盆齐全。几个厨师正在做着准备工作。燕飞他们还从车上卸下来几包木炭，几袋白面。这时，李裕等几个猎人，已经挑着野鸡、兔子三三两两地回来啦。打这些东西，也就是在早晨太阳刚刚升起的时候。"人家都回来啦，你咋还赖在屋里不走呢！"专员冲刘志说。"你去不去？我会空手抓鸟呢！""你会吹。""不信走着瞧嘛！""我懒得去！""你不去，我就走了啊！这长时间没抓啦，不知手是不是生啦。"刘志一边嘴里咕噜着，一边便抬脚向靠西北的一条岔沟坡沿走去。"走！盯住他。"专员冲摄制组长说。组长也颇来兴致，便带了摄像机，走走停停极隐蔽地盯住刘志。刘志走过地边、坎垄时，便不时有拳头般大小的鸟儿翻滚着，顺着地面飞出。刘志一扬手，那鸟儿便像蛇吸青蛙一样，径自向刘志滚来。专员和组长竟惊得目瞪口呆，啊！真有这般手段。刘志将鸟装在袋内。这种鸟好像并不多，一个钟头过去了，他也才只抓到三五只。接着刘志走进一片矮树林，接二连三地抓到了几只鹧鸪。冬天的太阳，是升不到头顶上来的。矮林中的树木，有的叶子已经落尽，有的要等新芽长出了才能掉尽。那种斜斜的光，透过这些树木枝叶的空隙投到地面上，地面上这丝丝缕缕的光和树木的影子交织在一起，显得光怪陆离。刘志拎拎鸟袋，再抬腕看了一看表。便掏出一方白绫小绢，擦干一个柳叶般宽窄，长约寸许的小刀上的血迹，连同那细细的丝绳装入一个精致的皮质小袋内。专员看出来了，这是弋射，不过他也只在书上见到。

刘志踅到大路上来。专员和组长本来想在刘志的前面回到打麦场上，但见到刘志大步流星地走着，知道已不可能，便都矮了身子，等待刘志走过。已经一点多了，还没见田虎、金彪、凌震回来，专员几次派人到各条小路上去看，都没见踪影，不免心中有些焦急，一直到两三点光景，才见"哑巴蚊子"吐着红舌头,从东北方向那条岔沟的一个小山脊上蹿下来。狗出现了主人便不远,不多时,只见金彪肩上搭条猪獾子,田虎、凌震吭哧吭哧地用桦树杠子抬了头野猪。沃土、利达、蔚成风忙跑上去接。

庆功会其实开得时间很短,杜司长首先代表公安部宣读了嘉奖令。

特等功一名:

刘志

一等功两名:

田虎、金彪

二等功六名:

李裕、刘峰、田禾、蔚成风、敖云、凌震

功狗两条:

哑巴蚊子、三只眼

三等功十一名:

利达、沃土、师霞、华子昭、刘仁、燕飞、猎人、董亮、王小刚、张书礼、刘思厚

功狗一条:

四脚白

接着司长代表公安部颁发了功章和立功证书,特等功为勋章,一等功为金质奖章,二等功为银质奖章,三等功为铜质奖章,并将一百万元现钞交到刘志手上。

司长颁发了功章、证书以后,刘志颁发奖金。他说:"亲爱的战友、猎人兄弟、朋友们,这次大家通力合作,得以剿灭秦朗、秦奎两名要犯,值得庆幸的是咱们没有付出人命的代价,但刘峰兄弟的手腕被击断了,李裕也受了轻伤,猎狗四脚白的后胯骨被击伤。三只眼也被摔伤。还有伙食、枪械等等方面的开销,这些都由我负责。这里向大家说明一点,我下来还有一点儿私事要办,我提取了一点。要不然大家就按功劳大小分光算啦。除去这些以后,还有八十五万,现在我宣布具体数额:特等功十五万、一等功的每人十万,金彪、田虎、快来,这是我的十五万。下面念到谁,快上来,钱都分好啦。二等功的每人四万。三等功的每人两万。另外刘峰的治疗费五千。伤残补贴一万。四脚白的治

疗费五千。李裕的治疗费五百。三只眼的治疗费五百。这里强调一点。立功的狗不许屠宰，不许出卖，死后要好好埋葬。再一个双岔小学一万。双岔组村民每户一百，学校的黄老师来颁。双岔组的文组长来领。

双岔小学的少先队员们向有功人员佩戴了鲜花。刘志还将功章和鲜花系在哑巴蚊子和三只眼的脖子上。哑巴蚊子向刘志摇摇尾巴，并伸出舌头舔一舔他的手，刘志拍一拍它的头，并竖起了大拇指。狗，其实也是通人性的。其他的猎狗发出汪汪的叫声，好像有些愤愤不平。刘志忙招呼厨师端来煮熟的牛头羊下水来喂它们。

庆功大会结束后，庆功宴便开始了，桌子不够，就将笸箩拿来反扣在地上，再端些小板凳围放在四周，这便成了餐桌。连同村民、学生一共一二百人，吃大盆肉，喝大碗酒。劈柴发出噼噼啪啪的声音。炭火上成百的羊肉串散发出诱人的香气。天色渐渐地暗下来，但灯光、篝火和木炭的火焰交相辉映，连临近的山林也都被映照得明亮起来。本来是要给司长、专员及摄制组的文人们另设雅座的，但他们不干，专员到了学生桌上，挨次给他们发羊肉串。

司长和村民们聊得也很开心。金彪、田虎等兴致很高，都在找刘志碰杯，但桌子上都找不见他，最后在篝火堆旁发现了他。他正勾着头将火堆慢慢地移开，从里面扒出一个黄泥胶团来，稍冷之后，用手慢慢拍开，那鹌鹑的皮毛便都粘在胶泥上，里面露出白嫩香酥的鹌鹑肉来。鹌鹑这东西，本来就肉味鲜美，剖肚洗净后在里面放上油盐、五香作料，这般烧烤，就更加撩人胃口。刘志用刀叉轻轻地取出放在一个小盘内，正要递给子昭，忽见后面站着金彪、敖云、师霞等一溜人，忙改口说："快端去给你爷爷吃，这东西松软。"忽然大家好像明白了什么，忙都在火堆中扒那泥团，闹得那火星四溅。刘志赶忙扒出一个，烫得左手换到右手上："你们抢啦！清平世界，朗朗乾坤……"一边说着一边挤了出来。这一个他真的要让专员尝尝。

酒宴散后，华子昭约刘志外面走走，并对他说："这次我只立了个三等功，晋升了一级工资显得有些惭愧。""林妹妹何故说出这等糊涂话来，殊不知富贵如浮云，觑破了，得以不喜，失亦不忧。""说话便说话呗！你嚼什么舌根。呃，你说你有一点儿私事，是什么事？""我记得曾经给你谈过这件事，就是我准备去读几天书，得一点儿钱花。""准备到哪里去？""初步设想到美国吧。"

"手续都办好了吧?""我哪里知道。才准备着手办,就忙到这头来啦,也不知黄山、徐宫他们办得咋样啦。""我这里眼见得有六七万,你拿去用吧。""好吧,我就暂时借个六万,你留下一万。""到时间我送送你。""到时间再说吧,什么时间走,还说不清。"刘志和华子昭转悠了一会儿,便各自休息去了。

第二十一回　刘志夜梦芙蓉女
　　　　海岛枪战杀戮狂

　　刘志回到凤鸣岗，黄山、徐宫莫大高兴，陪着他察看了河边十里长堤和人造两千亩小平原工程的进展情况，只见石堤已垒砌到一丈来高，看起来很是端正壮实，双千平原的工程大约只有一半，黄山、徐宫、刘志一行三人，又过了黑龙河到凉水沟四组看了看，草鱼大多在一二尺长，体重约莫在三四斤左右，鲤鱼多半在一尺来长，傻愣愣、胖乎乎的。"我看冬里边工程上的活，就暂时停下吧，这边该收获的鱼要尽早出售出去，鳖还不大，要做好冬季保暖，特别是供氧工作，防止死苗；凤鸣岗四组男女劳力也都在工地上，眼见得没甚收入，让大家伙儿各自去挣点儿钱，春节好花。"刘志一边说着，一边向黄山、徐宫投去征询的目光，黄山、徐宫赞许地点点头。

　　吃过午饭，黄山一行三人又到鹰愁涧工地看了看。拦河坝、泄洪道、电机房、桥梁等工程已近尾声，江副总、郭技术员、李强队长陪同黄山一行三人进行察看，泄洪道其实就是拓宽了的拦河坝。跟一般泄洪道不同的地方是，它略高于拦河坝，只是为了在特大洪水期间，增加洪水流量而已。拦河坝，实际也是滚水坝，下面用料石砌就，上面迎水面用钢筋水泥封护。拦河坝和泄洪坝的背水面还有护坝副坝。副坝有燕尾式扬水凹槽以减少洪水对坝基的冲击力，拦河坝挨近孤山的迎水面有一个一丈来宽的自动放水铁闸，拦河坝和泄洪道下面有一条八尺高、五尺来宽的拱洞式地下通道和电机房相连，这通道一直延伸到对面的石壁上。桥梁有三个细高细高的桥墩，桥面一丈多宽，只能容单车通行，两边有铁栏杆维护，桥梁小巧玲珑，人站在上面有些眩晕。这桥将孤山顶和鹰愁涧那边的山崖连接了起来，工程的质量还是很令人满意的。徐宫和黄山、刘志商量了一下，给李强先付了一百五十万工价。

一连几天的劳累，刘志显得有些疲倦，回家后便早早地睡了。

他刚一眯上眼，眼前便出现了波涛汹涌的大海。波涛中，一个彪形大汉挟着一个头发散乱衣服碎成片片，胸前有几处伤痕，左手小指喷涌着鲜血的年轻女子上了一个小汽艇，汽艇上似乎还有几张扭曲了的脸。那少女不去和那个汉子厮打，却一摆头，伸出双臂，向他发出声嘶力竭的救命呼叫。"哪里盂贼！休得无礼！"刘志一声大喊，惊得母亲丁香赶忙跑来。"志儿醒醒！你魇住了吗？"刘志这才知道是做梦。但那姑娘好看的眉毛，薄而苍白的嘴唇以及那手指上喷涌的鲜血，都历历如在眼前……是梦，却真真切切；是真，却无根无叶。莫非……莫非……有时他脑子里似记得了一点什么；有时他脑子里却一片空白。那脸庞那呼叫搅得他一夜不得安眠。

第二天，刘志找徐宫商议，并把他遇到的怪事告诉给了他。徐宫也感到怪异，但他说有两点可以肯定：一是那姑娘肯定和刘志有点儿缘分，并且相信他能救得了她。二是假如他们走水路的话，那出事地点肯定是在他们要经过的路线上，或是因其他事情的牵连所要到达的地方。徐宫的分析，刘志基本上是同意的，但他心里又有些发毛，她跟我有些缘分，可我心里已经有一个人啦。要是让华子昭知道了，那还不知道有多糟糕。他叮嘱徐宫不要对别人讲，毕竟是一个梦，徐宫会意地笑笑。他又和徐宫商议，万一梦幻成真，那姑娘如何安置？徐宫说："那也只能走一步，看一步，到时候再说。我看还是不要小觑了那帮海贼，说不定还是一块难啃的硬骨头。"

救人如救火，宜早不宜迟，徐宫和刘志带了几件家什，告别了家人便早早地上路了，以致在客车上，刘志才通过传呼机和华子昭话别。

刘志和徐宫办妥了签证，在香港搭上了一艘去菲律宾的 1803 号客船。刘志和徐宫的舱房在二层右舷，透过舷窗可以清楚地看到海面上的景色。客船缓缓地驶离了码头，海面上雾气很重，一海里以内，模模糊糊看不清。一个钟头以后，在太阳光的照射下，浓雾渐渐消散了，一轮红日从东方的天际涌出。海面被阳光照射得像一团火焰，发出一片红光，云彩散在高空，染上深浅不同的颜色。

和徐宫、刘志同船的还有一个南开大学的名叫廖云山的硕士生。他要到太平洋上的一个无名小岛去看望他的父母。他的父亲是位诗人。史无前例的"无产

189

阶级文化大革命"中又受到严重冲击，患有轻微神经分裂症，焦躁、易怒。后来在亲友的帮助下，移居海外，渐渐悲观消沉，厌弃人生。以后又固执地要到一个荒无人烟的荒岛上去定居，梦想过着与世隔绝的世外桃源的生活。找来找去，找到只有一个落难海员栖身的小岛，虽不十分满意，但在夫人兰枫的劝说下，还是住了下来。廖云山所能知道的就是这些。因为估计到临近小岛时海水较浅，所以廖云山在香港就租赁了一艘小艇，艇主韩山就在客船上，小艇也放在客船的后甲板上。

十点钟光景，徐宫、刘志、廖云山来到前甲板上，呼吸着带有咸味的新鲜空气，天空中飘浮着朵朵白云，海洋上微风簸浪，各种各样的海鸟贴着海面飞翔，蓝天白云倒映在水中，海天一色，海洋好像是睡着了，那样的静谧、安详。

第二天上午，也就是古历腊月初一，客船驶抵菲律宾的马尼拉港，刘志和廖云山去办理签证，徐宫去购买从马尼拉到中途岛的船票，经过五天五夜的航行，到第六天的上午客船到达中途岛，廖云山邀请徐宫、刘志到无名岛去歇息一两日，顺便再协助做做父亲的工作。刘志也感到海洋航行劳顿，便乐意前往。于是刘志、徐宫便协助廖云山、韩山将小艇放下水，驾驶着小艇，载着刘志一行三人飞快地向西北方向驶去。这时海洋上的风浪渐渐地大了起来，小艇有时在浪尖上飞过，有时又在浪谷里穿行，透过小艇上的隔水玻璃，一些庞大的海洋生物的凶恶的眼睛和可怕的牙齿在眼前浮现，廖云山挤在刘志和徐宫中间，徐宫、刘志也感到有些阴森恐怖。

夜快到了，太阳连着倒影，一片深红，和鲜血一般，在那水天相接的后面慢慢下沉。浩渺的水波在西方炫耀着，闪烁着，像铺着流动的银片。这时廖云山开始慌乱起来，听叔父讲，无名岛离中途岛也不过四五个钟头的航程，现在怎么还不见小岛的踪影？莫非走错了方向，要知道，那无名岛实在小得可怜，在这波涛汹涌的海洋上，哪怕是有头发丝般的偏差，错过是很容易的。廖云山用传呼机联系也联系不上，焦躁的情绪在明显增长，情况是很明显的，如果在天完全黑定以前，再找不到小岛，驾着这一叶小艇在浩瀚的太平洋中间乱闯将意味着什么。

刘志举起他的望远镜，向四周张望，忽然他吃惊地大叫起来，约在一两海里外的一个小岛上，一伙海盗正在那里烧杀。他立即指挥小艇全速前进，好在相距并不甚远，不时便也到了。幸好中途岛属美国管辖，枪支管理比较松散，刘志顺便买了几把短枪。现在他压上子弹，半跪在小艇上，一梭子弹打过去，便撂倒了两个，徐宫也一个点射，又有一个海盗倒下了。这时，有几发子弹呼啸着飞过来，刘志发现小岛边还泊着一只小艇，有一个海盗便倚着小艇向这边射击，刘志一个点射，那汉子便栽倒了下去。这时小岛上的三五个海盗退到小艇上来，其中一个汉子挟着一个头发散乱的少女，有一个海盗匆匆地砍断缆绳，海岛上有两个汉子操着大刀、棍棒踉踉跄跄地奔来，这时只见那个被挟住的少女猛地抬起头来，她衣服碎成片片，胸肩处有几处伤痕，她伸出双手，左手小指喷涌着鲜血，向刘志他们发出撕心裂肺的救命呼叫。刘志的心猛地一紧，不容思索，从腰间皮囊内取出一把小刀掰作两段，对着那海盗小艇，只见白光一闪，那小艇上便没了动静，无人驾驶的小艇像一片树叶在风浪上颠簸。

你道那小艇为何没了动静，原来那刘志的小刀如前所述是胎里带来的，具有超人的神力。那白光闪时，便有一种无形的东西，控制了人的中枢和大脑部分神经，人完好无损地躺着，眼能见，耳能听，而身不能动，口不能言，任人宰割捆绑。不过这种情况也持续不了多长时间，最多也不过一个小时，一般只在三四十分钟，然后人又完全恢复过来，并无其他任何反常。廖云山急切上了小岛，刘志、徐宫迅速地靠近匪艇，登上匪艇后，韩山、徐宫麻利地将那几个贼寇捆束了起来，刘志拿出急救包，给那姑娘洗擦伤痕，包扎右手小指。做完这一切后，刘志一行将缴获的小艇拖在后面，到了小岛岸边，韩山将两艘小艇拴住，大家上了小岛，刘志背着那姑娘。

小岛上有一条很细很细的小溪，小溪边有一条曲曲折折的小路，顺着那小路行不多时，便见到一处宅院，那宅院依山傍河有三间正屋，两厢各有两间小厦子屋。那正屋每间不足十平方米，伸手也便够着房檐，墙用土砖砌成，房用草毡苫就，正堂一副木质大门，两边卧室各有一木质花格窗子，诗人夫妇和那姑娘各占着一个卧室。东厢房一间住着那个海员，一间是厨屋；西厢房就自然地划归诗人使用。在房屋四周和小河边，开辟有菜园和庄稼地，围墙是抬高了的篱笆，院门是能开合的栅栏。如果是在昨天，这里或许全然是一幅古老的田园图画。但现在这里只有狼藉和鲜血，死亡的恐怖笼罩着这个即使是在百万分之一的地图上也找不到的小岛。海员倒在海滩边上呻吟，他的左腿被打折了，腹部被捅了一刀，鲜血染红了他用汗水浇灌的这一小片领地；栅栏门和篱笆墙

191

被踩踏得东倒西歪，室内不多的东西几乎全被砸碎，地下遍是家什的断腿和碎片。现在诗人夫人倒在木栅栏的旁边，她的胸部中了一弹，头上有拳头般大小的血包。诗人木然地跪在夫人的面前，像一尊雕像，任凭一缕缕鲜血在自己胸前流淌。只有廖云山捶胸顿足地号哭。刘志将那姑娘放在她的床上，这时韩山和徐宫也用软床将那海员抬了回来。好在那姑娘只伤及皮肉，不久便苏醒过来，她踉踉跄跄地奔了出来，只顾伯伯呀，婶婶呀，爹爹呀，是我害了你们呀的悲天怜地。

徐宫和刘志商议，小岛上条件恶劣，伤员伤势严重，生命垂危，随身携带的急救药品，只能敷衍一时片刻，稍有延误，后果不堪设想。当务之急是立即向邻近舰船发出救援信号。"别号了！都给我过来！"刘志冲廖云山和那姑娘吼一声，他二人流着眼泪，走了过来。两三分钟后即用英语、日语、国语发出了求救电波。刘志、徐宫打开急救箱给夫人、海员注射强心针、止血针，那姑娘在一旁打下手。"不咋的吧，你们可千万要救救他们呀！"这时刘志才正眼看了那姑娘一眼，本来心中没好气，想给她几句冷语，但在两人眼光相碰时，不由得一怔，他犹豫了，畏缩了，好一副似曾相识的脸孔。真个是：踏破铁鞋无觅处，得来全不费功夫。你道为何？原来他和徐宫绕道万里海疆，其目的不就是在寻找这个人吗？现在这个人就在眼前，他怎能不喜从中来，于是他将凶煞揣在怀里，把笑靥端上脸来。你道那姑娘她是何人？她就是荷花仙子。因久在天庭寂寞，出得宫闱，便如那雀鸟出樊笼，看不够人间的山清水秀，花红草绿，得意忘形，忽然惊觉，便收停不住，仓促间，便落到这小岛上来。她虽然一生多有波折，但毕竟也干出一番事业来，有诗为证：

因恋花蝶误海疆，洲芷孤寂自神伤。

沉鱼招致劫掠祸，落雁风波在异乡。

工读破了硕士格，节使声名扬万邦。

不论人生多错忤，风骨何处不芬芳。

那荷花仙子慌忙间来到了这荒僻小岛，真个是天上落下个星星，海员和诗人都争相收留，为此两家还闹了个不大不小的风波，最后还是姑娘从中调停：

诗人毕竟有儿有女，可怜海员无家无室，孤独一人，便拜在他的膝下做个义女。那海员原是美利坚合众国佛罗里达州华孚船业有限公司船员，名叫约翰·阿卜·杜勒。因在执行任务中，坏了船上规矩，按照当时惯例，被放逐在这孤岛上五年。荷花仙子即拜在海员膝下为女，本应更姓为约翰，但那海员却也开化，并不相强，仍然保留了姑娘逸远的名讳。

　　说话间，只见洋面上开来了一艘巡洋舰，舰上悬挂着星条旗。那舰船上又放下了三五只小艇，小艇在洋面划起了几道水痕，呈钳形向小岛包抄过来，那主舰却没有动。这时舰桥上有人打起了旗语，海员杜勒挣扎着支撑起前身，他认得那是自己国家的舰只，苍白的脸上现出了一丝希望的微笑，他的眼里放射出异样的光，他吩咐逸远按照他的意思回旗语。他告诉逸远：对方旗语的意思是派一个人到舰船上去交涉。他回的旗语意思是知道了马上就来。逸远把海员的话转告给刘志、徐宫。刘志、徐宫也懂得一些英语，海员说的话，他们基本能听明白。他俩碰了碰眼神，刘志说："我去一趟。""多加小心！"徐宫叮咛着。于是刘志带着海员杜勒的证件和自己的证件、名片等，由韩山驾着小艇，靠近了美国的那艘主舰。韩山留在小艇上，刘志被拉上了前甲板，由一个海军士兵领着，来到了舰长室。舰长掐灭了手上烟头，斜眼看了一下刘志，算是打过招呼。刘志从烟盒内弹出一支烟，送到舰长面前，随即递上海员杜勒的证件、自己的证件和名片。舰长站起身，将刘志盯了几眼，向刘志友好地伸出手来，并请他在自己的右侧落座："欢迎你，欢迎你，来自龙的国度的客人！""谢谢舰长阁下！我们是来贵国学习的，中途遇到劫掠，伤员生命垂危，敢能冒昧相问，贵舰可能相助？""舰上只能提供些简单的手术和护理，垂危病人是不行的。不过夏威夷州立医院是可以的。你们的艇小，只怕是伤员经受不了这途中的颠簸。"刘志眉头微微一蹙，心中揣度：他是见死不救？还是另有他图？莫非他的目的在那几具死尸和那几个俘虏身上，或者还是……刘志顿时警觉起来，言辞也更加谨慎。"舰长阁下，伤员生命危在分秒，时间就是生命，中国有句古话'救人一命，胜造七级浮屠'，还请舰长能行个方便。"可能是有些话语不懂，舰长和身边大副叽咕了一阵，脸上浮起一丝微笑："只是……只是……只是这里的海盗……""他们国籍不明，也不像是劫掠财物的海盗，这小岛潦倒海员、疯癫诗人，有什么好劫掠的呢？""你说他们是……""击毙几个，俘获

193

几个，是祸是福，尚未可知，好汉做事好汉当，暂时这一切，还是由我承担为好。"舰长略微顿了顿，又和大副、二副商量了一下说："好吧！那就请把伤员弄上舰来。"

伤员被送上了巡洋舰，刘志留下徐宫、韩山处理岛上后事，随后驾艇赶来。

军舰鸣了几声汽笛，便全速前进，洋面被划破了，在军舰的后方掀起巨大的浪花。

两个钟头后，军舰驶达珍珠港，诗人夫人和海员杜勒被迅速地运上了岸，诗人夫人还是深度昏迷，她面色蜡黄，呼吸极其微弱，好像有一丁点儿的折腾都会使她离开这个她酷爱的世界；海员脸色青紫，全身剧烈地抽搐，已经出现了弥留时的征兆。美利坚合众国太平洋海军第一医院外科主治医师詹姆斯和他的助手们在紧张地做着手术前的准备工作。消毒师、麻醉师进进出出，各种各样的报告单不断地汇总到詹姆斯的手里。夜间十点一刻，海员杜勒被送上了手术台。他的一截大肠被刺穿，一股小腹动脉被割断，血液和粪便淤满腹腔。诗人夫人脑颅骨有轻微塌陷，所幸运的是子弹在离心脏一点五厘米的空隙处穿过，没有伤及心肺。海员的手术做了四个多小时，凌晨两点被推出了手术室。逸远、刘志急忙迎了上去，詹姆斯也随后面带微笑走了出来，海员仍处在昏迷状态，可能是麻醉剂还在起着作用。诗人夫人的伤口上了药捻，颅骨采取缓慢的压挤复原。詹姆斯告诉刘志、韩山："海员的手术很成功，恢复可能要快一点，而诗人夫人只有采取这种费时的保守疗法，效果才会好一些。"刘志和韩山等向医师表示深深的谢意。

诗人的伤口也进行了包扎。夫人被枪击，可能深深地刺痛了他的心，他在病榻前，看着夫人紧闭的双眼，苍白而美丽的面庞，颇带伤感地低声吟着只有他自己才知其中味的诗句：

> 泪河早已干涸，
> 心力已经枯竭。
> 本来是升腾世界，
> 和平年月，
> 而偏偏不能生受，

无端生出这许多枝节。
意志的统一才是力量，
固执酿就了泪和血。
在这异国他乡，
何颜对芳洁……

被俘的那五个劫匪（让我们现在就这样称呼他们）早已完全恢复了过来。他们似乎没有了喜怒哀乐，整个表情显得那样的木然和冷漠。刘志在第二个夜晚对他们进行了初审，然而他们只言不发，显示出早已将生死置之度外，无求无畏的神态。刘志盯了他们几分钟，似有所悟，就把他们重新押回底舱。

又过了两天，刘志让医师詹姆斯给他们化验血液，他们中间有一个人显得有些惊慌，另有两个人也有反常，不过那是稍纵即逝的，如果不是特别留意，可以说他们和以前并没有什么两样。化验结果出来以后，詹姆斯告诉刘志：血液中有微量不明物。刘志蹙了蹙眉头，又和徐宫商量了一下。他的心中忽然豁亮起来，他冷笑了两声，一个新的方案在他的脑海中成熟起来。

一个星期以后，诗人夫人和海员杜勒的伤情都在慢慢趋向好转，诗人的情绪也渐渐稳定下来。刘志和徐宫商议：不能再在此滞留。当又一个黎明到来的时候，刘志向逸远话别，逸远显得那样的惶恐和不安，刘志向她甜甜一笑，脸颊上现出两个浅浅的酒窝，这一笑反倒使逸远很不好意思，脸上泛起一阵绯红，使她那原本就十分姣好的面容更加妩媚。刘志从腰间的皮囊内取出一个小小物件，只有半寸来长，仔细看时，那原来是一条制作精美的鞭子，上面图案文字，细如发丝，乍一看，依稀可辨，待仔细观时，却又模糊不清，刘志把它像簪子似的亲手插在逸远的发髻上，如此这般交代一番。随后刘志又看望了杜勒，他告诉他："你现在伤势未好，经不起海上颠簸，这里留着逸远护理，待基本痊愈后，和逸远一同来纽约找我们。"杜勒紧紧地握住刘志的手，喉咙哽塞着竟没能说出话来。刘志、徐宫还一一和诗人夫妇、廖云山、韩山话别。刘志、徐宫给五个俘虏每人注射了一针说不上名目的针剂，然后带上他们离开了海军第一医院。逸远、廖云山、韩山和诗人都来为他们送行。逸远那清澈的眸子里汪起一泓泪水，他们看着徐宫、刘志一行消失在茫茫的人流中，一直到很远很远。

195

青春火花

第二十二回　百慕大客船遇险
纽约城学子拜师

　　花开两树，各表一枝。且不说那刘志、徐宫漂洋过海到美国求学，只说那地区特警队华子昭卧室的电话又急促地响了起来，是值班室凌震打来的，又是一宗命案。夜已经很深了，她抬腕看了一下表，现在是十二点一刻，她麻利地穿戴整齐，把子弹压上膛，便驱车赶到出事地点，现场取证、拍照，可凶手是谁？仍然是一个谜。

　　这几天，案子一个接一个，闹得她焦头烂额。那些该死的歹徒像割韭菜一样，割了一茬又一茬，可就是一茬割过一茬又长出来，闹得人没睡过一个囫囵觉，连一个好梦也做不成。可不是嘛！白日里东奔西跑，夜间里眼睛刚眯上，刘志的影子便闪入她的脑海，他约她出去走走，他俩正走在东大街的林荫道上，圆圆的月亮向马路上投下柔柔的光，那光将树影投在地上，婆娑的树影将他俩置于朦胧中，这朦胧正是他与她所需要的。他俩并肩走着，靠得很近，他对她说着悄悄话，那声音甜甜的，她正陶醉在"月上柳梢头，人约黄昏后"的诗情画意中，他冷不丁地在她那白嫩的脸腮上狠狠地吻了一口，便向前跑去，她在后面追赶着，嘴里骂着：男人都不是个好东西……忽然那影子模糊了，眼前便出现了浩渺的大海，浑浊的海浪劈头盖脸地压过来，发出可怕的响声，忽然间又觉得那不是海啸，好像是……她醒了。

　　现场勘查回来，已经是雄鸡报晓的时候了，她想抓紧时间睡一小觉，以恢复一下自己的体力，以便应付天明以后的劳累，或许她还想重温那美好的梦。一想起来，腮帮子上似乎还痒痒的，她忽然觉得脸上一阵燥热，少女的羞涩使她即使在漆黑的孤身独室也不得不用双手捂盖了脸，自个儿扑哧一笑，这一笑更使她春潮涌动，睡意全消。她索性揿开台灯，穿戴起来，找出刘志送她的丝绢小扇，细细把玩，睹物思人，她想刘志此番取道水路，据说是为了去寻找什么梦中少女……她想那刘志堂堂仪表，多才多艺，正是那思春少女梦中情人的模特，岂不会招蜂引蝶？想至此，她恨得牙根痒痒的，把脚一跺，鼻孔内沉闷地哼了一声……猛然又想起那一吻，想起昔日相会时，他那眼角眉梢流露出来的坚毅。她想：他的身上有着一种超脱世俗的东西，她想他是专一的，他的心或许已被她所充满。她走出房门，站在阳台上，东方已经泛起鱼肚白，初冬的清晨是寒冷的，但她一点儿也不觉得冷，一任朔风吹拂着……新的一天到来了，她就自然地想起了那些案子，她想他要是在身边该有多好，他总是高屋建瓴、轻车熟路。她想他也更应该去学习深造，他应该有更广阔的天空。想至此便自然生出无限的眷恋，看着茫茫的天际，想着那蔚蓝的大海，她低声吟道：

几多案子事离奇，人命关天更燃眉。
眼前空有绢扇在，屈指良人到威夷。

低声吟罢，猛又想着有些不对，那刘志随身佩带有手机，为何至今没有和她通话，是不是要和黄山他们取得联系？看他是不是已和他们取得了联系？如果他只和他们联系，这其中便有些缘故了。其实刘志、徐宫并没有和黄山联系。黄山此时正在想着眼前的事，人造千亩平原的工程，顺河大堤停工以后，砌摆平整又搞了一个段落。入秋以来，家家户户都将精力投在基本建设上，除了少数有工薪收入的外，基本都没什么收入。水泥厂、机砖厂虽有一定数量存货，但工人们又都要砖要水泥，顶过工资之后，那些在水泥厂、机砖厂没有工作人员的人家还要，基本都是赊欠，没多少现金可分。因此他想应该将基建工程停下来，让大家伙儿想法子弄一点儿钱，新年快到了，孩子老人们应该添置一些衣服，开年的学生报名费、化肥、种子费也得有个着落，年关的生活必需品，也要买一些，不要弄得太寒碜了。刘仁到临河镇，一去也如石沉大海，咕嘟一声，再也无声无息，也不知他葫芦里卖的什么药。刘志、徐宫他们外出求学，本来乘坐飞机极其便利，偏偏又信什么梦，漂洋过海，那其中不知有多少凶险，让人牵肠挂肚，现在也不知行至何处，连点音信也无。其实，刘志、徐宫乘坐的客轮正抵达巴拿马城，客轮在巴拿马港抛锚歇息，次日便航行在巴拿马到科隆城的运河上，当轮船抵近加通湖时，便进入船闸，巨大的电力机车将船闸升起，使客船进入加通湖面。这巴拿马运河没有开通以前，所有到达大西洋彼岸的船只都要绕道南美洲南端的合恩角，好些发达国家的有识之士都看好了从里斯托巴尔到巴尔博亚的这段断裂狭窄地带，期望能从这里打通一条水道，直通大西洋彼岸。英国、法国都曾干过这惊天动地的大事，但这等工程哪里是一个两个国家经济所能承载得起的，它们耗费了巨额资金，但工程仍然遥遥无期，不得不作罢。后来美国又接手开凿，并设想取道加通湖，但加通湖水面高出海平面几十米，于是又在运河两端建造了三座用来升降船只的巨大的水闸，运河在一九一四年基本建成，第二年试航，一九二〇年才正式通航。

客船穿过运河，离开科隆城，穿过加勒比海，绕道古巴东南端，进入巴哈马海面。这时风平浪静，天气晴好，部分乘客和水手来到了甲板上，呼吸着新鲜空气，一股带有腥咸味的海风吹拂着脸面，傍晚，夕阳将海水和天空都染成猩红，一团光亮在西方沉沦，分不出哪里是天，哪里是海。

次日天气依然晴好，乘客和水手依旧来到甲板上，傍晚的景色仍然是那样的迷人，船长举起望远镜向西北方向眺望，按照行程，应该是能看到大陆了，可他无论怎样仔细观察，都看不到一点儿大陆的痕迹。一测水深八千英尺，不由得大吃一惊，按理说，客船当时在北美洲的大陆架上航行，水深一般不超过八百英尺，一看仪表，轮船竟偏离航线三十多度，一看航海图，轮船竟是朝着百慕大方向行进。荒唐！不能容忍的荒唐！一想起百慕大，船长头皮一阵阵发麻，有关飞机失事，轮船沉没，几百年前的人船再现的有据的报道，无据的传闻，一宗宗一幕幕在脑海浮现，死亡三角，啊！这些传闻，这些报道难道竟降临到自己头上。"报告船长，水下出现大批不明物！""报告船长，仪表出现异常！""报告船长，机械发生故障！"船长两眼呆滞，两腿发抖，脑子一团乱麻，耳朵嗡嗡作响，好像他的一切思维都不存在了，像一截木桩戳在那里。这时甲板上骚动起来，船下伸出几只巨大的触手，卷住了两名观看日落奇观的乘客，那乘客悲惨地绝望地号叫着，脸部肌肉极端痛苦地扭曲着，几名胆大的水手和乘客忙乱地用刀砍用枪击，虽然也砍断了几只，那断足在甲板上弹跳着，但无济于事，那被卷的乘客终被无情地拖下水去。紧接着又有更多的触手伸了上来，在甲板上翻卷着，人们惊叫着拥进了舱内，关紧舱门。大副、二副将船长拖进船长室，商量应急措施，这时船长稍微缓过神来，他叹了口气说："这里是死亡三角，就是发出求救信号，又有哪些舰船、飞机愿意来，并且能来得了，现在只有关机停电、顺其自然了。"

夜幕和死亡笼罩着这艘长途航行的客船，大家都惶恐地等待着那最可怕一幕的发生。

在第七号舱房内，那几个被押的海匪，眼内露出异样的凶光。刘志踱到他们跟前，拍拍他们的肩膀谦和地向他们一笑，用将就能听懂的英语对他们说："你们企图逃跑，那就意味着死亡。你们即使回去了，还能活得了吗？在这里我们不会十分难为你们的，你们身上的定时死亡毒，我也给你们解了。以后，你们也不要说你们是死亡三角的人。"刘志让徐宫明码发报："你们不要认为他们几个是死亡三角的人，这样是此地无银三百两，自惹麻烦。一隅之地，岂能和国家相抗衡，到头来，只能是身败名裂，只要放船，我们保证这几个人不坏你们的事。"说完，刘志带了支带有红外线瞄准仪的麻醉枪上了甲板。这时的甲板上，已爬上来几只大海怪，十几个黑影，以这几个海怪为掩护，慢慢地向第七号舱摸来。刘志赶忙卧倒，他知道这沉沉黑夜，对于对方来说和白昼无异。他一阵点射撂倒了八九个，其余的都龟缩到那海怪的巨大的躯体后面去了。刘志又是一梭子打出去，有两只海怪便抽搐着，扭动着，最后那乱舞的触手便软沓沓地垂落下来。刘志一个就地十八滚，滚到那海怪身边，又击中了两个，余下的都跳到水里去了，刘志一边翻滚，一边用脚将那些被击中的人挑扔到海里去。刘志回到七号舱，从皮囊中取出一把小刀，抚弄了一会儿，便有一束超强定向电波向海洋投去，做完这一切，他便扯过被子，倒头睡去。

客船上的人都把心提到嗓子眼上来了，可怜巴巴地挨着这恐怖的夜，然而死亡之神并没有向他们走来。

刘志知道次日天气依然晴好，于是便和徐宫早早地起来，来到甲板上，时间还早，四周黑洞洞的，什么也看不见。一阵腥涩的海风吹来，让人不禁打个寒噤，这时，才想起故乡已经是隆冬了。

东方的海平线微微发白，人们便知道太阳要从那里升起来，于是便目不转睛地盯着，紧接着是鱼肚白，是一抹红霞，猩红猩红，那红霞慢慢地扩大，将天海连成一片，分不清哪里是天，哪里是海。那红处便有了中心，那中心随着海水的摇曳而动荡不定，那动荡不定的红光慢慢地聚敛一处，形成一个圆盘，跟跟跄跄。海面上微风簇浪，轻烟缭绕，早鸥低飞。太阳慢慢升高，由猩红变成金黄，向大地投下万道金光，这时天空的云块不知躲向何处，水面的雾气也已经消散，天空和大海仍然是那样的轻柔。

又经过一天一夜的航行，客船到了东河左岸的克洛克林的码头，再经过加士林渡，进入四十三号码头，再穿过加士林大街，到包法利街的十字路口，进入四号路到纽约大学。徐宫、刘志在这里报了名，徐宫攻读工程力学和机械制造，刘志攻读原子物理和中子物理。徐宫的导师是罗伯尔·威廉，刘志的导师是汤姆·格里那凡。徐宫和刘志首先去拜访威廉导师，威廉在他的办公室里接待了徐宫一行，徐宫向导师赠送了见面礼品，那是一套杭州丝绣贴身睡衣，两斤龙井茶，一只天然水晶金鱼杯。"些许薄礼，不成敬意，万望导师笑纳。""寸功未得，怎好受这等厚礼。"徐宫又从旅行包里取出一只金鱼杯，从茶叶小盒中捏一撮茶叶，从导师处讨得水来沏下去，随着水的动荡，金鱼似在水中游弋，情趣盎然。导师没想到这小小茶杯，竟有这般妙处，把送给自己的那只拿在手中仔细把玩。徐宫再把那杯茶渡了渡，沏一小盏自己先饮了，再斟一盏放在导师面前，上前施礼道："这茶本应先敬导师，只因我等初来乍到，这第一盏是释嫌的，学生先饮下去，导师便可放心用了。"导师似乎还没有完全听懂徐宫的话，把头扭向助手哈莱，哈莱又重复了一遍，导师说："贵国真是天府之邦，物阜人灵。"导师又把头对向刘志带来的那几位，刘志说："这几个是我们带来做饭烧火、铺床折被、呼前唤后的。"那几个中间有人脸露愠色，导师看在眼里，没动声色，吩咐助手，准备茶饭。徐宫谢绝说："天色不早，还要去拜访格里那凡导师，就不相扰了。""那改日来。"

从威廉导师处出来，刘志让徐宫领着那几个海匪去寻住处，顺便做做他们的工作。自己单独去拜访格里那凡导师。送的礼品和威廉导师的一样，格里那凡导师将金鱼杯、真丝睡衣夸赞了一番之后，津津乐道地谈起了茶道。刘志说："我们中国人喝茶，很是有些讲究，茶首先从质地上，要讲究色香味，要讲究色香味，这就要注意产地，产地的土质、水质、气候都和茶质有很大关系。在同一地方，又以地势高的地方为佳。茶，受天地之灵气，沐日月之光华，成于自然，当属珍品。像西湖乌龙茶，普洱高山茶都是极品。有了好茶，还要会泡茶、品茶。泡茶的茶具、水都很讲究。茶具以烧制泥壶、天然水晶为上品，因为它们也取之于自然。水以高山泉水为佳，烧开待至八成温泡茶，不以十分沸水为好。泡茶也有诀窍，叫一冲、二渡、三磨、四游、五呷、六品。一冲是先撮取茶叶放入杯中，有道是：一道灰上、二道茶。所谓一冲实际是洗茶，待少许，将水滗出，再倒入八成温清水泡茶，用茶杯渡一渡，让茶叶浸入水中，磨和游是用杯盖沿着杯口，慢慢转圈，产生微小风力，使浮叶下沉，茶末消失，待散发出淡淡清香呷一小口，不急于吞咽，含在舌下，细细把玩，慢慢咽下，方现无穷妙趣。品茶是高雅的，是放松，因而急不得。茶话！茶话！饮茶还要有茶友，一边饮茶，一边海阔天空，谈人生、谈理想、谈事业，闲情逸致、思绪翩翩、飘飘若仙，一切烦恼和劳累，便在这茶话中烟消云散，显现出无穷妙处。茶本身就明目提神，再加上这样的境界，所以，饮茶后一般都会使人进入一种兴奋状态，使工作、学习、生活充满活力，这便是茶道。说茶之后，刘志便将无名岛救人、百慕大遇险的经过向导师做了汇报，并征求导师对这五名海匪的安置意见。导师说："虽不能说这些人的天性完全泯灭，但多半冥顽难驯，虽然我这里也需要帮手，但他们却不相宜。百慕大那边也不会轻易放过他们，我在四号街有一铺面房，在那里经营的仆人新近死了，房子暂时闲置着，不妨你们就住在那里，让那几个海匪做些生意，待风头过后，让他们自行谋生去吧。""我原想在他们身上能得到一些百慕大的奥秘。"刘志嗫嚅着说。"知道，当然知道一些，但像他们这些跑外围的，重要的东西是不会让他们知道的。况且一个海底的一隅之地，又能比大陆强多少呢？但并不排除他们掌握了某些鲜为人知的尖端技术。不过这些技术不久将会披露出来。"刘志事后得知，导师早已对百慕大海底有所监控，一些重要的信息都通过卫星传递回来。

第二天，刘志、徐宫便将格里那凡的那套寓所收拾好了，又添置了一些东西。在以后的日子里，那五个海匪中的法国人汤姆、犹太人麦克那布斯、英国人亨利，在街上打零工，中国人华锋、朝鲜人金达力在家做铺面生意，兼管六七个人的伙食。日子倒也过得平静，待有一点儿积蓄后，那五个人便就各奔东西了。正在徐宫、刘志感到铺面无人照料的时候，逸远和杜勒赶来了，填补了这一片天地的空白。

第二十三回　梧桐村开表彰会
黄山家宴托红媒

　　在残叶脱尽，红梅绽开的时候，新年也便到了，梧桐村各家各户也都不同程度地置办了些年货，虽不丰盛，倒也实惠。整个村庄，虽然显得有些凌乱，但到处都充满了祥和的气氛。

　　村委会在杨家麦场召开年度表彰大会。首先表彰十名劳动模范，他们依次是黄土堡的黄正印，白家岗的白富春、白凤云，章家岗的章松，杨家滩的杨守志，江家村的江虎，田家湾的马骞花、田延良，陈家烧锅的陈度国，李家村的李正茂。

　　黄山宣读表彰决定，徐建为他们披红挂彩，颁发奖金。

　　下来表彰好媳妇、好婆婆、好小姑、好丈夫、好夫妻、好婆媳、好妯娌、好兄弟。其中好媳妇两名：黄土堡的李淑珍，田家湾的刘敏；好婆婆两名：白家岗的黄珍，杨家滩的王凤琴；好小姑两名：章家岗的章小芳，江家村的江凤；好丈夫两名：黄土堡的黄正祥，白家岗的白福春；好夫妻一对是白福民、马翠翠；好婆媳一对：汪凤莲、李小艾；好妯娌一对：冯娟、谢秀秀；好父女一对：江守信、江淑贞；好兄妹一对：余龙、余凤。

　　徐建、江虎依次为他们披红戴花，颁发奖金。然后黄山讲话："国是由家组成，家由人组成，人和睦，家事就顺，家事顺，国家就强盛，国家强盛，家庭也就会更加幸福。从整体上来说，国、家、个人利益是一致的。但在某些时候，某些场合，也会出现矛盾，这就需要做出某些让步和牺牲。像黄土堡的李淑珍，她婆婆卧病在床十几年，要不是她精心护理，恐怕早就不在人世；像白福民夫妇，风风雨雨五十年，没吵过一句嘴，没红过一次脸；像余龙、余凤父母早亡，兄妹二人形影不离，相依为命。这就是一个情，也有义务和责任。中国有中国的具体国情，父子之间有很大的依赖关系。绝大多数老年人，一生为子女上学、婚娶、家庭建设耗尽了心血，本人并没有什么积蓄；子女上学从小学到中学到大学，一天到晚，泡在学校里，到哪里去挣钱。这就要中青年人两个筐子一肩挑。老人老了，无钱、多病、孤独、多疑，这些因素很容易构成畸形心态。有些老年人可能有这样那样的毛病，父子关系也可能出现不正常，但我们一定要正确对待。古人说，'亲爱我，孝何难？亲恶我，孝方贤。'中年人一定要切记在心，万万不可粗心大意。对待子女，当然要疼爱，但不能将他们恶习、劣迹都包容了，那我们就将犯不可饶恕的错误。中青年人担子重，夫妻、叔伯、姑嫂、妯娌之间一定要和睦，这样才能增加我们的凝聚力。老的、小的也不应向家庭提出不适当的要求，应尽己之所能，做些力所能及的事情，共同营造一个温馨和睦的家庭。家庭是个人的窝，是国家的后院，后院失火国家谈何稳定？窝之不存，个人有何幸福可言？纵观古今，哪一个成功的男人后面不是站着一个好女人，哪一个成功的女人后面，没有一个坚强的家？"

黄山讲话以后，江虎为他们一一拍照，徐建布置光荣榜。开完表彰会后，黄山、徐建正坐在家里茶几前吃茶，这时柳莲英、刘仁回来啦。黄山、徐建忙起身让座。"嫂书记回来啦！"徐建顺口说。"不对！还没过门呢，是准嫂书记。"刘仁忙接过口来。"你们再贫嘴，姐姐不喜欢你们啦！"说话间，黄山娘陈英便端上果点，大家便坐着吃。这时，电话铃响起来，黄山拿起听筒，是地区特警队打来的。"刘志在家吗？"话筒内传来一个女孩子银铃般的声音。"你是谁？"黄山问。"笨蛋，就是让刘志失魂落魄的那个！"徐建忙从黄山手上夺过话筒，"刘志病啦，病得可厉害呢。你来看看他吧。""什么病？""相思病呗！""别胡闹！"莲英忙把徐建推开，"喂！子昭妹妹吗？我是柳莲英。刘志到美国上学去啦，现在还没有消息。好！有消息我一定转告你，欢迎到镇上来玩！好，再见！"

这时，徐建妈来叫徐建吃饭，看见黄山娘正在抹泪，"儿媳长得天仙似的，又在镇上当领导，欢喜还来不及，却为何伤心？""嫂子，你知道，媳妇家也只这一棵独苗儿，两亲家又都年事已高，人家又都地位显耀，将来还不是将山儿叼走了，你让我心里怎不难过。""嫂子这话就差了，你们多大岁数，你那亲家多大岁数？再说好儿不在多，一个顶十个，还熬煎你们没得福享？我看他

203

们咋说，你就咋依，你想那么多干啥？"徐建妈一边帮黄山娘做饭，一边和她唠着家常。

客厅内，黄山问刘仁："你到临河镇也这么多时日了，咋没见一点儿起色？""谁说没起色？""有起色吗，那黄豆还是黄的，绿豆还是绿的？""废话！那黄豆变成绿的啦，那不叫绿豆？""别拌嘴啦！临河镇的形势非常严峻，村干部中真正干事的没几个，仁兄弟去了以后，做了大量的明察暗访工作，掌握了不少非常可贵的第一手资料。"莲英打断了他们的话。"那就说来听听。"

原来黑龙河流到临河镇附近水势变缓，形成一个 S 形的大弯，临河镇就在这 S 的中间，它背靠象山，左右有龙山和虎山拱卫，形成龙虎把口之势。龙山下有西洛公路，虎山前有通豫古道，交通非常便利，自古是商贾云集之地，当地人见识相应多些，自然不乏能说会道之人，某些人的才能甚至不在乡村干部之下。这本是有利因素，但由于某些乡村干部作风简单粗暴，因而干群关系日见紧张，工作难以进展。更可悲的是：当时镇上个别主要领导简单地把行政工作归纳为催粮要款，结扎上环。做这些工作斯斯文文不行，得有点狠劲儿。在这种错误思想的支配下，一些地方恶棍、前科犯被推上村级领导岗位，像临河镇的所在地临河村的村主任刘根苍就是一个"三进宫"。收款时首先打了自己的亲嫂子，真可谓大义灭亲，来势凶猛，不出三天，干净利索完成任务，得了头名。临河村的工作从此一改往日的疲软，而变得雷厉风行，刘根苍的头上便有了五彩的光环。县税务局甚至还聘他为代收员。前湾的朱河江（人称猪喝奶）也犯有前科，是地方上的一个恶棍，由于推广临河村的经验，朱河江便坐上了前湾村的第一把交椅。还有后湾村的痞子白富全（绰号背朝前）虽是二把手，但在村里一手遮天。这三个恶棍沆瀣一气，成为拜把换帖的铁哥们儿，一声呼哨便有十几辆摩托上路，他们贪污公款，贿赂干部，奸淫妇女，甚至夜间蒙面抢劫。刘根苍最近甚至在光天化日之下，撕烂一少女衣服进行猥亵。

"你看下面我们应该怎么办？"刘仁说完向黄山投来期待的目光。莲英也希望在他嘴里讨个主意。"我们村官不理镇事。"说完黄山架起二郎腿，两手抱着头，向椅背方向扭过去。"那我们不是对牛弹琴白费工夫？"刘仁愤愤的，黄山诡谲地一笑，步出客厅，到厨屋里去拿酒菜。

黄山前脚出屋，刘仁紧跟着后脚出门。莲英说："不辞而别不好。"刘仁说："他不仁，我不义。"说话间，黄山、黄山娘、刘仁妈便端着酒菜进来，见刘仁愤愤地嚷嚷，黄山娘便向黄山问原委，待黄山道出其中情由，黄山娘便絮叨黄山的不是。黄山冲莲英笑笑，说："其实，我参与镇上的事也有诸多不妥之处，实际上也不需要我插足，世上哪有会撒网不会收网的人。"刘仁傻愣愣地摸着后脑勺，黄山向他努努嘴，那意思是叫徐建来吃酒。

酒过三巡，茶品五味，黄山娘说："仁儿，婶子有事托付你去办。""只要侄子能办到的，婶娘只管吩咐。"刘仁一边嘴里嚼着，一边回答。"我想让你和建儿到市里去一趟，和柳市长他们说说话儿，正月里将你山哥和英子姐的事办了。""啊！我说今晚咋做这么多好吃的，原来是瞧媒婆呀，别的事不推辞，这件事办不了……""办不了也得办，'吃了饼子，套了颈子'。"没等刘仁说完，徐建便接过话来。

汽车在国道上奔驰，徐建、刘仁在车厢内嘀咕。"咱到地区去，将老头子捞上。"刘仁说。"就怕捞不动。"徐建有些没把握。"有我呢！"

在午饭时分，徐建、刘仁便到了华专员的宅邸。"老爷子，恭喜您双事临门！"刘仁人没进门，声音先飘了进来，也不知道专员在不在家，就这样的嘶吼。凑巧专员和夫人张英正在客厅闲话。"啊，是仁哥儿呀！我老头子有什么双喜呀？""不是双喜是双事，两件事。""啊，两件事，双事临门。哈哈！说说看，是哪两件事？""一是跟我们一块儿到市里去找柳市长，给黄山说媒，你和柳市长是战友，你们又都是老头子，好说话些；这二，叫子昭姐在需要的时候到临河镇协助工作。你前面借我们徐建、刘志，这回我们是来讨账的。""看看！这哪有我说话的份儿？这分明是来给我下指令的嘛！""收拾收拾就走！""饭也不吃，茶也不喝啦？""鸡蛋肚片汤，奶奶去做。爷爷奶奶那么多钱，不吃干吗？""放辣椒不放？"奶奶问。"有啦放些，不要太多。"

人老了，怕的就是孤单寂寞。有了孩子们的吆吆喝喝，便也就年轻了许多，舒服了很多。

市长的客厅餐桌上摆设着上乘的酒菜，市长、市长夫人、专员、刘仁、徐建都站着，只是首席空着。市长说："老华就上座嘛！还客套啥？""老弟有所不知，这两个崽子是带着使命来的。这二位小先生，今晚还真应该坐首席呢！"那市长听话听音，话说至此，便也明白了几分，他只嘿嘿地笑着，并不言语。

"在您老跟前我俩是孙子辈，您老首座，当仁不让。"刘仁、徐建一边一个便将专员摁了上座。"您老坐稳实了，开口说话。"其实木已成舟，又不贪求钱财，话也好说。唯一要提及的就是老年照料。正如前面所说，市长夫妇和黄山爹娘虽说是亲家，但年龄悬殊，也能摆布得开的。至于男家到女家，或女家到男家。刘仁、徐建的决定是：男家准备接新娘，女家准备迎新郎，各办各的，那么谁先办呢？也很简单，男大男先接，女大女先迎。市长夫人说："俺英子比黄山大，咱先接。"徐建说："约定的事，就那么办。不过这农村不比城市，你接的农村农民，就得按农村风俗办！""啥风俗？"市长问，"那你就得给黄家大小每人一套衣服，黄山是新人，最少两套。从头上帽子换到脚上袜子、鞋，新人上路，身上得有压腰钱，喜事逢双最少也得两万吧！""还有啥风俗？""另外就是一些小钱，那就是梳妆钱、脂粉钱、上轿钱、过河钱、下轿钱、见面钱……""你咋不说，天上星星要四两，地下龙须要半斤呢？""这是男方到女方，还没向你要大钱。""啥钱算大钱？""大钱就是彩礼钱。""你两个小鬼头葫芦里装的什么药，我还不清楚，你是用钱夯我，我要是拿不出钱，你们先接，告诉你，就是借钱，我们也要先接。"

华专员笑而不答。

黄山的婚期定下来以后，各种准备工作便紧锣密鼓地进行，首要的一宗事，便是要向远在异国他乡的刘志、徐宫发电报。但那徐宫、刘志是马大哈，直到现在还没给家里任何信息。

第二十四回　囊羞涩逸远做保姆
冒生死南洋找沉船

其实，徐宫、刘志办完入学手续，铺面上进了点儿货以后，经济上便已捉襟见肘。铺面生意也不景气，逸远不得不到州议员内维尔家里去当保姆。徐宫、刘志也利用课余、节假日做些零活，贴补家用。正当时光在这平常中流淌的时候，忽然有一天，麦克那布斯和亨利慌里慌张地跑来，亨利的手上还吊着绷带。杜勒不知发生了什么事情，立即向徐宫、刘志打了电话。徐宫、刘志回来后，麦克那布斯和亨利便向他们做了如下汇报：原来麦克那布斯、亨利和法国人汤姆几经周折，办好了回国护照，刚在四十三号码头聚齐，突然遭到不明身份人的枪击，汤姆当场毙命，亨利右手臂被击中，所幸距离较远，子弹已成强弩之末，只穿透皮肉，没伤及筋骨。麦克那布斯、亨利犹惊魂未定，中国人华锋、朝鲜人金达力又失魂落魄地回来了，金达力的鸭舌帽顶被子弹穿了一个洞。草草地吃过午饭，刘志、徐宫、麦克那布斯、亨利、金达力、华锋便在门面房后的库房里召开秘密会议，杜勒一面照看门面，一面替他们放哨。

"你们知道袭击你们人的身份吗？"刘志面对着焦灼的麦克那布斯、亨利问。"事发当时虽没看清杀手面目，但在前几天，偶尔见到了 C 基地的头目大尉劳斯，这次袭击肯定是他们干的。"亨利肯定地说。华锋、金达力也说他们的寓所，劳斯的部下凯利也去过。"你们原本一伙，我们现在已不再羁押你们，给你们自由，他们本该高高兴兴接你们回去，却为什么要同伙相残，这是为什么？"徐宫进一步追问。"徐先生有所不知，基地中有条严酷的纪律，外出的人一是身上注有慢性毒药，二是衣领第一颗纽扣上也有剧毒。所以基地中人暴露身份或被俘，不是慢性毒药发作而死，就是咬破纽扣服毒而亡。我等五人幸先生搭救不死，但基地中人怎能容得了我们？必欲置我等于死地而方休。""基地归哪里管辖？""基地归百慕大危险三角总部管辖。""百慕大危险三角是海盗恐怖组织？""也不是，其实是一个庞大的国际科研机构。第二次世界大战前，德国纳粹组织控制了原子物理学家默罕默德·施罗德，当时他的核反应研究成绩斐然，当时的德国政府认为制造大规模杀伤性武器的条件已经成熟，战场上对新武器的需求也更加迫切，因而专门派了一个特别行动小队日夜督促，默罕默德·施罗德认为原子研究应该用在和平建设事业上，如果用在战场上，他知道新武器的杀伤力将大得惊人。他更惧怕的是：这种武器一旦掌握在战争贩子手上，将给世界带来毁灭性的灾难，他将成为千古罪人。因而他抱着必死的决心和纳粹分子周旋，后来战争贩子对施罗德的威逼愈演愈烈，他的行动自由也受到限制，在极度悲愤中，他在一个风雪交加的夜晚服毒身亡。施罗德的死大大推迟了原子武器的研制，但并没有动摇战争贩子研制原子武器的决心。不过随着战争形势的变化，研究机构不得不秘密地转移到四面濒海的科米诺岛上，同时，也开始了寻求更理想、更安全的研究基地。后来战争形势的发展对纳粹德国越来越不利，有一个陆军军部和一个海军的编队来到了岛上，在战争结束的时候，盟军的一个集团军来到这个岛上，但在岛上活动的是穿上军装的劳工，在海上游弋的是几艘失去战斗力的烂舰、渔船，而真正有战斗力的舰船和研究机构去向何方却成了一个谜。""那谜就在百慕大，是吗？""是的！不过并不是所有的军人都嗜好流血和杀戮，相反真正地懂得和平宝贵的可能正是那些正视了淋漓鲜血和惨淡人生的人。""那一代人可能基本做了南山土，问题是在活着的人，活着的人为什么还做海盗勾当？""其实，我们并不是海盗。我们的任务有两个：一个是搞一些海洋贩运，为总部提供活动经费。一个是打捞遇难舰船，为总部补充人员。当然也不排除有利用破坏飞机、舰船导航系统，故意制造海难、空难事件的可能。不过他们大都并没有死，并受到很好的款待。""那你们在无名岛的作为做何解释？""七情六欲，人皆有之，总部和基地的人也需要眷属。"亨利尴尬地笑一笑。"那你们是职业海盗。""咋能这样说，我们的任务是寻求一笔渺茫的巨额财富，无名岛事件不过是一个偶然行为，见到那般姿色的年轻女子，怎能不使人动心？""那笔渺茫的巨额财富是什么意思？""就是在那个神秘的夜晚，一个海军编队悄悄地航行在印度洋的洋面上，尽管选在一个风浪较大的危险夜晚，但仍和日军的一个鱼雷小队遭遇上了，一个装有亿万

208

黄金和大量钻石珠宝的组装舰被一枚鱼雷击中。按理说，那枚鱼雷并不大，只能将舰船炸伤，并不可能击沉，但当时据说人们听到了巨大的爆炸声，组装舰裂成三截，很快就沉没了。后来编队内有许多传闻。有人说听到的是连续的两声爆炸，有的怀疑是组装舰自身发生爆炸，也有的说那是有人事先预谋好了的，众说纷纭。虽说几十年来，人们一直在寻找这笔财富，但一直没有结果，甚至越找越迷惑，连具体地点也扑朔迷离起来。"

刘志、徐宫经过一番精心准备，便在一个北风劲吹的夜晚带着麦克那布斯、亨利、华锋、金达力一行悄悄地离开了纽约，向巴拿马城进发，一路上饥餐渴饮，昼伏夜行，并不断改变车辆、服饰。经过一个星期的奔波，在一个雾气很重的清晨，来到了离巴拿马城约五公里的一座倒塌的修道院前，修道院旁的海滨，悬崖峭壁，怪石嶙峋，英国人亨利带着刘志、徐宫一行钻进一片常青藤中。亨利钻进一个长方形的壁龛，壁龛上有一小块石头，略微突出，亨利在那一小块石头上按了一下，壁龛正面的石板，就像两扇巨大的石门朝后移动，亨利麻利地用一块木块顶住石板，让后面的人全部钻进大洞。亨利张开了大机头，麦克那布斯掏出了手枪也跟了上来，身后是徐宫、刘志和华锋、金达力。地道里漆黑、潮湿。亨利带着小分队小心翼翼地前进，前面出现了空洞，他的手指碰到了台阶，顺着一条石头台阶走到底下，地面终于平坦了。忽然一堵墙拦住了去路。亨利知道：这里有一道铁门，铁门的两边有两个暗洞，洞内有卫兵守护。刘志掏出金刚刀，在铁门上钻割出一个指头蛋大的空洞，点燃了迷魂香，通过管筒向内吹去，约莫过了个把钟点，刘志又在铁门上切割出直径二尺左右的一个圆洞，首先钻入洞内，亨利紧跟着钻入，分别从暗洞内拖出卫兵塞上毛巾，捆缚起来。绕过墙角，是一条拱形走廊，正是通过这条走廊，有一缕反射光线射进洞中。亨利的心怦怦直跳，他知道前面是中央大厅。大厅的拱顶上有炫目的吊灯，在一块裸露的巨石上，有一个开凿的深槽。如果正常的话，那槽中会停着一艘小艇，进口塔敞开着。同时他也知道，在左右两边有两个暗堡，暗堡内通常有两个小队守卫。亨利勇敢地指引小分队前进，接近中央大厅，亨利小声命令大家："准备武器，分散卧伏。"昏暗中一个声音高叫："谁？"与此同时，拱厅里的灯光全亮了，照出了 C 基地巨大的圆柱形堡垒。堡垒旁边有近三十个人乱七八糟地躺在石头上。亨利正要命令开火，刘志忽然大喊一声："不要乱伤人!"随即见火光一闪,腾起一股青烟,那伙人便像被人抽去筋骨,软沓沓地倒在乱石上,眼翻白珠,口吐痰涎,亨利正要扑上去,被刘志一把拽了回来。这时暗堡上的机枪响了,子弹呼啸着从亨利的头顶上飞过,泼洒在离他不远处的石块上,溅起点点火星。刘志急忙又向暗堡上放了一弹,但那暗堡上的人可能有防原子装置,不见有明显反应。瘫倒在乱石上的基地成员,再过二十多分钟就会复苏。而用火焰喷射,一座好端端的暗堡,又会因高温而崩裂。这时徐宫发现,小分队所处位置,正好在机枪射击死角,于是他把人分成三拨,一拨监视乱石堆上的人,一拨攻打暗堡底门,一拨去弄些破衣烂鞋、枯柴朽草前来,等这些物什弄来,抹上硫黄,淋上废机油点燃,一团一团向那暗堡底层投掷,待火势猛烈,又将些茅厕之物泼在上面,恶臭难闻。那暗堡中的人,受不了这般折腾,忙挑出白旗,哇哇哭叫着,从那烟火中滚将出来,不过此时,已是名副其实的焦头烂额了。刘志等人忙用绳索将他们一一绑缚。等将那乱石堆上的人也捆束完毕,那伙软沓沓的人,已大半清醒过来,他们似乎是做了一场噩梦,不过梦醒之时,他们已经变成了阶下囚。亨利首先找到了大尉劳斯。他是在暗堡内,头发眉毛全烧光了,满脸烟灰,亨利差点儿认不出他来了。麦克那布斯也找到了凯利。亨利一刀剁死了劳斯,麦克那布斯的匕首也刺进了凯利的胸膛。亨利走到一个突起的石块上说:"弟兄们!你们都知道,我们在无名小岛被这两位小哥掳去,出于无奈嘛!两位小哥也没有苛求我们,我们也并没有做什么对不起大家、对不起基地的事。可劳斯、凯利他们非要置我们于死地而方休,汤姆已成了他们的枪下鬼,我们杀死他俩是迫不得已。""你们现在准备怎么办?"一个叫阿迪安的基地成员说。"我们也没有什么主意,现在只有委屈大家一会儿,立即向总部汇报。"经过将近两个小时的交涉,达成了如下协议:一、晋升亨利为少校,委任为基地司令,晋升麦克那布斯为大尉,委任为基地副司令。二、不予追究在无名岛事件中其他成员的行为。三、劳斯、凯利也是奉命行事应当厚葬。四、优抚劳斯、凯利的家属。五、不得歧视参与纽约行动的其他成员。亨利宣读完协议,接着说:"服从的请站在我的右手边!"或是出于无所谓,或是出于恐惧,或是出于其他考虑,大家都走到了亨利的右手边。这也就是从形式上承认了亨利的统治权,不过亨利无论是在能耐,还是在人品方面都不在劳斯之下。

亨利领着刘志、徐宫参观了 C 基地。基地巨大而特殊，它除了拥有海底出口的中心船坞大厅之外，整个地道还有三十个房间储藏着大量的走私货物。看完了整个地道，亨利带着刘志、徐宫、华锋、金达力又来到中央大厅，放下舰桥，登上"梭子蟹"号潜艇，关上塔盖，垂直下沉。大约到了一百米深度左右，用约定的暗语发出呼叫，重复了三次，黑色的石壁上有块宽大的石板挪开，变成了通道，潜艇驶入蔚蓝的大海。在离绝壁不远处的洋面上有一艘齐鲁克号大游艇，亨利向游艇发出信号，不一会儿游艇底舱打开，一名潜水员举着一盏红灯，接着转过身来，发出绿色信号，"梭子蟹"号进入底舱，上浮停留在水面上，原来这里是四壁封闭的内部船坞，坞中停泊的还有"海鳗""七鳃鳗""箭鱼"三艘潜艇。亨利带着刘志、徐宫一行上了舰桥，来到艇长办公室，这里的艇长是中尉穆里奥，亨利向穆里奥讲述了基地人事的变更，穆里奥笑笑："只要总部承认，我们当兵的，谁当官不都一样！"

　　刘志、徐宫在游艇上歇息了几日，亨利便让穆里奥等人分乘"海鳗"号、"七鳃鳗"号潜艇回到基地，自己和徐宫、刘志等人乘坐游艇带着"箭鱼""梭子蟹"号两艘潜艇驶入茫茫的太平洋。行驶了两天，离夏威夷群岛不远，刘志便想到无名岛去看一看。一天，风和日丽，微风簇浪，海鸥低飞，舰船点点。亨利、刘志、徐宫等人来到甲板上，浓烈的海腥味笼罩着一切，远远的，已经能朦胧地看到无名岛。刘志叫加速前进，不到半个时辰，来到无名岛浅滩，亨利叫游艇下锚，放下小船。亨利、徐宫、刘志等一行五人乘坐小船上了小岛，小岛已不再是以前的田畦沟垄、柳树茅舍、小桥流水的景象，而是野草丛生、鸟粪遍地。在那断壁残垣之间垒满了鸟巢，等人至近边，才扑腾着翅膀或在低空盘旋，或在临近的树桠上鸣噪。鸟蛋倒是不少，片刻工夫，便捡拾到几小兜。刘志站在昔日的门楼石阶上，想到人去楼空，不免有几分伤感。亨利到前次被击毙的几个基地成员坟冢上去祭奠，刘志也跟了去，纸钱的灰末在海风中飘扬。亨利狠狠地瞪了刘志几眼，刘志淡淡地笑笑，在这淡淡的微笑中，这一切都将交付给永恒。只有海浪轻吻着沙滩，只有海风吹拂着荒冢，只有野草和杂树年复一年的荣枯，只有海鸥和紫燕从晨到暮的噪鸣。

　　豪华大游艇离开无名小岛，又在太平洋上行驶了一天一夜，来到了目的地，亨利告诉刘志，现在游艇正好停泊在梅希尔海台上面。在海图室内，亨利按动水晶电钮，巨大的光束从他脚底下射出，照出一个独特的世界：一座奶头山屹立在海底，山脚有陡峭的山谷，一条沉船侧躺在山谷中。亨利留在游艇上，徐宫、刘志、华锋、金达力分乘"箭鱼号"和"梭子蟹"号两艘潜艇笔直下潜，像两条角鲨一样，在水中飞驰。等潜艇下潜到底谷，打开压载水舱，潜艇停在海底的沙滩上，然后徐宫、刘志、华锋、金达力各自穿戴好潜水服，围着沉船探查了几圈，他们注重查看了沉船的船头，船头是被鱼雷击中的，但鱼雷可能不大，损伤并不十分严重，至少是不会很快沉没的。但据已经找到的一个黑匣子记录，当时有连续的两声爆炸，特别奇怪的是舰船的腹部神秘地失踪了，只剩下舰头和舰尾。徐宫、刘志嘀咕了几句，便和华锋、金达力一同回到潜艇，排去压载舱的海水，潜艇垂直上浮，又进入大游艇的底舱船坞。当徐宫、刘志一行走上舰桥的时候，亨利面带微笑，在舰桥边迎接。"狞笑！心怀鬼胎的狞笑！""不！不！是充满友好的微笑。沉船腹节失踪，是我们早就知道的。""早就知道为什么不提前告诉我们？"刘志有些愤愤然。"你不想想，亿万黄金，就这么容易取得，那还有你的份儿吗？"刘志不语，信步走进舰长办公室，在舰长办公室内，大家七嘴八舌地议论着沉舰腹节的下落。"沉舰可能是像火车挂钩一样由三只独立艇连接而成。连接部分的抗震性能可能不强，遇到剧烈震动可能会自动脱离。"徐宫说。"你是说这一切是某个人预谋好的？"华锋问。"这当然是事前计划好了的，不过这种计划个人是无法完成的，因为它的建造不是几个人所能完成的，它的秘密也只有组织才能保守。""据黑匣子记载，当时有连续两声爆炸。可舰首只有一处被击中的残迹。""另一声爆炸可能在舰身内部发生。""你是说是自爆，为什么会是这样？""因为亿万黄金的诱惑力是巨大的，在某些人看来，它是可以用生命来做交易的，更何况那是在一个风高浪大的、溃退的战争环境中。"徐宫接着说。"的确，那样的环境，很适宜某些利欲熏心的人的叛逃行为的滋生。"刘志插了句。"是这样的。这艘组合舰被命名为'海狮一号'，当时德国中央情报特务罗贝尔任该舰舰长。他在德国威斯特法伦州有一份优厚的资产，在那还有一个贤淑而美丽的妻子和刚满七岁的女儿，他不想永远地离开祖国。再加上他的神秘身份并没暴露，因而他完全可以以一个富商的身份堂而皇之地回到他的故土。""你是说，自爆可能是罗贝尔干的？""这只是猜测，因为至今为止，虽然我们尽量不放过任何蛛丝马迹，但仍然没有哪怕是一点点有价值的东西。""你是说罗贝尔和那亿万黄金至今仍沉睡在海底的某个鲜为人知的地域?""这也只能是分析,因为也没有任何的根据。""那么我们现在应该干的是什么?""围绕沉船做水波式的搜索,特别是那些最危险的、最恐怖的海域,要不遗余力。"

第二十五回　刘志大洋觅珠宝
保姆家里起祸殃

　　搜索围绕着沉船展开，一天、两天、三天……整整十天过去了；一千海里，二千海里，三千海里……整整一万海里了，搜索的方式由波浪式条辐式不断地变换着，但是仍然没有一点儿线索。时间不允许，给养不允许，焦灼在与日俱增，刘志在甲板上来回踱步：几十年前的沉船腹节上的巨额财富是不是只是一个传说，或许有，但根本没有那么多，早同编队一起进入了百慕大？我们的作为只不过是一个荒唐滑稽而毫无结果的玩笑？是归，是留，现在应该做出一个判断。

　　大游艇在新布里岛维拉港做简短休整，刘志、金达力乘坐"箭鱼"号，亨利和华锋乘坐"梭子蟹"号，再做最后的射线性搜索。中午十一时许，刘志掰开的玲珑小刀突然发出娇滴滴的信号声，小小的指示灯也一闪一闪地发出红光，原来刘志的这把小刀还是一个金银珠宝探测器。初始，刘志不敢相信自己的耳朵，他问金达力听到了什么，金达力不解其意，刘志将小刀伸向他。"听到了，听到了，有了信号！"潜艇转了一个小圈初步确定了方向，便向信号强烈的地方前进，越近信号声越大，指示灯也越亮，从指示信号上判断，数额不小。刘志、金达力欣喜若狂，各自将对方的胸膛捶得咚咚响，然后紧紧地搂抱在一起。

　　刘志、金达力分别向徐宫、亨利发出联络信号，亨利便向刘志靠拢，徐宫便让大游艇起航，也向刘志靠拢。

　　"箭鱼"号、"梭子蟹"号潜艇和大游艇会合后，彼此简要地交换了一下意见，便由"箭鱼"号前导，大游艇跟着"梭子蟹"搜索前进。约莫行进了七八海里，前面一个珊瑚礁挡住了去路，刘志只好绕道而行，但当驶过珊瑚礁时，指示针倒转，难道那沉船腹节在珊瑚礁内？可怎么进得去呢。刘志只好掉转

"箭鱼"号，围着珊瑚礁找进口，在东北方，有一缺口，潜艇勉强可以驶进，但由于缺口太窄，水太浅，大游艇只好停在外面。进到里面，倒还比较宽阔，是一个岛中湖泊，方圆也有一二海里，是一个天然的避风良港。各色珊瑚玲珑剔透，有的竟有三尺多高，若在内地也堪称瑰宝，可刘志等人却无心欣赏，反为寻不见沉船腹节而心焦。无奈，只得打开压载水舱，让两艘潜艇泊在湖底。刘志、金达力、亨利、华锋穿了潜水衣，在湖底做徒步搜寻。这时在琳琅满目的珊瑚树林内发现了两具骷髅，刘志等人正要做进一步探究，忽然异常平静的湖底，涌起了一股猛烈的波浪，说时迟，那时快，一头两丈来长的白鲨游了过来，刘志等人赶紧贴在湖底，华锋动作迟了一点儿，啪的一声，粗大的鱼尾将他扫倒。这种白鲨是洋中之虎，不除掉它，在这湖泊中，就别指望安生。于是刘志和亨利交换了一下手势，也可能是被那头白鲨发现了目标，它行不多远，又折了回来，这时它游得更低，亨利仰卧在湖底，当它从亨利上面游过时，亨利瞅准它的胸部开了一枪，白鲨负痛，猛地向前一蹿，当它从刘志上方游过时，刘志又打了两颗连发，三粒子弹均击中要害，三股殷红的鲜血从它的头胸部喷涌出来，白鲨剧烈地翻滚着，湖底涌起巨大的波涛，湖水被染得通红。鲨鱼的视力较弱，但嗅觉灵敏，特别是对血腥味敏感。当这头白鲨刚肚皮朝上，向上浮起的时候，湖底又突然掀起波涛，亨利、刘志等又立刻警觉起来，这时只见另一头白鲨疾游过来，忙不迭地在那血水中往返。这时，金达力、华锋手中的枪同时打响，亨利也撸了一梭子，湖底一片昏暗，什么也看不清，刘志急急浮出水面，紧接着亨利等三人也相继浮出水面。他们游向礁地，稍稍喘一口气，看着这两头肚皮朝上的白鲨浮在水面，大家心里才稍稍松了一口气。它们是偶尔路过，还是盘踞已久？这里鱼虾成群，风平浪静，是个觅食、栖身的好地方，这一点是无疑的。待水稍微澄清，金达力、华锋又潜入水中将两艘潜艇弄了上来，又下了挠钩，将两头大白鲨拖出珊瑚礁，交给大游艇。

刘志、亨利等折腾了半天，也觉疲乏，在大游艇上吃过午饭，歇息了一个多小时，眼见得红日西斜，便又进入湖泊搜寻，找遍了湖泊的每一个角落，仍不见沉船踪影，亨利、华锋有些泄气。刘志见信号十分清晰，指示灯也不断发出红光，活见鬼！刘志来了狠劲，他让每人拿把铁镐，向指示针指示的方向，狠挖猛砸了半个钟点，将那珊瑚玉树，砸了个稀里哗啦，忽然金达力的镐头前发出嘭嘭的声音，再狠砸几镐，砸烂了船壳，果然是一艘沉船。但船舱里面除了几具尸骨，别无他物。亨利毕竟是个职业军人，他仔细查看了骸骨，只见一具骸骨的头骨塌陷，一具骸骨的左胸第四肋骨间还残留着一颗锈迹斑斑的子弹，另一具骸骨的耻骨边还有一把短剑，这一切表明这里曾发生过激烈的格斗。这时指示信号异常强烈，刘志知道，金银珠宝就在眼前。"挖！往下挖！"他吼叫着。果然，沉船下面还有一船，但这一只船却不同上面那只，铁镐竟奈何它不得，猛挖下去，只是一点印痕，刘志清除掉旁边沉船的碎屑，选好位置又从锦袋内取出一把小刀，在手中晃一晃，原来他这把是一把聚光切割刀，他在那底船上切开大约直径一米的一个圆洞，爬将进去，舱内早已进了海水，驾驶室不大，他切开一个房间门，在头上灯光的照射下，他看到了一大包一大包的东西，有的封皮已经朽烂，黄灿灿的金条散落下来。他又切开底舱，底舱内也全都是锡封的大包小包。现在他才确确实实地相信，那亿万黄金并非谣传。他提了提，一提就散，他知道这些包装，看似完好，实已朽烂，他摸了两根攥在手里，这时，他见亨利、金达力、华锋也都爬了进来，从避水镜内他看到了他们抑制不住的欣喜。他挥挥手首先钻了出来，浮出水面，紧接着亨利、金达力、华锋也浮了上来，手上各自攥了满满两把。刘志和亨利等商量了一下，决定再回到大游艇，和徐宫研究如何把这些东西弄上来。

徐宫让华锋留守大游艇，自己和刘志、亨利等再次进入珊瑚礁，徐宫说一定要弄清罗贝尔的下落。刘志也似有所悟，便又重新穿上潜水衣，进入黄金船，当刘志又切割开一扇门时，他们在比黄金更珍贵的珠宝室内，又发现了三具枯骨，有一具枯骨的左胸部发现了一枚希特勒德国中央情报局授予的"十字勋章"。

徐宫提出三项建议：一、当前是否还有势力在觊觎沉船腹节。二、制订分配方案。三、今后咋办？大家认为他提得好，便在游艇召开临时会议。亨利说："两位小哥替我报了仇夺了权，寻得的金银珠宝我不要。"金达力和华锋也说不要，徐宫说："大家误会了，见财一点儿不动心，那是假的。我的意思是'君子爱财，取之有道'。各人应该知道自己应得多少，不要贪占别人的。不要再导演枯骨那一幕。"亨利说："徐小哥太小瞧我们了，我们不是那等见利忘义的小人。"金达力、华锋也一致赞同亨利的意见。"不是小瞧诸位，只是我们交往并不深，人心难测，枪一响，就难挽回。我看还是说薄点，行厚些为上策。既是大家都存君子之心，下来制订分配方案。"

"我提议提供情报作为一项。"刘志说。"我提议提供探测工具作为重要一项。"亨利说。"算啦！人生难得一相逢，今后彼此多照应些就有啦。我提议平均分配加照顾。平均分配原则很明显，所谓加照顾，就是不能平均分配的部分，第一照顾提供情报，第二照顾提供探测工具。"徐宫说。金达力、华锋说："照顾部分的提供情报全归亨利，在整个万里寻宝中刘志功劳最大。我提议将照顾部分的一、二次序调换一下。""单件价值近似累计件数能够分配的还分配。分配方案还有啥意见？没意见说今后咋办。"

大家在大游艇上吃了些东西，休息一会儿，便带着包装袋，驾着潜艇，再次进入湖泊。他们将金条，每百根一袋，装的装，搬的搬。他们累了歇，饿了吃。也不知经过了多少日夜，大家已是累得狼狈不堪。一日大家坐在湖泊的沙地上歇息，刘志说："已经不少了，不要了，实在受够了。""你小哥以为这是捡破烂？这是在搬金条！哎！你去和华锋换换。下来依次换班，这样每个人一天有五分之一的休息时间。"亨利这样说。"休息？你再在大船上睡着了，东西让人偷了，那才不划算呢！"徐宫提出了不同看法。难！确实难！东西太多，人手太单，两头都要看管。

金条搬运完毕，便开始搬运珠宝、钻石。各色珠宝虽然没有金条那样数额巨大，但价值却不见得逊色多少（其中一颗钻石、一粒珍珠地道的价值连城），做工也要求精细得多，大多要用丝绢包裹，然后在木箱内分格仔细存放。各色珠宝运到大游艇后，又按照初估的价值分门别类。分作五份，装成五十箱，每人十箱。一颗大钻石归亨利，一粒大珍珠归刘志。金条每人八十二袋五十三根，多余两根亨利、刘志一人一根。又将白鲨切了鱼翅，取了内脏。

金条、珠宝分割完毕，华锋、金达力、徐宫都很高兴，可亨利却显得心事重重，刘志也觉得眼跳耳热，心烦意乱，似乎有什么不祥之事，就要发生。

大游艇驶抵香港，好在基地在香港早有账户，亨利人也熟，便分别在珠宝行、黄金行给每个人开了账户，然后每个人又分别不等地取了些现钞，然后华锋回中国，金达力到韩国，徐宫、刘志寄了书信，便从香港搭乘飞机，飞回纽约，只有亨利在大游艇上踟蹰徘徊。

说分两头，另表一枝。且不说刘志、徐宫乘机返美，只说那逸远在州议员内维尔家里当保姆，干活勤谨，为人谦和，倒也别无挑剔。那州议员内维尔也是有一定教养的人，说是贪婪好色，公正地讲，其实也不确切。初始他和逸远的交往倒也言行有度，并无越雷池之举。内维尔的夫人，也是金发碧眼翩翩才女。但是这种白裔女人他见得多了，相比之下，乌发黑眼的中国女孩倒有点儿像雪山上的莲花一样的稀少，像逸远这样有着沉鱼落雁之姿、闭月羞花之貌的豆蔻少女，更是千载难逢。更糟糕的是逸远身上散发出来的青春气息，更使内维尔神魂颠倒，不能自已。于是他的心猿意马便离开了正常轨道，步入歧途。他开始注意时机精心谋划。首先他从逸远的个人生活爱好开始，每次外出回来，总要带些逸远喜爱的果点和时髦的化妆品以及鞋袜绢帕等，为了不使内维尔过于难堪，逸远也象征性地吃点儿、用点儿，但内维尔不认为这是逸远为了维系主仆关系而做出的举措，而错误地认为是鱼在咬饵了，渐渐地言行便有些轻佻，逸远也意识到了，但又想到打工的艰难，特别是想到刘志、徐宫经济上的拮据，求学的不易，她不愿意给他们添麻烦。特别是刘志、徐宫又不在身边，出了事端不好收场。于是她警惕着，忍耐着，委婉地拒绝着，每天按时上班，准点下班，从不多在内维尔的家里滞留。

逸远的委婉拒绝，并没能使内维尔却步，反而做出错误的估计，他认为：只要加强攻势，就一定能够得逞。

一天，内维尔夫人因公要出一趟远差，估计一两天不会回来。内维尔便认为时机已经成熟。本来逸远是做杂役的，不理烹饪之事，但内维尔为了方便，借故将厨师支开了，让逸远兼做一家人的饭菜，特别是晚饭。内维尔说是有个朋友来访，让逸远特意做几个上乘菜，逸远苦拒不得，只好从命。内维尔又吩咐：朋友八点左右才来，晚饭不能做得太早。逸远赶做完了家务杂活，就在灶上忙活，在做饭菜上，逸远是蹩脚的。眼见红日西坠，华灯初上，逸远的饭菜还没做好。她心中着急，越急越出差错，不是这道菜忘了放盐，就是那道菜忘了放醋，等到去补放盐醋，锅里又着火了，她忙得大汗淋漓，汗水将鬓丝粘贴在脸颊上。逸远的窘态在内维尔眼里显得更加妩媚可爱。好不容易将饭菜弄好了，内维尔让端上桌来。"我不会做菜，肯定不合你朋友的口味。"逸远歉疚地笑笑。"不要紧，我的这位朋友不会见怪的。"内维尔淫荡地笑着，脸上的厚皮，一层层地折叠起来。

夜幕渐渐地拉近。"请原谅，天色已晚，我阿爸在家等我，我得回去了。"逸远向内维尔告别。"哈哈！那怎么行，你可知道，我说的那位朋友就是你呀！你辛辛苦苦做了这么多菜，难道就忍心让我把它们倒掉？来！陪我喝两杯，也耽误不了你多少时间。""不行！咱们的身份不同。这里就咱们两人，多有不便吧！""什么身份不同，年龄差异，咱们这是忘年交嘛，吃两杯酒，又有何妨？"逸远十分推辞不得，便和内维尔对饮了三杯，真个是：三杯浊酒下肚去，两片红晕上脸来，三分醉意的逸远更显得楚楚动人。"中国有句古训：君留臣宴，酒不过三巡，时不过酉戌。现时已晚，多有不便，请恕我不能奉陪，就此告辞。"这时的内维尔，欲火难耐。"什么便不便，你我二人正方便，这是天赐良缘，望小姐成就片刻之欢。"说着就要上前搂抱。逸远气愤至极，忙绕桌退避："你议员之职，富贵之身，望不要因小可之事，误了你的锦绣前程。"逸远一边抗拒，一边力劝。"什么议员之职，富贵之身，按中国的话说，那都是'身外之物'，只要小姐能够垂爱，今生足矣！"说着从反背抱住了逸远的腰身，他一只手搂住腰胸，一只手便要向下身伸去，两米之躯的内维尔，要力斗一米六的逸远，那真是如骄鹰搏兔，逸远哪里是对手？这时的逸远脑海内雷鸣电闪地掠过刘志的身影，无名岛的般般件件如影视镜头浮过脑际，她想：刘志既然绕道万里，舍生冒死来救她，他必定就是自己的托身之人。自己岂能以污浊之身，面对情有独钟之夫，今生今世能够为这种人殉情，也就值了。想到此，正要以死相搏，说时迟，那时快，呼啦啦，犹如那空中闪电，白亮亮一道弧光绕过内维尔头颈。"我把你个中国猪，不识抬举竟敢打我！"说着爬将起来，又向逸远扑来。还没近身，便又有一道白光，向内维尔头胸部缠绕将来。顿时，便有皮发的一股焦臭味升腾起来，内维尔一声惨叫，倒在地上。

俗话说：人向有的，狗咬丑的。内维尔的惨叫，早惊动一个人，这个人不是别人，就是内维尔的女秘书洛克菲勒·吉米。吉米时时刻刻都在变着法儿讨内维尔的欢心，可内维尔却移情中国穷妞儿，吉米原本就有几分醋意。她原以为此时此刻，内维尔和逸远正在罗帐做爱。不想拍马屁拍在马蹄子上，人家不买你的账，被炝了蹶子，不禁心中暗暗欢喜。掉在地上的现成枣子你不吃，偏要到树上打枣吃，现在打枣眯了眼，活该。但又转念一想：你推我拉，正是一个好机会。于是

219

她三步并作两步走，两步合成一步行，急急匆匆来到餐厅，只见内维尔倒在地上呻吟。头脸上几道伤痕，既像鞭抽，又像电灼。但她顾不了这许多，忙将内维尔的头揽在臂弯里，破喉咙嘶吼着喊人，来人即刻报了警，警察来将逸远带走了。

海员杜勒做好晚饭，久等不见逸远回来，心中焦急，就驱车到内维尔家中探望，行至半途，听人说逸远被警察带走了。他知逸远为人谨慎，处事稳妥，既是如此，便知事有不妥，懊悔不该让逸远到内维尔家中打工。待他掉转车头到警察局探望，又以夜色深沉，不予准许。他囊中羞涩，无钱打通关节，急得像热锅上的蚂蚁——团团转。

刘志、徐宫回到纽约寓所，杜勒便哭丧着脸将逸远被捕之事急急地告诉了他俩，徐宫感到很惊讶，而刘志却表现得很平常。

回来的第二天，徐宫、刘志早早地吃过早饭去拜见导师。

刘志的导师格里那凡倒没说什么，徐宫的导师威廉却因徐宫久假不归非常生气。徐宫以家境贫寒、囊中羞涩，只得一边挣钱一边读书为由做了长时间的解释，威廉才慢慢平静下来。

杜勒根据刘志的吩咐，便又到警察局去探望逸远，逸远虽在拘留所只蹲了两天，但人却完全变了样，形容憔悴，嘴唇苍白，头发蓬松。逸远一头扑在杜勒怀内大声哭泣，杜勒一面安慰她，一面用手抚摸她的头发，趁人不注意，便将那簪子捋了下来，笼在袖内。然后将逸远的头发绾扎起来，另用一个寻常的簪子插在上面。

刘志在辩护中，让内维尔出示逸远作案工具，内维尔拿不出来，法院以证据暂时不足而休庭。

就在逸远出庭受审当晚的午夜以后，刘志卧室的门铃突然响了起来，刘志从安全门的玻璃望孔中看到来人是本巷的电工罗莎，刘志让她进来，她和刘志窃窃私语了一个钟头左右，才含着微笑，告辞出来。

时隔不久，还是这个纽约州立法院，逸远和内维尔调换了一下位置。原因是刘志以强奸未遂和侵害名誉罪将内维尔告上了法庭，罗莎当庭出示了案发经过的全部录像带，法院予以采信。由于是同一事实，二案合一，内维尔强奸未遂和侵害名誉罪名成立。内维尔脸颈部伤痕为厮打时扯断电线电流灼伤。逸远的故意伤害罪名不能成立。

两个月后，内维尔住进了监狱，他将在这里度过耻辱的一年零六个月，更重要的是，他失去了本来很有希望的竞选纽约州长的机会，失去了已经取得的州议员头衔。他深悔自己的小节不保，行为失检而在党派斗争中给了对方以可乘之机。至于为什么电鞭抽伤变成了电线灼伤等细节疑点，他充满懊丧的大脑皮层里已经容不下它们了。

　　逸远出来以后，郁郁寡欢，羞于见人。杜勒尽量在生活方面给她多加照顾，而怎样抚平逸远精神上的伤疤，他一点儿办法也没有，他眼角眉梢时时流露出对刘志、徐宫的期盼，可又见他们每天因功课忙得连轴转而又难于启齿。逸远的神态变化，当然也引起了徐宫、刘志的注意，周末，徐宫、刘志炒了几个好菜，买了几瓶果酒，四人团团坐定，吃了几杯，杜勒就借故做饭到厨房去了。

　　"我有一个事情，一直想问问你们，你们当初要到美国纽约读书，完全可以坐飞机直达，而你们却绕道海疆，既费时又冒险，你们是不是当时就知道东洋大海的沉船中有金银珠宝？"逸远嘴里这样问着，眼睛忙不迭地在徐宫、刘志的面部表情上寻找着答案。

　　"我们当初并不知道东洋沉船的事，沉船之说，是遇到亨利一伙后，从他们嘴里知道的。"刘志淡淡地说，脸上的表情没有一丝一毫的异样。

　　"那完全是刘志的荒唐。刘志做了一个梦，梦见东洋一绝色女子向他呼救。他宁可信其有，不期真的给撞上了。"

　　"啊！梦境成真！梦境成真！难道竟真的有这种事……"逸远嗫嚅着。

　　"快吃菜，一会儿凉了，这是地道的珍贵海味鱼翅。"刘志用筷子点着举目看了逸远一眼，逸远猛然惊觉自己失态，急忙正襟危坐。"都吃嘛！"嘴里这样支吾着，脸上飞起一阵绯红。

　　逸远三人的谈话，杜勒听得一清二楚。心里的一块石头落了地，只是脸面上佯装不知，他捧着盛满鸡汤的砂锅进来，乐呵呵地，下巴上的胡须也随着抖动起来。

　　一日，徐宫、刘志、杜勒、逸远正吃午饭，忽然一个面皮蜡黄、头发蓬松、挂着双拐、吊着一条腿的汉子来到门前。他将一拐靠在墙上，身子倚在门框上，吃力地从上衣口袋内掏出手绢，去擦额上因艰难的拐行而沁出的汗珠。

　　"给他十美元，让他走。"刘志对杜勒说。杜勒将十美元钱递过去，那汉子却不接，两个深陷的眼窝内滚出了几颗苦涩的泪，嘴唇翕动着，想说点什么，却终于没有说得出来。在这个人情冷漠、金钱风靡的社会里，他能说别人什么，别人又有什么可让他说呢？

来人的反常反应，引起了刘志的注意，他审视良久，突然惊异地叫了起来："你是汤姆！"徐宫、杜勒也都站起来看，他就是汤姆，不过面容枯槁，几乎让人认不得了。刘志急忙将他揽在怀里，他又急忙将刘志推开，急急地用手指了指胸口。他胸部捆扎着巨幅绷带，绷带被脓血浸透了。

"快！快叫救护车！"刘志对逸远说。

"别！别叫。你也挺不容易的。"

"哈哈！没关系。兄弟找到了那只沉船。兄弟现在有钱。就是没钱，撞上了遇上了，兄弟也不能撒手不管。"

"真的！真的找到了？"汤姆显得异常的兴奋。

刘志肯定地点了点头，并示意这事不宜张扬。

徐宫、刘志、逸远将汤姆送到纽约州立医院，通过拍片检查，有一颗子弹穿透了左肺。停留在离左心室只有半厘米的地方。右腿骨被击断，断裂处骨头被击碎，且已开始变黑坏死。

"汤姆的两处伤势都非常严重，同时手术，人可能承受不了，请问先做哪一处？"大夫问。"先做胸部手术。"刘志说。"请家属在手术单上签字，到交费处交费。"大夫吩咐着。刘志在手术单上签字，徐宫到交费处交费。医生们忙着做手术前的体温检查、血型化验、消毒等一应准备工作。

汤姆在午夜一点三刻送进手术室，五点半出手术室，手术做了近四个小时。"子弹已经取出，心脏和膈膜没有受到伤害。肺部已经开始愈合，胸部看来问题不大，让他多吃有营养的东西，好生调理，争取早一天做腿部手术。腿部如发生意外变化，那可就麻烦了。"主治大夫若根这样交代着。"谢谢大夫！""不必客气，病人可能到中午左右才能苏醒过来，好生照料。"

一直到下午一点左右，汤姆才苏醒过来，他脸色蜡黄，嘴唇苍白，身体十分虚弱。他见刘志、徐宫、逸远都在身边，感到很不好意思。"这可太拖累你们了。""别说这些。"刘志服侍他喝了半碗鸡汤，他又迷迷糊糊地睡去了。

由于大家通宵达旦没吃没睡，显得又饥又乏，加上功课紧张，刘志便让徐宫、逸远回去了。由于还要做二次手术，短期不能出院，刘志请了个保姆，专门侍候，他留足了钱，交代几句，也离开了医院。

刘志从医院回来，想到逸远也到了待嫁之年，且国色天香，招蜂引蝶，更使他心绪不宁的是，他觉得她对他似乎有些意思。再加上又来了汤姆，头绪更加紊乱。导师虽然嘴上没说什么，可心里对他招惹事端是有意见的，他也知道导师的忍耐是有限度的。搞得不好，再惹出麻烦，可就不好收拾。他又一想，这样的绝色女子落在别人手里岂不可惜。张三不托梦，李四不托梦，偏偏托梦于我，莫非她与我有某些渊源。可自己总觉得华子昭对自己更合适。哎！你看我这个瓜蛋，莫非她跟我们老二是一对？不管怎么说，我先把她攥得紧紧的，再慢慢活泛。

夜晚，刘志便和徐宫商量，徐宫也认为应该给逸远一个名分。二人并就讲话的一些措辞定了调子。次日夜晚，徐宫找了一个合适的时间给杜勒讲：刘志有一个兄弟，和刘志长得一般无二，又是和刘志同年同月同日生，英国剑桥大学硕士毕业生。现在家乡当镇长助理，尚未婚配。现在正式向逸远求婚。逸远的婚事，她父女二人早就谈过，他们认为撞上了遇上了，也是天赐良缘，就那么回事儿，心里早就默许了，只是没有将话挑明。可他哪里知道刘志是孪生，错误地将徐宫的真话当托词。心下便想：你小子在我跟前玩关子，嫩了点儿嘞！我玩关子的时候，你小子还在穿开裆裤子呢！他这样想，便使事情岔了筋。便开口答道："我家逸远也有一个小妹，也和逸远同年同月同日生，也和逸远长得一般无二，也在读什么硕士生，现今尚未许人，只要刘志的兄弟不嫌弃，老朽可以做主。"一句话噎得徐宫愣了神，不知如何答对。

又过了一段时间，刘志、徐宫忽然接到黄山"五一节"结婚的电报。看看又是百草发芽，百花吐蕊，离婚期不远，又因前面耽误得多，所以根本不能张口请假。徐宫、刘志商量，让杜勒带着逸远以美国投资商的名义先回去，一则给逸远和刘仁一个接触的机会，将来看事情的发展再做决断。二则可以让他们带份给黄山结婚的贺礼。二人商议停当，就来和杜勒父女商量。杜勒见事情来得突然，不知徐宫、刘志的葫芦里装的什么药，一时不好开口。刘志见状，先开口说道："您老不要误会，咱一家人不说两家子话。第一，您老知道，我和徐宫在太平洋找到了沉船，得了一部分钱财，想为家乡办点儿事情，但一个出

223

国穷学生，哪来这许多金银，怕引起家乡父老猜忌，需要找一个正当的名分。我们的家乡相对的还比较贫穷，还有许多事情要办。我的几位兄弟正在为改变家乡面貌而努力奋斗，他们也正需要钱。我们这次让您老先去，就是借您的手，花我们的钱。这第一点，您老是明白人，我想也就不必多说。第二，逸远妹妹最近出了点儿事，虽说官司形式上结束了，但我们毕竟在异国他乡，力量单薄，明枪易躲，暗箭难防。再加上我们这次到美国来，是为了学点儿东西，也不想太深地陷入是非窝里。"杜勒见刘志说得推心置腹，便将目光投向逸远。"你们想甩我，没门儿！我不去！我要和志哥哥在一起，和志哥哥在一起是最安全的。"横说竖说，逸远就是不走。徐宫也觉得让逸远这次就去似有不妥，便让逸远暂时留了下来，徐宫、刘志再就一些细节和杜勒商谈了很久，下来就是着手准备。

第二十六回　老海员只身凤鸣岗
少年贼生擒华子昭

　　杜勒本来就是华孚船业有限公司海员，护照等一应证件齐全，出国手续倒也好办，他给逸远上了美国国籍后，安排到刘志所在学院外交专业攻读硕士学位，又到华孚公司去了一趟，华孚公司也接到下属杜勒受伤的报告，也认为当时放逐有些行为偏激，当即给了他一定补偿。当杜勒提出以华孚公司职员名义到中国农村考察时，在签了后果自负的协约后，也就顺水行船地给办了。办完这件事后，杜勒的准备工作基本就绪，屈指也已半月有余，在和徐宫、刘志商议后，决定去看望一下汤姆，便可择日动身。

　　徐宫、刘志、杜勒、逸远来到州立医院看望汤姆，保姆告诉刘志："大夫正要我告诉你们，汤姆的胸部伤势虽日见好转，但腿骨伤势在急剧恶化，必须立即做第二次手术，需要你们签字，再补交一部分治疗费。"徐宫、刘志立即去拜访主治大夫，大夫告诉他们："汤姆的腿骨伤部原本粉碎，且又没有及时治疗，现已变黑坏死已经保留不住……""你说是要截肢？"刘志大为惊愕。"你不要急，我的话还没有说完，方案有两个：第一，就是你刚才说的截肢，这个简便易行，而且安全，也节省钱。第二，就是将坏死部分截除一截，上夹板，这有可能保住这条腿，但费用要相应贵得多，而且还要做是否癌变的化验。我们也只能尽量做好，没有十分成功的把握。""等我们商量一下再做答复好吗？"徐宫说。"完全可以，但必须在你们离开前将结论告诉我。再有拖延，后果自负。"徐宫、刘志、杜勒、逸远退出来后碰了下头，认为有必要征求一下汤姆本人意见。等到徐宫将情况告诉汤姆后，汤姆泪如泉涌，哽咽着说不出话来。"我知道你回答这个问题有你的难处，但这关系到你的一生，你现在大脑清楚，我们咋能不征求你的意见？我们现在能确切告诉你的是：我们不是为了省钱，也不是怕担风险，我们是怕事后落你的抱怨。""看志兄弟说的，就是死，你们的大恩大德我也会铭记不忘……"话没说完，便又呜呜咽咽地抽泣起来。"算啦！不问你啦，我可以明确地告诉你，我们采取第二号方案，尽量挽救你的腿，就是成功也不会十全十美，我们这就算告知啦。"汤姆点了点头扯过被角盖住了脸。当徐宫、刘志、逸远去办理做第二次手术手续时，杜勒拉住汤姆的手说："汤姆兄弟，我受刘志、徐宫之托，要到中国大陆农村考察，不日就要起程，这就算向你辞行，祝你早日康复！"汤姆尚自泪流满面，呜咽着说："你也一路走好。"

光阴荏苒，日月如梭，转眼间冬去春来，又是那百花绽蕊、草木尽碧的时节。由于忙于学业，徐宫、刘志、逸远几个周末都没休息，在又一个周末临近的时候，逸远撺掇刘志、徐宫去游玩一次双瀑布。

不知哪里走漏了消息，威廉导师的女儿安斯小姐的侍女吉亚前来和徐宫联系："你们明天到双瀑布游玩，导师说，叫你把安斯小姐带上。""谁说我们明天到双瀑布？功课忙得连轴转，批评挨得起茧子，哪还有那闲情雅致？你行行好，别来给我们添乱子。"刘志急忙上前拦挡，说完狠狠地剜了徐宫一眼，"怕不是你个大头猫讨主子的好？"

那吉亚是威廉挑的，自然也呆不了。刘志的一口拒绝，从反面印证了情报的可靠性。她脸一沉，当即警告："不带，你们给导师说去。驳导师的面子，后果是什么，你应该很清楚！"这可真是恶门无善犬，徐宫急忙赔着笑脸："要是去了，一定带上小姐！如果不去，万望不要见怪。"吉亚哼了一声转身去了。徐宫也怪刘志话太快："人在屋檐下，不得不低头哇！""你晓得个尿！那双瀑布山险水恶，安斯又疯疯癫癫，出了事，你得兜着走！"

人有了钱，也会花。那刘志、徐宫早已买了车子，不过这在美国也并不算太张扬，因为在这里出门有几个步行的？

为了甩安斯，刘志、徐宫商量早行，他们天不亮就吃饭，看清路，就登程。可莫道君行早，更有早行人。他们车子刚出门，吉亚的车子就抵在门口，刘志带着逸远，亮着车灯，径直开走了。徐宫忙下车招呼，那吉亚理也不理，将车子掉过头，倒退两步，吱的一声，径自咬着刘志的车子去了。

到了双瀑布，太阳刚露头，他们在停车坪交割了车子，急忙爬山，要看日出。这时桃花、杏花已有点儿残。山棠梨、野玫瑰却正当时，开得团团簇簇，花蝴蝶、小蜜蜂在其中嗡嗡嘤嘤，空气中散发着浓郁的花的清香，猛吸几口，沁人心脾，顿觉神清气爽。

双瀑布不愧是旅游的一大亮点，倾泻而下的水帘，发出巨大的轰鸣，腾起阵阵水沫，那升腾的水雾，在早晨阳光的照射下，便隐隐有彩虹出现，不看则有，细看尚无，披着一层诡谲的面纱。那双瀑布又称姊妹瀑布，徐宫、刘志、逸远等一行上到水帘上端，渡过姊瀑布，姊瀑布和妹瀑布不在同一水平线上，中间有几米高的断层。这断层上没有水，生长着草木，这小小的林地，把瀑布分成了上下两部分，所以，人称双瀑布，刘志带有登山爪，他将登山爪甩上去，抓扣牢实，自己先登上去，逸远、吉亚也上去了，偏偏安斯嘻嘻哈哈，手抓不牢绳子，无论如何不得上，徐宫只得托着她，刘志下到中间拉她，吉亚在上面接她，费了九牛二虎之力，才把她弄上去，这回来可咋办？带着她可真累赘。

过了姊瀑布，要过妹瀑布，妹瀑布水相应浅些，刘志他们准备蹚过河去。大家脱下鞋袜，挽起裤管，扎束停当，刘志、逸远很快蹚过去了，偏偏安斯一会儿水冲走了鞋子，一会儿风吹走了袜子，徐宫、吉亚只得追着撵着，可那裤管又不争气松散下来，急忙用手去挽裤管，可又湿了袖子，好不容易过得河来，可那裤管、袖口已没多少干处了。景区又不许生火，在这暮春三月，乍暖还寒，徐宫那本就青白的脸色，显得更加青紫。

时已近午，刘志、逸远正坐在一张毡片上，铺开桌布，摆上果点，拧开水壶，开始享用午餐。安斯也挤在那张毡片上坐下，吉亚在那张桌布上摆上果点，示意安斯进食。自己身上寒冷，不敢坐在那雨后的湿地上，她得依靠运动来暖和自己的身体。正巧，妹瀑布河边的空旷地有几个人在放风筝，放风筝的人跑着笑着。围观的人追着撵着。那放风筝的人是一个青丝女郎，也只是在那十八九岁有余，二十来岁欠点儿的年纪，架着宽边金丝眼镜，显得风流倜傥。她那风筝也别开生面，与众不同，金鱼的眼珠暴突着，随着那风向还能转动，宽大的鱼尾也是活的，俨然似一条金鱼跃在空中。徐宫、吉亚跟着跑了一会儿，身上暖和多了，觉得肚腹饥渴，便就搬个石头坐了，囊中取出报纸铺在地面，胡乱地放些果点，吃将起来。那女郎也可能玩得累了，只见她收了玩物，也过来打秋风，原来他们认识。这女郎不是旁人，就是《人民日报》派驻纽约记者站

227

记者慕容女士，徐宫向刘志那边招招手，示意他们过来。这边逸远背对着刘志："我累了，得找一个肩头靠一靠。"说着就向后扭过去，她一边向后扭，一边观察刘志的表情。"哎呀！你没长骨架子呀！你累了靠我，我累了靠谁呀！"刘志龇着牙，稍微地向外倾斜着身子。雨后的草地湿漉漉的，所带的毡片也不大，刘志怕她弄脏了衣服，勉强地用身子抵着。"你一个男子汉，不能让女人靠靠肩，还算什么男子汉！"逸远咯咯地笑着，一边笑，一边向刘志挤挤。刘志见安斯小姐在身边，显得有些不好意思。可他哪里知道，逸远就是做给安斯看的。

嫉妒是女人的专利。女人在这方面是敏感的，安斯虽然病魔缠身，但在嫉妒方面与常人相较，却有过之而无不及。她见逸远如此显露地挤对自己，优越的家庭环境使之养成的清高孤傲的心性受到极大的伤害，她愤然地离开。可她毕竟神志有些不正常，有些东西来得快，去得也快。她眼前的一棵桦树上一对太阳鸟，立即吸引了她的注意力。那红红的小嘴，雪白的羽毛，好看的头翎，只有两三根像凤凰一样的尾毛，顿时使安斯喜上心来，她竟爬上树去捉那两只鸟，她出人意料爬得快捷而轻盈。也是她命中该有一劫，那对太阳鸟竟不把她当回事，反而在她的面前飞来飞去，甚至伸手可及，她真的忘乎所以，竟伸出双手去抓那洁白无瑕的圣鸟，她一双手腾空，便一头从两三丈高的树上栽了下来。亏得刘志一个眼角一直追踪着她，见她掉了下来，急忙跃身接住，可安斯却已经昏死过去了。刘志一面掐人中，一面大声呼唤吉亚，逸远也急忙奔了过来。吉亚、徐宫立马给安斯服了药，好一阵侍弄，安斯才缓过气来。刘志狠狠剜了徐宫一眼——你个尻子客，招来个丧门星。一场春意盎然的春游，也只得草草收场。

三月的一天，天气晴朗，微风不兴，纽约机场上一架波音式客机引擎已经发动起来，杜勒登上舷梯，在舱口回身挥手向徐宫、刘志、逸远告别，刘志等三人也频频向杜勒挥手致意，几分钟后客机滑上跑道，昂起机头，飞向蓝天。

在省城机场上，黄山、刘仁焦灼地走来走去，不时抬腕看一看表，翘首遥望东边天际，虽也有几架飞机飞来，但都不是美国的波音式客机，忽然东边又传来隐隐飞机引擎声，抬眼望去，一架飞机从东边云朵内飞出，在早晨阳光的照射下，显得白亮白亮，那声音越来越响，机身也越来越清晰，渐渐地近了，飞机绕机场一周，对准跑道，徐徐降落。是的，就是徐宫在电话内描述的那架，舷梯放了下来，乘客依次走出舱门，黄山、刘仁按图索骥，在乘客中搜寻徐宫所描述的身影。忽然一个身材魁梧的美国海员出现在舱口，他的装束与众不同，容易辨认，原来这也是徐宫特意安排的。黄山、刘仁拥向舷梯，杜勒举眼四望，忽然在迎接的人群中发现了刘志的熟悉身影，心里不禁咯噔一下，他分明在纽约机场为我送行，却怎么这样快出现在这里？难道……"请问这位可是杜勒先生？""啊！敝人就是。"杜勒从思索中醒来。原来杜勒四海颠簸，也会讲些简单中国话，又和刘志、徐宫相处了这些时日，一般日常用语，还是能够答对上来。"在下黄山！""啊！我时常听刘志、徐宫提起，久慕大名，知小哥是个干家，这次前来还望小哥多多关照。啊！这位小哥好眼熟哇！""他是刘志的孪生兄弟，不仔细看还真的认不出来。"

杜勒将刘仁从头到脚仔细打量一番，确实一般无二，只是略显粗壮些，时值现在，方知徐宫言语是真。人家是有一般无二、同年同月同日生的兄弟，逸远哪来一般无二、同年同月同日生的妹妹，只怪自己一时言语相悖，答对太急，逸远还蒙在鼓里，这出戏可怎么收场。

黄山、刘仁将杜勒接到凤鸣岗，黄山让住在自己家里，刘仁说，刘志不在家房子闲着，正好让杜勒伯伯住，早晚照应也方便些。杜勒思忖再三，总觉得有诸多不妥，为了给自己留个退路，决定还是找个旅店住下。再三相强不得，黄山、刘仁便将他引到江淑贞店里，一来酒菜毕竟方便些，二来江守信老汉早晚可以做个伴儿。

杜勒歇息了一两日，便叫黄山引着他各处转转。一日早饭罢，黄山、刘仁陪着杜勒，穿过黑龙河，先到杨家滩，经章家岗、白家岗到黄土堡。"这上面就是黑龙潭，黑龙潭以上，就不是我村地界了。"黄山告诉杜勒。"这地从下到上有多少面积？""也就是三千多亩吧，啊！也就是两百多公顷，每户二十来亩，从南到北分水田、喷灌田，山林坡地呈长方形块状分割。每两户旱地交界处有一田间小路，为了省地，另一边就不再设路，路边同时有泄洪小渠，还栽有一行果树，主要栽植柿子、核桃。这样可以减弱顺河风的冲力，还可以有一笔不大不小的收入。""好像村民住房都设计在中间。""是的。房前平台下，是一条主干渠。"

杜勒在黑龙潭边审视良久。然后踱上河边大堤，大堤上是一条沙石铺就的公路，公路北侧是水田。公路两侧都压上了柳筐条。在凉水沟口的河堤上，已砌好了北岸桥墩，在这桥墩上，杜勒回过身来，上下扫视一遍，这里一切都还刚刚起步，但步子大，起点高，建成后，不会在美国农村之下。这帮小子，个个虎彪彪，鬼机灵的，真是小觑不得。

游观凤鸣岗、黑龙潭回店后，杜勒给黄山、刘仁说："刘志给一个叫华子昭的地区女警官捎有一套防弹衣，明天想给送去，我人地两生，你们能不能派个人同我一道去？""仁兄弟明天陪杜勒伯伯走一趟。"

刘仁早早吃过饭，便到江淑贞旅店内约上杜勒，搭上去地区的公共汽车，午饭过后，便到了华专员家中，碰巧专员夫妇正在坐着吃茶。刘仁便将杜勒介绍给他们，杜勒说有件礼品要面交华警官。专员忙用手机和子昭联系，联系不上。又和特警队联系，办公室值班人员说出去执行任务已两天了，杳无音信，她随身携带有手机，可不知何故，怎么也联系不上。问是什么案子，说是连续盗窃案。专员感到事情不妙，忙和刘仁、杜勒乘车疾驶到地区特警队，公安处的金彪处长接待了专员一行。

"子昭姐是一个人出去的吗？"刘仁问。"不！还有沃土。""沃土联系得上吗？""也联系不上。""多长时间联系不上？""也快两天了。""都搜寻了哪些地方？""市内的单位、旅馆、酒店、居委会都进行了拉网式搜查。""快！快将子昭姐查办的案子档案拿出来！""档案她锁着。啊，听子昭走前曾絮叨一个不小的店铺，弄开了三道门，只丢失了一瓶啤酒，两包点心。""快！集中全部人力，重点搜查隧道、地窖，六十年代修的防空洞等，这里有没有最大的防空洞？""有啊！旧行署后面，烈士陵园，原地区水电局后面就连着防空洞。"华专员猛地想起。"快！快带我到行署后面地道！"刘仁对专员说。"我马上组织人力分头行动。给！把枪带上。"金彪处长说。"不用！是一群孩子。后面赶紧派人送铁镐、八磅锤来。"刘仁、杜勒、专员钻进车子，风驰电掣般地驰向旧行署。

刘仁判断得对不对呢？他是对的。原来他的思路和华子昭、沃土的思路是一致的，突破口就在那一瓶啤酒和两包点心上。能轻而易举地弄开三道门没被发现，说明是惯偷，手段高明。只拿了一瓶啤酒，两包点心，说明只为了解一时饥渴，带着很浓的稚气，极大的可能是长期流浪的孩子集体作案。如果真是这样，废弃隧道、防空洞是他们理想的栖身之地。

两天前，化了装的华子昭、沃土在中心街上溜达。一个上午过去了，没有发现什么可疑目标。下午一点左右，他俩在北大街一家饭馆吃饭，忽见一个白发小老头，领着一个八九岁的小女孩也来吃饭，他们要了一盘大盘鸡，两个小馒头，两小碗鸡蛋汤，一顿饭吃了三十多块。从装束上看，那小老头是个乡下农民，但他的牙齿很好，鸡脆骨嚼得咯吧咯吧响。脸上虽然有些苍白，但没有一丝皱纹，走起路来轻盈活泼。他手里拎着一个城市流行的黑手提包。华子昭向沃土递了个眼色，两人不远不近地跟上了这一老一少。大约下午三点多钟光景，这一老一少尾随一个手提黑提包的四十岁左右的中年男子，来到了一个商场柜台前，那中年男子将提包放在柜台上，手指比画着和营业员说着些什么，那小老头也挤到柜台前，将手提包并放在那汉子的提包旁边，也哇里哇啦地要买货架上的东西。说不上三两句，便拎着提包，引着小女孩，混入到茫茫的人流中。华子昭和沃土相视一笑，也便跟着退了出来。

在暮色苍茫、红霞散尽的时候，那一老一少便来到地区行署旧址，这旧址已失去了当年的威严气象，成了包工队、打工仔、流浪汉的聚集之地。他们集散不定，彼此很少往来，管理也极其松散。这老地区行署傍一低矮黄土坡地而建。个人的居室，彼此都有矮墙相隔，自成小院。小院的前庭，有一水渠穿过。两侧有厨房、花园。主房是二层小楼，两小间。底层的一半属窑洞型，窑洞的后部就连着地道。当然住房根据职务的不同而有区别，一般职员的就要简易些。由于在拆迁之列，自然无修缮而言，围墙多处倒塌，庭院残破不全，所以往来也便就近取道，自作主张。那小老头穿过西边破围墙，开了在紧挨围墙的两间平房门，取出一只电壶来，再打开东厢厨房门，锅台本有两个灶圈，但只有一个灶圈有锅。他点着了蜡烛，从一个有盖的小水缸内舀了水，添在锅内，添上柴草，生起火来，看那光景，做饭时间不多，多半是烧点水喝，果不其然，他烧开了水，便熄了火，将水提到房间，房间也很凌乱简陋，只有一张破旧的桌子，两条长凳，一张木板钉成的床板，床上一领破苇席，一床旧棉被，那小老头从柴桌上取来一只搪瓷碗，倒了半碗水，倚在墙上喝。那小女孩进了围墙却不见了，华子昭、沃土不敢造次，一直等到那小老头熄了灯，响起鼾声良久，才敢轻手轻脚地弄开门。但进了门却再也听不到鼾声，离得这么近，按理说，呼吸声都能听到，可在这静得连掉根针都能听到的小房间内却什么也听不到，这是为什么呢？沃土亮起手电筒，可却没见人影，床上的被子根本就没有拉开。人呢？就这么小的房子，就这几样破旧而简陋的东西，要隐匿住一个大活人是根本不可能的。他俩就用铁棍先敲墙的四壁，再敲地面，可并没发现什么异常，沃土想查一下床底，可这床低矮得爬都爬不进去，他只得躺卧在地上，一点一点地向床底下挪动，由于脚乱踢腾，不知撞动了什么，靠脚的一头忽然塌落下去，身体不由自主地向下滑动，不大一会儿，他的脚好像触到了实物，他用电筒照了照，原来到了一个一肩高左右的地道，人猫着腰可以通行。往前行有三五丈，便进入一个比较宽阔的地道，上伸手臂够不着顶，展开手臂摸不到边，这大概是主道。主道大约是东西走向，向东不远处便有一个侧洞，这大概是连通前面居室的。沃土感到脚下尘土厚、空气阴湿霉臭，他想这里住人的可能性不大，便折转头来向西摸。走了一截，他感到脚下浮土少了，空气的污浊程度明显降低了，又摸了一段，手触到了一堵砖墙，砖墙很粗糙，似乎是用砖头、石块堆砌而成。他摸到了一个小门，门虚掩着，便轻手轻足地推开门，小心翼翼地闪进身去，就这样过了两道门，在进入第三道门的时候，他头"嗡"的一响，似乎是被什么东西重重地砸了一下，忽然晃了晃，便栽倒了，失去了知觉。

华子昭也进入主道，当她摸进第二道门时，门哐啷一声，似乎是被反锁上了，无论她怎样推拉，都无济于事。她知道事情不妙，只得硬着头皮往前闯，没走几步又听得哐啷一声，好像前面的门也被抵上了，还没容得她过多思索，一股股浓烟从脚下升腾起来，浓烈的辣椒味呛得她直咳嗽，难闻的硫黄味使她呼吸急促，不一会儿她便开始眩晕，她想鸣枪发出信号，但她手一点儿力气也没有，随即手枪也跌落在地上。

等到华子昭苏醒过来的时候，已躺在地铺上。她想伸手去掏枪，手被反绑着，她看见她心爱的玲珑小巧的手枪正被一个十二三岁的虎头虎脑的男孩拿在手上把玩。"嘿嘿！有了这玩意儿，就再不怕你们这些臭警察啦，把本司令惹恼了，也叫你们尝尝这铁胡桃的味儿。"华子昭欺他是个小孩，想趁他不防，一脚把枪踢飞，她刚想用脚去踢，不想脚下上了绊索，绳头正牵在那个装扮小老头的男孩手里，她一用劲，那小男孩一拉，她一下向前扑倒，跌了个嘴啃泥。"把枪还我！那是我的枪！""嘿嘿！别白日做梦了，它现在不姓你，姓我！"

"你们这些黄毛贼，再胡闹，看我怎么收拾你。""嘿嘿！你还是放聪明一点儿，你现在是我的阶下之囚。我想把你煮着吃就煮着吃，想把你烧着吃就烧着吃，你把我惹毛了，我先在你头上钻几个眼，你看我现在性情好，就不知道天高地厚，你朝那边看，那就是你的样儿。"华子昭朝他左手一看，地上躺着一个人，头上有一道两三寸长的血口子，一股股殷红的鲜血从那口子里流淌出来。"别杀她！别杀她！这么好看的一个姐姐，杀了怪可惜的。我长大给你当丫鬟，你放了这个姐姐吧！"那个八九岁的小女孩扑通一声跪倒在司令面前。"好！我今儿个性情好，就给'无人管'一个面子，不放你的血，给你留个全尸，来人哪，勒死她！""跪下！跪下！还不快谢司令全尸之恩！"牵绳子的那个男孩大声吆喝着。说话间，从两边又跑来三四个孩子，大家七手八脚地将华子昭摁倒，将一条绳子缠在华子昭脖子上，一边两个孩子使劲地勒。顿时华子昭喉咙火辣辣的，眼珠像要爆裂一样，两脚乱踢腾着。"妈妈！妈妈！我要妈妈！"一个十一二岁的小男孩忽然跳起来，扑向那被称作司令的小男孩。华子昭脑海内能够记忆的就是这些。她眼前一黑，失去了知觉。

第二十七回　流浪儿兵行梅花瓣
　　　　　华子昭山洞收义子

　　她可能没有昏迷多久，当她醒来的时候，两个男孩还扭作一团，在地上滚打，手枪跌落在离他俩不远的地方。

　　"都给我住手！大敌当前，不许内讧！队长打司令，成何体统！"一个白白净净的、前额宽宽的小男孩在地道内倒背着手，踱着方步，显得很有风度。"嘿！我说你！有人要认你做妈妈，你倒是同意不同意？同意啦，白捡一条命，白得儿子。不同意啦，送你上西天，往那地下坑道一塞，你家里人连尸首都找不着。"没说这孩子不大，几句话说得华子昭心里发毛。她反复思量：第一，这群毛孩子无法无天，没轻没重，他们要是真的给你胡来起来，白丢性命。第二，沃土看样子伤得不轻，必须马上抢救。第三，这群孩子堕落如此，肯定也有他们的背景，他们正如东山刚起的太阳，虽然年龄不大，但特殊的环境造成他们早熟，如能将他们争取过来，无疑也是一件好事，只是我连个丈夫都没有，还是个黄花闺女，就做人母，实在让人难为情。罢！罢！罢！还是与他们先周旋着，才是上策。"哎！这位小弟弟！你看我也不比你大多少，就认个姐姐好吗？""不行！条件是妈妈。""姐姐不行，认个姑姑该行吧？""再啰唆，就勒死你！"宽额男孩吼叫着，"我这样给你从中调停，你怎么不肯给我面子？""实在不好意思，不瞒大家说，我还是个闺女，怎好就当妈妈？""那又有啥，贾宝玉没结婚前不是也收了个比他还大的儿子嘛。"华子昭没想到她还说不过这个白脸孩子。事后她才知道，他是军师，鬼点子不少，这帮野孩子久案不破，跟他有很大的关系。华子昭见事已如此，她就豁出去了。"当妈，一个也是当，十个也是当，当少了划不来。我还是不干。""只要妈妈不嫌弃，我愿给你当女儿。"那个八九岁的小女孩又扑通一声跪到华子昭跟前："妈妈！妈妈！"一下子跪倒五六个。"要当妈妈，我给你们全体当妈妈，少一个我不干。""认妈妈采取自愿，不能强求，传令兵，去通知副司令他们，这边认一个女警察做妈妈，愿意的立即过来，不愿意的赶紧收拾东西走人。"那宽前额的男孩这样吆喝着，一个鼻子有点儿翘的十来岁的男孩出去了。"那个警察叔叔的伤口要赶紧包扎，血流多了有危险。""还没认妈妈呢，现在还轮不到你指派。"那个从地上爬起来的司令恶狠狠地说。"我手捆麻了，还要上厕所。""少玩诡计，你跑不出去，跑就一枪打死你。"司令又把那支枪捡到手里。

在这只有昏黄的烛光的地道里，也不知挨过了多少时间，那个翘鼻子的小男孩又带了五个孩子进来了，其中有两个女孩。"现在召开队长以上紧急军事会议。"司令如是说。有五个孩子走进了一侧洞。也不知道嘀咕了多长时间，华子昭看到前面地道里透过一丝亮光。啊！天亮了，这里原来离地面不远。"收拾东西，立即转移！"被称作司令的孩子下达着指令。如是孩子们开始化装，更换衣服，收拾行囊，准备就绪以后，他们开始吃东西，都是现成的食品，可惜没有热水，纯是地道的寒食。他们也给华子昭一份，可是她喉咙肿痛，就是吞咽一点儿汽水也十分困难。原先她还寄希望于战友，指望他们也能像他俩一样，能够找到这条地道，现在她只能暗暗叫苦。

孩子们分成五拨，当然人数是不相等的，他们高矮不一，装束各异，出了地道朝五个方向散开，华子昭知道他们在玩五朵梅花瓣的诡计，不久还会在一个约好的地方聚齐。华子昭嘴内塞了一个小手绢，外面套了一个大口罩，鼻梁上架着一副大墨镜，一件大衣遮住了反剪的双手和腿上系的绊索。他们一行五人，明显的是这支小小队伍的军部，他们走走停停，并不急，看样子也可能离目的地不远，在一片小树林里，又坐下休息，一直到又吃过午饭，才慢腾腾地行进。等到夜色深沉，城市里灯如繁星的时候，才加快了脚步。华子昭一天一夜没吃东西，肚子饿得咕咕叫，脚下像铸了铅一样的沉重，浑身上下没有一点儿力气，想不到栽在这帮兔崽子手里，受这等窝囊气。他们在一个山洞内停下来，那里早已有几个孩子等候，他们要华子昭指天发誓。为了挽救这群孩子，华子昭活动活动麻木的双手，讨了口水喝，只得折枝为香，撮土为祭，发下重誓。这时其他几拨孩子也就陆续到了，大家把她扶到一个石块上坐好，排班对她行大礼，弄得她哭笑不得。"好了，现在该是妈妈了吧，你们把老娘折腾得好苦，让我一个一个地打来消消气！""妈妈！妈妈！"山洞内一片哭声，华子昭举起的右手，久久地停留在空中，忽然她眼前一黑，猛地向前栽倒，失去了知觉。

华子昭醒来的时候，发现墙壁是白的，眼前晃动的人也都是白的，手上扎着针，输液瓶的液体一滴一滴地，很有节奏地流进她的体内。啊！这里是医院，我怎么会在这里？她再一看，那个八九岁的小女孩趴在床前睡着了。她想把她抱上床来，可身上一点儿力气也没有，全身骨头像散了架一样的痛。"护士！护士！值班护士！"华子昭用尽全身力气吼叫着，可这只是她自己的感觉，其实就在隔壁的值班护士并没有听见，还是那个小女孩听见了。"我真该死，我怎么睡着了？哥哥姐姐们把这样重要的事情交给我，我竟然睡着了。妈妈！妈妈！这是我给你炖的鸡汤，你趁热喝点儿吧！"华子昭看着"无人管"蜡黄的脸，蓬乱的头发，鼻子酸酸的，眼睛内有几颗晶莹的东西滚落下来。"快！快叫护士阿姨！""护士阿姨！护士阿姨！妈妈叫你。""麻烦你给地区特警队打个电话，就说我在这医院。"她下意识地在身上摸。"给，这是你的枪。""无人管"双手平托着送上来。"还有这么长这么宽的一个东西。""是有那么一个东西，它还会叫唤。""它在哪里？""军师哥哥交代过的，暂时不给你。""为什么？""这是秘密。我不告诉你。""军师哥哥还交代了什么？""他说我们从此再不干坏事了，请你放心。""他还说什么啦？""他还说妈妈如果问我们在哪里，你就说不知道。"华子昭只好将特警队的电话号码告诉护士，护士打了电话。

时隔不久，便有几辆小车开来，停在医院的院子里，紧接着便有一阵急促的上楼梯的脚步声，门开了，爷爷、奶奶、公安处长金彪、杜勒、刘仁出现在华子昭的面前。"快！快！老地区行署后面地道，沃土危险。""你放心休息，沃土已被刘仁他们救出来了，也住了院，没有生命危险。"金彪这样安慰着子昭。"这是谁家孩子？"刘仁问。"啊！她是我的女儿。""哦！病得不轻，她在说胡话呢。"专员伸手摸一摸子昭的额头，并不烧，心里好生奇怪。"这位就是华子昭小姐吗？"杜勒问。"这位老伯是……"子昭问。"我是从美国纽约来的商人，刘志的朋友。看！这是我的护照，这是我的名片。我很忙，不能等到你出院，就在这里打扰你，感到很对不起。""没什么。"华子昭说。"这是杜勒伯伯，从昨晚到现在一直和我们一起找你。没有休息，也没有吃一点儿东西。"刘仁插嘴说。"谢谢！太谢谢啦！""不用谢，是这样的，刘志托我给你捎来一包东西，要我当面亲自交给你。是他托朋友花一万多美元买来的，一再叮嘱不要交给第二个人呢。请恕我冒昧，你有什么证件，证明你就是华子昭吗？""没错！这就是我们处长，这就是我的爷爷奶奶。"杜勒拿出华子昭照片对了对。"没错就好，没错就好，我可就算交给你了。"

华子昭打开包裹，原来是一套最先进的超薄防弹衣，头帽部有红外线装置。有了这种装置，即使是在漆黑的夜晚，也如同白昼，并能准确提供潜伏人及其位置信号。头帽部还能提供一百米内枪械及其杀伤力的信号。能有效防止一般常规枪刀袭击。这种防弹衣，虽是由软钢、软钢丝等材料制成，但却轻柔如丝，重不足三公斤。这种防弹衣，对于一个特警来说，无疑是件至宝。华子昭将防弹衣紧紧贴在胸前，她的眼睛湿润了。华专员夫妇目光碰了一下，彼此点了点头，金彪也依稀看懂了。杜勒却迷糊了。刘志那么一个俊美的小伙子，怎么看上了一个已有八九岁女孩的少妇——虽然她在落魄之时，仍是那样妩媚。

"刘志在那边还好吧？""哎！也是风波迭起呀！不过总算都化险为夷了。""哎！他在那边孤孤单单的。""孤单倒谈不上，还有徐宫、逸远、安斯小姐。""他现在在干什么？""倒是忙得很。""逸远是谁？""是我的女儿。在刘志的学校读硕士。""就是太平洋上无名小岛的那位吗？""你怎么知道？""只是听人说起一二。""啊！"杜勒喟叹了一声。子昭在观察杜勒，杜勒也在观察子昭，二人眼光一碰，便又迅即离开。不过在这瞬息的对视中，双方似乎都明白了点儿什么。

青春火花

第二十八回　华子昭代儿受过自首
区法院别开生面审判

　　华奶奶要留下照顾子昭，子昭说她现在好多了，生活能够自理，有小丫头呼唤便可以了。不久便可出院。众人叮嘱再三，便都告辞出来了。

　　三天后，华龙、吴管等十五个孩子认华子昭为义母，他们分别是：

　　华大郎：华龙。十二岁，原名吴福，父母离异，父母双方都不要。

　　华二郎：华山。十二岁，弃婴，原名关山，养父母再生，虐待。

　　华三郎：华江。十二岁，原名雷流，母被父杀，父被处决。

　　华四姐：华梅。十二岁，原名常杏，孤儿，父死母嫁。

　　华五郎：华骏。十一岁，原名乌焦，家庭暴力。

　　华六姐：华凤。十一岁，原名明静，重男轻女，不让上学，家庭暴力。

　　华七郎：华美。十一岁，原名巴弓。弃婴。养父母再生育。

　　华八郎：华忠。十一岁，原名包石，家庭暴力。

　　华九郎：华全。十岁，原名秋磊，父死母嫁，爷奶老亡。

　　华十郎：华雄。十岁，原名古月，父赌母淫，离家出走。

　　华十一郎：华成。十岁，原名丁蕙，家庭暴力。

　　华十二郎：华强。十岁，原名江童，父母离异。

　　华十三妹：华双双。九岁，原名田禾，父母不睦，常遭毒打。

　　华十四郎：华十街。九岁，原名纪屈，从小流浪，前事皆忘。

　　华十五妹：华菊。八岁，从小流浪，前事皆忘，号无人管，故叫吴管。

　　名单的个人名字后面，都有按的指印。

　　事后，华子昭向地区公安处交了停职申请，然后到区公安局自首。声称对

238

"2·15""3·15""6·25""7·13""9·20"等十起较大盗窃案负责，声称对击伤沃士警官负责，声称对市区内二十余起调包事件负责。累计金额十万余元，并交出作案工具十余件。接待华子昭的是区刑侦科长盛林。

华子昭也经常和盛林打交道，彼此都十分熟悉。见华子昭来自首，觉得十分蹊跷。"华警官是不是发高烧，说胡话，或是神经上出了毛病，无论是神经病或是伤风抽筋，你都得去看大夫，到我这里可是找错了地方。""盛科长！我是跟你说正经的。事情是这样的：我最近认养了十五名流浪儿，这些案件都是我认养的义子女以前干的。他们现在都还小，最大的也不过十二岁，最小的才八九岁，我既然认养了他们，我就要承担做父母的责任，他们所犯的罪行现应由我承担。""可那也得有个人证、物证、绺窃时间、金额，要一一对口，构成一个合乎逻辑的闭合线路。你现在什么材料都不能提供，如果你大脑神经有问题，信口胡说。说什么我们就信什么，那你就是有一百颗脑袋也不够砍的呀！""我要面见局长。""见厅长也是白搭，你也是行家，怎么说起外行话来。不过'2·15''3·15'等案件倒是记录在册。这样吧，你既声称对这些案件负责，也应提供相应细节，在事实确凿以后，我们才能呈报检察院。现在没有事实，就是呈报到检察院，也会退回来的。这样吧，我把你来自首的细节先记下来，你回去再提供细节，我也向领导汇报，等领导研究后，再答复你。"子昭想想，也只能这样，便退了出来。

子昭回到特警队自己的房间，她心事重重，原先自己一身供一口，从来没有感到经济压力，现在既然认养了这十五名流浪儿，除了对他们的所犯罪行负责，还得对他们的生活、学习、前途负责。这是十五张活口，每天吃喝拉撒就得一笔不小的开支，爷爷奶奶有钱，爸爸妈妈有钱，可自己揽的儿女，怎能给祖辈父辈添麻烦，况且他们又都是工薪阶层，就那么一股涓涓细流也经不住这十几口折腾。啊！刘志，他给我写的信中似乎提到了钱。想到此，她便又拿出了刘志写给她的信，从头到尾细细地看。那是一首六言诗：

你若有些失意，请你不要悲伤，

你若受到挫折，请你不要彷徨，
我在大洋彼岸，为你撑起脊梁。
这次来到南洋，得了一些银两，
敝人不敢独专，同你一起分享。
本想将你探望，奈何来去匆忙，
一怕导师责骂，二怕学业芜荒，
也有诸多不便，见面再说端详。
记得前次分别，就在篝火道场，
本欲送只烤鹑，却被野人抢光，
你那秋波眼神，时时记在心上。
无论走到哪里，永远不会淡忘。
须知警途凶险，事事注意提防。
你若来到北美，一定将我探望，
念我只身独影，举目无亲他乡。

看完信，子昭又仔细思量：他怎么就知道我有些失意，他怎么就知道我受到挫折？对！我不应该悲伤，也不应该彷徨。难道真的需要他来为我撑起脊梁？他用什么来为我撑起脊梁呢？难道是情愿同我分享的钱？可我现在凭什么去分享他的钱呢？他说他只身独影，可杜勒说还有什么逸远、安斯小姐。干鱼岂可与猫做枕头，说不定他现在正拥翠依香呢！人家都是硕士、博士，我一个小小警官，人家哪能看得上眼？可又一想，他又为什么舍近求远，远渡重洋，托人捎来这一万多美元的防弹衣呢？呃！不如将这衣服卖掉，以解燃眉之急。不好！不好，如果他真的旧情不忘，问起所赠之物，那可如何是好？哎！不要想那么多！事情本身很简单，别人送的东西哪能卖，卖了，那是对别人情谊的粗暴践踏。投案自首要证据，别的暂且不谈，仅就殴伤沃土，就够判刑的。这个事实确凿，证据齐全。其他绺窃案件，虽证据不够充分，但也不是全无证据，再补充一些就可以了。目前当务之急，还是钱。既然声称对"2·15""3·15"等案件负责，就要退付赃款，既然声称负责，又无款可退，这总交代不过去。目前的行之有效的办法就是借和贷款，思忖再三，华子昭决定：向亲友借一部分，向银行贷一部分，先凑个三四万交上去，余下部分再慢慢想办法。正当华子昭为钱东奔西走的时候，检察院通知区法院审理此案。主要原因竟是卷宗中一个很小的细节。那就是一个副食门市部，三道门被撬，居然没一个人发现，而丢失的东西，经反复核实，只是一瓶可乐，一包饼干。

受理华子昭案的是区法院刑庭，主审法官是袁石。华子昭收到立案通知书后的第五天，是法院的第一次开庭日，可现在华子昭手头还没筹措到一万元，就在开庭前的第一天，华龙和华菊来了，华龙交给华子昭四万元的存票。华子昭问钱是咋回事？华龙说是他们的全部积蓄，也可以说是赃款吧。"好！这部分款子交上去，因为它们是肮脏的。我这里的几千元钱，你们拿去，暂做日常花费之用。""不！我们不要。我们每人都有收入，况且我们也不花什么钱。"接着华龙说他和华山、华雄，将弟兄姐妹们都做了安排，有的拾破烂，有的卖报纸，有的贩包装袋，他们几个大点儿的贩蔬菜、水果。每日开销，应付得过去。"不！不能这样，你们应该……"华子昭想到眼前的境况，后半截子话哽在喉内，只有两行热泪顺着脸颊滚流下来。

区法院的审判庭内庄严肃静，旁听席内座无虚席，窗台边、走廊内都站满了人。华子昭坐在被告席上，华雄陪伴在她身旁，而原告席上则空无一人。

审判长、主审法官、陪审员、书记员入场，全体起立致意，待坐下后，华子昭朝法官席投去一瞥，她惊奇地发现，在被告方的律师席上坐着弘正律师事务所律师江河。在进行了法庭例行询问后，便转入正式审判。

"华子昭！"

"在！"

"你虽然认吴福等十五名流浪儿童为义子女，但按现有法律只承担监护责任，我们对你判刑，缺少法律依据。"

"我请求发言！"江河举手示意。

"准予发言，你说吧！"

"华子昭虽然认吴福等十五名儿童为义子女，然殴伤沃土，'2·15'

241

'3·11'等缙窃事件在这以前，据我调查，收养后华龙等十五名儿童以捡破烂、卖报纸等合法收入为生，并无违法违纪行为，因而华子昭是无罪的。这十五名儿童原犯罪行，应由原监护人负责。"

"申辩在理，本庭予以采信。"

"我反对！"华子昭示意发言。

"请陈述缘由。"主审法官发话。

"原吴福等十五名儿童因各种原因在社会上流浪日久，与原监护人早已失去联系。况原纪屈、吴管被遗弃时太小，前事皆忘，根本无法确认谁是前监护人，像原雷流、常杏、秋磊原监护人已不存在……"

"打断一下，请试举一例，是怎样的不存在?"

"像原雷流，母被父杀，父被处决。"

"好了，请继续发言。"

"综上所述，要归罪于前监护人，实际是一句空话，既然前监护人不复存在或者失去监护作用，理应由现监护人负责。"

"也有某些道理，本庭予以部分采信。"

"我反对！"江河示意。

"准予发言！"

"既然前监护人或不复存在，或者实际失去监护作用，那就理应由社会承担责任，因为这十五名儿童的流浪和犯罪是由诸多社会因素造成的。"

"也有某些道理，本庭予以部分采信。"

"我反对！"华子昭示意发言。

"准予发言！"

"社会是由诸多分子组成，我作为社会一员，理应为社会承担责任，况且我现在是这十五名儿童的合法监护人，承担责任，责无旁贷。"这时旁听席上有人向主审法官递上一张字条，主审法官和审判长交换了一下意见。

"准许递条人即席发言，时间不得超过五分钟。"

"我是被流浪儿童伤害的沃土，这是我的证件。我只是皮肉之伤，况我年轻体壮，现已康复，并无大碍，我本人申请取消对我的伤害追究。"

"本庭予以考虑！"

"我反对！对沃土的伤害，已构成伤害罪，况且绑架当时的我，也是有罪的！"

"你对绑架你自己负责，这不是可笑吗？"不知谁插了一句。

"肃静！肃静！要发言须得到本法官准许！"主审法官将法槌重重地敲了一下。

"我请求发言！"

"准许发言！"

"2·15案件确系孩子所为，经我店全体员工商议，我们不要赔款！孩子们花了算啦。"

"我们也不要赔款！"又有几个附和的声音。

"我说几句！"华雄请求。

"可以！"

"房屋经过打扫才会整洁，衣服经过洗涤才会干净，我们兄弟姐妹十五人以前是有罪，我请求法庭按照认定事实，给妈妈判罪，了却她的心愿，也好让我们以崭新面目面对世人。"

"本庭予以考虑！"

会场上一片窃窃私语声。

"休庭！"法槌又重重地敲了一下。

"请等一下，这是孩子们仅存的四万元钱，我代孩子们交给你们。剩下部分，待判决生效后，我再想办法补齐。"

法官双手接过钞票，并让书记员庄重地写了收条。

半月后，区法院做出判决：华子昭应赔付赃款六万一千三百元钱。

第二十九回　子昭任命查疑犯
刘志率师灭毒枭

　　忽一日，金彪带着一个四十多岁的陌生男子来见子昭，并带着地区公安处的任命书，金彪首先代表地区公安处宣读了任命，任命书委任华子昭为特警大队副队长。

　　"前几次对你的嘉奖，只是晋升了工资，在职务上并没变动，根据你近几年的表现，也根据工作的需要，授你副大队长之职。现有重要任务让你去完成。具体任务等到处后由公安部刑侦司杜副司长给你交代。"

　　"具体是这样的。"在地区公安处刑侦科机要室内，杜远副司长这样说，他清了清喉咙，开始具体的部置。

　　"现在南边沿海几省，毒品贩卖又有蔓延之势。虽然组织了几次出击，但都由于情况不明，或各省单独行动，联合作战欠缺，而显得力度不够，像割韭菜一样，割了一茬，一茬又起。这次部里决定组织一次全国性的联合行动，重拳出击，由于人力不足，决定从部分省市抽调部分特警协调行动，你就是抽调的特警之一，具体任务是作为先遣队员，乔装改扮单独行动，摸清罪犯团伙首要分子的巢穴，然后顺藤摸瓜，再查下属各分站、网点，具体地说，就是向你要地点、名单……"

　　"我明白了，就是为下一步的行动做眼线。"

　　"对！具体怎样做，我不做具体安排，你看着办，这次行动要求十分隐秘，采取单线联系的方法。这里只有金处长和我知道。记住和你联系的不一定是我们。和你联系的人代号叫本家，你只呼叫本家即可。这是号码，这是微型摄像机，这是微型发报机，这是微型钢笔式无声手枪，这是高级麻醉药，这是你的护照，这是通用取款卡，这是联络暗语。你的代号是长缨，你的化名是常英，我的话就这些。看你还有什么要求？"

"组织上考虑得很周全，不知什么时间出发？"

"你准备一下，越快越好。准备好了，给金处长打电话，他会派车来接你。好了，我要走了，你保重。祝你马到成功，我们静候佳音。"

华子昭径自开车来到临河镇，找到柳莲英，眼泪汪汪地将一封没有封口的信交到她的手里，莲英从信封内抽出信纸，只见上面写的是一首六言小诗：

> 南疆毒潮又起，我被派做卧底。
>
> 人多有些惹眼，人少必定势单。
>
> 这次只身独去，不知能否生还。
>
> 谢你赠我佳品，只怕今生无缘。
>
> 我若遇到不测，望你多焚纸钱。
>
> 恕我最近多事，惹了不少麻烦。
>
> 一纸公证协约，最为肚挂肠牵。
>
> 请你代我履行，了却一桩心愿。
>
> 如若有幸归来，见面再做细谈。

"是写给刘志的吧？"子昭点了点头。"这是绝密！""我知道！这信封上，不是明明写着'绝密'二字嘛，只是没封口，我的傻大妹子。哦！我知道了，我晚上给刘志联系，把你的诗读给他听，然后烧掉，此事只我一人知道。"子昭又点了点头。

子昭又去看了爷爷奶奶、爸爸妈妈，和孩子们在大餐馆内吃了顿饭，然后给金彪挂了电话，此后华子昭就在市区消失了。

夜色笼罩着丽江，弯弯曲曲的青石板路，紧闭着的木门，沉淀着岁月的颜色；石拱桥，石板桥，若隐若现的点点灯火，散发着悠远的清香。

丽江城主街傍河，小巷藏渠，无数纵横交错的溪流潺潺流淌，这西南边陲的小城，竟将一份久违了的水乡的古典浪漫，悉心保存得如此完好而鲜活。

桥下有卖河灯的纳西族少女，河灯用各色吹塑纸做成，像一朵朵盛开着的荷花，中间插着一支小小的红烛，这便是花蕊。

子昭买了一盏将它点燃，轻轻放入河中，默默许下一个心愿，烛光莹莹，波光滟滟，河灯承载着一个遥远的梦，消失在朦胧中。

子昭一连几个夜晚，出现在分支了的玉泉河畔，她也依稀意识到了游魂的出现，她应该把这游魂引开。

子昭顺着玉泉河，准备离开丽江城，到螳螂川去。可她走了半天，总觉得后面有条尾巴若即若离地盯着她。不行，这样拖着一条尾巴，行动极其不便，得想办法。于是她放慢了速度，准备让尾巴挨得近些。为了便于行事，她走到有一个几近九十度转弯的岔道处隐蔽起来，准备在尾巴后面出其不意地擒住他，她看准对方刚过，随即用匕首进逼，刚想喊："不许动！"可前面的人却无影无踪，子昭不由得心中发毛，立即掏出无声手枪，向前后左右查看了一段路，却未见踪影，她全身的神经都紧张起来。可等她稍微松弛一点儿，那个幽魂似的影子，又似乎紧跟在后面，她不敢前行，只得沿原路返回丽江城，她准备以静制动，在丽江住几天再说。

子昭回到原房东家，房东是一个纳西族住户，其家有一个姑娘名曰佳娃，年龄和子昭相仿，也会说汉语，和子昭相处得不错。佳娃见子昭回来，心里非常高兴，她给子昭煮了一壶普洱茶，便和她唠起了家常，她讲了一个让子昭头发倒竖的故事：原来她的东邻是一个四口之家，一对中年夫妇膝下两个女儿。奈何那中年男子不成器，染上了吸毒恶习，这四口之家，本不富裕，中年男子变卖了家中所有能变钱的东西外，便又逼着妻子和两个女儿去卖血。卖了几次血后，妻子和女儿都变得很虚弱，不去卖血他就用刀逼，用烟头烧，妻子和两个女儿的手臂上全是那中年男子刀划火烧留下的痕迹，不过这几天，倒还清静，未见吵闹。就在今天早晨，一中年汉子在门楼内歇息，忽见楼缝内掉下一些蛆虫来，楼缝的风里也送来阵阵腐臭。待到警察撬开门来看时，那门边被杀死的中年男子已高度腐烂。逃到外婆家的大女儿也回家自首，刚刚被警察带走……听完佳娃的故事，子昭感慨万千。中国人由于抽鸦片，蒙受了百年屈辱，经过了近百年的浴血奋战，刚刚解决了温饱，又有不少人在吸毒品，难道就那样和鸦片有缘，就那样甘愿在毒品中沉沦？为了吸食鸦片，良心丧尽，天伦尽失，竟然上演了亲生女儿杀死生父的一幕悲剧，那青春少女就应该在铁窗内度过她的青春年华吗？是的！按现有的法律条文，她犯的是故意杀人罪。子昭让佳娃指给她少女远去的地方，凝视良久，她在心里为她祈祷，虽然她并不是那虔诚的信徒，不过她确实希望法外开恩，尽量早一天还那少女属于她自己的一片蓝天。

在佳娃家又住了几天，看看没什么动静，便又准备动身。动身前，她向佳娃了解了一些那被捕少女的情况，知道她叫帕拉。子昭化装成纳西族少女，她这次不是向南，而是向北，她准备离开丽江城一段路程后，突然乘车向南，抵达螳螂川。可她登程不久，又依稀觉得那条尾巴又长上了，她为了证实这条尾巴的存在，猛然加快速度向前疾走，那尾巴也急急赶将前来，猛一回头，她还模糊地觉得那是一个三四十岁的中年男子，可不等她看个明白，一把飞镖打了过来，她头一偏，那刀扎在她身后的一棵杉树上，刀把还在颤动。刀尖上扎着一张字条，取下来看上面写的是：不要走！此地有情况。

这一张镖扎字条，使子昭颇费猜测，这打镖人究竟是什么人，从他那字里行间里，他似乎知道她的意图，他是谁呢？从分配任务时，金彪处长和杜副司长的口气中，大约可以猜度有一个人来和她联系，但他不可能采取这种方式。是有人来协助我工作，那为什么开始不就派两个人呢？莫非毒贩们已经知道了我的身份？这也不可能。就是传也传不了这么快。况且这里人又不认识我，我也没有什么实际行动。子昭绞尽了脑汁，终究是找不到一个准确的答案。不过她警觉了起来，她知道这个人还要行动，走一步看一步。况且，他说此地有情况，自己再仔细一点儿，或许能发现一些什么。

子昭又在丽江城转悠了一天，细心观察楼堂馆舍、商旅行人的每一个细节，终是没能发现什么异常。她想：这样滞留，完成任务准到猴年马月，于是又在次日黎明到来之时，又向北离开此城。走不到半个钟点，忽然后背"嗵"的一声响，子昭向前跟跄了几步，几乎跌倒，回头望时，只见一块石头落在地面，旁边有一张字条，随微风飘起。她急忙抓住来看，只见上面写的是：注意鱼。鱼！鱼又怎样？她在集市上看鱼，看不出什么端倪，这时背上又隐隐作痛，忙向药店讨张膏药，在那无人处贴上。这个王八羔子，下手这样歹毒，这还是开个玩笑，要是来下死手，现在还不知是个什么样子。忽然又扑哧一笑，自己一个专业警察，还没人家精细，难免人家嗔怪。听得人言，侦探要像贼子一样精细，像商人一样奸诈，像魔鬼一样凶残。可我是个好警察，哪能使用凶残、

247

奸诈词语，况且精细也不是贼子的专利，正人也不反对使用计谋。不过侦探处处凶险，你不杀他，他要杀你，往往一念之差，铸成大错，却是不争的事实。看鱼！看鱼！我有使命在身，哪有此闲情逸致，说是有情况，几天过去了，哪有什么情况？难道这鱼里面有什么蹊跷？急也不在乎这一天半天，看看倒也无妨。子昭在集市上看不出什么端倪，猛然觉得，莫非问题出在江上，于是子昭租了条游艇，来到江面。其实，只要认识对头，问题并不难找出。不少渔船总是顺江而下，而偏偏有一两只渔船逆江而上，说是打鱼，却没见撒网，说是卖鱼，却没有客商，而且航速也比一般船只快，子昭淡淡一笑，于是她退掉游艇，换了只渔船，也在舱内放少许活鱼，并将其中几条如此这般侍弄一番，紧追慢赶便与其结伴而行，一路上，那渔船上的行船人，也与子昭搭讪。子昭也知道一些这货道上的暗语行话，便与其搭话，一来二去便也就熟悉了，既然都是货道上的人，戒心自然也就小些了。

"敢问几位老大，你们在哪里下货？"

"我们这是陈哥的货，在三江口下货。你呢？"

"我这是文哥的货，说是要送到石懿，可我这是小货，不挣钱我让他来接。你知道，我也是才从号子里出来，囊中羞涩，正缺钱用。想去弄些'猪肉'来卖，不知行情咋样……"

说说笑笑，这三江口便也到了，船上活鱼倒也好卖，只是那侍弄过的鱼，仄仄歪歪，况这是货鱼，要有人一次捞清，弄不好就会被行家看出破绽，子昭正为此犯愁，只见一中年汉子，头戴鸭舌帽，嘴蒙大口罩，架着宽边眼镜，来到船边，干净利索地将那半死不活的鱼捞走，随手将一个黑色牛皮包递了过来。子昭尚愣怔地没有回过神来，那人已在码头边消失得无影无踪，子昭也假意到那边渔船上看卖鱼，实际上她在用微型相机拍照，自以为事毕，便退掉渔船，自至码头租了个单人房间歇息，也是不习船上颠簸，弄个浑身不舒服，辗转反侧，一直到半夜时分才迷迷糊糊睡去。待一觉醒来，已是凌晨两点一刻，她忽然惊出一身冷汗，原来她的微型相机不见了，夜间睡觉时，她清醒地记得是放在枕边的宽皮带皮包内，那是她昼夜不离身边的，一些重要的东西都放在里边。她揪自己的头发，咬身上的肉，可这都无济于事，一直到金鸡报晓的时候，才又蒙蒙眬眬地进入了梦乡。当次日的阳光透过临江的窗棂，投射到她床前的时候，她才睡眼惺忪地坐了起来，当她整理物件时，却又发现那微型相机还在皮包内，是昨夜大意没查清楚？不！不是那样的。她急忙把胶卷拿去冲洗，看完照片后，嘴角汪出一丝甜甜的笑，啊！原来是这样的，那大货原来既不在鱼腹，也不在舱内。

华子昭离开三江口，顺江而下，到达会泽，又逆普渡河而上，到达螳螂川。

这螳螂川即普渡河的上源，滇海的泄出口，沿着螳螂川而南便到了滇海，也叫滇池，这滇海东有金马山，西有碧鸡山，山上林木葱茂，山脚绿草如茵，池水清澈，波光潋滟，真个的风光旖旎。子昭几天劳顿，又难得到这滇池一趟，便就在临海的一家旅馆住下，一方面浏览这滇池美景，一方面松弛一下过度紧张的神经，顺便品尝一下这南国的鱼虾。不期子昭这一天滞留，便又引出一段话来。原来此地有个采花郎，所谓采花郎即那专事贩卖妇女的犯罪团伙放出的"鸽子"，能当"鸽子"的是专门挑选出来的有着一副好皮囊，能说会道的年轻男子。这"鸽子"专门勾引有点儿姿色的单身青年女子，一旦上手便交给他的主子，从主子那里领得一份份子钱，然后又去吃喝嫖赌。也是这"鸽子"命中该有此劫，他偏偏盯上了华子昭这个刺猬头，仅仅是这个刺猬头倒也罢了，关键是她后头还有一个不显山不露水的帮手。

华子昭头戴鸭舌帽，身着对襟褂，脚穿步云鞋，乍一看倒也是个地道的青年男子，但她毕竟也有不少疏漏，说话走路，特别是那高挺的胸部，怎能逃得过行家"鸽子"的眼睛，这"鸽子"黏上了华子昭，见华子昭国色天香，不觉淫心荡漾，便先拿一些试探的语言来挑逗：

"小姐天生丽质，奈何偏要身着男儿装？"

"我本来就是男的嘛！"

"既然是男的，夜间敢同我同床共枕否？"

那华子昭哪吃得这般果子，不觉恨从心头起，恶向胆边生。但她又深知自己责任在身，不便惹出麻烦，便生出一般计谋来，于是将凶煞揣在怀里，将笑靥推上脸来。"既然被小哥看破，我也不便相瞒，实是父母看中大款钱财，逼迫婚姻，故此这般装扮逃婚，实想在外找个如意人才。不期一时半会儿又找不到一个合适人家，你看我孤身一人，这般颠簸实是吃不消了。"

那"鸽子"听得这般语言，更是饥渴难耐，便说："小姐若不嫌弃，我家

249

在此不远，不如到我家暂做歇息，再慢慢打听，不知意下如何？""小哥若有家室，怕是多有不便。"

"为兄痴长二十三载，至今尚未婚配。"

那"鸽子"走至背人处，便要做爱。子昭看也是个地方，便说："若是这般说话，妹子要将小哥下关查验一番，如无病毒恶疮，再做话说。""鸽子"听得这般说话，喜出望外，也是"鸽子"色迷心窍，忙就自个儿宽衣解带。子昭趁其不备，反剪了双手，将其头摁入裤裆，用裤带勒紧，做了个老汉看瓜。想想还是气恨难消，便拔出牛耳放血尖刀，想要做个了断，又怕惹出命案，难以脱身，便将那刀口在脖颈上比了比，哼一声才扬长而去。

那"鸽子"也糟蹋了不少青年女子，大都是虎咬羔羊，恣情行乐，哪曾受过这般惊吓，早已是头上冒了三魂，脚底走了七魄，浑身被冷汗湿个精透，半晌尚自呜呜咽咽。还没待回过神来，又觉一只大脚踩在背上，裤带被松开了，头从裤裆内拎了出来，紧接着身子又被掀翻过来，胸前依旧一把尖刀，不过换了一副嘴脸："今天该你倒运，碰上了爷们儿，快将孝敬钱奉上！"

听说要孝敬钱，那"鸽子"悬在嗓子眼儿上的心，才又落回腔内，"都在包内，要多少，自个儿拿！"

"废话！还跟我讲价钱！"

"小的不敢！小的不敢！"

那汉子搜搜拣拣，也有个万儿八千，本想一股脑儿撸了，想想又给塞回了几张。

"给谁干的，老实说！"

"玉溪，彪爷。"

"妈的！在老子跟前还敢说彪爷！"

"是的！是的！是冯彪！"

"住在哪儿？"

"老街，十四号弄七十八号。"

"货都啥价钱？"

"那要看成色。黄花处子，有姿色的，能给个整数。"

"专从事这一个行当？"

250

"不！他主要是做黑货生意！"

"有多大开销？"

"具体说不准，只知客商不少呢。"

"有抠的吗？"

"有个六连响。"

"你知道老子是谁吗？"

"不知爷是哪门子道的。"

"爷是劁猪骟牛的。好久没干了，手生了，今天演习演习，忍着点儿，爷把货给你做利索点。"

"高抬！高抬！啊！妈呀……"

"好啦！锤骟带割骟，以后你也少一宗事情，好好过日子吧！"

那"鸽子"痛昏死过去了，不知过了多久，才缓过气来，伸手下关一摸，黏黏糊糊一大片，原来鼓鼓囊囊的地方，已是凹下去一个坑，连个茬儿也没有了。

子昭离开滇池，到一无人处，自己取镜而视，不觉扑哧一笑，这谁不知道，是个着了男装的女子。于是她又重新改装成一个中年妇人，紧走慢赶。忽然扑通一声，一块石头包着一张字条，打在背上。子昭一个趔趄，差点儿跌倒，拾起来一看，只见上面写的是：玉溪老街，十四号巷七十八号，冯彪。"妈拉巴子！有话便说，光知道用石头打老娘背心，日后落个残疾，天阴就怕犯病。"

子昭赶到玉溪，这玉溪虽算不得多么现代，多么时髦，楼房却也鳞次栉比，市井繁华。她好不容易找到老街十四巷七十八号，却原来是个深巷老宅，仅此一家，几乎谈不上能做到什么户外监视观察，那冯彪又深居简出，蹲了两天，莫说摸到情况，连个人影都没见着。子昭见其院子里，有一辆宝马车，一直停着没动，想那车的主人肯定是冯彪。忽然觉得，这种勾当哪能都在白天，夜间不是更方便些？于是她也白天睡觉，待到夜深人静，换上夜行衣，将那无声手枪别在腰间，扎束停当，便去盯视那辆宝马车。一直到凌晨两点光景，才见一中年汉子带着两个贴身马仔，其中一个背了支双管猎枪走了出来。那汉子大抵就是冯彪，子昭不敢怠慢，急忙打开摄像机，正好那三人迎面走来，发动了那辆宝马车后，都坐在里面开走了。子昭急忙穿墙越脊，好在车子拐来拐去，子昭跟上还不算太费力。一上大道，车子提了速，华子昭慌得紧，幸好后面开来一辆空货车，子昭急忙跃身攀住车厢，将身子紧贴在车帮上。那宝马车在一片密林前停下来，子昭也飞身下车，那三人将车弄到隐蔽地方。那带双管猎枪的和另一个马仔占据了附近的有利地形，那中年汉子便来到林间一片空地，学了几声夜莺叫，初始没见动静，待叫到三遍后对方有了回声，接着走出来一个高高大大碧眼黄发的汉子，二人并没说话，交换了皮包后，便各自回了头。子昭已取得了资料，回头便不再跟踪。子昭准备离开玉溪，在整理行装时，发现多了一卷胶卷。急忙展开来看，心下暗想：这家伙怕不是个贼，最近发了点儿财，自己买了相机，不再偷我的了。在这深巷老宅，干这些勾当，莫说还挺合适的。

子昭离开玉溪到达普洱。普洱产名茶。子昭想：凡事总得有个行头，行事也好说话，也少些瓜葛。于是她在思茅一带转乡收茶，在收茶过程中，她又发现了一些怪现象，时不时见一干人，有的七八个，有的十多个，不挑不背，说走同时起步，说歇同时坐地，感情木讷而少言语，无形中好像有人羁押一般。与同路人相聊，因为都是商人，也不相瞒，说那些是人肉转运机，原来每人都吞吃下用高级特软韧塑料管装盛的一百多克海洛因，到一定时间屙下，洗干净，交给货主。问有多大工价，答是一千元上下。子昭暗地里摄下几个镜头，作为日后的见证。根据各种迹象表明，各种毒品，主要渠道还是来自国外，境内查获的不少毒贩中，也有国外分子，这种涉外案件远比境内案件棘手。因而到达拉祜族自治县后，子昭便向老家发报："大鱼来自外河，外河风急浪高。"不久得到回报是："浪高改乘大船，大船不日送到，速确出河路线。"

子昭想，那不露山水的人，其实侦探本领不在我之下，这次本家也不知是怎样想的，一个人实在势单而寂寞哦！如那藏头匿尾之人，能露出嘴脸和自己做个伴儿，不是挺好的吗？躲着不见得就能高明到哪里去。但那神秘人物终是不肯露面，由于时间紧急，子昭只得从拉祜族自治县起身，到西盟，到沧源，再历镇康、永德过怒江到畹町镇，再顺公路到弄岛。在弄岛，子昭见到有不少人越过国界到缅甸去做工，有的甚至晨出暮归，司空见惯，日久成习。边境检查也十分松散。子昭想：大量毒品可能就是通过公共汽车进入境内。子昭给本家回了电文：四个轱辘大篷船，大船不日到双田，船内要有轻货在，小姐伴着木头眠。

不久，货车抵达弄岛。车上一名司机三十来岁光景，一个货主，是个五十来岁半大老头。正当货车就要出境时，一天中午，一个头戴鸭舌帽，嘴蒙大口罩，架着宽边眼镜的中年男子，来到子昭下榻的客栈："肯赏脸，请你吃顿饭行吗？""你是谁？干吗要请我吃饭？""我是刘志的朋友，以前在梁上谋生，是刘志老弟资我钱财，做起了百货生意。也是托刘志老弟的福，生意做得顺溜，现在已有了一个不小的铺面，知弟妹子只身前来，才抛下活计前来打个下手，不经意打了大妹子几块石子。现今我没有护照，不能过境，不得不暂时分别，如能办好手续，再来相帮。故此请你吃顿便饭，聊表歉意。"

"刘志咋交了你这个下三烂朋友？说得轻巧，不经意打了几石头。要经意还不往死处打哩！"

"话也不能这样说嘛！昔日汉高祖刘邦吃人家狗肉时，不也是个小地痞子。"

"好吧！不要说便饭，就真的是个便饭。"

"去了便知。"

那汉子在路上告诉子昭，他叫王进，排行三，人称王老三。他将子昭领出客栈，沿着山间的石板路，将子昭领到一个小木屋前，子昭见门口有碗口般粗细一条大蟒，吓得惊叫一声，退到王进身后，木屋的主人出来拦住大蟒，将王进、子昭领进屋内，底层比较潮湿，上到二楼，主人端上新鲜荔枝，煮好浓浓的咖啡。子昭喝不惯咖啡，荔枝倒是吃了不少。原以为这山间木屋，没什么好吃的东西，谁料想，竟有鱼翅、燕窝、鲍鱼，还有些叫不上什么名堂的东西。子昭尚客客气气，那王老三却肥吃海喝，还和那主人划拳行令，称兄道弟。子昭想，这些东西，席间珍品，一般百姓哪能吃得起？他们哪里来这许多钞票？仔细地打量了他们一番，都长得贼眉鼠眼、尖嘴猴腮，忍俊不禁扑哧一声笑出声来。那王进正在酒兴头儿上，经她这一笑，才回过头来："大妹子为何发笑？""你俩称兄道弟，我看长得也像，怕是做得也像呢！"说完咯咯地笑起来。王进初始没太注意，不一会儿也便回过神来，并不隐晦。"实不相瞒，我俩都是梁上弟兄，他名叫木巴，是我往南最后的一个朋友。这是我的弟妹常英，日后望多多关照。大妹子！我饭后就往回赶，前途凶险，你多多保重。"

子昭在山间木屋和王进话别，只身独影返回弄岛，同那车上二人驱车出境前往缅甸。至于子昭生死如何，后面自有分晓。

253

刘志从双瀑布回来，日子过得很揪心，事情一个接着一个，并且个个都很棘手，既斩不断又理不出头绪。逸远像看贼一样将他盯住。安斯更是如痴如醉，不分场合。特别是那位戴金丝眼镜的中国记者，在《纽约晚报》上发表了一篇《中国留学生在纽约》的文章，特别是其中"怀里搂着一个，眼睛瞅着一个，尾巴勾着一个"的句子不得了哇！要知道那可是满天飞的报纸，消息能封锁得住哇！要是让华子昭知道了，谁知道那狮子会狂到什么程度。听说安斯小姐得了一种什么病，据人说是一种绝症，将不久于人世，急于和刘志结婚。威廉拜托格里那凡出面，亲自和刘志谈话，要刘志成全病者唯一心愿，那不过是意思意思。刘志说要和自己女友商量商量。导师的神色很愤然，逸远的眼里满含着一触即发的火焰。可他们哪里知道刘志的眼前还有一座饱含炽热岩浆的火山呢。

正当刘志被搅得晕头转向的时候，又突然接到柳莲英打来的国际长途，在电话里柳莲英朗读了华子昭写给刘志的六言诗，刘志听到这首诗初始有些烦躁，很快他平静下来，依稀看到了解脱的光芒。他马上给杜勒挂了国际长途，要他不必请示，自主处理协约一应事宜。

刘志刚回到住处，中国驻美大使馆武官杨勇又执中央安全部命令来见刘志。

刘志说："国家信任，我感到非常荣幸。可我正在上学，这里是美国，学界可不买政界的账，导师那里话怕有些不好说。"杨勇说："这次出征的武警司令是美国情报局少将洛克菲勒·戈登。可由他出面，通过有关渠道疏通，可能时间也不长，另外你的女友华子昭已经出境赴缅，你也应该早点儿去相助，以防不测。"

杨勇刚离开不久，美国情报局少将洛克菲勒·戈登，亲自驱车前来联络。洛克菲勒·戈登受美国中央情报局委托，任命刘志为国际刑警赴东南亚特别行动支队副司令、先遣分队司令。辖中国、缅甸、老挝三个小队，美国一个直升机小队，一个歼击机小队。

刘志说："我年轻才疏，恐有辱使命。"戈登笑笑，并没有回答。刘志提及请假问题时，戈登却一口答应了下来。刘志又说："鉴于以前发生的事件，我离开以后，请保护我的留守人员。"戈登说："现在的刘志已不再是中国的穷留学生。按你们的话说，谁吃饱了撑的去招惹一个副司令的人。再说这个问题，你就是不说情报局也会考虑，你放心，我一定会安排好的。"

刘志向导师格里那凡辞行，导师只言不发，而威廉导师却很热情地为刘志送行。

刘志向徐宫、逸远叮嘱再三，然后才乘客机抵达昆明，到达昆明后，会合了中国的五名队员，他们依次是米明、黄平、齐康、常安、狄元，刘志让常安和自己一组，米明和黄平一组，米明任组长，齐康和狄元一组，齐康任组长，并任命齐康为中国队副领队。

刘志让齐康带领米明小组和他的小组，在弄岛休息待命。刘志又电令缅甸小队达威队长带领本小队在缅甸马贝英集结待命。电令老挝小队队长马克·尼尔带领本小队在缅甸孟西集结待命。电令直升机小队队长士达，歼击机小队队长巴丹各带领本部小队在中国畹町镇集结待命。请求戈登司令带领本部在缅甸新维集结，调拨已毕，自己和常安各带狙击枪一支，子弹五百发，短枪五把，子弹一千发，手雷十枚，乘山地车越境向南坎进发。进入缅甸境内，景色大为不同，真个是：地暖三冬无积雪，天和四季有花开。在那砍伐过的空地里，姹紫嫣红地盛开着红、白、紫、黄、粉红色的花，走过去看，原来那不是野生的，而是人工种植的。在不远的地方，有一两个人在侍弄。好在这里离国界线不远，他们也会说些汉话。攀谈中得知其中就有一名华人，名叫李刚，这样谈话也就随和多了。李刚告诉刘志、常安，这种植物叫罂粟，二年生，浆果。花落两周后，结出椭圆形的蒴果，在成熟蒴果上切割，可渗出白色浆汁，干燥后变成棕色，并且颜色随着进一步干燥而加深，内部却保持柔软和黏性，这就是"生鸦片"，俗名叫大烟。言谈中从东南隐隐传来了枪炮声。刘志问："这地方可有什么战事？"李刚说："也没什么战事。只因前些天，听说来了一男一女两个中国人，乔装进入南坎鸦片制造厂，录了像，拍了片。因做事不密，被老大知道了，派兵追捕，那一男一女边打边退，功夫可真了得，打了一两天了，现在是渐渐远了，枪炮声也是顺风时才能听见。"刘志听得这般言说，便停留不得，扯了常安急急上车，沿着那枪炮声的方向疯驰狂奔。约莫过了一两个钟点，那枪炮声便很近了，刘志取望远镜观看，只见约千把人把一个小山峁团团围定，枪弹雨点般在那山峁上弹飞。只是那被追捕人占据着峭壁上的一个小石洞，且又前面临河，左右后背崖壁陡峭，射击效果不好。那洞并不深，可能是被炮弹击中，洞口大开。可以看到一男子倚仗洞口崖石进行反击，河边的沙滩上横七竖八地躺卧着约百十具尸体，他们的身边凝结着厚厚的血痂，丝丝缕缕的鲜血使临滩的河水变成了红色，可以想象当时战斗的惨烈。可能那洞中人身负重伤，子弹快打光了，半响才打一枪。围攻的人倚仗绳索、云梯，蚂蚁般地向上登攀。那山峁虽然险峻，但高不过十余丈，由于反击不力，攀缘人离洞口已经不远了。山峁上也有人影晃动，似乎要从上面往下坠入。总之，那洞中人或死或俘，已是近在眼前了。看来围攻人是要不惜一切代价，夺回那守洞人手中的东西。可不是说一男一女两个人吗？怎么只有一个男人？那女子呢？那女子是不是就是子昭，子昭轻功不行，是不是……他不敢想象。她不是一个人吗？怎么变成了两个人？莫非这两个人中没有子昭。可他们为什么要去拍摄制毒厂的片子呢？受命的不是子昭吗？

可刘志没有时间思考，这思考只是短暂的一瞬，因为那些蚂蚁离洞口不远了。刘志让常安守住车，自己快步蹿到那些围攻人背后，用狙击枪射击，虽然狙击枪打的是点发，但杀伤效果极好，不出几分钟，那峁顶上人便都趴下了，倚仗绳索登攀的绳被打断了，云梯上的人也一个个栽落下来，那沙滩上，崖壁上便是一片猩红，可那洞中却死一般的沉寂，莫非……

围攻的人分成两股，一股继续向山洞爬攀，一股来攻刘志。这些人虽然身着便装，但不像一般百姓，他们训练有素。刘志虽然弹弹咬肉，但有道是一手难敌双拳，双拳难敌四手，反扑的人是越来越近了，正好这时常安已将车藏好，也携枪上来了，常安当然也不是一般人，他也是弹无虚发。他瞅见一棵柚树后，一个人吃吃喝喝指指画画，虽然只露出半边脸，但这已足够了，一枪过去那半边脸便剩下了半拉子，原来常安将子弹在口内抿了一下，那是一颗炸弹。

击毙了那吃喝之人，攻势明显减弱了。对！就是这般道理，谁吃喝谁先死。这样击毙了几个，那些人便群龙无首，正自愣愣怔怔，刘志惦记着那洞中之人，便武不善作，他让常安继续打狙击，自己撇下长枪，搜出五颗手雷，趁着那爆炸烟雾，抡起两把匣枪，一路扫射，真个似虎啖羔羊，遇着者死，碰着者伤。那伙便衣人人惜命，便都四下逃散了。刘志来到洞前，几步腾跃上得洞来，那人浑身是血，右腿已被炸断，只有几片皮连着，依稀辨出是王进。呼唤了半天，那被鲜血黏合的双眼，扯动了几下，裂出一线缝儿，嘴唇翕动着，似乎要说出什么话来，刘志忙将耳朵贴上去听，从那干裂的嘴唇里，断断续续吐出几个音节："……志……兄弟……昭……在……后面……另外……小河……口……"说完喉内咕噜一声，头一歪，两眼呆滞地凝成两个不动的光点。

刘志脱下上衣撕成布条，将牺牲的王进右腿捆扎停当，背在背上，纵身落下河滩。

常安驱车来接着。常安开车，刘志先步行，那沿路的尸体，便是路标。如果子昭穿着防弹衣，那上面有通信系统，刘志联系了几次没见回音。根据已牺牲男子最后吐露的话语，刘志、常安认为，子昭可能在一小河口。死者驱车将武装便衣引开，而子昭跳车逃走了，便衣武装人员没有发现。那小河口可能和车路呈直角，而且比较隐蔽。约莫行了二三十里路程，果见一条小河，沟口草木葱茂，山石陡峭，路也很窄，河也很小，那潺潺溪流被矮灌遮蔽，真是个逃逸的好去所。刘志亮开喉咙呼叫，可山谷很寂静，只有他的回音在山谷内传响。可能这里没有住户，也可能有住户，主人为避战事逃走了。刘志又跃上一个小山包呼叫，对面梁上的一处树丛，似乎有枝条摇动，还隐隐约约有"志哥哥"的应答声。仔细看听，又什么都没有，可能是思念急切产生的幻觉。不过刘志宁愿信其有，不愿信其无，三两步登上那山脊。"志哥哥！"耳边又传来了这样的呼叫，声音虽然极其微弱，但刘志却听得真真切切。但仔细听时，却全然没有，刘志不禁心里发毛，难道子昭遇到不测，阴灵不散，在家乡曾听得爷爷奶奶们说，那种声音就是不听则有，细听则无，虽然他全然不信这些，可按常理说，一般都是有声则有形，那形体呢？

常安几次要求帮忙搜寻，但都遭到刘志严厉呵斥。因为在战场上枪弹就是第二生命，没有枪弹那将意味着什么是不言而喻的。

刘志确信子昭离此不远，便开始地毯式地搜寻。终于在一个小石坎下发现了子昭，人已昏厥。刘志喊了几声，终是没见反应。他将子昭从上至下检查一遍，虽然全身沾满血浆，但除右手背有小片擦伤外，并没发现什么伤痕，可能是过度疲劳和饥渴所致。刘志将她背到车上，他让常安持枪占据有利地形警戒，自己三块石头支口锅开始烧水。他冲了一点儿高级炼乳，放点儿糖，一勺一勺地慢慢往子昭口内喂。一小缸子喂完，他便开始做饭，他先炖一点儿新鲜肉汁，他知道：极度虚弱之人，离了这东西是很难活过来的。饥饿时间长了的人，也不能一次吃得太多，因为这样的人，肠胃壁几乎贴在一块儿，如果吃得太多是有危险的。

还好，子昭虽然暂时不能苏醒，但她能吞咽。等到把肉汁炖好，也就一两个钟头过去了，刘志又给她喂了一小缸子肉汁。估计再过一两个钟头便会苏醒过来。

"志哥哥！"子昭叫了一声，声音仍然极其微弱，刘志急忙奔过去看，子昭仍然没有苏醒，可能是梦中呓语。刘志吃过了饭，又给子昭喂了点儿水，便去换常安回来吃饭。等到刘志再次回到子昭身边时，她的眼睛已睁开了。"胶……胶卷……片……片子……采样。"说完又昏了过去。等到子昭再次醒来时，神志清醒多了。"昭妹子，你刚才说什么片子，片子在哪儿呢？""我刚才说……说了吗？多危险哪！你沿着这个石坎往下走五十米，有一个人形的石头，那石头边有一棵小面包树，就在那小树四周刨。"说完又闭上了双眼。

刘志取回胶卷、片子快速冲洗，很快那图像便清晰地展现在眼前，刘志认为这东西太重要了，虽然以前也有一些情报，但远没有这份详尽，必须立即向戈登司令汇报，他和戈登通话后，又立即将那胶卷片子复制了五份，电令直升飞机小队队长士达派一架直升飞机来。约莫过了半个多钟点，便听到了直升飞机的轰鸣声，直升飞机在头顶盘旋，接着停留在空中向小山脊上放下软梯，刘志攀梯进入舱内，他先飞抵新维，交了材料，请求戈登下达围攻南坎的命令，戈登说可以按计划行事了。会见戈登以后，刘志又分别会见了达威和马克·尼尔，向他们下达了围攻南坎的命令。从孟西回来，刘志又把子昭和已牺牲男子尸体背上直升机，让把他们送到畹町镇，在畹町有木巴接应。自己下来，又电令士达和巴丹做好临战准备，电令齐康速速越境和自己会合。

各小队接到命令连夜向南坎推进，次日拂晓，已占据了南坎东西北三面的有利地形。戈登本部除留下一部控制新维车站外，余下部队也在戈登带领下，从南面逼近南坎，这样就完成了对南坎的四面包围。

四面包围就绪以后，刘志来到戈登本部，戈登电令各部严密封锁各路口，务必按图像擒拿温得劳矿区卫戍司令瓦莱、矿长英纳、老挝蒙哥、中国李强、缅甸格莱因五大毒枭，电令直升飞机小队和歼击机小队飞抵南坎上空，封锁上空，协同作战。

部署就绪，戈登让译员用缅语向南坎守卫部队喊话：卫戍部队本应确保一方平安，可瓦莱被金钱冲昏头脑，利欲熏心，为虎作伥，给毒枭蒙哥、李强、格莱因提供保护。矿长英纳也在高额利润的驱使下，勾结毒枭，在本应文明的宝石厂下私设制毒厂，为毒枭提供方便。毒枭蒙哥、李强、格莱因制毒贩毒，数额巨大，罪孽深重，不杀不足以平民愤。现本司令率国际联合特警部队奉命清剿，已兵临城下，望速速自缚授首，否则刀枪无情。矿区卫戍部队中下级军官、士兵，你们都有父母、妻儿，你们也是受别人胁迫，只要缴械投诚，本司令一律不予追究，并确保人身安全。况替他人卖命，为他人火中取栗，实在不是明智之举，再说，况你弹丸之地，数百之众，怎能和国际特警抗衡，只要战事一开，顷刻便土崩瓦解，毙命殒身。从打信号枪起，三十分钟内投诚的，军官晋升一级，士兵发奖金一千缅币，开战后反戈有功的，仍按功行赏。

译员译完戈登的喊话后，刘志让译员公布了南坎的兵力部署情况，最后说："你们反抗是没有任何价值的，炮一打响，明碉暗堡统统升天，无一幸免，碉堡内人顿时化作齑粉，难道这不可悲吗？我实在不忍让你们的家人连尸首都分不清，看不到！"说完，戈登打响了信号枪，红、黄、蓝色的曳光弹，在南坎上空徐徐降落。少许有几个前沿士兵，把枪扔了出来，紧接着有几个脑袋伸了出来，可就在这时，一座碉堡内射出一串子弹，那几个士兵倒下了。刘志手臂挥了一下，轰轰几发炮弹将那座碉堡掀翻了，石块、土灰伴随着血肉四处散落。三十分钟没到，南坎城内枪声大作，有不少卫戍士兵哗变了。刘志急忙电令各部发起总攻，接应哗变官兵，电令直升飞机小队、歼击机小队立即投入战斗。地面战斗不到一个小时就解决了。又过了半个小时，乘直升飞机逃跑的卫戍司令瓦莱、矿长英纳、毒枭蒙哥、格莱因也被迫降在南坎广场，从戈登喊话到全部解决战斗，总共不到两个小时。

戈登、刘志命令打扫战场，清点缴获物，清查有功和有罪人员。

戈登、刘志、达威、马克·尼尔来到宝石厂地下工厂。这里是一个神秘的世界，其实最神秘的东西也就在最显眼之处，谁都不会想到，通到地下工厂中央大厅的通道就在宝石厂总裁英纳的宝座下面，那些毒品原料、机械零部件，都是从这里进入地下大厅的。地下大厅其实并不大，也不过百十平米。严格地讲，它是通往各加工厂以及材料室、仓库、金库、会议室的中央通道，中央大厅布置得像一个普通人家的客厅兼卧室，即使被发现，也可以说成是防空设施，并

259

不值得大惊小怪。中央大厅的正北有一暗门，通过暗门往北有一两米来高，一米多宽的过道，过道大约有五六十米长，过道尽头的东西两侧亦各有两道暗门，西侧是材料室、仓库，东侧是秘密会议室和金库，中央大厅的东西两侧也是各有两道暗门，进入暗门有十多米的通道，通道尽头可见一浆砌的阶梯，斜着向上，垂直高度约丈许，便是宽敞的厂房，原来这里是一座山脊，中间挖空了，两侧便是制毒厂，西侧是鸦片、吗啡制厂，东侧是海洛因和杜冷丁、美沙酮等合成制厂，各制厂的顶端有气孔通往山顶，各制厂的临山壁面，各打有几个山洞，可做工人居室，东侧上午，西侧下午，太阳还可以斜斜地照在里面呢。

戈登、刘志、达威、马克·尼尔到达地下大厅时，卫戍部队大尉哈恩带领一个班守卫着地下仓库和金库，戈登拍拍大尉的肩膀，说他守库有功，要给他记功晋爵，刘志也和大尉亲切握手，进入制毒厂各车间，大尉都各派有一个中尉带一个班看守，戈登很欣赏，刘志也很满意，对于守库牺牲的三名士兵，戈登、刘志先让优厚殡殓。

经过盘点，总共有生鸦片一千二百一十三千克，熟鸦片五百一十四千克，吗啡四百二十八千克，海洛因二百七十五千克零二百一十四克，杜冷丁、美沙酮共一百八十九千克，金条一万一千三百二十六根，美钞三亿二千六百四十一万元，缅布五亿三千万元，老挝币九千四百万元，人民币十亿两千万元。矿卫戍司令、矿长各在香港有私人存款一亿一千三百万美元，总裁格莱因在澳大利亚有私人存款九千八百万美元，董事长李强（被击毙）在纽约有私人存款一亿零八百美元，副总裁、副董事长（被击毙）各有缅币九千六百万元。清理了地下工厂、仓库后，刘志向戈登辞行，戈登问为何这等匆忙？刘志说："我女友有病，男友阵亡，所以耽误不得。戈登只是不允，说到最后，戈登才勉强答应明天庆功会之后再走。

开完庆功会，吃过庆功酒宴，刘志便向戈登辞行，戈登送至南坎广场，问刘志还有什么请求，刘志说："中国毒枭李强的私人存款按理应收入中国国库，余下事宜由齐康全权代理，我已向齐康交代了。"刘志又和中国队员一一握手话别后，戈登让士达派直升机送刘志到畹町镇。

刘志来到畹町镇，杜远副司长、金彪、木巴、王进堂客已在那里。王进堂客已是哭得双眼红肿，子昭因王进是为掩护自己而牺牲的也十分悲痛，虽然仍十分虚弱，但较在缅甸已是强多了。刘志安慰王进妻子凤兰说："嫂子！人死不能复生，你也不要过于悲伤，王进哥哥死得很悲壮，他击毙了一百多贼兵，掩护华子昭保存了情报，为清剿国际毒枭立下了赫赫战功，现已被国际特警部队追认为国际特警。王进哥哥是当今的马援，英名将万世流传。"凤兰文化水平不高，刘志的话她听得似懂非懂，不过她知道这都是称赞王进的。子昭见凤兰不懂，伸出大拇指："进哥哥是大大的英雄！"当刘志将已兑换的四十多万人民币奖金、五根金条、国际和平勋章、立功证交到凤兰手里的时候，凤兰的眼睛痴痴的，这时她才知道王进成了什么马援，已是个了不起的人物。她摸着手中金条说："这就是人们说的金砖？"子昭笑着点了点头。她看看子昭、刘志也有，只是钱少些，便说："我不能要这么多，是不是你们拿少了？""一样多，我们这是美国钱。""啊！美国钱！"刘志先拿出五千美金："这是王进哥哥的安葬费。"又拿出三万美金，"这是给嫂子日后的生活费。一美元能换八块八角。"这时凤兰才知道，王进已成了和刘志、子昭一样的英雄。只是人家双双对对，而自己形单影只，不免又要伤心落泪。

刘志问凤兰，王进墓地选到何处。凤兰说："还是运回昆明，逢时过节祭奠也方便些。"

杜副司长、金彪处长、木巴、刘志、子昭护送王进灵柩到达昆明，在滇池西岸的碧鸡山麓选了一块墓地。

王进的追悼会在昆明东郊广场举行，公安部副部长王涛，昆明市市委书记雷云、市长樊凤以及昆明市各界人士等一万多人参加了追悼会，市长樊凤主持了追悼会。王涛副部长高度评价了王进在清剿毒枭中做出的卓越贡献，特别是他从一个梁上君子变成了国际公认的世界英雄，为一些失足青少年树立了光辉的榜样，使这些人看到了光明，看到了希望，他的英名将流芳百世，他的事迹将万古流传。

王进墓碑的正面镌刻的是：国际特警王进之墓，旁边有刘志书写，石工镌刻的："知恩图报真君子，舍生取义世间稀"的挽联，墓碑的落款是中国公安部立。墓碑的背面雕刻的是杜副司长撰写的碑文。

王副部长、杜副司长问刘志、子昭有什么请求，子昭向王副部长、杜副司长汇报了她在丽江房东佳娃家听到的关于帕拉的故事，请求法外开恩，释放帕拉。王副部长让杜副司长调查此事，如果情况属实，可以从轻发落。王副部长给金彪说："华子昭身体虚弱，可以让她疗养一段时间。给王进报烈士。"

刘志、华子昭辞别王副部长、杜副司长、金彪处长，又和木巴来到凤兰家，安抚了王进儿女。

刘志、子昭带领凤兰到银行把钱存了，生活需用的钱存了部分活期，余下的都存了定期。

第三十回　鹰愁涧子昭办私塾
公安部设宴庆凯旋

刘志、华子昭随专员回到行署，子昭召见了孩子们。刘志、子昭又带领他们在餐馆内吃饭。专员也参加了。饭菜自然比往常丰盛得多。二郎华山问子昭："妈妈今天为啥这样大方？""妈妈有钱啦。"

"哪儿来的钱？是不是那个家伙给的？"十郎华雄眼睖着刘志。

"你活得不耐烦啦，小心他把你杀啦！别看他笑嘻嘻的，肚子里坏水可不少！"三郎华江用筷子捣着刘志。

"谁敢做妈妈的男朋友，我们就把谁给杀了！"五郎华骏、八郎华忠气咻咻地说。专员一边给孩子们夹菜，一边哄着他们，生怕把事情弄砸了，他知道刘志不是个好吃的果子。可刘志并不生气，而是一一询问这几个孩子以前的情况。

"我请你们吃饭有什么不好？"

"要是你的钱，我们不吃！走！"

"不是！不是！是妈妈的钱。你们看，这是妈妈的奖章，这是妈妈的立功证，妈妈得了好多好多的奖金呢。"

"你呢，你的奖章呢？立功证呢？一个男的，还不如一个女的，还吃人家的饭，真不害臊！"九岁的十四郎华十街这样说。

"我也有！"

刘志把委任状、奖章、立功证、奖金拿给华二郎、华十郎以及岁数大些的大郎、三郎、四姐看，一则二郎、十郎是他们原先的，也是现在的头，二则大郎、三郎、四姐，已经懂些事了，刘志想先取得他们的信任。"看来你也是个人物。不过你得离妈妈远点儿，免得闹出矛盾来了，大家面子上都不好看。"二郎华山这样说。

子昭知道要让孩子们接受刘志，得一个过程，急不得。

"你们还知道妈妈前次领你们吃的饭吗？"

"知道！那饭菜虽然差点儿，可吃着香甜，不像今天这样别扭。"

"也没什么别扭的！那是妈妈领了任务，到南国获取情报，不想贼人势大，联结外国，取得情报后，被贼人发觉，一千多兵追赶，是一个叫王进的叔叔，把敌人引开，我才得以脱身，可王进叔叔被贼兵围在一个山洞内，仗打得很激烈，是这位叔叔带另一个叔叔赶到，才把王叔叔救出，可他伤势过重，说了几句话便牺牲了。"

"王叔叔说了几句什么话？"

"王叔叔说情报在我身上，让他来找我，因我连续四天四夜饭水没入口，又打了三天三夜的仗，已经昏死过去了。"

"是他救了你？"

"对！他安葬了王叔叔，又把我送回来，没有他，你们都见不到妈妈了，我请他吃顿饭有什么不好？你们这样对待客人合适吗？"

"是他不会说话，他说他请我们吃饭。我们干吗无缘无故要吃他的饭？妈妈如果早说，他是客人吃顿饭就走有什么不可以的。"十郎出来圆场子，气氛顿时缓和了下来。

吃过饭，孩子们都上学去了。专员问刘志："为什么今天变成好性儿的啦？"刘志说："你真不会说话。孩子们缺少关爱，他们把以前的家庭悲剧归罪到父亲身上。他们怕我的出现，使他们又失去刚刚得到的温馨的家和母爱。这是完全可以理解的。"

"小王八羔子，刚才孩子们说你不会说话，你连忙转嫁到我身上。"

晚上刘志、子昭便留在专员家里吃饭，闲谈中刘志问子昭："那地下制毒厂的进出口是在总裁的座位下面，你们是怎么进去的？"

"这还真得依靠王进的做贼本领，那贼的心眼儿比头发丝还细。别人看来很正常的东西，他却看出了窍道，他见宝石厂的西北角生活垃圾有些过多，便找到了洞口。况那地方又是工人宿舍，对他来说，进去还不是很容易嘛！"

"那你们怎么又让人发现了？"

"也是我们大意。也怪王进胆子太大了，本来材料都基本全了，只剩那总裁的一张照片，他硬是抵到人家面前去照，这不露馅了，这一露馅就把他的命搭进去了。"

"哎！还得跟你商量点儿事。"

"有啥子事，你说吧！"

"我看这些孩子用常规教法不行。"

"咋个不行啰？"

"第一，他们的年龄都偏大，最小的也都八九岁，按常规教法，他们在读书方面基本就完啦。第二，他们的长期流浪生活，养成了不少恶习，一般老师是管不住他们的。他们迟早要给你捅娄子。"

"那你说咋办？"

"返祖！"

"咋个返祖法？"

"办私塾。估计我们鹰愁涧的房子也该盖起啦，暂时也是闲着，我们出钱雇三个人，两个教师，一个厨师，也实行私塾式管理。"

"你说具体点。"

"课程也用现行教材，当然也可临时另选一些教材，比如《礼》《百家姓》《三字经》《诗》《弟子规》《千字文》等。就是私塾式的一个人一个人地教。会了再上几页，再会了，再上几页。"

"我知道了，这样可以赶进度，可以知诗书，懂礼仪。"

"对！孩子们岁数大了，接受能力肯定快得多，上完一册，用学校考试题考，考及格了，就上另一册，我估计，一年可以赶几年的课。"

"嗯！这样我认为可行。就是教师负担重些。"

"也不见得。他们可以教得简要些，以会为目的。再者，我们可以多给钱，重奖之下必有勇夫。"

"那么管理呢？"

"实行家长式管理，制定家法。"

"还有打人的东西？"

"对！实行戒尺制度，打屁股，打手掌。"

"那孩子们不接受呢？"

"我们可以和他们签合同，学好了有奖，有错了就罚，就打呀！"

"我怕不行。"

"不见得，事在人为，说不定他们还乐意接受呢，只要公平。我这样做是有基础的。"

"还有基础？"

"对呀！你没问问二郎、十郎，他们没个规矩，那些孩子，他们能那么服帖？说不定他们的王法还苛酷些。我们可以让他们出头。他们早熟，我们可以先做通他们的工作，家法先从他们身上实施，他们服管了，其他孩子也就没什么话说了。"

"啊！先让周瑜打黄盖。"

"这样慢慢使他们服管、懂法，慢慢知道他们以前的错误，慢慢学会怎样处事、做人。只要他们上路了，说话听了，还打他干吗？打只是穿牛鼻子的串子，系马头的缰绳，那牛马不穿鼻子，不系笼头，你能管得住？"

"你把孩子当马牛？"

"他们现在就是初生牛犊，无缰野马，待他们变成人了，再实行人（仁）道管理。"

"你的谬论还一套一套的。"

"我哪有那本事，这叫返祖，人家早就有了的东西。"

"要是让你当总统了，你还开科举呢！"

"若能借你吉言，说不定还真想那样干干，只不过，变个法儿换个名词。"

"唔！你还是个危险分子！"

"什么危险不危险？再出些余成龙、范仲淹、欧阳修、苏轼、白居易、宋慈、狄仁杰，有什么不好？噢！扯远了，关键是教师，我看还是让你爷爷出面给地区教育局打个招呼，从全地区公开招聘两名教师，一个厨师兼管家，要优秀的，停薪留职，计工龄、教龄、长工资时，也请按同等教师对待。物色出来啦，我们还要审核。这事你来办，我回家看房子。"

"嗯！就这么办！"

"招聘的第一个程序是自愿报名，首先要热心这种事业，这一条很重要。"子昭答应着将刘志送出门。

刘志回到凤鸣岗，拜见了父母、爷爷奶奶和黄山、杜勒。杜勒说他都把孩子们安排上学了。刘志说那样不行，并讲了不行的道理，杜勒想想也是。刘志又提出自己的看法，杜勒认为也行。于是刘志约他到鹰愁涧看房子，房子已经交接，刘志从黄山那里拿了钥匙。

公路是在改河的新河左边，水泥硬化路面，洪期也可过水。过了新河，公路分了岔，向左有一岔道，拐了一个大弯，折上新河上端跨度很大的一座石拱桥。大拱两边依次各有两个大小不等的小拱洞。护栏是一米来高的水泥墩柱，墩柱用钢筋水泥横梁连接，中间有不同图案的护栏网，显得古朴典雅，而又不乏现代建筑的气息。

在拦河坝和新河的交接处建造的是抽水站。上面有一个一百多平米的蓄水池，蓄水池临河一边是垒砌而成的深井式的圆洞，圆洞顶端有两正一厦三间小屋。一间正屋内有粗水管连接水池，这便是工作间。另一间正屋，一半是卧室，一半是一个小百货店，卖的也不过是烟、酒、米、面、油、盐、酱、醋等日用小百货。另一间厦屋则是厨屋，厨屋前有小凉棚，廊沿上有几个小板凳，是供人歇息的。管抽水站的是一个五十多岁的半大的老头，姓徐叫徐财旺。

新河其实是一个蓄水池，它的泄出口有一个用钢筋焊接水泥浇筑的半圆柱形滚龙摆，这半圆柱形滚龙摆的下方又有一丈来宽，有着燕尾式凹槽的衬坝，这衬坝比滚龙摆约矮一米多。衬坝的下面是一个七八丈长短的跌水坑。

在衬坝的右下方便是电站，电站是一面依山一面依坝的三间四层小楼，电站的右下方有水渠连接，水渠绕坡徐徐伸向西北，可以浇灌滩边菜地。

电站里住着一对小夫妻，膝下有一个牙牙学语的小男孩，男的叫罗刚，女的叫蔡娟。

过了石拱桥，有一盘山公路和桥连接。这公路有一岔道盘向校舍的大门。大门不在院子正面，而是在右面偏旁。校舍坐西北，向东南，一进两重院子，第一重院子，其实是一个七八丈见方的大场院，左侧有三间平房，是厨屋和餐厅，紧挨着大门门楼。右侧也有三间平房，是仓库和车库。其余部分是有机砖砌成，水泥抹光的矮墙环合。

进大门走向场院中心向西北呈九十度转身便是第二重院了，院子是四水归堂的四合院，正殿堂是七间瓦顶假三层小楼房。一楼中间五间是宽檐走廊，四根浇筑的盘龙柱，镶金镀银，光彩照人。柱子顶部有二尺多宽，有各种雕刻的对称图案联结，图案也都飞金流彩。正殿中间三间是殿堂，殿堂是仿古式木格门窗。殿堂的西北墙上是大幅壁画《八仙过海》，左面是《苏武牧羊》，右面是《六郎守关》。殿堂左右各有一间套房，在正殿的走廊两端还各有一间包住廊檐的包厢房，内有楼梯通回二楼三楼。除三楼有一两间的小会议室外，其余部分都是单间住房。

　　四合院的左右两边各是五间假三层偏殿，偏殿底层中间三间是殿堂，两头两间是卧室，二楼全是单间住房。

　　正殿的对面是门楼，门楼也是五间假三层小楼，一层中间两间前面有高五尺两丈见方的平台，大理石铺地。平台上面是楼台。平台和楼台中间前两角是两根盘龙雕凤的鎏金仿古粗柱，平台的前面是五级大理石台阶，楼台、平台、台阶都有高三尺左右的墩柱式大理石护栏，护栏间装有各式图案的大理石平板。平台后面是门楼，门楼宽一丈，两边各有五尺宽的壁墙。大门两边有一对雄伟的石狮子，门楼和楼台装的是钢板防盗门。

　　前殿门楼两边各有一间住房，住房的外边有楼梯通向二楼，二楼的结构大体和一楼同。

　　水电设施已经齐备，现在唯一缺少的就是家具。杜勒说："那就去买家具。"刘志说："先不急，等子昭的消息。"

　　当天晚上，子昭打来电话："教师已经物色好了，是一对中年夫妻。"刘志说："怕不好，那些孩子对家庭很敏感，有条件反射。时间长了，他们难免有矛盾，犯口角。"子昭说："不会的，人家是恩爱夫妻，地区模范教师。""我怕中途换将不好。""你说得对。常规教育对孩子们不适应，有几个已经在街上晃荡。""到这里来，也要和他们商量好，你把我们的意图给孩子们讲清，再带二郎、十郎、四姐来看看，这事要他们点头。"

　　"嗯，知道了，明天怕不行，后天吧。"

　　过了两天，子昭果然带着二郎、十郎、四姐来了，他们看了环境，听了意图，竟然很满意。子昭问他们为什么满意。二郎说："我们插班受课，站队我们戳电杆子，发言我们哑巴蚊子，背地里那些小王八羔子叽叽咕咕，肯定是说我们坏话。总之感到浑身不自在。在这里没有旁人，就我们几个不掺生，心情也会好得多，学得也可能轻松些。""那可是要挨打的。""打不怕，我们挨打惯了，只要打得公平。"子昭笑笑："那可是你说的，就先打你。""没问题。我都挨打啦，其他人也就服帖啦。""不服可就找你。""没问题，谁不服，我来打。""你没权利打，要由老师来打。""对！我捉住叫老师打！"

子昭回去带老师、孩子。刘志去办桌椅凳床、锅碗瓢盆。杜勒去买鸡鸭鱼肉、油盐酱醋。有道是有钱能使鬼推磨，子昭带着孩子、老师来时，什么都已摆设齐整，刘志还让画师画了孔子像，挂在教室前面，教室就是两个偏殿。渔民们还送了些柴火。厨师叫姜少康，男老师复姓公孙，单字烈，妻子复姓荆红，单字霞。

这边子昭带着孩子先拜圣人，再拜先生，再拜戒尺。那边少康师傅不愧是名厨，加上熟食也多，一阵煎炒烹炸，两桌十三花也便成了。子昭将孩子分成两拨，一拨公孙老师教，八个孩子，全是男的，另一拨，七个孩子，四个女的三个小男孩子，三个小男孩依次是十四郎华十街，十二郎华强，十一郎华成，他们噘着粉嘟嘟的小嘴，不愿到女老师那边去，四姐、六姐、十三妹把他们领过去了。

第一桌，首席是公孙先生，陪席是刘志，孩子们依次给先生敬酒，刘志边做示范，边讲解："端盅要双手，眼睛不能直视先生，也不能旁视。直视、斜视都为不敬，略勾头、侧身说，请先生饮酒。"

第二桌是荆红先生，陪席是华子昭，东郭是杜勒，西郭是厨师少康。

席后子昭、刘志、公孙烈、荆红先生、少康师傅就报酬问题做了进一步的磋商，公孙、荆红老师月薪八百元，不管伙食、公费医疗。少康师傅月薪五百元，公费医疗。子昭、刘志提出两条方案：第一方案薪金上调百分之五十，余其不管。第二方案：老师月加薪二百，厨师加一百二十五，包伙食，包用品、取暖、降温等费用，月医疗费人均五十。三位被聘请者选择了第二方案。

孩子们四人一室，住在偏殿两边房间，两位先生住在门楼两侧房间，杜勒住楼台边一房间，另一间是客屋，厨师就住在餐厅边的小屋内。

次日，刘志、子昭辞别老师孩子，去赴公安部举办的庆功会，刘志对公孙、荆红老师、少康师傅说："孩子们就拜托啦。"公孙先生说："请放心，食君之禄，忠君之事。"师生把他们送过石拱桥。刘志叮嘱杜勒："师生伙食要办好一点儿。先生要用钱，及时给。该置办衣服时，及时置办。福利是小钱，不要抠。"杜勒一一答应下来。刘志还叮嘱杜勒，有空到县城看看，要让死钱变活，生孩子。杜勒点了点头。

庆功宴在公安部礼堂举行，齐康、米明、黄平、常安、狄元都到了，王进家来的是妻子凤兰，地区公安处金彪处长也出席了大会。杜副司长主持会议，公安部王副部长讲话。

追认王进为烈士，家属享受烈士待遇。

会后，王副部长、杜副司长、金彪处长商议，华子昭身体虚弱可以休养一段时期，其余各有功人员，放一月假探亲。

第三十一回　刘志人前夸女友
子昭三审未婚夫

　　刘志急着要返校，他让子昭办好手续，随后赶来，于是乘机飞抵纽约。

　　刘志带了缅甸绿宝石，四川普洱茶，新疆蜜枣、葡萄干，去拜会导师。格里那凡说："恭贺凯旋，这回可真是名扬四海，威震万邦。"刘志龇口白牙，冲导师甜甜一笑："世上哪有老师笑话学生的。些许薄礼，还望笑纳。"一边说一边眼睨着导师，在他脸上仔细地搜寻着答案，他看到导师的眼神分散了，他的心里有底了。

　　刘志回到住处，见那个戴金丝眼镜的女记者也在，便劈头就说："哦！眼镜蛇也在！"徐宫、逸远显得很惊诧，那女记者说："这般说话怕有些不友好吧？""凡人总有个名讳，以便称呼，也见面几次了，从未见你说过你姓甚名谁，我见你长得头大尾巴细，戴着眼镜，就那样称呼了，还望见谅。"逸远忍俊不禁，扑哧笑出声来，徐宫对记者说："这家伙损人也算是损到家了。"那女记者不愧是社交场上的人，极有涵养，并不生气："我是不是有些地方伤着你啦？""害怕是有些。"刘志从枕头底下摸出那张晚报来，"你看看！你看看！什么怀里搂着一个，眼睛瞅着一个，尾巴勾着一个。我的大记者，你这可是满天飞的报纸，要是让我女朋友知道了，那不把我生吃了哇！"说者无心，听者有意，逸远说："你有女朋友啦？""有哇！""那一定是个大美人吧！""可不！再高一点就嫌高，再矮一点就嫌矮……""再胖一点就嫌胖，再瘦一点就嫌瘦，抹点粉嫌白，搽点胭脂嫌红的东墙女。"没等刘志说完，金丝眼镜接过来如是说。"对呀！你也这样说，要是她跟我吹了，你就逃不了干系！"

　　"看你还能把我咋样？""咋样也不咋样，可得将你押作人质！"

　　"你敢！""明的不敢，暗里敢。我把事做得天衣无缝，叫你有冤无处申！"

271

这可真是秀才见了兵，啥也说不清。刘志的一些事情，那金丝眼镜也已早有风闻，听得如是说，便暗里思忖：我的那几句话也确实少些思量，如这家伙真那样做了，自己一个待嫁处女，岂不毁了清纯。想至此，便和刘志婉言曲蛇："你那美人什么时间来？""也就这几天吧。""那这样吧，虽说是报纸满天飞，可也有她见不到的可能，万一事发，我来替你解脱。""你可要多来走走。我可没时间找你。"你道刘志什么目的，原来他见那金丝眼镜，虽然清瘦点儿，但也天生丽质，风骨袭人，便想把她攥在手里，伺机给她找个人家。有诗为证：

> 秀目脉脉解人语，眉清不必斗画长。
>
> 天姿何需施粉黛，无瑕人品自芬芳。
>
> 书香门第一才女，乘车坐机进画堂。
>
> 口舌评点天下事，有骨文章写万邦。

原来这大记者就是菊花仙子转世，姓慕容名芳，家父慕容志远，是《人民日报》副主编。兄长慕容山清是中央电台主持，母亲皇甫蕙在人民日报社当编辑。慕容芳从小天资聪慧，又受到家庭环境的熏陶，酷爱文学，从北京大学中文系毕业后便跟着母亲在报社找了份工作。她文笔犀利，人也勤谨，几年下来，便也小有名气，时下她被派驻纽约。那次写的《中国留学生在纽约》有不小的轰动效应，她知道刘志身上故事不少，想再搞几篇，于是便来得勤了。一日刘志下学，她又来了，"你那美人来了吗？""没有！没有！贵人姗姗来迟嘛！你看那戏曲里，先出台的，都是喝道的跑腿的。""你那美人还有什么好处，再给咱谈谈。""你没说，前次还真的没说完呢！""那就接着说。""看女人，不光要看容貌还要看纹理。""什么纹理？""就是皮嘛。你也孤陋寡闻，你没见，皇太后给皇太子选皇后，选妃子，还把被选女子的手拉起来看看，看的就是这个东西。纹理细排列均匀，那皮就薄，看上去就水灵，好比那初秋清晨的湖面，依稀还有淡淡的水汽，别具一番神韵，光滑、洁静、细腻而富有弹性。不像某些人，虽也眉清目秀，但不水灵，说句刻薄的话吧，只有风骨没有神韵，就像那干枯的树枝，一根火柴就能点着。"说完哈哈大笑。"志哥哥，吃着碗里瞅着锅里，你嘴里虽说人家不好，但眼睛在人家身上直溜，怕不是又被人家勾去魂了吧。你已有那样的一个大美人啦,还不知足哇!"逸远这样说着话,眼里透出一股灼人的光。"我已经怀里搂着一个,眼睛瞅着一个,马上又来一个,我才不稀奇那鲁迅笔下细脚伶仃的圆规。呃,大头搞设计,把圆规给大头,说不定能派上用场。""她惹你啦,你说她,可你也说得太过分了吧,不要得理不让人。咋又把我扯进去啦。""看看!看看!这八字还没一撇呢,这不就护上啦,没说大头对大头还怪般配呢。"说完又咯咯笑起来。"人家是客人,你得有个分寸。都动手做饭。你也在这儿吃。"徐宫瞅了慕容一眼。

大凡青年女子,长到一定年龄,便像那春天带露蓓蕾,总想开得娇艳些,以便为自己招来蜂蝶,慕容芳也不例外,她听了刘志的话,便有一种莫名的冲动,她对着镜子照照,自己头确实大一点,再加上蓬蓬松松的头发,细长的脖颈、宽边眼镜,这头和细长裤管、高跟皮鞋形成很大的反差,叫眼镜蛇,那不是很形象吗?她想笑可怎么也笑不起来,她想哭可怎么也哭不出声,按理说,她应该恨刘志,可怎么也恨不起来,反之她的脑海里满是他的影子,耳边嗡嗡的,尽是他的声音……"说句刻薄的话吧,只有风骨,没有神韵,就像那干枯的树枝,一根火柴就能点着。""……我才不稀奇那鲁迅笔下细脚伶仃的圆规。""……把圆规给大头,说不定能派上用场。""……大头对大头,还怪般配呢。""这狗日的东西,一连给我起了两个外号,看你还能说个啥,她看到自己细长的脖子,"长颈鹿"三个字忽然蹦了出来,我的妈呀!还有,那家伙鬼机灵,他稍一思索,便能说得出来。想至此,急忙将脖子蹴蹴,看着那镜子里面的影像,又暗自觉得好笑,一股少女的羞涩使她勾下了头。晚间睡在床上,辗转反侧,怎么也睡不着,她忽然又想到徐宫那一瞥,那徐宫头确实不小,难怪人家称他徐大头,那徐大头也不胖,白净的脸膛,泛出淡淡的青色。不过他不像刘志那样饶舌,相比之下,要沉稳多了。他说话,那刘志好像还听些。今晚是怎么啦,脑海里一团丝,斩不断,理还乱。一直到黎明时分,才迷迷糊糊地睡去。刚合上眼,那徐宫便飘了进来,她仔细看那大头,那大头便模糊了,模糊中一颗龙头伸到跟前。她一声惊叫醒了,身上冒出一阵冷汗,胸口怦怦直跳,她赶紧拧亮灯,再也不敢睡了。

整个一天,她都恍恍惚惚,茶不思,饭不想,一直到刘志快下学了,她才又重新振作起来,她拣一件比较宽大的长领上衣,较粗的裤子穿上,裤管罩住脚跟，她对着镜子照照，觉得匀称多了，又走了几步，觉得还可以，又淡淡涂了脂粉，这才起身到刘志那里去。

"怎么又来听课了，上次讲到哪里了？"

"讲到皮肤的纹理。"

"对！皮肤和容貌统称为色，这次讲姿。"

"合起来叫姿色。你那大美人，有着闭月羞花之貌，沉鱼落雁之姿。"

"一点儿不错，她的一颦一笑，都摄人魂魄。开国领袖毛泽东主席不是在他的诗词里有句'中华儿女多奇志，不爱红装爱武装'嘛。她一穿上警服哇，那可真叫英姿飒爽。不像那笑不露齿、行不露足的粉骷髅，那只有外表，缺少一种气质美。""小王八羔子，那贼眼真尖呐！我这样淡淡装，竟被他看了出来。又把你姑奶奶削了这一刀子。"慕容芳在心里狠狠地骂了一句。

徐宫又留她吃饭，并且给她夹了菜，她吃得很香甜，回去本想再做个甜甜的梦，可却一觉睡到大天光。

安斯小姐的病情在一天天地恶化，格里那凡导师又来当说客。刘志、子昭双双立功晋爵，且子昭马上就要来到自己身边，刘志正在欢喜之时，导师此时来说这话，无疑有些煞风景，更使刘志十分为难。但导师是美国人，美国人在这方面的理念和中国人是大相径庭的。况且刘志上学事情多，耽误多，导师颇有微词。刘志虽然刁悍，但他终是不敢驳导师的面子，只得以自己战后疲惫，歇几天再说相推辞，但这推辞也颇使导师不快。

剧烈的疼痛，使安斯小姐不得不服用大剂量的镇静止痛药，她也知道自己将不久于人世。美国是一个超级帝国，医疗技术在世界也可谓遥遥领先。一个闻名世界的大学的博士生导师金钱也可能并不匮乏，但世上的事情就是这样的捉弄人，也可能病毒细菌这东西也有自己的王国，也有科学院院士，人在研究病菌，病菌也在研究人，也有新的研究成果不断问世，甚至有些超前的成果，超越了人的意识，以致人类一时束手无策。这病毒便在安斯小姐身上和威廉导师开了一个小小的玩笑，医生竟然对安斯的病因茫然不知，只能依靠推测盲目用药。可病菌全然不买账，依旧我行我素，硬是要一朵未开的蓓蕾提前凋谢。威廉虽然有钱，但他也只能眼睁睁地看着死神来提取自己心爱女儿的性命。

安斯也可谓享尽了人间的荣华富贵，在死亡已无法避免的时候，她唯一的缺憾，就是还没有一个男朋友，没有享受到有别于父母之爱的人世间最真诚的爱。她已开始出现昏厥，迷糊中不断地呼唤着刘志的名字，威廉夫妇实在不忍看到受到剧烈病痛折磨的女儿再忍受着如此情感的煎熬。但一个痴情，一个无意，一厢情愿。一向趾高气扬的威廉不得不在夫人的一再催促下，屈驾来求自己的学生徐宫，徐宫当然知道刘志的意思。在中国逼迫婚姻，也是一种莫大的屈辱。一方是导师，一方是情同手足的弟兄，他实在为难。但人在屋檐下，不得不低头，他只得在两者之间斡旋，好在这种婚姻只是一种形式，只是对濒临死亡的病人的一种抚慰，还有回旋的余地。他也看到导师夫妇实在可怜，于是他找到刘志谈话，刘志抓抓脑壳哑哑嘴，他怕的有两点：最怕的是子昭来横缠，安斯毕竟不久于人世，他不能因一个死亡的婚姻来失却自己一生的幸福；二是那安斯的病，究竟是个什么病？传染不传染？虽然暂时看不出，但有些病可有长达几年，甚至更长时间的潜伏期，她那病痛，确实让人思之而后怕。但刘志也知道拒绝对自己和徐宫将意味着什么。最后他提出了三点：一、不得以正式婚姻出现，只以朋友身份探望。二、要内穿防护服。三、只在夜间陪护两次，并有监控录像。徐宫将这意思转告了导师，讲了刘志的苦衷。导师也理解刘志的处境，便和徐宫商量设立幻境，尽可能让安斯得到满足。

安斯在刘志陪伴的第二天凌晨零点一刻三十四秒离开了这个世界，她去时很安详，面带微笑。导师威廉激动地握住刘志的手，连声说："谢谢！谢谢！"刘志说："很惭愧，没能满足导师的要求。"导师又说："我们可以是朋友吗？""我们永远是朋友。"

安斯去后的第七天，子昭来了。刘志、徐宫、逸远到机场去迎接。刘志问她为什么才来？她说："给孩子们买书，很不好办。又听了几天课。"刘志问课讲得咋样？孩子们能适应吗？"很好！几个大的一个星期就把一年级课学完了。"

刘志设宴为子昭接风。把格里那凡导师夫妇、威廉导师夫妇都接来了，大家见子昭倾城倾国，艳压群芳，都为刘志祝福。威廉也自叹安斯不如。逸远看起来倒是和子昭很亲热。

刘志、徐宫、逸远都忙于功课，只有下学吃饭的短暂时间能和子昭在一起，余下时间都只有子昭和厨娘，子昭和厨娘又语言不通，感到很寂寞。纽约虽然繁华，但没有刘志陪伴，她还是不敢乱溜达。她和逸远同室，便想找点儿书看，但逸远都是些理论书，不合她的胃口，她便到刘志房内翻，刘志房内也是些学业上的书籍，她正在床头闲坐，忽然枕下露出报纸一角，她抽出来一看是《纽约晚报》，上有慕容芳的一篇文章，题目是《中国留学生在纽约》。不看则罢，一看便气不打一处来，原先便想到：哪个狗崽不啃骨，哪个猫儿不吃腥，何况在纽约这样一个什么人都有的花花世界。原先只是估摸着有可能，但还想到刘志是个行为检点的正人君子，哪晓得他竟糜烂至此。她忽然想到刘志给她的诗中有"这次来到南洋，得了一些银两"的句子，男人不敢有钱，有钱就变坏，男人可真不是个东西。可又反过来一想：自己和刘志算什么关系？充其量只不过是个朋友。谈恋爱了吗？一个爱字也没提。按中国农村的风俗说，根本就没有订婚，只不过是心里这么想着。嗯！是这么个理儿。公开收拾他理由不充分。但这又何难，变着法儿整治他。

子昭现在身上也还有俩钱，她让厨娘上街市买了些酒菜，说是晚间要招待朋友。厨娘以为她就是女主人，便很乐意地这样做了。酒菜颇丰盛，比刘志的接风宴有过之而无不及。

刘志、徐宫、逸远由于功课忙，上午在学校吃点儿东西，晚间回来已是饥肠辘辘了，见有如此丰盛的晚宴，便要狼吞虎咽。子昭说："不急！饭前我先说两句话。你们大家都在读博士，读硕士，志同道合。我是来度假的，可我举目无亲，觉得很无聊，所以我决定明天就回国，机票我已买好了。我来时，受到刘志、徐宫先生的热情款待，现我要走了，礼尚往来，也买了些小菜，备有薄酒，人贱酒菜鄙，还望二位先生能够见谅，多少用点儿。"说完便坐在椅上看那张《纽约晚报》。徐宫只是觉着气氛紧张，不知就里。"这怎么行？怎么能让子昭妹子花钱？是不是我们哪里怠慢了，还望大妹子海涵。是不是一个人寂寞？明天就礼拜了，我们陪你去逛公园。"刘志见她看那张报纸，知道东窗事发。"有啥话吃了饭再说吧，我知道你恨一个人，可事情总有明白的时候嘛。你恨他，恨到食肉寝皮也就到关了吧！可他肉酸不叽溜的，皮上又没毛，薄得像张纸，你不嫌硌得慌？"刘志变着法儿逗乐，他知道只要子昭一笑，就什么问题都解决了。子昭也想笑。心下骂道：这个不要脸的下作坏子，竟然说出这种无赖的话来。可她忍住了，她感到差一点儿前功尽弃。急忙正襟危坐，目不斜视地看报纸。刘志也看出了子昭的微妙变化，趁她用报纸遮掩的瞬间，眼角在逸远脸上一溜。心下寻思：那报纸我早已扔了，怎么会在她手里，怕不是你个死妮子从中作梗。你可把我害得好苦。可逸远只顾大口吃喝，眼睛根本不往这边瞅。

"报纸有啥好看的，又看不饱，你既设宴回敬我们，就应该劝酒劝菜呀！"徐宫如是说。

"不是有人已经吃了吗，你快吃吧，哪来那么多闲话？"

"到底为啥吗？""我把你个徐大头，你是榆木脑袋呀！那报纸上有'怀里搂着一个，眼睛瞅着一个，尾巴勾着一个'的佳肴美味，人家看看就饱了，还是咱们吃吧，不要辜负了人家美意。"说完扑哧一笑，急忙用手去抓火腿来嚼。刘志知道：这种事越抹越黑，她不是个警察嘛！她会查清楚的。子昭哼一声，别过身子，差点儿哭出声来，可又忽然觉得：这家伙咋不生气呢？亏你还笑得出来，莫非……

"那有啥嘛！我也在场，先吃饭，明天咱们慢慢说。"

"就是！那有啥嘛！林子大了，啥样的鸟儿没有，何况这里是纽约，搂搂抱抱的事司空见惯，你要生气哪能气得过来嘛！"逸远吃得差不多了，坐起来，在那快要熄灭的火堆上漫不经心地加把柴。

"那有啥！那有啥！'鸽子'也得有人要嘛！前有古人，后有来者，多一个'鸽子'不多，少一个'鸽子'不少！"子昭越说越气，心血潮涌，她满怀喜悦来到纽约，不想竟是这般光景，魂牵梦绕的人竟是一个拥香依翠，卧柳眠花之人。

刘志这下坐不住了。徐宫不会说话，逸远火上浇油，他得赶紧把这火熄灭。

"好！好！好！你不要激动，解铃还须系铃人，我这就打电话叫写那文章的人明天来，你亲自问她，请你宽限这一个晚上。我想，她会给你一个满意的答复。"

次日，空气清新，风和日丽，刘志约上徐宫，带着子昭、逸远仍到双瀑布游玩，其目的是想结合实际情况，让慕容记者讲清她写那几句话的真实含义。慕容芳说好了的，太阳出来一竿高，在双瀑布会面。可一等不来，再等不来，打电话催，说马上就到。可眼看得太阳挂上了西山树梢，她还不来。这些狼不啃的东西，成心跟我过不去。女人可真难缠。你不惹她，她惹你；你惹她了，她跟你又哭又闹。这可真是豆腐掉到灰窝里，吹不得，拍不得。这不是明摆着嘛，你不来，我那黑锅不就背定了。子昭的眼神怪怪的，嘴角挂着不难看出的冷笑。你这个眼镜哪！可真是条眼镜蛇，心地歹毒。可埋怨有什么用，随着暮色的降临，刘志不得不带着抑郁的心情和同伴沿原路返回。

刚到住地门口，一辆小车迎面驶来，车上走下慕容芳："请问哪位是子昭小姐，请跟我来一趟，我跟你有话说。"子昭说："我就是。""啊！可真光彩照人，名不虚传哪，难怪人家夸呢！"刘志心下骂道："你个狗崽子！不要把事情做过头了，我的忍耐是有限度的。"他嘴角挑了一下，示意徐宫一块儿去。

慕容芳在《人民日报》驻纽约记者站自己的客房里接待了子昭和徐宫。她今天没去，一是想自己弄点儿菜，自己招待客人；二是有些话，在那种场合说不够方便。

慕容芳的临时居室是一个套间，外间是一桌一椅，一个茶几，两个单人沙发。里间一张席梦思床，一个小书橱，写字台桌边两把高背椅子，房子不大，倒也雅致。

子昭、徐宫一进屋，便浓香扑鼻，原来那条桌上有一个火锅，火锅里散发出来的水汽，在这不大的空间里飘散，空气显得湿漉漉的。慕容芳一面招呼子昭、徐宫在沙发上坐定，一面拉开窗帘打开窗户，让那水汽向外飘散。

慕容芳又打来水让徐宫、子昭洗了脸，然后便取出酒杯，筷箸放在桌上。"我是满天飞。这些东西，我都是走到哪里带到哪里，你看，我电炉子、电饭锅、炒瓢什么的都有。各地的饮食习俗也不尽相同，不一定你都适应，所以只要有时间，我就做着吃，想吃点儿什么就做点儿什么，吃饱吃好不想家嘛！生活是第一性的。"

"徐先生！这是二两装的地道女儿红，我从我们国家带来的。华小姐！咱们喝点儿果酒。"慕容记者一边从茶几的抽屉里端出四个小菜，一边把高脚酒杯放在徐宫、子昭的面前。

"来！这是我亲手做的乌鸡，不知合不合二位胃口。"口里说着手里便夹出两块肥大的，分别放在徐宫、子昭的小碟中。

"咱们一边吃，一边聊吧。世上其实只有两个人。那就是男人和女人。男人是座山，可以让女人在疲倦和大病小恙时靠靠肩；男人是个港湾，可以让女人避风躲浪；男人是块铁，你得打，你不打，他就不知道马王爷有三只眼。"徐宫听至此，惊愕得夹着菜的筷子忘记往嘴边送。

"刘志，才难得，貌也难得。华小姐能交上这样的朋友是你的福分。我为你们祝福。"慕容芳话锋一转，紧张的空气马上缓和下来。

"我们都很年轻，缺少历练。刘志也一样，他有些恃才傲物，所以我写了那几句话，想给他惹点儿麻烦。男人的天敌是什么？那就是女人。再暴烈的男人，也得拜倒在女人的石榴裙下。"徐宫睨了慕容芳一眼，他觉着这个女人太不寻常了。

"那一天，去的有威廉导师的女儿安斯小姐和她的女伴吉亚，当然也有逸远小姐。安斯小姐患有谵妄症，她上到树上，又从树上掉下来，亏得刘志飞步接住，不然非摔坏不可，这就是搂着的那一个。刘志一边抱着安斯，一边大声喊吉亚，因为她带着急救药，逸远也赶紧跑来帮忙，事情就这么简单。本来刘志还有这位徐先生是不愿带安斯去的。可安斯非要去，导师又没阻拦，你说怎么办。男人除了是块铁，在女人眼里，他还是个永远长不大的孩子，你还得宠着他，哄着他。就像驯兽师驯兽，听话了给它一点儿甜头，这样男人和女人才会相安无事。"

徐宫这时才又夹了一块肉放在嘴里嚼着，再把一杯酒倒在嘴里。子昭则听得眉飞色舞，这时她才想起自己的肚子还饿着。

慕容芳本来就健谈，又加上几杯酒下肚，精神兴奋，便接着说："男人是块铁要打，但打到什么程度？男人是个娃，要哄，哄到什么程度？这里就有一个度，也就是说，要掌握火候。该打时你就打，该哄时你就哄，打哄互用，便见无穷妙处。"

说者无意，听者有心。这次慕容大记者不仅给子昭上了一课，教了一招，徐宫从其中也颇有收益。不过他也不完全同意慕容芳的见解，他认为这种男女关系档次太一般，也就是中低档的了。他向往的是再提纯，再升华，好比是这酒中的女儿红、状元红，而不仅仅是二锅头。

刘志真可谓是一波才平，一波又起。子昭也不知从哪里得到消息：安斯小姐死在刘志怀里。于是等刘志下学归来，她把刘志叫到自己房里。"刘志！""咋的啦！'志哥哥'还没叫到两天，又变脸失色的，你是猴子变的呀，说翻脸就翻脸。""你少跟我嬉皮笑脸的！我问你，你是安斯什么人？她咋会死在你的

279

怀里呢？你俩可真是情深意浓哪！生相搂，死相偎，生生死死不离分哪！"

"你咋能那样说话呢？""咋的啦！你做得，我还说不得呀！"

"事情是有那么回事。安斯，她是威廉导师的女儿，威廉又通过我的导师格里那凡向我逼婚。就是在这种情况下，我不是还是去找你了吗？你俩谁轻谁重，这不是很清楚了吗？""你说得蛮动听的嘛，那是国家调遣，你不敢不依。""就算是如此，我不救你，你能站在这里骂我吗？""你少跟我东拉葫芦西扯瓢，直奔主题，说，安斯死在你怀里是咋回事？""安斯出生在那样的家庭，也可算是享尽了人间富贵，只是有一件憾事。""什么憾事？是没有尝到男人的味道，是吗？""你也可以这样理解。人之将死，其言也悲。我和徐宫在人屋檐下，就是在这种情况下，我还和他们约法三章，具体情况，我说了不算，你可以问徐大头，那眼镜马上又有新文章问世，写的就是这些，她也一脉尽知。我是深深爱着你的，这一点你不会一点儿都不知道，我虽不敢自说守身如玉，但我认为，我那样做，也并无大错，何况我还将有求于人，你难道就不能变通一下吗？我是推心置腹地和你谈这些话，我说的是不是事实，你会得到佐证，我很忙，恕不奉陪。"

子昭想不到刘志竟这样的坦然，一时竟不知说什么好，只是痴呆呆地看着刘志离去。

这事当然佐证充分，因此，子昭和刘志也便有了片时的宁静，可好景不长，一天，逸远突然告诉子昭："我和刘志是有口头婚约的，请你处事注意点儿分寸。"逸远的话虽然短而平静，但绵里藏针，这针深深地刺痛了子昭的心。刘志绕道万里海疆，寻找梦中少女，子昭早有耳闻，现已梦境成真，并且罩着神奇的面纱，自己那样搅和人家好事，不是太不知自重了吗？不过这致命的一击，反倒使子昭冷静了下来，她调整了一下自己的情绪，也很平淡地问："请问大妹子，你说刘志和你有口头婚约，那口头婚约是怎么说的？""他说，他家中有和他同年同月同日生的兄弟，尚未婚配。""他是这样说的吗？""是这样的。"话听至此，子昭一颗悬着的心总算平静了许多。"你是怎么回答的？""我说我也有和我同年同月同日生的妹妹尚无人家，如兄长不弃……""你们就这样说好了？""是的！""你给你妹妹说了吗？""我哪有妹妹！就是我呀！这把戏祝英台不是早已玩儿过了吗？"子昭话听至此，正襟危坐，一字一板地说：

"你和刘志没有婚约！""为什么？""日后便知分晓。"

子昭虽然见出逸远话中端倪，但柴捆三道紧，话问三遍稳，她还是找到刘志："我说志哥哥呀！现在都什么年代了，你还想三妻四妾呀，今天人在屋檐下，迫不得已，明天我家有个兄弟和我同年同月同日生，尚未婚配，还请你讲讲故事吧！"

刘志正在做作业，忽听得这般说话，便知道麻烦又找上门来啦。

"我哪里还敢有什么三妻四妾呀，要不是怕断了祖上香火，我一个都懒得要，一人吃饱全家不饿，耳边便少了多少聒噪。""那多可惜呀！那不辜负了再高一点嫌高，再矮一点嫌矮，再胖一点嫌胖，再瘦一点嫌瘦，不涂胭脂也红，不搽香粉也白的好皮囊。"话听至此，刘志便洞出其中奥妙："我那话没有错！""怎的没错？""我是孪生，你不是不知道哇！""哦！对对对！为弟弟谋深远。实话告诉你吧，你那梦中少女已经向我摊牌啦！指名道姓说的是和你有口头婚约！""那是她听岔意了，我可说的是真话。""实际上人家比我硬朗。人家还有个口头婚约，可我什么都没有。""天地良心哪！我那一万美元的衣服打水漂啦！""可那终是跳不出朋友的圈子。""我懂啦！那好。你我准备一下，互赠信物，订立终身。""不必准备，就现在！"说完掏出随身佩枪，交给刘志。刘志也拔出腰间佩枪交给子昭，二人双双跪下，对着桌上台灯，设下了终生相互救援，不离不弃，相敬如宾，忠贞不贰的誓言。

此后，刘志和子昭便如胶投漆盘，相安无事。刘志通过活动，也将子昭安排在纽约大学读公安专业。

刘志、子昭私订终身之事，很快便让逸远知道了，逸远表面上若无其事，可也毕竟到了待嫁之年，夜间辗转难寐，反复思忖，原先以为，刘志绕道万里海疆，寻求梦中少女，也可能是上天作美，有意安排，若果能如是，也无愧于一段佳话，在过去的一段时间里，相处得也很不错，刘志和安斯的事，自己还妒火中烧，可万万没有想到，结果会是这样。现在自己是什么？就是别人不说，自己都感到脸红。还死乞白赖地留在这里吗？虽然表面上刘志仍然对自己很关爱，可那意思明显地变味了，那只不过是一种施舍，是一种可怜，是一种拯救。难道自己就真的那样没骨气，不值钱吗？自己的心深深地被刺痛了。可刘志为什么会在梦中知晓我在无名岛有难？并且来得准时正点，这说是巧合，似乎也

281

很难自圆其说，这可真是：说是无缘，今生偏就遇着他，说是有缘，终是一句空话。走！可路在哪里？明显地在这异国他乡，也只能是刘志是座靠山。可留，这苦果实在难以吞咽。逸远的脑内一团乱麻，找不到出路，找不到依托，失落、孤独，无名火焰升腾，她只身在这火焰升腾中煎熬。茶饭索然无味，精神渐见恍惚，终至病倒了，她只得托徐宫给杜勒挂了长途，现在唯一能说是亲人的，也只能是这一个饱经沧桑的义父。我在这里算什么？义父在那里张罗又算什么？看来世间是没有不散的宴席，宴席吃罢，也该到走人的时候了。况这宴席还吃得不明不白。

第三十二回　双千平原半成品
十里长堤说竣工

　　过了正月初五，黄山便召集各组组长、会计会议，商量初春的工作。黄山说："今春主要的工作有以下几个方面，首先黑龙河顺河十里长堤，石坝已有一丈多高，跟原先设计的也差不多了，我看就算啦，上面再堆丈余高土坝，根据以往年景特大洪水流量测算，也可以说能确保无恙。工程主要靠机械，每组一台挖掘机，一台推土机，一台金刚运输车，两台混凝土搅拌机，各组要安排好司机食宿，机械工钱统一由村上出，钱从哪儿来？这个不要大家熬煎，有美国华孚公司杜老板向我村捐助两百万，从这里面开销，当然人家的钱也是血汗钱，不要别人娃子不怕狼，用着不心疼。给了我们，就是我们的钱，要一分钱掰成两半花，后面的事还多，要细水长流。在土坝堆积过程中，要压柳笸条，估计得三层压吧。""能不能压柳树条？"白福民插了一句。"基本不要柳树。当然也可以隔个三五丈植一株，一方面是风景，供行人纳凉歇脚，二来也可以为娃们将来谈恋爱找个去处。""那哪儿胜建个凉亭呢！""你说的这个也可以考虑，呃！那土坝上怕是不行吧！""一组修两个，一里多一个，一丈见方，从石坝上落石基，土坝外侧。"徐建如是说。"好！就照徐建说的办。""我看亭子要修，柳树也要栽，或许有人就喜欢坐在柳树下。""那是！那是！你和你家婆娘就是在树下搞成的嘛！""扯你妈的巴子！""哈哈哈哈！"会场上充满了快活的气氛。"安静！安静！为什么一定要压柳笸条，而不要芦苇，这是我想柳笸条也是一项生财门路，呃！这可量大，从哪儿来呀？""我们塘边的可剪一些。"李正茂说。"各组自想办法！""对！自想办法。万一不行还可以掏钱买嘛！不过一定要柳笸条，可不要柳条，弄杂了，除掉难！""水田北边是水渠、房屋。具体规划以前有蓝图，这个具体仍由徐建负责，看有没有变更，一会儿

283

让徐建讲。水田各组要尽快落实到户，暂时没水，不能种稻，要种上大茬苞谷，旱地麦收后要停种，因为下来就要整修旱地。土地划分总的原则是份地制。不要划得零零碎碎。份地的取得原则是按弟兄定，不按父子定。独生女、双女户、按弟兄对待。土地的划分落实，这是大事，关系到各家各户的切身利益，因而工作一定要细，总的我管，具体的各组长、会计负责。看是按现有住户位置排还是抓阄，组上开个全体村民会，拿出方案后叫我看一下，然后实施。凉水沟四个组，水塘已见收益，虽也都刚建了房，手头紧张，但毕竟缓过一口气来，凤鸣岗盖房，钱债工债，该清的就清，是时候了，没钱债工债的也可以帮工借钱，都手伸长些帮一把。好！我就说这些。下来叫徐建把房屋建造方面问题讲一下。"

"房子、水渠原先都有设计，大家没意见，原则上就按那样办，不过不强求。水田平整后和旱地交界处有几尺高一个坎，旱地整修还要堆几尺厚土，估计也就是丈把高，这作为一层，也就是地下部分。住房根基沿土坎往里挖，根脚下好。房子是框架式结构。底层不用砖砌，用石头。门朝南，门前修一丈五尺宽，份地宽为长水池，上打水泥板。水池连接水渠，将来备用。这一层各户要在麦收前盖起来。一来防止扒旧屋时没处住，二来地下室北墙，也就是旱地的坝，将来要堆上，如果不修起来，将来不好办。水田临近水渠部挖一个三丈来宽，份地的宽为长的水塘作为将来稻田养鱼，种麦时鱼苗保命塘，十里长堤土坝的土，主要来自水塘和房基。水渠不下挖，而是用石头垒砌，要高于水田。哎！镇上如果不太忙，将刘仁、欧阳一仙要回来帮一阵忙，我看这一阵头绪太多。"徐建快说完时，提出了这样的建议。"人给人家啦，就是人家的人，不过我们可以请求镇上支援，毕竟我们村上工作也是镇上工作的一部分，这个我来联系。份地、房屋秩序，要尽快落实。今晚回去就开会，这两项不落实，下来事情无法开展。我到上面两个组，徐建你到下面两个组。杨家滩住房，大部分不在耕地边，可以只划分地，不划房基。人多房少，住房紧张的也可以安排一些，但不宜太多。具体咋办，组上拿出初步意见。"黄山讲完，各组组长、会计就具体问题又进行了讨论咨询，会议便在热烈的气氛中结束了。大家都很兴奋，因为这都是在创造未来的生活，为了大家，也是为了自己。

村组长、会计会议后，各组行动也确实雷厉风行，镇上镇长柳莲英亲自带领刘仁、欧阳一仙坐镇，欧阳一仙负责宣传鼓动，刘仁负责安全管理、机械调度。各家各户积极性也都很高，各自组织自己的劳力、财力，通过关系联系柳箕条。

一天，黄山正坐在茶几边吃茶，黄土堡组长黄正祥，会计黄天应一前一后走进门来。

"有啥事来一个人不就行了，还组长、会计一同来。"

"这事我一个人也做不了主，两个人有个商量。"黄正祥如是说。

"啥子事吗？"

"就是前两天开会，你说让黄土堡留出二十亩地来，黄土堡本来地就不多，你也没有说出个子丑寅卯来，我下去一传达，大家炸开了锅……"

"啊！这事我没说清楚，只是给你打个招呼。地留在象鼻子梁边上，顺梁边子留，你们地少，可人也少，相比之下，人均占有量还是多的。当然也不是白征你们的地，我也没这个权力。后面村上要盖一些房子，水泥厂占在杨家滩，这些房子就准备盖在你们组上，具体解决办法有三条，一、出卖。二、租赁。三、就是把水泥厂占地计算在内，按现有人口从各组提留。""那你的意见呢？"会计黄天应插了一句："地也不是不够种，我的看法是卖了利索。""多少钱一亩？""最低价一万吧。""钱啥时付？""这事你俩还是回去和大家伙儿商量一下，不是说一点儿意见没有，起码绝大多数人没太大意见，商量好了，写契约，当场付款。""最低一万，最高能掏多少？""高也高不到哪里去，不要说了个最低价，你就往里钻！村上啥家当，你又不是不清楚。""好！好！我知道啦。"

黄正祥、黄天应刚走，李家村组长李正茂领着李三拐子的老实老婆来了，李正茂说："刚才县公安局送来告家属书，李三拐子明天上午在县城东沟执行枪决，让家属去领尸，你说这婆娘自己连自己都照顾不好，又怀了孕，她能去干那事？我也做不了主，所以将她领来，你看这事咋办？"

"她叫啥名字？""她从没进过学堂门，也没个学号，她姓吴排行第三，所以奶名就叫'三女子'。""枪毙三拐子她知道吗？""知道。"黄山一面用手比画枪毙三拐子，一面用手指指她肚子里的孩子。"不要！不要哇！那丹婷不是死了吗！要啦谁管哪！活受罪！"吴三女确实老实，但这几句话倒是说得清楚明白。"这样吧，你组上的人，你就再叫一个人一块儿，明天到县城打一个小小的碑，让公安局安排，你们就近埋了。他是外乡人，恐怕家里日后有人找来，我们也好有个交代。到徐建那里先领二百块钱，回来再算账。这事办完以后，你再带一个女护理，让吴三女子去做人工流产，一个孩子，一出生就没有父亲，还是让他不出生的好。"

李正茂一面应承着，一面带吴三女子出去了。

黄山刚沏了杯茶，余龙、余凤来了，这兄妹二人形影不离，哪里有余龙，哪里就有余凤，二人亲亲热热，彼此关怀备至，不知情的还以为是一对鸳鸯，知情的人也都很喜欢他们。此二人父母早丧，彼此相扶相依，才得以长大成人。初中毕业后，双双考入县重点高中，妹妹余凤成绩更优异一些，余龙为了供妹妹上学，主动放弃学业，外出打工，家乡修地建房，才从外地赶了回来。"啊！你先吃这杯，我再给凤妹妹沏。"黄山将茶递给余龙，又取出杯子，撮些茶叶，放在杯里，冲上开水。"主任也知道我父母早丧，别无亲人，因此我想把凤子留在身边，早晚也好有个照应。"

"你的意思我知道了。你是想让在这次分田、分房基时，给你妹妹分一份，这个我做不了主。一是你修地出的是一份工，二来你妹妹还在上高三，前程未定，如果将来考上好的大学，找个乘龙快婿，比翼双飞在外面天地，那还不在外面买房？你在这里建房置地，岂不是多此一举？你的心情我可以理解，但树大了总要分杈，你妹妹不可能总是和你在一起，你可以找一个梦中情人取代你妹妹在你心中的位置。当然你兄妹感情至密，可以多往来些，但世事难料，你们未来的人儿是个什么样，现在还是个未知数。"余龙听了黄山的话，嘴张了张，终是没说出什么话来。"当然，以后万一你妹妹要回来住，房基又不是连在一起，一家十几丈，土地一家十几亩，你能种几多？"余龙点点头："我知道了。"

余龙、余凤前脚跨出门，后脚杨家滩杨雄便进来了。"我想挪到这次规划建房点上去住。""你在杨家滩不是住得好好的吗？""我怕和邻居王忠日后合不来。""王忠是个外来户，老实巴交的，逢人一脸笑，树叶掉下来都怕打着头，他能和你合不来？""老实人才难相处呢！""你说的啥子话！难道一个刁钻古怪的人，把你整得哭爹叫娘，你就舒坦啦？""那当然更不好！""那是为啥？""你不听说，人无千日好，花无百日红吗？""谁说人无千日好，花无百日红？你和

286

王忠不是还好到现在，你家刘芳不是还红到现在吗？你是想单家独院，住着舒坦。""既然主任说明了，我想就是这个理儿。""这事我做不了主，你找你们组上商量，组上同意就行了，不过你们组上，规划点地少，一户必须紧挨着一户，不是你想得那么美。进了规划点，老房基必须交出来，不能两头都占。""要是王忠他们走了，把他们的宅基划给我也行。""你想得美，好事都给你一个人，到时候看有多少人往出迁，房址协商不成就抓阄。""那尽量协商。""有你这样的人，我怕协商也难。""你把我看成啥子人啦！""但愿你日后是个好人。""我现在不就是好人了嘛！""只怕好人还长着一个尾巴！遇事要替别人多想想，不要老是替自己划算，这样才能人有年年好，花有月月红。""那我就告辞了。""不送。"

窑匠张发奎佝偻着腰，裹紧了上衣，袖着手，来到黄山门前，冷眼地看了刚出门的杨雄一眼，步入了黄山家，坐在刚才杨雄坐过的方凳上，那凳子上还有杨雄的屁股留下的余温。

张发奎是河南内乡人，会烧砖瓦，因家乡媳妇难找，都三十大几的人啦，还是光棍一条，碰巧富裕沟垴王芬林从山上摔死了，经人撮合，便和芬林的哑巴媳妇凑成一对，可偏偏屋破恰逢连阴雨，船漏却遇顶头风，婚后不足一年哑巴媳妇又死于产后风，发奎自叹命运不济，日后便心灰意冷，死了讨媳妇这条心，过着出门一把锁，进门一盏灯，一人吃饱全家不饿的光棍生活。其实张发奎这人也还正直，脑瓜儿也灵，就是背有些驼，腰时常佝偻着，虽然只有五十开外，已现出风烛残年的景象。这也难怪，大凡光棍汉，心田焦枯，又饱一顿，饿一餐，所以衰老便别人来得早些。黄山给发奎沏了茶，又奉上一支烟，发奎把茶放在茶几上，从袋内掏出一盒烟，那是一盒硬盒猴王烟，这在当时的农村，已属上乘了，发奎开启封口，用右手食指弹了几下，便有一支突了出来，黄山嘴边掠过一丝微笑，从这样的敬烟技巧中，便知其是老烟客了。黄山用右手挡住："谢谢！不会。"言谈中，便知来者有事相求。

"李三拐子今天伏法了吗？""伏法了。""吴三女子变成了孤身一人？""变成了孤身一人。""不知她今后如何生活？""不知她今后如何生活。""她才三十大几？""她才三十大几。"张发奎哑吧了一下嘴，掏出打火机，将黄山给的那支烟点燃猛抽几口，烟雾在他的头脸上部飘散，"有一个事情，主任不

287

知知道不?""什么事情?""自从李三拐子被抓以后,沟垴的几个光棍,几乎把吴三女子的门都撬塌了。""啊!有这种事!""吴三女子的事,你要管一管,不管要出乱子。你想李三拐子被捕多长时间了,吴三女子怀孕几个月了?"黄山张大了嘴,说心里话,这事他还真的不知道。"你说咋样管?""给吴三女子找个点。""找个什么点?""就是找个男人嘛!""找谁?""哎!找旁人,我找你干吗!""你要娶吴三女子,你去找吴三女子,你找我干吗?""哎!她那样的老实人,能自作主张吗?""你可比她大十几岁。""可法律也没规定男人不能娶比自己小十几岁的女人呀!""你都五十开外了,娶了吴三女子你们生育不?""可法律也没规定,五十开外的男人娶女人不准生育呀!""可生了孩子,等到孩子上大学,你都七老八十了,谁供哪!""没咋来找你呢!""这与我何干?""谁说无干,你是主任呀!"没想到黄山还说不过张发奎,他把张发奎看了几分钟,一个新的想法涌上了心头。"我给你找个事情,你干不干?""啥事情?""十里长堤压柳笆条,这柳笆条能生出营生来。""嗯!我知道了。不光编柳笆、编提篮、花篮、头盔,还能变着法儿编样儿,哄城里那些狗日的兜里的钱。""你咋骂人呢?""谁叫他比我有钱呢!"黄山将张发奎又盯了几眼,他相信自己没看错人。"你到徐建那里领五百元钱,收拾收拾,出门学艺,来!我给你写个条子。"

送走了张发奎,徐建来商量土地和宅基地标桩问题。"做水泥墩桩怕是来不及了。""做水泥墩桩现在不现实,一个是来不及,二是现在气温也低,即使勉强做怕也不结实。各组先砍些木桩,写上标号先用,将来地界上不是还有一条路吗,路修起来,问题就不存在了。"说完黄山打个哈欠伸个懒腰,他一连坐了几个钟头,他想出去走走。"你一连处理了六件事,是个六机之才。""你什么时候进来的?你为什么跟踪我,监视我?""你今天干了些什么?""我干的都是些审审葫芦,问问黄瓜的事情,谈不上什么成绩,只要没多大过错,也就心满意足了。啊!刘仁、欧阳先生也来几天了,我也没顾上招呼!我到灵芝餐馆去弄几个菜,一来为他们接风洗尘,二来有几个事情顺便商量一下。""我俩一块儿去。""不!你歇着。我还要和刘仁去弄点儿野味,你帮着在家里收拾。"

太阳在西山下坠,西山的太阳向大地洒下缕缕余晖,照着的地方一片金黄,照不到的地方便开始晦暗,从灵芝餐馆那边走过来四五个人,太阳的光线把他们的影子拉得长长的。为首的就是黄山，手里提着几个塑料袋，他身后便是刘仁，鸟铳的长枪管上挂着两只野兔和一只山鸡，后面的人在勾着头说话。他们过了黑龙河，柳莲英和黄山娘才看清那是杜勒、徐建和欧阳先生。"娘！去把这几个先侍弄出几个凉菜，莲英把高压锅洗洗准备炖肉。""英子去歇着。我一会儿就弄好。""快手不如帮手，我能行。""饭咋做哪？""野鸡做汤，再弄个大一点儿高压锅炖，烙死面锅盔，擀薄点儿。""剥皮褪毛快点儿，一会儿都看不清了。"刘仁吆喝着。在这里，没有什么权，也没有什么钱，拳头一般大，胳膊一样粗，谁做错了事，谁就是众矢之的。谁奸猾使懒，鸡一嘴，鸭一嘴的就上来了。

黄山娘并没有先拌凉菜，而是先烧锅，锅刚烧红，刘仁就端着剁好的兔肉疙瘩进来了，黄山娘赶紧舀了几勺油，油烧滚了下兔肉，锅里便噼噼啪啪地响起了爆炒声。

"咱们一边吃喝一边聊。去年奋斗了一年，十里长堤基本修好了，水田也修好了，现在要分水田，分宅基。这也就是分劳动果实，这牵扯到各家各户的具体利益。常言说：'人上一百，形形色色。'我们必须未雨绸缪，把思想工作做到前头，当然，不讲理的人不是没有，但绝大多数人还是通情达理的。话能开心腑，只要我们三令五申地把该说的话说了，就会剩不了几个疙瘩头，那事情就好办多了。"黄山首先讲了上面的几句话。"徐建！前次用的那些大标语牌还在吗？"欧阳一仙问。"在是还在，就是漆有些褪色。""那就再买点儿漆，重新刷一遍。""再把那板报栏、广播室也还搞起来，要先造成气氛，形成氛围。"

"下来有这样几个事情：一是要进一步核实水田、宅基落实情况，各户的资金、劳力准备、柳笆条准备情况，马上就要开工。徐建你还到白家岗、杨家滩，刘仁到章家岗、黄土堡，欧阳先生尽快把标语牌、广播室、宣传栏搞起来。今天是初几？咱们定到初八开工。刘仁！你还负责机械。一组还是一台推土机，一台挖掘机，一辆金刚车，两台混凝土搅拌机，如何搭配，你安排。实在不够还可以租赁一些。徐建！你还要和县工程队联系，咱这可要的人多。早点儿联系，跟人家挂号，迟了，人家没做安排，到时不好说话。正月间，每户把司机伙食相应搞好点儿。开工以后，人多混乱，可以把闲散老人组织起来巡逻，搞质量监督。安全工作刘仁一个太单薄，可以先让江虎协助。时间紧，就不另外召开会议，你俩下去就把这几项传达到。""原先设计的是地下室北墙，就是旱地南摆，也有人想另做摆另砌墙，这如何答复？""另垒摆当然好，也通风，也干燥。如果做居室这当然好些，就是另得一笔开支。如果做储藏室那就不必，留些泄水孔就可以了。这个不强求，各取自便。房屋地上部分建议搞个三层，第三层做库房。农村嘛！总有些东西要晾晒，要存放。""让江虎协助治安，那工钱咋定？从哪里开销？""暂时算天天工钟点工。按略高于当地工价开。满八小时记一个工。钱从村上支。"

初八，机械入户正式开工。有道是：人勤春早。凤鸣岗已是烂漫的春天。

杜勒按照徐宫、刘志远敬衣衫近敬人的指令买了辆高级小轿车，设身处地也都做得高雅而富有气度。凤鸣岗宅基开工后，他又花了几万元买了辆生活车，往返于梧桐村和山城之间，为村民拉脚和购买生活用品，他说这是他送给乡亲们的一份礼物，等到村上有合适的司机后，就正式移交给梧桐村。

杜勒在代购生活用品时还在进一步认识山城。山城呈椭圆形，街道两横三纵，东边的县河滩，靠北方一段是一大片湿地，黄鳝、螺蛳在其中栖息；靠南的一段是一片垃圾场，全城的生活垃圾都堆积在那里，苍蝇、蚊子在其间营营。这滩地，南北长一二里地，东西宽也有三四百米。杜勒根据刘志、徐宫让钱下蛋的指令，他在考察项目，通过一段时间的观察，他认为：这个小山城将来一定有一个扩建的机遇，因此，他看好了房地产这个项目。虽然也在不断地鼓噪招商引资，可几年过去了，也没什么大款来青睐这座边远的山城，杜勒用几万元便走通了路子。用一百多万元便取得了北滩湿地南滩垃圾场及边近沙地的土地长期建筑使用权证。各用二十万元购买了南大街与国道交会口、东大街和国道交会处的倒闭的百货公司和建筑公司。卖者乐得合不拢嘴，买者脸上绽开了花。杜勒向徐宫、刘志打了国际长途。刘志指示：已经足够了，不要太露。商机没到，不推不动，催了当磨子。

黄山正在和欧阳谈话，白家岗的白青云和白富青絮絮叨叨地走了进来。看到他俩脸红脖子粗的，便给他俩沏了茶。依旧和欧阳一仙闲话，并不理睬他们。白青云捅捅白富青，白富青白了他一眼："事情是你挑起来的，你说嘛！""哎！主任！""啥子事？""今天机械本来已经到我家了，可青云硬说是轮到他家，和我争得不休。""那刘仁不是在你组吗？你们找他处理了吗？""找了。

290

他说吵架的往后排。""后到什么时候？""全组都完了，才轮到我俩。""那就按照他说的办吧。""那可不行。本来是轮到我了，是富青和司机咕哝通没经过我的同意，这一方面是对我的蔑视，一方面打乱了挖房基的秩序。""如果真是这样，你说得也有一定道理。今天在谁家？""今天在富新家。""这叫鹬蚌相争，渔翁得利。你俩又是本家，就一天之差，有什么可争的？""我明天约好了，要去拉钢筋，没有工夫。""这就是你的不对。你有事，你可和青云商量，你没得到人家允许，擅自叫司机到你家施工，你确实有些自大，有蔑视他人之过。司机掌了那大一点儿权，就做小动作，司机如果真的是和富青嘀咕了，司机也不对。""那下来咋办？""青云只是争吵不对，涵养不足，别的没什么过错。待我问过刘仁，如情况属实，今天就不好变更了，那明天到你家吧？""那我呢？""在这个事件中，你确实错误大一点儿，你向青云赔个不是，向刘仁认个错，后天到你家，你明天去拉钢筋，这样后面秩序就可转入正常。"

"你将黄土堡、章家岗的柳笆条各户筹集情况了解一下，柳笆条不到位的，万一没门道的可以交钱，集体采购。"黄山对一仙说。"现在土堤堆积明显以户为单位不现实。最好以生产组为单位，我的意见是柳笆条各户规定斤数，压一层收一层。""嗯！这样也好，万一不足，也可压稀一点儿。"正说话间，黄山的手机响了，是张发奎打来的。他说他在桃花源拜唐彦老艺人为师。这里有柳笆条。还有一种垂柳柳条只有分粗细一两丈的柳丝，婆娑生姿十分撩人喜爱。请示家乡是否要，要多少。黄山说："马上统计，明天下午七点给回电。"

刚接完电话，富裕沟垴王彦、王贵跨进了门："啊！是王家兄长，近来在哪里发财？""发什么财呀！我们那被人遗忘的角落充其量只还是填饱肚皮。我们倒无所谓，只是孩子们上学，凉水沟三四里翻个岭回到家又是二三里，一天往返十几里，中午也是啃点儿冷干粮，这终不是个话说。""你说的这个问题不行。""咋个不行？""这还不是秃子头上的虱子——明摆的事嘛！你二位是猎户，狐群狗党，你们带枪入川，撵得鸡飞狗跳墙，男女老幼不得安宁……""你别说了！人家和你说正经事，你怎么东拉葫芦西扯瓢？那我们弃猎从农还不行吗？"黄山瞅他俩一眼，狡黠地一笑。"那倒不必。消除害禽害兽，打猎保田，也是一件为家为民的好事。你俩会武艺懂枪法，可以发挥你们的专长，在治安上做点儿事，当然不是专业，可以亦猎亦农、亦兵嘛。""孩子！孩子！孩子的问题！""这个问题我也考虑过，你先找李正茂嘛！看他咋处理，组上先拿出个意见。""他能管得了别组吗？"

"哦！他倒确实管不了别组。这个问题你才反映，我脑子里总得有个思考的时间。""那你什么时间答复？""开学前三天。""那好！我等你的答复。"

次日，黄山和张发奎通话，购柳笸条两万斤，垂柳枝四百斤。三日内发货，货到付款。

第三十三回　江霞屈身做家教
杜勒解囊办钱庄

　　黄山正在家中吃茶，徐建、刘仁走进门来，"二位来得正好，我正要约你们到各组去看看，近来各家可有什么反应？"

　　"哎！毕竟是各户同时动工，用人量，用料量太大。石头、沙石、水泥都很吃紧。特别是要求搞框架式结构，不少户钢筋买不回来，影响正常施工。菜蔬、副食供应也很紧张。说到底，就是一个钱字。"徐建向黄山做了简单的汇报。"是呀！钱！一文钱难倒英雄汉！无钱难办事哪！这样吧，你俩去找到欧阳先生，一组一组磨，挨家挨户过，有能力的可以鼓励盖两层三层，无论如何第一层必须一户不落，在今春必须全部盖起来。缺钱，看缺多少，逐户统计清楚。我到外面去跑钱。"

　　刘仁、徐建去约欧阳先生，黄山到灵芝餐馆去找杜勒，过了黑龙河到江家村，刚进村不久，便听到呜呜咽咽的声音。黄山知道那是江波的家。江波是一个三口之家，妻子长年有病，女儿大学毕业在家。又才盖了房，外面还有一两万元的债务，江波一方面要在水泥厂干活，一方面还要照料生病的妻子。妻子有病烦躁，女儿找不到工作郁闷，昨日江波从水泥厂回来，又累又饿，可灶下冰凉，锅内无食，妻子要喝水，拿起水壶，可里面连个蛤蟆喝的水都没得。江波心中窝火，便将女儿江霞骂了几句，江霞倒没有反口，只是伤心落泪，晚间也没吃饭，倒头便睡了。江波妻刘云，夜间起来方便，见女儿房内灯尚亮着，推门进去，见女儿正在灯下写着遗书，桌上放着一瓶农药，又见女儿穿着齐整，忙将农药抢在手里，心如刀绞。"霞呀！你咋这么傻呀！"说完抱着女儿痛哭。"霞呀！要死还是让我去死吧，我有病在身，拖累你们呀！你太阳刚起山，才刚是花骨朵呀……""妈呀！我上大学几年，花了不少钱，实指望毕业以后，能

293

有个事干，能挣钱给你治病，也好给我爸减轻一点儿负担，谁知道现在找工作，竟这样的难哪！我活着有啥用呀！"

　　江波白日里劳累，夜间便睡得很沉，忽然蒙蒙眬眬中，听得号啕之声，觉得事有不谐，忙起身察看，见脚头没了妻子，又见女儿房内啼啼哭哭，知道生了祸端，忙披衣下床，手提裤子倒趿鞋，跌跌撞撞奔了出来，听妻子说了原委，心中懊悔，这真个是小事不忍，差点儿铸成大错。妻子久病多疑，女儿无业忧伤，自己不能体谅她们苦衷，反而出口伤人，实是不该。于是推心置腹做了检查，说到伤心处，也自伤心落泪。可他越是伤心落泪，母女俩反而更加悲戚，以至到次日日上三竿，这曲悲剧尚没唱完。黄山踱进门来，一家三口，才强作欢笑，忙起身让座，黄山听江波述说了原委，便把江波批评了一通："这就是你江大哥的不是了。""愿闻其详！"江波还有些委屈。"你日间在厂上劳累，回来还要服侍病妻，操持家务，确实不易。但你是家长，这个家长不好当，国家有国法，大家有家法，你这个三口之家，一男两女，嫂子长年有病，就是你不说，她都会认为她拖累了你；霞姑娘上学花了不少钱，她本身就有负疚感，你再骂她，那不是推波助澜吗？你家的情况确实暂时有些困难，在困难时要正确面对，要看到幸福，看到光明，要提高勇气，病会好起来的，工作会有的。请问霞姑娘，你在大学是学哪个专业的？"一提起学校生活，江霞的情绪顿时好了许多。"我是学财经管理的。""要是暂时没有财经工作可搞呢？""我不挑挑拣拣，只要是我能做的。""会做饭吗？""那看做什么样的饭，要是做酒席肯定不行。""家常饭呢？""那可能凑合，现做现学嘛！啊！黄山哥哥，你问这个干吗？""事情是这样的，富裕沟垴有王彦、王贵两户的孩子上学，一天往返要走十几里路，中午只能啃冷馍，晚上又不能上晚自习，影响学习，这种情况可能也不止他们两家。所以，我想办个托教，请你出任，只是委屈你啦。""哪里！哪里，只要能有个事干，那就是烧高香了。不知待遇咋讲？""这个只要你愿意干，可以商量嘛，不知你想月薪多少？""哎，只要多少能挣点儿，不成为家庭包袱就心满意足了。""既然是这样事情就好办了。你多保重，我现在还有更重要的事要办，十天以内，我会再来找你，再会！""再会！"

　　黄山出得江波家，来到灵芝餐馆，凉水沟房屋改建后，餐馆有所扩大，已是有三四张餐桌，两个单间，一个两人间，一个四人间，一个车库的集餐饮住宿为一体的小型旅馆了。一个单人间和一个车库，杜勒长年包用。黄山到时，杜勒和江守信正在院内下棋。"二位老板兴致好哇！""老而无用，打发光阴呗！"江守信接过话口。"姜太公八十出山、百里奚七十拜相、江老伯才六十出头，怎么就未老先衰呢？"江守信干了二十多年的村干部，听得黄山如是说，知道弦外有音，忙改口说："只要是能用得着老身的地方，愿尽微薄之力。"说着就要收拾棋子。"不急！不急，这一盘棋下完。咋能扫了二位雅兴。接着来，我来当裁判，举棋不悔，落子为定。"

一局未完，杜勒拦住说："大侄子是忙人，怕是有事吧？老哥哥守住棋盘，我去去就来。"来到杜勒住处，黄山接过茶杯说道："我来还是想抱老伯粗腿，弄点儿钱花。""我已经给你们送了两百万，这个数字不小哇！""中国有句古话叫'送佛送到西天'，你看这造地建房，搞到这半截子，骑虎难下呀！""可你也可到别处想想办法，我也仅是公司一个职员，权力有限哪！""又说是'休别有鱼处，莫恋空滩头'，谁叫你有钱呢？不过，这次你放心，不是向你白要，而是让你叫钱生蛋。""啊！叫钱生蛋，怎么个生法？"杜勒一边口内应着，心下思忖：刘志、徐宫要钱下蛋，这黄脸小儿也叫钱下蛋，彼此相隔千山万水，他们怎么都想到一块儿去了呢？难道他们心有灵犀？这黄脸儿听说也留学英国剑桥，他现虽在农村，可干的也是惊天动地的大事情，看来也不会久窝此地，况刘、徐、黄三人的关系看来远比自己亲密。想至此，他觉得这个面子还是驳不得的。杜勒本来心下不愿，当一想到这一层，脸上的颜色便好看了许多。"也就是想搞个村级信用社。""什么信用社？""就是钱庄，银行！""啊！知道啦，弄多大规模？""也得一两百万吧！""这个我明白了。要得，政府行业干涉不？""要申报办手续。""受他们管制？""不！我们准备办独立的。""要得！手续，你去办。钱！我向公司申请！""钱要先到位，手续后面补。""咋一回事？""因为急着要用钱。""OK！OK！喉咙伸出爪子了！""你的中文词语也学了不少了嘛！打扰了，告辞！"

黄山从灵芝餐馆出来，顺着凉水沟北路往沟垴走。也是新年刚过，家家户户依旧张灯结彩，沉浸在喜庆的气氛里，猜拳行令的声音不时送入耳鼓，他将一把抓帽子往下拉拉，遮住脸，他怕让人认出来，他不想把时间浪费在那灯红酒绿之中，好在路在塘地边，和农家场院还隔着一个五尺来高的石摆。麦苗已经分蘖，露在外面的地皮不多。水还冷，鱼苗还没放，一二龄鳖也还在泥沙中酣睡，塘面只有微风吹皱的涟漪。他悄悄地从李正茂的屋角溜过，好在没听到狗吠，他爬上山脊，顺着之字形的盘山路，向山垭爬去，到了山垭，他出了点儿微汗，也有点儿喘气，本想坐在那人们专门留下的垭旁树下的石头上歇一会儿，可山风很紧，打了一个寒战，他不敢停留，忙裹紧了衣襟，向山下走去。

其实王彦、王贵的家就在富裕沟垴的大垴内，下山不远，那竹木环合处，也便到了。王彦、王贵的家格局大体相似，都是三间砖（土）木结构的正房，东西各有两间厢房，西厢房是伙房，东厢房是柴棚，柴棚边有猪圈、狗舍。有门楼、围墙，墙壁都用土白灰搪抹，倒也收拾得齐整。

富裕沟垴，共有六家，张发奎和王贵、王彦在一起在东边，傍晚太阳照得时间长为晚朝阳。单身汉胡能强、胡能有和吴三女子住在垴的西边，太阳一出来就能照到为早朝阳。胡家兄弟守的是祖业，房子虽也是三间正屋，但小且无厢房，房子也显得陈旧、破败，不可和东边王家同日而语。黄山到时，院子里很静，并没听到狗叫，以致黄山出现在王贵的门道里，王贵还在侍弄他的臭脚。"那看门的狗咋不叫呢？""喔！没有狗。狗都上坡啦。""你不是狗哇！""烂鸡巴主任！什么风把你吹到我们这太阳照不到的地方来啦？快！快到屋里坐。""王彦呢？""王彦上坡啦。有什么事，他晚上就回来啦。""嗯！我还等那长时间呢！我只给你一个钟头。""我知道你是忙人，可你十年八辈子难得到我们这里来一趟，常言说'相逢不饮空归去，洞口桃花也笑人'。""你还文绉绉的呢！""鹦鹉都学舌呢，何况人。拾人牙慧嘛。""你去把王彦叫回来。""打猎，满山跑，我知道他跑哪儿去啦。""你去把你嫂子叫来，我有事和你们商量。""她能当得了家？叫来也是白搭。"一边说着，一边落了座，王贵在小方桌上摆上茶点。

鸡子叫得正热闹，抬腕看看表，已经十二点三刻，黄山也不知道自己早晨吃饭了没有，反正现在已是饥肠辘辘。"饿了吧！我的那口子在水坝边洗衣裳，我去叫她回来。"王贵说着，起身往外走，脚下一拐一拐的。"脚咋的啦？""撬猪獾子洞，石头砸的。""撬开石头，砸了自己的脚。""猎场如战场，凶险哪！""你歇着，我去叫。顺便到那几家看看。"

黄山到张发奎家，张发奎大门锁着，根本进不去院子，张发奎走才几天，门楼上已结了蜘蛛网。哎！房子，还是要有人住哇！没人住，几天就现破败景象。人，其实也像这房子，几天不学习，不反思，也会积满灰尘，蒙上蛛丝的，莫咋圣贤要三省吾身呢！

　　过了小河沟来到西山胡家，第一家便是吴三女子家，吴三女子正在擀饺子面皮，锅台脸上放着一碗饺子馅。"坐，你坐！到堂屋坐。"三女子一边说着，一边把手在裤子上抹了抹。哼唪擤了一把鼻涕顺手抹在小方桌的档腿上。黄山瞅瞅大门框，大门框倒也榫得结实，不过撬挖的痕迹非常明显。"这门是咋回事？""窑匠给榫得结实啦。那都是两个狐狸精撬的。现在不敢啦，窑匠揍他们。"胡能有正在胡能强家廊檐下晒太阳，见了黄山要理不理的。胡能有是国民党兵痞，解放军俘房后干了几年又逃跑回家，年龄大，又住在沟垴，所以蹉跎至今已六十来岁了。胡能强倒是成了家，还生有一个儿子，可他好吃懒做，又把婆娘三天打两天骂，最后跟着一个河南窑匠跑了，他也快六十的人啦。"你们好的不学，学的撬寡妇的门。常言说'挖绝户的坟，撬寡妇的门'，是最下作的人。""她是寡女，我是孤男，男欢女爱，你管得着吗？""拿贼要拿赃，捉奸要捉双，你拿奸在床，方可说话。""你刚才把那三女子的门左瞅瞅，右瞧瞧，是不是采茬子，晚上好来撬！"忽然啪啪两声，二胡的头上各挨了一闷棍，那被打处顿时起了一道青梗，那二胡气都没敢吭一声，乖乖地回到各自房内去了。"你咋打人？""你这叫'狗咬吕洞宾，不识好人心'，我看你遭围攻，来给你救驾，你倒好，把我给咬上了。你没听说'君子是永远斗不过小人的'。上等人，用眼睛说话，中等人用嘴巴说话，下等人用棍子说话。他们这种人，就服这个。"王贵说着，把手中棍子扬了扬。"那你是拿什么说话的人？""我是偶尔用眼睛说话，绝大多数是用嘴巴说话。""我来就是解决你和你哥家孩子上学问题的。""嗯！我猜就是这个，你是咋设想的？""我想办托教。""咋叫托教？""就是你们把孩子委托给一个人，这个人就是代理家长，人家管吃管住，管辅导，你们只管掏钱就是。""妈呀！那得多少钱？""你们有粮、有油，也可以你们供应粮油菜、生活用品，这样钱可以少些。""那得多少？""被委托的人的饭你们管不管？""管也行。""房子谁租？""我们租也行。""那就按人算嘛！""咋算法？""也就是这几项：代理家长多少钱，做饭多少钱，辅导多少钱，按人算。""那得多少钱？""你准备出多少钱？""代理家长一人二十

297

五，做饭一人七十五，辅导一人七十五。""这个我定不了，又不是我干。""那是自然。""王彦的家你能当些不？""我想如果按我说的办，他应该没太大的意见。""那我走啦。""你走！你走个样子我看看。""看你能把我咋的！""咋的也不咋的。"黄山走了两步，忽然脚下啪啦一声响，双脚被绳索缠了几匝。"这是给你提个醒，我要一拉，你就是个嘴啃泥。""妈呀！这可真叫强龙难压地头蛇！""蛇也不咬你，叫你喝酒吃肉，还不是好事，我想遇些蛇，只是遇不到。"黄山知道走不了了。他抓抓脑瓜："那这样吧，把代理家长叫来，你们谈，谈妥啦。就把合同签了，这事就算结啦。""代理家长是谁？""来了你就知道啦。"

说话间王贵媳妇何翠花提着洗衣篮子回来啦。"哟！大主任长上来啦，稀客！""耽误你一晚上不后悔，晚上让你吃野味不掺生。"黄山给江霞打了电话。

黄山约莫江霞快来了，便到外面散步，恰巧在竹林外遇着她，黄山给她嘀咕了一阵，让江霞先到王贵家，自己闲逛一会儿。

刚走到大岭脚下，忽然山林里起一阵旋风，五六只猎狗，吐着长长的红舌头，从那山岭上滚将下来，一只野兔正在逃跑，没有注意前面突然出现一个人，急忙一别，弹起七八尺高，没入那低矮草木之中。那狗也是强弩之末，不过是顺手牵羊，见兔子蹿入草窠，也就不再追撵，而是纷纷向家走去。王彦、李正茂用根桦栎树杠子，抬着个扎住四蹄的野猪，那杠子软溜溜的，王、李二人也哼哧哼哧直喘粗气。"还行！弄着了呢！""快来帮忙！""那可见个面，分一半哦！""好说！好说！当务之急是帮忙，累得不行啦！"黄山接过李正茂的杠子头，王彦赶紧往杠子梢上挪挪。

掌灯时分，宴席拉开了，宴席分作两桌，大人一桌，小孩一桌，大人用大桌子，小孩用小桌子，外面院子里，用盆子盛着野猪的肠子肺、猪头肉。大凡狗子打猎，也有个讲究，就是人狗分食，那就是头、肠肚心肺是狗的，狗多时，还得搭上猪颈子，如果要留下猪肚猪心，要用其他肉来换，并要告知狗头子。肉上齐了，狗并不抢食，狗头子围住盆子转一圈，点一下数，留着下次吃的，也要告知挂在哪里，狗头心里有数了，吠两声，群狗才围着盆子吃，并不往外面叼。这也是日久成习，是驯出来的。

王贵没有说假话，席间肉确实不少，满桌子摆的十三花，像狸、獾、鹅等肉，黄山还真的没吃过。黄山咂咂嘴，心里有话说不得，这些东西，要侍弄得好，在饭馆里那得要上千元呢，这可真是暴殄天物。可话说转来，这何翠花做的饭菜还算得上能端上桌子。猎人嘛，彪悍，只知道大块吃肉，大碗喝酒。

大家刚刚端上酒杯，忽然门口响起了脚步声，"这两个丧门星，又来煞风景。去，盛两碗饭，夹些肉，把那酒尾子给一人打一端子，叫他俩到大门外去吃喝。给三女子也端一碗。"王贵给何翠花下着指令，黄山的心略噔一下，人活在世，也不过是争口气，争个人格，一个人的人格降到狗的等级，严格地讲是狗都不如的等级，那他活在世间，便没有什么意义了。

"今晚一人一个通关，哪个打不了，哪个从桌子肚下钻。我先来！"王贵咄咄逼人。"得有个礼貌，今晚还是从江霞先开始。"王彦显出斯文的样子。

"我可不喝酒，也不会打关，我就免了。"江霞急得满脸通红。

"你是女中才子嘛！作首诗算打关。"李正茂出来解和。

江霞忸怩了一会儿，才干咳两声："那就献丑了！"

寒窗学成回故乡，无职无业意彷徨。

心灰不愿事碗碟，意冷更不务稼穑。

家父瘦小体羸弱，家母常年病在床。

今日破得正统念，愿事托教辅书郎。

"好！好！诗作得好，可抵得打关。但既是家庭教师，我们理当敬上两杯！"

"我实在不会喝酒！""那就允许我以茶代酒敬江老师两盏。"

江霞推辞不得，只好吃了两盏清茶。

"你也是文魁仙，也该作一首听听。"王贵对黄山指指戳戳。"那我也诌两句，凑凑热闹。"

脚缠走不得，暂宿猎人家。宴开人定时，碗碟相交叉。

香菇携木耳，蜂蜜渍糍粑，野猪复青羊，狸獾伴鸡鸭。

彦贵本富有，还想家庭发，

望儿成龙栋梁材，望女成凤一枝花。

代长位让上上坐，托教饮得香香茶。

不信你看席中酒，杯杯敬的是江霞。

"我哪知道这是上上座，上上座哪能轮到我坐？"江霞诚惶诚恐。

"为啥说啥，今天的这个上座就该你坐。"

黄山挑着四个野猪腿，外搭着野猪心肝、肚子，风干的几片果子狸肉等，还有两饮料瓶苞谷头酒，他要用这些东西做敲门砖，去叩开准岳父大人和华专员的门扉，同时还奢望着能钓到钟省长这条大鱼，以便为凤鸣岗的建设争得钱财。江霞走在他的前面，她一扫往昔的颓废与彷徨，而像早晨初醒的黄鹂叽叽喳喳和黄山说个不停。"你咋不向他们讨价还价呢？我教你的话，你咋都忘了呢？""忘倒是没忘，可那些话我说不出口，人家给得已经不少啦，我很知足啦。我还不知道能干得咋样，先拿了人家的钱，我这心里很不踏实呢。""能干好的，一定能干好的。""我这第一次拿到工资，也不知先给妈妈买药呢，还是给妈妈买衣裳？""呃！买药多不吉利！买衣裳呀！给你爸妈各买一套，你妈心里一热乎，那病先好了七八分呢！你莫听说，最好的医生是自己，最好的药物是心情吗？""哥哥可真会说话。""呃！咋是哥哥，我应该叫你姐姐才是。"

江霞心内春潮涌动，她后面跟的就是她梦中情人，她多么愿意以身相许，可人家已经有了主儿，那主儿国色天香，又是镇长，自己哪儿能比得上。人家的主儿在后面，自己的主儿在何方？想起自己也已二十好几，心里涌起一股无名的惆怅。

其实省长就是省长，用什么比喻都不恰当。不过有一点黄山估计得不错，那就是省长也是人，也食人间烟火。也是天公作美，黄山、莲英到市里的那天，省长正在柳市长家里和市长下象棋。市长夫人接过东西，黄山也凑过来看，两人的棋局僵持着，又无其他子好走，黄山看了一会儿说："拱卒！"省长就将七星卒拱过河，顿时阵势发生了变化，市长现出劣势。"这可真叫家贼难防，偷断屋梁，你不帮我却帮他。""这盘棋就是谁有卒子谁赢。""谁有卒子谁赢？"省长这时才正眼看了黄山一眼，似曾相识，可又一时想不起来。"我家英子的男朋友。""啊！我想起来了，就是梧桐村的村主任黄山。英国剑桥大学的博士生。""一个卒子。""说得好，说得好！一个卒子！"省长又将黄山盯了一眼。

"吃饭啦！吃饭啦！""不饿！没胃口。来！再来！来！卒子站到我这边！"省长对黄山很热情。"滚一边去！溜马屁的东西！""观棋不语真君子，多嘴多舌活该挨骂，挨揍才好呢！"莲英拍着巴掌把黄山勾走了。

"来杯茶！"黄山把那苞谷头酒每人倒了大半两递了过去。二人也正杀得难解难分，省长把那杯茶端起来喝了一口，接着下，忽然咂咂嘴："嗯！这茶香口，好喝！"市长真以为是茶，端起喝了一大口，顿时呛得连连咳嗽起来。"小王八羔子，这分明是酒，哪里是茶！""省长说茶就是茶，你一人说是酒算个啥！""嗯！是茶。来，再喝点儿！"市长这回学乖了，他只抿一小口，咂咂嘴："嗯！确实香口，不错！弄点儿菜嘛，哪能就这样干喝！"黄山见是时候了，急忙收起棋子，把省长让进餐厅，餐厅内景象与往常迥然不同。每人面前都有一个小碗大的干冰小火锅。转盘桌上的菜的向心面都有一个竖立的小牌写着菜名，字面向外。小碗、小碟、汤勺、酒杯、餐巾自是一应俱全。省长夫人、女儿、专员夫妇、市长夫人、莲英都已入座。"快请两位领导对号入座！""咦！老华啥时候来的，我咋不知道呢？""我不来，你有这些东西吃？""原来是你的杰作。""不过博君一笑。"厨娘将各人面前的火锅点燃。"这些都是山珍野味，请省长、省长夫人、爸、妈、华爷爷、奶奶、两位姐姐用菜！""呃！看来我是外人，为啥只给我称职务？"黄山笑而不答，省长女儿文燕洞出了其中端倪。"爸！你咋那多嘴，人家都是亲戚！"省长向华专员瞅瞅似有所悟。"哦！吃菜吧！吃菜，这味菜是——果子狸。""天上鹅肉，地下狸肉，指的就是这东西，只可惜是干肉，不够鲜美。""嗯！不错！不错，腊肉有腊肉的味。""这野猪肉是新鲜的！""这是野猪肚片。这是野猪肝。"只见箸起箸落，那菜盘内物便少了许多。"呃！小伙子！听说你还是博士生，饮酒当有诗嘛！咱们吟诗作对，你意下如何？""小的不敢！""怎的不敢？""这里哪有我说话的份儿！""话咋这样说？革命不分先后，官职不论大小，况且这是家宴，你又是东床快婿。理该助助雅兴。"黄山瞅瞅市长。"那你就陪陪省长嘛！不可造次。""那我们来增字对，听好了，我出上联了。""好！大家为我做个证见，输了咋办？""一次对不上一杯酒。""都对上了呢？""同时喝一杯酒。""好！出！""民！""官！""民以食为天。""官以民为本。""食从土中生。""富由勤里来。""造得良田千亩。""拨给黄金万两。""无钱实难以维系。""有钱就应该重来。" "拨款终非根本之法。" "生蛋才是久远之计。"

"好！好！好！一人一杯！"文燕把黄山看了又看，她想这后生才能不在父亲之下，以后终是了得，以致听到莲英干咳两声，才急忙正襟危坐。

"老钟！你上当了。" "我怎地上当了？" "人家真的向你要黄金万两。你拿什么给？" "人家真的造了良田千亩，咱们总得表示表示嘛！我的嘴，老华的腿。钱！地区想办法。" "我来做个中。省上五千两，地区五千两。" "我把你个柳滑头。行！多少总得给点儿吧。呃！小伙子！你的拨款终非根本之法，你有啥打算？" "就是村民建房、修地，到处都需要钱。我们那里有个外国老板很有钱，准备让他办个钱庄。" "多大规模？" "最少也得一两百万。" "只限你村哦，不要把农村信合挤垮了。" "你同意啦？" "我只能代表我。要申报，要审批，要合法。" "我这里给您老敬上一杯。这样的省长要多干几届多活几年。" "咳！咳！"莲英又干咳了两声，这回省长听出了味道。"你咋学会咳咳了。难道我多干几届，多活几春不好？" "那是苞谷头酒。六十多度，三两不过冈。你已经喝了二两多了，该收兵啦。"省长冷静下来，摇摇头，自言自语道："这没感觉。" "等到有感觉就迟了。"

几个老头子怕了，胡乱吃了点儿饭，就在客厅房歇息。

等到省长醒来的时候，已是日暮时分："哎呀！这长时间没睡过这样的好觉。这酒确实好，感到头晕晕的，也不痛，也不闹肚子。" "要不带一点儿？" "不带！不带！带了不好。这里又不远，想喝了就来，又有酒，又有菜，又有人侍候着。" "说的也是。那么就请省长大人上路！"

第三十四回　凤鸣岗村民建新房
村委会讨论办企业

有话则长，无话则短。转眼间十多天过去了，杜勒那里仍没信息，各队的庄基也都挖成大半，挖庄基，堆土堤，土堤也是堆了大半，柳笆条也压了两层，凉亭基也砌了三分之二，这都是同步走，倒也进展得顺溜。

黄山和徐建、刘仁商议，又召开了凤鸣岗四组会议，黄山说："现在有几件事情必须和大家商量，再不商量就迟了。我们现在虽然主要搞建设，但搞建设是为了生活，我们应该把今后的生活考虑进去，我想到了以下几个方面，一、今后四队至少要有两个商店；二、至少要有一个卫生所，一个面粉加工厂，一个轧油厂，一个车子修配厂，一个搞贩运的，还要有搞农业机械的。总的来讲，就是你打算今后咋样生活，搞些啥名堂，你的房子就要怎样设计，等房子建成了，就不好变了。有些东西，不能放在房子跟前，不卫生，像养牛，办猪场、鸡场、鸭场，也要选好地点。我是突然地想到这些东西，给大家提个醒。这个工作，你们现在也没谱，回去摸摸底，把情况报上来，村上研究一下。有些东西没人搞不行，都去搞也不行，也要有个大体计划。我就说这些，看徐建，刘仁，各位组长，还有啥要说的，这是打招呼。另外，建房的事一定要抓紧，钢筋一定要及时买回来，梁架不起来，墙就没法砌。钱不够的看差多少，村上准备争取一点儿贷款，组上摸一下底，把数字报上来，村上根据争取到资金的多少，再统一掌握分配。这事得有个人管，大家看谁合适？""还让徐建管。""我建议徐建当出纳，还得一个会计，经济这东西，一个人搞不好。还得一个人批条子，也就是主任。""会计我建议让江霞兼上，主任，谁的钱谁当。""好吧！就这些，回去抓紧办。"

会刚开过，杜勒来找黄山，说是弄来现金五百万。黄山、杜勒约上徐建到江家村找到江霞，说明请她出任钱庄会计。江霞说怕忙不过来。黄山说："现在业务不多，也就忙那几天。大多数人一年半载也还不了，况你中午下午，孩子上课去了，你也是闲着，能忿得开。"江霞谦让了一会儿后，还是答应了。初步约定每月底薪两百元，然后又拟了几条纪律。黄山又问了问江霞做饭、辅导事宜，江霞说："基本适应了。"看看日将午，江霞要做饭，黄山一行便离开了。

组长会议又在黄山家里召开，各组共报来开店铺的六家，办卫生所的四家；开油坊的三家，面粉加工厂一家；车子修配的一家，贩运的三家，养水牛的十二家，养黄牛的两家，办猪厂的两家，办鸡厂的三家，养鸭的四家；理发一家。经研究确定店铺两家，卫生所两所，油房两家，面粉加工一家，车子修配一家，理发的一家。他们依次是：卫生所：白家岗：白富春；杨家滩：杨文娟。油坊：章家岗：章华才；江家滩：江横。面粉加工：白家岗：白松。修配：黄土堡：黄文生。理发：江家滩：江小芳。

至于养殖和贩运愿干的都支持。钱各组汇集一共五百八十六万。黄山说："钱已经到位五百万。盖第一层的照付，第二层、第三层的分批给付，贷款利息，银行是一分二，咱只收八厘。存款，信行是活期三厘，咱们是三厘五，死期每档也升五毫。咱手续还没办下来，要用的先到会计江霞那里打借条，让杜老板批字，到徐建处取款。嘴上的门都给我把好，千万不能出漏洞，咱很脆弱，经不起风险。另外，开店铺、办卫生所的，开油坊的有几家没批，要做好工作，咱就这些人，别处没啥顾客来。少了还能赚点儿钱，多了就没啥生意。现在虽说是市场经济，但也要有个计划性。"那没批的几家在章家岗、白家岗两组，组长白福民、章守财大包大揽，说没问题。"那就从明天开始放钱，要安排个顺序，从黄土堡开始往下轮，先轮盖一层的，再轮盖第二层的。当然不是说盖得层数多不好。盖得层数多好。这个是非关系要搞清楚，一次搞起省事。我是说我们必须保证第一层全数如期完工。另外，老年人问题，前面出现了白母撞门而死事件。这类事件今后要杜绝发生，要讲求孝道。羊能跪乳，鸦能反哺，禽兽都知恩。自古忠臣出孝门。一个连父母都不要的人，不能指望他对人民、对国家有多大贡献。当然老的也要会当，也有极少数老的不是个东西。但那毕竟是极少数。不要有了儿女，忘了爹娘，前檐水不从后檐流，你怎样对待你的父母，你儿女就会怎样对待你。我们提倡忠孝传家。我有一个设想：年终搞个比老会。各家七十岁以上老人集中在一块儿，让大家评审，看哪一家老人结实，穿得排场，设立一、二、三等奖。这要形成制度，一年一年搞下去。对老的不好的，看他脸红不脸红。各组回去统计一下，有以下几方面情况：一、鳏寡孤独，无依无靠的，我们要养起来，这谓之供养部。还有虽有儿有女，但由于种种原因，无力照顾的这谓之托养部。要由儿女出钱。还有老汉、奶奶虽然上了六十岁，但身体还刚强，手闲胳窝痒，他们闲不住，闲了生事端，要把他们组织起来，从事一定的活动，这样他们既丰富了生活，排遣了孤独，又发挥了余热，创造了财富，我想组织个老汉排。当然奶奶也可以参加。黄土堡村上的那二十亩地，徐建先拿个规划意见，村委会商量一下，先盖个五间五层，供老年部用。各组村民领回的钱一定要拿好，不要掉了，事没办，欠下债，那可麻达。安全刘仁管。年幼无知、聋哑痴呆的可以申请委托代办。也可以开支票，让售物主自己到县行去取。总之一定要细，不敢出疏漏。徐建各组，大堤上转着看看，质量有问题，及时指出来。不要忙了半天，结果没把住质量关。一定要建一流工程。根子好了的，就让工程队来。干部就要有个婆婆嘴。另外水牛栏、鸭栏建在河堤边。黄牛栏、鸡舍建在北山边。

　　"看大家还有啥说的?""没啥啦。主任讲得很细。""那就散会。"

第三十五回　老杜勒梧桐托红媒
　　　　　大姑娘喜做嫁衣裳

　　话说临河镇初级中学有一个数学老师，本科学历，书教得好，人也长得好，也很节俭，月薪八九百元，可到如今睡的还是硬板床，坐的老式柴椅。那她钱哪去了？人家买了套两室一厅一卫的单元房。虽然是一个单身女人，可十多年来，没听说有什么闲话。按理说，应该是个抢手货。可从秋盼到冬，从春盼到夏，仍旧是孤壁青灯，形影相吊。年深日久，也便情波不兴，心如止水了。

　　老杜勒！老杜勒！其实杜勒并不老，也就四十大几。苦难的童年，颠簸的海员生活，使他的双鬓过早地爬上了华发。他祖籍原本法兰西，祖父在澳大利亚有一个不小的产业。第二次世界大战期间，他祖父回国参加卫国战争，不久便牺牲在战场上。他祖母同儿子媳妇携巨额资产回国，中途遭遇到海战，船毁人亡，只有他母亲抱着一块烂甲板，被美军士兵救起，当时母亲怀着身孕，这个美军士兵后来成了他的继父。继父和母亲后来又在一次海难中丧生。他跟随着幸存的海员长大，便成了新的海员。儿时，他母亲曾交给他一只小巧玲珑的黑匣子，说是他祖母被击中，临死时交给她的，她又将它交给他，再三叮嘱，不到条件成熟不要打开，以免引起事端。现在这匣子已经锈迹斑斑，怕是想打也打不开了。他唯一从母亲那里继承的就是这只小匣子，它是母亲的代号，寄托着他对母亲的无限眷恋和思念。

　　黄山想：这杜勒也不知和徐宫、刘志啥关系，竟为我村捐款两百万。这次又出资五百万，要不是这七百万，怕是事情更难办。看那杜勒也没见夫人来过，也没见儿女来过，一个人孤孤单单。常住旅店，也不是个话说。人要知恩，要想办法对人家有个报答。心里这么想着，脚下便渡过了黑龙河，偏巧杜勒正在给几个村民批条子。"忙主任今儿个咋有空过来转转？""在家寂寞，想来和你聊聊。""你没有那样的闲情雅致，怕是无事不登堂吧！""是想来看看老板娘，这么长时间还未能睹老板娘尊容。"杜勒一听黄山这般说话，脸上便有些挂不住，现出只有他自己才知其中味的惶惑，不过这只是稍纵即逝的一瞬，但黄山从这一瞬中，找到了答案。"就这几个，一会儿就好。完了咱俩杀盘棋，主任年龄不大，棋可老辣。"杜勒急忙用话岔开。"把老板娘接过来住几天，如果不嫌苦寒，就在这儿住下，早晚也有个照应。"黄山一边走棋一边如是说。"哎！海员，长年在海上漂泊，你见过有几个海员是夫妻双双的。我又落难孤岛，除过在岛上收了个义女，家里再无他人。"黄山听杜勒述说了身世，心中也很伤感。"你现在腰缠万贯，如果心中愿意，我给你瞅一个，白天有人说个话儿，晚上也有人给暖个被窝。"黄山知道杜勒心田干涸，想用话语使他情欲复燃。杜勒见黄山黄口小儿，竟说出这般话来，竟然脸上还泛起羞涩的红晕。"哎！我哪里有什么黄金万贯，实不瞒小哥儿，那都是人家的钱，我只不过是个打工的流浪汉，有口饭吃就算不错，哪里还敢奢望有什么家眷，将来义女讲了良心，得以养老送终，安度晚年，也就该唱个'万福'了。况我这样一把年纪，又四海飘零，说不定哪天就玩儿完了，去连累人家做甚。""老伯此话差矣，你才四十大几，正值盛年，若活一百岁，尚有六十年，若话九十岁尚有五十年，就算八十岁，尚有四十年，冬夜长长，孤寂难眠哪！""哎！我也知你不是耍笑我，可哪有那合适的。""把胡子刮刮，头发染染。人放精神点儿，说不定哪天上演个'龙凤呈祥'呢。""啥子叫'龙凤呈祥'？"黄山便给他讲了个刘备东吴招亲的故事。

黄山既然在杜勒面前说了话，便回来和徐建、刘仁商量，刘仁便说临河初中有个苏静，怕也离四十不远了，杜勒也比她大不了几岁，说不定瘪锅遇到个瘪锅盖，弯刀遇到个瓢切菜，他俩凑合到一块儿，没准还是一段风流佳话呢！

既然有了个目标，黄山、刘仁、徐建便商量着怎样行动，黄山说："我们现在必须摸清苏静的人品、性格、嗜好。杜勒对我们有恩，我们应让他幸福，不能让他在婚姻上再有所不幸。""我在镇上的时间，也有耳闻，那苏静也是人们茶前饭后的闲话材料，之所以到如今仍为单身，实是自己把自己给耽误了，听说她的条件太高了。一、人要长得好。二、要有房子、有钱。三、要有权有势。当然她可不是趋炎附势、贪婪虚妄的人，而是爱面子、争强好胜的那种。虽是单身这么多年，也没见有什么闲话。现在似乎好强又向自卑转化，很少和

307

人接触，夜间早早地将门给关了，只将心思用在教学上。"刘仁将听到的有关苏静的传闻简单地做了介绍。"她跟哪些人过往比较密切？""以前不知道。现在也好像谈不上跟谁密切，是一种自我封闭的那一类。""啊！要看心理医生。""找谁去呢？""还是我亲自去。"

一天下午放学前，黄山先到临河初中，在教务处找到一张课表，他乘苏静去授课的当儿，溜到苏静所在班组的办公室里，根据刘仁所描绘的形象，按图索骥。下课铃声响后两分钟，有一个三四十岁的中年女教师走进了黄山所坐的那个班组。她看到黄山坐在她的位置上，见是个生人，也没说什么，只是从黄山面前把她的东西拿过来，坐在另外一把椅子上，黄山揣摸着就是苏静了，乘着她低头写字，斜眼将她端详。这苏静虽已徐娘半老，然当年风韵犹存，只是那风姿绰约中隐现着一点儿忧郁和憔悴。黄山看她备课，那字倒也端庄、娟秀，只是显得有些拘谨，黄山叹口气：字如其人哪！我得给她开个处方。于是他掏出纸笔写下了：

大千世界正开放，市场交际唇舌长。
大路康庄正经女，几多雄凤偕雌凰。
花容当惜宜自惜，月貌该光自当光。
他日若得月下老，时至龙凤会呈祥。

写完趁那苏静不注意，推到她一边，然后默无声息地离开了。

又过了几天，黄山又来到临河初中苏静的办公室。这回他见她气质上有了变化，那耷拉着的花瓣像喜逢甘露，一片片舒展开来。黄山知道：那药单子起作用了。虽然只是那一杯茶，几句话，但黄山意识到，可以行动了。

那杜勒理了发，刮了面，西装革履，也一反往昔邋遢形象，人也变得齐整多了。一个星期天，黄山让杜勒、苏静见个面，杜勒开着宝马车带着黄山、莲英、徐建、刘仁（徐、刘另车）去接苏静，苏静携女友王芳很乐意地来了，大家到县芙蓉山庄，一桌子花了两千块，美餐了一顿。

苏静自那次和杜勒见了面后，又到灵芝餐馆来找过杜勒几回，后来杜勒带着礼品到她家里去，当晚就没有回来，黄山知道，桃子熟了。

第三十六回　警务室申报成功
老汉排初见雏形

　　时隔不久，华专员携秘书江书礼、农业局长田坤、会计刘虎到凤鸣岗视察人造千亩平原工程，工程自然是大家没啥话说，于是华专员当场给梧桐村五十万，黄山叫徐建打了收条，然后领到灵芝餐馆歇息，并招待。事后，专员问黄山："那五十万实际很少，为啥你不但不嫌少，反而很热情地招待？""哎！这正像大人给小孩子东西吃，多要接到，少要接到，并且要注意脸上的颜色，口中的声音，这样大人才心中欢悦，小孩子才会源源不断地得到东西吃。"事后华专员把这话转告钟省长，钟省长感叹地说："真是个懂事的孩子哟！孩子这样对待我，我也不能有负于孩子。"他当即电告省长办公室。立即给南柯县临河镇梧桐村拨修地款一百五十万。款也很快汇到了梧桐村账号上。这样加上村上自办企业资金，基本有上千万资金流转。黄山总隐隐约约感到有一种安全隐患，他得未雨绸缪，防患于未然，他需要一种力，一种强有力的威慑力。现在这方面的有效力量只有刘仁一人，太单薄了。如果刘志在家就好了。不会了！不会了，他不会再回这个梧桐村做事了，他飞了。刘志飞了，徐宫也要飞，他们都不是久待村组之人。那么力量在哪里呢？他想到王贵打胡能有、胡能强，他想到了他说的"这种人，就服这个"。说白了，他现在需要的不就是这个吗？他又很自然地想到了他的那两条狗。那狗能起作用吗？想到狗，他又自然而然地想到了警犬，那狗能当警犬吗？肯定不行！它们只能闻到野兽的味道，要是能闻到赃物的味道就好了。完全说不行，结论也未免下得太早了，但那狗吓人肯定没问题。他又想到王贵用鞭梢缠他的腿。虽然那酒宴很丰盛，但毕竟很憋气，他有生以来，第一次屈服于他人，并且他真的对他一点儿办法也没有，想至此，那双脚踝骨处，还依稀麻酥酥地痛。嗯！有力度！有力度！可光有他还不行。

他会给你扒豁子，还得有一个人管住他。刘仁管他？刘仁管不住这家伙。他想到了派出所，派出所是组织，组织有力量。但光靠派出所不行，人家事情多，哪有那么多时间来管你东家少了葫芦，西家丢了黄瓜。答案到底让他找到了。他想到了华子昭，他给子昭挂了国际长途电话。子昭告诉他："这种事一定要有合法地位，没有合法地位就麻达，随便给你扣个帽子那都是重罪，你们先写个申请，陈明原委，我再从中斡旋，估计问题不大。切记不可造次。"子昭接过电话后，立即拨通了金彪电话，给他打了招呼。

黄山听了子昭的话，觉得还是先和徐建、刘仁商量一下，初步确定人选，再上报材料。徐建、刘仁也非常同意黄山的意见。于是黄山又再上富裕沟垴找到王贵、王彦。王贵满口答应，但王彦说："那可不是打野猪，蛮来不行，要懂些道道，方好办事。"黄山认为他说得很对，说是可以让他们参加培训，先培训后上岗。

黄山将申请报了上去，也可能是华子昭起了作用，不久派出所在梧桐村设立了警务室，并批复刘仁、江虎、王贵、王彦为协管员，但要等培训合格，取得证书，方可上岗。狗只能作为私人养狗对待，责任自负。鉴于梧桐村还没有正式的村部，这种事又不好在私人住房挂牌，所以黄山让用木头制作了一个类似岗亭一样的小木屋，挂牌办公。

警务室办起来以后，黄山又找到江守信，想请他出头，组建老汉排。江守信说办老汉排的宗旨是什么？黄山说："主要是组织村上闲散老人、退休干部、工人从事力所能及的工作，开展各种文化、体育及娱乐活动，调解各种矛盾和纠纷，排遣寂寞和孤独，使老年人的晚年在愉快、健康、幸福中度过。随着人们生活水平的提高，医疗条件的改善，人们的身体健康状况也有了很大的提升，说是到了老年，可一些六十岁以上的人仍很强壮，他们还有劳动和工作的能力，像富裕沟垴的胡能有、胡能强，还有精神撬寡妇门，如不管，我怕要生出事端，还有些六十岁以上奶奶闲了没事干和媳妇儿子吵嘴打架。还有些退休干部，突然闲下来形成工作空洞，精神上不适应，身体状况还大不如前。还有的打麻将，玩扑克牌赌博，在社会上形成很不好的影响。""那招收对象是哪些人？""招收对象：一、必须是能够管束的。二、必须是有一定劳动和活动能力的正常人。三、必须是家庭同意，本人自愿参加的。四、年龄在七十岁以下、六十岁以上的男性，五十五岁以上六十五岁以下的女性，五十岁以下的女人不收，特殊情况例外。""村上如何支持？""村上在修地时拨给一定土地，盖一定数量房屋为排部作为活动中心，还有一些弃荒地、边角地，可以种树，还可以从事河道管理，山林管理，治安巡逻。一些干部还可从事纠纷调解，协助村上工作。总之是发挥余热，干一些能干、强壮劳力干又不合算，做一些能做、强壮劳力做又划不着的可干可不干的事，干中有玩，玩中有做。公益性活动，村上还可拨给一定补贴。至于文化、体育、娱乐活动，村上还可拨给一定经费。""开始咋样行动？""具体咋办，没有具体方案。你是老支书，也就不必客气了。我提个小小建议：就是先形成领导核心，找个会计，暂时以餐馆为中心，开展一些体育、娱乐活动，先弄几副乒乓球案子，买几副羽毛球、扑克、象棋先玩起来，玩起来以后，先搞两个组，一、纠纷调解组，你去找到原乡书记杨文斌，原县妇联副主任任海娥，先由你三人组成。二、护堤小组。以退休林业干部章元虎为中心，物色几个诚实可信农民、退休职工。每天先轮班巡逻，就是近似散步那样转两圈。堤边将来有亭子累了歇歇再走，先形成团，再滚雪球，工资以每天五元左右计算，也就是给包烟抽抽。等以后搞得有收益了，可酌情再增加。""我现在无职无权，我去找他们，现在怕是有些名不正，言不顺。""这个自然，要先拜将，名身份。下次开组长会，你来参加，我给你明身份。"

徐建、刘仁来汇报，说各组的根基基本起好了。黄山说："工程队不是已经联系好了吗？""一队可能不行。""一队不行还叫李强他们来，一个组最少两个作业队。咱们一要质量，二要进度，一定要赶到麦收前搞起，还要种大茬苞谷，咱们这可是农村，就那一点儿钱，折腾不起。给李强挂电话，一组最少得两班人马。明天咱们赶到城里去，包几桌子，给他们哄哄，叫他们后天就来。第二天，黄山、徐建、刘仁果然赶到县城，在芙蓉山庄花了六千块包了二十桌，请李强、王刚、朗忠、季风、苏凤、王龙、孙刚、麻康等二百余人肥吃海喝一顿，第三天，李强果率二队、四队、六队、八队共二百余人连人带机械进驻凤鸣岗，与各户签订了合同，即行施工。

建筑队进村后，黄山又召集各组组长会议，让李强、江守信列席参加，黄山说："现工程队已进村，建房已正式开始，各组组长回去，要立即召开村民会，一定要把工程队的伙食搞好，茶水要及时供上，有事和工程队长商量。注

311

意处理好关系。菜、副食不够，可到餐馆去买，江支书回去给淑贞说一声。""这没问题。""你们也可加点儿利赚点儿钱。""赚啥钱嘛。""加点儿！加点儿！菜可不像其他东西，折秤、损耗，要保证不赔。组长回去给大家讲讲，不要计较，行个方便就有了。李强队长是老熟人，你给你的几个分队长也讲讲要注意工程质量，老百姓盖房是一辈子大事，弄那点儿钱也不容易。""这个你放心。""下来就是注意纪律，和群众搞好关系。""这个你也放心。""这次人多，人上一百，形形色色，还是盯紧点儿的好，一定要做到来也高兴走也高兴。""一定！一定！""另外现在人向老龄化发展，长寿的人多了，虽说到了六十岁就进入老龄，可是现在医疗条件改善，生活水平提高，这些人还有余热，一些干部、工人退休了，回乡养老，这也是咱们的一笔财富。常言说：事要好，问三老。他们是过来人，有阅历、有经验，我们要发挥他们的主观能动性。另外还有一些事情，像现在十里大堤基本成功，树苗、压枝也都还需要人管护；工地上，看看场子，有哪家有个口舌之争，需人唠唠家常开导开导，办这些事，那些老人正合适，还可办其他事情，所以村上研究决定，把这些老人组织起来，成立老汉排，由原支书江守信出任排长，希望各组长在开会时讲一讲，协助江支书把这工作搞起来，当然这还是酝酿阶段，真正搞起来了，还要报批。""好！这也是好事情。""叫我爸也参加，闲了没事净和我妈吵嘴，走了家里清静些。""你该不是怕你爸扒灰吧，撵老子走！""你大扒灰！""我大死啦！""你大扒灰气死的。""哈哈哈！""雅静！雅静！"刘仁吆喝起来。"还有一件事：今冬准备把七十岁以上老人，搞一次评审，看哪一家老人康健，气色好，要组成评委，评出奖项，予以奖励。组长在会上先打个招呼，呃！徐建去撕几尺红布，做一些袖标，协管员三个、巡视员三个、护林员三个、调解员三个，先做十二个，散会。"

　　会后，黄山、江守信找到杨文斌、任海娥、章元虎，他们很热情，愿意为公益事业贡献余热。杨文斌当即表示，他愿意将退休职工组织起来，任海娥、章元虎也表示愿意积极协助。徐建把袖标做成后，黄山陪江守信、杨文斌、任海娥戴着护林员袖标在大堤上巡逻，还真捉住了几个弄柳笆条的小毛贼。戴着巡视员袖标在工地上巡视，还真发现了几处质量问题和安全隐患，建筑工人和业主，连声致谢。转一圈江守信和黄山杀盘棋，章元虎和任海娥打会儿羽毛球，一天下来，徐建让每人在工资花名册上盖章签字，把五元钱发到每人手里，杨文斌、任海娥、章元虎都恭恭敬敬地领回了第一次领到的余热工资。

房子建筑在意料中进行，由于后来村上又有了一两百万进项，愿意盖两层三层的也都领到了自己所需要的钱，大家都很高兴，虽然确实很忙、很累，但这正如蜜蜂筑巢，在忙碌中酿造着甜蜜的生活。

黄山步过黑龙河，沿着凉水沟的公路，一直走到李正茂家，凑巧这天李正茂在家，黄山见无外人，便问李正茂那娃娃鱼长得咋样，李正茂说："我还没太过问这事，只是前几天，李富来找过我说是喂料好像不够。""啊！咱们去看看。"两人步入前面小溪，那便是拦沟坝的源头，李正茂搬开几块石头，黄山问："你搬那石块干什么？"李正茂说："要是好，这下面就有东西。""有啥子东西？""娃娃鱼苗子。"黄山凑过来看，什么也没看到："没得啥东西嘛！""没得。"李正茂、黄山正在小溪边搬石头找，李富过来了："你们找什么？""娃娃鱼苗子。""不在那下面。"他用树枝拨开一堆黑树叶，只见里面不少一寸来长像蜥蜴似的小鱼。"啊！就是这东西。"又往上走了一截，扒了几处，也都有。李富说："有几处大些潭内，还有大的。今年春早，蟾蜍一抱对，鱼也就慢慢出来啦。鱼料可能不够。""你都用啥喂？""河里打些小鱼，家里喂有兔子，时不时杀两个剁成小块撒在水里。""你咋知道料不够？""去年秋未，有几个跑上岸，爬到矮树上叫。好像是饿的。""啊！来！我给你三个一人拨一万块钱。作为你们的第一次工资。到徐建那去领，要保密，下秘密账户。""知道了！知道了。""呃！我到王贵家去，看他家的猫，好像尾巴特别粗长？""那不是猫，是果子狸。也是猫科，也有人把它们叫狸猫。""啊！就是这东西。它们捉老鼠吗？""不太捉。有人也说它们捉，按我想，果子狸是以野果为主食，也吃饭。捉老鼠不过是玩。""能喂活吗？""喂得活。就是怕沾油腥，肯拉稀。""啊！原来是这样。"黄山又和李正茂一块儿上到富裕沟垴，找到王贵、王彦。"啊！你还喂有鹿。""不是鹿，是獐子。""啥子獐子？""就是产麝香的。公的叫獐子，母的叫麂子。""能养得活吗？""不好养。性子烈。捉住，大多数几天就死了。""那你咋喂活了？""我找到一窝崽子。五个，就喂活这俩。""一公一母吗？""不！两个都是母的，不过现在都怀上了。""那两个都是母的，咋怀上了？""哎！这说起来话长。""咋的话长？""我到初次发现他们的窝边，搭个窝棚，在它们发情期，把它们拴在那里，希望能见到獐子，可一直到发情期过，也没见獐子来。""是没有獐子吗？""可能不是。后来，我把窝棚拆了，到它们再次发情时，我只得躲在石坎下，一只才得以怀孕，这样折腾几次三番，两只才得以都怀上了。""啊！可真难为你啦。得告诉大家，要保护獐子。""哎！谈何容易。你说不让他弄，他就不弄，没那么简单，高额利润的驱使会使人铤而走险，法律对不要命的人是苍白的。""一个獐子的麝能值多少钱？""这得看有多大分量，一般一两左右为多。不过这东西，一般是以克为单位计量。""一克值多少钱？""我也说不清楚。猎人都是论包子，也就是一个，也都是瞎蒙，究竟谁占了便宜，谁吃了亏，只有天知道。按我想，大半是猎人吃了大亏。人家知情，咱不知情。""说的也是，那到底一个包子能卖多少钱？""也就万儿八千吧！""啊！我这里给你俩批个条子，你俩到徐建那里每人领一万。算你们第一次工资。下秘密账号，嘴封紧。""知道了。"

黄山从富裕沟垴下来，到凉水沟拦沟坝下面几个鱼塘内转了转，扒了扒那塘内几堆朽叶，见其中也有些娃娃鱼苗子，他心里有底了——这东西繁殖力极强，苗种没问题。

黄山一边走，一边想：这农村要富，光靠种粮食不行，粮食价格低。靠出去打工也不行，夫妻两地分居，难免生出些什么第三者。夫妻同时出去打工，又苦了老人孩子，有些孩子因此走上了犯罪道路，毁灭了大好前程。最好就是本地发展。看来这娃娃鱼算一项没问题，价钱也好。但光这娃娃鱼也不行，天有不测风云，恐怕哪一天不行了——但不行了的可能性不大。人都好吃，吃的行业，只要有人就不会衰败。果子狸也是山珍极品。它又好喂，成本低，但那放在家里喂，终不是个办法，得上规模。獐子也是个好东西，它更好喂，吃草，一个包子万把块。不！说不定好几万呢。喂不活，死。那放在野外它不就不死了吗？所谓死，还不是感到不安全，有恐惧感。如果它感到安全了，舒适了，恐怕赶它走，它还不走呢！外面担惊受怕的，哪里有这里舒坦，对，就是这个理。何况那富裕沟垴，人心思走，常在那里住，确有诸多不便，但办个特种动物养殖场，那里也有几十亩地，有山有林木，条件得天独厚，于是，他回家蹲了几天又约上刘仁、徐建三上富裕沟垴，勘察地形，设计方案。那富裕沟垴共有五个岔沟，分别为大西沟、小西沟、正沟、小东沟、大东沟。大西沟有十来亩地，大东沟有十来亩地，正沟有五六亩地，小西沟、小东沟各有二三亩地。黄山一行到了以后又约上王贵、王彦。大家一致认为，这野东西，离人太近了不好，獐子养殖场放在大西沟，把那十几亩地四周建起围墙，中间又可隔成三四块，实行轮牧，数量少时，基本不必喂草，只需喂点儿精料、水就可以了。小西沟和正沟交界处，那山根突然跌下，后又抬起成一小山包，可以将那山根截断，也将四周地和小山包围起来，小山包上可凿些洞穴，让果子狸穴居。王贵说："那如何管理？""'要用它的钱，同它一起眠。'果子狸不怕人，饲养管理员的居室，就可建在山顶，獐子怕人——当然时间久了，也可能它不怕人了，饲养员的居室可以离得远点儿。果子狸园内可以种些柿子、山楂、桃、杏等果树，让果子狸自己采食。""行是行，工程量不小哇！这里可都没机械，也没沙子。""事在人为嘛！那万里长城不是也修在山脊上吗？""可以用骡子驮，何况这又不要多高。跑不掉就行，这里石头多，可以用石头砌。"

　　说者无意，听者有心，那王贵又找到了生财之道。"呃！王贵、王彦！还能不能弄些蛇，特别是毒蛇，说不定能治癌呢。《捕蛇者说》里不是有去瘘疠、起死肌之说吗？那癌，实际上不也就是一种毒瘤吗？""我们的大主任，要是能攻破癌症，那可是功德无量呀！""上嘴唇、下嘴唇一吧嗒，事情就成了，诺贝尔奖就到手了。""话也不能那样说，事情总得有人去想去干嘛！爱迪生发明电，不是连自己的胡子都试了吗？最后还不是到底让他试出来了。毒蛇能不能治癌虽然说不清，但它治毒疮，这是白纸黑字写着的，即便退一步，那蛇肉也是一味美食，蛇胆也值钱哪！""蛇恶心，咬人，危险。""大家不愿干就算啦。"

　　最后大家决定，先把果子狸园建起来，果子狸可以买到，獐子园由于獐子难买，暂时也就是那两个，可以搞小点。等下了崽娃，再根据生长情况，逐步扩展，工程上沙、水泥可以用车拉到李正茂门口，再用骡子驮，工价到底是多少，实验一下，取平均值，从长远看，养殖场得喂两匹骡子，先买两个小的，定个娃娃亲，逐步繁殖，这事王贵负责。围墙活一般工都能做，钱还是肥水不流外人田，自己的钱自己挣。

青春火花

第三十七回　小刘仁纽约相亲
杜勒鹰愁涧完婚

　　昨天过去是今天，今天过去是明天，明天过去从头转，在这昨天、今天、明天的循环往复中，凤鸣岗的三层、四层小楼房在拔地而起。人，如果心里想着要办某一件事情，并且全心全力地去办，那么他就会有超乎寻常的爆发力。凤鸣岗建房的事实正是证明了这一点，一些平时不显山、不露水的人，反而弄得有模有样的。像余龙、余凤兄妹俩，黄山本以为他们难度很大，人家帮工的人反而不少，愿意借钱给他们的人反而很多，钱还用不完，人家还盖了四层。随着这楼房的拔地而起，时光也推移到四月，由于华子昭的邀请，杜勒迁到鹰愁涧，管理孩子们的生活起居，苏静也隔三岔五地上来玩玩，杜勒也借给教师、孩子们办伙食的由头，到苏静那住一夜两夜，忽然苏静觉着有些不对劲，这月身上没来。约着杜勒到医院一查，就是那回事，苏静有些着慌，当了这么长时间的老姑娘波澜不兴，到头来却弄了这事，便想做流产，医生说："你们也那么大岁数了，刮宫也有副作用，就怕将来想要又留不住，抓紧时间把事情办了，不就结了。"于是苏静便忙着筹办嫁衣裳，杜勒也便紧锣密鼓地做着结婚前的一切应办事宜。正当杜勒处在婚前的柔情蜜意中的时候，突然接到逸远托徐宫打来的国际长途，这正如五黄六月头上倾下一桶冰雪水，那一股热火劲，从头一下凉到脚跟。徐宫也是个榆木脑袋，逸远叫他咋说他就咋说，也不知道变通一下。他这一不会变通，虽然给刘志惹下了一点儿麻烦，却也成就了一段姻缘。逸远托徐宫打国际长途的事，很快让刘志知道了，刘志把徐宫骂了个狗血淋头，最后只得请刘志吃了一桌子才算了结。子昭这回倒是乖巧，她忙前忙后从中斡旋，逸远也依稀洞出了其中奥妙，害怕事情真的出在刘志的兄弟身上，这样一切解释也就顺理成章了。事已至此，也就同意先见上一面再说。子昭又在刘志耳边如此这般交代一番，刘志便给刘仁打了国际长途，刘仁把这事告诉了杜勒，杜勒也因他和苏静的事要和逸远商量，于是便和刘仁一块儿乘飞机抵达纽约。

刘志、徐宫、子昭、逸远到机场去迎接他们。逸远见那刘仁乍看起来，确和刘志一般无二，仔细端详，只是下巴略尖，嘴唇微突。剩下的高矮胖瘦，举手投足都并无异处，心下里暗自思忖：难道情由竟在这里，仅从相貌上看，倒也没甚挑剔，只是不知肚内货物有几大成色，待交往一段，再做话说。

刘志第二天就找到逸远摊牌："我兄弟来啦，你妹这么长时间怎么连个影子都没见着，我兄弟可是个大忙人，又这万里迢迢的，没说别的，仅机票、路上开销数字就不小，要是这事你把我骗了，那话叫咋说？"那逸远也不是好吃的果子，见得刘志这般说话，嘴角掠过一丝冷笑："有道是遇到苦难拜观音，要求媳妇拜丈人。你弟弟向我求婚，你作为哥哥的，就应该脸上先有三分好颜色，你既然这样张了口，休怪本姑娘无情，往你嘴里塞根鱼鲠，让你慢慢消受。""这事我跟我那孪生妹子说啦。人家要找个官儿宦儿的，像你弟弟那样乡土材料，怕是戴斗笠亲嘴——差得远了。""你亲口允的婚，你妹妹不答应，你就来个姐妹易嫁。""易嫁也未尝不可，只是天上星星要四两，地下龙须要半斤。""那可是你说的！""不是我说的还是你说的！"不久，刘志拿了几个乱石砟子，一把龙须草来交差。逸远说不是，刘志说是。"要说是，就算是，但这只是见面礼。""那就见个面？""面已见啦！""那就谈呗！""谈要谈礼。""咋样说话？""瑶池蟠桃要七个，月宫桂酒要三斤。"刘志还要糊弄，徐宫说："人家明显变着法儿整你，你还自以为人家好糊弄，人家问你要桃子，桃子吃了要李子，李子吃了要杏子……我看你什么时间是个头，你肯定是把人家得罪了，还想糊弄人家，分明是人家在耍你。"刘志抓抓头，想想也确实是这个道理。因而决定回避，让徐宫、子昭跟她谈，逸远跟徐宫、子昭也不谈，而是在义父那里一点一滴地了解刘仁。过了一段时间，逸远又主动约上刘仁散步。"你咋不上学？""上了哇！我们先上。""你们是哪几个？""大哥黄山，还有徐建，我们在英国读剑桥。""你得了什么学位？""硕士学位呀！有证书呀！""啊！徐建是谁？""就是徐宫的弟弟呀！""他比徐宫小几多？""小不了多少呀！不也就是几分钟，十几分钟呗！""咋就小那么大一会儿？""他也是孪生呀！""怎么你们五个人，就两对孪生？""是呀！""你们是拜把子弟兄？""也没拜什么把子，就是那样称呼呗！""啊！黄山是大哥，下来是你哥，徐建的哥，黄山、徐宫比你大多少？""也大不了多少。我们一天出生的呀！""啊！你们咋就一天出生？""要一天出生呗！"逸远向刘志要钱招待义父杜勒。徐宫、子昭作陪，把刘仁也叫去了。可偏偏不叫刘志。事后子昭告诉刘志："你看过《红楼梦》吗？""看过呀！""《红楼梦》里贾宝玉有句名言……""什么名言？""男人是泥做的，女人是水做的。""做甚话说？""泥做的要捏，水做的要捧。""来！附耳上来，我有话说……"子昭信以为真，刘志急忙揪住她的耳朵。"哎哟！哎哟！你把人家弄痛了，你那手像把钳子。""还敢不听话呗？""听话！听话！""听话亲个口。"子昭凑上去，却咬住了刘志的嘴唇。"妈呀！这女人可真难缠……""莫咋说女人是水做的呢！打不得，一打溅你一身水。"这话刘志听着是理。事后刘志已知逸远约刘仁散步的事，他心下暗想，人家的事，人家会办，自己何必操那淡心。逸远问杜勒："爸！你看人家刘仁，千里迢迢来相亲，这事给人家怎的个答复？""刘仁其实也很不错，他跟刘志一样，将来可能是个将校之才，我看他们几个，决非等闲之辈，这也可能是老天故意安排，天意难违，还是顺应天意吧！"逸远心下寻思：是这样的，这样一切都得到了诠释。杜勒说："你的事，就这样了，我也有个事，要和你商量。""啥子事呀？""那黄山念我对他们有恩，也给我介绍了一个。""那是好事呀！你早就应该给我找个妈啦。不知我那准妈妈是干什么的？""是个初中教师。""人才呢？""还可以吧。我已是这样啦，还想咋的，能遇到这样的人儿，就该唱个万福啦。""那我祝贺你们！""我也祝贺你们。""什么时间把事办啦？""我来也就是和你商量这事嘛。""爸看咋办就咋办呗，还和我商量个啥哟！""你是我的女儿呀！""我赞成！我同意！我为有个妈妈而高兴。"

刘仁邀请逸远吃顿饭，说屋里正在盖房，忙得很，准备回去。逸远说："那就简单点儿，有那个意思就成啦。""你是说我没钱，我有钱呢！我在镇上当镇长助理。""那千儿八百的，在美国算个啥哟？""我们还有租子呢！""啥子租子？""人家租赁我们水塘，一年三十多万呢！""你们哪儿来那么大水塘？""我们改河修的呗！""啊！这倒是一笔不小的收入。"

吃过饭，刘仁、杜勒要回。逸远说："明天礼拜，休息，我陪你们逛双瀑布。再逛双瀑布，徐宫、刘志没去，他们要去筹办送给杜勒的结婚礼物。

张发奎要从桃花源回来，他给黄山打了电话，请示黄山看是不是带些样品回来？要带就得弄点儿钱来。"我从师唐彦师傅，要走了，也得对人家有个表示。"黄山给徐建说，让他去接张发奎，顺便给唐彦捎份礼。那柳笸条，成材快，如有成货，带一批回来卖，就算是做广告，明标价。徐建去了，和张发奎押了一车货回来，徐建要往商店放，黄山不让，他让张发奎在灵芝餐馆前摆地摊。

张发奎除了带回了货，还带回了一些料，他一边卖货，一边编织，也有不少人围着看，渐渐地便有人提出跟他学，他说他做不了主，要请示黄山。

张发奎一收摊，就去泡黄山，黄山知道他的来意，但他考虑到将来他可能要承担一个编织厂，身边也会有不少人，那吴三女子那样的邋里邋遢，怕与生意上多有不便。心下这样想，嘴上又不便说，只是骂张发奎老不要脸。有道是色胆包天，骂不起作用，黄山只得如实以告，让他好好干。张发奎想了想，嘴拌了半天，才说出就怕一头塌了一头抹了。黄山说："那就看你干得咋样，干得好啦，就塌不了，抹不了。不成器，那不就塌了抹了？"

黄山嘴里既然这样讲了，暗地里他就四下打探，竟然也让他打探到了一个，人倒是怪精明，就是死男人，现在四十六七，已经死了两个男人，听说命上要死三个男人。黄山问张发奎怕死不怕死，怕死就算啦，不怕死，他给撮合撮合。

张发奎嘴角扯动了一下，现出一丝苦笑："说些不说的话，哪个不怕死？虫都惜命，你去捏它，它不是也跑吗？何况人？""那就算啦！""怎么一句话没说完，就说算啦，人都没见一面。""你怕死嘛！""她不是要死三个嘛，已经死了两个了嘛，那第三个就不咋了。""咋的不咋了？""那人还能不死？迟早都得死嘛！""要是挨不了几天就死了呢？""那就不祥透了，哪就那样背？""不要屙棉花屎，到底怕死不怕死，来个干脆的！""见见人再说吧！""就是，要是人中意，就是死了，做鬼也风流嘛！""你嘴里怎么净说死！不说些吉利的！""那你就要多干好事，不干坏事，好事干多了，或许阎王法外开恩，饶你不死。""咳！咳！句句不离死，这事算屄啦，说都叫你说死啦！""不是说死啦！是你就那屄命，那吴三女子不是也死了俩男人吗？而且死得凶煞，放着能的不要，要老实的，磨叽啥哟！""那就见见呗！""成不成，酒三瓶，先瞧媒婆！""好！我正想喝点儿酒熬煎没人陪呢！""叫我陪你喝酒，就这般说话的人，谁还肯给你办事。""哎呀！我请你！请你，请你上座，上上座，行了吧！"

黄山说，这人就是邻县小安沟村何采花，人们都叫她菜花，三十多岁，死了第一个男人，改嫁到小安沟，四十多岁又死了第二个男人。前面孩子说她是下堂母，后面孩子根本就不是亲生，也没什么感情，念及生父尸骨未寒，分得两间旧屋，几分土地，有个栖身之所罢了，实际也是形同路人。所以她无牵无挂，一抬腿就走人，早上说成，晚上就能结婚。

黄山到凤鸣岗各组转的看了看，给江守信交代了几句，让他搞好巡视防微杜渐，然后西行到达安沟村，找到何采花，说明来意，何采花也在后夫家活得窝心，也想找个点，可一想到自己伤夫，便又伤心落泪，自己已经克了两个男人，还害人家做甚。黄山说："算命打卦，尽是瞎话，比如说全国同年同月同日同时生的人多得很，按理说应该命运相同，可有的发啦，有的塌啦，有的当官，有的讨米，那做甚话说？何况，就算说你克夫，可他伤妻，你俩命硬对命硬，说不定谁也克不动谁，都还活得结结实实的，也莫可知。""他家几个人，还不知人家家人是啥态度。""他家连你两个人。"何采花苦笑了一下。"咋样就把我扯进去啦！""我看你俩就合适，你俩脑子都够用，说不定还有个老来福呢！说不准铁树开花，还结个铁蛋蛋呢。"黄山只不过逢场作戏，说着耍的，不想那何采花还真的没结扎，还真的生了个胖小子，由于念及黄山吉言，还真的把孩子叫铁蛋，此是后话，在此不表。

那何采花答应和张发奎见个面，黄山说要见面就今天。他给杜勒挂了电话，偏巧杜勒要到苏静那儿去，正在路上，黄山让他去接张发奎，再到安沟接他和何采花，一行四人，又到芙蓉山庄吃喝一顿，那何采花和张发奎也都没甚意见，黄山说回去抓紧时间办，择个日子，把事办了。

黄山找到杜勒，让他在鹰愁涧把房子收拾一下，置办一些家具，最近把事情办了。杜勒说："万事俱备，只欠东风。"黄山说："还欠什么？""欠一个主持人。""那没问题。"他又找到张发奎，让他和何采花商量，张发奎说："正如你所说的，只要早上说成，晚上就能结婚。""你该不是都把事办了吧？""没有！没有！等着你主婚呢！""那就四月十四，你和杜勒两对夫妻同一天完婚。"张发奎说："我那富裕沟垴，人家怕是不去。""就在这儿租一套房子，添些家具。"张发奎用手比画。"到徐建那支一点儿！给人家买些衣裳首饰，不要太寒碜了。"

四月十三日，黄山让公孙烈、荆红霞老师十四给学生放一天假。一方面让娃们玩一天，一方面也让他们知道，夫妻间主要的是情爱，而打闹是极少数的不正常的现象。还可帮着干些端茶侍水的小活。又给少康师傅说，让他帮着侍弄几桌菜。

黄山又找到徐建，让他给张发奎夫妇主婚并送礼，他和刘仁到鹰愁涧别墅为杜勒主婚并送礼。

十四日早，在鹰愁涧，黄山把几副对联底稿留给公孙烈老师，公孙烈老师看了笑笑黄山，叮嘱他写好，贴起来，灯笼挂起来，公孙先生说没问题。又让荆红先生指挥学生，把桌子拉好，茶具、酒具洗刷干净，荆红先生也都一一答应下来。吩咐完毕，黄山便同刘仁、杜勒一同乘车到临河初中迎娶苏静老师。鹰愁涧到临河镇也就七八里路程，不时也便到了，他们拉上苏静又一同到山城梳妆打扮，待他们回到别墅已是午饭时分。账房内坐着公孙先生，那里已是人头攒动熙熙攘攘。这时天空中响起了飞机的引擎声，一架小型直升飞机盘旋了几圈，落在了前院的场地里，机舱内走出两位花枝招展的妙龄女郎。真个是此女只应天上有，人间能得几回见。人们又都拥出来看，大家都看得惊呆了。黄山、刘仁急忙迎了上去，黄山不认得不敢造次，刘仁认得他们是子昭、逸远，他们和她们一一握手，刘仁握逸远的手时间长些，逸远剜了他一眼睛，急忙抽回了手。杜勒也和子昭、逸远一一寒暄，然后自己前导，黄山、刘仁帮忙提着大包小包，一同来到新房——杜勒的卧室。子昭一眼就见新房门口的对联写的是：中国的美国的美中有一点不妥，黄头发黑头发奈何就生个猫娃。人们指指戳戳，笑得前仰后合，杜勒只是觉得奇怪，他又不敢问别人，只得悄悄问逸远，逸远指指苏静肚子。"爸——"这回杜勒懂了，"这个黄脸儿，真是坏透了。""他不坏，他就不叫黄山！"杜勒要去撕，被逸远挡住了，"人家闹着玩的。爸——"杜勒原先没注意，这回他知道了。急忙到大门、中门去看，只见大门写的是：挑来挑去挑了个称心如意，左捡右捡捡了个亿万大款。中门写的是：守株待兔等来个如意郎君，漂洋过海寻将得齐眉裙钗。杜勒前脚走，逸远后面紧跟过来，不懂的地方他问逸远，逸远一一解释，他的一颗悬着的心才稍稍平静下来，"落个话把儿，落个话把儿！""那不过是个玩笑。""咳！"逸远把杜勒瞅瞅："爸，你还真行哪！"

第三十八回　月亮湾有人神秘失踪
黑龙河少女命赴黄泉

　　凤鸣岗黄土堡象鼻山、狮子山拱卫的黑龙潭是一个月牙形的大湾套，所以又叫月亮湾。狮子山下边有一沟叫小青沟，一天，小青沟一农民黄新在河边沙地麦行内套播花生，日暮时分，他到河边脱下破胶鞋，磕磕里面的泥巴，把脚伸到清水内洗洗，洗净后踩在河石上晾着。从衣袋内抽支烟点着，慢悠悠地吸着，看着烟圈在眼前飘散，待那烟圈散尽，他再吐一个烟圈，等到烟快吸完时，他猛抽一口，一连吐几个烟圈，那后圈赶前圈，一个赶一个，他便在这烟圈的消散中得到了欢乐，一天的劳累，也消失大半。一根烟抽完，脚也干了，天也黑了，他穿好鞋袜，吹着口哨，向家里走去。

　　吃过夜饭，黄新正偎在床上看电视，女人江冬梅在厨下收拾碗筷，邻居赵梅花急匆匆赶来询问："冬梅姐，你家新哥回来了吗？""回来啥时候啦！饭都吃过了，正在房内看电视呢。""新哥！你看见我家李忠了吗？""看见了哇！他不是也在套花生吗？怎么啦？""他咋现在还没回来呢？你回来没喊他一声？""梅花，你也不是不知道，这两天他跟我怄气，我俩不说话。"这个梅花知道，他家山林和黄新家搭界，山脊上的几棵树不知叫谁砍了，李忠见黄新场院内有几棵新砍的树，就疑心黄新砍了，两人才吵了架。"虽然你俩吵了架，天都黑定了，你也应该喊他一声！""哎！你这人才怪气，我走天没黑定嘛！他那么大人啦，又不是三岁小孩子，我还背他回来呀！你咋啦，你男人不见啦，关我屁事！"江冬梅急忙上前挡住。"大妹子，李忠那样一个大活人，按理应该没事，是不是他到别处去啦。先找人要紧嘛！吵那闲嘴有啥益处。"赵梅花气咻咻地走了。回到家仍没见李忠踪影，着了慌，忙托有手机的人在亲戚家打听，结果都说没见，组长急忙组织全组人找，仍然没找到。一天过去了，两天过去了，一

323

连五天过去了，仍没一点儿音信，只得报案，一直到第七天，才在黑龙潭边发现了一双鞋袜，一张耩锄，一个种子篓。赵梅花一纸诉状，将黄新告上了法庭。法院感到这事证据不足，一时还不能立案，便让派出所去查，派出所想先找到尸首，结果派人打捞尸首，忙活了几天，也没找着。派出所民警葛怀通过排查，除过案发前黄新和李忠有点儿瓜葛，别人几乎都牵连不上，于是便传讯黄新，几次三番。黄新说："我那树还在那场院内，也就是那几棵树，我请你们当场把树苑子挖回来对，先把这事弄清楚。说我是贼，我还要请你们给我洗清贼名呢！污我清白，该做何话说？就说是我偷了他家树，要树拿去，要钱赔钱，我也犯不着谋害他的性命。我的事，我知道，你们不要在我身上浪费时间。现在的关键是人，不是树。我估计那人不在水里，要在水里，早漂起来啦。""那要是你用麻袋装了他呢？""笑话！你说这话实在不高明。隔河两岸地里都有人，我不将他弄死，能装得进去？我一个人要弄死他，肯定要经过激烈打斗，要有第一现场，第一现场呢？在哪里？我要抛尸还把鞋、种子篓、耩锄放得那么整齐，摆货摊子呀！我们农民，土里刨食，你们这样几次三番，三番几次地找我，水落石头现。要是人没死，他总有回来的时候，他死了总有案破的时候，到时候，该做何话说？"一席话，说得民警无言以对，民警只得说："如没新情况，暂时不找你，可你不准跑。跑了就通缉你。""笑话！我还要做活呢！"

李忠的案子尚无着落，杨家滩杨雄夫妇又一个电话打给葛怀。说他家上六年级的女儿杨洁茹当晚在学校上晚自习，别的孩子都回家吃过饭了，可洁茹还没回来。到学校一打听，说是第二节晚自习她就没上，早回家了。民警葛怀回复说赶紧组织找人，这几天涨水，河里找。他也马上赶过来。其实，组长杨守志已经组织人在找，一家一个，全组出动。手电、矿灯，在路边、河边现出无数的光柱，光柱照在水面上，水面波光闪耀，似无数金色的鳞片在闪动。水说大，也不大，说小也不算小，也就是勉勉强强得过。说清也不清，说浊也不浊，也就是绿豆汤那种颜色。路边没得，水里没得，一直到第二天早上，邻队柳家堰村民柳贤良打来电话，询问上游谁家少了一个十二三岁的女孩，他们组河滩上发现了一具女尸。杨雄夫妇闻得此讯，悲天抢地跌跌撞撞赶到柳家堰。河滩上聚了不少人。女尸上盖着一块白布单子，杨雄夫妇揭开白布单子一看正是自己的女儿，夫妻俩便抱着哭得昏天黑地。"人死不能复生，事已至此，还是节哀顺变，料理后事要紧，人躺在这沙滩上也不是话说。"徐建如此规劝。葛怀说："一会儿法医就来了，不管怎样，先弄个现场尸检报告。"现场拍摄，报告记录做完后，刘芳见焦校长、陈秀娥老师也在场，便揪住陈秀娥老师不放："我娃是在学校上晚自习出的事，学校应该负责，还我娃的命来！"杨雄、徐建便急忙上来拉开。学校也把死学生的报告报给了教育局，教育局又立即报告了主管教育的副县长……

一行人，抬着一个十二三岁的花季少女，在黑龙河的沙滩上徐徐行进。河水在哗哗地流淌，那或许是在向人们进行着真情的诉说。田野的麦子都惊疑不定地摇晃着身子，那是在为一个不幸少女生命的终结而表示惋惜。桥！桥！如果有桥，或许事情就不会是这样。

第三十九回　凤鸣岗二英贤结好
凉水沟四衙内落难

　　子昭给孩子们开了个会，又到凤鸣岗拜会了双亲，便同逸远一同飞回了纽约。

　　临河镇附近修建铁路，董自珍也随着铁道部队一起，进驻临河镇。徐建、黄山在鹰愁涧宴请了自珍、阮总、贝菁。自珍也回凤鸣岗看望了二老。

　　杜勒结婚后和苏静感情甚笃。但确实落下了个话把子，随着那苏静肚子的挺凸，一些好事的人，便扳着指头算日子，特别是那帮野孩子，平时杜勒和他们牛气，他们便以猫娃向他戏谑，弄得他很被动很尴尬。他又没多少事，不和学生玩，他没伴；和学生玩，时时遭到抢白。人家人多，他势单力薄。他只好打，但孩子们也都半大孩子，也有把力气，抱腰的抱腰，拽腿的拽腿，把他摁倒在地。他只得扯开嗓子喊公孙烈。"公孙先生！公孙先生！看你的学生像个啥东西哟！你这老师是咋当的哟！"公孙先生只好出来将学生喝住，捻着短髭，欣赏着这个狼狈而又可爱的外国籍的老顽童。

　　杜勒要想办法报复一下黄山，你那镇长也是熟透了的桃子，有道是：哪个狗儿不啃骨，哪个猫儿不吃腥，我就不信，你就那么干净！杜勒人生，但他有的是时间，他一天戴个大口罩，架个宽边墨镜，盯黄山的梢。可黄山一天忙忙碌碌，压根儿就没到镇上去。他心下寻思：管你有猫娃没猫娃，我到时候也给你写个猫娃对联。但他又一想：不行！人家没得猫娃，你那样写，大家都会以为是报复，效果不好，给他按不上猫娃的话把儿，哎！猫娃就猫娃，猫也是小老虎，得志猫儿强似虎，有什么不好，心下这样想着，那脸上的皱褶便一条条地舒展开来。

　　其实，黄山是人，柳莲英也是人，他们私下里早商量好了。"五一"放长假，就把事情办了。黄山见建房也已步入正常，便又叫徐建、刘仁去找柳市长夫妇说话。其实柳河清夫妇早就想开来了，什么娶进来、嫁出去，那只不过是个虚名。什么女婿、儿子，女婿孝顺胜似儿，儿子忤逆不如无。什么将来孙子姓什么？人死一切都回归于自然。天下人儿无穷数，历史的天空，也就那么几颗星在闪烁。他甚至把将来外孙的名字都想好了，如果将来黄山请他赐名，他就说叫黄柳，把人家姓黄的放在前头。要什么聘礼，要什么金钱，广厦千间，夜眠八尺，积粟万斛，日食一升。刘仁、徐建听得柳河清夫妇如是说话，便知生意找上门来了，便开口说道：“那是你们官儿宦儿的事情，我管不着。我只知道我们平民百姓，开门就是油盐酱醋米面柴，锅碗瓢盆碟盘筷，你工作几十年了？三十多年了吧，你要那么多钱干啥？老了走不动了，钱都花不出去，你就那一个宝贝女儿，不给她给谁？你那女儿千金小姐吧！一千金多钱？”“好！好！好！我懂啦，到时候，你们开个车来，我给你们装一车油盐酱醋米面柴，锅碗瓢盆碟盘筷。”

“那东西哪里没有，给拉货的车提供赞助哇！没事干！给钱多省事，真是老昏了头啦！”

柳河清问莲英想要点儿什么？莲英说：“新房也没盖起，老房要拆，现在不急着买东西，置两床被褥，买两套衣裳就得啦。首饰黄山留学时买的有。”

莲英跟黄山商量，自珍这次机会好，干脆“五一”节一次办了算啦，黄山也非常赞成。于是黄山便和徐建、自珍商量，他们也同意。

“五一”节那天，黄、徐两家张灯结彩，徐建可是个忙人，他既是自珍的新郎，又是莲英的红娘，他一早就来催黄山，好在黄山也知道，彩车已经准备好了，按农村习俗，红爷、新姑爷、执事要赶到女方家吃早饭，时间紧。黄山和执事乘坐的是杜勒的车，刘仁、徐建乘坐的是镇上的公车，一路风驰电掣，十一点多钟到达市里。早有放风人报知柳市长，那迎接的鞭炮便噼里啪啦地炸响，那女方执事的便偕同市长夫妇来迎接。“红包拿来！红包拿来！”刘仁、徐建人还没下车，声音先飘了出来，市长被喊蒙了。执事的也不太明白，好在男方执事知道，二位执事一商量，便急忙包了两个红包，发给刘仁、徐建。刘仁、徐建急忙拆开来看，见只有一千元，嘴里嘟嘟囔囔：“就这一点！真抠门儿！”黄山瞪了他俩一眼，他俩才没吭气。

市长嫁女儿，自然也是宾朋满座，黄山家执事江守信告知女方执事，徐建今天也结婚，得早一点儿赶回去，女方执事夏雨说："好在都是在食堂包桌子，宴席已经开始，看到两点左右能结束。"江守信问送亲几个？夏雨说："凑成双数上路，你们四个，加上莲英五个，去三个送亲，一共八人，连司机十二人，四辆车子。""两点怕不行，还有那远路。""不行啦！你们一气子吃吃，可以先上路嘛！"

路上江守信告诉莲英，既然嫁到农村，就要按农村习俗……"江伯，你放心！这些我都了解清楚了。""那就好。第一道是：跨火盆。""这个我知道，就是一进门，门槛上有一盆火，旁边有人把守，新媳妇必须从火盆上跨过去，这是煞新媳妇的火气。是对新媳妇的一个提示或者叫警告吧！""知道就好！知道就好！快速跳过去，像马跳火圈一样。还要喝子茶，喝交杯酒。""这些我也知道，要早生贵子，夫妻和美嘛！这都带有浓郁的企盼和祝福的色彩。"

新娘的车子驶抵黄山家里时，自然也是有鞭炮接着，别人都下来了，就是不见莲英下来。"去抱下来！抱下来！"人群内一片沸腾，黄山这时才想起来，便把莲英抱起，莲英手钩住黄山脖子，"哦！猪八戒背媳妇啰！猪八戒背媳妇啰！"孩子们撵着、喊着。彩花、彩粉撒得满脸满身。走到门口，江中蛟、江中豹两个把在门口。黄山只得放下莲英，莲英倒也乖巧，双手往江中蛟、江中豹二人头上一按，就像撑竿跳一样，从火盆上跃了过去。"你那手动人！你那手动人，摸啥东西的，在我头上按！""摸鸡巴的嘛！哈哈哈哈！"人群内爆炸出一阵阵笑声。江中蛟、江中豹不依不饶，莲英只得给他俩一个包了一百元的红包，才算完事。拜过天地，拜高堂，黄山的父亲给了莲英一万零一元，黄山母亲给了九千九百九十九元，意思是莲英是万里挑一，并祝愿他们二人夫妻和美，健康长寿。等到夫妻对拜时，江中蛟、江中豹一边一个，将黄山、莲英的头猛地往一块儿一撞，黄山疼得牙一龇，莲英急忙用手摸摸脑壳。

屋里正闹腾，场院内响起了清脆的汽车喇叭声，黄山知道刘志、徐宫、子昭、逸远、慕容芳他们回来了，急忙出门迎接。坐了一会儿，吃罢茶点，黄山说："这样吧！咱把人分一下，徐宫当然要回去，刘仁、刘志你俩过去一个。慕容大记者，你看你是在哪儿吃饭？""她要过去给徐建送礼！""我要是不送呢？""你不送，大理不通，哪有小叔子结婚，当嫂子的不送礼的。"刘志如是说。"你那嘴少说点儿行不?"徐宫那青白的脸上泛起一排羞涩的红晕。"没出息的东西! 扶不起来的猪大肠! 兄弟都结婚啦,你当哥哥的还没点。我好心给你撮合,你还狗咬吕洞宾,当鳏汉活该,当一百年才好呢!"徐宫被骂得像霜打的桑叶。莲英、子昭、逸远都咯咯地笑起来,就连慕容大记者,也觉得他怪可怜的。还是她自己说:"我过去!"

黄山这边是闹房,不过也不完全像一般平民那样粗俗,而是将两张农村待客的大方桌拼在一起,桌上放着果点、茶水、香烟。年龄稍长,辈分高点儿的坐在凳子上,其余人站着看,首桌自是坐着长辈,左首坐着刘志、子昭,右首坐着杜勒、逸远,下面依次坐着三姑六姨舅家表兄弟等人。"人家年轻人闹房,你那老汉坐那里干啥?""嘿! 三天不论大小。这是你们中国人说的。我结婚的时候,你黄山闹我来。我这回也要回敬一下。不过,我也不来那俗的,你给我做个玩意儿。"杜勒在桌子上放一个碗,碗上再扣一个碗,扣碗底下放一个酒盅,酒盅上再扣一个酒盅,然后在桌子拐上放一根筷子,新郎、新娘必须用嘴轻轻叼起筷子,稳稳当当地放到扣着的那个酒盅上面,碗、盅、筷掉下都算失败,我这叫喜鹊筑巢。"筹码是啥?""筹码不是在这摆着的吗,就这七盅酒,中间一个大盅,旁边六个小盅。""可得喝哦!""看你说的,我这半大老汉,说话能不算数?"黄山、莲英叼倒是叼起来啦,可莲英咬得太紧啦,黄山放了她还没放,等到她松口,筷子被轻轻扯动了一下,掉了下来。"好! 喝酒!""哦! 哦,喝酒,不让你出口气,你心里那个结不得消。"黄山喝下七杯酒。"好! 我走! 你们玩儿。""你老汉走不成,也得喝七盅!""我没输,我咋喝?""不喝也得喝!"杜勒只得喝两盅,但众人非得让他把主盅喝了,他执拗不过只得喝了。"出去! 出去!"大家一声吼,把杜勒轰走了。黄山问刘志来什么,刘志说也来喜鹊筑巢。这回莲英学乖了。她和黄山商量好,龇着牙,防止嘴唇上唾液粘筷子,用牙轻轻叼起,等到放平衡了,稳了,同时轻轻松口离开。成功了。刘志喝七杯酒。江虎让黄山吸过桥烟。所谓过桥烟,就是莲英必须用嘴唇和鼻子配合稳住一支烟,黄山一头用嘴去吸,另一头得用火点燃,这火要会点,用打火机或火柴明点,会灼伤脸,且并不一定能点着。而要将烟的点火的一头放长些,吸的一头放短些,也就是新郎和新娘的嘴几乎亲住那样,另一边先擦着火柴,烧出一点儿火炭,摇灭再点,不要急,慢慢吸,才能成功。

…… ……

徐建那边也是将两张大桌子并在一起，格局基本和黄山同，只是他们玩的是小图形变换、猜谜语等。慕容记者见徐建虽然也五官端正，眉清目秀，威武雄壮，但皮肤粗黑，而自珍却是天生丽质，似乎有些不够般配，但有道是男才女貌，男人重的是才，莫非那腹内有些货色。心里正自这样想着，只见自珍问自己："这位女士，你是远道而来的客人，你想玩个什么题目？"慕容芳说："你们先玩儿，我看一会儿再说。入乡随俗吧！""那好，你先想着，什么时候想好了，就告诉我，我随时陪你玩。"自珍对刘仁说："你看好了。"她用四根火柴摆成一个菱形做肚子，再用四根火柴摆成两个撇折形的翅膀，再用两根火柴安两根眉毛，她摆了两个，一个头朝东，一个头朝西，她叫刘仁动两根火柴把蝴蝶掉过头，让蝴蝶比翼双飞。"从那头拉到这头来呀，那架势就睡到一头不省事！""少贫嘴，做功课。我只给你一分钟的时间，到时为输。""啥彩头？""我不会喝酒。我演节目，对方或喝酒或演节目，随便。""一言为定？""决不赖账！"那刘仁立马动了两根，把其中一根掉过头。"好！好！"自珍清清嗓子唱道："小妹妹唱歌，郎弹琴——郎呀！咱们俩是一条心……"徐建用小手风琴伴奏，自然是歌也唱得好，琴也弹得好，慕容芳感到很惊诧，那粗笨的手指也居然能弹奏出这样美妙的琴声。下来是江霞，自珍说："现有十棵树，要栽五行子，每行要三棵，时间也是一分钟。"可江霞一分钟内没能找出答案。"喝酒！喝酒！""可姐姐得出示答案，你别蒙我。""我咋蒙你，你摆成五角星，不就得啦。"江霞只得唱道："在那遥远的小山村，小呀小山村——我那可爱的妈妈——已白发鬓鬓……"慕容芳想到了自己的妈妈，她得回去看看她。"好！我来！"慕容女向自珍挑战。"你猜个谜语：来了一只没画成的，有心的老虎，打一字。"慕容芳想：没画成的老虎，有句俗语叫画虎不成反类犬，来犬心能凑成什么字？这合在一起，不是来了一只有心的狗吗？这王八妮子，该不是变着法儿骂我吧，可我又没招她惹她呀！是给将来的嫂子来个下马威？可人家心里想的事她咋会知道？那她为啥不直说，来了一只有心的狗呢！嗯！是这样，她拐了弯子，这王八妮子也小觑不得，不可造次。可那是个什么字呢？她又不认得。"最后五秒，五四三……""我写！我写！"慕容女蘸着茶水，在桌上写了个"慭"字，自珍对她笑笑。巧妙地扭动脖子、手臂，表演了个节目，倒也惟妙惟肖。

…… ……

一日，黄山正坐在家里吃午饭，李正茂气咻咻地跨了进来。"有啥子事啦？鼻子不是鼻子，眼睛不是眼睛。""那吴三女子嫁给张发奎怪好的。你偏给他另找一个，现在两个老光棍打得头破血流的，你说这事咋整？""有这事？伤得咋样？""伤得咋样，你去看看不就知道了呗！""好！我去！我去。"莲英也要跟着一块儿去，黄山说："你去不合适。""我去看王贵他们养的獐子、果子狸，李正茂的娃娃鱼。"黄山没有太强的阻止，如是一行三人便沿凉水沟边走边谈。黄山问王贵在家不在家。"王贵在家不在家咋啦？""这事最好王贵在场。""王贵没见下来，大概在家吧！"等到了富裕沟垴，王贵却不在家。黄山问王贵哪儿去了？何翠花说："下城去买炸药、雷管、导火索去啦。昨天去的，如果顺利，吃午饭的时间也就回来啦。你们找他有事吗？""有点儿事。""他大伯在家。"李正茂便把王彦叫来，三人在一块儿合计，黄山问："这胡能有、胡能强两个，哪个强些？""按年龄，胡能强小些，可他懒，又脾气不好，胡能有虽然大两岁，可毕竟当过兵见过世面。""在家庭生活方面，哪个相应强些？""那胡能有强些。""他俩哪个怕哪个？""怕也不怕什么。只是胡能有当过兵，懂得一些擒拿格斗，胡能强只是把蛮力，捉住了吃他一回亏，多半还是他吃亏的多。主任！你说这话啥意思？""也没啥意思。就是吴三女子的事，他们三个就那回事。咋样处理得不打不闹，好生过日子就行啦。""哦！我懂啦，也就是一个拉主绳，一个拉边套。""也可以这样说吧。""现在是确定哪个拉主绳？""也可以说是吧。""这样做合适吗？""那么让他们打合适？你有那么多时间去管他们？打出事了咋办？""你说的也是。""去把胡能有找来。"胡能有来了。"胡能有！""咋的啦？""你为啥跟胡能强打捶？""还不就是那点儿事呗！""人家吴三女子不是有点了吗？""你蒙谁？人家张发奎都已经结婚啦。""那你俩都要吴三女子，吴三女子只有一个，该给谁呀？你俩打，打死一个，吴三女子就跟活着的那个。""你说啥子话？那打死一个，活的那一个不枪毙，也得坐牢。""你还晓得呀！那你说咋办？""主任给处理一下。""人！又不是物，给你俩分分。一人半边屁股？""话也不能说得那么难听，这种事，明事暗做嘛！""走！到你家去说。在这里唠叨啥！""好！好！给！主任抽烟！""去把胡能

331

强、吴三女都叫来!""是!""吴三女子! 这两个男人,你自己挑一个,你挑谁?""只准挑一个?""那你还想挑几个?""那我挑胡能有,胡能有有钱。""胡能强! 人家吴三女子挑了胡能有,你以后可不准胡来!""我不服! 我不服!吴三女子对我也有感情!""那《婚姻法》规定一个婆娘,一个男人。《婚姻法》又不是我定的,胡能有准备准备和吴三女子去把结婚证领了。""那我打死你胡能有! 叫你结婚结个屎!"胡能有急忙抽支烟递过去:"事情好说好商量,好商量。""你衣服脏了,我有时间还过去给你洗洗。"吴三女子也出来调和。黄山向王彦递个眼色,王彦吼一声,在那胡能有、胡能强头上各抽了一鞭杆棍,二人头上顿时起了一道青梗。吴三女子急忙给他二人吹吹,摸摸。

回来的路上,莲英说:"你是婊子还想立牌坊!""我咋婊子立牌坊?""你明明是让吴三女子同时跟胡能有、胡能强两人,可你又强行让胡能有和吴三女子结婚。""哎! 这就叫权术。身在其位,迫不得已呀! 有些事,明知是违心的,可又不得不做。正如刚才这事,胡能有领了结婚证,他名就正了,即便将来有个孩子,名也正了。""那俩老光棍,还让生孩子?""是呀! 我也想过这事,可人家胡能有是老童子,是头婚。你总不能把人家婆娘强行拉去结扎吧?这也是违心的。况胡能强再和吴三女子偷情,他毕竟违法是怯的,他就得出钱出力,讨好。胡能有也会让步。他三人便会相安无事。况拉边套古今有之,也是男多女少的边远山区的一种婚姻形式。""你还有理有据呢?""迫不得已!迫不得已呀!"

"五一"长假的最后一天下午,黄山正准备送莲英到镇上去,江守信来报告:据巡视的人汇报,最近,凉水沟发现有陌生人转悠。黄山的神经顿时紧张起来。他把刘仁叫来,如此这般交代一番。刘仁去了。然后他送莲英到镇上去。

"有人偷鳖了! 有人偷鳖了!"凉水沟李家村,有人忽然这样地喊叫起来。紧接着喤! 喤! 喤! 几声锣响,这喊声,这锣声打破了夜的宁静,把人们从睡梦中惊醒。于是家家户户门前的灯亮了,人们拿着木棍、竹竿、粪叉赶了出来,朦胧中有四个黑影从沟垴匆匆忙忙地奔了下来,田家湾便有十几个人拦住了去路。那四个黑影便跳沟往坡上爬,有两个没跳过去,便掉进水沟内,人们便用竹竿捅、木棍打,坡上也现出十几道手电光,那跳到坡上的两个,只得往回退,也掉进水沟内,人们撵着打着,那四人只得"老爷子饶命! 活祖宗饶命"地胡乱地喊着。一边喊着,一边没命地在水沟内狂奔。好在头上的棍子、竿子少了。正在惊魂未定,忽然又嘡!嘡!嘡!几声锣响,汪汪汪几声狗吠,那各家各户的灯也亮了,那光亮中便有两只狗扑了上来,一只威猛雄健,一只乌黑细长。好在只有狗撵,没见人来。那四人挣开了脚,咬住了手,松开了这个咬住了那个,好在临近了黑龙河,浅水里狗还在撕咬,到了深水,狗才惜命,浮水回来。忽然咣!咣!咣!的钟声,颤巍巍地在凤鸣岗轰响,那才修起的大堤上有几十支手电筒的光柱在水面上晃动,这边两只狗在河边追撵,那四人只得随水就势,半漂半游从下游逃命。

翌日,忽然有几辆警车,驰进了凤鸣岗黄土堡。车子停在黄天应的老屋门前,车上走下七八个穿警服,头戴大檐帽的人。黄天应家几个妇女正在煎、炒、烹、炸,一股股菜肴的香味,从那厨房内飘逸出来。忽然上来一个警察:"喂,你们这里有狗吗?""噢!没喂狗。只是偶尔来野狗。"屋里走出个六七十岁的老婆婆。"你们家当家的呢?""啊!当家的!我就是当家的,你们有什么话就跟我说。""你们这里是不是叫凉水沟?""高抬!高抬!我们这里叫黄土堡,哪里胜人家凉水沟,人家凉水沟还有凉水喝,我们这里连凉水也喝不上!""跟她磨叽啥,走!""请问到凉水沟怎样走?""啊!朝凉水沟那边走。慢走,不送!"那老太太踅了回来,厨屋内炸出了银铃般的笑声。

警车从黄土堡下来,有一个警察倒也机警,这里不是沟,是岗子地,凉水沟怕不是这里。他们四下里瞅瞅,瞅见了正从地里扯菜回来的章松,"咳!你过来一下,那凉水沟怎样走?""噢!凉水沟哇!你们刚才从哪儿来的?""从上面下来。""啊!你们走过了,往回转走五六里,靠西南方向有个沟叫凉水沟。""哦!走过了!""走过了,走过了!"车子掉转头,过了黑龙河,只见山环水复,十分险恶,不过那西南方向倒是确有一条沟,好在那沟口有几户住户,便又有一警察出来问询:"这里是不是叫凉水沟?""不是!不是!这里叫小青沟。""小青沟,那凉水沟怎样走?""你们刚才从哪里来?""从那下面来。""那你们蹚过河,不就是凉水沟了吗?""啊!下去有多远?""七八里地吧。"警车无法开,他们只得弃车步行,这回他们倒是找到了凉水沟,可家家门上锁,少见行人。只有鸡在草窠内刨食,鱼在池塘内跳跃,他们看见灵芝餐馆倒是有几个人,于是又有一个警察下车打探,他们遇到的正是江守信,江守信在餐馆内接待了他们。"你们这里昨晚发生了拦路抢劫事件，你知道吗?""哦! 有这等事，我咋一点儿都不知道呢?""那喤喤锣响，咣咣钟鸣，你能不知道?""我耳背。可你说这话怕也有些离谱，那拦路抢劫，有道是贼人胆小心虚，最怕人知道，怎么会有喤喤锣响咣咣钟鸣?""你们这里可有一头四脚白大黄狗，一条细长黑狗? 有人放恶犬伤人。""我们这里有是有几条狗，可都是只会摇尾巴讨主人欢心的小哈巴狗，没见那样的大狗。你们既然认得狗，就去找找狗，找到了狗，狗的主人不就出来啦，这事不就结了。""对! 找狗，找狗。去! 去! 挨家挨户地找。"一个头儿模样的警察这样说。午饭时分，派出去的那几个警察都回来了，可都说没见那样的大狗。"你这里能给做几个人的饭?""噢! 实在对不起，桌子都让盖房子的给包完了。"这时候那头儿警察的手机响了，"喂! 龙儿他爸吧! 龙儿伤口都溃烂化脓啦，都高烧到三十九度三啦，嘴里一直说鬼话，怪吓人的，你快回来吧。""张副县长、熊局长、王院长的娃咋样?""都差屎不多。你咋那样高尚，管自己娃要紧哪!""哦! 知道啦，我马上回来。"

当天下午，黄山便接到县法院的传票，刘仁陪黄山到县法院，在县法院立案庭内，庭长和霞、书记员王小娟询问："你是梧桐村村主任吗?""不急，请出示你们的工作证件!""大胆!""既然大胆，你说这话也没用!""好! 好! 我拿给你们看。"过了十多分钟，证件取来了。"你是梧桐村村主任吗?""请你佩戴整齐再问话。""放肆!""请你们自重! 你们描着假眉，涂着口红，着粉装有失庄重。""他妈的!"一个吐着烟雾，喷着酒气的男人出来骂了一句。"请你把烟掐灭，把嘴洗干净再来问话。好! 今天就到这里，咱们回，你们什么时间准备好了，我们什么时间再来，我这里有录音。"

一个月过去了，两个月过去了，再没见人来传讯黄山。

第四十回　导师思切招收义女
刘志顽劣偷食禁果

徐宫、刘志、子昭、逸远、慕容芳回到纽约后，心情都非常舒畅，一天唱歌、跳舞，尽情地享受着生活的欢乐。慕容芳也和徐宫走得近了。他们由于学习和生活的需要，自然要在导师的面前晃来晃去，青年们豆蔻年华，浑身上下都显现着生命的活力，而威廉导师却风烛残年，孤苦伶仃，形影相吊。按他自己的话说，就是经济上的富翁，精神上的赤贫。威廉导师就那一个女儿，女儿的死，使他的生活失去了依托和平衡。特别是夫人，思女成疾，茶饭不思。虽然在给学生授课时道貌岸然，而一回到家中，就只两个老树桩，郁郁寡欢。虽然家中厨娘也颇殷勤、能干，但导师深知那是讨好，是奉迎，缺少青年们嬉笑怒骂的浪漫与真诚。因而每当见到刘志他们便唉声叹气，这情况一而再，再而三，刘志便尽量不和威廉导师见面，时间一长，威廉便让徐宫捎过话来，想请刘志和他的女朋友吃顿饭，并要徐宫和慕容女士及逸远做陪。徐宫把这话传给刘志，刘志抓抓脑壳："这事已经过去了，奈何还要不休地纠缠！""导师就那一个女儿，安斯的死，对他们打击太大了，导师也怪可怜的，你也曾经答应过他们，要永远和他们做朋友，朋友邀请吃顿饭，也在情理之中。""朋友个屁！你当那饭是好吃的呀，比你自己掏钱下馆子还贵！""我咋不懂？""这有啥不懂的。你能两个胳膊抬张嘴，一抬腿，就去白吃白喝？你得拿礼呀！拿轻了不像话，拿重了不亏本？""哎呀！你咋学得那样抠门儿啦，那能要多少钱？""好！好！好！要不了多少，钱，你掏。我去白吃白喝。""行！行！行！你去白吃白喝行了吧！""哎！你知他又生出什么典故，你咋尽给我添麻烦？""导师的面子终是不能驳的嘛，何况人家是请你吃饭，又不是请你上刀山。""关键是这饭吃得不正常，老师请学生——倒过来了。"

徐宫又找到慕容芳。慕容芳说："导师要的不是物质，而是精神。一个声名远播的导师，活着无儿孙绕膝，死了无人掩土祭祀，其心之寒凉，可想而知。我想导师怕不仅仅是请刘志吃顿饭，怕是要正式认女婿。""那可咋办？""这何尝不是件好事。常言道：'狡兔三窟。'咱们何尝不在这美国挖一窟呢？""你说的也是。可刘志这个刺猬，该如何对付？他好像对威廉导师没有好感。""正面攻不动侧面攻，先做华子昭的工作，只要华子昭工作做通了，不愁刘志拿不下来。""那我们现在该如何行动？""饭，一定要吃得有吸引力。""此话怎讲？""重在玩得热闹，而不在吃。把这顿饭变成一剂良药。""咋越说越玄乎？""要向导师夫妇焦涸的心田浇灌雨水，使其返老还童，重现青春活力。""也就是铁树开花。""正是如此。""那么具体方案呢？""一、每人自制至少一道菜，不许动烟火，不许买熟食或半成品，必须现场制作，菜不得雷同，凡雷同前面的处十美元以上罚金。凡夫妻双方被同时处罚金者，罚金翻番。凡做不出的处每人二十美元以上罚金，夫妻双方都做不出的处每人四十美元以上罚金。二、每人表演一个节目，节目也不得雷同，凡雷同前面者，处二十美元以上罚金，夫妻双方都雷同前面者，处每人四十美元以上罚金，夫妻双方连雷同的也演不出者，罚金翻番。""你这条约不平等！""重点整治导师，改变他们的思维定式。""三、制演顺序由小到大。""嗯！后面的肯定难度要大得多。""你赶紧把这打印出来，一人一份，通知到人，把格里那凡夫妇也请到。时间定在星期日中午十二点，地点自然是在威廉导师家里。但主食主菜还是得威廉做，大家弄的只是个玩意儿，助兴的。"

星期天很快便到了，青年们打扮得花枝招展，特别是几个女青年，花容月貌，芳香袭人，顿使威廉这个冰冷的家，普照着明媚的阳光，威廉夫妇那木雕似的脸绽开了笑靥，那树根似的脸纹也像久旱逢喜雨一条条地舒展开来，导师夫人的话也多起来，忙着招呼青年们落座，拿着那干净的抹布，在那本已没有一丝尘埃的桌椅上抹了又抹，招呼厨娘上茶，上好茶。

人很快到齐了，大家都在那豪华的餐厅内坐定。"我给大家发的通知，大家都接到了吧？""接到了！""好！请恕我冒昧，我先临时主持几分钟，待正式评委评选出来，筹委就自行解散。现在无记名投票，选出三个评委。"慕容芳先来了个开场白。然后她把选票发给大家。"每人最多只能写三个人名字，超过的票，将被视为无效票。现在开始写名字，写好后，反扣在自己面前。好！请两位导师上来，一个唱票，一个监票，徐宫画票。现在宣布选举结果，徐宫九票，刘志七票，我九票，两位导师一人一票。两位导师，真不好意思，那二位就落选了。现在第一项，自制菜开始，逸远制菜，华子昭准备。"逸远做了盐渍萝卜丝。"现在华子昭制菜，徐宫准备。"华子昭制了凉拌黄瓜，"现在徐宫制菜，我准备。"徐宫拿了几只河蚌，"现在我制菜，刘志准备。"慕容芳制了糖渍西红柿，刘志制了糖渍梨片、苹果片、橘子、凉拌苦瓜、凉拌木耳、水汆香菇、水汆紫菜、凉调海带、凉拌海参、桌上飞等二十四道菜，"我抗议！我抗议！每人不是只准做一道菜吗？""抗议无效！你们把通知就没认真学，每人至少一道菜，没说至多只能做几道。""那你们都做完了，我们拿什么做？""没完！给你们一人留了一道菜。难度大了是事实，你们两位导师，两位师娘，你们自己排个顺序。""哦！原来你们商量好了，捉弄我们哪！""你有这样理解的自由。""我来做一道试试。"威廉导师夫人做了一道凉粉，格里那凡导师夫人做了一道泡菜。格里那凡导师拿了几根泡泡玉米芯，威廉导师端了盘糖蒜。"好！做菜完毕，现在由评委评议，大家自由活动五分钟，不要远离。""休息时间到，现在宣布评议结果：凉粉、泡菜是半成品，无效。视为做不出，每人罚款二十美元，威廉导师的糖蒜更不能算数，也罚二十美元。威廉导师夫妇二人都视为做不出，每人再处四十美元罚金，共计一百二十美元。徐宫河蚌还要讲解如何吃，刘志的桌上飞还没亮相，吃后再做定论。好！现在我宣布还有盐渍韭菜、白菜心、松菜等等可做，导师受罚，不要怪我。""我不受罚，你们下次吃什么，你那小鬼头的心思我知道。""不愧是导师，还挺会说话呢。"餐厅内笑炸了锅，他们为捉弄成功而高兴。"吃饭！吃饭！都啥时候了，请人来吃饭又不是请人来挨饿的。"子昭不耐烦了。"好！徐宫！你的河蚌咋吃？"徐宫给每人发一块餐巾，然后自己用餐巾托着河蚌用小刀割开，用小刀将蚌肉剜出，身体前倾用嘴吮吸那鲜嫩的蚌肉。"好！请大家照我的样子。""我不吃！恶心死了。"子昭嘟嚷着。"不吃不勉强！"徐宫撬开一只，用手托着送到威廉导师面前，"请导师尝尝，鲜嫩圆滑，挺好吃的。"导师微笑着接着吃了。"你也尝一只，确实不错！"威廉对夫人说，夫人也吃了。"姑娘也吃一只，挺好吃的。"威廉夫人对子昭如是说，子昭犹犹豫豫地接着，用嘴慢慢吮吸。刘志给每人发一枚钢针，稍稍揭开钵盂盖，里面蹦出一只虾，刘志用手捏住，三下五去二，剥掉硬壳说："看！背上有一道黑筋，要挑破，再划开肚部，放在水内洗净，小呷一口酒，把虾肉放在嘴里嚼吃，就这样。哦，桌上飞啰！"他猛地把钵盖揭开，十几只虾乱蹦乱跳。"妈呀！这狗日的弄这玩意儿！"有一只蹦到子昭前襟上，子昭吓得直往后仰。"哎！姑娘别怕！看我给你捏住！""哎呀！你还爬到我身上来了！"威廉导师也捏住了一只，虾在桌上蹦着跳着，人在捉着笑着，餐厅内充满了快活的气氛。

午餐自是十分丰盛，生猛海鲜、山珍野味一应俱全，午饭已是开得晚了，等到饭罢已是日影西斜了，饭后大家又唱歌跳舞，直到掌灯时分，才依依不舍地离开。"可别忘了那罚款的事啊！"威廉叮嘱着。"你放心，忘不了，我们不会放过你的。"路上又是一串银铃般的笑声。

不久，慕容芳找到子昭说："我说大妹子！""啥子事嘛！""要是你有一个像威廉导师这样的父亲，你当做何感想？""我哪敢有那样奢望，人家导师何等人物！""你父亲也不错嘛！大作家，声名远播。""哎！作家多固执，不会变通，虽能名扬千古，但往往于自身没多大好处，韩愈朝奏八千里，司马一谏受宫刑，即使像李太白那样的诗仙，虽能敏捷诗千首，但却也只能飘零酒一杯。"慕容芳心头咯噔一下，正眼看了子昭一眼。是呀！古往今来，多少文人墨客因字笔受株连，这可是肺腑之语，文人也应首先学会保护自己，为自己找到一块护身的盾牌，什么是自身最好的盾牌呢？那就是权，像宋美龄，她有蒋介石这块盾，她终身不论写什么，说什么，都入了保险。噢！想多了，她变通，这就好办。于是她就直奔主题，揭开谜底。"哦！这可是大事，我做不了主！我做不了主，我爷爷我爸爸，还有刘志……""哎！你也不要想得那么多，也不是让你丢下爷爷奶奶爸爸妈妈，也就是改个口，认个义父，狡兔三窟，你为自己多留条后路，有什么不好？你刚才还说别人不会变通，轮到你自己，你还不是不懂吗？""你别逼我！让我想想，让我想想。"

刘志那天也已意识到威廉要认女婿，他也意识到威廉夫妇老年丧女，确实可怜，那样威名远播的导师，甘心情愿地受几个黄口小儿的戏弄，人，不到弯腰时，哪能这般。一个导师咋捏都能捏出几个不动烟火的菜来，哪能端出来糖蒜。就算真的做不出，狡也狡你个昏天黑地，那分明是大人逗着小儿玩嘛！还把你能的一蹦八丈高。哎！实在是遇到闹心事了。你遇到闹心事，你自个儿扛着呗！偏偏啥事都来黏我，叫我陪着你一块儿闹心。

真个是心病还得心药医，那威廉夫人的病，真的不医而愈，整天唠叨着兑现罚款的事。那边逼得急，慕容芳只得又来找华子昭，华子昭说："我爸爸固执，跟他说与不说都一样，我从小由爷爷养大，一定要跟爷爷奶奶商量。"慕容芳说："我最近要回国一趟，顺便把这事商量一下。看是叫他给你写信，还是叫他给你打电话？""这是大事！最好叫他来一趟，我真的做不了主！""好！那这事就这样。要是你爷爷同意呢？""我听我爷爷的。"

华专员劳顿了大半辈子，还没到美国来过，听得慕容记者如是说，也乐意出来一趟，一睹美国风情，想到夫人张英，也想带着，可又担心经济上耗资太大。"把奶奶也带上。人活一世，草荣一春，不但要会创造生活，也要学会享受生活。护照、机票我给你办。""那哪能让姑娘破费。""你放心，到时候有人会给我报销。"

华专员夫妇同慕容芳一同飞抵纽约，刘志、子昭、逸远、徐宫到机场迎接，晚间自然也是盛情款待，酒宴散后，慕容芳、徐宫便和专员夫妇、刘志商议威廉夫妇想收义女的事情。专员听了威廉老年丧女的事，也深表同情，又听得刘志以前也曾被威廉假招为婿，认为这事也顺理成章，他夫妇没意见，但毕竟是年轻人的事，年轻人自己做主。

威廉导师设家宴，盛情地款待了专员夫妇，酒宴后，设香案点红烛，子昭、刘志正式拜了威廉夫妇，为了有别于亲生父母的称呼，子昭、刘志把威廉称爹，把夫人称娘。刘志、子昭把一对仙鹤，一对寿桃，献给威廉夫妇，"祝爹娘寿比南山，福如东海。""祝我儿仕途腾达，富贵荣华，举案齐眉，白头偕老。"威廉夫妇给子昭、刘志一人包了一万美元红包，并将纽约大学附近的一套花园式别墅过户给子昭、刘志。并表示可以给子昭、刘志上美国国籍。鉴于慕容芳、徐宫斡旋有功，威廉夫妇也给他俩每人包了五千美元红包。

威廉夫妇把别墅重新装修了一下，又置办了一些家具，刘志、子昭、逸远便搬了过去。那是有着九百多平方米的封闭式别墅，正屋是五间三层小楼房，有四套居室，刘志、子昭住在二层，逸远住一层，西厢房是两间两层，是厨房、餐厅。东厢房也是两间两层，是厨娘起居和放杂物的地方。厢房至门楼的两边是花园和菜地。

专员夫妇玩了一个礼拜，便乘机回国了。

第四十一回　月亮湾有人再神秘失踪
象鼻山酝酿建拦溪大坝

　　凤鸣岗的建房仍然显得人手不够，黄山又找到范勇，范勇让副队长田朋、技术员程刚带四个小队一百余人赶到凤鸣岗，这样建房的速度大大加快了。黄山又让各户无论如何，要把秧田地大茬苞谷种下去。各户建房，粮食消耗得很厉害，没有钱，再没有粮，那就是大问题。一定要保证锅里有粮下锅，不闹粮荒。黄山和刘仁、徐建一户一户地落实。种子、肥料都落到实处。黄山又找到江守信，让他们老汉排加强巡视，人多乱杂，一定要防止发生事情，工程上哪里有质量问题要及时指出来，有时就是一句话，杜绝了百年隐患。大堤上的柳笆条、亭子也都要加强管护。黄山又找到江虎、王彦，让他们注意可疑人和事，防止意外事件发生，又叫刘仁主持村上日常事务。这次董自珍回来啦，机会好，他要让她和徐建设计一些新的工程。

　　凤鸣岗顾名思义，它是一个岗塬。临河一边有一个地质断层，这断层断断续续，有的地方低，有的地方高，总的趋势是越往上游断层越高，等到到了黄土堡，那断层便接着象鼻头，河边大堤已不是建在河滩上，而是建在这断层上，也不过几尺高，不像下面的几丈高，严格地讲，几乎没有滩地，而是青石獠牙了。象鼻山的象鼻子，也不是后高前低的那种塌落形势，而是鼻头抬起的那种动态。所以这象鼻山从地理上讲，很有些风脉。凤鸣岗黄胶土多又缺水，所以前辈人也费尽心思地引水，他们在那象鼻子的低矮处开凿了一个凹槽，企图将象鼻山东北方流来的一条河溪水引上岗塬。据传渠也快修成了，有一条小龙带着溪水顺着水渠游动，但被一修渠的农工打死了，那水便哗哗啦啦地倒转去了。虽然凤鸣岗的先人们把堰再往高的加，把凹槽再往低处挖，然而他们砸死了小龙得罪了龙王，水终归是没能引上来。凤鸣岗的黄胶土，年复一年的天旱一块铜，雨涝一摊脓。凤鸣岗的人们虽然也日出而作，日落而息，苦苦挣扎，然而终究是没能解决温饱问题。相反由于活难做，路难走，一些青年小伙子找个媳妇儿都难。

等到自珍休假的时候，黄山便带着徐建、自珍到象鼻山察看地势。象鼻山虽然离临河镇也只七八里，可是除了临近国道的胡家庄是在河边，下面五六里，河水转了七八个弯，断层落差大，水窄山险，俨然是一个峡谷，一直到月亮湾，才又豁然开朗，有了滩地，下面过了黑龙潭，交到梧桐村地界，才别是一番景象。

黄山、徐建、自珍站在象鼻头上，黄山向那垭豁处，比比画画，而徐建、自珍却向月亮湾方向指指点点，那六里七八个弯，虽然河谷幽深险恶，但山头却圆秃、平缓，像一个个的驼峰，因而人们把它称作骆驼墁。这骆驼墁山环水复，素有六里十八弯之称，特别是在那断崖的山骨嶙峋处偏爱生长着一种映山红，五六里连成一片，山花盛时，团团簇簇，姹紫嫣红，蔚为壮观，只是那峡谷，水浅浪急，不能行舟，实为一件憾事。徐建、自珍、黄山下了象鼻头，涉过黑龙河，上到狮子头，自珍指着那昂起的象鼻头和狮子头说："这两山之间宽不过数丈，是拦河筑坝的理想地点，那宽敞的月亮湾又是蓄水的理想地段，那东沟沟口虽有几户人家，可地不过数亩，人不过二十，可以迁走，那下半沟几乎狭窄无地，汛期可以倒灌蓄水，减轻洪水对大坝压力，这是天造地设的修水库的好地方。""那东沟的断层处，可以筑一道拦溪小坝，坝一建起，再将那凹槽处清理凿挖建起水闸，水便可以引上岗塬，水量虽不大，估计解决人畜饮水、旱地浇灌当不属问题。那小溪水流不长，污染少，作为生活用水，估计比大河好。""如果再造几艘游船，涨水时可以作为船只避风躲浪的港湾。汛期洪水上游下雨，这里不一定下雨，库内鱼鳖可以进入这里栖身。""那鱼就那么听话？""涨水时鱼在水边，哪里水清，鱼往哪里游。""还可以筑几个钓鱼台，吸引文人骚客，赋诗作画，岂不又是一道风景。""你还熬煎有鱼没人钓！只怕看都看不住。""先把那小坝筑起来，那要不了多少钱。"

天气渐渐热了起来，又加上这几天无雨，地里像下了火，所以有些人便下河洗澡，月亮湾湾套大，潭也大，除了中心的黑龙潭潭水墨绿，深不见底，其余部分也就是人把深，一腰深，石头少，多是沙滩，所以是人们洗澡玩水的理想地。方圆几里、十几里的人都往这里撵，有的甚至开着小车，骑着摩托车来。

一天下午，有人发现，月亮湾的沙滩上有一套衣服，一等没见人上来，二等没见人上来，一直到太阳没入了西山林梢，还是没见人上来，这人心里发毛，赶紧给派出所葛怀挂了电话。葛怀赶来了，幸好，这人衣袋内有个身份证，是县城的一个在外地打工的青年，名叫朱善强，是回来结婚的。几个铁哥们儿喝醉了酒，身上燥热，就驾车跑了几十里来洗澡，结果出了人命。他们乱了方寸，只得驾车走了，后事当如何处理，只好听天由命。谁也不敢告诉那青年家人。直到葛怀和城关派出所汪洋找到他们，他们才不得不承认到月亮湾洗澡。城关派出所汪洋和葛怀同样派人打捞尸体，据那另外三个青年指认，玩水的地方也只五六尺深，潭水清澈见底，派人下去找，什么也没有。要处罚那三个青年，三个青年倒也不犟，也承认他们脱不净干系，但活要见人，死要见尸，等到水落石头现，再处罚不迟。这话也不能说没有道理，然而那活人、死尸什么时候才能出现呢？

李忠活不见人，死不见尸，朱善强活不见人，死不见尸，衣服物件都整整齐齐地摆在那儿，两案咋那样雷同？杨洁茹倒是见了尸首，但法医说是呛水窒息而死，百分之八九十是受到惊吓。那倒是受到什么东西惊吓呢？接二连三，连伤三命，这到底是什么作祟呢？现在除了在月亮湾刷写大幅标语，建立警示牌外，迫切要做的，就是要搞清事件的成因。农村某些人，嘴尖毛长，各种传闻便风起云涌，一时间闹得沸沸扬扬。

夏天到了，雨水便多起来。一次下暴雨，连下了三场，有道是：暴雨三场转连阴。第四天夜间，黄土堡人黄正印、黄天应从亲戚家吃酒回来，路过象鼻山，忽又电闪雷鸣，白亮亮几道电光，咔嚓嚓几声炸雷，那大地也都颤了，天上的雨水，便劈头盖脸地浇将下来，风助雨势，雨显风威，伞也给吹得翻了边，天空漆黑漆黑，忽又一道电闪，只见月亮湾浊浪滔天，那浊浪之上红彤彤一对灯笼，黑黝黝一个怪物，张着血盆大口，两人吓得毛发倒竖，跌跌撞撞跑回家来，已是头上冒了三魂，脚下走了七魄，大病了一场。偏偏那正印婆娘是个尖嘴姑，添盐加醋，学说得活灵活现，煞是怕人，一时间传得神乎其神。这话自然也传到黄山耳朵里，黄山本就对此事心存疑虑。他想：那黄正印、黄天应也都是正直人，绝不会胡说，那婆娘夸大其词，这倒是很有可能，但绝不会无缘无故，肯定他们真实地见到了某一个东西。一时惊慌，又吃了酒，看岔了眼，这倒也有可能，可自己不也是怀疑那水下有东西吗？那到底是个什么东西呢？于是他便和刘仁几次夜探月亮湾，可偏偏是皓月当空，静水沉璧，月亮湾是那样的静谧而优美。

晴天不行，便找雨天，可又偏偏雨下在白天，虽也冒雨看了几次，但什么东西也没见到，再在河水暴涨时找，但白天晚上也没见到什么。不过那晚上，万籁俱寂，洪水撞击狮子山崖壁，发出巨大的轰鸣，似乎有钟钹之声。

黄山又找老年人聊天。幸好，东沟沟口居住的那几户人家中，就有三四个八九十岁的老人，且都耳聪目明，神志清楚。他们这几家是本家彭姓，黄山问到他们高寿的秘诀时，其中一位叫彭光宪的老汉说："我们是彭祖的后代，彭祖活了八百岁，我们连一百都没上，只能算是小孩子。"说完笑笑。黄山见他竟还满嘴牙齿。便问他："今年高寿？牙齿还好？""痴长九十有四，牙齿掉了一颗半，有一颗是半截子。"黄山见他健谈，说话幽默，很高兴。便向他打听月亮湾的事情。"这月亮湾自古是块风水宝地，有狮象把口之势，钟鸣鼓乐之声，又有六里十八弯群山来朝，本应出皇帝、皇后，可凤鸣岗人截断象鼻子，坏了龙脉，砸死引水小龙，天神降罪下来，所以那凤鸣岗十年没得两年收，莫说凤鸣，老鸹也莫听得叫几声。""那你们这月亮湾可有什么好处？""我们这里是滩边地，土层肥厚，又可引东沟水浇灌，旱涝保丰收，上下几十里，也就我们这里有几亩稻田。""就是怕水！""怕水？怕什么水？我们建有龙王庙，年年祭祀，岁岁供奉，对面崖壁上水堆起几丈高，我们这里干干的，就这日怪。有一年发大水起蛟，那蛟龙冲了龙王庙，当时正苦于没砖重修，忽然那龙王庙边崖石哗啦啦倒下一些，走近一看，竟都是方方正正的石砖，重建龙王庙，不多一块，也不少一块，正好。不信我俩去看那砖是不是石头的。""那一会儿看了便知，请问您老，在您的记忆中这潭中可有什么怪物伤人？""以前没听说过，淹死人倒是有的，可都有尸首，不像这两次，有些日怪。只是在民国三十二年，汤恩伯汤司令打老日，在这骆驼堰六里十八弯屯过兵，据说他的一位夫人养了几只怪鱼，当时战事紧急，不知走时是否带走？""啊！有这等事！"彭光宪老汉要领黄山去看龙王庙，黄山说："你累了，歇会儿。你给我指指，我自己去。"

龙王庙建在彭家屋场右上方。那里也有一条不小石埂呈臂弯形伸向河心，河水受到阻击，打了几个涡漩，折向东南。那水在对面的水位，确实比这边高，

343

待到洪期，惊涛拍岸，那边水比这边高出许多，也确有可能。黄山再看那庙砖，是石头的不假，但明显有打凿痕迹，并不是天然石块。

黄山从东沟沟口回来，便和刘仁、徐建商量修东沟口拦溪坝，但东沟不属梧桐村管辖，只得到镇上去找柳莲英，柳莲英又到县上农业局、水利局去找人，但都没有结果，黄山知道问题出在哪里，便叮嘱莲英不要再跑了。偏巧这时慕容芳有一篇《凤鸣岗造千亩平原十里大堤》的文章，登在《农民日报》上，文章对县上对梧桐村的支持上颇多微词，不但在经济上而且在政治上也关心不够，梧桐村到如今连个县级先进也不是。文章当然也让钟省长、华专员看到了。他们暗自庆幸还给了一点儿，要不然那麻烦可大了，那文章哪敢让中央领导看见。那可真是怕啥就有啥，果不然国务院办公厅打来电话，查询此事。钟省长只得说："造千亩平原是事实，筑十里大堤也是事实，省上给了一百五十万，地区给了五十万，县上没给是事实，荣誉上一点儿没给也是事实。"办公厅指示说："现在三农问题是工作的重心，人家村上干得那个样子，你们确实应该多过问过问，你们省上有几个村干得跟人家差不多？不到一年时间，办了这两件大事，一个西北的贫困山村，确实了不起嘛！"下来的事情是连锁反应，省长把专员训一顿，专员把县长训一顿。

一天，黄山正在为东沟拦溪坝犯愁，一连三辆小车停在了黄山门口，第一辆车内下来的是省长钟自祥，秘书兼司机何英。第二辆车下来的是专员华再兴，秘书兼司机江书礼。第三辆车上下来的是副县长张仁元，秘书兼司机董亮。莲英也回来了。"你小子行哪！声名远播都惊动中央啦！""我啥子惊动中央啦？"黄山根本就没订报，他哪里知道。省长把那份《农民报》拿给黄山看。"啊！原来是这回事。这妮子把省长大人惹恼了？""哦！原来你们认识，鬼就出在你身上。"黄山一听鬼出在他身上，灵机一动，这可真是踏破铁鞋无觅处，得来全不费功夫。他心下暗自思忖：原来这报纸是个好东西，它能把省长压住。你不说我还不知道，我何不将计就计，再吓你一吓。"哎呀！这可坏事了！""知道坏事了就好。不要动不动就往报纸上捅，那东西可是满天飞！""哎呀！你不知道！""咋的啦？""那妮子那篇文章，稿费就是两千块，两天时间，一天一千哪！她尝到利啦，又打电话过来向我要材料，我才把修坝引水受阻的事告诉了她。"省长问是咋回事，莲英把来龙去脉一五一十地告诉了省长。省长脸一沉，县长的脸便变成了猪肝色，"我三天内答复！""现场拍板！""县上给梧桐村拨款五十万。修坝可以立即动工，我马上去解决！""好！我等你解决好了再走，我今天还必须赶回省里，明天有个会。""莲英！你跟县长去，黄山也去！我跟省长在这里等消息，我们都去了，你们面子上不好看。"专员如是说。莲英领着他们去了。县长给县政府办公室挂了电话，让立即弄五十万现金，秘书立即回去取。不大一会儿，莲英带着县长、黄山回来啦，问题解决得很简单，办法还是黄山出的，把东沟那五户连同山林土地划归梧桐村，一切事宜由梧桐村自行解决。"就这简单！""就这简单。""钱！钱拿来，我就走人！""马上就好！马上就好！"约莫两个多钟头，秘书取来了现款，交给县长，县长交给省长，省长交给黄山，黄山叫徐建打收条接钱，县长领着秘书回去了。"你小子那苞谷头酒还有吗？今晚补你们的新婚喜酒。""酒后不能驾车，你明天还有会！""何英！打电话明天会议推迟，啥时开，另行通知。"秘书笑笑："啊！省长原来是这样当的！""不会吧！长长见识！"

修东沟溪坝，暂时倒还影响不到彭家五户的生活，东沟人也苦于没地方挣钱，门口的活，能做的也都争着揽着干，那筑坝，初始也都是粗活蛮力，有力气的，没力气的，按方定量，到时计量付款，不误工期也就行了。各户该用爆破的，有专门矿压机打炮眼，有专人放炮，哨子一吹，各户走人。放炮人装炮、点炮，中午、下午各放炮一次，到时各户清渣子就行了。根基清好以后，工程一队从建房中撤出，专修溪坝。用矿压机，密密地钻些眼，遍竖粗钢筋、钢管，用细钢筋连接，电焊牢实，上夹板，然后砾石、沙子、水泥搅拌浇筑，震动机震动棒震动。坝分两段，靠象鼻山一端，有一七八尺宽的闸门先修，闸门修好后，水从闸门过，再修另一段。另一段修起便可蓄水了。那凹槽也修有放水闸门。全工程，坝长十余丈，坝高七丈，两边临坡处有水泥浆砌的石摆维护。全工程历时一月二十天，耗资一百五十万，那另一百万是杜勒捐赠的，有钱人出手就是大方，到时给他立块功德碑。落闸蓄水定在八月一日这一天，这天同时也是凤鸣岗四组限定的最后搬迁日，因为秋季要修旱地。黄山邀请省长、专员参加落闸蓄水典礼剪彩。省长不来，说黄山是块膏药，沾不得，一沾就黏住了。

等到落闸蓄水那天，省长真的没来，专员来了。不过省长让秘书带着省电视台摄影组来了，黄山、刘仁、徐建热情地接待了张秘书、摄影组组长董光耀、

345

摄影师燕山、节目主持人何亚、机械师兼司机韩光。

象鼻山上，东沟两岸站满了人，本村的、外村的以及外地赶来看热闹的确实不少，在人们的簇拥下，在鞭炮的炸响声中，专员剪彩，闸门徐徐落下，省台的、市台的、县台的摄影镁光灯，在急速地拍摄，被闸住的溪水在迭起、增高、倒流，下午四点左右，象鼻山垭渠闸，开闸放水，渠水哗哗啦啦，通过塑料膜铺就的临时过水渠进入秧田地水渠，人们欢呼着跳跃着，千百年来，人们引水上塬的梦想，终于实现了，凤鸣岗无水的历史一去不复返了。

立秋至处暑之间，是果农打核桃的季节，梧桐村核桃树不多，黄山便到核桃树多的洋桥村。有的人在打，他便凑过去砸两个，掰开尝尝，有的砸烂了，他还原封不动地放在那儿。这棵树下砸两个，那棵树下砸两个。村主任米明辉看出了门道，他们在一块儿开过会，认识。"渡种子吧！来！我的种子好。""你的种子叫虫蛀啦！"黄山走过去，砸了两个，确实不错，个大，仁绵，皮薄。黄山称了一百斤青果，用蛇皮袋装上，背着走。"要渡种子再来哦！我的种子好！""我渡你的树种子，你渡我的人种子，我们村的小伙子等着跟你们姑娘在大桥上'七七相会'呢！"

到八月份，气温急剧增高，又一连十多天无雨，黄山让村民在秧田地鱼苗保命池内存水，天可能要旱，上半年雨水太多了。果不其然，中央气象台发出了橙色干旱警报，黑龙河有些地段已经断流，骆驼墕段倒是没断流，但水流量很小。黄山忽然有一个大胆的想法，弄几台大型抽水机，抽干黑龙潭，看看里面到底有些甚东西，他把这想法告诉给徐建、刘仁，他们也很同意，秧田地里苞谷，也正红胡须、黑胡须需要灌水，把水抽上拦溪坝，正好浇地。刘仁想到这潭底一定有好戏看，他又思念逸远，便给逸远打了国际长途，逸远又把这消息告诉了徐宫，徐宫又把这消息告诉了慕容芳，好在学校也放了假，刘志、华子昭不回来，大家也不强求，徐宫又叫上导师威廉，一行四人便飞了回来。

黄山、徐建、刘仁在黑龙潭抽水，共有四台大型柴油机带动的抽水机，拦溪坝水是满了，秧田地本就平整，一律放灌。黑龙河水本来就快断流，黄山他们这一抽，水位急剧下落，下游断了水源，不说那干旱的地需要浇灌，连人畜饮水都成问题。他们知道了就里，便兴师动众，带着锄头、棍棒，前来问罪。

黄山他们一心要探那潭内水怪，忽略了这一层，见人家杀上门来，自知理亏，忙将烟茶奉上。忽然抓抓脑壳，计上心来："哎！老少爷们儿，这河水在我们梧桐村地段，我们抽我们的水，有什么错？""放屁！这里是大桥村东沟组。况且矿山、河流属国家所有，水从你这里过，你就截住，把我们下游人渴死呀！""那国家的水，我们是国家的人，我们抽水也没错呀！""那我们也抽！我们抽也没错！""你抽！你抽！我也没说不叫你抽。"那下游几个村的人，一边留人扒水渠，修档子，一面派人回去弄水泵、柴油机，当天没弄成，第二天，他们弄来了两台。刘仁在黄山耳边嘀咕了一阵，黄山便找领头的柳家堰村支书柳光义："你们抽还得有个说道！""怎么又有什么说道？""这潭里鱼你们不能要！""怎地不能要？水是公的，鱼就是私的？""那要是哄抢、械斗，后果谁负责？"那柳光义也不是省油的灯，他抓抓脑壳，想到那干得蔫巴的苞谷。"要嘛，这样吧，你们地也浇了两天啦，我们两台也不够，你拨两台给我，鱼我们不要。大家的事，我也好给大家个说道。""那咱们写个协议！""写啥协议？大个子人说话还能不算数。"黄山不依。"我懒得跟你磨蹭！""那你写不就得啦！"柳光义执拗不过，只得写上：梧桐村出两台抽水机给柳家堰村抽水，潭内鱼全部归梧桐村所有。字据一式三份，中正的大块地村一份。至此，一场水的风波才算平息。这边事情才了结，忽一辆警车停在东沟口，车上跳下几个拿着警棍的警察，跑步前来，见到没什么事情，才又笑盈盈地沿原路返回。

黄山让刘仁去找到王彦、王贵、江虎等人，让他们在月亮湾搭起帐篷，带着猎狗，日夜巡视。又让徐建从东沟彭家接电线，在月亮湾两边架设灯泡，晚上也如同白昼。水往下游抽，来得利索，六台抽水机，水也抽得快，等到第四天，也只黑龙潭有水，黄山便让刘仁通知李忠、朱善强家属，看这潭底有没有死者的线索。第五天，天上起了云，黄山很熬煎，万一下了暴雨，那就前功尽弃。好在中午只是响了一阵空雷，地下洒下几粒雨点，地皮都没打湿，只是虚惊一场。当天下午黑龙潭内的鱼，已是乱跐乱蹦，黄山让徐建到县水库赁得几张小型拖网，让江虎他们在月亮湾滩地铲几个大坑，铺上塑料布，灌上水。碰巧这天徐宫、慕容芳、逸远、威廉导师回来啦，他们听说当晚捕鱼，不顾旅途劳顿，吃了点儿便饭，便赶到月亮湾，黄山见导师岁数大了，安排他在帐篷内歇息，可导师不同意，他说他来为的啥？他也帮着拖网起鱼。正当大家忙得热火朝天的时候，有两辆小车驶抵彭家屋场道场。"黄山！你看谁来啦！"黄山听得是莲英的声音，急忙迎上去。第一辆车内走出了省长和他的秘书，第二辆车内走出了专员和他的秘书以及莲英。"不知省长大人驾到，有失远迎！请到帐篷歇息！""我才不歇呢！这河里的鱼，人人有份！""官大一职压死人，省长总是住在有理村嘛！"省长从车内取出两根叉子，找两根竹棍安上，递给专员一个，他俩穿上深筒水鞋，在那靠近崖壁根叉叉戳戳，不一会儿省长便戳住一只甲鱼，专员也戳住一只，只是省长的小些，专员的大些。不一会儿专员又住一只小的，省长叉住一只大的，省长要用大的换专员的小的，专员很乐意地换了，自以为得意。"专员！你上当啦！""我怎的上当啦？""那小的才是上等补品，大的只不过是一碗肉。斤鸡马蹄鳖嘛！""OK！OK！"导师很惊诧，他生平第一次见到这般景象。"哦！老华！"导师也认出了专员，"你可是贵客！"专员又把导师介绍给省长，省长和导师热烈地拥抱。"这个的！啥子的？"专员便介绍给他，手把手地教："如果有肉质感，那下面一定有东西。"不一会儿戳住一只，专员让他试试，"嗯！感觉就是不一样。你歇会儿，让我来！"也有些村民，看出了门道，也在沙里扒，但被王彦他们喝住了。

这骆驼塅十八弯，就这月亮湾一个大潭，天旱，鱼都归到这大潭内，真的不少。黄山让徐建、刘仁按鲈鱼、鲇鱼、鲫鱼、小杂鱼按鱼分池。省长、专员、导师弄了几个后累了，回到帐篷歇息，刘仁这时才让负责找甲鱼的几个人挨排摸，甲鱼也弄了不少。水已经不多了，黄山让停机，只留一台不紧不慢地悠着，捕鱼也停止了。黄山让把鱼先按大小户，一户称些。黄山、刘仁、徐建、莲英四人称分，各组会计记账，分得也快，人也累了，分过的，便都回家歇息，只留着部分青壮年巡视护潭。分完鱼已是凌晨两点左右，黄山给刘仁、徐建、王彦、江虎等交代一番，便让徐建把灯灭了。凌晨三点左右，忽听得潭内哗哗水响，模模糊糊的便有一丈来长的一个怪物爬了出来，刘仁、徐建便在沙滩上匍匐着慢慢牵动大眼粗绳渔网，那怪物往哪里爬，网往哪里挪，等到爬到网心猛地一卷，正想拉动，忽又听得潭内水响，王彦、江虎又慢慢挪动第二张网，这个小些，只有七八尺长，那第一个乱撕乱咬，第二个也想掉头逃跑，徐建急忙摁亮灯，留守人员急忙上来帮忙。

等到天亮，捉住水怪的消息传得家喻户晓，家家户户扶老携幼，前来观看，可黄山他们对那俩怪物没办法，它们一挣一趸把人都拖倒，又咬又抓，网也被弄破几处，好在提前准备有两个七八尺见方，四五尺高的铁笼子，大家七手八脚费了好大的劲才把它们弄进铁笼子锁住，才得以里三层外三层地围着铁笼子看。碰巧自珍休假，她也带着贝菁来玩，自珍说："装在笼子里也不是办法，我们工程队有速凝水泥，得赶紧修个池子。"大家只得先在彭光宪老汉的道场上挖了个一两丈见方的池子，先用石头砌，一面叫自珍、贝菁去弄水泥。水泥弄来了，池子也砌了四五尺高，大家一齐动手，沙也方便，和的和，抹的抹，倒也快，约莫一个多钟头，也便弄好了，那水泥确也神效，抹了就凝固，放水就能用。大家又把那笼子杠抬棍撬，弄到池边，打开铁锁，放进水里，那俩怪物，也可能累了，趴在池底，一动不动。大家才得以慢慢把池子加高，上面焊上铁护栏。彭光宪老汉以为那就是龙，忙设了香案焚香礼拜。

这边安顿下来，那边黄山又让开机抽水，约莫到十二点光景，又捕得两个脸盆大老鳖，三个二尺来长的小怪物，也一齐放在水池内，到下午两点光景，水抽干了，挨黑龙潭南边崖壁有一个洞口，洞口积满了淤泥，淤泥上有几根骨头，见有骨头，黄山便让赵梅花、朱善强的父母前来。赵梅花看见两根上肢骨，忙拿出在水内洗洗，见到一根骨头上有个疙瘩，便嘤嘤地哭。原来那李忠左手小臂骨折过，大抵也就是这个部位。黄山让大家见骨就捡，出来再分，捡也只捡了些大骨头，肋骨、趾、指骨都很少见，两个头骨倒是找到了。黄山心下明白：这就是那两个生不见人、死不见尸的人，那小骨头让怪物吞吃了，游到哪里排泄到哪里。那怪物也可能四处游动，说不准它在涨水时游到下面，把杨洁茹吓坏了，呛水而死，这样三人的死便有了较为合理的解说。尸骨捡出来，洗涤干净，两家也好分，朱善强年轻、圆脸、矮胖，李忠中年、长脸、身体顾长，因而细长的是林忠的，粗短的是朱善强的。两家家属失去理智，都要把那怪物弄死，被众人拦住了。黄山、刘仁、徐建走进洞内，烂泥没膝，但见那山是空的，中间有数根石柱顶住，洞顶呈穹窿形，明显是人工打凿而成，可那顶部空间那么小，人咋活动呢，他把眼前石壁上水锈、泥浆弄出，出现了一条缝，沿着那缝横竖抠，现出了一个三尺见方的正方形，他联想到龙王庙的石砖，眼睛一亮，哦！原来是这样。这真是天助我也！

众人大都回家吃饭去了，怪物池边也只剩下省长、导师、专员、徐宫、逸远、慕容芳等人。黄山倒是提前准备的有皮纸、红头绳、白布，黄山让人用红头绳把脊椎骨穿好，用皮纸把骨头包好，用白布包裹好。省长、专员也过来抚慰一番，家属才啼啼哭哭地带着白骨回去了。下午省野生动物研究所的人赶到了。大家七嘴八舌，最后认为这可能就是鳄鱼，导师也说："这是河口五棱鳄，背上五棱硬鳍，当属少见。可运走，运到哪里呢？到别处又怕养不活。"最后还是黄山说："它们既已适应这里，就放在这里吧！"黄山心里有个小九九，这不又是一项钱路吗？我岂能白送给你！省长、专员要走。黄山说："不急！我把鱼分完，晚上设鱼宴，喝苞谷头酒。"导师也出面挽留，省长、专员才留了下来。鱼分后，还剩下各色鱼十几斤，鳖十来斤，黄山让刘仁给鹰愁涧送去。

黄山让刘仁、徐建收摊子，徐宫陪省长、专员、导师先回去。他给省长、专员、导师每人留了十斤马蹄鳖，几个两斤以下大鳖，一二两小鳖，一两寸小杂鱼，黄山又让放回水里。两个盆大老鳖，还有两个五斤以上大鳖，黄山也让另外养护，半斤以下鲈鱼，黄山让放在溪坝内喂养。黄山又扔了几条死鱼喂那怪物，那怪物倒也吃了，看来它们对人并不陌生。黄山见彭光宪老汉对鳄鱼很虔诚，便让他照料鳄鱼，临走对他儿孙又叮嘱再三，他儿孙很乐意接受了，黄山说："养鳄鱼一应事情和刘仁、王彦联系。"王彦留了一只普通猎狗给老汉。

黄山他们在黑龙潭抽水后，又七八天无雨，秋播的玉米也都正挂扦子，不能上水的旱塬地，玉米也都干塌架了，上下也就是梧桐村的庄稼还是青枝绿叶。农民相信的是自己的眼睛，那坝修得及时，那水抽得及时，要不是有这秧田地的苞谷，秋季的地里，还真没甚收成呢。黄山、刘仁、徐建他们这一帮人，在实实在在地干事情，他们身上体现的是科学和真诚。他们给我们带来的是福音。他们有时也"坏"，但这"坏"里都蕴含着滋润和甘醇。他们看见了，他们知道了。但他们并没有看到那背后的打拼和支撑。这看见的，看不见的，正好比织锦的经纬线，在编织着生活的甜美，大地的锦绣。

第四十二回　黑龙潭酝酿修水库
凉水沟架设便民桥

当秧田地里显得有些干时，正好又下了一场饱墒雨，农民们知道这大茬玉米算是成了。干旱滴雨不下的死干，当属少见，多半是雨迟了那么几天、十几天。庄稼没能过这个坎，等到下了好雨，庄稼已经死了。另一种情况是到该下雨时，也雷鸣电闪，可打得雷大，下得雨小，地下没能湿灰尘，风雨过后又是几天，十多天的干旱，这也是一个坎，如能在"坎"时救一下，那将是另一番景象。过了白露，天气一天天寒凉起来，黄山又带领徐建、自珍二上象鼻山。"这水库，今秋开始，计划两年建成，你们要尽快拿出设计方案。""就在那窄处修，先清场子嘛，把大小量一下，就可以干了嘛！""先放线，钉桩！""修活坝！""怎的叫活坝？""就是设计大型水闸，日久年长坝内泥沙会淤积，可以开闸清库。估摸着汛期到来，可以开闸放水，下游河堤能够承受得了，只管放水，等到河堤告急，可以下闸蓄水。每次洪水造成危害，实际也就是那两三个小时，挡住了这两三个小时，水害就可排除，或大大减弱。这样的水库对水的调节，会大大优胜于死坝水库。""这是自然。这样的水库，洪水到来时，库是空库，不像死坝水库几时水不积满，不能从泄洪坝上翻，等到洪水高潮期到来，库内水也快满了，那调节作用就不大。""听说这种水库，对闸和闸槽的要求很严格，如果造得不好，到时闸启不动。""这底子太窄，最好打底座。""甚的叫打底座？""就是农村盖房的下根子一样。""啊，打个一丈多高底座，那就平了，宽了，再在上面砌坝。""正是如此。""那就今秋打底座，明春修水闸。""这是大事，最好让徐宫回来一下，共同制订方案。""这样也好。""主要的还是钱。没钱也是枉然，这可是大数字！""噗！噗！""你怎么啦？""哇！呸！""身体不适，就回去休息。""我也没得那样娇气，穆桂英临盆时还

351

在打仗呢!""此一时,彼一时,那她也是军情紧急,迫不得已。现在条件好,受那罪干啥!现在又不急。"黄山一行回得凤鸣岗来,徐建引自珍到医院做了检查,拿了一些保胎药,又给自珍请了假,在家调养一段时间。

钱!是钱!巧妇难为无米之炊,没有钱,一切都是枉然,都归于空谈。他们说得对!这可不是个小数字,即使争取来十万、八万、百儿八十万,那也只能是杯水车薪,解决不了问题。这要找大款,说是大款,黄山首先想到的是杜勒,可杜勒弄来五百万贷款,好像都力不从心,他这个大款怕也不大。那就找大官,说到大官,他又自然地想到了省长,可修地他弄个一百五十万都挣挣巴巴,他给,你接到,他不给,你又对他没办法。他又想到慕容芳,当然可以通过她募集到一些资金,可那五谷杂粮到底有多少,又实在难说……

杜勒带着苏静,公孙烈、荆红霞带着孩子们来看水怪。黄山、刘仁、徐建在彭家屋场接待了他们。玩了一个多钟头以后,黄山让一家几个分着管。刘仁说都是他家的人,他早让家里准备了三桌子,并让黄山、徐建、自珍也过来。酒足饭饱,黄山让刘仁安排用车子送他们回去,杜勒说:"我开的有车子,一会儿少康师傅也开车来看水怪,我先送一趟回去,再一趟来就搬完了。""我结婚时,刘志、徐宫送给了我一辆小车,也送给了徐建一辆。让刘仁、徐建送一路就完了。"杜勒没再说什么。临走,杜勒告诉黄山,修水库,他准备捐赠六千万。黄山惊愕得张开的嘴忘了合拢。他不相信天上真的会掉下馅饼。其实天下事情皆有缘,馅饼原本弟兄钱。有了钱,就有了定心丸。说干就干,工程队回户建了几天房,又调至黑龙潭专修水库。好在电线也没拆,再补架一些,那推土机、挖掘机便开到了黑龙潭。一边清底子,一边贴出榜文,招收石工,收买打凿的一米见方的,半米见方的花岗料石。一米见方的三百块钱一个,半米见方的六十块钱一个,愿意打凿的提前预约,防止料够不收,给石工造成损失。

在打料石前,黄山让徐建组织一班有蛮力的青壮汉子,从黑龙潭南壁,也就是狮子山的肚子里往外抬料石,用水冲洗干净,放在小青沟口整理出来的场地上,交合面用水磨机打磨光滑备用。整理出方石五千余块,也有半米见方的。当时的匠工也考虑到了错碴子,他们到底想干什么呢?

好在修铁路,外地赶来的石工多,由于这里工价相对比铁路高些,所以很快便招得一批石工,这石工也不是剜到篮里都是菜,来了都要,而是要通过一天的试用考核，第一天，是天天工，每天五十块，当天付了工钱的，第二天就不要来了，第一天没付工钱的，第二天照常来上班。经过考核录得石工二十名。河也窄，底也浅，下面也都是石埂，硬麻子石。机械清基，两天也就结束了。机械调至凉水沟口清桥墩。那录得的二十名石工，就把那凸凹不平处，分段打线取直，凿击平整，凿击平整后，便去打料石。那聪明的石工为什么争着抢着来打这里料石，其中有个情由，那就是这里料石大，铁路料石小，可以搭配打。铁路上石砟子都收，没有下脚料，既省工又赚钱。河基打凿平整后，石工由天天工变成计件工。河基上，山两边矿压机密密打眼，眼打好后，用水泵抽水冲刷干净。这河基也是分两段打，先打一段，自珍从铁路工程队借得一些速凝水泥。后和阮总商量，托阮总买得一百吨。根基六丈一尺宽，竖上粗钢管、细钢筋焊接。这沙滩上沙好，砾石多，搅拌机搅拌倒也来得快。幸好天旱无雨，"蚂蚁"机械一齐上，昼夜轮班施工。徐建、刘仁吆喝着震动机，震动机手处处弄实，二十天后，第一段浇筑完毕。四十天后，第二段浇筑完毕，两段合龙，靠崖壁边也浇筑严实，水库底座也就算完工。

那边徐建、刘仁打水库底座，这边黄山、江守信、江虎忙着建桥、修地。黄山先找到工程二队队长李强，李强让技术员王刚带一个小队去修桥墩，等到水库底座修好，这边桥墩也已建好，但这里路不行，桥梁弄不来，王刚便和徐建商量建石拱桥。徐建也同意。所谓石拱桥，就是先在两桥墩内堆积沙石，上面堆土夯实，在土上用木质拱圈试验合格，桥墩上先砌好交合斜面，然后让石工按量好尺寸打成半边厚、半边薄的料石，把交合两面用水磨机打磨光滑，建成一层石拱，砌到第二层，又让石工打些半边砖，以便错开磕口，这样三层砌完，一个石拱桥拱便完成了。然后掏去下面垫衬土石方，一个石拱桥洞便出现在人们的面前。河中三个桥墩，大堤这边桥墩修河堤时已经修好，现在修好的是第二孔，水好从下面流过，鉴于天也渐渐寒凉，房也基本建完，工程队又另有项目，地里农活也忙起来，黄山便决定桥、库停工，让村民集中搞秋收秋播。秧田地头几季还不宜种稻，黄山让播上小麦，否则明年旱地没有收成。秋收秋播结束后，黄山又集中机械劳力，整修旱地，旱地这次就不统一整平，而是分成两个或三个阶梯，因为后面接住山根有远有近，有的接住山沟，总体以第二阶梯为准，修一大渠为旱地灌溉渠，山沟涓涓溪流引至每组两条的纵向泄洪沟，排至大河。旱地第一阶梯的摆，就是楼房的北墙，填土夯实往北延伸两丈，为楼房北门道场，再留一丈为凤鸣岗东西向公路，公路北边砌一三尺左右石摆，将摆填平为第一阶梯。第二阶梯砌五尺左右摆，将摆填平为第二阶梯。旱地也是东低西高，由于水田、房屋东西界线已定，旱地界线也已基本确定，各户房前的，就是自己的，因而横向石摆各户砌各户的，待统一平整后，再做小部分调整，各户旱地东边都留一两米左右车道，以供拉粪和收获之用。

旱地水渠起成后，黄山便让停修，一则长时间奋战，大家感到疲倦，要适当休息，恢复体力。二则各家各户俱各有些家事要办，快过年了，还得多少弄些钱，解决孩子上学用钱以及添衣置裤，买鞋购袜用钱。另外，本年度先进人物要各组把初选名单早点儿报上来。

第四十三回　冬季村开运动会
春季茶宴大学生

　　修地建房，人不得安生，牲畜也不得安生。猪、羊卖的卖啦，杀的杀啦，没钱招待匠人，鸡鸭便交了厄运，因而搬迁新房，倒也干净，家家没猪羊，户户没鸡鸭。猫、狗倒是还在，但扒旧房，吓得猫蹿狗跳，流浪了不少时日，才慢慢寻着主人找到新家。腊日二十三，农村过小年，过了小年，大年也不远了。往年这时节，农村人便忙着杀猪宰羊，购买年货，但今年没得猪羊杀，钱也紧张，年货寥寥，也就是买点儿红纸，写几副对联，弄些油盐酱醋茶，打点得几天光阴，再买些香纸火炮，上坟祭祖，这年也就算齐啦。说是挣钱，莫说没钱挣，就是有钱挣，在这鱼奔长江客奔家的时日也懒得去挣。没事干，懒得干。整个凤鸣岗慵懒、涣散，男的下棋、打牌，女的三三两两有的椅子上，有的板凳上，有的干脆一屁股瘫坐在廊檐上，黄大大、黑妈妈、陈谷子、烂芝麻，甚至是男人催回家做饭，也只白眼珠一翻，屁股照样不挪窝。你饿了，你去做，顺便多添半瓢水，给我多少捎带点儿。

　　什么是领导艺术？所谓领导艺术，就是带领群众去干群众愿意干的事情。即使群众是错误的，而且一时又无法改变这种现状，那也得和群众在一起，以便宣传群众，鼓动群众，改变群众，以期形势的改观，把群众引导到正确的轨道上来。如果无关紧要，便可因势利导，既然大家想玩儿，不妨就在玩儿上做点儿文章，开个村级运动会。项目就四项：象棋和跳棋、乒乓球、羽毛球。不是说仅此几项，而是考虑到不要太多消耗体力。项目太少了。谁说项目少了就不行，奥林匹克运动会，开始不也一样吗？说干就干，黄山让徐建去买了十副象棋，十副跳棋，十副乒乓球拍，十副羽毛球拍，两盒乒乓球，两盒羽毛球。腊月二十四报名，腊月二十五开始，各项设一等奖一名，二等奖两名，三等奖三名。一等奖猪肉十斤，二等奖猪肉七斤，三等奖猪肉四斤。既然是运动会也要有个仪式，也要有代表队，也要有个规则。报名的人也还真不少，但出现了几个问题：一、学生让不让参加？二、退休职工让不让参加？不让参加，他们是村上人，让参加，有些项目，农民可能就拿不到奖。黄山召集各组领队商量，结果大家同意，凡报名者，一律同等对待。运动会得到了梧桐村小学的大力支持。农村小艺人，也还真不少，各组代表队也有牌子、有旗子。小学的洋鼓洋号，村上的喇叭、唢呐，打击乐器交替使用，入场式倒也还像模像样。黄山致开幕词："乡亲们！今天咱们梧桐村第一届冬季运动会正式开幕，运动员要严格遵守比赛规则，公平合理竞争，要比出友谊，比出技艺，比出风格，比出修养和快乐。现在我宣布，比赛开始！"运动会前两天比赛，第三天颁奖。

"乡亲们，咱们梧桐村第一届运动会开了三天，今天正式闭幕，现在请刘仁宣布获奖名单。""一等奖四名：象棋冠军，退休职工杨文斌；跳棋冠军，饭馆女老板江淑贞；乒乓球冠军，回乡学生杨敏；羽毛球冠军，豆腐店老板章自保。象棋二等奖，江守信、白梦文。跳棋二等奖，李小艾、谢秀秀。乒乓球二等奖，江小慧、田军。羽毛球二等奖，江虎、黄珍。象棋三等奖，江横、陈度国、黄正印。跳棋三等奖，任海娥、王凤琴、章小芳。乒乓球三等奖，陈琳、李霞、杨娟。羽毛球三等奖，白凤云、马赛花、江中豹。现在我宣布：梧桐村第一届冬季运动会闭幕。获奖的到杀猪架子上去领肉，徐建在那里，他手上有名单。顺便通知两件事，明天上午九点，六十五岁以上老人，都到这里来，万一身体不适的，不要勉强，一则和老人们见个面，二则给老人们有点儿小礼物，家里来个人陪。六十五至八十岁的白面一袋，八十岁以上的，白面一袋，大米一袋，明天同时在这里召开年度表彰大会。"

次日，梧桐村小学的操场平台上悬挂着梧桐村年度表彰大会的横额，老人们坐在前排，徐建为他们拍了照，黄山也和他们合了影。

下来刘仁宣布年度受奖人名单，徐建为他们颁奖。

先进集体一个：李家村。

锦旗一面，奖金两千元。

十大贤能：

李正茂、李正兴、王彦、王贵、张发奎、江霞、杜勒、江守信、杨文斌、江淑贞。

荣誉证一本，奖金两百元。

十大劳模：

黄天应、江虎、白富春、杨守志、章松、马赛花、江淑英、余龙、田延富、陈度国。

荣誉证一本，奖金一百元。

"静一静！静一静！大家或许很奇怪，十大贤能有的似乎并没劳模出的力大，为啥还奖金多，荣誉高，因为他们是开创型的。劳模是苦干型的。我们奖励的目的是引导，就是让大家看到倾向，看到主导。劳模是干得好，贤能是想得好。我们鼓励干得好，但我们更鼓励想得好。散会！"

过了大年初一，初二黄山、刘仁、徐建便开始串门子，这次主要串门子的对象是历届回乡大学生。近几年来留在农村的大学生共有十名，他们之所以滞留农村的原因主要有以下四条：一、学不对口。学的技能回家用不上，比如江小慧，她学的是外贸，李霞学的是导游，陈琳学的是新闻写作，杨敏学的是司法，江霞学的是财经管理。二、学历偏低。他们基本是大专，本科的也是三本。三、身体孱弱，笨重体力活干不了。四、思想脆弱，经不得风吹草动。

大年初二，黄山在自己家客厅内煮茶招待回乡知识青年，刘仁、徐建也同时出席。"现在好了，房子宽展了，以前由于各种原因没能和同学们聚一聚，今天咱们聚在一块儿，就算是同学会，好好地叙谈叙谈，咱们都是回乡知识青年嘛！""我们哪能跟你黄主任比，你是大博士！""要说比，我还真的不能跟你们比，你们是真正的正规学校毕业，我、刘仁、徐建是自学、自费取得的学历，属业余。虽然学历比你们高点儿，但按传统的俗话，还不是没工作的老农民一个？但农民又咋啦？我看当个农民不是也挺好的嘛！哦！光顾着说话啦，咱们先认识认识，有的我还不太熟。""我叫陈琳，学新闻写作的。""我叫江小慧，学外贸的。""我叫李霞，学导游的。""我叫杨敏，学的是司法。""我叫田军，学农林的。""我叫杨娟，学兽医的。""我叫丁宣，学水利的。""我叫应宗，学行政管理的。""我叫叶昭，学企业管理的。""你我认识，叫江霞，学三九一一的！""哈哈哈哈！""黄山哥！你咋说话不分场合，叫人脸往哪儿搁？""人才！人才呀！现在农村就需要你们这样的人才。

357

只要大家愿意跟我干，我保证每人都给你们一碗饭吃。保证都让你们学有所用。工资待遇也不见得就比别人差。但先要创业拉队伍，你拉起一个班，你就是班长，你拉起一个连，你就是连长，你拉起一个团，你就是团长，你拉起一个军，你就是军长……"

"黄主任！请你说具体点儿！""好！咱就拿三九——为例……"

"黄山哥哥，你硬要把这个绰号安在我头上，我可真的要喝三九——啦。"莲英给每人端来茶水说："霞妹子！黄山也并不是一定要给你起一个外号，而是要告诉大家，要坚韧，不要脆弱。要举例子，那你江霞不就是一个例子吗？你托教六七百块，钱庄两百块，给大家露个底，她的奖金也是个不小的数字。关键是不要挑挑拣拣，挑挑拣拣就不好办，不要守株待兔，死守住你那专业不拐弯。我该是一个镇长吧，我不见得比她拿得多。再说张发奎，他要搞成一个柳条编织厂，他就是厂长，当仁不让！""哦！""哦！""哦！""现在梧桐村隐藏着不少商机，大家睁开眼睛看一看，开动脑筋想一想，你该干什么，你应该干什么，不是一目了然了吗？""哦！""哦！""哦！"

…… ……

农村有个不成文的规矩，那就是初一不出门，初二拜家门，初三初四拜丈人，姑娘回娘家，吃了初五饺子，就该回到自己家，开始新的一年的劳作。过了初五，黄山便召开组长会计会议："各户的猪圈、厕所有的修成了，有的还是半成品，这一项要铰尾子。要逮猪娃，把猪养起来。买鸡娃，买鸭娃，旱地鸡场、黄牛场暂时还不行，但水牛可以开始喂养，养鸭的也可以开始。房已经建成，办油坊的，卫生所的，店铺的，面粉加工，车子修配的，理发的，都要张罗开张。计划限定的，如果不搞，要早些说，好挪给别人。旱地的摆不高，也不需要浆砌，该垒的垒，现在天气还冷，还不能干水泥活，等到能干水泥活时，就顾不过来了，活要搭配着干。一冬无雨雪，秧田地小麦正分蘖，要再灌一次水。现在各组或多或少都有回乡大学生，他们是新一代的农民，农业也要讲科技，光靠蛮干已经不行了。他们才从学校回来，由学校生活转变成社会生活，一时在生活上、思想上，或多或少有些不适应，我们要多和他们交朋友，在思想上、生活上、工作上多关心他们。工程一队范勇队长也来电话询问水库动工时日，人家如果准了别的工程，那又不知啥时间能来。那就麻烦了。"

大学生茶话会后不久，丁宣来找黄山说："那鳄鱼老鳖，放在月亮湾也不是办法。水也得有个人管理。""那你说谁来管理好呢？""别人管，我找你干吗？""好！说得好！凡办事情，首先要嗜好，有了嗜好，就有爆发力，往往办不成的事情能办成。""我懂得你的意思。""好！你去勘察一下地形，我准备搞小型动物园，鳄鱼、老鳖、大鲵这就有三个水馆……""有大鲵？""有！暂时没声张。""我知道。""那鳄鱼不是常常有人来看嘛！不会长期让他们白看的。""那是自然！你说水馆，难道还有其他？""那就是陆馆。""有？""应该有。""哦！""你懂得电吗？""不精。""水电！水电！要管水，先要懂得电。""我明白。""明白就好！""你认为李霞这人咋样？""啥意思？""就那个意思。""试试看吧！"

丁宣来找过黄山后，杨娟来找黄山，黄山让她开个兽医诊所，并建议她搞发酵饲料喂肉牛。后来又陆陆续续有大学生来找。他让田军搞大棚蔬菜，建议江小慧筹建布底鞋厂，建议陈琳搞木材加工厂，业余搞写作，建议叶昭筹建玩具厂。十个大学生中，只有应宗无声无息，应宗就住在黄山附近，黄山一日吃过晚饭，来到应宗家，应宗家只有他和父母三人。房子也只盖了两层，旱地北向房只一层，家境比较贫寒。"十个回乡大学生中，直到现在，也只有你没来找过我，你到底有啥想法？""我能有啥想法。说穿了是心比天高，命比纸薄！""你说这话，有一半对，有一半错。错中有对，对中有错。""愿听其详。""心比天高，原则上是对的，命比纸薄，原则上是错的。人，应该有远大志向，只要有了远大志向，才会为这个志向奋斗不已，想当官，想当管官的大官，也无可厚非，这是对的。很多看似无法实现的东西，最终实现了。人，一生也有几十年，也很可能办一些事情呢！所以它原则上是对的。但如果不脚踏实地地，锲而不舍地去奋斗，就会流为空谈，有好高骛远之嫌。命比纸薄，原则上是错的。现在国势好，人民安居乐业，我们能生活在这样的社会环境下是幸运的。你好歹也算考上本科，也算学业有成，这错那错，还算不错。但比起出了学校门，进了机关门，高官得做高薪得拿，你又是落魄的。这叫人比人，比不成。所以你说得也有一点儿对。但我认为，年轻人一帆风顺并不一定好，那少了一些苦难的锤炼，古佛如来有大乘教法《三藏》真经，你又佛法无边，拿去给他不就得啦，为什么非要让唐僧跋山涉水，历经九九八十一难，舍生忘死历时十余载去求呢？只有唐僧自己才知其中味。""黄山哥哥！谢谢您！我懂啦。""叶昭、江小慧、杨娟、李霞我都给他们指的有道，干成了，都很了得，可他们都势单力薄，需要联手，你没考虑考虑？"应宗脸上泛起一阵纯真的红晕："如是最好，只是我家境清寒……""村上工作也需要人搞，你如果感兴趣，也可以多参谋参谋，多赢得群众的拥戴……""我哪儿有黄山哥你那能耐！""经理、总经理也是官嘛，不一定只管带长的官，也可以带管理的官嘛！要当官，正面攻不动，侧面攻，以商取仕，只要你干得有道道，到时候有人三顾茅庐去请你。""真是与君一席话，胜读十年书哇！哥哥真不愧学冠博士，看问题，总是高屋建瓴。""高屋建瓴倒谈不上，只要对兄弟有点儿裨益，就不虚此行了。好！明天就行动，你跟我一块儿，咱俩先去催那买水牛的。谁先把牛买回来，咱就打着锣鼓，放着鞭炮去迎接。""那我跟你一块儿算个啥？""算徒弟呀！怎么，委屈你啦？""哪里哪里！只是没听说还有村主任收徒弟的呀！""是的！名不正言不顺，到时给你安个名分。"

应宗到底还是没有跟黄山一块儿去催买牛人，倒是徐建、刘仁被派下去了，他们三个像割韭菜一样齐茬过。工作就是这样，抓与不抓，大不一样。过了正月十五，黄土堡的黄天应，白家岗的白富春，章家岗的章松，杨家滩的杨守志，江家村的江虎，田家湾的田延良，陈家烧锅的陈度国，分别从柳家堰、四十亩地买回来了十头水牛，其中江虎、章松、黄天应买的是母牛带崽的。黄山、刘仁、徐建等在路口接着放了一挂鞭炮，在牛头上绾三尺红绫，拍拍牛的额头。那牛眉开眼笑，嘴唇翕动着，似乎要说出话来，牛也知情啊！黄山一个一个的叮嘱，要好生喂养！应宗也来了，他问黄山："现在有机械，为什么一定要养牛？""养牛，有以下几个好处：首先，庄稼光上化肥不行，化肥！化肥！它是化学物质，所含元素单纯，不像厩肥，特别是牛羊粪。牛羊吃百草，它们的粪便所含的元素就多，是有机肥料。厩肥自己用不完还可以卖，卖了也是钱。特别是我们凤鸣岗，黄胶土多，多施厩肥，可使土壤疏松，便于耕作，如果光施化肥，土地会越来越板结，加上厩肥又不花钱，可以降低农业成本。其次，自家牛耕地不花钱，可以减少机械用钱。还可以给别人耕地，卖牛工也是钱，牛还可以拉粪车，可以大大减轻农民的劳动强度。第三，牛不消耗汽油，不排放二氧化碳。牛比机械身轻。它又是蹄子，可以免去机械对土地的碾轧。牛老了，不能干活了，那皮肉又是一笔不小的收入，水牛入诗入画，搞生态旅游，水牛又是一道亮丽的风景线。农民嘛！省下的就是挣下的。这里剜一点儿，那里剜一点儿，慢慢地篮子就满了。"

十五过后，除了买牛，杨娟的兽医站，江俊、黄珍的医疗室，江中蛟、章元虎的百货铺也都开张了，江小慧组织了十个家境比较贫寒但心灵手巧的中年妇女为骨干纳鞋底做千层布鞋，每双以三十、四十不等收进。以四十、五十不等价格出售，虽然店面很小，生意也很清淡，但也算开张了。

黄山又叫来刘仁，让他带上图纸，到美国去一趟，具体就水库、水闸事宜和徐宫、刘志做最后商议。天气暖和以后水库要动工。叫徐建组织村民给冬小麦再灌一次水。冬小麦种下以后，一直无雨雪，天怕是要干。石料的交合面机械打磨，一开冻就要开始，防止水库一开工石料跟不上。

刘仁准备了一下，带了些家乡土产，在正月十七赶到省城机场，在登机前，他给刘志挂了电话。下午七点左右，飞机抵达纽约机场，刘志、徐宫、逸远在机场迎接他。

刘仁歇息了一天，便告诉徐宫他此行的目的。徐宫告诉他再一天，就礼拜了，到了礼拜，咱们商议。一天，当然很快就过去了，徐宫展开图纸，见只有坝的设计图，便说："这个徐建，也是个马大哈，光有这怎么行？""咋个不行？"刘仁问。"你看！要建这个坝，就必须首先确定未来水库的库容量，要确定库容量，首先必须确定黑龙河在坝上一段河流的比降，比降知道了，根据坝高，便可测知河水将倒灌多少里程，沿途将淹没多少土地、房屋，这些土地、房屋已经做了何等处理……""那骆驼墁六里十八弯，哪有什么人家土地？""话可不能这么说！凡事要讲究事实依据，不能是瞎猜胡蒙，万一淹到了，到时便尴尬被动。"刘仁摸摸脑壳，他认为徐宫说得对。刘仁、徐宫、刘志一合计，便给徐建打了个国际长途，让把河流比降，平时流速，洪期流速，洪期洪流最大横截面等有关数据尽快报来。

三天后，徐宫接到了徐建打来的电话。坝上骆驼墁一带两千五百米下降三十米。最大洪峰时，最大横截面三百七十八平方米。平时水速每秒一米，洪期可能是每秒三米，六里十八弯的湾套处容水量，肯定要比预想的大得多，计算侧压时要估计进去。

　　徐宫根据图纸对各项数据进行了精确的计算，然后又拿去叫导师看了看，徐宫给刘仁交代说："你回去要补做以下几个事情，一、基座的迎水面，要做十米左右的斜面，以便清库时底部泥沙能吸走，也能更进一步防止库底渗漏。二、下面也要做十米左右宽衬坝，以增强对坝的抵衬作用，衬坝是库坝高的三分之二，衬坝的上面要有燕尾槽，以便使滚坝水飞远，不至于冲坏衬坝根基，衬坝一丈外修和坝同长，两丈宽一丈左右深的跌水坑，水闸下方也修和衬坝同宽的衬坝，不过要比底基矮一些，也要做成燕尾式凹槽，以便泄水时水能飞溅出去，落入跌水坑。三、水闸部分要修闸台，闸台基本是闸的四分之一高。四、水闸、闸槽我和刘志办，弄好后托运回去，我这里都有图纸，记住了吗？""记住了！""那你收拾收拾，明天就回去，争取早点儿动工，河里的事情，谁知道啥时间涨水。""知道了。""有啥情况随时和我们联系。""晓得。"

　　晚饭后逸远约刘仁出去走走，在那无人处，刘仁抱住她。逸远说："你要怎么样，现在可不行，好男儿志在四方，万勿以儿女私事误了自己前程，你抱一会儿，亲个口，我的功课还忙。"刘仁紧紧抱住她，深情地吻了吻。"好啦，你路上保重，明天没时间送你。""你放心，没事的。"

　　刘仁回到凤鸣岗，将情况向黄山、徐建做了汇报，黄山说："衬坝和坝基上斜面，用一般河石砌可以吧？""用一般河石砌三道筋，筋处用水泥坐浆，表层用钢筋水泥封皮。""燕尾槽，用钢筋混凝土浇筑。""先准备石头，备料。""一解冻就动工。"

第四十四回　老天无情梧桐村遭遇百年旱
后生有意夏威夷万里送水闸

"小麦灌了水，可以立即组织施肥锄草。徐宫，你以村上名义，给镇上报一份材料，提议应宗为村上文书，欧阳一仙和莲英把材料带走了，刘仁也不能一直待在村上，村上力量单薄，年轻人嘛！带一带，帮一帮。条件成熟了可以让他们上。"徐建对黄山瞅瞅，嘴唇翕动着，但终是没有说出什么话来。

一天，黄山正在家中闲坐，陈琳跨进门来："黄山哥哥，现在可忙？""这会儿倒是没什么事情。""不忙，想请你帮忙改两句诗。""谈不上改，彼此共勉。"陈琳把草稿递上来，诗只有四句，只见上面写的是：

八月无雨旱象生，种下小麦没长根。

可怜一冬无雨雪。肆虐又到二度春。

"就这四句？""下面还是未知数。""诗歌和文章，从结构上讲，一般都有明了的起承转合，说是绝句，一般都截取首联和尾联，很少截取颔联和腹联的。你这诗只有首联和颔联，是个半截子诗。诗要讲究比兴，用一物喻一物。咏月时，月是璧，咏璧时璧是月，你这四句诗太直白，当然诗也有铺陈，不过一味陈述，那就有流水账之嫌了。富有创作经验的老手，起笔就开始兴比，妙语连珠，幽默而婉转，引人入胜，让人舍不得把书放下。从字面看，第一句有雨字，第三句有雨字，可将第一句的雨字去掉，建议改成八月秋高旱风生，干旱时，不是死干，死干雨就不远了，干旱往往是有旱风。最后一句的二度春，让人看了似乎干了两年，但你的本意不是这样，这就岔意了。明显干旱是从八月开始的嘛，因此建议改成肆虐又到二年春。总体看神韵还算可以。种下小麦没长根一句，也还形象生动。""我是不是在写作上没前途？""话咋能这样讲？哪一个作家不是从废纸堆上站起来的，多少灯下练习都沉于沧海，千锤百炼才能成钢呀！""我的学历太浅了。""人，一生，实际大量的学习不在学校里，当然学历高，知识深厚，这更好，但如果没有出了学校门的终生学习，那还是远远不够的，高尔基只上过两年学，爱迪生只上了三年半学，华罗庚只读过初中，还像恩格斯、列宁、毛泽东他们也只读过中学，他们的知识都是靠自学得来的。""我是不是没有天赋？""天赋，人人都有。只是多少有区别。但主要的还是靠后天学习，靠热情，靠锲而不舍的精神。爱迪生被认为是'低能儿'，达尔文的父亲认为他笨，都不准备让他上学……""黄山哥哥！我懂啦，谢谢你。""你没懂，懂哪能那么轻易，那样的懂未免浅薄，只有经过十月怀胎和一朝分娩的人，才能真正体味怀胎和分娩的其中味。"陈琳把黄山盯了好一会儿。"你看我干什么？我还不是一年看了几年书，才取得的学历。自己的命运掌握在自己手里，外因只能是辅助。你爱好写作，这很好，但仅有爱好，还是远远不够的。现在我建议你做两件事：首先要坚持自学，养成习惯，知识无止境，只有不断地学，知识才会如不断水源，不断地丰富滋润自己，自己的羽毛才会丰满起来，总有一天，会翱翔于广袤的蓝天。其次，要坚持不断地观察，不断地写，要巧言切状，只有看物滴血，写时才会入木三分，要不断地比照修改，要有语不惊人死不休的顽强精神，要有呕心沥血、锲而不舍的坚韧毅力，这样坚持终生，奇迹自己会来叩开你的门扉。"陈琳嘴唇又翕动着，黄山又向她笑笑说："你是不是又想说'我懂啦！'要永不言懂，我说得也很肤浅，说不定哪一个大家，在哪一部书里说得精辟极啦。只是我们没有发现而已。"黄山拍拍她的肩膀，把她送出家门。

黄山把陈琳刚送出门，泡了杯茶，正想喝，丁宣跨进门来。"来得早，不如来得巧，我约莫着有人来就泡了杯茶，原来这茶是替你预备的。这会儿也正闲着，你有什么事，咱一边喝着一边聊。""茶，还是主任先喝，要喝我自己来。""跨过门槛就是客嘛，到我家就得听我的。"丁宣只得端了，黄山又沏了一杯。"主任也忙，我就开门见山啦，马上就要修水库，那鳄鱼、老鳖放在彭光宪老汉道场上，也非久远之计，主任还是早做打算。""村上在黄土堡不是还有地嘛，你做个方案，把池子游人通道都设计进去。鳄鱼仿鳄鱼原生地，它也上岸，所以要留少许岸，岸边植一两株垂柳。以五分地为宜。鳖分两个池子，那家伙咬得厉害。老鳖为一池，以二分地为宜，大鳖为一池，以三分地为宜。鳖也上岸，要有浅滩产卵，要有石头晒盖，要有石窟藏身，窟内要有潮湿无水的地方，最好进口在水里，这样它感到安全，岸边植一两丛柳笆条，以便纳凉、栖息。大鲵生活在小溪里，那就仿小溪要有哗哗流水，有不大的多处水潭，大鲵喜欢在阴暗潮湿的石坎下藏身。大鲵也上岸，听说还会上树，大鲵池面积稍大些，这是我给你的参考系数，总体原则是在有限的土地面积上尽量增大活动面积，你先弄一个方案出来，弄出来以后叫徐建看一下，我们合计以后，便可以付诸实施了。"不几天，丁宣把方案交给徐建看，徐建做了几处修改，拿来征求黄山意见，黄山看了看，叫徐建就按图施工。徐建又说："彭家滩水库修起，肯定要淹，那几户人家的搬迁安置该解决了。""好！咱们去看看，先了解一下他们的意见，回头咱们再商量。""哦！应宗的村文书已经批下来了。""哦！那好，那就把他也叫上，咱们一块儿到彭家滩去。"

　　黄山、徐建、应宗一行三人，沿着新房北路，西行越过象鼻山垭。下了拦截东沟小溪的大坝，来到彭家滩。当时正值夕阳西下，红彤彤的太阳斜斜地向大地洒下万缕金光，月亮湾的沙滩变成了一片金黄。黑龙潭的水面荡漾起无数碎银般的鳞片，傍山几处房屋的烟囱内升起了几缕炊烟。鳄鱼池边几个老汉正在踱着闲步。田边的小路上有几个荷锄归来的村民。那在鳄鱼池边踱步的正是彭光宪等几个老汉，见黄山一行到来，忙迎上来答话，寒暄了几句，忙朝厨屋内喊："黄主任来啦！做几个菜，烫一壶酒！""菜酒就免了，我们这是公干，老祖宗的三大纪律，八项注意的规矩不能丢。麻烦找个跑腿的给各户通知一下，马上来开个短会，会开完了，我们好走，你们好吃饭。""就这几户人家，一嗓子都喊应了，跑什么腿？义雄、义成、光明、守旺到我家来开会，一家两个，马上来！"也正下工的时候，一喊也就都来了。

　　"都来了，咱就开会，应宗做记录。今晚专门召开你们几家会议。主要研究你们搬迁的相关问题。一、旧房折价，先个人自估、自报。二、村上估价。三、合议定价。房价怎样估？从哪些方面估？让徐建给讲一下。""那我就说一下。首先要讲的是哪些估价，哪些不估价。不估价的有：（一）地皮不估价，因为村上要给你重新划地基。 （二）即将报废的破旧设施不估价，比如篱笆墙，

365

几根树棍子夹的猪圈。（三）与正常生活关系不大的休闲娱乐设施。要估价的有：（一）房屋。（二）与住房相配套的厨房、厕所、猪圈以及其他较有价值的生活不可缺少的建筑设施。四、怎样估价？从以下几个方面：（一）材料费。（二）工价。包括建筑费和运载费。（三）招待费。这几项，按现价估算。五、房价要折旧。六、要扣除拆后能用部分物品的价格。至于房屋估价，我要讲的就这些，看主任和文书还有什么要说的。"应宗说："我不懂得，没啥可说。""房价自估，三天结束。第三天晚饭前报到徐建那里。下来讲去处。既然是拆迁，那就是挪窝。窝有三处，一是在凤鸣岗各组安排，二是在小学下面湾套安排，三是往这附近山上安排。话咋这样说？这是因为水库修起，肯定有一笔可观的渔业收入，还可望有一定旅游收入。路、电、水肯定要上山，也就是在这山路边建房。再者，就是对土地、山林的要求，土地要求有两种：一种是无偿拨给，即这里原有土地亩数内，另一种是有偿拨给，即你多要了那就得出钱。山林也一样，这里原有山林，肯定要封山，那住户总得有一些薪炭林、用材林、经济林，原则上跟土地一样。多要的，村上保留拒付权力，如果条件许可，当然尽量满足。在哪里建房，也跟房子估价一样，三天以内报来。村上对你们房价的评估也在三天内结束，看你们还有啥要求？""我代表我们家族，向村上慎重提出要求：世世代代，水库得给每户保留两个就职名额。"临到末了，老汉彭光宪提出这样的要求。"现在都啥时候了，还给你分封呢！还让你世袭呢！"应宗气愤不过，立即做出反应。"毁我家园，就得给我特权！""老人家！这水库拢共也用不了多少人，何况有些是技术活。就是给你，你也不一定干得了；有些是危险活，叫你干，你也不一定敢干。不过我初步可以考虑一户保留一个名额，并且各届交接时，一届一届传下去。""你是建库第一代领导人，要有你亲自书写的手谕。""可以嘛，我可以给你们写手谕。"

第二天，黄山、徐建、应宗给彭家滩几户房屋做了估价，顺便也了解了搬迁的去向，偏偏彭光宪老汉又提出要给每户安排双住址，即在凤鸣岗或学校下湾有一住处，又要在水库山上有一住处。应宗有些气愤，便说："在坡上给你葬个坟，在家给你立个牌位，你不是双住址是什么？"徐建扑哧一笑，黄山急忙喝住："不得放肆！"转而又对彭光宪老汉说："可以！可以！你们优先考虑，如果将来有游客，你们还可以办个农家乐山庄，也可有些收入。"本来彭光宪老汉脖子上已经青筋暴粗，正要和应宗上仗，见得黄山如是说，忙又将笑颜堆上脸来。

　　回来的路上，应宗问为什么对那彭老汉一再退让，黄山说："人家月亮湾是个好地方。何况我们现在是请神上路，好话能当钱，况且水库边也得有些人家，迟早都得有人来，那坡上地址又不紧张，顺水人情，为何要跟人家抬杠？再者，我们工作为的是什么？还不是为的是让人民过上好生活，他们牺牲得多，生活比别人好一点儿，要求多一点儿，也在情理之中，我们对他们是对父兄，要满怀深情……""主任！我懂啦！"黄山淡然地笑了一下："又是一个懂得快的！"应宗有些愕然："懂得快难道也不对？"他狐疑地瞅着徐建，想在他的脸上找到答案，徐建脸上的表情很平淡，他的话也像他脸上的表情一样："懂得快当然是好事，就怕离真懂还有两万五千里。"

　　彭家滩五户人家，有两户是机砖房，其余三户尚是土木结构的平房，因而房价也不高，农民也实诚，自估价也没多大虚头。黄山对徐建说："土木结构的一间按一万三计，砖木结构一间按一万八计，只计正屋，其他建筑就不算啦。这样远比他们自估的要多，每人另补搬迁费三千。""那土木结构的房，三间也不过一万多块，为什么要给三四万？"应宗有些不解。"你不是说懂了吗？说来我听听。""不懂，说不明白。人家都是往下抹，没见你给往上抬。""不懂，你就当一回学生。"黄山说："彭家滩五户二十来口，也只出了两个小职员，工薪也不高，其余的都是土里刨食，也就是仅够衣食饱暖。可能都没多少积蓄，扒了旧房，再盖新房，不可能再盖土木结构或砖木结构的平房，可能要盖楼房，那他们就盖不起来，嘴里虽不说，但心里怨恨。现在土木结构的能得三四万，再加上人头款，就有五万多，再贷点儿款，水泥、砖再赊点儿，房就盖起来了。他们扒旧房的木料、砖瓦，在山上又能盖起简易房，暂时可以先住。你当那彭老头子是等闲之辈，棒槌久了都成精呢。""这样他们对村上就没有了怨恨之心，取而代之的是出自内心的拥戴。"徐建补充了一句。"一万两万，对他们是天文数字。而对修水库的几千万，那又是牙齿缝里的饭糁子，这就叫十人抬一。况这搬迁是特殊情况，不是一般情况，一般情况人多，那可要慎重，不能乱开口子。""主任总是存仁者之心。""又懂啦？""我不再说懂。""我们不是整治百姓的官绅，我们是百姓的子弟，人民的公仆，要迟早想着为大家办好事。

367

钱，通知到户，但卡在村上。什么时间建房、购料，徐建你跟着一路去，你付款。防止有的人钱一到手花在别处，或借给别人，到时翻过来一个肚子，翻过去一个背，你啃他两口，钱也没了。"徐建、应宗都嗯了一声。"你嗯个啥子?""哦! 又学了一招。"

一日，徐建来汇报，料石已经准备得差不多了，衬坝、跌水坑的底基也已做好，下来工作咋进展。黄山叫徐建去把刘仁、应宗找来。刘仁、应宗来了以后，黄山说："下来的工作要集中到水库方面来，这是一场攻坚战，关系到千秋基业。下来我分一下工: 水库工程总的由徐建负责。机械调拨、安全护卫、后勤供应由刘仁负责，应宗负责村上日常事务，宣传鼓动，主要抓好标语、壁报、专栏广播等。当然，你们手下也应该有人，你们自己去组织。""我哪会组织?""你去找陈琳、李霞、叶昭。"说完笑笑。"那你干啥? 你咋笑得怪怪的?""我抓你三个脑瓜皮，准备板子，打人的屁股!""哦! 督战队，难怪笑得跟鹞子似的。""你猜错了。""下来咱们把应宗的报酬商量一下。""话咋说得那古怪? 要研究都研究，为啥只研究我一个人的?""你跟我们不同。我们现在不需要钱，而你现在特别需要钱。""应宗! 你自己报，你应该得多少钱?""你给多少，我要多少。""好! 我说每月八百。""我，不值那么多。你们八百，我四百就足够了。""不! 我们一分也不要，只你一个人的。""那怎么行，那我也一分都不要。""你必须要! 而且一分也不能少。""你们这葫芦里到底卖得什么药? 怎么一天到晚云遮雾罩的。""云也没遮，雾也没罩，只怪你太嫩，肉眼凡胎，没有道行。凡事要多留心，你把别人说过的话，做过的事串起来，再想一想，他为什么要这么说，这么做，答案或许就出来啦。""啊! 原来是这样。"

应宗晚上睡在床上，翻来覆去睡不着，他把黄山前前后后的话想了一遍:"叶昭、江小慧、杨娟、江霞。我都给她们指的有道，干成了，都很了得，可她们都势单力薄，需要联手……""你去找陈琳、李霞、叶昭……""哦! 督战队……""你猜错了。""你必须要，而且一分也不能少!"

其实，思维也是一支催眠曲，想着想着，他睡着了。

叫找就去找。他找到陈琳、李霞、叶昭，说明意图，他们倒也挺热情，其实应宗对他们只是认识，并不熟，上高中他在城里上重点，他们三人上普高，大学更是不在一块儿，通过一段时间交往，应宗认为李霞心直口快，性格外向，而且她和丁宣似乎走得近些，叶昭眉清目秀，举止文雅，办事沉稳，她出得一些点子，自己也都采纳了。在一块儿时的日常生活小事中，叶昭对自己也照顾得很周全，叶昭那睿智明澈的眸子里，也似乎隐现出对自己的一丝真诚。自己学行政管理的，叶昭学企业管理的，主任向自己两次提到叶昭，应宗认为如果能得到叶昭，那当然最好不过，自己的梦中情人不正是这样的人嘛，莫非主任的真正意图在这里。主任可真眼睛毒，用意深远哪！自己哪值那八百块！镇长才多少嘛！这难道就是人们常说的君买臣心，父买子心，自己何德何能，敢承蒙主任如此器重，如此为自己谋深远。主任如此大廉，如此大贤，岂可久居村组，日后必有大用，他把叶昭引荐给我，莫非还有更一层的意思？

　　思想上理出了头绪，应宗便更主动地接触叶昭，一日应宗找到叶昭，颇具心计地说："你说主任让我主持日常事务，是管日常运作呢，还是另有意图？"叶昭笑笑："主任绝不会仅仅让你搞日常运作！""那你说我当下该干些什么？""凤鸣岗几组，有人新房盖了三层四层，闲着还不是闲着，你去租得五层，让月亮湾几户搬出来。我估计解冻后，水库会立马动工，那么多人、机械，搅在老百姓家里不安全，也不方便，就让他们住在月亮湾，人也集中好管理；那鳄鱼池、鳖池、大鲵池，要及早完工搬迁，工人来了就不好办；在象鼻头盖个简易房子做播音室，在月亮湾住户集中点设立工程指挥部，门前建木架式油漆粉笔书写壁报栏；在骆驼塆山包上竖立单字大型标语牌；指挥部沙滩边，立小一些单字标语牌。当前要做的主要有这些，至于日常事务，那是不言而喻的要办的事情。""我该如何向主任汇报？""不是向主任汇报，而是向村上汇报。要有方案、条款、实施的办法，就像大臣奏折那样。"

　　应宗没想到叶昭能想得这样多，这样细，他心里很高兴。他俩又拟了几条标语，便开始着笔写方案。应宗把方案交给黄山，黄山召来徐建、刘仁做了批示：确定房价每间年租六十。水馆二月底迁入。标语为：骆驼塆。大单字是：千秋伟业，马虎不得。水库永固，君名永存。一丝疏漏，千年隐患。月亮湾小单字是：身体件件贵，平安值千斤。遵守纪律，按章操作。其余各项，尽快实施。临别，黄山告诉应宗，尚有疏漏，尽快补充报批。应宗又找到叶昭，把黄山告诉他的"尚有疏漏，尽快补充报批"的话告诉给她。"主任为什么不直接指示还有哪几件事要做，而只是做个提示呢？""这很简单，把孩子一直背在背

369

上，他永远学不会走路！""他是让我们自己想出来。可还有哪几件呢？""啊！火！现在天气干燥，要注意防火！""那怎样才能有效地防火呢？""首先，防火分作家庭防火和山林防火，像部队作战一样，设立第一道、第二道、第三道防火圈，也像部队的战区一样，分成责任区，责任到人。人自防火，家自防火，队自防火，当然也要联防互动，统一指挥，统一行动，要招之即来，来之能干，干有成效。""家庭防火，第一道防火圈是家，第二道防火圈是联户，第三道防火圈是队。户有灭火器，联户要有水泵，队有消防人员。森林防火，第一道防火圈是居住区，第二道防火圈是耕作区，第三道防火圈是林区，防火线上要有防火隔离带、沙堆、土堆。成立三人灭火组，一人挖土沙执板镶，一人扒开防火带执薅锄，一人掷土沙灭火，执长柄铁锨，掷土沙灭火距离远，伤不到人，且一锨掷下去，小火灭几尺，大火矮一截，且土沙能直接掩住火源，效果极佳。火不大，可以就近灭火，大火，如提前堆有沙堆，在隔离带灭火是十分有把握的。林区的隔离带应定在山脊，重点放在矮坡山脊，一般山林火灾，多半是烧地边上坟引起。要鼓励辅助劳力扒叶子垫圈，养牲畜积肥。林无脚叶，山火自灭。""还有什么要办呢？""那水库建成，库水将倒淹好几里，看是否损害到哪些村、哪些人的利益，该让镇上协调的，要让镇上协调。建水库要报批。因为水库还关系到下游人的安危，万一人家杀上门来，兴师问罪，那就不如事前运筹了断的好。"应宗把叶昭多看了几眼。"你看我干啥？还不是一样的鼻子眼睛嘴。""我看你考个专科不正常。""哎！"叶昭叹了口气。应宗知道事有蹊跷，但又暗自庆幸，她要是考好了，早就飞啦，哪还有时间和我在这呱嗒，这岂不是老天留给我的。哎！科考取士，一榜定终身，虽也网了不少好鱼，但也漏了不少大鱼。而应该多织几种型号的网，不拘一格拔人才。

应宗和徐建联系库水倒淹以及报批事宜。徐建都一一说给他，他又跟叶昭实地进行了勘察，和相关村组进行了面对面的交谈。问题基本不大，有关意见他们都一一记录下来，回来整理成文，连同防火事宜，一并上报村委会。应宗并提议叶昭为水库工地广播室播音员，陈琳负责板报编写和水库工地通讯员，丁宣为坝库水馆负责人，李霞为坝库水馆帮办。供水、水馆、坝库垂钓，从文件下发之日起收费。播音员月薪四百，通讯员月薪四百。收费项目工作人员工资另行通知。文稿报到村委会。黄山让应宗起草防火文件，修建水库申请，梧桐村丁宣等人事安排文件。关于水电、坝、馆收费事宜的通知，上报下发。临走，黄山告诉应宗，文稿要报批，并通知各组，秧苗要开始整圃、灌水。稻种统一供给。

黄山、应宗找到陈琳，把村上文件交给他，陈琳看了看，说怕自己搞不好。黄山笑了笑说："一个连通讯员都当不了的人，还想当作家！""你当我真的当不了，我不过是谦让一下。""你当下也只是通讯员之才，我为你提供展观平台，还不收你学费，还给你钱。最近是不是又有新作？是不是还是四句？""还真让你说中了，真是四句。""四句也好嘛！于谦的《石灰吟》也是几句，千古传扬。""我哪能跟人家比！""不要妄自菲薄。拿出来看看。""还是接前面四句，描写干旱的。"说完把那草稿递给黄山，黄山接在手，只见上面写的是：

小河干涸大河瘦，薄处草木已黄煜，

风起纸布如落叶，车过土沙半里尘。

"嗯！这四句比前四句有进步，一个瘦字用得好，如落叶用了比喻，文要兴比，这虽不精辟，但总算有了开始，风起，车过虽不严整，但也算对仗，可纸布的布，似为不妥。我也没什么好字，暂以杂字代之。诗仍似没完，还往下续。""一边干到，一边编到。""可不敢再干了。""天怕不听。""下来我想就板报、通讯稿和你交换一下意见。""作何话说？""不要以为板报、通讯稿无所谓，其实通讯板报稿最难写。通讯板报是写真，是评价，材料要真实，措辞要注意分寸。要懂得时政、形势。要注意负面效应，所以马虎不得。""我写好了，还请大主任审阅！""不要小小年纪，就学会拍马屁！""我挖苦你的！""这话倒也不假，县长都是小县官，村主任哪敢言大。"

二月底水馆迁入，标语牌、播音室、板报架已准备就绪，月亮湾彭家滩几户，也都迁入租赁房。

大抵也就是二月末、三月初吧，钟省长和秘书何英、华专员和秘书江书礼乘车赶来了。虽然只是二三月天，或许是因为时近中午，或许是因为久旱无雨，省长一行已是汗渍衣衫，两辆小车已是蒙满灰尘。恰好黄山、徐建、应宗正在彭家滩看房子，忙迎了上来。"啊！省长来啦！为了我们的事害得你车马劳顿！

这鬼天气，早晨尚冷飕飕的，现在又这样的热。啊！徐建！你去弄点儿东西。""哎！"徐建答应着走了。"不麻烦！不麻烦！咱们还是先看工程吧！""不急！先吃杯茶，歇口气，也快正午了，我给你们先汇报，下午再看。""上午只吃点午点，下午看了工程，我们还要回。"茶沏过三道。省长感到舒服多了，黄山便让应宗汇报水库设计情况，省长、专员看着应宗眼生，便把目光投向黄山，黄山说："啊！这位是本村回乡大学生应宗，本科学历，学行政管理的，现报得镇政府批准，任本村文书。""啊！本科学历，回乡当农民。社会发展快呀！我们那个时候，小学毕业生都是香饽饽，都请着出来工作，我是个中技生。我们那一届，全县拢共才九名，属最高学历。""没一人考上大学？"应宗或许感到奇怪，问了一句。省长笑笑说："根本就没高中，咋会有考上大学的。"应宗愣怔了一会儿，省悟过来："那是！那是！"忙跟着一块儿傻笑着。"我们那时候，识字的没几个，文盲照样当司令！"专员也来了劲。黄山诡谲地笑着，专员似乎看出了点儿什么。"你笑啥？""没笑啥。文盲光荣，落后伟大。""啊！啊！话也不能这样说，没有知识总是一件不幸的事情，知识和才华总是应该得到人们的认同和尊敬。哦！倒是给忘了，我们这里还有位大博士，剑桥的，响当当。"省长见落入窠臼，急忙回救。"今后文盲，大老粗，尾巴还是夹紧的好。""一个烂中技生，尾巴再翘也不高。"专员狠狠地白了省长一眼。"言归正传吧！下午还要回。"秘书江书礼插了一句。闲侃才告结束，应宗开始汇报。

下午，省长一行看了库坝、水馆、新建住宅、水田，见到水田麦子青翠旺盛，叹了口气说："哎！走了这一路，也就是你们这里有点儿好麦子。有些地方简直是一片赤地呀！有的地方虽也长了一点儿，但那都是秃子头上的毛，稀稀拉拉没几根。今年这春旱时间长，夏粮怕是没什么收成，这秋粮准备种啥？""种稻子嘛！""新稻让我尝尝。""只怕你买不起！""你看我买得起呗！""买得起订个合同？"专员冷笑了几声。省长一行沿着滨河沙道徐徐而进。柳笸条、垂柳也都吐出了新绿，遇到亭子，便进去看一看，坐一会儿。几个孩子骑在水牛背上，几根短笛吹得咿咿呀呀。哦！这哪里是农村，这简直是公园嘛。即来了诗兴，随口吟道：

小亭沿路建，大道滨河通。

牧童横短笛，没在夕阳中。

看了凉水沟口桥，省长叮咛："早点儿动工，争取在汛期前完工。"黄山说："这没问题。"最后来到水库工地，看了基座、山势，说："这里确实是修水库的好地方呀！可你们一个村拿得动吗?""我们身后站着省长你呀！""我也是个空架子呀！你看这赤地千里，我现在的重中之重，是人们的嘴和肚子呀。"看了料石后，省长说："这石料还是打凿的，又研磨得光滑，在修水库中，我还是首次见到。你们很认真嘛！"省长瞅瞅华专员："老华！这是你的辖区……""我的辖区，也是你的辖区，你就表个态吧！"省长又瞅黄山，黄山说："药不经过药检不售呀。""啊！啊！老华！那就叫地区水利局来人，把他们方案审验一下。尽快做个批复。""省长说啦，那就照省长说的办呗。""资金有多少?""杜老板给了几百万。再想办法嘛！"黄山想：能抠点儿，有点儿，他把小数点移了一位。"哎！你的心思我知道，可我囊中羞涩呀！老华！你看这……""你是你，我是我，我狡不过你，咱俩各顾各。""好好好！我表个态，我给弄两个长臂大吊车来。工钱、油钱老华出。""到时谁出，还不知道呢！"

这时刘仁来找，说是杜老板、老师、孩子、莲英、自珍都来啦，在家等着早点儿回去，黄山看着省长、专员上了车，自己和应宗也坐进刘仁开的车里。

送走省长一行后，刘仁对黄山说机械已准备就绪。黄山让徐建去城里找工程一队队长范勇、副队长田朋修水库，找工程二队队长李强修桥。再采买十二三桌小菜，开工先招待一顿。让刘仁去找富裕沟垴王贵、王彦弄些野味，再买头猪、买只羊、弄些鸡、鸭、鱼开工摆桌子，刘仁去了。

徐建回来说，人还原班人，一个电话就来，徐建还说："范队长说，这次单独立伙，彭家滩五户人家，一百多人分成五拨，一家一拨，一个厨师，全工程队一个总管伙的，伙食总管和厨师一会儿就到，让我们协助搭床铺、锅灶。""锅灶可能问题不大，床铺可能不够，那就支些懒汉铺。还得买些锅、碗、瓢、勺、刀、斧、盆、筷。""灶具他们自己带，那倒不必，就是床铺灶台。小菜我没买。早啦我怕坏，因为日期没定。""那等后勤总管来了，我们商量办，明天务必完成。""啊！范队长说还得先把打底基工钱清了，下来再签个合同，问是

373

不是还要公证。""他们是害怕钱，害怕我们付不了工钱。可以嘛！把前面工钱先清了。后面的可以预支他们一部分，给他们吃个定心丸。""他们说他们只管干，技术质监大机械我们管，他们也没大机械。平时也不太用得上。""好说好商量，是物都算钱。""这天怕是还要干，这水恐怕还得想个办法，到时候工程用水都不够那可卡了喉咙。""不会那样严重吧？""还是想多些的好。""那依你看咋办？""现在缺水现象还不十分明显，把水田小麦再重灌一次，秧苗也该下种了。再把坝库抽满，能存水的地方都存好水，包括水渠、水田鱼苗保命池。房屋地下室水池都储满水。""那就这么办吧。""还得保密，不许言传，以防引起混乱。""那你就吩咐下去。""这事还是刘仁办得好，治安巡逻，预防突发事件，都要纳入日程之中。"黄山点了点头。

工程队吃饱喝好，又拿到了钱，干劲十足，底座迎水面护坡、衬坝、跌水坑，该浆砌的浆砌，该焊接的焊接，该灌筑的灌筑，运载车、搅拌机、升降机、大吊车忙碌着，运转着，各色的旗帜在挥舞在飘扬，人员来来往往，机械轰轰隆隆，整个月亮湾沸腾起来了。

次日，当东方露出晨曦，太阳的第一缕金光洒在大地的时候，"嗒嗒嘀——嗒嗒嘀——嗒嗒嗒嘀嗒——"嘹亮的号声在月亮湾空旷的山谷传响，工人们便各拿家什，奔向各自的工作点，这号音不是当下吹的，而是播音员叶昭放的录音。"尊敬的工程技术人员，工人师傅们！早晨好！伴着早晨初升的太阳，我向你致以衷心的祝愿！祝愿你今天的活儿干得顶呱呱，你是你所干行当中最拔尖的。祝愿你所干的活儿能给你带来幸福安康！希望我的祝愿能给你带来一天的好心情，祝顺利和平安！"号音以后，广播室内传来叶昭音正韵圆的甜甜的声音，祝愿以后，上午广播就只剩下中间休息时间的两首歌曲，没有特殊情况，不播放任何东西，以防引起工人注意力旁逸，这是黄山特别交代的。

中午，下工号音播过后，播放的是劳动纪律，那扩音器里传来悦耳动听的女中音："没有绳墨无以取其直，没有规矩难以成方圆。不要以为劳动简单而机械，大意必然酿成祸灾。小心谨慎、认真，能保证工程的质量，同时也会带来财富、幸福和安康。遵守劳动纪律是一种美德，是文明、风度、涵养、操守的体现和象征……"

晚间播放的是工地头天新闻和国际时事，下来是明快、轻松的音乐，在

"今天的一天，在你辛勤劳作中愉快结束了。晚安！祝你晚上做个好梦"的柔和女声中，平安而富有成效的一天落下了帷幕。

早晨祝愿，晚上问安的声音一天天地重复着，规则不规则的石头在机械的、人工的动力下，被安排在它们应该去的地方，在这平凡的一天天中，大坝在一天天地长高长长。

旱情越来越严重，蔬菜的供应也越来越紧张，价格也越来越贵，好在徐建未雨绸缪，让黄土堡组各户提前种了些小日月菜，又让章自保家首先保障豆腐供应，让王贵、王彦不时送些野味来，让李正茂保障香菇木耳，让江虎保障肉蛋供应。

县城内地势高住房的自来水供应已时断时续。"高山村已到十几路外的大河挑水。""甘沟为争水伤了人。"各种缺水的传闻从不同的渠道飘进人们的耳膜，虽都属传闻，然眼见的干旱却是不争的事实。

"你们这里谁是村主任？"一个骑摩托车的干部模样的年轻人找到了工地广播室对叶昭说。"村主任可能在工地上。""那你在广播上通知他赶紧到广播室来一下。""我不敢！他扣我工资呢！我可怜的就那一点儿工资。你去找嘛！他就在那大坝上。"正说话间，应宗来了。"啊！你找他也行。他主持村上日常事务。""啥子事啰？""赶紧到甘沟村打火！""哦！知道了。马上就到。"应宗在黄土堡、白家岗立即组织了十五人，三人一组，带着走了。

应宗打火回来，立即建议黄山召开各组组长、会计会议。黄山本来也想召开一个会，便同意了他的建议。

会议只好定在晚上，在黄山家里召开，会议的第一个议题仍然是水，应宗说甘沟村已基本是靠地下水供应人兽饮用。麦季几乎是颗粒无收。黑龙河在临河镇一带也几近断流，骆驼墕一带虽没断流，但流量很小。天最近也没下雨迹象，我们必须做好应急准备，趁着现在上面还没干涉，赶紧把小麦再灌一次水，这次水一定要灌足灌好，保证小麦能硬浆饱粒，上面一干涉，那不听就不行了。秧苗赶紧施一次肥，查一次苗，保证苗齐苗壮；每户库存好一月的生活用水，库坝不再供应生活用水，小麦浇水以后，再把库坝抽满，库坝是我们的，水，我们有权使用。这库坝水用来保证水库建坝用水。月亮湾潭水，上面一控制，我们就不好再争，也不好意思再争。第二件事就是防火，现在天旱物燥，一旦発生火灾，形势极难控制，必须人人在意，组组小心，柴草燃料，要远离房屋，灭火器、水泵、沙堆都要进入临战状态，每组每天至少留两个强壮劳力在家。让老汉排加强巡逻，发现火情，及时汇报，及时扑灭。各组要进行一次防火安全大检查，防火隔离带上的杂物要立即清除掉，防火线圈上的枯枝朽叶，要卷走弄清，要堆好沙堆。

村组会计会后，黄山紧接着召开了钱庄、医疗、饭店、商店、运输机械加工、大棚蔬菜、鞋店、畜禽喂养等有关人员会议，对相关事宜进行强调和安排。

两会结束后，黄山让应宗通知各位回乡大学生，进行一次春游。应宗被弄得丈二和尚——摸不着头脑。

黄山让刘仁驾徐建小车，自己驾一辆车，租了一辆小车，一行十二人先驶抵高山村，高山村叫高山，确实住得高，全村住在三沟八岔的沟垴，见怪不怪，沟垴反比中、下沟平坦，形成一种小型的沟垴盆地，平常年景倒也不缺水，但这两季干旱，再加上山林过度砍伐，荒地大面积开垦，地表裸露，缺少荫蔽，土地沙化，浮尘四起。往日的泉眼，虽经淘了又淘，再也无水可出。只是一点湿印显现出与别处的不同。中下沟水也短缺。有那一星半点，人家用水都显紧巴，高山人又耿直，已经跑了这么远的路，索性就下到大河里，大河里也是人家淘的水井，可大河毕竟是大河，一淘就有水，舀了几次后，也不好意思舀人家的，干脆一队自己淘一口，全村男女劳力，别的什么都不干，全力以赴运水。摩托甚至自行车，都用来运水，连自行车都没有的人家，只好肩挑背扛，油桶、喷雾器都派上了用场，那山间的简易公路便显得热闹起来。天热，运水的人都起得早，等到黄山他们驶抵高山地界，人们大都在回家的路上。黄山见有一对老夫妇，男的约七十来岁，女的也约六十多岁，男的用油桶挑，女的用喷雾器背，已是一步三喘了。黄山赶紧停下车说："来！来！老人家，快把水弄上车。"陈琳、江霞、李霞也下车来，七手八脚帮着把那油桶、喷雾器弄上车。陈琳、江霞又来扶二老上车。"哎呀！不急！不急！先歇会儿，喘口气。"正好路边有棵大树，树下散乱地放着几块石头。"来，同志！歇会儿，抽袋烟。"黄山向陈琳使个眼色，便朝大树走去，黄山扶老汉坐下，陈琳、江霞、李霞围了过来。"老人贵姓大名，高寿几何？""免贵姓胡，痴长七十有三，堂客小我八岁，现年六十有五。""本村断水多长时间了？""断断续续地有一个多月了。

376

完全断水也有二十来天了。""天天来吗？""啊，我们弄得少，基本天天来，人家有车的，就不一定了。噢！光顾得说话了，抽支烟。"胡老汉哆哆嗦嗦，从上衣口袋内抠出一支皱皱巴巴的窄板，黄山接在手上："倒来了，小的应该敬您老才对！"说着掏出硬盒猴王，弹出一支，老汉接了，夹在耳朵上。"这个不过瘾，我抽这个。"老汉掏出短杆烟袋，按了一锅烟，黄山忙用打火机点着，随即也把那老汉给的窄板噙在口里点着。"您老那么大岁数了，还出来挑水？""哎！"老汉把烟灰在鞋帮子上磕掉，"儿子出门打工，儿媳妇在街上照护孙子上学，家里还有一个孙女才两岁，还托邻居在照护，别无他人哪！""脚都走疼了吧？""山里人，哪有那娇气，况且三天扁担，四天脚，现在服啦！来，不嫌脏，喝口水。"老汉掏出一只行军水壶，那水壶，漆已经脱落显得锈迹斑斑。"我们没干活，不渴。您老用。"老汉咕嘟咕嘟地喝了一气。将剩下的递给老伴。"走吧？""走！"黄山把老汉让上车，老汉谦让了一下："这一辈子，还没开过这洋荤呢，坐不下吧！"江霞、李霞也把奶奶扶了过来。"坐不下！坐不下！""您老坐！我们走！""那咋好意思。""晕不晕？我开慢点儿？""咦！这跟坐摇窝样的，不晕不晕，怪受用的。"老汉咧开嘴巴笑着，下巴上的短髭，一根根地颤动着。奶奶也跟着一块儿傻笑起来。

又遇着一对老夫妇，陈琳挑着担，江霞、李霞换着背水。

老汉很高兴，一定要留黄山一行吃午饭，黄山说："还有事，水也金贵。我们连吃带喝，你的水还管不到明天。等到哪年风调雨顺，我们再来打扰。""哦！你小小年纪，就当这么大的官，前呼后拥的，人还这样和软。这样看得起我这老汉，不像有的干部，从你身边过，你让慢点儿，风都把你刮倒了。""啊！啊！那样不好，那样是要短命的。""干部要都像你们一样就好了。""这一天会来的。"

黄山一行离开高山村，又来到甘沟村，甘沟村跟高山村地貌截然不同，它是一条细长的沟，俨然似一条才吞食过几只老鼠的蛇，有的地方粗，有的地方细，粗的地方便有一些河滩地、沟台地，人烟也相应稠密。细的地方，林木遮蔽，仅有一条窄窄的简易公路在其间蜿蜒，是没有住户的。这个村的中部，有一个较大的水潭，本地人称它为龙潭。甘沟，实际应称之为干沟，相传杨八姐北上盗刀，在此饮马，把沟水喝干了，没说旱年，就是平常年景，也只是雨季，河面才有水。可那龙潭也可能下面有泉眼，水旺。一年四季不断，取了水，也不见水位下降多少。黄山到时，那潭边挤满了人，争争吵吵，拥挤不堪，水也泼泼洒洒，一桶水等到弄出来，也只半桶了，不少人的身上都泼满了水。"排队！排队！"黄山上前吆喝。其间有人认得黄山："东方土地到西方不灵，你喊破嗓子也白搭。黄主任到我们这里来当村主任，我们让二妮给你当小老婆。"祝二妮正忙着往前挤，可能没听见。那说话的人叫徐石柱，石柱又说了一遍，这回二妮听见了："你妹！你姑奶奶！""人家黄主任太太国色天香，尻子比你脸长得都好看。还不晓得人家黄主任要不要你呢！""你妹！你姑奶奶！"祝二妮脸涨得通红，急忙用水来泼，徐石柱一闪，水泼在黄山身上。祝二妮不好意思，急忙掏出手绢来擦。"咦！怪恩爱的嘛！八字没见一撇，就心疼上了。""你妹！你姑奶奶！"祝二妮招架不住，情急之下，想不到别的言辞，只有这一斧头。嘈杂的人群中又夹杂着嘎嘎的笑声。

"排队！排队！我不灵，这里有灵的。"黄山让徐石柱弄得也很尴尬，急忙岔开话题。"都给老……"刘仁见黄山在身边急忙将后面的话咽下去。"都给我排队！六十岁以上的到前面来！"原来羊不怕骆驼，只怕虎狼，人们乖乖地排成一行，给老年人让出了打水的位置。

"这样不行，你去买几块板子，钉一个牌子，把各队排个顺序，定个时间。"黄山对应宗这样交代。应宗去了。

黄山一行，就在龙潭边树荫下起灶支锅，生起火来，江霞掌勺，叶昭、李霞帮衬，杨娟、杨敏烧火，经过一阵煎炒烹炸，一桌十三花便做好了，在地上铺上桌布、酒具、勺筷，大家席地而坐，酒过三巡，黄山问陈琳："那描写干旱的诗句，是否又往下续了几句？""也是有感而发，刚刚诌成的。""有感而发好哇。我给大家讲个故事：相传大作家马克·吐温祖辈留下的一个偌大的庄园，突然失火，等到马克·吐温知道，火势已经很猛，无法扑救。马克·吐温没有悲戚，没有号啕，而是唤来夫人，观赏这难得一见的夜火景观……""你说这话，我懂得了，你的目的有三：一是要我们遇事不惊，沉着面对。二是这干旱也不常见，几乎是百年不遇，是观察干旱的绝妙时机。三是要培养我们的爱憎。人，只要有了分明的爱憎，才能齐家安国……"叶昭如是说。黄山对叶昭瞅了一眼，眼内透现出一丝赞许，不过他车过脸对着陈琳说："念出来听听。"

高山担水十里远，甘沟龙潭起纷争，

　　烈日炎炎千里火，赤地坼开半尺深。

　　"嗯！有点儿味道。前两句写实，后两句写实中就有情了，有点儿忧民之意了。"说话间，应宗背着牌子回来了。"没等你，只有残汤剩饭了。"黄山说。"没关系，饥饿好下食嘛！我来打扫战场。""这一盘子叶昭吃得多。你把水也喝了，别有其中味。"刘仁如是说，应宗自知不是对手，只是白了他一眼，没敢应口。

　　黄山一行，回到梧桐村，改作徒步，沿新房北路，走至杨家滩，趄向沿河大堤，只见杨柳三分绿，小麦簇春风。"啊！也只在我们这里今年见到了麦浪。""咋！又有感而发了。"黄山见陈琳如是说，问了一句。没等陈琳回话，应宗说："我来诌两句。""好哇！"

　　堤柳方现三分绿，田麦才吐四月花，

　　修造平原一千亩，落成小楼二百家。

　　"嗯！可以，诗中巧妙嵌入了一、二、三、四。陈琳，作文不是你一个人的专利吧！""我也有几句。"叶昭说。"好哇！念来听听。"

　　大摆小亭路面沙，水牛牧童短笛斜，

　　能工巧匠绘锦绣，妙手丹青作诗画。

　　"嗯！也可以嘛！"黄山模棱两可地赞了一句。

　　走至凉水沟口桥，黄山让停下来，黄山说："这里是个中心点，就在这里散了吧，回去每人写一篇"春游感悟"算是作业，三天后交到应宗处，应宗收齐交给我。"

　　走到凉水沟口，陈琳本应回家，可他并没回去，而是沿着大堤继续往上走。"你咋不回呢？""你看这夕阳西照，微风拂柳。如果这河里满是河水，碧镜映桥，河鱼跃波，那该多具诗情画意呀！可现在这河里，几近断流，黄沙满目，多么让人忧伤呀！""你能有此感慨，懂得忧伤，说明你已触动心性，今天就不虚此行了。""黄山哥哥在如此大忙之际，抽出时间，陪伴我们春游，可真用心良苦，寓意深远哪！""要改变自然，首先要改变人，要改变人，首先要培养人的世界观、人生观、价值观、荣辱观，设立自身标准，确立终极之目标，这样就会处事不惊，来去从容。""能否请黄山哥哥说得更具体一点儿。""你爱好文学，咱就以文学为例。好文章如画，图文并茂。好文章有骨，外柔内刚。如画就说画，一个物件，你从不同的方位去看，它的形状就不一样；有骨就讲骨，你长的什么骨，或媚、或贱、或傲、或铁。这样同一件事情，你从不同的立场去看，就会得出截然不同的结论，有的说好，有的说不好，有的赞成，有的反对。你写文，文如其人，要写文，先做人，怎样做人？做一个怎样的人？先设身，后立命。当然，这里面道理很深，我一时半会儿也说不清，你还是多看书，多参加实践活动，看看想想，想想看看。要敏于思勤于行。时间久了，你会理解得更加深刻。在这深刻中形成自我，用自我的目光去审视世界，看待事物，这便是成熟。然而这成熟，各人又各自不同。哦！你现在准备哪儿去？""哦！我想到大坝上去看一看，那不也正是建设的一幅上好图画嘛。""对！把这画上，再题上一篇文章。哦！不如看夜景，走！我听徐建说晚上焊工加班。到我家吃晚饭，饭后咱俩去看。"

大坝上，底座的迎水面护坡已经砌好，上面要有一层钢筋混凝土封皮。衬坝也已经砌好，表面也要有一层钢筋混凝土封皮。跌水坑也快砌好了。第二天要浇筑迎水面护坡，可焊接工作略显滞后，所以徐建建议电焊工加班。

吃过夜饭，又喝了一会儿茶，正是灯火阑珊时，东边天际的云彩，现出一片金黄。"走，现在正是时候。"黄山、陈琳徒步在新房北路，北路没路灯。不！不仅北路没灯，滨河沙路也没有灯，不过各户门前的路灯亮了。上自月亮湾，下至杨家滩，也有十来里路程，虽不敢说万盏灯火，但千余盏却不为过。看花应在雾中，看景当在月下，一切在朦胧中，有一种神秘感，别有一番韵味。这十里灯火，宛若天上繁星，闪闪烁烁，天上人间，融为一体。黄山、陈琳来到象鼻山，月亮刚露出半边脸，斜斜地向大地洒下万缕清凉的光，照到的是轻柔而模糊的亮，照不到的是凝重而隐现的暗，大地披上了莫测的面纱。而工地上的景象则截然相反，灯火照得如同白昼。人声嘈杂，电焊的火花，犹如就地燃放的焰火。那几十把焊枪，或明或灭，把潭水照得一片火红，坝上水下，交相生辉，把大坝装扮得格外好看。

黄山、陈琳下到河边，这时月亮已经升起来，亮亮堂堂的一个圆盘，风一点儿也没有，月亮的影子倒映在水中，水天一色。忽然不知什么地方滚下了一块石头，潭水荡起涟漪，那璧玉般的月影顿时化作无数的银片。"啊！真美呀！应该写一篇文章把它记下来。""以什么为题呢？""就叫作《不眠的月亮湾》。"

暂不表黄山、徐建、刘仁修水库、修桥，单说那刘仁临别纽约托付下刘志、徐宫一桩事情，那就是造库闸。这库闸是修水库的关键物件，直接关系到水库的成败，黄山、徐建、刘仁在为建设家乡、美化家乡操劳、奔忙，而自己为家乡做了些什么呢？虽然读书也是必要的，不能说读书是偷闲，然而毕竟是没有直接为家乡的建设出力流汗。故乡，这个和母亲联在一起的神圣名字，让身在异国他乡的游子魂牵梦绕，库闸的托付，像一双无形的手揪着刘志、徐宫的心。

刘志打电话让徐宫来商量事情，徐宫驱车来到刘志所住别墅，刘志向他告知造闸之事。徐宫说："这事得定在子昭身上。""为何得定在她身上，她可现在身怀六甲。""这其中有个说道。""有何说道？""那威廉导师一生从教，桃李满天下，说不定哪一个，或几个弟子，便在那造水闸的行当中，只要他吭一声，这事不就成啦。""可最近他为我和子昭上美国户口，办婚事费了不少周折，这又去张口，这口有些难张呀！""可不张不行哪！遇事总得出招呀！""要张还得我去张。""你去不行。""怎的不行？""这其中有个分晓。""怎的分晓？""人家收的是义女。义女是囫囵女，女婿是半边子，况那威廉盯着子昭腹中的孩子呢！""哦！哦！"

刘志、徐宫在客厅说这话，子昭在房中听得分明，正要到客厅搭话，忽见戈登少将来访。"啊！戈登司令！司令能登草堂，顿使蓬荜生辉呀！""按照你们中国的话说，我这是三顾茅庐，想请兄弟出山哪！""你说这话，我咋听不懂呢？""我这不是开门见山嘛！你夫妇已加入美国国籍，就是美国子民，我想请你出山，和我一块儿干一番事业。""承蒙兄台抬爱，只是兄弟毕竟才加入贵国国籍，家翁又年事高迈，妻室身怀六甲，我不想干那把脑袋提在手上，让他们提心吊胆的事情，只想图个安稳，过个平民百姓的生活，况且我现在学业尚未完成，恕小弟实难从命。不过念你我共事一场，你日后有什么疑难，有用得着兄弟的地方只管吩咐，兄弟自当尽力效命。""既如此，为兄也不便相强。愚兄也是随便说说而已。你日后想通了，尽管开口。哦！你们好像有事要出门，我是不是来得不是时候？""事是有点儿事情，就是找家翁办点儿事情，这不急。司令难得来一趟，我也正想邀司令小酌。幸好今日闲暇，咱们一醉方休。""事情如不忌讳，不妨说出来听听，看愚兄能不能帮忙。""不急！不急！站着说话腰痛。请坐下，一边吃茶，一边听我给你说个明白。"戈登、徐宫、子昭、逸远坐定，厨娘沏上茶来。"我家尚有三个兄弟，在为我村修水库……""暂停！打断一下。贤弟到底弟兄几个？怎么只有兄弟，不见姊妹？"子昭、逸远忍俊不禁，刚想笑，被徐宫剜了一眼，急忙用手掩口，低头呷茶。"兄弟是孪生，也只一个弟弟，无姐无妹，我这里说的兄弟是异姓兄弟……""哦！知道了，中国人重情重义，异姓兄弟，桃园结义，这位兄台的，是不是也算一个？"戈登斜眼看着用手指着徐宫。"他叫徐宫，初来乍到时，也只有他和我相依为命。""那我能不能也做个你的异姓兄弟？""一个朋友一条路，朋友多多益善。只怕兄弟高攀不上。""只要兄弟不弃，今日即拜金兰。""拜只是个形式，我的这几个异姓兄弟就没拜。只要情相投意相合，就可以了。情不投，意不合，父子也能成仇，兄弟也会反目。""哦！你说得也有些道理。那你我算不算得情相投意相合？""人与人相处，也要讲求一点儿缘分，贵在天成，我们能共事一场，你今天来找我，我又有事求人，这大概就是缘分吧。""哦！你可真会说话。那你说一说，有什么事儿需要别人帮忙。""也就是家中几个兄弟修水库，要有一个大型水闸。""哦！那你们本国没有卖的？""哎！这个也还真的没问。不过兄弟们在家里出了苦力，我们也应该出点儿钱力，为家乡建设献份薄礼。""哦！是这回事。这事你遇着我，还真的找对人了，能省下你大大一笔钱哪！我只收你成本费，包造包运，这也是愚兄献给兄弟的一份礼物。""好哇！这就是缘分。不知货有几大成色？""看你是要贵一点儿的，还是要一般化的？""贵的怎讲？一般的怎讲？""贵的夹有金刚石，防锈耐磨，启动轻捷，一般的那就差些。""那要贵的吧，送，就送一份重礼。请恕冒昧，有道是柴捆三道紧，话说三遍稳，不知将军阁下托哪个公司，在什么地方锻造？""这个话你自己也可能知道问得有些多余，你知道我是搞什么的。到时候通知你接货得啦，把心放到肚子里，保证质量上乘。""海涵！海涵！啊！子昭！给爹娘打个电话，上午过来吃饭。叫爹带个男的，娘带个女的。徐宫！你给慕容芳也打个电话，叫她上午也过来。"

刘志叫厨娘丽娜去买些生猛海鲜，叮嘱一定要鲍鱼、金枪鱼、鱼翅等几件珍品，自己又亲自驾车去接格里那凡夫妇。

家里冰箱内，现存有刘仁带来的金针、猴头、狸獾干肉。丽娜也不愧为烹饪高手，一阵煎炒、焖炖、蒸调，一桌中西合璧的山珍海味的宴席，便做成了。

大家要把戈登推向主席，戈登执意不肯。"两位导师、师娘是前辈，我是晚辈。""你是客人。"两位导师说。"怎么？你们都是自己人，就我一个是外人？""都是自己人。分成两拨，两边。导师、师娘为老字辈，上座，余下为小字辈，中、下座。男的一边，女的一边。按年龄为序次。"徐宫提出了这样的座次方案。大家按照徐宫的方案在寒暄声中依次入座，戈登是小字辈中的老大，位次仅次于导师和师娘。大家坐定，厨娘丽娜在每人面前放好餐巾，刀、叉、筷、勺、杯、碟、盅、锅。或许有人会问，锅都端上桌了？你先别急，那是一口玲珑小巧的火锅，也只小碗般大小。厨娘过来依次取下火锅上的罩子，将火锅芯子点燃。那火锅便慢慢地煮沸起来，这时厨娘端上一大盘蒸肉。"来！这是我家兄弟从家乡捎来的黄腰狸肉。人们说的'天上鹅肉，地下狸肉'便是这东西。可惜是风干的，如是鲜货，味道更美。""这东西，我吃过。"导师威廉叉下一块放在夫人锅内，又叉一块放在自己锅内。"这是葱蒜，油盐酱醋等作料。各人口味不同，自己调。"丽娜指点着。"你还指望我给你叉呀！"威廉导师瞅了格里那凡导师一眼。旋即又面对大家。"都动手，自己来。"刘志叉了一块放在戈登锅里，又给他弄了些葱蒜作料。"OK！真的不赖！""子昭招呼女的！"刘志站起来下着指令。"嗯！"子昭给格里那凡夫人叉了一块，正要给慕容芳叉，慕容芳笑笑："我早动手啦！"子昭又招呼逸远。"姐姐自己也吃！"逸远夹了一块放在子昭锅里。下来又上了鲍鱼、猴头、金针谓之四大盘，两荤两素，"这是树上长的猴头，山珍之首。"又筷又一阵忙活。

"现在喝酒！"刘志吆喝着，威廉夫妇一人拿出一瓶罐装窖藏陈酿，旋开封皮，酒香四溢，刘志、子昭分别接过，依次斟酒。"咋啦？一个拿一瓶酒？"戈登满腹狐疑。"不该问的就别问！叫你吃你就吃，叫你喝你就喝！""可我喝着憋气呀！""人家不知道的事就不憋气。""哦！哦！你行！这叫六月菜还得

383

快。""其实我这也没甚秘密，我爹拿的叫状元红，我娘拿的叫女儿红……""哦！就是你说的'爹带个男的，娘带个女的'。""正是。这状元红、女儿红都是百年陈酿，酒中极品，我这里也只一样一瓶，我怕不够，让爹娘又将我送他们的又拿来，我借的，还得还他们，你问这话，让我多难为情。这状元红度数高点儿，男的喝；女儿红度数低点儿，女的喝。"戈登端起，呷了一小口，细细品味："嗯！OK！果然好酒，好酒哇！来！我提议：为导师、师娘的健康长寿！为诸位兄弟姐妹的友谊干杯！"

酒醇人好，饭香茶浓，一直吃喝到夕阳西下，方才作罢。

戈登要走。"导师！您稍等片刻，我去送送将军阁下，回头再送你。""我不急，你去送客人。"

刘志把戈登送到大门外，戈登问了水闸尺寸，需用时间，然后和刘志依依惜别。两个多月后，刘志接到了水闸从夏威夷起程、让刘志接货的电话。

天公也可能吃酒吃醉了，醉卧天庭，忘了干旱的时日，地下像下了火，似有火焰在升腾，人间像一个大蒸笼，人都快蒸熟了。人的皮肉，好像大孔的筛网，汗源源不断地从那筛眼内冒出来，拿手巾擦一把，手巾就湿透了，用手一拧，水，滴滴答答地落在地上。风一点儿也没有，就是这样的闷热，人的身上一股汗臭气。要喝，要洗，可水日见紧张。正如前面所说的那样，月亮湾的水上面已派人控制，几拨警察轮番看守，还要强令水库停工，还要征调溪坝存水。黄山、应宗只得和他们周旋，刘仁、王彦、王贵、江虎等人也都带着猎犬在溪坝看守。拉水的车，川流不息，运水的人，络绎不绝，水位一天天下降，水只少不增，这水能搪住多长时间的拉运，谁的心里都没有底。因为运水的车子一天比一天多，运水的人，一天比一天密。

黄山只得把范勇、田朋、李强等叫来，召开秘密会议。黄山说："久旱必有久雨，天旱这么长时间了，万一哪一天，下起来了，涨水了，这半截子工程，有可能就泡汤了，我们可损失不起。现在虽说旱得厉害，但对工程来说，也就是水嘛，别的没啥影响。另一个问题就是热，干活我建议，加强早晚，放松正午，要注意防暑，每天加一顿绿豆汤，加一元钱的消暑费。这钱由村上在算工钱时补加，徐建把账记好。"徐建答应着。"溪库的水无论如何要守住，保证水库用水。但嘴要硬，手要软，也就是吓唬，千万不要做出什么出格的事。"刘仁答应着。"水！我们保证，哪怕是背水，也要保证水库工地用水。范队长，你们一定要保证把活做好，注意人身安全。天塌下来有王长子，你们只管干活。""我们就是干活的，钱出在手上，质量上，就是你不说，我们自己也清楚。徐建在工地上，主任你也经常看看，哪里有问题及时指出来，我们及时纠正。我们也非常注意我们工程的质量，我们也要创品牌，上位次，这次也是我们亮一手的好机会，只要料到位，我们只管干。"范勇如是说。"桥，快完工了，我们尽量干好就是了。"李强也表了态。"徐建，你估摸一下，先把消暑费预付给两位队长。在结算时一次性算清。""行嘛！"

黄山又让应宗组织人力，完成旱地整修、水渠浆砌结尾工作，一旦下雨，好种秋粮。秘密会议后，黄山又和柳市长联系了发电机组事宜。

一天，徐建、应宗正在水库工地察看工程质量。柳家堰村支书柳光义，大块地村主任李正春，各带领几个虎头虎脑的彪悍小子来找黄山，黄山站得高、自然看得远。他看到堤岸上走上来一干人，知道不是善茬，便迎了上去，见是柳光义、李正春，便在心里知道了分晓。"啊！是柳李二兄呀！工地重地，谢绝参观。哪里风凉，到哪里歇着去吧！""我们可能没那清闲，我们连吃水都不够，你们拿水和泥沙，还请黄主任给个说道！""怎么，想打架呀！那人来少了嘛，来挨打还差不多。""人倒是有几个，就怕你们不敢打。我们是来看看情由，讨个说法。""这般说话，来个把人就行啦，来那么多人干吗？""他们是村民代表，回去说服力强些。""既如此，大家请跟我来。"

柳家堰村和大块地村民代表看了情况后，黄山说："我们用的是溪坝的水。溪坝水，你们无权干涉。你们也已看到，梧桐村下的河水比骆驼堰段还旺些，请回去多多解释。"柳光义、李正春分别握住黄山手说："这次不怪你们，请不要见怪。"

"别装得假惺惺的，什么村民代表？个个愣头小子，告诉你们，想打架，你们还嫩点儿，趁早取消那花花肠子。没水吃，好说好商量。想动粗，我们在河心打井，把水给你抽干，渴死你个大舅子。""哎嗨！黄主任夫人姓柳，莫说还真是大舅子！晌午还不请舅子哥喝两盅！"大块地村主任李正春趁机下石。"去你娘的！你倒吃里爬外。黄主任尻子油厚。"一干人说说笑笑，向那沿河大堤走去。

黄山约上应宗到凉水沟桥看了看，又转向凉水沟。"这桥在我们村是第一桥，大桥竣工后，要举行通车典礼。现正灾害之时，典礼以小型清雅，而又不失欢庆热闹气氛为好。"黄山又察看了麦田和鱼池。麦田虽不十分丰茂，但估计也有六七成收成，鱼塘旁风拂垂柳，鱼塘内草鲤跃波。黄山又察看了小河，竟还有少许河水流淌，心中十分欣慰。这一段时间，他把日常事务托付给应宗，有些时日他没到凉水沟来。他担心鱼鳖难以活命，所以才过来看看，见到大旱之年，尚能如此，他一颗悬着的心放下了。江中蛟正在田中提麦草，黄山招招手，他过来了。"哎！你这塘内发现没发现四脚鱼？""什么四脚鱼？没有。"黄山到小河内找了找，没有。一直到陈家烧锅，黄山在小河内发现了几条。黄山知道小河里有，鱼塘内肯定也有。他找到陈度国，叮嘱他保护四脚鱼。陈度国可能已经发现，诡谲地笑了笑。这时黄山发现，小河水似乎比下面大些，到了李家村，已是能听到溪水叮咚流淌声，大鲵已是随处可见了。

一般情况下河水都是越流淌越大，可现在却为何越流越小呢？应宗提出这样的疑问。"人往高处走，水往低处流。山高一尺水冷三分，气温低蒸发就相应少些，这是其中的一个缘由。还有其他原因，咱俩一人说一条。""越往上走，树林越密，人口越少，坡地越少，植被完好。山高林茂，树大根深，蓄水性能好。""对！这是非常重要的一条。还有就是生活用水，农业用水越下越多。""还有一种可能是源头沙少。水在石上流，没有渗漏，全部呈现在外面，越往下，沙越多，土越厚，水渗至地下，地面水少了。实际水的总量还是越往下越多。""你是说，河面水少，只是表象？""对！也有这种可能。"

说话间，便见竹木环合，走进那竹木之中，便是李正茂的场院，李正茂和李新正在烫野猪。"哦！你们来得可不是时候。迟不来，早不来，猪刚烫好你就来。""果子，大家吃才香；肉，人多吃才有味。现在天热，吃不完坏了。我是福星是财神，给你送钱来啦。现在咋搞到这东西？""我们是守株待兔，天旱，高山无水，野兽要下山喝水。我们便在野兽喝水的地方下套子，放夹子，多少不等，都有些收获。""是呀！人离不开水，飞禽走兽也离不开水呀！""这么长时间，咋不见主任上来转转，哪里把你得罪啦？""那倒不是，修水库事多，日常事务应文书负责，我就跑得少啦。""今日咋有空？""你当我来看你呀！我惦记的是四脚鱼，那可是咱村的未来呀！""这个我知道轻重，这不，下脚料、兔子野鸡等，大多不都喂它们嘛！""哦！如是更好，哦！岭那边我就不去了，你有空去看看吴三女子他们。跟王贵、王彦说说，也要养好果子狸、獐子。现在天热，要多喂水，防暑防病。那边水缺不缺？""可能问题不大，没见言语嘛！我最近过去看看。"

应宗挑着两条野猪腿，和黄山走在回家的路上，太阳斜斜的，把他俩的影子拉得长长的。"也到了这月份，天又这样的热，怕是搁不住。不如今晚就弄的给李强他们吃了，到大桥典礼时，就不招待了。"黄山说，他想看一看应宗做何反应。"话虽说早吃迟不吃。但为啥说啥，喝的完工酒，但现在没完工，给他们吃了，只怕到时候还得招待。""为啥？""你想呀，通车典礼，剪彩虽说简朴一点儿，但总得有人剪彩吧。至少得镇上领导来人，万一县上、地区、邻村再来几个人，你咋办？""那你说咋办？""到时咱就放在淑贞姐的餐馆办。她有冰箱，咱就先放那，你总得摆桌子，光这一样菜也不行哪。"这个题目虽然简单原始，但黄山看到，这正如学步婴儿，虽然他走得摇摇晃晃的，但毕竟会走了。"到时候，你操办，你主持。""我怕不行吧？""试试嘛！"

梧桐第一桥很快完工了，整个大桥突现出一个石字，石墩、石拱、石栏、大拱、小拱，既厚重又玲珑，通车典礼前，邀请地区、县、镇领导参加。凤鸣岗一侧搭有彩门，彩门间有红绸缩彩。通车典礼时，华专员、张副县长、柳镇长、杜勒等都来了。县广播电视台摄影组也来了。八点三十分，应宗宣布：梧桐村凉水沟口桥通车典礼正式开始。首先李强队长对大桥的建设性能做简要的介绍。应宗说："梧桐村地处黑龙河两岸，两岸往来极其不便，特别是学生汛期上学，家长、老师提心吊胆。在地区领导亲切关怀，县、镇领导正确指导下，县工程二队一小队，前后共奋斗两月零十天，梧桐村第一桥，正式竣工，今天在这里举行通车典礼。梧桐村第一桥的建成，离不开杜勒老板的大力支持，在这里，我代表梧桐村全体村民，对各级领导的关怀，对杜老板的大力支持，对工程二队的辛勤劳动表示衷心的感谢！你们的功德，我们铭刻在功德碑上，与大桥共存……"

华专员、张副县长、柳镇长分别讲了话。

十点，凉水沟口一侧锣鼓大作，鞭炮噼里啪啦炸响。两只雄武的狮子，欢跳着上了大桥，来到彩门前引车，华专员剪彩，双狮掉头前导，四辆小车方阵徐徐上桥，小车方阵后，依次是十六辆的摩托方阵，二十五辆的自行车方阵，一百人的行人方阵。后面是推土机、装载机、单车车队，围观的人前呼后拥，欢呼跳跃，梧桐村无桥的历史一去不复返了。

工程二队吃过送行宴，领了工程结算款，就踏上了归程，工程建设者就是这样，他们把铺盖卷从一个地方背到另一个地方，当工程竣工剪彩的时候，他们已走在回家的路上。他们背上背着湿漉漉的日子，头顶上顶着皱巴巴的太阳，在家里住得一日半天，便告别那破旧而温馨的家，带着老人的嘱托，妻儿的目光，走向那迷惘的他乡。

大桥通车以后，水库的建造也已接近尾声。黄山让刘仁和刘志联系水闸，可刘志只简单地答复知道了，然后便如石沉大海，再无消息。麦子已黄梢，黄山叮嘱应宗，赶紧检查一下秧苗圃，水再紧张，苗圃水一定要供上，否则到时扯秧难，苗池土一定要松软。应宗答应着："你再和刘仁、徐建商量一下，麦田这么大面积，人力收割怕太慢，一旦遇到阴雨，那就麻烦。到市里弄发电机组时，一起先弄一台联合收割机和四部插秧机。"

"这个还是你给他俩说一下吧，我说……""我可以给他们打个招呼，你和他们具体商量着办。""具体事，我能办。"

一天，刘仁突然接到刘志打来电话，要刘仁拿着证件，于农历四月二十日到北海舰队，找中将司令罗世杰接水闸。

这是一件大事，刘仁、黄山、徐建专门开了一个碰头会，刘仁要徐建一块儿去，因为他对水闸性能、质量、标准掌握得远不如徐建。黄山说："那怕不行，水库工地一刻也离不开徐建。还是给刘志打个电话，让徐宫到连云港验货。刘仁可以到连云港接货。"他们把这个意思反映给刘志。刘志说："这大可不必。每个部件都有检验标签，标签上都有徐宫、刘志签章，货已验过，只看货单，标签接货就是。""那去我一个也不行，遇事总得有个帮衬。"黄山便让应宗和他一块儿去，凡事听刘仁吩咐。应宗答应着。他俩计算着行程，在工程一队范勇的帮助下，在县货运站租赁了一台大型装载车，便上路了。

刘仁、应宗和装载车司机一行三人，饥餐渴饮，晓行夜宿，不几日，便来到山东地面，通过手机和舰队罗世杰司令取得了联系，司令让参谋余龙接待刘仁一行，在舰队招待所，余龙参谋安置了刘志、应宗和司机三人，时值四月十九日下午四点一刻，洗漱餐饮已毕，天气尚早，余参谋说："如果不累，我领你们到海滩散步。"应宗说："我是内陆人，还从来没见过海，观大海是我多年夙愿，如是最好不过。"刘仁也欣然应允，一行四人来到海滩，只见海水浩渺，无边无垠。"啊！真大呀！"应宗发出这样的感慨。"哈哈哈哈！哈哈哈哈！"刘仁笑得前仰后合。"你笑啥？""我笑有的人书也读到本科，虽然吟不出'落霞与孤鹜齐飞，秋水共长天一色'妙句。也不至于只会说个'啊，真大呀！'的拙词，像老鸹叫。""你是凤凰你叫呀！你咋不叫呢？"应宗也学会反口了。

"好！你听着：碧海浩渺波千顷，舰船驰骋笛声声，今有东海苍龙在，安使强寇犯边城。"

"现在是和平时期，我们应该充分享受生活，作诗也应多体现一些婉约、缠绵的生活气息。""能说就能做呀！不要老是只有理论没有行动的空话呀！"

"献丑了：外柔内刚琵琶女，能容大度纳百川。谁见沧海沉影壁，唯有樯橹上极天。"

嗯，有两把刷子。难怪黄山让他主持村上日常工作。咦！莫非……刘仁暗自思忖。

大海唤起了刘仁、应宗的童心。其实刘仁、应宗也是才长大的孩子，童稚时不时还在他们的言行中显现出来，这显现带着几分顽劣，几分可爱。他们在浅滩捡了些贝壳，虽然这贝壳对弄潮人不屑一顾，但对内陆人却也十分可爱，然而刘仁、应宗并不满足，他们竟游向惊涛骇浪的一座无名小岛，那小岛确也不负二位的光顾，刘仁、应宗用衣服包了些奇形怪状的贝壳。为了防止司机的抢劫，他们把心爱的几个藏匿了起来。

二十日上午，美军的联谊舰队远远地驶来，星条旗渐见清晰，北海舰队主舰鸣了几声汽笛，便起航迎了上去，罗世杰中将、余龙参谋站在前甲板上。戈登少将和副手哈根也站在前甲板上，等到两艘主舰相遇，又各鸣了几声汽笛致意。中国舰队划了个半圆弧，掉过头来，两行战舰并肩行进，五星红旗和星条旗在舰头高高飘扬。美方主舰在导航员的导航下，徐徐向码头靠拢，顺舰靠台，大吊车抓起水闸稳稳地放在刘仁的装载车上。戈登、哈根依次和刘仁、应宗热烈拥抱。"你和你哥哥真像，不注意还真的分不出来。""将军阁下！一路辛苦！些许小事，劳动将军。""顺路而来，举手之劳。见到你非常高兴！啊！你把货验一下。""将军亲自送来，不才十分放心。"戈登向哈根示意，哈根拿着货单一一指点给刘仁、应宗看，刘仁看得分明，确也如刘志、徐宫说得那样，有他们的签验标签，哈根又用钉锤敲了几下水闸，那嘤嘤声圆润绵长。"将军公务繁忙，兄弟这就别过。如有闲暇还望光临寒舍。""有机会一定拜访！一路走好！"刘仁、应宗又和罗世杰中将，余龙参谋一一握手话别。

暂不说刘仁、应宗别了戈登、哈根、罗世杰、余龙，并给刘志、徐宫回了电话，归心似箭，急行慢赶。单说那水库，也仅剩下安装水闸一部工程，范勇找到黄山："其他活，最多也只明天一天，如明天水闸不到，后天也就要停工，停工一天，就十几万，我虽是个工头，然而大家出来就是挣钱的。人多嘴杂，还望主任跟刘仁他们联系一下，尽量及时赶回，不然我也不好说话。停工待料，要钱吧，有些世俗，不要吧，我又难堵众口。难哪！""刘仁自然会知道轻重，绝不会无故误事。可是那海洋中事，谁能确保？如货按时进港，刘仁当该及时返回。如万一海航延迟，那也无可奈何，万一出现此等情况，造成停工待料，我们当按合同付款，这是不会有他论的。联系那当然是必行之事，不过人家是军工产品，我们也不便多做话说，还望范队长能够理解。""停工付款，我们还有啥话说。只是没干活拿钱，心里毕竟不踏实。""人家舰大技强，我想当不会有差失。""那当然最好不过。"

刘仁、应宗扳着指头计算归程，可车笨货重跑不快，这样下去，怕是不能如期到家。刘仁、应宗、司机三人一合计，便生出一个主意，刘仁会开车，应宗让刘仁、司机轮番开车，轮番睡觉。他坐在副驾驶室上瞭望监车，他监车时吃饭、喝水。等到刘仁、司机吃饭歇车时，他睡觉。这样行车时间就增添了许多，他们终于在范勇他们将要停工的那天黎明，回到了月亮湾，将水闸交给徐建，徐建按货单一一查验，在交接单上签了字，付了车款，司机便驾车回程，刘仁、应宗回家睡觉。

刘仁、应宗一觉睡到日影西斜，方觉腹中饥渴，忙起床，胡乱地吃喝了一些东西，便相约着来见黄山，正好黄山在家。"远途归来，当多少有个见面礼，给我带回了什么东西，拿出来看看。"应宗从袋内掏出一包东西。刘仁也掏出一包东西。黄山打开来看，都是贝壳，只是刘仁的只有两个，但个大，色彩斑斓，形状怪异，当属贝壳中极品。应宗的是一大包，但货色平平。"你就没捡到这样好看的贝壳，只拿这一般货色来糊弄我？"黄山一边拨拉着应宗的贝壳，一边像审贼一样的审视着应宗。"有是也有两个，只是已送人了。我水性不好，我到时，好的已被仁哥哥霸占得差不多了。仅有两个，还是匀的。你就多担待一些。""嗯！还算老实。如果我猜得不错，它们现在已摆在某个人的闺房中。""主任何许人也，啥事能瞒得过主任您哪！""人家应允啦?""只都是心里那样想着吧，窗户纸都尚未捅破。""该张口时，就要张口哇！你不张口，人家女儿家毕竟脸皮薄些。""等到合适的时候吧。主任，如果没事，我就告退。""急啥呀！'月上柳梢头，人约黄昏后'，还早呢。"应宗只得又坐回原处。

"你俩歇息一两天，还得出趟远门，就是到省里去把发电机组、联合收割机、插秧机弄回来。徐建可能走不开。咱们三个开个会，取货时，顺便到县里、市里、省里各送份请帖，让他们来参加水库蓄水典礼。并各送上一束上好麦穗。他们不来，于理不通，来了，当多少不等都将有些进项。切记在心，万万不可造次。"刘仁、应宗一一应允。"你俩取货时，不要性急，找个旅店，先住下来，待几天。当然，这待几天，不是让你们玩儿的，是让你们掌握机械性能，学会驾驶，简单的机械维修，回来还要教别人。水库竣工以后，咱们将落下数目可观的一些重型机械，组成机械作业队，已是火候，咱们该当走出村门，到外面去捞钞票，你俩要时时注意这方面的人才。这种人，要脑瓜灵、会处世、吃得苦、耐得累、挨得骂、玩得活。当然，也要心正技湛。""你是不是搞颠倒了，应该把心正技湛放在前面，你怎么把它们却放在后面?""啊！这里面有个分晓。""怎的分晓?""木工上山采木，总是先注意木材的质地，陶工制陶也是先注意陶泥的质地，他们总是先抓住那些基本不变的东西。""啊！我知道了，你是说思想技术是可以改变的。""正是这样。人的天生禀赋，虽说也能改变，但那太难了，非得经过痛彻心扉的变故，洗心革面的忏悔，才望有所启动，所以一般情况下，只能因势象形，这便是用人之道。何况，一个吃得苦、耐得累的人，压根儿就没想到依靠别人来拯救自己。当然这也颇有偏激。"

刘仁、应宗歇息了一两天，回过神来，便打点行囊起程，他们先到县里禀告张副县长月亮湾水库即将竣工，到时让张副县长光临参加落闸典礼，并送上请柬。张副县长挨训的时间多，听得这般往脸上贴金的好事儿，乐得合不拢嘴，便满口应承了下来。刘仁、应宗来到地区，找到华专员，华专员知道这讨账的找上门来，人家水库都快竣工了，自家的赞助款还没有着落，他看着刘仁、应

391

宗还有一束麦穗，便知道那是送给省长的。一想到省长，眼前立马现出省长那如火如电的灼人目光。且不说这俩小鬼难缠，省长的这个坎，他怕就过不去。今年是灾年，要钱的地方多，这钱到哪里去筹措？刘仁、应宗来到市里，柳市长夫妇很热情地接待了他们。酒足饭饱，刘仁便吵吵着要去找旅馆，夫人说："家里闲房多，去花那冤枉钱干啥？"刘仁说："我们得住几天，做饭、烧水只怕夫人受不得这般劳累。"夫人说："老人都是贱骨头，让孩子们吵吵着舒坦。"刘仁向夫人扮个鬼脸，便和应宗去找钟省长，钟省长把请柬放在一边，把那麦穗细细把玩。"这麦穗，真是你们地里长出来的？""我们这次来顺便还要买联合收割机、插秧机，那两千余亩麦子还在地里长着，难道我诳你不成？""那这般干旱年景，滴水如金，你们是如何作务得这般好庄稼？"刘仁便将如何筑坝蓄水，引水灌溉，从头至尾向省长做个详细汇报。"好！好！你们创造了奇迹，我这立马向国务院汇报，为你们请功。""这回省长该不会驳我们面子，不去了吧？""去！一定去！""去了可不要忘了带份贺礼！"刘仁满以为省长会说我已经给了你两个笨家伙，咱俩的账已经清了的话，没想到省长竟满口应承下来。"一定！一定！"省长该不是忙昏了头，把以前的事给忘了。

省长确实高兴，省长也是农家子弟，对庄稼有着特殊的感情。省长参加过抗日战争、解放战争、抗美援朝战争，他知道粮食的重要。有一次山地被困，为了弄得半袋粮食，牺牲了好几个战士的性命。三年困难时期，他任地委书记。曾经看着他的子民因饥饿致死，而束手无策。他深深地知道饿的滋味，他对手中有粮，心里不慌的理解要比一般人深刻得多。眼前不少地方又赤地千里，饥饿的魔影在他脑际萦绕——虽然现在调拨运输能力很好，饿死人的悲剧不会重演了，但在危急之时，这两千亩小麦也是一颗定心丸。更重要的是，这种精神值得发挥光大，创造了这种奇迹的人也应该得到器重和信赖。他让刘仁、应宗抓紧学习机械驾驶、维修，等他几日，他亲自驱车前往国务院汇报。

在国务院总理办公室，马克主任接待了他，马克主任又把这情况向黄兴副总理做了汇报。黄副总理也很感兴趣，在今年向中央政府送麦穗的仅此一例，一个普通的村级组织，竟能修县级河流的水库，也当属罕见。"你老省长亲自跑来汇报，我照理应该相信，可按常理又有些离奇，你可不敢老鬼叫小鬼给忽悠了！""按说不可能哪！他忽悠我干吗呀？他们修地、修河堤，我倒是亲眼所见。这麦穗我倒也盘问再三，这水库要落闸蓄水，要真东西出现，忽悠的可能性也不大呀！""你暗地里查一下，查证清楚了，再给我打个电话。"

省长回来，生个由头，和秘书何英连夜驱车临河镇，次日改了装束，起个大早，徒步凤鸣岗。

省长回来，刘仁、应宗也已买好了机械，办了托运，便来向省长告辞。省长告诉他："能不能割麦、水库蓄水同时进行？""那很不好说。如果天气晴好，水库竣工也就在这几天，但小麦已经成熟，可能一天也不能等了。我回去可能就要开机收割。常言说：'久晴必有久雨。'万一出现久雨不晴现象，那到手的庄稼不就泡汤了？省长说这话啥意思？""我就如实告诉你吧，国务院到时可能有人看收麦和水库落闸……""我知道啦，我们先把收小麦情况拍下来，领导来了看片子不行吗？""你们有摄影机？""小的，不太好。那样吧，您让摄影组先去摄影嘛！水库落闸如果没有意外情况，也就是这几天吧，中间空也空不了多长时间。""你说的意外情况指的是哪些？""也就是连续阴雨，再就是机械故障。机械故障的可能性都很小。""无论如何你都要留一小部分麦子不收，到时候，我要看长在地里的麦子。""噢！原来您是这样的不相信人哪！将来还不是跟诸葛亮一样，累死的货！""去！去！去！没大没小的东西！""来时莫忘了带份礼哦！"

刘仁、应宗来到柳市长家里，刘仁便想打那市长夫人的主意。原来那夫人是省机械学院的高才生，正宗的科班出身，说起机械如数家珍，虽说机械自己会倒腾一些，但这临阵磨枪，哪能恁般精熟，万一出点儿一差二错，那铁家伙卧在那里又将奈何？想至此，便生出一个鬼来："啊！来时匆忙，我差点儿忘了。我这里向夫人道喜了！""喜从何来？""英子姐身结珠胎，现在正害着呢！人有病恙思娘亲，走时千叮咛，万嘱咐，让我一定给您老把话说到，您老可一定要去呀！您老这就收拾收拾，搭我们车去，路上也好有个照应。""她咋没在电话里告诉我呢？""咳！这种事儿，又是初次，您是过来人，难道还不知就里？"夫人想想也是，便和市长商量，市长说："顺便去看看也好。"

正在刘仁、应宗和田夫人准备起程，白福民的独生女白小芳，不知从哪里知道刘仁来买机械，便要搭便车一同回村。"你学校毕业啦？""也就快啦！""咋现在想着回去？""每生一个月的农村实习，碰巧就碰上你了呗！""你是学机械的?""咋啦?你看着不像?""实是不相宜。"刘仁见她娇小白嫩,连想都没往那里想。

刘仁一行回到凤鸣岗,便见黄山领着一行人在拍一些场景。一打听,原来他们是中央电视台新闻栏目第一摄制组,组长兼导演常山、摄影师葛根、机械师桂元、节日主持人孙狄以及音响灯光负责人苟奇。"这当官的就是刁哇!明想着他们不知道什么时间来,没想到人家兵早在路上。""没咋说'是官刁似民'呢。"说话间,车已行到白福民门前,白小芳邀刘仁、应宗、田夫人歇会儿吃杯茶。"还不知道家里有没有人,能不能进门,干脆到我家,顺便帮忙卸车。"刘仁人还没下车,也不知道娘在不在家,就破着嗓子喊,"晌午有客,准备做饭哪!""晌午都到我家,妈下来啦,路上不晕吧。我给莲英说啦,她晌午回来。来!我扶您。""还没到那一步。你快帮忙卸车。""收割机停我门前,发电机组卸徐建门前,插秧机卸你门前。"

卸车已毕,黄山引田夫人、司机、刘仁、应宗在客厅吃茶,厨房内黄山已从灵芝餐馆请来了师傅,晌午做两桌子并马上打电话叫徐建回来。

下午,刘仁、应宗试机,先在割过的麦地开,再进入麦地收割,本来黄山要让田夫人休息,田夫人说:"我也去看看,他们毕竟手生。刘仁也能开,但快慢掌握不好,左右也掌握得不好,应宗更不行。田夫人上机接替了刘仁,让他坐在副司机位置上,没想到方向盘一交到这位雍容华贵的夫人手上,机子顿时变得温顺,吞吐轻松自如,麦茬高低适当,轮印也平直浅活。等到交到刘仁手里,不是这样就是那样,总有些别扭。白小芳把刘仁换了下来,她一边细心地看,一边又仔细地听夫人讲,一圈到头,白小芳接过方向盘,呃!没说,她还行。其技艺虽不能和夫人媲美,但已属可以工作的一名司机了。黄山说刘仁还不如一个纤小的女子,刘仁说这台机子是女的,要换一个男机子,他也一定会开得更好。

等到刘仁地里麦子收完了,徐建跨上收割机,把收割机开走了,他竟开得娴熟自如,黄山剜了刘仁一眼,刘仁扑哧一笑:"徐老二怕是开始变性了。"一边说,一边追着徐建去了,收割机后面哗哗啦啦跟了很大一群人,毕竟麦收是龙口夺食,又晴旱了这些时日,当人们看到长在地里的麦子,顷刻间麦粒装在袋子里,回去晒晒就可以卖了,似乎都悟出了点儿什么,便都拥到机前邀请徐建给自己收割。是的,人类自神农务出麦穗开始,将麦粒从麦穗里弄出来费了多少心力，从揉搓到连枷，到打麦机。打麦机来到人间时间也不长，连枷延续了几乎两千年，越是热越是要打麦。打麦机虽然让人们远离了连枷，但让人们灰头土脸，十分劳累，又在五黄六月。再者运麦捆，运麦草又有很大的劳动量。联合收割机不但解决了脱粒问题，而且碎秸肥田，这又免除了运麦捆堆麦草的劳动。社会在走向文明，劳动也在走向文明。

正当黄山、刘仁、徐建、应宗紧锣密鼓地筹建机械作业队的时候，白小芳忽然来找黄山他们，说她要承包全部机械。话还没说完，徐建、刘仁便咯咯地笑起来，笑得眼泪都流出来了，笑得白小芳丈二和尚——摸不着头脑。"你们笑什么呀！有话便说呗！""我笑你怕是发烧，烧糊涂了吧！上嘴唇下嘴唇一吧嗒就包啦，几百万哪！""我又不是买你们的机械，我是承包嘛！""我看你跳个舞呀！唱个歌呀什么的或许还可以，蚂蚱大的一个人，手握着方向盘，屁股坐不到驾座上，还想摆弄这些大家伙！""我是来跟你们谈正事的，不是来听你们羞辱的。希望你们尊重点儿。"小芳一边说着，眼眶内便有几粒晶莹的东西滚落下来。黄山急忙拦挡刘仁。"钱来得不快，猫尿倒是淌得怪顺溜。"小芳扭头就走，几乎哭出声来。黄山急忙拦住，应宗、徐建也好言相劝："你小丫头片子给我坐那儿，听我给你做个分晓，搞机械是在别人兜里抠钞票，这种人要脑瓜灵、会处人、吃得苦、耐得累、挨得骂、玩得活。你三句话没说完，就掉珍珠豆，这挨得骂这一条，你就不够格。""你才多大嘛！人家小丫头片子，那你就是小兔崽子！"白小芳这时才想起反击，惹得徐建、应宗扑哧扑哧地笑起来。"呃！我你可不能骂，机械我管，我是主考官，我现在就是对你进行面试，我说行就行，我说不行就不行，得罪了主考官，要包机械万不能！""行啦！行啦！大妹子！这样吧，你也尚未毕业，只是回乡实习，我们允许你参加机械作业，按工付给报酬。刘仁虽说的是戏言，但也有几分道理，搞机械确实又脏又累，又看脸色，又受气。你愿意干，我们很欢迎，招标也不分男女，你先干一程再说。明天上班，我们事还多。"小芳擦擦眼泪，退了出去。

"政府可能有大人物要来，钟省长还说让留一块麦子，他也可能来。"刘仁向黄山说，"水库完工也就这两天，咱们分下工。徐建把狮子队、花灯收拾一下，到时总得有一点儿喜庆气氛嘛，重点耍狮子，这是我们的强项，龙灯、宫灯也要弄得漂漂亮亮，说不定要拍片子。抓紧把工程队账清一下，要来得清楚，走得明白，可扣可不扣的钱就不要扣，可给可不给的钱，给！活，人家也确实干得不赖，让人家都带着笑脸回。你这两项抓好后，重点还要收麦子。刘仁你抓安全保卫，省长一行的安全这是头等大事。工程队的满工宴你准备，要丰盛一点儿。省长一行的伙食，要不同于工程队，要别出心裁。应宗你还是去找一下白小芳，你主要抓收割，暂时离了她恐怕确实还不行。麦秸虽被粉碎，咱这可是要插秧，不知有没有影响？我看还是烧了保险，天干物燥，烧时要远离没割麦块，几家联手，拢在地中心，水渠灌好水，火离水渠两三丈就要浇灭。烧过地块，牛耕机耕马上开始。夏争晌，秋争时，稻子及早插上的好。最近事情稠，我还要和各组联络，还要协助摄影组。大家各司其职，把事情办好，说话做事处处检点，把尾巴放到屁壕子里，夹紧点儿。"刘仁翻了黄山一眼。

第四十五回　玉兑库落闸蓄水
工程队工满归家

　　小麦收割在争分夺秒地进行，割麦打回茬，是农活中最忙最累的时候。说忙是因为雷雨、冰雹无常，龙口夺食，不容有歇息的时间；说是累，是因为时间是在五黄六月，气温高，收麦又在午后一两点，气温最高的时候，现在虽说是联合收割机收割，机械运输，但那两百多斤的麦包，搬上搬下，入户码垛，也是够人生受的。

　　雄鸡刚刚鸣晌，地上已经像是下了火，升腾着炽热的焰气，一点儿风也没有。树叶上落了很重的灰气，焦弱地打着卷，狗早已挣脱了链索，来人也懒得吠一声，只顾吐着长长的红舌头喘气。

　　徐建、白小芳和白小芳领来的男同学黄浩轮流开着联合收割机。人一上机，干不了半个钟头，那汗水便顺着鼻尖、眼皮往下淌，衣服湿个精透，黏在身上。徐建、黄浩穿着背心短裤略微强些，只是苦了白小芳，她还得长衣长裤穿束齐整。这原本是绝好的戏谑题材，可艺差三分，人矮一截，白小芳每次驾机驶过刘仁身边，她那小而好看的小嘴的嘴角总要高高地翘起，向刘仁投来鄙夷不屑的眼光，刘仁只得蔫了头，用树棍在地上画着只有他自己才认得的文字。虽然天气酷热难耐，可田边地头还是站着几个人，他们是等着刘仁安排收割顺序的。他刚一抬起头，只见大堤沙路上开来了三辆联合收割机，副驾驶台上坐着三个老头。刘仁心里正自疑惑，那机子已是来到了眼前，真个是远观模糊，近看分明，刘仁惊诧得张开的嘴半天合不拢，认也不是，不认也不是，竟一时忘了主张。还是那中间老头下得车来，主动上前搭讪，才打破了僵局："我们是卖麦工的，见得这里有点儿麦场，也不知用得上用不上……""哦……哦……哦！我……是打工的，做主张不得……我去请示……主……主人！"说完，撒脚丫子

397

去了，不过，他去得快，回得也快，人也沉稳多了。他主动迎上三位老头，不卑不亢："各位老大，你看这时已近午，天气又这般炎热，咱活又不多，又来了你们三台机子，今年麦场也不多，你们既来了，就不能空回，我们主人吩咐到家吃茶。晌午吃点儿便饭，待清凉些，下午挣点儿油钱，明天上路，不知各位老大，意下如何？""入乡随俗。就按你家主人的意思办吧！我们三台机子，分属三家，趁着饭时尚早，不如就将地块分了，下午就可入地作业。""这般也好，各家亩数都有定数，你们自家选几家吧！""也好，咱们选地吧！"三个老头，下得地块，却掐麦穗，数籽粒，拔麦根，算分蘖。刘仁怕被人看破机关，急忙上前劝说："亩数都是一样多，麦子也都差不多，有啥好选的？回家吃茶吧！""好！好！看看就来。"

人们都说老头儿犟，事实上有的犟，有的不犟。可这三个老头儿都犟，三个人拗在一块儿，那就是犟得又犟。刘仁在地方上捏人，那是轻车熟路，可他对这三个犟老头，一点儿办法也没有。你看他三人数了麦粒，算了分蘖，又沿着那河堤沙路，指指点点。然后再上了凉水沟口桥，比比画画。看了桥，该回了吧！偏又折向水库方向，走就走快些呗！路上不要歇。可他们慢腾腾各自掏出白毛巾擦了把汗，又走进凉亭。你还晓得热呀！放着清福你不享，偏要炎炎烈日下活遭罪。你遭罪，你遭罪呗！却又连累着我……不过刘仁没时间去想那么多，他的每一根神经都绷得紧紧的，他得万无一失的，不！说确切些，应该是毫发无损的，把他们引到黄山家的客厅里。大概是歇够了，也可能是肚内饥渴，他们到底出来了，水库看得简略些，大概是想走了，可怎么又进了水馆，李霞不知天高地厚地收了票，刘仁又不好拦挡，只在心里叫苦。水馆各池除了底层外，还有大约池面积四分之一左右的靠边二层，二层上也有水流淌，也有几处上下的"阶梯"。这一方面可做养殖物种的藏匿之地，也扩大了养殖物的活动面积，增加了水内的含氧量，可能三个老头对这种设计很欣赏，又磨蹭了不少时间，水馆的出口，有一副水碓，没有启动。老头中的一个嘴张了张，然而终是没有说出什么话来。

从水馆出来，沿小楼房前水泥路往回走，除了看了几家房子，还看了水渠、秧苗圃、旱田及喷灌设施。一直到太阳偏西，刘仁才将三个犟老头交到黄山手上，他的一颗悬着的心才又回到腔内。这样也好，两顿合一，省下一次招待，不过他似乎又悟到了点儿什么，然而又不十分清晰。好在黄山并不傻，将那准备的特别宴让三个老头吃了。自然也是吃得心满意足。

下午三个犟老头，又钻进凉水沟，好在那水中物，多半夜间出来活动，水渠、池塘内也只有鱼儿摇头晃尾，这才没有泄露机关。到了沟垴，那獐子、锦鸡、黄腰狸自是藏匿不住，似乎他们并不认得，只是觉得好奇，看了好一会儿，也没见说出分晓。

太阳快要下去了，林间显得十分清凉，空气也带着润润的花香，这使得劳碌了一天的三个老头，十分惬意，有两个竟胆大包天地将手伸到那石坎下去摸，摸吧！摸吧！不咬掉你几个手指头，你不知道马王爷有三只眼。

徐建也狂，竟要搞什么放灯预演，演就演呗！偏要从黄山隔壁开始，锣鼓一响起来，老头子的屁股便坐不住，也那么大岁数了，偏那么大精神，三老头嘀咕好了，便要去赶趟子，刘仁朝外一望人山人海，原本工程队可以回家了，偏要搞什么完工宴，主客同乐。这夜间可不同白天，万一出了一差二错，谁担当得起，想至此，便忘了分寸，将那领头的，也就是不太认得的那个，一把揪住后背，拽了回来，那头儿打了个趔趄，嘴角咧了咧，眼内放出凶光，然终是不便发作，只是鼻孔内发出了一点儿沉闷的声音，不过他很快地平静了下来，乖乖地坐在事先为他们准备好的、设在二楼阳台的茶几前，莲英给他递了盏茶，倒也接了，他呷了几口，抓起了一把南瓜子，开始闲话。可刘仁、王贵、王彦休闲不得，紧贴着三个老头站着，眼睛紧张地在人群中巡视。两面大鼓很快地擂到了黄山门前，随着擂得山响的鼓点，长串的鞭炮便噼里啪啦地炸响，狮子仰仗的就是这鼓点和鞭炮，鼓炮声越响，便越有气势，狮子便耍得越来劲。果不然，掌彩门的领着两只栩栩如生的狮子过来了，那狮子摇头甩须，尾巴摇得也一刻不停，随着它的大动作，皮毛上的小铃铛便也响作不停。这是狮子打场子，前面掌彩人的手上有小串鞭炮，狮子得不避不让，追着撵着咬鞭炮，人们用手遮着头，潮水般向后退让。打开了场子，人们便就站定了，鼓炮声便停歇下来，下来便是掌彩人喝彩，两只大狮子的一只便卧下来，摇尾晃脑，另一只狮子则随着掌彩人动作，另八只小狮子卧在两侧，那八个领狮人则站班喝场威，只见那掌彩人喝的是：

　　黄公门前两面鼓，左边文来右边武。今年做知县，明年做知府。地有十八层，天有九重天。地应知善恶，天该辨忠奸，地当生灵杰，天能举德贤，地生灵杰家康富，天举德贤国如磐……

　　那刘仁不太认得的老头，听着前四句倒是地道的喝彩，那后面话怎么有了弦外之音，莫非……他朝刘仁挤挤，刘仁向他谦和地笑笑：你还晓得怕呀！不过那只是短暂不易觉察的一瞬。很快他便恢复了正常。

　　也不知道过了多长时间，夜，终于恢复了它原本的寂静，可黄山辗转反侧，无论怎么变换催眠的小技法，就是睡不着，明天水库就要落闸蓄水了，这落闸蓄水可是梧桐村两年来的一件头等大事，它标志着梧桐村一两千人口将彻底改变靠天吃饭的命运——虽然这话也不完全准确，天不下雨，水库也会无水，就像现在这样——两千余亩土地可以破天荒地种稻子，一千余亩旱田可以得到浇灌或喷灌，可落闸没有水，那多么尴尬。水库！水库！一闸落定，河水倒流，平地现湖海，那才叫气势。其实，思维便是最好的催眠曲。黄山到底睡着了，并且睡得深沉。熟睡中，狠狠地打了几个喷嚏，那口水喷得莲英满头满脸，莲英一边用枕巾擦头脸，一边"黄山！黄山！"地喊叫，可黄山没得反应，她只得狠狠地拧他的耳朵，可他翻过身，照样沉睡不醒。可莲英这时觉得有风吹动窗帘，一排雨点洒落在窗台上。啊！下雨啦！这可是及时雨呀！有了这雨，秧苗可以机插，旱田可以点播。农家盼的是什么？不也就是风调雨顺，五谷丰登嘛！风啊！你刮得再猛点儿，雨啊！你下得再大点儿吧！黄山又一连打了几个喷嚏，那风便一阵紧似一阵，那雨便一阵阵地大了起来。"下雨啦！下雨啦！"莲英又去摇黄山，黄山又车过身打了一个喷嚏，那口水又溅得莲英胸口湿漉漉的。"这个遭瘟的！"莲英骂了一句，又只得用枕巾去擦抹，可那雨下得更狠了，风也刮得她一连打了几个寒战，她赶紧钻进被窝，可黄山身上湿漉漉的，被子都被他弄湿了，莲英没好气地推搡他，他到底醒了。"可惜呀！可惜呀！"风也停了，雨也住了，一缕清澄的月光从窗帘的缝隙内透进来。"你咋出了那么多的汗？""没有哇！""你看被子都出湿啦。""没有哇！被子不是干干的吗？"莲英摸摸被子，被子干燥暖融，摸摸黄山身上，身上一点儿汗渍也没有。她好生奇怪，似乎悟出了一点儿什么？可又脑内一团乱麻，理不出一点儿头绪。

黄山起得晚了，等他起来，太阳已是照在窗棂上了，他急忙去看那三个老头，已是三剩一了，只有华专员在坐着吃茶，忙问情由，专员说："黄兴副总理和钟省长天一亮就走了，说是有事情，我也不便多问。把刘仁也带走了。"黄山怔了半天，嘴张了张，终是不知就里，问也不知从何问起。"啊！副总理倒是留下这样一句话：水库属于县级的，还是让县上领导剪彩比较相宜。"黄山仔细想想，倒也就是这个道理。

不过，那三个麦客倒是没走。这可真是该走的没走，不该走的走了，要走就不该来，来了就不该走，走了还带走了刘老二，他也就是揪了你一把，你就记恨到心里去，那可真是不知好人心。今天的事怎么这样怪？那窍到底在哪里？这样的云遮雾罩，要找到窍门谈何容易啊！

不过，时间不允许他踌躇，徐建、江虎、王彦已经来请示几次了。"赶紧开早饭，一切按原计划进行。"说到开早饭，黄山忽然计上心来。他把那三个麦客和中央电视台摄制组安排到一块儿，和华专员一共拉了两桌子，这一招还真灵，那麦客竟敢和专员、摄影组组长并肩而坐，普通的麦客是不敢这样造次的。姜还是老的辣呀！走就走了呗！还安个钉子，留条尾巴。那他葫芦里到底装的什么药呢？那他一定是还有想得到而没有得到，想弄清而没有弄清的东西，那么他想得到什么，想弄清什么呢？他可能不认得獐子，不认得黄腰狸，想弄走鳄鱼？想知道那小溪里有什么东西？用黄羊把獐子替下来，用猫把黄腰狸换下来，把几条小鳄鱼藏起来，你有七怪，我有八怪，强龙难压地头蛇，这里是我八亩地。好吧！是爷不是爷，先好生侍候着，芝麻总有开口的时候，你不开口送你走，你开口了自有理论。不过，黄山最担心的还是刘仁，你把刘仁弄去干什么？刘仁如果有个一差二错，那麻烦可就大啦。

黄山暗地里吩咐下去，落闸蓄水照常进行。好在事先就和县上领导打过招呼，张副县长也准时正点地来了，人，都在从四面八方向水库集中，本村的、外村的，还有从几十里，甚至上百里外赶来的，一个村竟能修水库，那水库是个什么样子？是个拦河挡子？还是修的人模狗样？好奇心、新鲜感驱动着人们，十点没到，人，已是里三层外三层把水库围了个严严实实。

高高山上一蓬蒿嘞，这山更比那山高咻，高高山上画眉鸟嘞，歌子

401

数你唱得好嘞，心想和你学几句嘞，不知肯教不肯教咻！

人们正在熙熙攘攘，忽然雄浑高亢的男高音飘进了人们的耳膜，歌声伴着雨后的清新在骆驼墁的空谷内回荡，这歌声来得正相宜，它填补了水库落闸仪式正式开始前的空白，人们循声望去，只见林木葱茂，只闻声音不见人，不过山歌要有人来和，互相应答，方现无穷妙趣。

　　我是画眉，你是凤嘞，凤笑画眉理不通嘞，隔山唱歌山答应呃，有唱有和情理中嘞！
　　脚下流的什么河嘞，这条河里什么多嘞？你若知晓其中事嘞，能否举例说一说嘞。
　　脚下流的黑龙河呃，黑龙河里故事多咻，凤鸣岗上庄稼汉嘞，年过三十没老婆呃，而今户户奔小康嘞，家家唱的幸福歌咻。

嘹亮圆润的号音压住了纯朴敦厚的歌声，这是预备号，它告诉人们水库落闸蓄水的仪式就要正式开始了。

锣鼓敲得山响，狮子动作起来，四十八盏宫灯掌了起来，龙灯开始下河取水，锣鼓喧嚣了一会儿，戛然止住，高音喇叭里传出了叶昭甜甜的声音："各位领导，邻村来宾！水库落闸典礼马上就要开始，请领导到主席台就座！"

主席台设在库头堡，库头堡由库头门和库头楼组成，库头门宽三丈，高五丈，门框是由十块一丈见方打凿而成的大理石组成，每边五块，门楣是由五丈长一丈宽五尺厚的长方体合成大理石组成，门框的第五块上面有五尺略宽凹槽，那门楣就直接插在里面，显得古朴厚实而简洁大方，门框的每块方石上有一个镌刻的篆体大字，上书的是："取于东海，用之乡土。"门楣上是："玉兑水库"四个篆体大字。库头楼在库头门的两边，中间宽约三丈左右，两边各三间两层瓦顶小楼房，左边是商店，右边是水库观测站和水库工作人员起居与办公的地方，水库正中是四丈左右高，上下有墙，左右无墙的敞房，这便是水闸房，水闸不是一块完整的闸板，而是由四块闸叶组成，每块三丈五尺高矮，上有粗大的不锈钢钢环，可以吊挂在闸门的粗壮挂钩上，这样闸叶便可根据需要悬浮在闸门的不同部位，以控制水库的储水和泄水。主席台就设在敞房和库头楼之间的空地上。

　　"梧桐村玉兑水库落闸蓄水典礼现在开始！"主持人黄山向播音员叶昭下达了典礼开始的指示，播音员在扩音器里重复着他的这一句话。"第一项，鸣炮！"群狮狂舞。"第二项，请张副县长剪彩！"张副县长持剪刀剪断闸环上系着的彩绸，自动升降机钩起吊环，脱离挂钩，第一叶水闸徐徐落下闸基上水槽，河水开始抬升倒流，河里涨有小水，不太浑，也就是略黄的绿豆汤那种成色，但毕竟是涨水期间，库水抬升的还是比较快。"第三项，百灯朝水！"在月亮湾的沙滩上，龙灯对着倒流的水头翻腾狂舞，其余百灯三低朝拜。水是个好东西。世间万物都离不开水，它是农业的命脉。"第四项，请地区首长华专员讲话！"

　　"两年来，梧桐村在以黄山为核心的村委会的带领下，确实干了不少的事情，发生了翻天覆地的变化，水库的落成更是把梧桐村的建设推向了新的里程碑，梧桐村几千亩受干旱困扰几千年的土地从此变成了水田和水浇田，没有特大灾害，基本可以旱涝保丰收。水库的质量确实是很不错的，水库的料石是大理石打凿而成的，水闸还是美国朋友千里迢迢，啊！不对，万里迢迢送来的，闸是活闸，坝是空坝。好啊！青年们干得好哇！移民搬迁也都解决得无可挑剔。就是那个什么来着？后生可畏！啊！后生可畏！在此水库落成、放闸蓄水之际，我谨代表地区党委、地区政府向你们表示衷心的祝贺！向建造水库的工程技术人员、工人师傅们表示最诚挚的感谢！并望你们百尺竿头更进一步，取得更加辉煌的胜利！"水库四周响起了雷鸣般的掌声。"第五项，来宾讲话。"柳家堰村支书柳光义步上主席台："今天很荣幸地参加梧桐村玉兑水库建成落闸蓄水典礼，玉兑库的建成，彻底地改变了梧桐村靠天吃饭的现状，使梧桐村的农业初步步入机械农业的年代，使梧桐村的村民初步步入安居乐业的小康生活。你们上得天时，下得地利，又得到杜勒老板慷慨解囊的几千万，戈登司令万里送闸的情谊，真可谓占尽了天时地利人和，我对你们表示最真诚的朋友的祝贺。千百年来，这方圆几十里只有我们柳家堰得以灌溉之利，生产鱼米，可现在我们水田改旱，渠堰荒废，反而落在了后面，今后我们要以梧桐村为楷模，兴水利，整田地，也希望梧桐村富裕不忘邻里，得利不忘朋友，在我们需要浇灌的时候也分给我们一份甘甜。"

　　　骆驼墁里平湖现嘞，一层水浪一重天呃，山欢水笑景观好嘞，芝
麻开花节节高咻!

"玉兑水库落闸典礼圆满结束，玉兑库工程人员完工宴现在开始!"的播音尚
未落音，嘹亮的女高音民歌，又在骆驼墁的空谷内传响。这次可是形随声现，
那是李霞驾着一叶小舟逆着那倒流的水浪向大坝驶来，这边的库水与溪坝内水
落差也不大了，只见那闸门大开，从那闸门内，也驶出一条小船:

　　　说芝麻来道芝麻嘞，芝麻年年都开花嘞，芝麻花开登天路嘞，人
间天上共一家咻。

　　随着溪坝驶出的一条小船，那骆驼墁的沟岔内又驶出一艘画舫三条小船，
这样梧桐村便有了一支小小的水上队伍，水上队伍向河水撒下小小的渔网，那
完工宴的宴席上，便增添了一盘盘新鲜的油炸河鱼。

第四十六回　临河镇暴雨酿灾祸
月亮湾库坝迎洪水

　　水库落闸以后，电站开始发电，游船、垂钓免费三天，第四天开始收费。摄影组摄完影拍了片。麦客丢下机子，也和华专员、张副县长、摄影组、工程队一道踏上了归程。不过得补充一句，庄稼之人，可没那么多闲，特别是秋季庄稼，错一个时辰都不一样，即使是在落闸典礼那天，水牛、拖拉机照样在耕田，插秧机照样在插秧，特别是那旱地里，也只三寸墒，早半天得出，晚半天怕就出不了。

　　莲英也起程往临河镇赶，她想回去得赶紧召开一次电话会议，让各村不误农时，抢墒播种，可一出骆驼墁，依旧烈日当空，赤地一片，仿佛是另一个世界。原来，雨只下在骆驼墁、梧桐村一带，后来的几天中，她又在街谈巷议中听到不少传言，说是水库落闸的头天晚上，梧桐村的上空有几片阴云，只见金灿灿一条黄龙，左盘右旋，尾一摆，地上起一阵风，嘴一张，地上洒一阵雨，啊嚏！啊嚏！打几个喷嚏，地上雨便一阵紧似一阵，那黄龙一连打了几个喷嚏！风助雨势，雨凭风威，时间约计一个来时辰，那黄龙好像再想打几个喷嚏！可无论它怎样努力，终究是无济于事，风倒是不小，可雨渐渐小了，终至风停雨住，那龙摇了摇头，似乎是无限惋惜地遁去了。莲英好生奇怪，她似乎想到了什么，似乎听到了"可惜！可惜呀！"的声音，然而又那样的陌生而遥远。

　　有道是：物极必反。久旱必有久雨，大旱必有暴雨。雨是慢慢地开始下了，可这是五黄六月，既没有春天的和风细雨，也没有秋天的绵绵阴雨，来的是狂风暴雨。暴雨成灾，山洪泥石流的坏消息不断地传来，可临河镇一带倒是一干再干，并没滴雨光顾。也有人这样认为：干旱比暴雨好，暴雨毁田倒屋，干旱房地都在。当然这也并非至理。天有阴晴，月有圆缺，天不可能久旱无雨，月不可能久圆不缺。暴风雨是一定要到来的，只看来早与来迟。

黄山忙里偷闲，沏了杯茶，刚呷了一小口，陈琳步入门来。"这杯我吃了一口，我再给你沏。""茶，有也可，无也可。只要主任能陪我出去走走，也便意足了。""有什么话说吗?""人，要学会创造生活，更要学会享受生活，所谓享受生活，并不一定是品尝珍馐美味，驾名车，揽靓女，那是低级的。""那什么是高级的享受生活呢?""譬如产妇看着初生的婴儿，作者看着带着油墨清香的新作……""我懂啦! 好吧! 你也吃杯茶，我陪你出去看看。"

黄山、陈琳来到水田，插秧机正在插秧，黄山、陈琳步入最近的一台机前，插秧机正在给章松家插秧，秧机节奏匀称，行驶平稳，秧束多少适中，苗正行直。"下蛋吧!"黄山冲陈琳淡淡地一笑。"话怎么说得那难听:

"往昔插秧倍苦辛，耕地耙田秒水浑，脚下蚂蟥咬，头上烈日烧……"

"嗯! 有点儿意思。现在呢?"

"而今有了插秧机，干鞋净袜不沾泥，苗正行直速度快，一步一步上天梯。"

"嗯! 触景生情，见物能诗，已经是有点儿功力了。"

黄山、陈琳又来到水库。"这回咱一人一句。""你当我怕你。"

"狮象言和相揖手。"

"黑龙（河）倒流路四千（米）。"

"月亮（湾）浩渺平湖现。"

"骆驼（塝）娇媚看杜鹃。"

"流灌喷灌利生产。"

"画舫垂钓一半玩。"

"生态农业长远计。"

"水绿天蓝好家园。"

"好! 我陪你游玩了，作对了，你也应该有点儿回敬。"

"未雨绸缪。"

"啥意思?"

"就那个意思。"

这时应宗来找。黄山问: "有什么事吗?""事倒是没有什么。常言说: 夏则资皮（衣）冬则资（凉）席，现在久旱少雨，狂风暴雨便有可能来临，我们现在预防暴雨、特大暴雨的工作根本就没起步。""嗯！是想到一块儿去啦。是时候啦。你马上通知各组组长、会计、村委会成员，今晚在我家召开防暴雨、防洪水紧急会议。"

吃过晚饭，夜幕便笼罩下来。村委会成员、各组组长、会计便陆陆续续地汇集到黄山家来，大茶几上放着茶叶、水壶、茶杯，村委会成员坐在沙发上，各组组长、会计散坐在客厅四周，黄山、徐建、应宗忙着沏茶、奉烟。"现在开会。今晚的会议议题只有一个，那就是防暴雨、防山洪泥石流，天也干了这么长时间，我们这里虽说下了一点儿雨，也不算大，也就是将将就就把秋粮点播下去。我们四邻可是滴雨未落，这不是个好兆头。防暴雨、山洪、泥石流，重点放在凉水沟，具体任务是这样的：现在各户首先把塘内鱼鳖搬运到凤鸣岗结对子户的水田鱼苗保命池内，那也有六分多地嘛，鳖能跑，可以先放在水渠边的半地下池内将就一时。李家村的小库，边渠坝要钉桩，用沙袋增高加固，那里面的东西，可是村上的一点家当本钱。章家岗协助北沟，白家岗协助南沟，各沟沟岔岔都要疏通水道。洼、塃二荒地，应作为重点，蛟巴子（泥石流），多半就是从那里发端的，水多了，饱和了便稀里哗啦。起好水沟，不使存水，是防止蛟巴子的最有效途径，事前咱们多出点儿力，多流点儿汗，比成灾后再干，要省力得多，有利得多，安全得多。陈家烧锅、田家湾、江家村，各组组自为战，疏通山坡上水道，各户山林，个人负责。个别劳力不足或没劳力户，组上要统一协调，坡上没有蛟巴子，河道就不会阻塞，田、塘就不会被毁。各户屋后要起好人字形撇水沟，架势大点起高些。凉水沟各组抽调五至十名精壮劳力组成抢险保田作业队，由我统一指挥。凤鸣岗后坡坡矮沟短，相比凉水沟任务要小点，但新田、新地、新房屋，根基没经雨水渗实，也是不敢大意，要及时疏通水道，察看房田，由应宗统一指挥。重中之重是水库，洪水有多大，情况有多复杂，这都是未知数。这个由徐建统一指挥，你要吃在水库，住在水库，组织一个班子，三班倒，全天候监控，准备一套应急发电设备。第一道闸始终不取，雨不会下得那样一致，如果溪库水清些，鱼鳖可在此存命，利益能保的，尽量要保住。李家村岭那边三女子、胡能有、胡能强以及各组老弱病残、留守儿童、留守老人都要特别在意。水馆鳄鱼、大鲵、老鳖，一有汛情，它们可能脾性会出现不正常。一定要叮嘱丁宣不可大意。要特别注意看中央天气预报，一发现有暴雨、特大暴雨在我区出现的预报，凉水沟老弱妇孺、学校学生立即撤离到凤鸣岗结对子户家里，结对子家要安排好他们食宿。防洪防暴雨警报是大钟，钟声连续不停三分钟，即进入紧急状态。防洪作业队出动是以号声为准，一长一短号音连吹三遍即进入作业区作业。但安全是第一性的。田，我们要，坝、堤，我们要，房子、道路我们要，塘、河道，我们要，一个小豁子，一堆淤塞土石，及时堵住或疏通，有可能就不会成灾。但我们第一要的还是人！要为可为之事，不要强为不可为之事，该撤时要及时撤离，暴雨时雨大风紧，声响四起，作业队人要机灵、会变通，挑选时宁少毋多，宁缺毋滥。下来各责任区负责人和各片组长、会计，碰个头，初步商量一下，待作业队成立后，再由负责人安排叮嘱。我就说这些，看大家还有啥？"

"我对水库防暴雨、防洪水咋有些迷糊。"徐建在会议临将结束的时候如是说。"水库防暴雨、防洪水，表面看上去似乎没什么工作可言，其实不然。水库关系到下游多少房屋、土地的存亡，关系到多少人的生命安全？咱这是有闸水库，它对下游水量的调节起着关键的作用，它不像死坝，死坝几时库不满，也就是渠闸的那点儿水。咱这有闸坝，在无雨时，也可以放水，能尽量增大洪期的库容量，在洪水高峰期前，在下游河床能够承受的情况下，尽量增大过水量，在下游河床几近不能承受的情况下，可以在保证下游最大可流量的情况下落闸蓄水。洪水危害也就是那一个多小时，最多两三个小时，等到库水将满欲溢时，上游来水又小了，水位下降了，这样就避免了洪水对下游的危害。这要靠人的掌控。""这个我懂。""下来就是要保闸通畅。特大洪水来临之时，拔树倒屋，水面上有大量漂浮物，最怕的就是整棵大树，横着漂来，堵塞闸门，使水库失去调控作用……""这该如何处理？""骆驼墁十八弯，库区也有七八里长短，在那上面湾套处设下挠钩手，将那漂浮物及时钩上浅滩，不使其接近闸门。""那我在何处选拔水手？""在凤鸣岗、江家村挑，你优先。""知道了。""水上漂浮的可能不光是物，可能还有人畜。人畜可能有活的，有死的，你要提前做好准备。赶紧让铁匠打几把挠钩，几把登山爪。准备好救生绳，万一需要时，还要派船下水，水手系上救生绳，万一不对，赶紧往回拉。记住！船下水是万不得已，一定要确保人的安全。""晓得了。""这我就算交代了！""交代了。"

人，就是这样，在跟前有些讨厌，不在跟前又有些思念。刘仁走，也就是几天，可黄山、徐建却似乎觉得去了许多时日。特别是黄山以为刘仁是那样走的，这几日也不见信息回来，是福是祸，实属难说。

正在黄山他们议论刘仁的时候，刘仁风风火火地回来了，身上除了一个不大的文件包，别无长物。人不在时念叨，等到人出现在眼前，架子却又端了上来，黄山只顾自个儿的说话："刘家老二亏得是个男的，要是个女的，被人掠将去，那面子上可就亏得大了。""放屁！人家高薪聘我。虽不能说上马一斗金，下马一斗银，却也山珍海味地侍候着，日间游名山，览胜景，晚来更是笙歌燕舞，就是天上神仙，人间王侯也不过如此。要不是念得兄弟情谊，二爷我还懒得回来呢。这般清福，人间能得几回生受啊！"黄山听得这般说话，情知是真，竟一时语塞，只好用沏茶遮掩。"兄弟走时也不打个招呼，去了也不递个音信，让家里好不挂念。""你当那老头是谁？他便是黄副总理……""这个我倒是看出了一些，虽不知他就是黄副总理，但他对省长颐指气使，肯定是个比省长还大的官儿。""人家对省长都吆三喝四，我哪里还敢言语，说是半夜走，我便不敢到天明。""你去了就该报个平安。""我想着送到还不就回来啦。哪料想，他今儿个给你嚷个这，明儿给你嚷个那，让你等着，所以蹉跎得这几个时日。""他都给你唠嗑了些什么？""也都是些没油少盐的话儿。比如说：你跟黄山、徐建可熟？他们的一些情况你可了解之类。我说我们同年同月同日生，从小耳鬓厮磨，又一同出国留学，从来都没有分开过，有什么不知道的。""他都没让你干些什么？""干也没干什么，就是填了三份表，你的、他的、我的。章子还是那老头子让人给刻的，我替你们签了字。""你都没带回来点儿什么？""哦！那倒是有一点儿，就是这一份文件，上面说给我们了一点儿钱，你的七百，我俩五百，真抠门儿。我哥一给就是以万为单位。谁稀罕他这几个角子钱。我说不要，他还把我熊了一顿，我顶了他几句，他才把我撵回来。"黄山急忙把文件抢过来，不看则已，一看则惊诧得瞠目结舌。

颤巍巍的钟声划破了夜的寂静，把人们从梦的幻境中惊醒，嘹亮的号音穿透了夜的黑暗，在梧桐村的上空震颤。初醒的人们愣怔了片刻，便知道发生了什么事情，尖厉的哨声响起来了，接着门前的灯亮起来了，于是便有几个黑影消失在那雨的恐怖里。哨声在每一个角落传递，灯光照亮了家家户户，凉水沟那边便出现了灯光的长龙，无数的光柱在夜空中摇曳，在灯光的摇曳中便见黑压压的人流向凉水沟口桥涌来，桥上已是有人值岗，人流的秩序倒还井然，不过速度是明显地加快了，一直到过了黑龙河，凤鸣岗上的人才听到声音。自然那声音是越来越大，但人流却是越来越小，终至完全消失了。不要以为只有人会玩阴谋诡计，军事行动上有偷袭。自然界也有这样的先例。今晚的雨下得就有些日怪：没有风，没有雷电，没有猫头鹰凄厉的叫声，没有看家狗声嘶力竭的狂吠，只有沙沙的雨落。夜出奇的黑，在这墨黑的夜晚，那沙沙声无疑是最好的催眠曲。不过在人们渐渐进入熟睡的时候，那沙沙声逐渐地变成哗哗声，当人们被雷声惊醒的时候，屋里的水已漂起了物体，有的人可能就再没有醒来。

咔嚓嚓的炸雷打破了夜的静寂，明晃晃的闪电将夜幕撕开了几条大口子，在这电鞭的映照下，人们得以在短瞬间看清大地的身影。人们的眼光自然是向他们最关心的地方望去。混浊的河水卷起的巨浪在河心形成巨大的兽脊，咆哮着、狂奔着，不知死活地一头向敢于阻挡它的山崖撞去。自然是撞得粉身碎骨，那巨大的浪花溅向半空，倒转来，跌入洪水，那山崖上便腾起了阵阵烟雾。雷声越来越响，电光越来越亮，那雷电不再是一处，而是多处糅杂在一起，只听得轰隆隆的雷声在头顶滚动，白亮亮的电光在眼前闪现，大人将孩子紧紧地搂在怀里，狗夹了尾巴紧偎在主人的身旁。电早已关停，怯生生的眼神，呆滞地看着红红的蜡烛，看着那烛泪顺着烛体流淌，在这恐怖的夜晚，人们苦挨着，等待着，谁也不知道后面有什么事情发生。

在雷电的间隙被墨色填补的时候，人们看到凉水沟方向有几盏灯光在闪烁，那是黄山带领的作业队员头上的矿灯。本来每组至少要抽五人。可黄山考虑再三，总共只抽调了五人，连同黄山只有六人，那五人都是不是独子的未婚男子，只有黄山是已婚的独苗。那五名青年抱着敢死的态度，一再催促黄山离开凉水沟，黄山淡淡地笑笑："我们是作业队，不是敢死队，房田毁弃可以再盖再修，但人的生命只有一次，我要的是你们的劳力，而不是你们的生命。我也绝不会为了保住一房一地，而牺牲我的生命，因为我的生命远比那值钱得多。我的任务是找撤退路线，我一声招呼，你们不许多铲一锨，多挖一锄，立即随我走。当然，在我们可为的情况下，我们还是要尽可能多地保全。要知道，在我们身上有大家的寄托和希望。记住！在这种时候，一定要绝对地服从。"

刘仁被分配到徐建一组。徐建在水库掌控，刘仁负责挠钩手和水面搭救。原先约定和下游柳家堰、大块地，上游洋桥村、临河村的联络，因雨猛水大，根本联系不上，因而徐建决定启用第二方案，派两个联络员，用手电筒光信号联系，下游增加放水量，用两长灯光，增加一尺，两长带一短，增加两尺，为两长两短，依次类推，降水信号相反。上游水长一尺为一短，二尺为二短，依次类推，水降低一尺为一长，二尺为二长，以次类推，这样徐建才会得到最粗糙的上下游洪水涨消的情况。至于水库本身，那自然有比较精密的仪器提供关于水库性能的报告。

雨是十一点十分开始下的。雷声是三点二十三分开始响起的，等到雷声响起来的时候，雨已足足下了四个小时，洪水的前峰已经过了。雷声响起来的时候，风也便有了，雨才开始倾斜，等到炸雷漫天炸响的时候，雨反而渐渐地小了。等到四点多一点，也就是天麻麻亮的时候，终是风停雨住。惊魂未定的人们开始窃窃私语，开始打探外面的消息。天慢慢地亮了，有几个胆大的开始步出家门，到四处转看，路上、场院里的人渐渐地多了。天上的云霭圻开了缝，天是瓦蓝瓦蓝的，像是刚刚洗过一般，空气凉凉的，润润的，带着淡淡的花香，猛吸两口，神清气爽，脑子也清楚多了。凉水沟那边的人，有的便要回去，但河里却是浊浪排空，仍是那样的摄人魂魄，胆小的止住了脚步，胆大的被喝住了，凉水沟那边雾气很重，模模糊糊看不清，作业队人的家属便免不了伤心落泪。忽然那模模糊糊中，便有几个黑点在晃动，渐渐地近了，他们站在凉水沟口桥的那边，大家看清了他们，他们就是黄山等六人，他们湿淋淋的，满身泥浆，洪水的轰鸣声很大，虽然扯开嗓子喊，可仍然什么也听不清，他们六人打着手势，抬抬胳膊蹬蹬腿，这是向家人报个平安。然后黄山又指指身上，指指口，他们便折转去了。

徐建掌控水闸，虽然重要，但却轻松，各种仪表呈现水库性能良好，也就是下了一号闸，二号、三号闸没下，水闸连同南北二渠，电站，每秒共过五十八个水，三点半二号、三号闸门水满，根据下游传递来的信号，堤岸还能承受过水量，但徐建考虑到下游沟沟岔岔，田野、山坡上还会有一定的水量注入河床，况且库区尚有很大的库水量，为了不增加下游河床负担，依次下了二号三号闸。三点四十分库区水位开始抬升，河水呈现倒流，这时也正是洪水高峰期，

411

洪水每十分钟抬升一尺，按照这样速度，库区水位升高到四号闸位中部尚需一个半小时，估计洪水高峰期不会持续那么长时间。

这时，正是洪水中漂浮物大量流过的时间，由于是百年不遇的特大洪水，水面漂浮物很多，整棵的大树以及檩条、椽子、香菇棒子、木耳杆子，挤挤挨挨，充满河床。河水的倒流，给挠钩手的打捞带来了极大的方便，打捞的打捞，扛抬的扛抬，打捞物已是堆积得小山一般，忽然，水面上出现了箱、笼、门、窗散片，还有衣服、被褥等物，刘仁叫声不好，急忙叮嘱注意打捞尸体，特别注意看有没有活的。搭救的原则是先救活的，再捞死的。当然，如果没有活的，只好先捞死的。况且水中人，是死是活，一时也难分得清，除非他还会说话。这时水面上出现了一个黄团，等到临近，才知是一头小牛，小牛后是一头母牛，母牛后是一头牯牛，牯牛头昂着还会叫唤，大家七手八脚，打捞上来，小牛、母牛已死，牯牛的一条腿断了。牛后是一棵大树，树梢上似乎还挂带着一个什么东西。"救命哪！"刘仁似乎听到了一声微弱的呼救声，江蛟、杨雄说他们也听到了。刘仁急忙甩出登山爪，幸好正中树蔸，猛地一拉，带将过来，挠钩手急忙伸出挠钩拖带近岸，"救命哪！"原来，有一位妇人，死死揪住树梢不放。大家下得水去，见那妇人上身衣服已撕成碎片，袒胸露乳，下身也只一个中衣儿，也已破破烂烂。但救命要紧，刘仁一声吆喝，大家哪能顾得许多，可她双手死死揪住树枝，掰都掰不开，无奈只好砍断树枝，才把她弄上岸来。"救命哪！"人已昏厥，只是木讷而机械地半天唤这一声，而且声音越来越弱。

妇人之后，中间又捞将得一些木料，五具尸体。刘仁知道有地方遭难了。忙让人在地上铺上被单，将尸体放在上面，况且有的尸体可能在水中漂浮时间长，木料碰击，河石撞砸，已是赤身裸体，忙让人用事先准备好的白布覆盖上。这时河面上又出现了一个白团，打捞上来，原来是一头百十多斤的猪，猪还是活的。人常言：猪过江，狗过海，这大概是真的。可刘仁想：害怕这猪落水时间不长，便进入库区，没有受到撞击，否则身上不会一点儿伤也没有，大抵就是临河村、洋桥村一带的。刘仁正在这样想，忽然水面上漂来一个草团，草团上端坐一人，弄上岸来，那人竟和木雕泥塑一般，完全没了知觉，刘仁用手去试鼻息，觉着一息尚存，知道是吓晕了。

七点光景，水库水面不再上升，徐建将那四号闸落下，并通知刘仁搬迁库边物件，水库落四号闸蓄水。十二点时刻，上游水位明显回落，凉水沟口桥和水库下游警报解除，凉水沟及河对岸村民归家，学生准备上课。

黄山也归得家来和家人见过面，急忙赶到水库和徐建、应宗初步交换了一下情况，基本没什么大的损失，便留徐建继续掌控水库，和应宗向骆驼墚上弯走来。黄山、应宗会到刘仁他们，见他们正在搬运打捞物。高处路边不远的平台上，搭建有简易灵棚，那五具尸体躺在那里，天气见得热了，苍蝇在上面嗡嗡嘤嘤。"没有见到活的?""有两个。做了简单救治后，已派人送往医院了。""这五具尸体没向外面传递信息?""已经拍照了。往医院送人的江蛟他们回来的路上，又往黑龙河上游各路口贴了，在月亮湾水库，打捞了五具尸体，两位落水幸存者的启事。""你们做得很好。""打捞的还有这些木料、柴火、三头牛、一头猪，该做何处理?""这是你的责任区，你先提出初步方案。""猪是活的，可以暂时留着，慢慢寻访其主。小牛、母牛已死，得赶紧解剖，牯牛虽活，但断了一条腿，还是宰了算啦。死牛肉半价，宰杀牛全价，杀前俱拍照，待有牛主寻来可付给一定价款。木料、柴火可略低于市场价出卖，物款一律归村，村上给作业人员一定工资。""很好。今后的工作，就应该这样办。遇事要有招数要有主见。不要总是等着上面指示，上面指示不一定正确，亲躬者，最有发言权。善后事还由你来办。"

洪水三天后，黄山、应宗约上叶昭、陈琳带着梧桐村募集到的救灾款项，被褥、米面、油、肉到重灾区进行慰问。本来，黄山他们还以为暴雨也不过梧桐村那样，大也大不了多少。可一出骆驼墚，情况完全不一样，洋桥村还稍微强点儿，临河村原先那尚是相对繁华的街市，现在一片废墟，到处是断壁残垣，洪水带来的泥浆、浪渣淤塞着它们能及的每一个角落，只有少数几座楼房鹤立鸡群地屹立于这狼藉之中。成千的灾民住在用塑料布搭建的临时窝棚内，各式各样的家具、大袋小袋的粮食堆放在四周，有的用各色塑料布遮蔽着，有些就干脆裸露在外面。临河村基本就在街面，房子大多是土木结构的老式平房，是被洪水泡倒的，粮食、家具各家都程度不等地搬出了一些，暂时衣食倒没多大问题。

重灾区是甘沟村的小甘沟组，小甘沟是一个只有三四里长的小山沟，沟口便是临汜路，两边是两个像小翅膀一样的山洼，也就是一沟两洼，挡子地倒是不少，也近。人口也就是六十多点儿，人均土地占有量倒还不少，既有土地出米谷，又有山林生竹木，所以小生活倒也过得有滋有味，自古以来，不乏殷实人家。可黄山一行赶到小甘沟，那情况已是惨不忍睹。平时由于沟长只有三四里地，水也不就是一般水渠那么大，所以不少人家，为了方便，房屋也就依沟而建，灶内烧着火，拎桶去取水都不匆忙。一辈又一辈，一年又一年，人们就是这样过，也没见出过什么差错。小甘沟的成灾和临河村不一样，那房子是被巨大的山洪、泥石流冲倒的、掩埋的。洪水、泥石流不但充满了小甘沟，而且还越过垭脊，推房倒屋，在左边山洼还掩埋了四五个人，右边垭脊上尚搁浅的有两人合抱的大树，半坡上有半间房那么大的掀扔来的巨石。整个小甘沟是洼都成蛟，正沟和几个大一点儿的岔沟几乎是整个山皮被生辣辣剥扯下来，山坡上是裸露的山骨，沟底是筑满的丈把厚、几尺厚的石头，大的万余斤，小的如瓜豆。也不知道那山洪、泥石流是怎么旋转的，平移十几丈的板柜，还是好好的，里面的粮食还有部分是干的，推移一二十丈的油缸，缸还没破，封口还封得严实，油还清清亮亮，里面泡的熟肉还清香可口，只是油缸被巨大的黄泥胶团缠裹，一时难以剥出。还有人被水浪挑起，扔向垭洼后的半山上，除了衣服、皮肉被树枝撕破挂伤，还没伤筋动骨，得以生还。这大抵是山洪格外开恩，给人们多少一点儿侥幸，但更多的是无情。小甘沟正沟有四五家，可能被掩埋于一丈多深的地下，全家除个别外出打工、工作或上学的走亲戚的人外，生不见人，死不见尸地一夜之间在地球上消失了。事后统计，小甘沟失踪十九人，挖掘打捞尸体十六具，共计三十五人，失踪死亡过半。小甘沟的房屋情况和临河村也有所不同，还有几户房屋完好无损，房屋被毁人家的幸存人员都很少，家人有尸体的，也就草草埋了，没尸体的也就剩下伤心落泪了，悲戚之后也便各奔东西了，有的也就永远地告别了这小甘沟，有的也只年关、清明一年一两次地坟茔祭扫了，只有为数不多的几人，有房户抢着收留，大灾之后，人们变得空前的慈善了，所以吃住反倒还没有问题。

黄山、应宗一行来到鹰愁涧，黄山感到很歉疚，这一程子搞水库，搞麦收，怎么把师生们、杜老板给忘了，刘志、子昭又远在异国他乡，这些人万一有个一差二错，怎么向刘志交代？但到了校舍一看，景观完全不同，师生们的生活一切正常，似乎他们对相隔只一二里的小甘沟灾情惘然不知，但经打探，杜勒先生、公孙、荆红老师、孩子们、何清等渔户还到小甘沟去慰问了。到水塘边看看，塘水也就绿豆色，这是怎么回事？一路见到的、听到的怎么都这蹊跷？杜勒小声告诉黄山，那晚校舍上空有小白龙盘顶，这边雨不大。说完伸出大拇指："中国龙的国度，白龙救难。"因为杜勒年纪大，又是外国人，黄山不便申斥。何清也附耳告诉黄山："白龙盘顶。校舍孩子中怕有大富大贵之人。"黄山可狠狠地教训了他一顿，虽然声音很小。黄山问到公孙、荆红老师，他们说确有其事，白龙还不止一次地现身。黄山问孩子们知道不？公孙、荆红老师说："几个管事的知道。"黄山吩咐："严密堵嘴。多事之秋，不要惹出事端。"黄山把带给孩子们的牛肉交给厨师，吃了顿饭便踏上了归程。回来的时候，在小甘沟见到了莲英，莲英眼泪汪汪的，说她怎么这样背？黄山告诉她："现在不需要眼泪，你建功立业的时机到了。"陈琳见到还有人在那乱石滩中用锄子、铁锨机械而痴呆地寻找尸体，虽然那只是徒劳，还有人在那断壁残墙内挖掘米粮，也不免伤心落泪。陈琳问黄山："那洪水怎么有那么大的力量？事情怎么都那样的千奇百怪？""那不是水的力量。""那是什么的力量，难道是气？山体剥落，卷夹着巨大的气团？""正是这样。久旱、骤雨，天体内会出现一些怪异的气象幻象，这也是可能的。况且暴雨隔犁沟，蝉翼半边湿，这其实也是很正常的。"

洪水确实很大，沿途的土地冲刷、垮塌得很厉害，河边地几乎无存。也有零零星星的一些人在归拢地边石块，将那残沙剩土铲堆起来，农民哪！总是对土地有着深厚的感情。十天后，陈琳知道临河街头、沟河交汇处，又发现两具骸骨，忙放下活计，带着笔本到那里去。那里已是聚集了不少人，圈中心两三家人，正在根据头发长短，骨骼粗细，仔细而认真地进行鉴别，当然，这种鉴别是古老而原始的。虽然，比较精密的骨骼鉴定手段早已在世间不算稀奇，但这些大灾的幸存者根本付不起那样昂贵的鉴定费用，或者他们压根儿就没往那里想……

陈琳掏出本和笔，写下了关于小甘沟水灾的只有他自己认为的史诗。

—

午夜雨倾甘沟谷，四时房地都倾覆。
可怜谷长不足二（里），水满越垭又毁屋。

415

中心摧压沙石下，边旁飘逸挂草木。

天明村落变沙丘，蓬下滩边找伤孤。

狗嗅蝇集掘尸体，断垣残壁觅存谷。

失踪多人无音讯，数十里外认骸骨。

身长发短辨亲疏，行人驻足掩面哭。

二

甘沟大水灾，百年未曾遇。

滩地狗牙齿，塬坡百衲衣。

归得残存土，将就做成畦。

拢来散落石，重新砌成堤。

伸腰捶脊背，功成无笑意。

仰面问天公，收成能几许？

"你怎么跟踪我？是来看我怎样作诗？""不！我对你作诗兴趣不大，仅是有一点儿，仅此而已。""那你来干什么？""我来看你怎样做人！"陈琳把黄山又看了看，心里似乎明白了一点儿什么，然又不十分清晰。

在回家的路上，黄山、陈琳和一位少妇同行，那妇人虽不算俊美，倒也生得端正，手里提着大包小包，背包里还有香纸火炮。"请问这位大姐，这是到哪里去，怎么还带着香纸？""我到月亮湾去。去看一个恩人，拜一个干爹。""如果大姐不介意的话，敢问大姐去看的那位恩人是谁，要拜哪个为干爹？""你问这些干什么？""我们就是梧桐村的呀，我们可以给你当向导呀！""请问兄弟高姓大名？""兄弟姓黄名山，这位是陈琳。""啊！黄主任呀！我是小甘沟的，我叫杨金枝。那次水灾遇险，揪住一棵大树梢，被一个叫刘仁的兄弟救起，我要拜大树为干爹，去看恩人刘仁兄弟。""来！我们给你提东西，咱们走快点儿。要不要我给刘仁打电话，让他开车来接你？""啊！不要，不要！那样心就不诚了。""啊！原来是那样，那好，咱们就走。听说走路讲故事，走得还快，还不觉着累，你就讲讲你如何落水的故事吧。""如果两位兄弟愿意听，那我就讲讲。""那晚那大雨，你们咋不跑呢？""哎！该遭难呀！那晚人特别地犟，特别地迷，后来听组长柳翠花讲，那晚雨特别的大，几乎是可桶子倒，到处是水的世界，初始偏偏没有雷，没有闪电，天漆黑漆黑，她用手电筒一照，道场上水一寸多厚，屋檐水成了瀑布，她来到道场感到呼吸困难，那雨水里，空气都显得稀薄了，她往屋顶上一照，瓦沟上面白亮亮一层水呀。她感到要遭难了，便挨家挨户去喊，可就是喊不醒，也有几个人起来啦，可又死犟，他们只看大河的水，大河的水偏偏又不大，便又将门闩上去睡觉。哎！这一睡，就都睡到那边去了，连个尸首都没找着呀！" "你也没起来？" "我家三口，丈夫外出打工，我和婆婆在家，我们睡得死沉，根本就没听见呀！后来听翠花嫂子讲，她还用砖头砸门，用手拍窗子了，哎！该死呀！" "话咋能这样讲？" "可不是嘛，张群倒是把他爸妈、老婆都喊起来啦，可他们就是不走，一连催了两三遍，他们只是坐在廊檐上，张群说，再不走就来不及啦！心想能救一个是一个，爸妈不敢拖，就去拖老婆，老婆屁股坠着拖不动，这时一个水浪掀来，他手一松便失去了知觉，第二天，人们在半坡的树杈上找着了他，他家里就只剩下他一个。" "那你婆婆呢？" "我蒙眬中怎么觉着床上尽是水，借着电光一看，床怎么漂浮在洪水中，我惊出一身冷汗……" "这时才真的醒啦？" 杨金枝苦笑着。"床在大河中漂浮了不一会儿，便散架了，幸好身边尽是木料，幸好我当时脑子还不糊涂，情急中骑上一根檩子，漂浮了一段时间，转弯时一个大浪打来，我被掀入水中，心想：这下子玩完了……" "啥时候了，还想那么多？" 金枝讪笑着。"可我不久又漂了上来，这并不是我的作为，这完全是水的力量，我一会儿抓住这根木头，一会儿抓住那棵小树，可不长时间都被掀翻，那混浊的泥水，我都喝饱了……" "能管几年不渴。" 陈琳插了一句，黄山剜了他一眼。"我嘴里满是泥沙，眼看就要不行了……" "这时漂来了那棵大树……" "故事讲到这里，基本就完了。哎！亏了柳翠花呀，她从沟口喊到沟垴，从沟垴喊到沟口，鞋都跑掉了，也不知摔了多少跤，浑身变成一个泥人，然而终归是没能救出一个人来！我婆婆后来在后檐的泥浆中发现了尸体。"

黄山、陈琳、杨金枝步入刘仁客厅的时候，刘仁、应宗正在坐着吃茶，旁边还坐着一个陌生男子，那汉子约在四十岁年纪，浓眉大眼，豹额突睛，鼻直口方，倒也生得一表人才。"今晌午一桌子又凑齐了，连做饭的都带着，倒也想得周全……" 刘仁一句话没说完，那女子倒身便拜："恩公在上，民妇这厢

417

有礼了。""我这里又不是官府，哪来的什么民妇、夫人，快起来说话……哦！你怎么还带着香纸……""哦！我那是认干爹的，就是我揪住的那棵古树。""那是一棵千年古柳，疙里疙瘩，卖没人要，心也空了，我用炸药炸开，这家背些，那家拿些，早已碎尸万段，孝敬灶老爷啦。""恩公不要欺瞒，那等生柴，如何烧燃得着？""这个你就不知了。有道是'干桑湿柳'，柳树湿的能烧着。"听得这般说话，那女子眼泪汪汪的。"哎！你也算重情重义，有这般情义也就够了，它毕竟是一棵树，烧了也是它应该的去处。""那我的干爹没啦，那就该认你啦！""这大姐说话好没道理。你干爹没了，你来认我，你年岁比我还大，岂不折杀我了。""你刚才叫我什么？既然都这般叫了，我这里答应一声，也就算认了。哎——""你倒还会钻空子，没说我倒还真的缺个姐姐，只是我救了你的性命，还得拜你，这不就亏大了。""那我就拜弟弟吧……"话犹未了，那中年汉子倒身便拜："我也拜弟弟吧！"刘仁把头扭向一边说："你把头磕破，我也不认你这个哥哥。一方面我不缺哥哥，二则你叫马文波，怎么有点儿像马嵬坡，带有晦气。再者，你不惜命，为了一头猪，以身犯险，岂不让人笑话。""那你这位大姐，那么大的雨，睡死过去，那还不是不惜命，以身犯险，你咋认了？""算啦！算啦！谁都不认。你们大难不死，必有后福，你们看得起刘仁，彼此多走动些，做个朋友，蛮好的嘛！去把杨雄、江蛟等叫来，救你们的也不是刘仁一人，功劳也不能记在他一人身上。你们拿的东西，我们收下，大家热闹一场，这事就算绾个结。"黄山出来圆了个场子。

第四十七回　小村长官升七品令
大百姓十里送元勋

　　钟省长带着秘书何英连夜赶到凤鸣岗，把黄山的门敲得山响，黄山睡眼惺忪地下楼开了门，嘴里絮絮叨叨："有什么事待不得天明，这深更半夜的，吵得人连个囫囵觉也睡不成……""你还有理啦！睡觉的埋怨赶路的。省长年岁大了，午夜赶路，去赶紧弄点儿热汤，一则解解饥渴，二则怯怯风寒。"听得是省长光临，黄山忙将那来人多看了一眼，认得就是省长，忙将那笑靥堆上脸来："哎呀！什么事，打个电话不就得了，还劳动您老人家车马劳顿，又是这深更半夜。娘！省长来了，我怕做不好，你起来做点儿热汤。""噢！我听见啦！起来啦。是吃甜的吗，还是吃咸的？""省长！你想吃甜的，还是吃咸的？""熬夜上火，嘴里苦苦的，吃点儿甜的吧！""娘！冰柜里不是还有我买的汤圆嘛！煮两碗汤圆。"

　　吃过夜宵，省长把黄山召到身边："这是两份文件，你先看一下，看了，我俩再谈。"黄山接过文件，只见一份是录取黄山、刘仁、徐建为国家正式干部的通知，一份是任命黄山为南柯县县长。任命刘仁为南柯县公安局局长。任命徐建为南柯县副县长。同时免去原南柯县县长、副县长、公安局局长三人职务。被免职人员立即到地区党校学习，学习期满后，另作他用的通知。省长问黄山："看了文件，有何感想？""敝人才疏学浅，不堪重任，望省长另选良才，以免误了公干。"省长鼻孔内沉闷地哼了两声："那刘仁、徐建呢？""村上事情也是才上路，离不开呀，望省长能够理解。""你鬼头狗胆还不小呢！自己抗令不遵，还敢当刘仁、徐建的家。不服从调令，后果怎样，你应该很清楚！""我的省长呀！实话告诉你吧！南柯县可几乎是烂完了，歪风成了正风，正风转入地下，我顺应众人，那书记、县长不是现成的嘛！你派我干吗？我不顺应众人，

419

那我不就成了众人之的嘛，我知道组织给我腾出了县长重要位子，已经是很为难啦，可我仍然势单哪！何况他们的后面还有这样那样的保护伞、关系网，我思之而后怕呀……""你给我打住，你后面的话我替你说：金钱能使鬼推磨，他们哪敢剁动你呀！到时候三人成虎，你看我亏不亏呀！你一定要抬举我，能不能给我换个县，那我就给你烧高香啦！万一不能换，那我可要和你约法三章，你得给我便宜行事的权力……""不愧是省长！你咋知道得那么清楚！""南柯县是有些问题，可你也太夸大其词，据我所知，那王龙、欧阳一仙，还有反贪局的小小干事王凤、金平等等，他们并没转入地下，而是旗帜鲜明地对垒，他们才真正地需要援军，况且中下层干部，还是那句话，绝大多数是好的。广大的基层民众，他们对腐败更是深恶痛绝的。就是有着这样那样错误的干部，绝大多数，也是可以教育挽救的。何况南柯县前有干旱，后有水灾，临河村一千多民众露宿旷野，小甘沟余孤更是需要安抚。还有其他村镇，我还不太知晓。南柯县的正义之士、广大民众，盼新县长，真乃个是盼星星、盼月亮，你怎么推三阻四，不服调遣？你们还是农民，黄兴副总理就给了你们国务院津贴，这是多大的荣耀！你身任县长，组织对你多大的信任！你怎能上愧组织洪恩，下负民众厚望？好！好！好！我和你约法三章，我给你便宜行事的权力，你得给我立马上任，三天内让临河村灾民住进简易房，两天内把南柯县灾情查证清楚，受灾民众妥善安置，你若把我惹毛了，我也不是好吃的果子！"黄山把省长瞅了瞅，低下了头。立即给刘仁、徐建、应宗、叶昭、陈琳、丁宣挂了电话，让半个钟头以内到家议事。省长这才咧开嘴笑了。"三更做饭，五更出发！捏不住你个小猴子，我这省长让你当！"黄山还真的有点儿怕他。

　　黄山、刘仁、徐建想要走就早点儿走，不要惊动民众。他们穿着往昔的衣服，一身农民装扮，本来他们是有车子的，可他们决定步行。他们只是带了些钱，别的什么都没带，因为他们知道他们去干什么。刚步出家门，应宗来说，滨河路上密密麻麻地站满了人，家家托着托盘，盘内酒壶酒盅，各色果点盛得满满的，问黄山如何应付。黄山说："怕不是你组织的？""这可是天大的冤枉，我离开你才多大一会儿呀！"黄山让刘仁也拿副托盘，盘内三个海碗。徐建手里捧着一个大口小瓶，瓶内隔成八瓣，各瓣外面分别刻有梧桐各组的名称，这是黄山特意定制的，自从刘仁从京城带回文件，黄山便知道这一天马上就要到来，所以有些事情，他都在不知不觉中做了安排。他让应宗、叶昭分头通知下去：每户往刘仁海碗内滴一滴酒，果点一点儿不收。每组组长捻一撮土装在小瓶自己组的小格内，他们从新房北路下去，从杨家滩上滨河路，和送行乡亲一一话别。

应宗在前面道："每户往海碗内滴一滴酒，人多，只许一滴，果点一概不收，送行人站着不动！各组长往小瓶内你组那格放一撮你组的土！"应宗在前面喊，后面刘仁托着托盘，依次接各户的酒，徐建捧着小瓶，黄山一一和各户握手话别，后面跟着叶昭、陈琳、丁宣。叶昭要让省长走在前面，省长笑笑："那是你们的位次，你们的后面才是我。"

一支小小的队伍，在送行的行列前徐徐走过，到了凉水沟口桥，凉水沟四组人排在大桥和江家村道路两边，黄山一行步上大桥，先和东面人话别，折回来时，和西边人话别。过了黄土堡，黄山三人步上水库大坝，转过身来，向送行人群三鞠躬。然后一人端起一个海碗，将那酒咕嘟咕嘟地灌下去，将海碗在脚下摔得山响，他们在坝上伫立良久，看着新绿的秧苗，看着如烟的堤边柳，看着那整齐而美观的楼房，看看仍在频频挥手的敦厚朴实的乡亲。忽然，黄山接过徐建手中小瓶，高举头上："乡亲们！我们不管走到哪里，永远和你们在一起，我们会时常回来看你们的！"说完猛地一个急转身，踏上了新的征程，太阳照在他们身上。

编　后　语

　　亲爱的读者，感谢你在百忙之中眷顾了这部小说。如果你读后嘴张了张，想要说出抑扬顿挫的话来，我得深深向你一揖，你不要惊诧，听我给你说个明白：大凡作者、作家写文章、写书都是用我心拨你心，希望我们的心弦共同弹奏出一支生命的歌。一部好的作品，它还需要有好的读者，只要有了好的读者，作品才会产生它本身的应有的效应，这就叫知音，我知道你要说什么，你是说这部小说看似完了实际没完，是个半截子。不！严格地讲不到半截子，是个小半截子，这样不少地方才会得到诠释。你说得不错，这部小说实际是长篇小说《阳春梦》的一个开场白，自去年《青春火花》定稿以后，我就着手它的下编《尖角小荷》的编写，如果顺利，明年上半年可望定稿，约计三十万字左右，如果你不嫌我菲薄，二〇一五年春节来临之际，我会奉献在你的台前。

　　诚然，《青春火花》毕竟是个大段子，它自己也完全可以独立成篇。

　　在《青春火花》付诸出版发行之际，对陕西省作家协会副院长王维亚放下手中活计联系出版社，院长常智奇在百忙之中抽出时间作序，太白文艺出版社第三编辑室编辑闫瑛、第一编辑室编审曹彦、编辑杨佳惠的热情接待，以及诸位文友的鞭策鼓励，书画院院长牧歌的题字，谨此一并表示感谢。

编　后　语

　　亲爱的读者，感谢你在百忙之中眷顾了这部小说。如果你读后嘴张了张，想要说出抑扬顿挫的话来，我得深深向你一揖，你不要惊诧，听我给你说个明白：大凡作者、作家写文章、写书都是用我心拨你心，希望我们的心弦共同弹奏出一支生命的歌。一部好的作品，它还需要有好的读者，只要有了好的读者，作品才会产生它本身的应有的效应，这就叫知音，我知道你要说什么，你是说这部小说看似完了实际没完，是个半截子。不！严格地讲不到半截子，是个小半截子，这样不少地方才会得到诠释。你说得不错，这部小说实际是长篇小说《阳春梦》的一个开场白，自去年《青春火花》定稿以后，我就着手它的下编《尖角小荷》的编写，如果顺利，明年上半年可望定稿，约计三十万字左右，如果你不嫌我菲薄，二○一五年春节来临之际，我会奉献在你的台前。

　　诚然，《青春火花》毕竟是个大段子，它自己也完全可以独立成篇。

　　在《青春火花》付诸出版发行之际，对陕西省作家协会副院长王维亚放下手中活计联系出版社，院长常智奇在百忙之中抽出时间作序，太白文艺出版社第三编辑室编辑闫瑛，第一编辑室编审曹彦、编辑杨佳惠的热情接待，以及诸位文友的鞭策鼓励，书画院院长牧歌的题字，谨此一并表示感谢。

编　后　语

　　亲爱的读者，感谢你在百忙之中眷顾了这部小说。如果你读后嘴张了张，想要说出抑扬顿挫的话来，我得深深向你一揖，你不要惊诧，听我给你说个明白：大凡作者、作家写文章、写书都是用我心拨你心，希望我们的心弦共同弹奏出一支生命的歌。一部好的作品，它还需要有好的读者，只要有了好的读者，作品才会产生它本身的应有的效应，这就叫知音，我知道你要说什么，你是说这部小说看似完了实际没完，是个半截子。不！严格地讲不到半截子，是个小半截子，这样不少地方才会得到诠释。你说得不错，这部小说实际是长篇小说《阳春梦》的一个开场白，自去年《青春火花》定稿以后，我就着手它的下编《尖角小荷》的编写，如果顺利，明年上半年可望定稿，约计三十万字左右，如果你不嫌我菲薄，二〇一五年春节来临之际，我会奉献在你的台前。

　　诚然，《青春火花》毕竟是个大段子，它自己也完全可以独立成篇。

　　在《青春火花》付诸出版发行之际，对陕西省作家协会副院长王维亚放下手中活计联系出版社，院长常智奇在百忙之中抽出时间作序，太白文艺出版社第三编辑室编辑闫瑛，第一编辑室编审曹彦、编辑杨佳惠的热情接待，以及诸位文友的鞭策鼓励，书画院院长牧歌的题字，谨此一并表示感谢。